格兰特船长的儿女

中国青年出版社

听本书全集音频，开启耳朵的奇幻之旅。继续“海洋三部曲”未完的探险，揭晓本书没说出的秘密。

再版前言

我的父亲范希衡和《格兰特船长的儿女》

中国读者第一次接触到儒勒·凡尔纳(Jules Verne)的作品,是从“知人”翻译的《格兰特船长的儿女》开始的。“知人”是我父亲范希衡的笔名。这本书1956年由中国青年出版社出版,至今已经畅行六十多年了。忆起父亲致力于法国文学翻译的那段日子,我仿佛穿越了一个甲子的时空隧道,往事栩栩浮现。

1953年,父亲选择翻译凡尔纳的科幻小说,这可以说既是偶然,也是必然。新中国成立初期,人们的文化水平整体不高,人民群众对文化的需求极为迫切。那时中苏关系非常友好,而我的母亲孙其节从事俄文教学,常去图书馆借阅苏联文学。一次她读到了一篇苏联人写的论儒勒·凡尔纳作品的文章,全文很长,有六七万字,把她打动了,于是她建议我父亲翻译凡尔纳的作品。而父亲也正想从新的视角来启迪人们的心智,他认为凡尔纳的作品是世界级的文学经典,特别是以“在已知和未知的世界中的奇异旅行”为主题的科学幻想小说,可以启发青少年对科学的畅想。他决定将凡尔纳的作品系统翻译出来介绍给中国人民,于是与中国青年出版社联系,先翻译凡尔纳最著名的“海洋三部曲”中的第一部——《格兰特船长的儿女》。这引起了出版社的兴趣与重视,儒勒·凡尔纳的作品从此有了中文译本。

父亲翻译时非常重视版本的选择,为了寻找最好的原著版本,父亲找遍北京、上海、南京图书馆的有关藏书，进行比较、筛选。最后，他从上海徐家汇藏书楼书库中借到了一本《格兰特船长的儿女》豪华精装本。这书是那么厚重，插图是那么精美，一下子就把我深深吸引了。当时父亲跟我们说，这本书很珍贵，1868年由凡尔纳与他的老搭档出版商赫泽尔(J.Hetzel)父子合作出版，至今(1953年)已有85年了。这是第一版插图版，由著名的装饰画家爱德华·里乌(Edouard Riou)绘制、铜版雕刻画家帕纳玛科(Pannemaker)雕刻的插图达173幅之多。父亲告诉我，他很喜欢爱德华·里乌的绘画，《巴黎圣母院》《基督山伯爵》中的插画都出自里乌之手，里乌与凡尔纳持续合作出版了六部科幻小说，凡尔纳头脑中许多梦幻般的场景在他的妙笔下仿佛都变成了现实，如迷雾、冰川、冰凌、地壳内的阴影、荒凉而广阔的海滩，以及许多水体运动……父亲还说，里乌的绘画充满光明，对人物特质的表现非常精准……在里乌的作品中，一切都是有序和令人回味的，他的风格可称为"浪漫现实主义"。不知读者注意到没有，里乌在每幅插画上的签名(Riou)字体不同，融合在画中，就是一种书法艺术的欣赏。

那时徐家汇天主教藏书楼不对外开放，只供天主教神学院专用。幸巧父亲是上海天主教办的震旦大学法文教授，也是新中国第一批上海翻译协会会员，这书也就比较方便地借出来了。中国青年出版社得知这一消息后非常欣喜，也正因为父亲的敬业精神，中青版的译本中才有了那些精美隽永的19世纪法国铜版画插图。

凡尔纳是世界著名的科幻小说家，在他的科学畅想中，不仅有曲折而又有趣的故事，还涉及天文、地理、物理、化学等科学知识，并充满了对大自然的奇景、土著人的风俗、各种奇特的动植物的描述。凡尔纳的作品以讲求科学性而著称，父亲也兢兢业业、一丝不苟地翻译着。父亲在20世纪30年代获庚子赔款资助在比利时鲁文大学学习拉丁语系语言学、拉丁语系文学及法国古文，懂得英文、法文、意大利语、西班牙语和拉丁语，所以他对原著的文字、原著者的思想风格比较容易把握。为了帮助读者理解相关的背景知识，他旁征博引，用译注加以说明，绝不放过任何问题，绝不含糊其辞——这是父亲从事翻译的基本态度与风格。

当时，父亲除了教学，就是忙于用毛笔遒劲而流畅地在毛边纸上写下《格兰特船长的儿女》的译文。那时父亲常给我讲述小说里的精彩片断，我就好像漫游在海上人间，欣赏那前所未见的奇丽景象。我迫不及待先睹为快，成了这本书的第一个读者。我也目睹了在那个信息缓慢、社会封闭的年代，为了翻译这样一部科幻小说，父亲付出了多少的艰辛。

1955年初，父亲完成了这部书的翻译并交稿，不久后就在政治运动中被莫须有地划入“反革命小集团”，身陷囹圄。一年后，省公安厅给出了“反革命小集团查无事实”的结论。事实上，父亲对此冤案看得很淡，从不对任何人讲自己的悲惨遭遇，从不怨天尤人。父亲回来后得知，一个月前《格兰特船长的儿女》中译本出版了，出版社给他署了“知人”的笔名。那个年代人民文学出版社出版的《布封文钞》、布瓦洛的《诗的艺术》，译者“任典”也是出版社给他取的笔名。父亲只要自己的译著能贡献给社会就很高兴，至于署什么名，哪怕隐姓埋名，他都无所谓。他认为出版社取的这两个笔名不错，一直没有更改署名，直至“文革”结束之后，我才将他的作品署名更改过来。

该书出版后，读者的信就像雪花般飞来，多到一天几十封。有的讲述他们的读后感；有的感谢译者给他们带来了这样一部蕴含了丰富的知识和奇妙的想象的科幻经典；有的表达了学生们对这部书的喜爱，学校为了增长学生们的科学知识、启迪学生们的智慧与想象力，组织了读书会和朗诵会；更有一些读者要求父亲写一写翻译这样大部头的科幻小说的过程。这部书的问世，不仅在读者中引起了很大的反响，在文学翻译界也产生了重大影响。朱光潜先生曾在一次文艺座谈会上说：“范希衡先生开创了新中国科普幻想小说翻译之先河。”

父亲原计划翻译儒勒·凡尔纳的系列科幻小说，但是1956年10月收到人民文学出版社力邀他翻译文艺理论专著的信函：“……布瓦洛《诗的艺术》甚为重要，急需译出，已请若干名人试过，均不能令人满意……吾兄既用诗体译《中国孤儿》，是否也可一试？”从此，父亲转向了专业面很窄的文学理论研究与翻译。尽管1958年父亲又因为“历史问题”被重判，但在非常艰苦的环境下，他坚持在这片贫瘠的土地上辛勤耕耘着、收获着，让后人得以生活在一个较富有的文学理论环境中，而人们却很少知道范希衡先生的存在。

父亲这一生不为名、不为利，他知道自己的劳动成果被别人摘去，也只是付之一笑。父亲对人生的态度就是这样泰然、超然，只把全部心血投注在作品上，这也是他的译著至今一版再版的原因之一。其中《格兰特船长的儿女》范希衡译本是唯一被国家教育部《大纲》中学语文课外必读书目推荐的译本。值得注意的是，我父亲后来对译本进行了修订，可目前市场上不少版本盗用范译老版本，老版本上的错误在其他很多版本上都存在，这会对读者造成非常不好的影响。希望我父亲精心翻译并修订的《格兰特船长的儿女》能惠及更多的人，能引领更多的人畅游凡尔纳构思奇巧、富于知识性和精神力量的科幻世界。

范　琅

2017年秋于美国达拉斯

——啊！这个将来不难！——罗伯尔带着孩子的天真叫道。——我们爱他们，尊敬他们，我们老是对他们这样说着，多吻吻他们，有一天，机会到了，我就为他们死！

——不要为他们死，要为他们活着呀！——那少女叫起来，狂吻着弟弟的额头。——他们宁愿你为他们活着，——我也宁愿你这样！”

接着，那两个孩子又沉入无穷的梦想中了，他们在模糊的夜影中彼此对看着。然而，他们嘴里虽然不说话了，心里却还在谈，互相地发问，互相地回答。平静的海面滚起长而缓的波浪，悠悠地一起一伏，螺旋桨在黑暗中搅动着闪光的回澜。就在这时候，却有件异事，一件真正神乎其神的奇事发生了。他们姊弟俩，就和有那么一种磁力神秘地联系着两个灵魂一般，同时并且一下子感到了一个同样的幻觉。从那些忽明忽暗的波浪中心，玛丽和罗伯尔都仿佛听到了一个人的呼声，声调沉郁凄惨，使两人的心弦都整个地颤抖起来。

“救我呀！救我呀！——那声音叫。

——玛丽，——罗伯尔说，——你可听见了？你听见了吧？”

两人疾速往栏杆上一爬，俯下身子，在夜色深沉

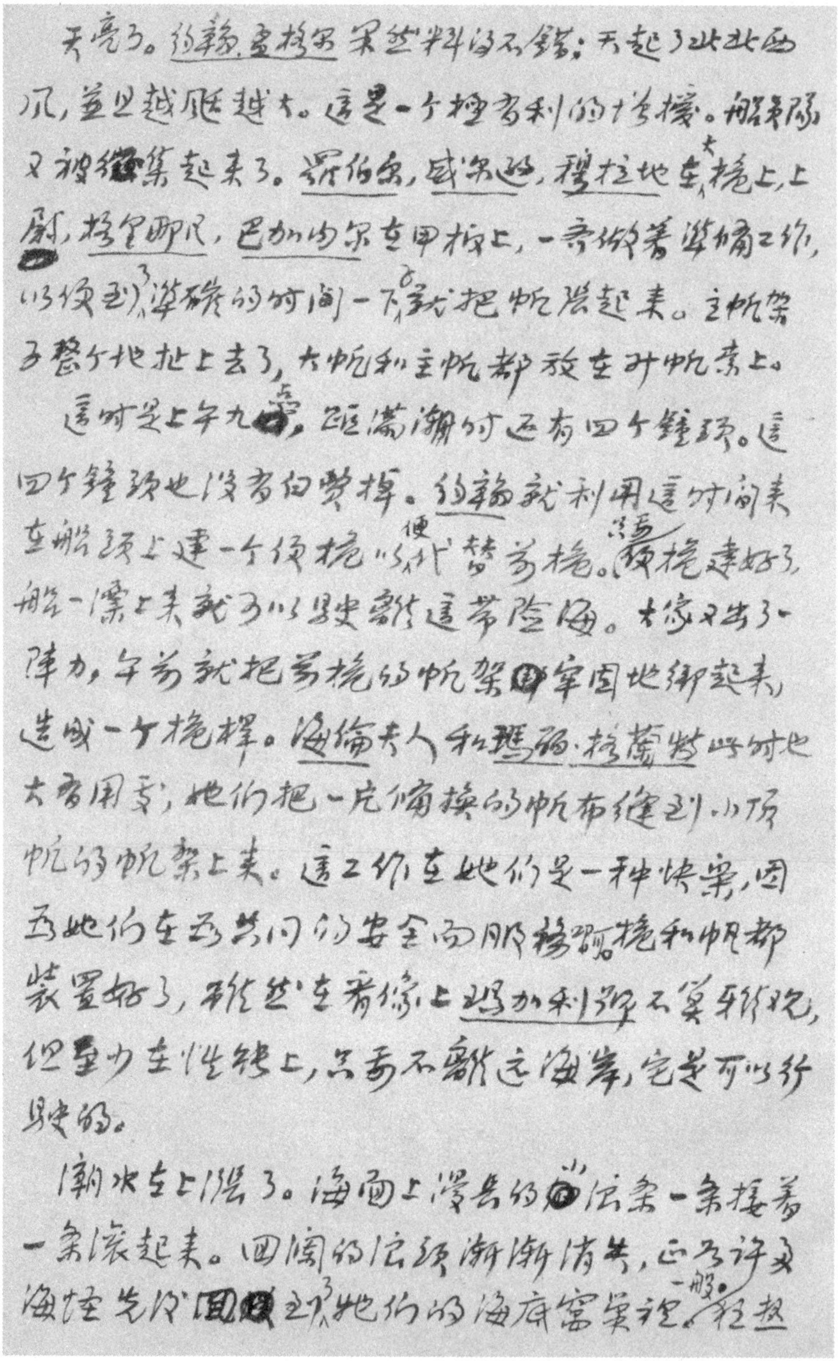
天亮了。约翰·孟格尔果然料得不错：天起了北北西风，并且越刮越大。这是一个极有利的情况。船帆又被集起来了。罗伯尔，威尔逊，穆拉地在大桅上，上尉，格里那凡，巴加内尔在甲板上，一齐做着准备工作，以便到了涨潮的时间一下就把帆张起来。主帆架子整个地扯上去了，大帆和主帆都放在斗帆索上。

这时是上午九点，距满潮时还有四个钟头。这四个钟头也没有白费掉。约翰就利用这时间来在船头上建一个假桅，以便代替前桅。假桅建好了，船一漂上来就可以驶离这带险海。大家又出了一阵力，午前就把前桅的帆架牢固地竖起来，造成一个桅桿。海伦夫人和玛丽·格兰特此时也大有用处；她们把一片备换的帆布缝到小顶帆的帆架上来。这工作在她们是一种快乐，因为她们在为共同的安全而服务。桅和帆都装置好了，虽然在外貌上邓加利号不算难看，但至少在性能上，只要不离这海岸，它是可以行驶的。

潮水在上涨了。海面上浮出的浪条一条接着一条滚起来。四周的浪头渐渐消失，正为许多海怪先后回到了她们的海底窟里。一般程超

范希衡先生译文手稿

目　录

上　卷

中 卷

下　卷

上　卷

第一章
—— 天秤鱼 ——

1864年7月26日，东北风吹得很紧，一艘华丽的游船开足了马力，在北海峡[①]海面上航行。英国国旗在尾樯的斜杆上飘扬，大桅顶上挂着一个小蓝幡，幡上有金线绣成的“E .G.”[②]两个字母，字母上方还有个公爵冕形标记。这艘游船叫邓肯号，属爱德华·格里那凡爵士所有。爵士是英国贵族院苏格兰十二元老之一，同时是全英驰名的皇家泰晤士河游船会最出色的会员。

格里那凡爵士和他年轻的妻子海伦夫人，以及他的一个表兄麦克那布斯少校，都在这艘船上。

邓肯号新近才造成，它驶到克莱德湾[③]外几海里的地方试航，现在正要回格拉斯哥[④]。在已经看到阿兰岛的时候，瞭望台上的水手忽然报告：有一条大鱼扑到船后浪槽里来了。船长约翰·孟格尔立刻叫人把这事告诉格里那凡爵士。爵士带着麦克那布斯少校来到艉楼顶上，问船长那是一条什么鱼。

“可真了不得，阁下！”孟格尔回答说，“我想那是老大的一条

---

① 在北爱尔兰与苏格兰之间。

② E. G.，即船主姓名 Edward Glenarvan（爱德华·格里那凡）这两个词的首字母。

③ 在苏格兰西。

④ 苏格兰城市和商港，在克莱德湾上。

鲨鱼。”

“这一带海里会有鲨鱼?!”爵士惊奇地问。

“毫无疑问的。”船长回答，“有一种鲨鱼叫作‘天秤鱼’[①]，在任何海洋里、在任何温度的地区都可以发现，这就是那种鲨鱼。除非我完全看错了，否则我们现在碰到的就是那么一个坏家伙！如果阁下同意的话，只要格里那凡夫人高兴观看一种稀奇的钓鱼法，我们很快就可以知道究竟是怎么一回事。”

“你觉得怎么样，麦克那布斯?”格里那凡问少校，“你赞成试一试吗?”

“你愿意，我就赞成。”少校安闲地回答。

“而且，”孟格尔船长又说，“这种可怕的害鱼杀不尽，我们抓住机会除掉一害吧。如果阁下高兴的话，我们把它钓起来，既是一幕动人的景象，又是一个有益的善举。”

“你就这样做吧。”格里那凡爵士说。

爵士叫人通知海伦夫人。海伦夫人也上到艉楼顶上来了，她十分乐意来看看这幕动人的钓鱼场景。

海面非常清明，鲨鱼在海面上迅速地游来游去，大家看得清清楚楚。它忽而沉入水底，忽而飞跃前进，矫健惊人。孟格尔发出捕钓的命令。水手们把一条粗绳从右舷栏扔下海去，末端系着一个大钩，钩上串着一块厚腊肉。那鲨鱼虽然还远在五十码[②]以外，就闻到那块送给它杀馋的香饵了。它迅速地游近游船。大家看到它那灰黑色的双鳍猛烈地打着波浪，尾巴保持着全身的平衡，沿着笔直的一条路线前进。它一面向前游，一面瞪着两个突出的大眼睛，欲火仿佛在眼里燃烧着；翻身时，张开的两颌显出四排白牙。它的头很宽，好像一把双头铁锤安在一个长柄上。约翰·孟格尔不曾看错，它果然是鲨鱼中最贪馋的那一种，英国人叫它“天秤鱼”，法国普罗旺斯省有人叫它“犹太鱼”。

邓肯号上的乘客们和水手们都出神地看着鲨鱼的动作。一会儿那家伙就游到钩边来了；它打了个滚，以便更容易吞钩。那么大的一

---

① “天秤鱼”是英国水手给它的名称，因为它的头像天秤，更准确地说，像个双头铁锤。因此，在法国也称之为“锤头鲨”。中文名为“双髻鲛”。

② 英美制长度单位，1码等于3英尺，合0.9144米。

块香饵一到它的粗喉咙里就不见了。它立刻拖着缆索猛烈地一摇，被钩上了。水手们赶快旋转帆架末端的辘轳，把那怪物吊了上来。

鲨鱼一看出了水，蹦得非常厉害。但是人们有法子制服它：又是一根绳子，末端打了个活结，套住它的尾巴，叫它动弹不得了。不一会儿，它就从舷栏上被吊上船来，摔到甲板上。这时，一个水手悄悄地走近它，狠命地一斧头把它那可怕的尾巴砍断了。

钓鱼的一幕结束了；那怪物没有什么可怕的了；水手们的报仇心得到了满足，但是好奇心还没有得到满足。是啊，任何船上都有这样一个习惯：杀了鲨鱼要在它肚子里仔细找一下。水手们知道鲨鱼是什么都吃的，希望在它的肚子里找到一点儿意外的收获。这种希望并不是经常落空的。

格里那凡夫人不愿参加这种腥臭的"搜索"，回艉楼去了。鲨鱼还在喘息呢；它有十英尺长，六百多斤重。这样的长度和重量一点儿也不稀奇；不过，天秤鱼虽不是鲨鱼中最大的一种，至少也算是最凶猛的一种。

不一会儿，那大鱼被人们毫不客气地用大斧头剖开了肚子。只见鱼钩被它直吞到肚子里，除此之外，肚子却是空空的。很明显，那家伙很久没有吃东西了。水手们没精打采地正要把那残骸扔下海，这时候在鲨鱼的肚脏里，有个粗糙的东西把水手长的注意力吸引住了。

"呃！那是什么呀？"他叫起来。

"那个呀，"一个水手回答说，"那是一块石头，那家伙为了平衡身体吞下去的。"

"去你的吧！"另一个水手说，"那明明是个连环弹[①]，打进了这坏蛋的肚子里，还没来得及消化呢！"

"你们都别胡说，"大副汤姆·奥斯丁驳斥道，"你们没发现这家伙是个酒鬼吗？它喝了酒不算，连瓶子都吞下去了。"

"什么？"格里那凡爵士也叫了起来，"鲨鱼肚里有只瓶子吗？"

"真是个瓶子，"水手长回答，"不过，很明显，这瓶子不是从酒窖里拿出来的。"

"那么，奥斯丁，"格里那凡爵士又说，"你细心地把瓶子取出来，海

① 从前的一种炮弹，用铁链连住，双双打出，以便斩断敌船的桅杆。

“什么？”格里那凡叫了起来，“鲨鱼肚里有只瓶子吗？”

上找到的瓶子常常是装着宝贵的文件的。”

“你相信这事吗？”麦克那布斯少校问。

“我相信至少这是可能的事。”

“我并不想和你抬杠，”少校回答，“也许那瓶子里有个秘密呢！”

“一会儿我们就会知道啦！”格里那凡说，“怎么样，奥斯丁？”

“喏。”大副回答，指着他费了不少力气才从鲨鱼肚子里取出来的那个不成样儿的东西。

“好，”格里那凡说，“叫人把那个难看的东西洗干净，拿到艉楼里来。”

奥斯丁照办了，他把这离奇的瓶子送到方厅里，放在桌子上。格里那凡爵士、麦克那布斯少校、约翰·孟格尔船长都围着桌子坐下。一般来说，女人总是有点好奇的。海伦夫人当然也围了上来。

在海上，小事都是被当作大事来看待的。有一阵子，大家一声不响，眼巴巴地望着这只玻璃瓶子。这里面装的是船只出事的线索呢，还是一个航海者闲得无聊写了一封不相干的信丢到海浪里玩的呢？

为了要知道其中的究竟，格里那凡立刻着手检查瓶子。他十分小心在意——正如这种工作所要求的那样——好像一个英国检察官在侦查一件重大案件的案情。格里那凡这样做是对的，因为从一件表面上看来似乎是无所谓的事中，往往会发现重要的线索。

在检查瓶子内部之前，先检查外部。它有个细颈子，口部很坚实，还有一节上了锈的铁丝；瓶身很厚，即使受不同程度的压力都不致破裂，一看就知道这是法国香槟省[①]制造的。阿依或埃佩尔内[②]的卖酒商人常常拿这种瓶子敲击椅档子，椅档子敲断了，瓶子仍然没有任何裂纹。这次发现的这只瓶子能够经过长期漂泊，不知被碰撞过多少次，还能完整无损，也就是因为它特别结实的缘故。

“是一只克里格酒庄的瓶子。”少校随便说了一句。

正因为他是内行，所以并没有人对他的判断提出异议。

“我亲爱的少校，”海伦说，“如果我们不知道瓶子是从哪里来的，单知道是哪家酒庄出品的有什么用呢？”

---

① 在法国东北部，香槟酒的产地。

② 阿依和埃佩尔内都在香槟省。

“我们就会知道从哪里来的呀，我亲爱的海伦，”格里那凡爵士说，“我们已经可以肯定它是来自很远的地方。你看，瓶外面巴着的这层凝固的杂质，可以说，在海水的浸渍下，都已经变成矿石了！这瓶子在钻进鲨鱼肚子之前，就已经在大洋里漂流了很久了。”

“我不能不赞同你的看法，”少校回答说，“这只玻璃瓶子外面有这么厚一层杂质，可能是经过了长途旅行。”

“它究竟从哪里来的呢？”格里那凡夫人问。

“你等着呀，我亲爱的海伦，等一等，研究这瓶子要耐心点。除非我完全推测错了，要不然，我们所提出的问题，瓶子本身是会给我们答复的。”

格里那凡一面说着，一面刮去护着瓶口的那层坚硬的物质。不一会儿，瓶塞子露出来了，但是已被海水侵蚀得很厉害。

“可惜啊！”格里那凡说，“即使瓶里有文件，一定也保存得不好了。”

“恐怕是的。”少校附和着。

“我还有个推测，”格里那凡又说，“瓶口既塞得不紧，丢到海里不久就会沉下去，幸而鲨鱼吞到肚子里了，才把它送到邓肯号上来。”

“那是毫无疑问的。”约翰·孟格尔回答，“然而，如果我们是在大海里捞起它，知道捞获地方的经纬度，那就更好了。因为，我们一研究气流和海流的方向，就可以知道它漂泊的路程；现在它是由这种惯好逆风逆流的鲨鱼送到我们手里来的，我们就无法计算了。”

“我们看看再说吧。”格里那凡回答。

他十分仔细地拨开瓶塞子，顿时一股咸味充满了艉楼。

“怎么样？”海伦夫人问，带着女人惯有的急躁情绪。

“是的！”格里那凡说，“我没有猜错！里面是有文件！”

“文件，是文件呀！”海伦夫人叫起来。

“不过，”格里那凡回答说，“大概因为潮气侵蚀得很厉害，都沾在瓶上了，拿也拿不出来。”

“把瓶子打破吧。”麦克那布斯说。

“我倒想不要把瓶子弄破。”格里那凡反驳。

“我也希望如此。”少校跟着转了话。

“自然是不打破瓶子好，”海伦夫人说，“但是瓶里的东西比瓶子更重要呀，只好牺牲瓶子了。”

“阁下只要把瓶颈子敲掉，”约翰·孟格尔建议说，“文件就可以完整地抽出来了。”

“就这样做吧，我亲爱的爱德华！”海伦夫人叫道。

事实上也很难有别的办法；所以，格里那凡爵士虽然舍不得，也只有下决心把那宝贵的瓶子的颈子敲断。因为外面的一层杂质已经硬得和花岗岩一样，非用铁锤不可。不一会儿，瓶颈子的碎片落到桌子上，人们立即看见几块纸粘在一起。格里那凡小心地把那些纸头抽出来，一张一张地揭开，摊在桌上。这时海伦夫人、少校和船长都挤在他的身边。

第二章
—— 三个文件 ——

这几块纸头，由于海水的侵蚀，成行的字都没有了，只剩下一些不成句子的模糊不清的字迹。格里那凡爵士仔细地观察了几分钟，颠来倒去地看着，又摆在阳光下照照。海水没有侵蚀掉的字迹，连最细微的一笔一画他都观察到了。然后，他看了看那些盯着他并且等得不耐烦的朋友们，说道：

“这里有三个不同的文件，很可能就是一个文件，不过是用三种文字写的：一份是英文，一份是法文，还有一份是德文。从没有被磨掉的那几个词看来，这一点是毋庸置疑的。”

“至少，这几个词总有个意思吧？”格里那凡夫人问。

“很难说，我亲爱的海伦。这些文件上的词太不完整了。”

“也许三个文件上的可以互相补足吧？”少校说。

“应该是可以的，”孟格尔回答，“因为海水绝不能把三个文件上同一行的词一个个都侵蚀掉。我们把那些残词断句凑合起来，总可以有一个看得懂的意思。”

格里那凡仔细地观察文件。

“我们正要这样做，”格里那凡爵士说，“不过，要一步一步来。先看这英文的。”

这英文文件上的残词断句如下：

	62	Bri	gow
sink			stra
		aland	
	skipp	Gr	
		tha monit	of long
	and		ssistance
	lost		

“这些都没有多大意思。”少校带着失望的神气说。

“不管怎样，”船长回答说，“这些总是英文呀。”

“关于这一点是无可怀疑的。”格里那凡爵士说，“sink（沉没），aland（上陆），that（此），and（及），lost（必死），这些词都是很完整的，skipp 很显然就是 skipper（船长），里面说的是一位名叫 Gr…（格……）什么的，大约是一只遇难的海船的船长。”

“还有，”孟格尔说，“monit 和 ssistance 这两个词的意思也很明显[①]。”

“这样一看，也就很有点儿意思了。”海伦夫人说。

“只可惜一点，”少校回答，“有些整行的字都缺了。失事的船叫什么，失事的地点在哪里，我们怎么知道呢？”

“我们会找到的。”爵士说。

“不成问题，会找到。”少校又说，他总是以大家的意见为意见，“但是怎样去找呢？”

“我们把三个文件互相补足就会找到了。”

“我们就这样来找吧！”海伦夫人又叫起来。

---

① monit 应该是 monition（文件），ssistance 应该是 assistance（援救）。

第二块纸比第一块损坏得还多些，只剩下几个这样不相联属的词：

7 Juni Glas
zwei atrosen
graus
bringt
ihnen

“这是德文。”孟格尔看了一眼就说。

“你懂德文吗，孟格尔？”格里那凡爵士问。

“阁下，我懂。”

“你懂，就请你讲讲这几个词是什么意思。”

船长仔细看了看那文件，说道：

“首先，出事的日期确定了。7 Juni 就是6月7日，再把这日期和英文文件上的62凑起来，我们就知道是‘1862年6月7日’这样一个完整的日期了。”

“好得很！”海伦夫人叫道，“再接下去！”

“同一行，还有这个 Glas，”那青年船长接着说，“把第一个文件上的 gow 和它凑起来，就得 Glasgow 一词。显然说的是格拉斯哥港的一只船。”

“我的意见也是这样。”少校附和着说。

“文件上第二行全没有了，”孟格尔又说，“但第三行我看出两个重要的词：zwei 的意思就是‘两个’，atrosen 应该是 matrosen，意思就是‘水手’。”

“那就是说一个船长和两个水手遇难了。”海伦夫人说。

“很可能就是这样。”格里那凡爵士回答。

“我要老实向阁下承认，下面这个 graus 很使我为难，”船长接着又说，“我不知道怎样解释。也许第三个文件可以使我们弄懂它。至于最后两个词，不难解释：bringt ihnen 的意思就是‘乞予’，如果我们把第一个文件第六行上的那个英文词凑拢上去，我是说把‘援救’这词接上去，就凑成‘乞予援救’，这是再明显不过的了。”

“是啊！乞予援救！”格里那凡爵士说，“但是那几个不幸的人在什么地方呢？直到现在，我们对于空间一点儿线索还没有呀！出事地点我们丝毫也不知道！”

“我们希望法文文件说得更明白点。”海伦夫人说。

“我们再看看法文文件吧。”格里那凡爵士回答，“我们大家都懂法文，研究起来也就容易得多了。”

第三个文件这样写着：

troi	ats		tannia	
	gonie			austral
			abor	
contin		pr	cruel indi	
	jeté		ongit	
et 37°	11′		lat	

“这里有数目字，”海伦夫人大声叫道，“看啊！诸位，你们请看！”

“我们还是依次序来研究，”格里那凡爵士说，“我们从头看起。请你们让我先把这些残缺不全的词一个一个地提出来。从头几个我就看出是个‘三桅船’，把英文、法文两个文件凑拢起来，船名是完整的，叫作‘不列颠尼亚’。第二行后面的两个词 gonie 和 austral，只有后面一个有意义，大家都知道这是‘南半球’。”

“这已经是一个宝贵的启示了，”孟格尔回答，“那只船是在南半球失事的。”

“还很空洞。”少校说。

“让我再接着说下去。”格里那凡又说，“abor 应该是 aborder，也就是‘到达’的意思。那几个不幸的人到达一个什么地方了。contin！是不是 continent（大陆）呢？这 cruel……”

“cruel！”约翰·孟格尔叫起来，“正好就是德文 graus……grausam

这个词啊！也就是‘野蛮的’意思呀！”

“我们再看下去！再看下去！”格里那凡说。看见那些残缺不全的字词逐渐有了意思，他的兴趣也就自然而然地跟着提高了。“Indi 是不是就是 Inde（印度）呢？那些海员被风浪打到印度去了吗？还有这个 ongit，一定就是 longitude（经度）！下面说的是纬度三十七度十一分。好了！我们有了正确的指示了！”

“但是经度还是不知道呀！”麦克那布斯说。

“我们不能要求得这样完备啊，我亲爱的少校！”格里那凡回答，“有正确的纬度已经很好了。这张法文文件是三份文件中最完整的一份，而这三份文件又很显然地是彼此的译文，并且是逐字直译出来的，因为三张纸上的行数都一样，因此，我们现在应当把三件并成一件，用一种文字译出来，然后再研究出它们最可能、最合理、最明白的意思。”

“你是拿法文、英文、还是德文来译呢？”少校问。

“拿法文译，”格里那凡回答，“既然有意思的词都是由法文保留下来的。”

“阁下说得对，”孟格尔说，“法文是我们大家都懂的。”

“那是自然啦！我现在来把这文件写出来，把残词断句凑拢起来，字句之间的空白还照样保留着，把没有疑问的字句补足起来；然后我们再来比较、判断。”

格里那凡立刻拿起一支笔，过了一会儿，他就把一张纸递给他的朋友们，纸上写着下列的几行字：

7 juin 1862	trois-m â ts Britannia		Glasgow
1862年6月7日	三桅船不列颠尼亚号		格拉斯哥
sombré	gonie		austral
沉没	哥尼亚		南半球
à terre			deux matelots
上陆			两名水手
capitaine Gr		abor	
船长格		到达	
contin	pr	cruel	indi

大陆　　被俘于　　野蛮的　　印第

jeté ce document　　de longitude

抛　此　文　件　　经　度

et 37°　11′　de latitude　　Portez–leur secours

纬度 37°　11′　　乞　予　援救

perdus

必死

这时一个水手来报告船长说：邓肯号已进入克莱德湾，请船长发出指令。

"阁下的意思怎么样？"孟格尔转过脸来问格里那凡爵士。

"赶快先开到丹巴顿，让海伦夫人回玛考姆府，然后我到伦敦去把这文件送给海军部。"

孟格尔就照这意思下了命令，那水手把这命令传达给大副去了。

"现在，朋友们，"格里那凡说，"我们来继续研究。我们找到了一个大商船失事的线索了。好几个人的性命就靠我们的判断力了。因此，我们要绞尽我们的脑汁来猜出这个哑谜。"

"我们都准备这样做，亲爱的。"海伦夫人回答道。

"首先，"格里那凡又接着说，"我们要把这文件的内容分成三个不同的部分处理：一，已经知道的部分；二，可以猜到的部分；三，尚未知道的部分。我们已经知道的是什么呢？我们已经知道：1862年6月7日格拉斯哥港的一只三桅船'不列颠尼亚号'沉没了；两个水手和船长将这个文件在纬度三十七度十一分的地方丢下海里，请求援救。"

"十分正确。"少校说。

"我们还能够猜得到什么呢？"格里那凡又说，"我们还能猜到的首先是：那只船失事地点是在南半球海面上，这里我要立刻引起你们对'gonie'这个词的注意。这个词不是指一个地名吗？它不是一个地名的一部分吗？"

"是 Patagonie（巴塔哥尼亚）[①] 呀！"海伦夫人叫道。

"没有问题。"

---

① 阿根廷南部地方的旧称。

“但巴塔哥尼亚是不是在南纬三十七度线上呢?”少校问。

“这个不难证实。”孟格尔一面打开南美地图一面回答,“正是这样!巴塔哥尼亚被南纬三十七度线掠过。南纬三十七度线先横穿阿罗加尼亚[①],然后沿巴塔哥尼亚北部穿过草原,进入大西洋。”

“好!我们继续推测下去。abor 就是 aborder(到达)。两个水手和船长到达什么地方呢? contin……就是 continent(大陆);你们注意,是‘大陆’不是海岛。他们到达大陆后怎么样呢?有个神签一般的‘pr’,说明了他们的命运。这个‘pr’是说明那几个不幸者是‘被俘’(pris)了或者‘做了俘虏’(prisonniers)了。被谁俘虏去了呢?被‘野蛮的印第安人’(cruels Indiens)俘虏去了。我这样解释,你们信服不信服?空白里的词不是好像一个个地自动跳出来了吗?你们不觉得文件的意义很明显了吗?你们心里还有什么不明白吗?”

格里那凡说得斩钉截铁,眼光里充满着信心。他的全部热诚都灌注到大家的心里去了。他们都和他一样叫道:“再明显不过了!再明显不过了!”

过了一会儿,格里那凡爵士又说:

“朋友们,所有这些假定,在我看来,都是非常可信的。我认为事情出在巴塔哥尼亚海岸附近。而且,我要叫人在格拉斯哥港打听一下不列颠尼亚号当初开出是要到什么地方去的。然后我们就知道它是否有被迫驶到那一带海面的可能。”

“啊,我们不需要到这样远的地方去打听!”孟格尔回答说,“我这里有全份《商船日报》,可以给我们正确的指示。”

“赶快拿出来查一查,赶快查!”格里那凡夫人说。

孟格尔拿出一大捆1862年的报纸,开始很快地翻了翻。他找的时间并不长,不一会儿他就用满意的声调说:

“1862年,5月,30日,秘鲁!卡亚俄[②]!满载,驶往格拉斯哥港。船名不列颠尼亚号,船长格兰特。”

“格兰特!”格里那凡爵士叫起来,“就是那位心雄胆大的苏格兰人,他曾想在太平洋上建立一个新苏格兰呀!”

---

① 智利南部地区。

② 秘鲁西部的一个大商埠。

“是啊！”孟格尔回答，“就是他，在1862年乘着不列颠尼亚号自格拉斯哥港出发，后来大家就听不到他的消息了。”

“再也不用怀疑了！再也不用怀疑了！”格里那凡说，“确实就是他。不列颠尼亚号5月30日离开卡亚俄，八天后，6月7日，就在巴塔哥尼亚海面失事了。它的全部历史都记载在这些乍看似乎不能辨识的残余字迹里面。你们该知道了吧，朋友们，我们推测到的事实真不算少了。至于我们不知道的，现在只有一点：就是经度的度数了。”

“既然地方的名称都知道了，经度的度数知道不知道就没有多大关系了。”孟格尔回答说，“我只要知道纬度，就能保证一直航行到出事地点。”

“那么，我们不是全部都明白了吗？”格里那凡夫人说。

“全部都明白了，我亲爱的海伦，这文件上字词之间的空白，我可以毫不费力地填充起来，仿佛格兰特船长亲口在讲，我在替他做笔录一样。”

格里那凡爵士说着就立刻拿起笔，毫不迟疑地做成以下记录：

> 1862年6月7日，三桅船不列颠尼亚号，籍隶格拉斯哥港，沉没在靠近巴塔哥尼亚一带海岸的南半球海面。因急求上陆，两水手和船长格兰特立即到达此大陆，将受俘于野蛮的印第安人。兹特抛下此文件于经度……纬度三十七度十一分处。乞予救援，否则必死于此！

“好！好！我亲爱的！”海伦夫人说，“如果那些不幸的人们能够重新回到祖国，那全都亏了你呀！”

“他们一定能够重新回到祖国，”格里那凡回答说，“这文件说得太明显、太清楚、太确实了，英国决不会把它的孩子们就这样丢在那荒僻的海岸上不去营救。决不会的。它过去曾经营救过富兰克林①和其他许多失事的船员，它今天也必然会营救不列颠尼亚号的遇难船员的！”

“这些不幸的人一定都有家庭，家里人一定都在因他们失踪而哭着呢！”海伦夫人又说，“也许这可怜的格兰特还有妻子和儿女……”

“你说得对，我亲爱的夫人，我负责通知他们，告诉他们并不是

---

① 约翰·富兰克林（1786–1847），英国航海家，在北极探险遇难。

完全没有希望。现在,朋友们,我们回到艉楼顶上去,我们快要到港口了。”

果然,邓肯号开足马力,沿着比特岛的海岸航行,洛司舍区和那座躺在肥沃山谷里的美丽的小城都已经落在右舷后面了;接着,它就驶进海湾狭窄的航道,在格里诺克城面前转了弯,到了晚上6点钟,它就停泊在丹巴顿的那座雪花岩的脚下,岩顶上还矗立着苏格兰英雄华莱士[①]的那座著名的府第。

那里,一辆马车套好了马在等候着海伦夫人,准备把她和麦克那布斯少校一起送回玛考姆府。格里那凡爵士和他年轻的夫人拥抱告别后,就跳上了去格拉斯哥的快车。

但他在动身前,先利用一个更迅速的通信工具发出一个重要的启事。几分钟后,电报就把这启事送达《泰晤士报》和《每晨纪事报》了。启事内容如下:

> 欲知格拉斯哥港三桅船不列颠尼亚号及其船长格兰特消息者,请询格里那凡爵士。地址:苏格兰,丹巴顿郡,吕斯村,玛考姆府。

第三章

玛考姆府

玛考姆府是高地[②]最富有诗意的一座住宅,位置在吕斯村附近,俯瞰着吕斯村那个美丽的小山谷。乐蒙湖的清波浸浴着高墙的石基。从远得记不清的年代起,这座住宅就属于格里那凡家族了。格里那凡家族在这罗布·罗伊[③]与弗格斯·麦克格里高[④]的故乡,还保存着沃尔

---

① 华莱士,13世纪苏格兰解放战争中的人民领袖,后被英格兰人杀害。
② 苏格兰南部地区的名称。
③ 苏格兰的著名侠盗,司各特曾将他的生平写成小说。
④ 苏格兰16世纪末期的农民革命领袖。

特·司各特[①]小说中那些古代英雄的好客遗风。当社会革命[②]在苏格兰爆发的时代，许多佃户都因为无力缴付过高的地租被领主赶走了。他们有的饿死了，有的做了渔夫，有的离开了家乡。整个社会都陷入绝望的境地。在所有的贵族中，只有格里那凡这一族认为信义约束贵族和约束平民是一样的，他们对佃户始终以信义相待。因此他们的佃户中没有一个丢开他们的老家，没有一个离开他们的故乡，个个都继续做格里那凡氏的臣民。所以就是在那种恩断义绝的乱世，格里那凡氏的玛考姆府始终只有苏格兰人住在里面，和现在邓肯号船上只有一色的苏格兰人一样。这些苏格兰人都是老领主麦克格里高、麦克法伦、麦克那布斯、麦克诺顿的庄户子孙，也就是说，他们都是根生土长在斯特林和丹巴顿两郡的孩子们，他们都是些老实人，全心全意地忠于旧主，其中有些人还会说古喀里多尼亚[③]的语言呢。

格里那凡爵士家资极富，一向仗义疏财，他的仁慈还超过他的慷慨，因为慷慨是有限度的，而仁慈可以是无边的。这位身为吕斯村绅士的玛考姆府的“业主”，是英国贵族院的元老，代表本郡。但是，由于他的雅各派[④]思想，由于他不愿逢迎当时的王朝，他颇受英国政客们的歧视。再者，他始终继承着他先辈的传统，坚决抵抗“南方人”[⑤]的政治侵略，这更是他被歧视的原因。

格里那凡爵士绝不是个胸襟狭隘、智慧平庸、思想落后的人，然而，尽管他打开他那一郡的大门，迎接一切进步的事物，可是他内心中总是苏格兰第一，他在皇家泰晤士河游船会的竞赛中用他的快速游船和人家较量，正是为着要替苏格兰争光。

格里那凡爵士现年三十二岁，身材高大，面容有些严峻，但是眼光却无限地温和，他的整个仪表都反映着那高地的诗意。人们都知道他极其豪迈、敢作敢为、豪侠仗义，有古代骑士的作风，确实是一位19世

① 英国19世纪初期著名的历史小说家，苏格兰人。

② 大约指詹姆士六世（1566–1625）时代的农民革命；革命失败了，所以贵族加紧压迫农民。

③ 苏格兰的古称。

④ 英国忠于英逊王詹姆士二世的一派。

⑤ 指英格兰人，因英格兰岛位于苏格兰之南。英格兰人在政治上不断地压迫北方的苏格兰人和南方的爱尔兰人。

纪的弗格斯[①]。但是最突出的还是他那一片仁慈心肠，他甚至比圣马丁[②]还要仁慈，恨不得把他穿的大衣整个都送给高地的贫民。

格里那凡爵士和海伦小姐结婚才不过三个月。海伦小姐是有名的旅行家威廉·塔夫内尔的女儿。威廉是为了研究地理并热衷于勘察而牺牲性命的许多学者之一。

海伦小姐不是贵族出身，但她是纯粹的苏格兰人。这一点，在格里那凡爵士看来，就抵得上任何一个贵族门第了。她是个妩媚、勇敢、热情的少女，吕斯村的绅士就和这样一个女郎结成了终身伴侣。当他初次遇见她时，她是个无父无母的孤儿，差不多没有财产，独自住在基尔帕特里克她父亲的一所房子里。他知道这个可怜的少女会是一位贤妻，所以他娶了她。海伦小姐才二十二岁，是个金发美人，眼睛蓝得和苏格兰春天早晨的湖水一般。她对丈夫的爱超过她对丈夫的感激。看她那样怜爱丈夫，就仿佛她自己是个豪富的继承人，而丈夫却是个无人过问的孤儿。至于她的佃户们和仆役们，他们都称她为“我们仁慈的吕斯夫人”，就是为她牺牲性命也是心甘情愿的。

格里那凡爵士和海伦夫人幸福地生活在玛考姆府里，府的四周环绕着高地的那片荒僻而壮丽的大自然。湖边的幽径都充满了枫树和栗树的浓荫；湖岸上还有人唱着古代的战歌；荒凉的山峡里还有许多古代建筑的遗迹，令人想起苏格兰历史上的光荣。他们夫妇俩就常在这些美景中散步。今天，他们钻进白桦树或落叶松的林子里，在一望无边的霜叶初黄的灌木丛中消失了；明天，他们又攀登乐蒙山的峻岭，或者骑着马在阒无人迹的幽谷里奔驰。他们观察着、体会着、欣赏着那富有诗情的、直到今天还被称为“罗布·罗伊之乡”的胜境，以及沃尔特·司各特所歌颂的那些著名的景色。傍晚，当“麦克·法伦之灯”[③]在天边放出光芒的时候，他们就沿着府第外的复道徘徊。这种古老的回廊像是给玛考姆府套上一个垛堞构成的项圈。在那儿，他们俩坐在一块孤立的石头上，沉思着，在大自然的沉寂中，在淡淡的月光下，仿佛世界上再也没有别的人。夜色渐渐向越来越暗的山峰上笼罩下来，

---

① 中古时期的苏格兰君主，骑士的领袖与典型。

② 中世纪的基督教圣人，据说曾将所穿大衣割去一半以赠穷人。

③ 麦克·法伦所建的灯塔。

他们陶醉在这出神入化与胸襟开朗的境界里。只有两颗相爱的心灵才能领略到大地上的这种秘密。

他们结婚后的头三个月就这样过去了。但是格里那凡爵士并没忘记他的妻子是一个大旅行家的女儿！他想，海伦夫人的心里一定还保有她父亲的那些愿望。果然，他一点儿也没有想错。邓肯号造好了，它将载着格里那凡夫妇到世界上最美丽的地方去，经过地中海一直到希腊附近一带的群岛。当丈夫把邓肯号交给她支配的时候，我们可以想象到海伦夫人是多么快乐啊！是呀，到那风光明媚的希腊去享受爱情生活，在那仙境一般的东方海岸边度蜜月，世界上的幸福有比这个更大的吗？

然而，这时候格里那凡爵士已经到伦敦去了。当前的急务是要援救几个不幸的遇难船员！所以海伦夫人对这次短时间的分离，悬念的成分居多，郁闷的成分较少。第二天，接到丈夫的一封电报，她估计丈夫很快就可以回来；晚上收到一封信，说要延期，因为格里那凡爵士的建议碰到了若干困难；第三天，又有一封信，信里格里那凡爵士流露出对海军部的不满。

这一天，海伦夫人心中不安起来。晚上，她正一人闷坐在房里的时候，忽然总管家哈伯尔进来告诉她，有一个少女和一个男孩要求和格里那凡爵士说话，问她愿不愿接见。

“是本地人吗？”海伦夫人问。

“不是的，夫人，”总管家回答，“因为我不认识他们。他们是乘火车到巴乐支，再由巴乐支到吕斯村，他们是步行来的。”

“请他们上来吧，哈伯尔。”格里那凡夫人说。

总管家出去了。一会儿，那少女和男孩被引到海伦夫人的房里来。一看他们的面孔就知道，他们是姐弟俩。姐姐十六岁，她那副漂亮的面孔显得有些疲乏，眼睛似乎是哭得肿肿的，那副表情又沉着又勇敢，那身装束又素雅又整洁，这一切叫人一见就对她产生好感。她挽着十二岁的弟弟。这孩子态度坚决，好像是他姐姐的保镖。真的！谁要是冒犯了他的姐姐，这条小好汉就会立刻出头的！姐姐乍到海伦夫人面前，有些愣住了。海伦夫人赶快先开腔：

“你们想找我说话吗？”她边问边用眼光鼓励着那女孩。

“不是，”那男孩用坚定的语气回答，“不是找你，我们要找格里那凡爵士本人。”

“请原谅他，夫人。”姐姐立刻说，用眼睛瞅着弟弟。

“格里那凡爵士不在家，”海伦夫人说，“我就是他的太太。如果我可以代替他的话……”

“您就是格里那凡夫人吗？”那少女问。

“是的，小姐。”

“就是把关于不列颠尼亚号沉没的事在《泰晤士报》上登了启事的那位玛考姆府的格里那凡爵士的夫人吗？”

“正是！正是！”海伦夫人赶忙接着回答，“你们是……”

“我是格兰特小姐，夫人，这是我的弟弟。”

“啊，格兰特小姐呀！格兰特小姐！”海伦夫人叫起来，一面把那少女牵到身边，拉住她的双手，一面又吻着那小好汉的小脸。

“夫人，”那少女问，“关于我父亲沉船的事，您可知道些什么？他还活着吗？我们还可能见到他吗？我恳求您，请您快说啊！”

“我亲爱的孩子，”海伦夫人说，“在这种情况下，我不愿意让你们空欢喜一场……”

“您尽管说，夫人，您说吧！我是够坚强的，痛苦我忍受得了，不怕听到坏的消息。”

“我亲爱的孩子，”海伦夫人回答，“希望是很渺茫的，不过，也可能有一天你们会跟你们的父亲重新见面。”

“上帝呀！上帝！”格兰特小姐叫着，忍不住流下泪来。同时，小罗伯尔抱住格里那凡夫人的双手直吻。

这一阵悲喜交集的情绪过去后，那少女不由自主地提出了很多问题。海伦夫人对她说了捞获文件的经过，又根据文件说明了不列颠尼亚号怎样在巴塔哥尼亚附近沉没了，怎样只有船长和两个水手保住了性命，后来可能爬上了大陆，他们怎样用三种文字写了一个文件丢到海里，向全世界的人求援。

当海伦夫人这样叙述着的时候，小罗伯尔眼巴巴地望着她，他的生命仿佛就悬在海伦夫人的嘴唇上，他的儿童的想象力在他脑子里刻画出他父亲可能会碰到的许多危险：他仿佛看见父亲站在不列颠尼亚

“我是格兰特小姐，夫人，这是我的弟弟。”

号的甲板上，看见他在海浪中挣扎，他仿佛和父亲在一起，扒住了海边的岩石，后来又气喘吁吁地在沙滩上爬着，离开了海上的狂澜。在海伦夫人叙述的过程中，他有好几次嘴里不自觉地叫出来：

“啊，爸爸！我可怜的爸爸啊！”一面叫着，一面靠紧他的姐姐。

至于格兰特小姐呢，她合着双手，一声不响，细心听着，直到叙述完了，她才说：“啊，夫人！那文件呢？那文件呢？”

“那文件不在我这儿，我亲爱的孩子。”海伦夫人回答。

“不在您这儿吗？”

“不在。为了你的父亲，格里那凡爵士把那文件带到伦敦去了。但是文件里写的东西我都一字一字地告诉你们了，我们怎样找出了文件的正确意义，我也告诉你们了。在那些几乎全被波浪剥蚀掉的残余字迹里，还保全了几个数目字，只可惜经度……”

“不需要有经度呀！”那小男孩叫道。

“是呀，罗伯尔先生。”海伦夫人一面回答，一面看着他那副坚决的神情，不禁微笑起来，“那么，你看，格兰特小姐，连那文件里的细枝末节你都知道了，你知道得和我一样多呀！”

“是的，夫人。”那少女回答，“但是我还是很想看看我父亲的笔迹。”

“那么，等明天，也许明天格里那凡爵士就会回来。我的丈夫带着这个不可否认的文件，想把它拿给海军部的审计委员们看看，以便发动他们立即派船去寻找格兰特船长。”

“是真的吗，夫人！您二位真为我们去办交涉了吗？”那少女叫起来，表示十分感谢。

“是的，亲爱的孩子。”海伦夫人回答，“我们不该接受任何感谢，随便什么人处在我们的地位，都会像我们这样做的。但愿我使你们心里产生的希望能够实现啊！请你们就住在我们家里，等格里那凡爵士回来……”

“夫人，”那少女回答，“我不能凭您对陌生人表示的同情而来过分打扰您。”

“陌生人吗?！亲爱的孩子，你的弟弟和你在这屋里都不是陌生人呀！等格里那凡爵士回来了，我希望他能够告诉格兰特船长的儿女，人家将要怎样设法去援救他们的父亲。”

这样热诚的邀请是不便拒绝的。因此，格兰特小姐同意了和弟弟就在玛考姆府里等候格里那凡爵士。

第四章
—— 格里那凡夫人的建议 ——

在这一席谈话当中，海伦夫人没有提到格里那凡爵士在来信中对海军部审计委员们的态度所表示出来的焦虑，也没有一字触及格兰特船长在南美洲可能被印第安人俘虏的事实。这些话，要是说了出来，徒然使那两个可怜的孩子为他们父亲的处境担忧，徒然减少他们所抱的希望，又有什么益处呢？这是丝毫无补于事的呀！因此，这两点海伦夫人决计不提了。她回答了格兰特小姐的各种问题之后，反过来对格兰特小姐的生活和处境问长问短，她感觉到格兰特小姐仿佛是她弟弟在世界上唯一的保护人。

格兰特小姐的生活和处境是一段动人而又简单的历史，这段历史更增加了格里那凡夫人对她的同情。

玛丽·格兰特和罗伯尔·格兰特是格兰特船长仅有的两个孩子。格兰特是他们的姓。船长自己的名字是哈利。哈利·格兰特在罗伯尔出生的时候就死了妻子，每当他做远程航行的时候，他就把两个孩子托付给一位年老慈祥的堂姐姐。格兰特船长是个精明强干的海员，他既善于航海，又善于经商，一身兼备着普通商船船长所难得的双重才干。他住在苏格兰珀思郡的敦提城，因此格兰特船长是本地人。他的父亲是圣卡特琳教堂的牧师，曾让他受全面教育，因为他父亲认为受全面教育对任何人都永远是有利无害的，纵然是对于一个远洋航行的船长，也是有好处的。

哈利·格兰特先做大副，后来做船长，在最初几次远洋航行中，业务颇有成就，到了罗伯尔出生后的几年，他已经积有一些资财了。

就是在那个时期他想出了一个伟大的计划，使他的名字传遍了苏格兰。他和格里那凡氏的人们一样，也和低地[1]的若干世家大族一样，对于那向北侵凌的英格兰始终是貌合神离的。在他看来，他的家乡——苏格兰的利益不可能是盎格鲁-撒克逊人[2]的利益，因此，他想以个人的力量促进苏格兰利益的发展，决心在澳大利亚一带找出一片陆地来，好让苏格兰能做大规模的移民。他是不是梦想着将来也追随美利坚合众国的先例，像印度、澳洲迟早也必然要做到的那样，要争取苏格兰人脱离大英帝国而独立呢？或许他是这样想的。大概他曾把他这个内心的希望泄露出去了，因此，不难了解，政府是不会对他这种移民计划予以支持的。政府不但不予以支持，甚至于还给他制造种种困难；而这种种困难，如果是在别的国家，也许会把计划人的性命都送掉了。但是哈利·格兰特并没有灰心，他号召同胞发扬爱国主义精神，他自己则拿出全部家产来实现他的计划。他造了一只船，组成了一支精干的船员队伍，他把儿女托付给那年老的堂姐姐，自己就出发到太平洋的各大岛上探险去了。那是1861年的事。在头一年里，直到1862年5月，人们都还不断地得到他的消息；但是自从6月里他离开卡亚俄以后，就没有人再听到关于不列颠尼亚号的情况了，《商船日报》对船长的命运也只字不提了。

也就是在那期间，哈利的堂姐姐死了。自此以后，这两个孩子成了举目无亲的孤儿。

那时，玛丽·格兰特才十四岁。她勇敢坚毅的心灵对她的境遇毫不畏怯，她把她的全部精力都花在她那幼小的弟弟身上。这孩子不但要养，还要教呀！亏了她的节俭、谨慎和聪明，亏了她日夜劳作，亏了她为弟弟牺牲一切，这位少年小姐姐居然把教养弟弟的工作担任下来了，她沉着地代尽了母亲的责任。这种处境是十分动人的，两个孩子就这样在敦提生活着，高傲地安贫吃苦，勇敢地和穷困斗争。玛丽一心一意只想到弟弟，她为他梦想着幸福的前途。可怜啊！她一直认为不列颠尼亚号永远完结了，父亲是死了，死定了。当她偶然翻到《泰晤士报》上那条使她突然又从绝望中脱身的启事的时候，她那种感动而兴奋的心情实在是无法形容的。

---

① 在苏格兰中部。

② 住在英格兰岛而掌握全英实际权力的民族。

她毫不迟疑,立刻决定来打听一下消息。哪怕这消息告诉她格兰特船长的尸体在荒僻海边的一只破船底里发现了,也要比受那种生死不明、半信半疑,永远牵肠挂肚的痛苦好些。

因此她把这消息和她的决心告诉了弟弟。当天两个孩子就乘上了去珀思的火车,晚上就到了玛考姆府。到了玛考姆府,玛丽又在长久的忧虑之后开始有了希望。

以上就是玛丽·格兰特对格里那凡夫人所讲的她的苦痛经历,她简简单单地说着,丝毫没有想到在这一段经历里,在这漫长的苦难年月里,她表现得完全像是一个英雄女郎;然而海伦夫人想到这一点时,有好几次忍不住淌下眼泪,把格兰特船长的两个孩子紧紧地抱在怀里。

至于罗伯尔,他听这段故事也还是第一次。他瞪着两只大眼睛听着姐姐说,他现在才知道姐姐过去所做的一切,所忍受的一切,最后他抱着姐姐叫道:

"啊,妈妈呀!你就是我的妈妈呀!"这叫声是不由自主地从内心深处发出来的。

大家谈着谈着,已经是深夜了。海伦夫人怕两个孩子过分疲乏,不愿意把话拉得太长,于是便把玛丽·格兰特和罗伯尔领到为他们准备的卧房里去了。他们倒下就睡着了,梦想着美好的将来。他们离开之后,海伦夫人就叫人把少校请来,并把当晚和两个小格兰特接触的全部经过告诉了他。

"好个小女孩啊,玛丽·格兰特!"少校听了他表弟媳的叙述之后说。

"愿老天保佑我的丈夫交涉成功吧!"海伦夫人回答,"否则这两个孩子的处境更不堪设想了。"

"他会交涉成功的,"麦克那布斯又说,"否则海军部那些老爷们的心肠真是比波特兰[①]的岩石还要硬了。"

虽然少校这样保证,海伦夫人还是不放心,这一夜都没有睡好。

第二天天一亮,玛丽·格兰特和弟弟就起来了。他们正在院子里走来走去,忽然听到一阵马车声。格里那凡爵士快马加鞭地赶回玛考

① 英国的一个岛城,以巉岩著称。

姆府了。几乎就在这时候,海伦夫人由少校陪着也到了院子里,直向着她的丈夫奔去。她的丈夫仿佛很忧郁,很失意,很愤慨。他拥抱着他的夫人,但没说一句话。

“怎么样了,爱德华,爱德华?”海伦夫人急着问。

“怎么样吗?我亲爱的海伦,”格里那凡爵士回答说,“那班人一点心肝都没有!”

“他们拒绝了?……”

“是呀!他们拒绝派船给我!他们说,为了寻找富兰克林,曾经白费了几百万!他们声称文件太模糊,看不懂!又说,那些不幸的人已经失踪了两年了,很少可能再找到他们!又说,他们既落到印第安人手里,必然被带到内陆去了,怎么能为了三个人——三个苏格兰人!——搜查整个巴塔哥尼亚呢!这样做既无益又危险,可能牺牲的人要比被救的人还多。总之,他们不愿意,什么站不住的理由都搬出来了。他们还记得格兰特船长的那个计划呢,这可怜的格兰特没有救了!”

“我的父亲啊!我可怜的父亲啊!”玛丽·格兰特叫起来,跪到格里那凡爵士的膝前。

“你的父亲!怎么回事,小姐?……”爵士看见一个女孩跪在他面前,吃了一惊,问。

“是的,爱德华,这就是玛丽小姐和她的弟弟,”海伦夫人回答,“是格兰特船长的两个孩子。海军部这样一来,他们是注定要做孤儿的了!”

“啊,小姐!”格里那凡爵士说着,扶起那少女,“假使我早知道你们在这里……”

他说不下去了。院子里只剩断断续续呜咽的哭声,冲破了一片苦痛的沉寂。格里那凡爵士、海伦夫人、少校,以及静悄悄围着主人的那些仆从们,谁都说不出话来;但是在态度上,这些苏格兰人没有一个不对英国政府的这个决定表示愤愤不平。

过了一会儿,还是少校先开口,他问格里那凡爵士说:“这么说,就没有一点儿希望了?”

“没有希望了。”

“我可怜的父亲啊！”玛丽·格兰特叫起来，跪到格里那凡爵士的膝前。

"那么,好!"小罗伯尔高声地叫,"我去找那班人去,我们倒要看看……"

罗伯尔这句发狠的话还没有说完,就被他的姐姐止住了,但是他两个小拳头握得紧紧的,显出一肚子的愤怒。

"不能这样,罗伯尔,"玛丽·格兰特说,"不能这样!这些好心肠的大人为我们尽了力了,我们要谢谢他们,我们要永远感激在心。我们走吧。"

"玛丽!"海伦夫人叫。

"小姐,你要到哪里去呢?"格里那凡爵士说。

"我要去跪到女王面前,"少女回答,"我们要看看女王是不是对我们这两个为父亲求命的孩子也装聋作哑。"

格里那凡爵士摇摇头。并不是他怀疑女王陛下的仁慈心肠,而是他料到玛丽·格兰特是不会见得到女王的。求恩的人很少能走到王座前面的阶石下,因为英国人在王宫的大门上和在他们轮船的舵盘上一样,都写着"请乘客勿与掌舵人说话"。

海伦夫人懂得她丈夫的意思,她也明白那个少女去求见女王是不会成功的。她眼见着这两个孩子就要过着绝望的生活了,这时,她起了一个伟大而慷慨的念头。

"玛丽·格兰特,"她高声地叫,"你们等一等,我的孩子,现在听我说。"

那少女本来已经挽着弟弟要走了,她停了下来。

于是,海伦夫人眼泪汪汪地、但是声音坚决而面色兴奋地走向她的丈夫。

"爱德华,"她对他说,"格兰特船长写了这封信把它丢到海里的时候,他是把他的信托付给上帝了,是上帝把这封信交给我们的呀!无疑地,上帝是要我们负责拯救那几个不幸的人。"

"你的意思是怎样呢,海伦?"格里那凡爵士问。

全场的人都静悄悄地听着。

"我的意思是说,"海伦夫人接口说,"一个人如果结了婚以后就能做一件好事,他应该是极端幸福的了。那么你,我亲爱的爱德华,你为了要叫我快乐,曾经订了一个游览旅行的计划呀!但是天下的快乐有能比拯救被国家遗弃的一些不幸的人更快乐、更有价值吗?”

“海伦啊!”格里那凡爵士叫起来。

“是的,你懂得我的意思了,爱德华! 邓肯号是一条轻快牢固的好船啊! 它吃得消南半球海洋上的风浪! 如果需要的话,它可以做环球旅行。我们就出发吧,爱德华! 我们去寻找格兰特船长!”

格里那凡爵士听到这一席话,早就对他那年轻的夫人伸出两只胳臂了;他微笑着紧紧拥抱着她。这时,玛丽和罗伯尔也拉住她的双手直吻。在这动人的一幕当中,所有仆从都感动了、兴奋了,不由自主地从内心里发出了感激的呼声:

“乌啦! 乌啦!! 乌啦!!! 拥护吕斯夫人! 拥护格里那凡爵士和格里那凡夫人!”

第五章
邓肯号出发了

我们已经说过,海伦夫人是一个慷慨豪爽的人。她刚才的那种表现就是一个明证。格里那凡爵士有这样一个贤惠的妻子能了解他、追随他,他也真足以自豪了。当他在伦敦看见他的请求被拒绝的时候,他就打算亲自出马去援救格兰特船长,但是他没有在海伦夫人面前说出,因为他想来想去,舍不得离开他的夫人。现在既然海伦夫人先开了口,一切顾虑都没有了。全家仆从都热烈拥护这个建议,因为主人要援救的都是苏格兰人,都和他们自己一样,是他们的同胞啊! 当他们欢呼表示拥护吕斯夫人的时候,格里那凡爵士也夹在里面衷心地为吕斯夫人喝彩。

航行既经决定,就一刻钟也不能浪费了。当天,格里那凡爵士就吩咐孟格尔,叫他把邓肯号开到格拉斯哥港,做向南航行的准备,并且说这次航行可能要环绕地球一周。应该说明,当海伦夫人提出她的建议时,她并没有过高估计邓肯号的质地,邓肯号确实具有坚固和轻快的优点,很可以做一次远程航行。

邓肯号是一只式样美观、装有蒸汽机的游船，载重二百一十吨。我们知道，当初到新大陆去探险的那几只船如哥伦布[①]的、威斯普奇[②]的、品吞[③]的、麦哲伦[④]的，可都比邓肯号的吨位小得多呢[⑤]！

邓肯号有两个主桅：前桅有主帆、梯形帆、小前帆、小顶帆，大桅带有纵帆、樯头帆；此外还有三角帆、大触帆、小触帆，以及许多辅帆。船上的帆是足够的，它可以和普通快帆船一样，利用各级风力；但是它主要还是靠内部的机器力量。它的机器是最新出品的，有一百六十马力，并备有加气机。那是一部具有高压性能的机器，可以加大气压，推动双螺旋桨。邓肯号开足了马力，可以达到一个高于当时所有轮船最高纪录的速度。可不是嘛，在克莱德湾试航时，测程仪显示，它的最高速度每小时已经达到十七海里。有这样的速度，它足可以做环球旅行了。孟格尔只要把舱房改装一下就行了。

他首先扩大煤舱，尽量多装煤，因为沿途补充燃料是不容易的。同样地他也扩大了粮舱，装进了两年的粮食。至于钱是不缺的，他甚至还买了一尊有转轴的炮，安在船头甲板上。谁知道将来有无意外呢？能够将一颗八磅重的炮弹打到四海里远，总是有备无患的。

我们还应该说明，孟格尔对于业务是十分内行的。虽然他只指挥一只游船，他却是格拉斯哥港在数的一个优秀的船长。他才三十岁，面容相当严肃，但是也表现出勇敢和善良。他是在格里那凡家里长大的，格里那凡家把他抚养成人，并把他培育成一个优秀的海员。在以往的几次长途航行中，孟格尔曾多次表现出他的灵敏、刚毅与沉着。当格里那凡爵士请他当邓肯号船长时，他衷心乐意地接受了这个任务，因为他爱这位玛考姆府的主人，和弟弟爱哥哥一样，他早就想替他效劳，只是一直不曾找到机会。

大副汤姆·奥斯丁是个老水手，值得十二分的信任；船上连船长、

---

① 哥伦布（1451–1506），意大利人，美洲大陆的发现者。

② 阿美利哥·威斯普奇（1451–1512），意大利航海家。曾两度探险新大陆，因此人们把新大陆称为亚美利加洲。

③ 品吞（1509–1583），葡萄牙旅行家，曾探险东印度。

④ 麦哲伦（1480–1521），葡萄牙航海家，曾探险东印度及摩洛哥。

⑤ 哥伦布第四次航行带了四只船。哥伦布自乘的指挥船最大，载重七十吨；最小的一只仅载重五十吨。简直是些沿岸航行的小船而已。——原注

大副在内一共是二十五人，组成了邓肯号上的船员队伍；他们都是丹巴顿郡的人，都是饱经风浪的水手，都是格里那凡族的庄户子弟；他们在船上形成了一种诚实人的集团，集团里人手齐全，连那传统的风笛手①都不缺。格里那凡爵士有了这样一队船员，就等于有了一支精兵。他们个个都满意自己的职业，个个都热诚、勇敢，善于使用武器和驾驶船只，他们都愿意追随船主做冒险的远征。当邓肯号船员们听了这次航行的目的，个个都快活得不得了，“乌啦！”的欢呼声在丹巴顿的山谷里响起了一片回声。

孟格尔尽管忙着修舱贮粮，却没有忘记替格里那凡爵士夫妇准备两个长途航行的房间。同时他还要替格兰特船长的两个孩子布置舱位，因为海伦夫人已经答应玛丽在邓肯号上随行。

至于小罗伯尔，你不叫他去，他会躲到货舱里瞒着人随同出发的。纵然你要他和富兰克林与纳尔逊②小时一样，过见习水手的苦生活，他也会毫不畏怯地爬到船上来。像这样一条小好汉，你能拗得过他吗？大家都不作此想；甚至于人们还要同意他不以乘客的身份上船，因为他不管做见习水手也好，做小水手也好，做大水手也好，他是要服务的。大家责成孟格尔教给他海员的业务。

“好！”罗伯尔说，“要是我学得不好，他尽管拿皮鞭抽我。”

“这个，你倒不要怕，我的孩子。”格里那凡爵士用郑重其事的神气回答——用不着说明船上的“九尾猫”③已经是一律禁用的了，而且在邓肯号上也绝对没有用“九尾猫”的必要。

船上的乘客名单，再加上麦克那布斯少校，就算齐全了。这少校是个五十岁的人，态度镇静，五官端正，人家叫他到哪里他就到哪里，性子非常好，无可批评，又谦虚又沉默，又和气又温柔；不管对什么事，不管对什么人，他总是以人家的意见为意见；他从来不跟人家辩，不跟人家吵，也从来不跟人家发脾气；他攀登敌人的堡垒和上寝室的楼梯一样地镇定，他任何事也不怕，就是炮弹落到他身边，他也不会动一下，无疑地，他将一直到死也不会找到一个发怒的机会。如果一定要

---

① 风笛手是专吹风笛的人，现在高地部队里还每队养一个风笛手。——原注

② 纳尔逊（1758–1805），英国海军名将。

③ 木柄末端装置九条皮鞭，称为“九尾猫”，英国船上常用这东西打见习水手。——原注

找到他的一个短处,那就是他从头到脚都只是一个地道的苏格兰人,纯血的喀里多尼亚人,固执地遵守着故乡的旧风俗。所以他不愿为大英帝国服兵役,他这个少校官阶还是在高地黑卫队第四十二团里得来的。黑卫队是纯粹苏格兰贵族组成的队伍。麦克那布斯以表兄的资格长住在玛考姆府,现在他觉得以少校的资格住到邓肯号船上来,是再自然不过的事了。

以上就是邓肯号游船上的全部人员。这只船,由于一个意想不到的机缘,要做一次现代最惊人的航行去了。自从它开到格拉斯哥的轮船码头以来,它就抓住了公众的好奇心。每天都有大批的人来参观,大家关心的也是它,谈论的也是它,这使得停泊在港里的所有其他船舶的船长都看得眼红,尤其是苏格提亚号的薄尔通船长。这苏格提亚号也是一只漂亮的汽船,就靠在邓肯号旁边,准备开到加尔各答去。

论大小,苏格提亚号有权利把邓肯号看作一只小艇。然而,人们的兴趣却只集中在格里那凡爵士的那只游船上面,并且一天甚似一天。

是啊,启程的日子一天比一天迫近了。孟格尔真精明,真有办法:克莱德湾试航后才一个月,邓肯号已经改装好了,煤粮都贮足了,一切都布置好了,就等着放洋了。它定于8月25日开船,这样,不等到初春它就可以进入南纬地带。

格里那凡爵士的计划一经公开,就有人劝阻他,说什么这种航行太疲劳呀,太危险呀;但是他却不顾一切,准备离开玛考姆府。实际上许多批评他的人都是衷心佩服他的人;而且整个舆论都坦白表示拥护这位苏格兰爵士,所有的报纸,除了政府机关报,都一致地谴责海军部的审计委员们对这次事件所抱的态度。再说,格里那凡爵士一向就是不计较个人得失的,他只埋头尽他的责任,什么也不去理会。

8月24日,格里那凡夫妇、麦克那布斯少校、格兰特姐弟、船上司务长奥比内先生,以及随行服侍格里那凡夫人的奥比内太太,在全府仆从的热诚欢送下离开了玛考姆府。过了几个钟头,他们都在船上安顿下来了。格拉斯哥的居民都怀着敬佩的心情欢送海伦夫人,因为她是一个放弃安逸的豪华生活去援救受难同胞的年轻而勇敢的妇女呀!

格里那凡夫妇住在邓肯号艉楼的楼舱里，有两个卧室、一个客厅和两个盥洗间。此外就是一个公用的方厅，方厅两边是六个房间，其中五间由格兰特姐弟、奥比内夫妇和麦克那布斯少校分住着。至于孟格尔和奥斯丁的房间是在方厅的另一端，背着方厅，面向着上甲板。船员们住在统舱里，也很宽敞舒适，因为船上除煤、粮、武器而外没有载别的货物，空地方有的是；孟格尔船长曾巧妙地利用了这些空地方来进行内部的一切布置。

邓肯号决定在8月24日至25日夜间三点钟落潮的时候开船。但在开船之前，格拉斯哥市民还看到一幕动人的仪式。晚上八点钟，格里那凡爵士和他的旅伴以及全体船员，从伙夫一直到船长，凡是参加这次救难航行的人，都离开了游船，到格拉斯哥古老的圣孟哥教堂去了。这是"改教运动"大破坏后巍然独存的一座古教堂，沃尔特·司各特曾用他的妙笔描写过它，现在它大开着正门，迎接着邓肯号的乘客和船员。无数的人跟在他们后面。在这教堂里，在那古冢累累的圣堂前，摩尔顿牧师为他们祝福，求神明保佑这次远征。有一刻，玛丽·格兰特的声音在这古教堂里特别响亮。那少女在为她的恩人们祷告，在上帝面前痛快地流着兴奋感激的眼泪。之后，全体人员都含着无限深情退出了教堂。十一点钟，大家都回到了船上。孟格尔和船员们忙着做最后的准备。

半夜，机器生火了。船长命令加足火力，不一会儿，大股浓烟就混杂在黑夜的海雾中。邓肯号的帆全卷藏在帆罩里，以防煤烟污损，因为那时风正从西南吹来，不利于张帆行驶。

到了凌晨两点，邓肯号在机器的震撼下开始颤动了；气压表指到四级的压力；沸热的蒸汽在汽缸里嗤嗤地响起来；潮正在平满的时候；曙光可以使人辨认出那条夹在浮标和石标之间的克莱德航道，而浮标和石标上的信号灯已经渐渐在晨曦中暗淡下去了。现在正好开船。

孟格尔叫人通知格里那凡爵士。爵士立刻跑到甲板上来。

不一会儿，潮水在降落了，邓肯号的汽笛呜呜地叫起来。它松下缆索，开动螺旋桨，离开周围的船只，驶进克莱德湾的航道。船长没有另找领港人，他对克莱德湾的浅深曲折都十分熟悉，任何领港人请到他的船上来也不能比他指挥得更好。他的手动一动，船就转一转；此时，他右手操纵着机器，左手掌着舵，镇静而老练。过了一会儿，最后

在圣孟哥教堂里，摩尔顿牧师为他们祝福。

的几座工厂消逝了，河边丘陵上出现了疏疏落落的别墅，城市的喧闹声愈来愈远，终于沉寂了。

一小时后，邓肯号贴着丹巴顿的巉岩行驶，又过了两小时，它进入克莱德湾了。早晨六点钟，它绕过康太尔岬，出了北海峡，开始在大西洋上航行。

第六章
——六号房的乘客——

航行的第一天，海浪相当大，傍晚，风刮得更强了。邓肯号颠簸得很厉害，所以女士们没有到甲板上来，而是躺在房间里。她们的健康情况都很好。

但是第二天风转了方向，船长孟格尔扯起主帆、纵帆和小前帆，邓肯号较有力地压着波澜，比头一天颠簸得少些了。海伦夫人和玛丽·格兰特一清早就来到甲板上，和格里那凡爵士、少校、船长聚在一块儿。日出的景象是壮丽的。太阳像一个镀金的铜盘，它从大洋里上升，就像从一个渺无边际的电镀盆里出来一样。邓肯号在灿烂的光芒中滑行着，简直可以说它的帆腹是被太阳的光线撑着鼓起来的。

乘客们都在静静地、出神地欣赏着这辉煌的日出。

“好个美景啊！”海伦夫人终于说话了，“这是一个晴朗的日子的开始。但愿这风一点儿也不转移方向，一直送着邓肯号前进。”

“是的，这风向是再好不过了，我亲爱的海伦，”格里那凡爵士回答说，“像这样一个旅行的开始，我们真是没有任何可挑剔的了。”

“这一次航程需要的时间很长吗，我亲爱的爱德华？”

“这要船长来回答我们。”格里那凡说，“我们走得好吧，孟格尔？你对你这只船满意吗？”

“满意极了，阁下，”船长回答，“这只船好极了，任何水手一上了这只船就会感到高兴。船身和机器配合得太好了。您看，船后的浪槽多么均匀，船是多么轻快地闪避着浪头。我们现在一小时走十七海里，要是这速度能保持下去，我们十天后就可以跨过赤道，不到五星期就可以绕过合恩角[1]了。

“你听见了，玛丽，”海伦夫人说，“不到五星期！”

“是的，夫人，”那少女回答，“我听见了，船长的话叫我高兴极了！”

“这次航行你受得了吗，玛丽小姐？”格里那凡爵士问。

“受得了！爵士，没有感到什么不舒服。而且，不久我也就习惯了。”

“那么咱们的小罗伯尔呢？”

“啊，您不用担心罗伯尔！”孟格尔回答，“他不是钻在机器间里，就是扒在桅顶上。我保证那孩子不懂得什么叫作晕船。喏！您看见他了吗？”

船长手一指，大家的眼睛都向前桅看去——罗伯尔吊在小顶帆的帆索上，在一百英尺的高空悬着。玛丽看了不由地大吃一惊。

“啊，您放心，小姐！”孟格尔说，“我保证他安全，并且保证不久我就可以介绍一个了不起的小鬼头给格兰特船长。这位可钦可敬的船长，我们不久就会找到他的！”

“愿老天爷听到您这话，船长先生。”那少女回答。

“我亲爱的孩子，”格里那凡爵士说，“这一切都像是天意，会给你很大的希望的。我们不是自己走，而是有人在带领着我们。我们不是乱找，是有人在指点着我们。你只要看看响应这个义举而集合起来的这班精干的人员，就明白我们的事业不但可以成功，并且还不会有什么困难。我曾经答应过海伦夫人做一次游览旅行，我相信我这话是说准了。”

“爱德华，”格里那凡夫人说，“你真是最好的人了。”

“不是我最好，是我有一队最好的船员，在最好的一只轮船上。你不赞美我们的邓肯号吗，玛丽小姐？”

“怎么不赞美哟，爵士！”那少女回答，“我赞美它，并且以内行的眼光赞美它。”

“啊，真的？”

---

① 南美洲最南的海角。

“我从小就常在我父亲的船上玩，我父亲也许打算要把我培养成一个水手呢！必要时，我调调帆面，编编帆索，也许还不至于做不来。”

“嘿！小姐，您说的什么呀？”孟格尔叫起来。

“这样说来，你就要变成孟格尔船长的好朋友了，”格里那凡爵士又说，“因为孟格尔船长认为世界上没有一个职业能比得上做水手！即使是个女子，也只有做水手才最妙！我的话说得不错吧，孟格尔？”

“自然啰，阁下！”那青年船长回答，“可是，我却认为格兰特小姐在楼舱里做贵宾比在甲板上拉帆索更合乎她的身份。不过我听她说那番话，心里总还是免不了感到高兴的。”

“尤其是你听她赞美邓肯号，你就更开心。”格里那凡又补了一句。

“邓肯号本是值得赞美的呀！”约翰·孟格尔回答。

“真的，我看你这样夸赞，这样喜欢你这只游船，”海伦夫人说，“我倒想直跑到舱底下去参观一下，看看我们的水手们在中甲板下面住得怎么样。”

“住得真是好极了，”孟格尔回答说，“他们就和住在家里一样。”

“他们真正是住在家里呀，我亲爱的海伦。”格里那凡爵士也回答说，“这游船就是我们古老的喀里多尼亚的一部分呀！它就是丹巴顿郡分出来的一块土地，不过它凭着特殊的天恩在海上漂荡罢了，因此，我们并没有离开我们的家乡！邓肯号就是玛考姆府，大洋就是乐蒙湖。”

“那么，我亲爱的爱德华，请让我们参观一下贵府吧。”海伦夫人回答。

“请吧，夫人，”格里那凡说，“但是，请先让我通知一下奥比内。”

游船上那位司务长是个大公馆的好厨师，他虽是苏格兰人，却能干得像法国人一样，而且做事情又热诚又聪明。主人一唤，他就来了。

“奥比内，我们吃早饭以前要去溜达溜达，”格里那凡说，就仿佛平时他要到塔尔白或卡特琳湖去散步一样，“我希望我们回来时早饭都摆好了。”

奥比内严肃地鞠了个躬。

“你也陪我们去看看吗，少校？”海伦夫人问。

“如果你要我去，我就去。”麦克那布斯回答。

"啊!"格里那凡爵士说,"少校已经钻到他的雪茄烟的云雾里去了,不应该把他从云雾里拖出来。现在,我来介绍一下,玛丽小姐,他是个了不得的抽烟专家,一天到晚抽,连睡觉还要抽呢!"

少校点点头,同意这句话。格里那凡爵士和其他的客人都下到统舱去了。

麦克那布斯一人留下,和平时一样,自思自想,却从不想使自己不愉快的事。他待在那儿不动,一边看着船后的浪槽,一边喷出更浓的烟雾。这样默默地看了好几分钟,他回过头来,突然发现一个陌生的人站在他面前。如果天下有能使他吃惊的事,那么这应该是使他吃惊的了,因为这位乘客他绝对不曾见过!

这人身材高大,又干又瘦,大约有四十来岁。他活像一个大头钉。可不是嘛,他的头又大又宽,高高的额角,长长的鼻子,大大的嘴,兜得很长的下巴。眼睛呢,罩着大而圆的眼镜,闪烁不定的眼光好像是夜视眼的那种样子。看样子他是个聪明而又愉快的人。世界上有那么一种庄重的人物,以不笑为原则,用严肃的面具掩盖着他们的卑鄙,这位生客却不像他们那样使人望而生畏。不但不使人望而生畏,而且他那种随随便便的样儿,十分潇洒可爱的态度,显得他是一位好好先生,对人对事都愿意从好的一方面去着眼。他还没有开口,人家就感到他很喜欢说话,尤其是看他那种视而不见、听而不闻的神气,就知道他是个十分粗心大意的人。他头上戴着一顶旅行的鸭舌帽,脚上穿着粗黄皮靴,靴上还有皮罩子;身上是栗色绒裤,栗色绒夹克,无数的衣袋,仿佛都塞满了记事簿子、备忘册子、手折子、皮夹子及种种杂七杂八的没用的东西,还有一副大望远镜斜挂在腰间。

这陌生人的活泼好动恰与少校的安闲沉默形成一种鲜明的对比。他围绕着麦克那布斯走来走去,看着他,瞪着眼打量他,而我们的少校却毫不在意,也不想问问那人从哪里来,到哪里去,为什么上了邓肯号。

这位来历不明的客人看见少校对他的一切挑引连睬都不睬,只好拿起他那一拉开可以达到四英尺长的大望远镜,叉开两腿,一动也不动,和公路上的标柱一样,把望远镜对准天边水天相接的地方。看了五分钟,他又把那望远镜放下来了,拄在甲板上,用手按住上端,仿佛

麦克那布斯少校吃惊地发现一个陌生人站在他面前。

按着一枝手杖。但是,立刻,镜子的活节一动,一节套进一节,镜子突然缩下去了,那乘客重心一失,几乎直条条地跌倒在大桅脚下。

任何人看见了至少也要微笑一下,但是那少校却连眉毛也不皱一皱。于是那陌生人决定开腔了。

"司务长!"他叫,带一种外国人的口音。

他等了一下,没有人出来。

"司务长!"他又叫,声音更高。

奥比内先生这时正打那里经过,向船头的厨房走去。他忽然听见一个陌生的大个子这样叫他,他是多么惊讶啊!

"哪来这么一个人?"他心里想,"格里那凡爵士的朋友吗?不可能呀!"

然而,他却爬上艉楼甲板,走近那生客。

"你是船上司务长吗?"那生客问。

"是的,先生,"奥比内回答,"但是我还没有机会向您请教过……"

"我是六号房乘客。"

"六号房?"司务长问。

"就是呀。你贵姓?"

"奥比内。"

"好,奥比内,我的朋友,"那六号房乘客说,"我想早饭该开了吧?我已经有三十六小时没吃东西了,或者不如说我已经足足睡了三十六小时了,一个人从巴黎一口气跑到了格拉斯哥,等着要吃,也是情理之中的。请问你,几点钟开早饭哪?"

"九点钟。"奥比内机械地回答。

那生客想看看表,但是摸了很久,直摸到第九只衣袋才摸着。

"好,"他说,"现在才八点。那么,奥比内,先来一块饼干,一杯白葡萄酒,我饿得没劲了。"

奥比内听了真莫名其妙,而这生客还在扯东扯西,说个不停。

"我还要问你,船长呢?船长还没有起来呀?大副呢?也还在睡觉吗?幸而天气好,风顺,船没人管也可以走。"

这时候,正当他说到这里,孟格尔刚好在艉楼的梯子上出现了。

"这位就是船长。"奥比内说。

“啊，高兴极了！”那生客叫道，“薄尔通船长，我认识了您，我高兴极了！”

吃惊的显然是孟格尔。他不但因为看到这位生客而吃惊，他听到人家称呼他“薄尔通船长”也同样地吃惊。

而那生客却打开了话匣子，继续说下去：

“请容许我跟您握握手。我前天晚上之所以没有找您握手，那是因为开船时不便打扰您。但是，今天，船长，我开始跟您结识，真是非常高兴！”

孟格尔眼睛瞪得有胡桃大，看看奥比内，又看看那新来的客人。

“现在，”那新客人又说，“我亲爱的船长，我们认识了，我们就是老朋友了。随便谈谈吧。请您告诉我，您对于苏格提亚号满意吗？”

“什么苏格提亚号呀？”最后孟格尔开口了。

“喏，就是这载着我们的苏格提亚号呀！一只好船啊！人家曾向我夸奖说，船的物质条件好，诚笃的薄尔通船长的照顾又好。有个在非洲旅行的大旅行家也姓薄尔通，和您是不是本家呢？好个有胆量的人啊！我羡慕您是他的本家！”

“先生，”孟格尔又说，“我非但不是旅行家薄尔通的本家，我根本就不是薄尔通船长。”

“喔？”那生客说，“那么，我现在是跟苏格提亚号上的大副薄内斯先生说话了？”

“薄内斯先生？”孟格尔开始猜到是怎么一回事了，不过他不确定和他说话的这个人究竟是疯子还是冒失鬼。他正待干干脆脆地给他一个说明，这时候格里那凡爵士和他的夫人及玛丽·格兰特小姐都走到甲板上来了。那陌生人一见他们就叫：

“啊，有男乘客！女乘客！妙极了！薄内斯先生，希望您给我介绍一下……”

说着，他就文文雅雅地走向前去，不等孟格尔开腔，就对格兰特小姐叫了声“夫人”，对海伦夫人叫了声“小姐”，又转向格里那凡爵士叫了声“先生”。

“这位是格里那凡爵士。”孟格尔说。

“爵士，”那陌生人跟着就改口，“请原谅我自己介绍一下。在船上不能太拘礼了。我希望我们很快就熟悉起来，和这些夫人们在一块儿，我们在苏格提亚号上航行将会是十分惬意的，时间也仿佛过得快些。”

海伦夫人和格兰特小姐回不出一句话。她们不知道怎么在邓肯号的艉楼上会钻出这样一位不速之客来。

“先生，”格里那凡开腔道，“请问尊姓大名？”

“我是雅克·巴加内尔，巴黎地理学会秘书。柏林、孟买、达姆施塔特、莱比锡、伦敦、彼得堡、维也纳、纽约等地地理学会的通讯员，东印度皇家地理人种学会的名誉会员。我在研究室里研究了二十年地理，现在想做些实际考察，我是要到印度去把许多大旅行家的事业继续下去。”

第七章

—— 巴加内尔的来踪与去向 ——

这位地理学会的秘书是个可爱的人物，他那一段自我介绍说得十分洒脱动听。而且，格里那凡爵士明白他面前是什么样的一个人，雅克·巴加内尔的名字和声誉对他而言并不生疏。他的地理著作，他在地理学会会刊上发表的有关现代地理学上历次发现的报告，他和全世界地理学界的通讯，已经使他成为法兰西最卓越的学者之一。所以，格里那凡诚恳地向这位不速之客伸出手来，并且说：

“现在，我们彼此认识了，巴加内尔先生，您能允许我问您一个问题吗？”

“问二十个问题都可以呀，爵士。”雅克·巴加内尔回答，“和您谈话我认为永远是一件愉快的事。”

“您是前天晚上上这只船的吗？”

“是呀，爵士，前天晚上八点钟。我从喀里多尼亚火车上下来就跳上马车，由马车上下来就跳上苏格提亚号，我是从巴黎预定了苏格提亚号上的六号房间的。夜黑得很，我在船上没有看见一个人。我旅行了三十小时，疲乏了，而且我知道要避免晕船，最好是一上船就睡下，头几天不要离开卧铺，所以我一到就睡下了，我不折不扣地睡了三十六小时，请您相信我的话。”

现在大家听到雅克·巴加内尔的这番话，才知道他是怎样跑到这船上来的。这位法国旅行家上错了船，当邓肯号上的船员在圣孟哥教堂参加仪式的时候，他上了这只船。大家都明白了，但是那博学的地理学家还不知道。如果一下告诉他现在他乘的是什么船，要开到什么地方去，他怎么办呢？

“那么，巴加内尔先生，”格里那凡说，“您是选定了加尔各答做您将来在印度的研究旅行的出发点吗？”

“是呀，爵士。我平生的愿望就是游历印度，这是我平生最美妙的梦想，现在我就要在那个‘象国’里实现这梦想了。”

“那么，巴加内尔先生，换一个地方去游历游历就不成吗？”

“那怎么成呀，爵士，换个地方太不好了。因为我还带着给驻印度总督宋慕塞爵士的介绍信呢！我还有地理学会的一个任务要完成呢！”

“啊，您还有任务？”

“是的，我还要试做一次有价值而又有趣的探险旅行，旅行计划是我一个博学的朋友兼同事维维安·德·圣马丹先生替我订的，目的是要追随施拉金维兄弟，追随峨格上校、韦伯、郝德逊，追随于克、加伯两教士和牟克罗、雷米先生以及许许多多著名的旅行家，继续他们的探险事业。我要在克里克教士1846年不幸失败的地方完成他的遗业。总之，一句话，我要勘查雅鲁藏布江的河道，这条江沿喜马拉雅山北麓，在西藏境内流淌了一千五百公里，我要知道这条河是不是在阿萨姆东北部和布拉马普特拉河汇合。这是地理学上的一个大问题，哪一个旅行家能把这问题解决了，爵士，一枚金奖章是稳拿的了！”

巴加内尔确实不凡，他说得津津有味，神气极了。他仿佛鼓动着想象的翅膀在飞行，他说得口若悬河，就像莱茵河在沙夫豪森[①]地区奔流一样。

“巴加内尔先生，”格里那凡爵士沉默了一会儿之后说，“您那探险

---

① 瑞士的一个行政区域。

巴加内尔说得津津有味，神气极了。

旅行的计划实在是高明极了，科学界会感谢您的。不过，我不愿让您再继续错误下去，至少目前您只好放弃游历印度的计划了。”

“放弃！为什么？”

“因为您正在背着印度半岛航行呀！”

“什么？薄尔通船长……”

“我不是薄尔通船长！”孟格尔回答。

“那么，苏格提亚号呢？”

“这只船不是苏格提亚号！”

巴加内尔先生的惊愕是无法形容的。他看看格里那凡爵士，爵士始终是一本正经的；又看看海伦夫人和玛丽·格兰特，她们脸上表现出同情和惋惜的神色；又看看孟格尔，孟格尔在微笑；又看看麦克那布斯少校，少校动也不动；然后，他耸耸肩，把眼镜往额上一推，叫起来：

“这不是开玩笑嘛！”

这时，他的眼光忽然落到舵盘上，看见舵盘上写着两行大字：

邓肯号

格拉斯哥

“邓肯号！邓肯号！”他没命地喊了起来。

然后，他一溜烟地奔下楼梯，跑到他的房间里。那倒霉的学者一走开，船上的人，除了少校，谁也保持不住严肃的面孔，连水手们都大笑起来了。要是上错了火车，也还罢了！比方要到丹巴顿去却爬上去爱丁堡的火车，这也还说得过去。怎么连船都上错了?！要到印度去却爬上了开往智利的船，岂不是粗心大意到了极点吗?！

“不过，这种事由巴加内尔做出来，我一点儿也不奇怪，”格里那凡说，“他这种粗心的错误，被人家传为笑话的，太多了。有一次，他发表了一幅著名的美洲地图，竟把日本也画了进去！然而，这并不妨碍他成为一个卓越的学者，一个优秀的法兰西地理学家。”

“但是，我们现在叫这位可怜的学者怎么办呢？”海伦夫人说，“我们总不能把他带到巴塔哥尼亚去呀！”

“为什么不能够呢?”麦克那布斯一本正经地说,“他粗心,我们不能负责呀!假使他上错了火车,难道火车能够为他停一停吗?”

“停是不能停的,不过一到站他就可以下去了。”海伦夫人又说。

“嗯,如果他高兴,他是可以这样做的。”格里那凡爵士说,“等我们到了前面第一个停泊的地点,他就可以下去。”

这时候,巴加内尔查明了他的行李都在船上之后,又难为情、又可怜巴巴地回到艉楼甲板上来了。他嘴里不断地咕哝着这倒霉的名字:“邓肯号!邓肯号!”仿佛他只会说这一句话。他走来走去,细看着游船的帆樯设备,诘问着海上那一条默默无言的水平线。最后他又走回到格里那凡爵士面前:

“这邓肯号是到……”他问。

“是到美洲,巴加内尔先生。”

“到美洲的……”

“康塞普西翁[①]。”

“啊,到智利呀!到智利呀!”那不幸的地理学家叫起来,“我到印度的任务怎么办呢?地理学会中央委员会主席加特法支先生该怎样怪我了!还有达弗萨先生,还有高丹伯先生,还有维维安·德·圣马丹先生,都该怎样怪我了!我还有什么脸再出席学会的会议啊!”

“不要急,巴加内尔先生,”格里那凡回答,“不必绝望,一切都还可以想法子,您不过迟到一些时候罢了。那雅鲁藏布江总归是在西藏的深山中等着您的。我们不久就要在马德拉[②]停泊,您在那里可以搭船再回欧洲。”

“谢谢您,爵士,只好这么办了。但是,我们可以说,这真是个离奇的遭遇啊!也只有我才能碰见这种怪事。还有我在苏格提亚号上订的舱位怎么办呢?”

“啊!说起苏格提亚号,我劝您只好放弃了。”

“可是……”巴加内尔重新细看了一下这只船后又说,“这是只游船呀!”

“是的,先生,”孟格尔回答,“它就是属于格里那凡爵士阁下的。”

---

① 智利中部城市。

② 大西洋中的一个岛,产名酒。

“我请您宽心接受我的招待。”格里那凡说。

“多谢您，爵士，”巴加内尔回答，“我实在感谢您的盛情。但是请允许我提个小意见：印度可是个好地方呀，它给游览旅行的人们提供许多神妙惊人的事物，这两位女士一定还没有到过印度呢……因此，只要舵盘转一转，邓肯号游船向加尔各答航行就和向康塞普西翁航行是一样容易的呀！既然是游览旅行……”

巴加内尔的建议，大家听了直摇头。他说不下去了。

“巴加内尔先生，”海伦夫人解释说，“如果只是为着游览，我一定就会回答说：我们都到印度去吧！格里那凡爵士也不会反对我的意见。无奈邓肯号也有它的任务，它要把几个遇难后被遗弃在巴塔哥尼亚海岸上的航海人员接回到祖国来。这样一个正义的举动是不能变更的……”

只消几分钟，大家就把全部问题向那位法国旅行家说明了。自天赐的文件起，直至格兰特船长的历史，直至海伦夫人的慷慨的建议，他都知道了，心里也不无感动。

“夫人，”那旅行家说，“请容许我赞美并且无保留地赞美您在这件事中所表现的一切。让您的游船继续它的航程吧，我不愿使它有一天的耽误。”

“那您愿不愿意和我们一块儿去寻访呢？”海伦夫人问。

“那是不可能的，夫人，我也要完成我的任务。到了前面第一个停泊的地点，我就要下去。”

“那就是说在马德拉岛下去了？”孟格尔说。

“在马德拉岛下吧。那岛离里斯本不过一百八十法里[①]，我就在那里候船再到里斯本去。”

“好吧，随您的便，巴加内尔先生。”格里那凡说，“在我这方面，能招待您在这只船上住几天，我感到十分荣幸。希望您和我们在一起，不要太拘束。”

“啊，爵士，”那学者说，“我船乘错了，错出这样惬意的结果来，我是太幸运了！不过说起来是个大笑话：一个人要到印度去，竟坐上了

---

① 法国旧制长度单位，1法里约合4公里。

到美洲去的船!”

他想到这里,虽然心里总有点郁闷,但这是不得已的耽搁,也只好耐着性子住几天了。他从此表现得十分可爱、快乐,甚至有时也显出他的粗心。他的兴致特别好,使女士们都很高兴。这样,不到一天的工夫,他跟每一个人都交上朋友了。由于他的要求,人家把那文件也拿了出来给他看。他仔细研究了很久,一点一点地分析,认为不可能有别的解释。他十分关注玛丽·格兰特和她的弟弟,他给他们以很大的希望。他对前途的看法,以及他肯定邓肯号一定成功的预言,使那少女不禁露出了微笑。真的,如果他不是有任务在身,他也会一同去寻访格兰特船长的!

关于海伦夫人,当他一听说她是威廉·塔夫内尔的女儿,他就连珠炮似的叫起来,又是惊叹,又是赞美。他曾认识她的父亲呀!多么有胆识的学者啊!威廉·塔夫内尔是巴黎地理学会的通讯员,他们彼此之间通过多少次信啊!介绍威廉·塔夫内尔加入学会的就是巴加内尔和另外一位会员马特伯朗先生呀!真是巧遇啊!和威廉·塔夫内尔的女儿同船旅行真是痛快极了!

最后,他要求吻一吻海伦夫人的额头。她允许了,虽然这似乎有点“不合礼仪”①。

第八章
—— 邓肯号上又添了一条好汉 ——

非洲北部的海流帮助游船很快地驶向赤道。8月30日,马德拉群岛在望了。格里那凡履行他对新客人的诺言,建议停泊,让他上岸。

“我亲爱的爵士,”巴加内尔回答,“我不和您讲客套,我请问,在我上船之前,您是不是有意要在马德拉停泊?”

“不。”格里那凡说。

---

① 原文为“improper”,系英文。英法礼节不同,巴加内尔初见海伦夫人便以父辈自居,要求吻少妇的额,在英国人看来有点“不合礼仪”。

“那么，请容许我利用我这次不幸的错误吧。马德拉群岛已经被人研究得太详细了，对一个地理学家来说，没有什么有意思的东西可研究了。关于这群岛屿，能说的人家都说尽了，能写的人家都写尽了。而且，马德拉原来以种植葡萄出名，现在葡萄的生产已经是一落千丈了。您想想：马德拉连葡萄生产都没有了！1813年马德拉的酒产量达两万两千桶[①]，1845年落到两千六百六十九桶，现在连五百桶也不到了！真是伤心！如果您无所谓的话，可不可以到加那利群岛停泊呢？”

“就到加那利群岛停泊好了，”格里那凡回答，“这也并不需要我们离开原路线。”

“我知道，我亲爱的爵士。加那利有三组岛屿可以研究，更不用说还有个特纳里夫山峰是我一直想看看的。这是一个机会。我要利用这机会，在候船回欧洲的时候，攀登一下这座著名的高山。”

“完全随您的便，我亲爱的巴加内尔。”格里那凡回答，不禁微笑起来。

格里那凡的微笑是颇有道理的。

加那利群岛离马德拉群岛不远，不到二百五十海里，对邓肯号这样一只快船，简直是无所谓的一个小距离。

8月31日下午两点钟的时候，孟格尔和巴加内尔都在甲板上散步。那法国人老是盯住孟格尔谈智利的情形，问长问短。忽然那船长打断他的话头，指着南面地平线上的一点说：

“巴加内尔先生……”

“什么事，我亲爱的船长？”

“请您朝这边看看，您可看出什么来？”

“我什么也看不出。”

“您没有朝适当的地方看。不要看地平线，看上面，看云彩里。”

“看云彩里？我看来看去……”

“喏，现在，朝触桅的辅帆架子看去。”

“我看不见什么。”

“您是不愿意看见罢了。不管怎样，虽然相隔四十海里，特纳里夫

---

① 每桶容酒5000升。

山峰在地平线上面看得清清楚楚，您该听懂了我的话吧？”

巴加内尔愿看也好，不愿看也好，几小时后，特纳里夫峰就摆在他的眼前了，除非他承认自己是瞎子才能说看不见。

“您总该看见了吧？”孟格尔问他。

“看见了，清清楚楚地看见了。”巴加内尔回答，“那就是所谓的特纳里夫尖峰吗？”他带着不屑的神气补一句。

“就是呀。”

“好像不怎样高啊！”

“可是，它海拔一万一千英尺。”

“抵不上勃朗峰[①]呀！”

“那是可能的。不过爬起来您也许觉得它够高了。”

“啊！我亲爱的船长，爬上去，我请问，爬有什么用呢？洪宝先生和彭伯朗先生都在我之前爬过了。那位洪宝先生真是个伟大的天才！他曾经爬过这座山，他把这座山描写得毫无遗漏了。他考察了这座山的五重地带：葡萄带、月桂带、松带、阿尔卑斯系灌木带，最高的是荒瘠带。他一直爬到山尖上，山尖上连坐的地方都找不出。他从山尖上一眼就看到了面积相当于四分之一个西班牙那么广阔的一片地域。此外，他还游历了那座火山，钻到火山的腹地，直探到那熄灭了的喷火口的最深处。在这位大人物做过之后，我请问您，我还有什么可做的呢？”

“这倒是真的。”孟格尔说，“是没有什么可做的了。很可惜，因为，既无事可做，您在特纳里夫候船是多么无聊啊！那儿不可能有多少可以散心的地方呀！”

“散心虽谈不上，粗心的机会倒是常有。”巴加内尔笑着说，“但是，我亲爱的孟格尔，佛得角群岛有没有停泊站呢？”

“有的是。在微腊卜拉牙搭船容易得很。”

“在那里下船还有个不容轻视的便利，”巴加内尔又说，“佛得角群岛离塞内加尔不远，在塞内加尔我可以遇到一些法国同胞。我知道一般人都说这一群岛屿没有多大意思，荒蛮，卫生环境差；但是在一个地理学家看来，一切都是有意思的。看，就是学问。有许多人就不知

① 欧洲中南部阿尔卑斯山的最高峰。

道看，他们旅行就像海螺和蛤蚌一样，蒙着头向前犁。您可以相信我不是那种人。”

“您爱怎样就怎样好了，巴加内尔先生，”约翰·孟格尔回答，“我深信您在佛得角群岛逗留对地理学是一定有贡献的。我们正是要在那里停泊上煤，您下船并不耽搁我们的行程。”

这样说定了，船长就把船向加那利群岛西边开去；那著名的山峰被丢在左舷外面了。邓肯号继续急驶，于9月2日晨五时驶过夏至线。自此，天气变了，是雨季的潮湿而闷热的天气，西班牙人称为“水季”。这“水季”对旅客而言是艰苦的，但对非洲各岛的居民是有利的，因为岛上没有树木，缺少水，全靠下雨供给用水。这时海上浪大，人们不能站在甲板上了。但是大家坐在方厅里，谈得一样起劲。

9月3日，巴加内尔开始整理行李，准备下船了。邓肯号正在佛得角群岛之间曲折钻行。它打盐岛面前驶过。那盐岛真是一个大沙冢，十分硗瘠荒凉。它沿着大片的珊瑚礁航行，然后由侧面驶过圣雅克岛。这岛由北到南有一条雪花岩的山脉纵贯着，两端是两座高山。过了圣雅克岛，孟格尔把船驶进了微腊卜拉牙湾，不一会儿就停泊到微腊卜拉牙城面前，在八英寻[①]深的海面上。天气坏极了，虽然海风吹不到湾内，但惊涛拍岸，猛烈异常。这时大雨倾盆，只隐约地看到一座城，建在平台一般的高原上，台基由三百英尺高的火山岩撑着。这座岛，隔着密雨的帘幕望去，景象十分悲凉。

海伦夫人原想到城里看看，现在也放弃这计划了。上煤的工作虽然在做，可是遇到了不少困难。邓肯号上的乘客只有躲在甲板下面，因为天上的雨水和海上的波浪交织成了一片洪流。大家的谈话当然集中到天气上了。每人都发表了意见，除了那少校。他纵然看到洪水滔天也是满不在乎的。巴加内尔踱来踱去，只是摇头。

“这是有意和我作对！”他说。

“一定是风雨波涛都在向您宣战呀！”格里那凡回答。

“可是我一定能战胜它们。”

“这样大的雨，您不能去冒险呀！”海伦夫人说。

① 海洋测量中计量水深的单位，1英寻合1.828米。旧也作哼。

“我吗？夫人，我绝对能冒这个险。我只顾虑我的行李和仪器，雨一打就全毁了。”

“也就是下船那一会儿可怕，”格里那凡又说，“一到微腊卜拉牙城里，您住得就不会太坏。清洁是不够清洁的，和猴子、猪住在一起，不会怎样惬意，但是一个旅行家不能讲究这些了。我们希望您七八个月后能够搭到船回欧洲。”

“七八个月！”巴加内尔叫起来。

“至少七八个月。佛得角群岛在雨季没有什么船来往。不过您可以想法子利用您候船的时间。这一群岛屿人们还不怎样熟悉，在地形学、气象学、人种学、测高术等方面都还有许多工作可做。”

“有些大河您可以考察考察。”海伦夫人说。

“根本就没有大河，夫人。”巴加内尔回答。

“没有大河，总有小河吧？”

“也没有。”

“那么，只有小溪了？”

“连小溪都没有。”

“好吧，”少校插上嘴，“您就转到森林里去研究吧！”

“要构成森林必须先有树木；那儿连一棵树也没有呀！”

“好个漂亮地方啊！”少校说。

“不要失望，我亲爱的巴加内尔，”格里那凡又插上去说，“至少有些高山您可以去考察一下。”

“啊，山，既不很高，又没有什么意思，爵士，而且，这工作早有人做过了！”

“也有人做过了？！”格里那凡很惊讶。

“是啊，我就是这样倒霉，处处被人家占了先。在加那利群岛，洪宝的工作封了我的头，在这里，地质学家德维尔先生，又比我先走了一步。”

“不可能吧？”

“千真万确的。”巴加内尔用可怜巴巴的声调回答，“那年法国的海防舰决心号停泊在佛得角群岛的时候，这位学者正在兵舰上，他实地考察了群岛中最有意义的山峰：佛哥岛上的那座火山。他这样做之后，我还有什么可做呢？”

“这真是可惜。”海伦夫人说，“您下了船该怎么办呢，巴加内尔先生？”

巴加内尔沉默了一会儿。

“这样一来，您真不如那天在马德拉下船去了，”格里那凡又说，“虽然马德拉不再出产葡萄酒了！”

那地理学会的秘书依然沉默着。

“要是我，我就在船上再等候机会。”少校说。他说话的神情分明表示：“要是我，我就不打算下船了。”

“我亲爱的格里那凡，”巴加内尔终于说了，“您今后还预备在哪里停泊？”

“啊，今后，不到康塞普西翁不停了。”

“糟糕！这可把我带得离印度太远啦！”

“并不啊，您一绕过合恩角不就一天天接近印度了吗？”

“我倒是想到了这一点。”

“而且，”格里那凡更加一本正经地说，“只要是印度，到东印度或到西印度[①]都没有什么关系。”

“什么？没有什么关系？”

“是呀！而且，巴塔哥尼亚草原上的居民不和旁遮普的居民一样，都是印度人[②]吗？”

“啊，是呀！我的爵士，”巴加内尔叫着，“您不提起，我绝想不到这一点呢！”

“还有，我亲爱的巴加内尔，要得金奖章，随便在什么地方都可以。世界上到处有东西可以研究，到处有东西可以探求，到处有东西可以发现呀！在西藏的丛山中不是和在那高低岩儿[③]丛山中一样吗？”

“那么雅鲁藏布江的问题呢？”

“雅鲁藏布江，您就拿科罗拉多河[④]代替好了！这条河人们知道

① 哥伦布欲西行抵达印度，无意中发现了美洲。他以为美洲就是印度，所以称美洲为印度。后人为避免与亚洲的印度混淆，故称美洲为西印度，称亚洲的印度为东印度。

② 巴塔哥尼亚草原上的居民是印第安人，亦称西印度人。

③ 南美土语，意为“大山脉”，专指纵贯南美的那条安第斯山脉。

④ 美洲有三条科罗拉多河，这是指南美的一条。

得也不很清楚，在地图上这条河流随地理学家高兴，爱怎样画就怎样画。”

“这个我是知道的，我亲爱的爵士。地图上的这条河道往往一差就差上好几度。啊！我深信：如果我曾提出要求的话，地理学会也会派我到巴塔哥尼亚去，和派我到印度去一样。不过，我早没有想到呀！”

“您一辈子就是这样粗心大意，所以您没有想到。”

“言归正传吧，巴加内尔先生，您到底肯不肯陪我们一同去呢？”海伦夫人用最恳切的语气问。

“夫人，我的任务怎么办呢？”

“我要预先告诉您，我们还要过麦哲伦海峡呢！”格里那凡又补充着说。

“爵士，您专来诱惑我！”

“我再加一句：我们还要游历饥饿港呢！”

“饥饿港！”那法国人叫起来，他感到各方面都在围攻他，要他转念头，“这海港，许多地理书把它说得天花乱坠，太著名了！”

“您还要想想，巴加内尔先生，”海伦夫人又说，“您参加我们这个事业，您就有权把法兰西的名字和苏格兰的名字结合在一起啦！”

“是啊！这是没有问题的。”

“我们这次远征，有个地理学家参加是可以给我们帮很大的忙的，您拿科学来为人道服务，世界上还有比这个更光荣的事吗？”

“您说得太好了，夫人！”

“请您相信我。您还是将错就错吧，或者不如说，我们还是服从天意吧！请您学我们的样儿。天意把那文件送给了我们，我们就出发了。天意又把您送到邓肯号上来，您就不要离开邓肯号吧！”

“诸位要我说真话吗，我的好朋友们？”巴加内尔终于开始松口，“我看你们都很想我留下来！”

“您自己呢，巴加内尔？我看您也非常想留下来。”格里那凡说。

“可不是吗！”那博学的地理学家叫了起来，“我早不敢开口，是怕太冒昧啊！”

第九章
—— 麦哲伦海峡 ——

大家一知道巴加内尔决心留下来，没有一个不快活的。小罗伯尔跳起来一把抱住他的脖子，那种急迫的样子很可以说明他的心情。那可敬的秘书先生几乎被他撞倒了。“好个莽撞的小家伙！”他说，“我要求教他地理学。”

我们知道，孟格尔已经负责要把小罗伯尔教成一个水手，格里那凡要把他培养成一个勇敢的人，少校要把他训练成一个沉着的孩子，海伦夫人要把他教育成一个仁慈慷慨的人，玛丽·格兰特又要叫他成为一个不辜负这些热心的教师们的学生，这样，小罗伯尔将来必然会成为一个十全十美的“君子”了。

邓肯号很快地上足了煤，然后离开这一带凄黯的海面，向西进发，沿着巴西的海岸航行。9月7日，一阵好北风把它吹送过了赤道线，进入了南半球。

横渡大西洋的航行就是这样顺利地进行着。每人都怀着很大的希望。在这寻觅格兰特船长的远征中，成功的可能性似乎一天一天地在增加。最有信心的是船长。但是他的信心是来自他的愿望，而他的愿望就是全心全意要使玛丽小姐获得幸福和安慰。他对这少女特别关怀，他想把这种心情极力隐藏起来，可是结果，只有玛丽·格兰特和他两人自己不觉得，其余的人个个心里都明白。

至于那位渊博的地理学家，或许他是南半球上最幸福的人。他整天地研究着地图，方厅的餐桌上都铺满了，奥比内先生每天都因为不能布置餐桌而和他争吵。但是，楼舱里的人个个都支持巴加内尔，除了那少校，因为少校对地理学上的问题不大感兴趣，特别是在要用餐的时候。此外，巴加内尔在大副的箱子里发现了一大堆破书，其中有几本西班牙文著作，他就决心学习塞万提斯[①]的语言。这语言，船上还没有一个人会说呢！他认为学会西班牙文，会使他在智利滨海地区的

---

① 西班牙作家，《堂·吉诃德》的作者。

调查工作获得许多便利。他凭着他善学语言的本领,希望一到康塞普西翁就能流利地使用这种语言。所以他拼命读,人们一天到晚都能听到他在咿咿呀呀地练习着庞杂的语音。

他闲下来就教小罗伯尔一些实用的科学知识,并把邓肯号路过的那一带海岸的历史讲给他听。

9月10日,船正驶在南纬五度三十七分、西经三十一度十五分的地方,格里那凡听到了也许连更有学问的人都不知道的一个历史事实。巴加内尔给大家讲美洲发现史,他在未讲到邓肯号所追踪的那些大航海家之前,先讲哥伦布。讲到末了,他说这位著名的热那亚[①]人直到死还不知道他发现了一个新世界呢!全体听众都惊叫起来,但巴加内尔却肯定到底。

“没有比这事更确实的了。”他补充说,“我并不是想抹杀哥伦布的光荣,但事实总是事实。在15世纪末期,人们一心一意只想到一件事:怎样找出一条到亚洲更便当的路,怎样由西方的路走到东方。归结为一句话:怎样找出一条捷径到‘香料之国’[②]。这就是哥伦布试图解决的问题。他做了四次航行,最后他到达美洲,在库马纳、洪都拉斯、莫斯基托、尼加拉瓜、维拉瓜、哥斯达黎加、巴拿马[③]一带登陆。他一直误认为这一带海岸是日本和中国的地方,直到死他也不知道那是新大陆的存在,死后连他的名字也不能留给这新大陆作为纪念!”

“我很愿意相信你的话,我亲爱的巴加内尔,”格里那凡说,“可是,你不能不叫我感到吃惊。我倒要请问你,对于哥伦布的发现,后来是哪些航海家查出了究竟呢?”

“那是哥伦布以后的一些人们:首先是跟哥伦布一道去航行过的奥热达,还有品吞、威斯普奇、门多萨、巴斯提达斯、加白拉尔、骚立斯、巴尔伯。这些航海家都沿着美洲东海岸航行,他们由北而南探测美洲的海岸的界限,他们在三百六十年前就和我们今天一样,被这股海流推着前进!你们知道吗,朋友们,我们驶过赤道线的地方正是品吞在15世纪末一年驶过赤道线的地方。我们现在接近南纬八度了,品吞就

① 意大利城市。

② 在古代,印度以产香料著称,因此欧洲人称印度为“香料之国”。

③ 以上七地均在中美洲。

是在南纬八度到达巴西陆地的。一年以后，葡萄牙人加白拉尔直下到色居罗港。后来，威斯普奇在1502年的第三次远征中，更向南推进。1508年品吞和骚立斯联合航行，探查美洲沿岸各地。1514年骚立斯发现拉普拉塔河口，也就是在那里他被土人吃掉了，绕过美洲南端的功劳只好留待麦哲伦去完成了。这位大航海家麦哲伦是1519年带着五只船出发的，他沿着巴塔哥尼亚的海岸南下，发现了得塞多港和圣朱立安港。他在圣朱立安停泊了很久，然后航行到南纬五十二度，发现了一千一百童女峡，即现在以他的名字命名的麦哲伦海峡。1520年11月28日他穿过海峡，进入太平洋。他一看见天边有一片新的海面在太阳光下闪烁，那时他的心头是如何地喜悦、如何地跳动啊！”

“是呀，巴加内尔先生，”小罗伯尔被地理学家的话激动了，叫起来，“我倒很想生活在那种境界里。”

“我也是这样想啊，我的孩子。如果老天让我早生三百年，我一定不会失掉这样一个机会！”

“果真如此，对我们倒是个憾事了，巴加内尔先生。”海伦夫人接上去说，“因为如果您早生三百年，您怎么能来到这邓肯号上给我们讲这段故事呢？”

“这倒不妨事，夫人，会有别人来代替我对你们讲的。这人还会告诉你们，西海岸的探险是皮萨尔兄弟的功劳。这两位胆大的西班牙冒险家是许多城市的伟大建立者。库斯科、基多、利马、圣地亚哥、比利亚里卡、瓦尔帕来索，以及邓肯号所要到的康塞普西翁，都是他们的成绩。那时代，皮萨尔兄弟的发现和麦哲伦的发现正好联系起来，地图上才有了美洲的海岸线了，这使旧世界的学者们十分满意。”

“嗯，要是我的话，我还不满意呢！”罗伯尔说。

“为什么呢？”玛丽问，盯着她那爱听发现史的小弟弟。

“是呀，我的孩子，为什么你还不满意呢？”格里那凡爵士问，带着十分兴奋的微笑。

“因为要是我的话，我一定还要看看麦哲伦海峡的南部有些什么。”

“对极了，我的小朋友，”巴加内尔说，“就连我，我也要想知道美洲大陆究竟是一直伸到南极呢，还是在它和南极之间，和德勒克所推测的一样，还有一道海呢……这位德勒克是你的同乡，爵士。……所以，如果罗伯尔·格兰特和雅克·巴加内尔是生在17世纪的话，他们一定会跟着束增和勒美尔出发。因为这两位荷兰航海家正是想揭穿这个地理学上的哑谜的人。”

“他们也是两位学者吗？”海伦夫人问。

“不是，是两个大胆的商人。他们并没有想到探险旅行在科学上的意义。那时代荷兰有个东印度公司，它对穿过麦哲伦海峡的一切贸易有绝对的控制权。大家知道，那时代西方国家到亚洲，只有穿过麦哲伦海峡这条路，因此这种特权形成了一种真正的垄断。有些商人要和这垄断斗争，他们想另找出一个海峡。其中有一个名叫依萨克·勒美尔，是个聪明而受过教育的人。他出钱组织了一次远征，叫他的侄儿雅各伯·勒美尔和一个优秀的海员领导。这海员原籍霍恩，名叫束增。这两个胆大的航海家于1615年6月出发，大约比麦哲伦迟一百年。他们在火地岛与斯达腾岛之间发现了勒美尔海峡。1616年2月12日他们绕过了那著名的合恩角。若将这个角称为‘风暴角’，该比它的老兄好望角更名副其实！”

“真是啊！我实在想到那地方去探险！”罗伯尔叫道。

“你要是到了那地方，我的孩子，你一定会感到无限的高兴。”巴加内尔接着说，越说越起劲，“你想想，一个航海家在他的海图上，一点一点地把他的新发现标出来，天下有比这个更令人满意的事吗？天下有比这个更令人快乐的事吗？他看着陆地渐渐出现在他的眼前，一个一个的小岛，一个一个的海岬，都仿佛是从波涛中涌了出来！最初，画出的界线是模糊的、折断的、不连接的！这里一片隔离的土地，那里一个孤立的小港，更远点儿是一个偏僻的海湾。然后，历次发现的陆地互相补足着，线和线连起来了，地图上的虚线变成实线了，港湾显出确定的弓形海岸了，海角连接到确实的滨海陆地了。最后，一片新大陆，有湖、有河、有江、有山、有谷、有平原、有村落、有城镇、有都市，辉煌瑰丽的，展开在地球上面。啊！朋友们，新陆地的发现者真正是一个发明家啊！他和发明家一样了不起！可惜现在这种事业，和一个矿山一样，被人家开采尽了！新大陆，新世界，一切都被人家找到了，探测过了，发现过了，我们这些人在地理学上是迟到者，我们无用武之地了！”

“怎么能没有用武之地啊,我亲爱的巴加内尔!”格里那凡说。

“哪里还有呢?”

“我们现在做的就是我们的用武之地呀!”

这时候,邓肯号正以无比的速度在威斯普奇和麦哲伦等名人走过的航道上疾驶着。9月15日它越过冬至线,船头转向那著名的麦哲伦海峡的入口。有好几次巴塔哥尼亚的南部海岸可以望见了,但是只像一条线,隐隐约约地在天边。船在十海里以外沿着这带海岸南下,就是用巴加内尔那副大望远镜瞧那带美洲海岸,也只能叫人看见一个模模糊糊的轮廓。

9月25日,邓肯号航行到与麦哲伦海峡同纬度的地方。它毫不迟疑地驶进去了。一般说来,汽船都乐意由这条路线开到太平洋。麦哲伦海峡的正确长度不过三百七十六海里,到处是深水,最大吨位的船只,就是靠岸航行都可以。海底平坦,淡水站林立,内河很多,都盛产鱼类。森林里也充满了猎物,安全而便利的停泊站到处都有。总之,这海峡具有无数的优点,这些优点都是勒美尔海峡和那多暗礁多风暴的合恩角所没有的。

进海峡航行的最初几小时,就是说在头六十至八十海里的航程中,直到抵达格利高里角以前,海岸都是低平、多沙的。雅克·巴加内尔的眼睛不放过海峡的任何一点。在海峡内要航行三十六小时,两岸移动的景色值得让这位学者在南半球灿烂的阳光下耐心观赏。北岸没有人烟,南边火地岛的光秃岩石上有几个可怜的火地人在游荡。巴加内尔并没有看到巴塔哥尼亚人,这使他大为失望,而他的同伴却很开心。

“巴塔哥尼亚没有巴塔哥尼亚人,就不是巴塔哥尼亚了。”他说。

“别着急呀,我可敬的地理学家,”格里那凡说,“我们总会见到巴塔哥尼亚人的。”

“还说不定。”

“为什么呢?巴塔哥尼亚人是有的呀!”海伦夫人说。

“我很怀疑,夫人,既然我看不到他们。”

“至少,巴塔哥尼亚这名字是从西班牙文‘巴塔拱’(patagon)来的,‘巴塔拱’的意思是‘大脚’!巴塔哥尼亚人既被称为‘大脚’,总不会是完全出于想象吧?”

“啊,名字是无关紧要的!”巴加内尔回答,似乎故意固执己见要引起辩论,“而且谁也不知道这些人究竟应该叫什么名字!”

“岂有此理!”格里那凡叫了起来,“少校,你知道吗?”

“我不知道,”麦克那布斯回答,“我没有那么大兴趣要知道这些。”

“你这漠不关心的少校啊,你终究会知道的!”巴加内尔又说,“这地方的土人被称为巴塔哥尼亚人,是麦哲伦给他们命名的;而火地人却称他们为提尔门人,智利人称他们为高卡惠人,卡门地方的移民称他们为特惠尔什人,阿罗加尼亚人称他们为惠立什人,旅行家波根维尔称他们为寿哈,法尔克纳称他们为特惠尔黑特!他们自己又以依纳肯自称,‘依纳肯’是‘人’的通名呀!我请问你们,这样多的名称我们怎么闹得清楚?而且一个民族有这样多的名称,是否真有这个民族还成问题呢!”

“这倒是个理由!”海伦夫人说。

“我们姑且承认他这个理由,”格里那凡又说,“然而,我想我们的朋友巴加内尔总不能不承认另一个事实:巴塔哥尼亚人的名称尽可以有问题,但他们的身材高矮至少是大家确认的吧!”

“这种错误的看法我也永远不能承认。”巴加内尔回答。

“他们的身材是很高呀!”格里那凡说。

“我不知道是不是很高。”

“很矮吗?”海伦夫人问。

“谁也不敢肯定。”

“那么,不高不矮了?”麦克那布斯想调和两派,折中地问。

“我还是不知道。”

“你也太过了。”格里那凡叫起来,“亲眼看见这些巴塔哥尼亚人的旅行家们……”

“亲眼看见过巴塔哥尼亚人的旅行家们说法都不一致,”那地理学家回答,“麦哲伦说他的头还达不到巴塔哥尼亚人的腰带!”

“这不是证明他们很高嘛!”

“是呀,但是德勒克认为普通的英格兰人比最高的巴塔哥尼亚人还高!”

“啊，拿英格兰人比是可能的，”少校用鄙视的语气反驳，“如果拿苏格兰人来比就不高了！”

“加文地施肯定他们又高大又强壮，”巴加内尔又说，“霍金斯说他们是巨人，勒美尔和束增说他们高十一英尺。”

“这不就好了吗？这些人的话都是靠得住的呀！”格里那凡说。

“是的。但是伍德、那波罗和法尔克纳的话也同样是靠得住的啊，他们说巴塔哥尼亚人是中等身材。同样也是真的，拜伦·拉·吉罗德、波根维尔、瓦立斯和卡特来确认巴塔哥尼亚人高六英尺六英寸，而了解这些地域最清楚的学者多比尼先生则说他们是中等身材，高五英尺四英寸。”

“那么，在这些互相矛盾的说法中，哪一个是真实的呢？”海伦夫人问。

“真实吗，夫人，”巴加内尔说，“真实应该是这样：巴塔哥尼亚人腿短，上身高。所以有人开玩笑说，那些巴塔哥尼亚人坐着有六英尺高，站着只有五英尺高。”

“好啊！我亲爱的学者，”格里那凡说，“这话说得妙！”

“更妙的是他们不存在，这样，各种矛盾都统一起来了。现在为了结束这场论战，朋友们，我要补充一句使大家宽心的话：麦哲伦海峡漂亮极了，就是没有巴塔哥尼亚人也是够漂亮的！”

这时，邓肯号正环绕着不伦瑞克半岛航行，两边风景极佳。它绕过格利高里角后又行了七十海里，把奔德·亚利拿大牢狱丢在右舷之外了。有一阵子，智利的国旗和教堂的钟楼出现在树林中。这时，海峡两边突起了花岗石和巉岩，看着有些吓人。许多山脚在无边的森林中隐藏着，头上抹着常年不化的白雪，直伸到云霄里。西南面，塔尔恩峰高六千五百英尺，矗立在天际。夜到了，而黄昏的时候很长，阳光不知不觉地融化成多种柔和的色度，天上布满灿烂的明星，南极的星座给航海者指示着道路。在这一片朦胧中，星光代替着文明海岸的灯塔，游船并没有在沿途很多的方便港湾里抛锚，大胆地继续着它的航程。有时候，它的帆架掠过俯临波澜的南极榉的枝梢；有时候，它的螺旋桨拍着大河的水波，惊醒了雁鹅、凫鸭、鸥鹬，以及那沼泽区的各种鸟类。不久，许多断垣残壁出现了，几座倒塌了的建筑物在夜影中望去显得

邓肯号的帆架掠过南极榉的枝梢。

格外庞大。这都是一片废弃了的殖民地残留下的凄凉的遗迹，而这片殖民地的名字永远与那一带肥沃的海岸和猎物丰饶的森林格格不入。

邓肯号此时正在饥饿港面前航行。

就在这地方，西班牙人萨眠多于1581年带了四百名移民来住下。他在这里建立了圣菲利普城。过了几个冬天，移民死了大半，加上又闹饥荒，把熬过寒冬的人又饿死了。1587年战船加文地施号来到这里，发现了那四百个可怜虫中的最后一个，他在这座废墟上挣扎了六年，这时正饿得要死呢！

邓肯号沿着这一带荒凉的海岸前进。日出时，它在一重重的山峡中航行着，两岸是榉、榛、枫等树木交错成的森林，林间冒出许多青葱的圆岭、许多蒙着茂盛的金雀花的土丘和许多尖锐的山峰，其中还有布克兰纪念塔高高地矗立着。邓肯号又经过圣尼古拉湾口——这个湾原是由波根维尔命名为法国人湾的。远处有大群的海豹和鲸鱼在游戏，鲸鱼看来很庞大，因为四海里外就可以见到它们喷出的水柱。最后，船绕过佛罗瓦德角，角上还尖棱棱地密布着冬季的残冰。海峡的对岸，在火地岛上，耸立着六千英尺高的萨眠多峰。那是一丛巉岩，带状的云层把它们分隔开了，看上去活像是空中群岛。美洲大陆到了佛罗瓦德角是真正地到了尽头，因为合恩角不过是僻处在南纬五十六度荒海中的一座岩石而已。

这尖端一过，海峡就变狭了，一边是不伦瑞克半岛，另一边是德索拉西翁岛。这德索拉西翁岛是一个长形岛，两边有成千的小岛环抱着，就和一条大鲸鱼落在一片卵石滩上一般。南美洲的末端是这样的支离破碎，与非洲、澳洲和印度那些整齐清晰的尖端相比，是多么不同啊！伸入两洋之间的这一个大岬角，当年是一场什么天灾把它捣得这样破碎呢？

在这一片肥沃的土地之后，是连绵不断的光秃的海岸，看上去十分荒凉，被那一片迷宫般的万千汊港啮成了月牙形。邓肯号就顺着那条任意曲折的航道转弯抹角地航行着，不犯一点错误，也不迟疑一下，沿途把一团一团的浓烟掺杂到被巉岩冲破的海雾中间。这带荒芜的海岸上，有些西班牙人的商行。邓肯号打那些商行面前经过，并不降低它的速度。过了塔马尔角，峡道转宽了，游船有旋转的余地了。

它转过了那波罗群岛的陡岸，靠近南岸航行，最后在进入海峡航行三十六小时后，它望见了皮拉尔角的巉岩突然崛起在德索拉西翁岛的最末端。一片波光闪烁的汪洋大海，展开在船的面前了。雅克·巴加内尔心里十分激动，挥着手，热情地欢呼着，正如当年麦哲伦在他那三位一体号被太平洋上的微风吹得倾斜的时候那样。

第十章
—— 南纬三十七度线 ——

绕过皮拉尔角后八天，邓肯号开足马力驶入塔卡瓦诺湾。这是一个十二海里长九海里宽的绝妙的海湾。天气好极了。这地方，从11月到第二年3月，天上没有一片云，整个的海岸由于安第斯山脉屏障的作用，经常起的是南风。孟格尔曾依照格里那凡的命令，把船紧贴着济罗岛和美洲西岸的无数零星陆地航行。一片烂船板，一根断桅杆，一块经人手加工过的小木料，都会给邓肯号提供不列颠尼亚号沉没的线索呀；然而，人们什么也没有发现，邓肯号只好继续航行，最后停泊在塔卡瓦诺港。这时它离开克莱德湾的多雾的海面已经有四十二天了。

船一停下来，格里那凡就叫人放下小艇，同巴加内尔一起直划到水栅脚下上了岸。这位博学的地理学家想利用这机会说说他那曾经苦学苦读过的西班牙语；但是他说的话，土人半个字也不懂，这使他惊讶极了。

"我说的音调不对。"他说。

"我们到海关去吧。"格里那凡回答。

到了海关，人家用几个英文词，夹杂着带有表情的手势，告诉他们说英国领事驻地在康塞普西翁，骑马一小时就可以到。格里那凡很快就找到了两匹快马，不久他和巴加内尔就进了康塞普西翁城。这是一座大城，是皮萨尔兄弟勇敢的同伴、天才的冒险家瓦第维亚建立起来的。

格里那凡和巴加内尔进了康塞普西翁城。

当初这座城是多么繁荣,现在又是多么萧条啊!它常被土人掠劫,1819年又全城大火,烧掉不少房屋,城墙还是被烟熏得漆黑的。它已经被塔卡瓦诺港淘汰了,这时城里居民已不满八千人。居民的脚步又懒得很,街道都变成了草地。没有商业,没有活动,贸易是不可能的。每个阳台上都响着曼陀林,垂着的窗帘里传出娇柔的歌声,康塞普西翁原是个男人的古城,现在已变成妇孺的村落了。

格里那凡无心研究它萧条的原因,虽然巴加内尔怂恿他去做。他不耽搁一点儿工夫,立刻找到英国领事彭托克那里。这位要人很客气地接待了格里那凡爵士,他一听说格兰特船长遇难的事,就答应负责在沿海一带进行调查。

至于三桅船不列颠尼亚号是不是在智利或阿罗加尼亚海岸的三十七度线附近失事的问题,答案是否定的。英国领事以及其他国家的领事都不曾接到过有关的或类似的报告。格里那凡并不灰心,他回到塔卡瓦诺,东交涉,西活动,不辞辛苦,不惜金钱,派人到各海岸去查访。这一切都是白费的。向沿海居民做了详细的调查都没有什么发现,最后只好肯定不列颠尼亚号在这里没有留下任何失事的痕迹了。

于是,格里那凡把他活动无结果的经过告诉了他船上的伙伴们。玛丽・格兰特和她的弟弟不由得表现出内心的苦痛。这是邓肯号抵达塔卡瓦诺六天以后的事了。这时大家都聚集在楼舱里。海伦夫人安慰着格兰特船长的两个孩子,不是用话来安慰——她还能有什么可说的呢?——而是用怜爱来安慰。这时雅克・巴加内尔把那文件又拿了出来,集中注意力仔细审察,仿佛要逼那文件说出新的秘密。他这样审察了整整一个钟头。这时,格里那凡叫了他一声,对他说:

"巴加内尔!凭您的智慧判断一下,我们对这文件的解释难道错了吗?这些词句的意义难道是不合逻辑的吗?"

巴加内尔不回答。他在想。

"难道我们把出事地点弄错了吗?"格里那凡又问,"就是在最笨的人看来,'巴塔哥尼亚'这几个字不也是再明白不过的吗?"

巴加内尔始终不响。

"最后,还有Indien(印第安人)这个词不是更支持我们的论断吗?"格里那凡又说。

“完全正确呀!”麦克那布斯也在搭腔。

“那么,那些遇难的船员,在写这文件的时候,就要做印第安人的俘虏,这不是很明显的吗?”

“这里我要打断您的话头,我亲爱的爵士。”巴加内尔终于回答了,“您的论断别的都正确,可就是这最后的一个我觉得不很合理。”

“您的意思是怎样?”海伦夫人问。同时,所有的人都盯着那位地理学家。

“我的意思是:格兰特船长写文件时已经成为印第安人的俘虏了。”巴加内尔回答,并特别强调这句话,“而且,我还要补充一句,对于这一点,文件所表述的就是这个意思,毋庸置疑。”

“请您解释解释,先生。”格兰特小姐说。

“解释太容易了,我亲爱的玛丽。文件上的空白,我们不应该读成‘将被俘于’,应该读成‘已被俘于’,这样一切就都明白了。”

“那是不可能的呀!”格里那凡回答。

“不可能?为什么不可能呢,我高贵的朋友?”巴加内尔微笑着问。

“因为瓶子只能在船触礁时扔到海里呀!所以,文件上的经纬度必然是指出事地点。”

“这一点毫无根据,”巴加内尔马上反驳,“我就不懂为什么那些遇难的海员被印第安人掳到内地之后,就不能想法丢下一个瓶子,叫人家知道他们被拘留的地点。”

“理由简单得很哪,我亲爱的巴加内尔,要把瓶子扔到海里,一定要那里有海才成。”

“没有海,就扔到入海的河里不可以吗?”巴加内尔回答。一片惊诧的沉默表明大家接受了这个万想不到而又于理可通的回答。巴加内尔看见大家眼睛里射出的光芒,就知道每个人又抓住一个新的希望了。海伦夫人第一个开腔:

“这真是个想法!”她叫道。

“真是个绝妙的想法。”那地理学家天真地补充了一句。

“那么,你的意思是……”格里那凡问。

“我的意思是要先测定南纬三十七度线横贯美洲海岸的地方,然后沿着这三十七度线向内地找,不要离开半度,一直找到大西洋。也许在三十七度线上我们会找到不列颠尼亚号的船员。”

“希望不大!”少校回答。

“不论希望怎样渺茫,我们也不能忽视它。”巴加内尔又说,“万一我推测对了,那瓶子确是由某一条内河流到海里的,我们就必然会找到俘虏的线索。看看这地方的地图吧,朋友们,我要叫你们死心塌地相信我的话。”

他说着,在桌上摊开一张智利和阿根廷各省的地图。

“你们看,”他说,“你们跟着我做一次横贯美洲大陆的旅行吧!我们跨过这狭长的智利,越过安第斯山脉那一带高低岩儿再下到草原中间。这些区域缺乏大江吗?缺乏大河吗?缺乏水道吗?不缺乏呀!这是内格罗河,这是科罗拉多河,这里是两条河的许多支流,都被南纬三十七度线穿过,都可以把文件送到海里。在这些地方,也许在一个土人部落手里,在一些定居的印第安人手里,在这些外界不很明了情形的河岸上,在这些山坳里,我可以称为‘我们的朋友’的那班人正在听凭天意等人来营救呢!我们能叫他们失望吗?你们大家都赞成沿着我此刻在地图上指出的这条直线去穿越这一带地区吗?万一出乎意料,我是错的,我们不也有责任再沿着三十七度线找到底吗?如果为了要找到那些遇难的船员而有必要的话,我们不应该沿着三十七度线环绕地球一周吗?!”

这些话说得慷慨激昂,大家听了深受感动,都站起来和他握手。

“是的,我的父亲就在那儿!”罗伯尔·格兰特不断地叫着,眼睛恨不得把地图吞下去。

“你的父亲在哪里,我们就会到哪里去找他,我的孩子!”格里那凡回答,“我们的朋友巴加内尔的解释是再正确不过的了,现在应该毫不迟疑地循着他画的这条线走去。格兰特船长不是在大股印第安人手里就是在一个小部落手里。如果在小部落手里,我们就直接把他救出来。如果在大股的印第安人手里,我们就在侦察了情况之后,再走东海岸回到船上,然后到布宜诺斯艾利斯去招一队人,由麦克那布斯少校组织起来,这样就足以对付阿根廷内地所有的印第安人了。”

“好!阁下,就这样,好!”孟格尔说,“我还可以补充一句,这个横跨美洲的旅行将会安全地完成。”

“安全，并且不太疲劳。”巴加内尔说，“有许多人装备抵不上我们，也没有像我们这样伟大的事业鼓励着勇气，他们都已经做过这种横贯大陆的旅行了！ 1782年不是有个叫维拉摩的人从卡门走到了高低岩儿吗？ 1806年不是有个智利人，康塞普西翁的法官董·路易，从安杜谷出发，越过安第斯山脉，走了四十天，走到了布宜诺斯艾利斯吗？最后还有卡西亚上校、多比尼先生和我那可敬的同事穆西博士，他们不是游遍了这个地区吗？他们为了科学研究能够这样做，我们为着救人就不能这样做吗？”

“先生！”玛丽·格兰特用感动得发抖的声音说，“您这样仗义救人，不怕冒那样多的危险，我们应该怎样感激您啊！”

“危险？”巴加内尔叫起来，“谁说有‘危险’？”

“不是我！”罗伯尔·格兰特回答，他的眼睛瞪得滴溜溜的，眼光显得十分坚决。

“危险？”巴加内尔又说，“哪有危险呢？而且，我们要做的是什么？不过是做一次仅仅三百五十法里的旅行罢了，我们是沿直线走去呀，这旅行所遵循的纬度和在北半球西班牙、西西里岛、希腊等地的纬度是一样的，因此气候大致相同。这旅行至多不超过一个月啊！我们等于散一回步！”

“巴加内尔先生，”海伦夫人插嘴问，“您是相信那几名失事的船员落到印第安人手里之后，生命还是安全的吗？”

“还用问吗，夫人！印第安人又不是吃人的野人，他们绝对不是那样。我在地理学会认识一个法国人，季纳尔先生，他曾被草原区的印第安人掳去了三年。他吃了不少的苦头，他曾受到虐待，但是他经得起这个考验，终于胜利归来了。一个欧洲人在这些地区里，是一个有用的动物，印第安人知道他的价值，他们爱护他和爱护值钱的牲畜一样。”

“既然如此，就无可迟疑了。”格里那凡说，“我们应该去，并且赶快动身。我们应该走哪条路呢？”

“一条既便当又惬意的路。”巴加内尔回答，“开始有点山路，然后是安第斯山东麓的微坡，最后是一片细草平沙的原野，没有崎岖不平的地方，简直是一个大花园。”

“看看地图吧。”少校说。

“地图在这里，我亲爱的麦克那布斯。我们将从智利海岸鲁美那角与卡内罗湾之间三十七度线的一端出发。我们穿过阿罗加尼亚首府后，就由安杜谷火山南面的隘道横穿那条高低岩儿，然后溜下这一带延绵的山坡，渡过内乌康河和科罗拉多河，我们将到达潘帕斯草原区。经过盐湖、瓜米尼河、塔巴尔康山，那里就是布宜诺斯艾利斯省边界。我们越过边界，爬上坦狄尔山，沿途寻找，直找到大西洋岸边的马达那斯角。”

巴加内尔一边说，一边数这次远征路过的地方，摆在眼前的地图他连看也不看——他是用不着看地图的。他曾熟读佛勒雪、毛里那、洪宝、米艾尔、多比尼这些人的著作，他的记忆力很强，一点也没说错。他数完了这一连串的地名之后，又说：

“所以，我亲爱的朋友们，这条路是笔直的，三十天就可以走完了。如果风稍微有点不顺的话，邓肯号会在我们之后到达东海岸呢！”

“依您说，”约翰·孟格尔说，“邓肯号应该在哥连德角与圣安托尼角之间巡航，是吗？”

“正是。”

“这一趟远征要哪些人去呢？”格里那凡问。

“越少越好。我们不过是要打探一下格兰特船长的境况，并不是要和印第安人打仗。我想格里那凡爵士是我们的当然领袖，少校也一定是当仁不让的，还有你们忠实的服务者雅克·巴加内尔……”

“还有我！”小格兰特叫了起来。

“不要乱插嘴，罗伯尔！”玛丽说。

“为什么不让他去呢？”巴加内尔说，“旅行是青年最好的一种锻炼。因此，就是我们这四个人，再加邓肯号上的三个水手……”

“怎么，”孟格尔对他的主人说，“阁下就不给我提一提名吗？”

“我亲爱的约翰，”格里那凡说，“我们把女客都丢在船上了，就是说，我们最亲爱的人都留在船上呀！除了邓肯号热诚的船长，还有谁来照料她们呢？”

“我们不能陪你们一同去吗？”海伦夫人说，看着格里那凡，显出不放心的样子。

“我亲爱的海伦，”格里那凡回答，“这次旅行想必很快就可以结束，我们不过是暂时小别，而且……”

“是的，朋友，我了解你们。”海伦夫人说，“你们去吧，祝你们成功！”

“而且，这不算是旅行呀！”巴加内尔说。

“不算旅行又算是什么呢？”海伦夫人问。

“走马观花地过一过就是了。我们一穿而过，就像一个善人打尘世里过一过那样，一面经过，一面行善。古语说‘行着善事，走过尘世’，这就是我们的座右铭。”

巴加内尔说完了这句话，一场辩论就结束了。严格地说，不是一场辩论，只是一席谈话，大家的意见完全一致。当天，旅行的准备工作就开始进行了。大家决定保守秘密，以免印第安人知道了反而打草惊蛇。

动身的日期定在10月14日。当要挑选随行的水手时，船员们个个都争着去，反使格里那凡感到为难。他只好叫他们抽签。结果是大副汤姆·奥斯丁、水手威尔逊和穆拉地抽到了——威尔逊是一条壮汉，穆拉地赛过汤姆·塞约斯[①]——他们三人都欢天喜地。

格里那凡积极准备，他要求能按期出发；他确实做到了这一点。另一方面，孟格尔进行贮煤工作，以便立刻就能再拔锚下海。他一心要在远征队之前到达阿根廷海岸。因此，在格里那凡与那青年船长之间简直可以说是在进行竞赛。这竞赛对大家都有利。

果然，10月14日，在预定的时间，大家都准备好了。出发时，全体乘客都聚集在方厅里。邓肯号已经张好篷帆，它的螺旋桨在打着塔卡瓦诺湾的清波。格里那凡、巴加内尔、麦克那布斯、罗伯尔、奥斯丁、威尔逊、穆拉地都带着马枪和“高特”手枪[②]准备离船。向导带着骡子在水栅那边等着。

“时候到了。”最后，格里那凡爵士说。

“你去吧，朋友！”海伦夫人竭力保持镇静地回答。

格里那凡紧抱着海伦夫人，小罗伯尔也跳过去搂着姐姐的脖子。

① 伦敦的拳击大王。——原注

② “高特”是造这种手枪的厂名。

汤姆·奥斯丁、威尔逊和穆拉地抽中了签，他们三人都欢天喜地。

“现在，亲爱的伙伴们，”巴加内尔说，“最后一次拉拉手，直到大西洋岸上再见吧！”

随便拉拉手就成了吗？大家都去拥抱那可敬的学者，预祝他的愿望实现。

大家都到甲板上来了，七个旅行者离开了船。不一会儿他们就到了码头。游船也在岸边开着，离岸还不到半链[①]。

海伦夫人在艉楼上最后一次高喊：

“朋友们，愿上帝帮助你们！”

“上帝一定会帮助我们，夫人。”巴加内尔回答，“请您相信吧，因为我们会互相帮助！”[②]

“开船！”孟格尔向机械师叫道。

“上路！”格里那凡附和。

陆上的行人催着坐骑沿着海岸进发。邓肯号开足了马力，鼓着螺旋桨，向远洋驶去。

第十一章
横贯智利

格里那凡在土著中招募了三个大人和一个小孩组成骡夫队。骡夫头子是一个在本地生活了二十年的英国人。他的职业就是租骡子给旅客，并引导他们过高低岩儿的各山隘。过了山隘，他就把旅客交给一个“巴加诺”。“巴加诺”是阿根廷熟悉草原路途的向导。这英国人虽然整天和骡子、印第安人在一块儿，却并没有完全忘记祖国的语言，他还不至于不能和旅客们交谈。所以，格里那凡要表达意愿或要求对方执行命令时，都获得许多方便。他乐于利用这种方便，因为巴加内尔的西班牙语还不能叫人听得懂！

骡夫头子智利语叫“卡塔巴”。这个原籍英国的“卡塔巴”用了两

① 1链约等于200米。

② 此句源自欧洲人的一句格言：“天助自助者。”

名当地骡夫——土语称为“陪翁”——和一个十二岁的孩子做助手。“陪翁”照应驮行李的骡子，小孩骑着“马德铃娜”——挂着铃铛的小母马，在骡队前面走，后面跟着十四匹骡子。十四匹骡子中，七位旅客骑了七匹，“卡塔巴”骑了一匹；还有两匹驮着行李和几捆布匹。这些布匹是为着结交平原区酋长用的。“陪翁”照例还是步行。像这样的配备，横贯智利的旅行在安全和迅速这两方面，应该是能保证的。

过安第斯山不是一趟普通的旅行，没有这些强壮的骡子是不行的。这种爬山的骡子，最好的是阿根廷产。它们在这地方获得了比原始品种更优良的发育。它们不讲究饲料，每天只喝一遍水，八小时走十法里一点儿不成问题，驮十四阿罗伯[①]重的东西也不嫌重。

在这条连接两大洋的路程中没有一个客栈。路上吃的是干肉、辣椒拌饭和可能在途中打到的野味；喝的是山中的瀑布和平原上的溪水，加上几滴甜酒。这甜酒是每人都带着装在牛角做的“实缶儿”里的。不过，旅客要注意，含酒精的饮料不能喝得过多，在这种地区里，人的神经系统特别容易受刺激，含酒精的饮料是不很合宜的。至于睡觉的铺盖，整个都装在鞍子里，用绣花的宽带子缚在马身上。鞍子是本地产，土名“勒加驮”，是用土产羊皮做成的。这种土产羊皮叫“皮量”，一面硝光，一面还保留着原有的羊毛。旅客用这暖和的被褥裹着，就不怕潮湿的夜晚，可以睡得很酣畅。

格里那凡是个懂得旅行并能适应各地方风俗习惯的人，他为自己和他的同伴准备了智利服装。巴加内尔和罗伯尔——两个都是孩子，不过一大一小——把头一套进那智利大斗篷，脚一插进那长皮靴，都感到乐不可支。那斗篷土名“篷罩”，是一大块格子花呢，中央穿了一个洞；靴子是小马的后腿皮做成的。还有他们乘的骡子真是打扮得漂漂亮亮，嘴里衔的是阿拉伯式的嚼铁，嚼铁两端系着皮子编成的缰绳，可以当作鞭子用，头上是金碧辉煌的络头，还有那颜色鲜艳的褡裢，装着当天用的干粮。巴加内尔老是粗心大意的，上骡子时差点儿挨了几脚。他一爬上了鞍子就漫不经心地坐着，腰里悬着他那一会儿也离不得的大望远镜，脚紧踏着镫子，松着辔头让骡子自己走；骡子非常驯

① 当地的重量单位，1阿罗伯合11.5公斤。——原注

巴加内尔和小罗伯尔套着“篷罩”骑着骡子。

良，他觉着十分满意。至于小罗伯尔，他一上骡背就像个未来的第一流骑手。

全队出发了。天气非常晴朗，空中万里无云。虽然是炎日高挂，空气却被海风调节得相当凉爽。这一小队人马沿着塔卡瓦诺湾的曲折海岸迅速前进，再南下三十英里，就可踏上三十七度线的末端点。第一天大家在干滩地的芦苇丛中迅速穿行，彼此不多说话。临别的赠言在旅客的脑子里还留着强烈的印象。邓肯号冒出的黑烟渐渐消失在天际，但是还可以看得见。大家不说话，只有那好学的地理学家在练习西班牙语，用这新学的语言自问自答。

不仅旅客不说话，那“卡塔巴”也是个相当沉默的人。他的职业并没有使他养成好说话的习惯。他连对“陪翁”说话都很少。这两个“陪翁”都是内行，非常懂得他们应做的事。要是有匹骡子停了，他们就用喉音叫一声来督促它，再不走，就扔个石子。石子扔得极准，再执拗的骡子也会服从的。要是一根兜带散了，或是一条缰绳溜了，“陪翁”就脱下“篷罩”蒙住骡子头，把兜带或缰绳整理好，然后骡子立刻照旧前进。

骡夫的习惯是早晨八时吃了早饭出发，直走到下午四时歇夜。格里那凡尊重这个习惯。这天，“卡塔巴”发出休息的信号时，旅客们正到了海湾南端的阿罗哥城。他们一直到现在为止还没有离开过那飞泡溅沫的海洋边岸。还要西行二十英里，直到卡内罗湾，才到三十七度线的端点。格里那凡这一队人已经走遍了滨海地区，但是并没有找到任何沉船的痕迹。再跑下去也是白费，因而他们决定就以阿罗哥城为出发点，自此向东循着一条笔直的路线进发。

这一小队人马进了城，就在一个简陋万分的小客栈的院子里过夜。

阿罗哥是阿罗加尼亚的首都。阿罗加尼亚是一个长一百五十法里、宽三十法里的国家，居民是毛鲁什族[①]。他们是智利族的支裔，曾被诗人爱尔西拉[②]歌颂过。这一族的人高傲而强健，在南北美洲中没有

① “毛鲁什”是当地居民的自称，意思就是阿罗加尼亚人。“阿罗加尼亚”是西班牙人给他们取的名字。

② 爱尔西拉（1535–1596），西班牙军事家兼诗人，史诗《阿罗卡那》的作者。

受过外力统治的只有这一族了。阿罗哥城曾一度属于西班牙人，但居民却从来没有屈服过；他们那时抵抗西班牙人就和现在抵抗智利人一样，他们独立的旗帜——蓝地白星旗——始终飘扬在那座筑有护城工事的山顶上。

当别人在预备晚饭的时候，格里那凡、巴加内尔和那“卡塔巴”在那些茅草盖顶的房子间散了一阵子步。除了一所教堂和一个圣芳济修道院的遗址，阿罗哥城里就没有什么可看的。格里那凡试图打听一点有关沉船的消息，却没有得到结果。巴加内尔说的西班牙语居民听不懂，他很失望。不过阿罗哥城的人说的都是阿罗加尼亚语——这是一种土语，直到麦哲伦海峡都通用——巴加内尔的西班牙语说得再好也是无用的。既然不能和土人交谈，他只好以目代耳了。他还是感到十分愉快，因为毛鲁什族各种典型的人都呈现在他的眼前，任凭他观察。毛鲁什族的男子都身材高大，面部平扁，皮肤呈古铜色，光下巴，眼光多疑，宽脑袋，头上披着又黑又长的头发。他们整天游手好闲，仿佛是太平时期无所事事的战士。他们的女人却都吃苦耐劳，终日忙着做家庭的苦活，为主子刷马、擦武器、耕田、打猎，除此以外，她们还抽出空闲来织制那种翠蓝色的“篷罩”。这种“篷罩”一件要织两年，最低也要卖一百美元。

总的说来，这些毛鲁什人风俗相当粗野。人类所有的坏习惯他们几乎全有；他们只有一个美德，就是爱独立。

“真是些斯巴达[①]人啊！”巴加内尔散步后回来围坐着吃晚饭的时候，再三地赞扬着。

大家都觉得这位可敬的学者赞扬得太过了。后来他又说，他游览阿罗哥城的时候，他那颗法兰西人的心跳动得特别厉害，大家听着更莫名其妙了。少校问他为什么他那颗心竟会这样出乎意料地跳动，他说他那阵心跳是再自然不过的了，因为不久以前他有一个同乡曾做过阿罗加尼亚国王。少校请教那国王的名字。他就很骄傲地说那人就是诚实的脱楞斯先生，一个道地的好人，满脸的络腮胡子，早年曾在白里各[②]城做过讼师，后来当了阿罗加尼亚国王，再后来又被那下台的国

---

① 古希腊的一邦，居民以勇武著称。

② 法国城市名。

王们斥为“臣属忘恩负义”,把他从宝座上赶下来了。少校听到一个讼师做了国王又被赶下宝座,不觉轻笑了一下。巴加内尔却一本正经地回答说:一个讼师做一个好国王,也许比一个国王想做一个好讼师要容易得多呢!大家听了这话都笑起来,举起玉米酒,每人喝了几滴,为那阿罗加尼亚废王奥来利·安托尼一世的健康干杯。几分钟之后,旅客们都各自裹上“篷罩”酣然入睡了。

第二天早晨八点钟,“马德铃娜”在前,“陪翁”在后,那一小队人马又向东走上三十七度线的路了。他们穿过阿罗加尼亚的那片到处都是葡萄和羊群的肥沃地区。但是,人烟渐渐稀少了。隔个里把路难得有个“拉斯特勒阿多”的茅棚——“拉斯特勒阿多”是美洲大陆闻名的印第安的练马人。有时他们遇到一所废弃的驿站,这是在平原上游荡的土人躲避风雨的地方。这一天有两条河——拉克河与杜巴尔河——拦着路。但是“卡塔巴”发现了一个浅滩,叫大家安然渡过了。这时,安第斯山脉已经在天际展开,现出幢幢的圆顶和向北延绵的尖峰。这条山脉是整个新世界所赖以撑起来的巨大脊梁,现在所见的还不过是那巨大脊梁的最低部分。

下午四时,大家已经一口气走了三十五英里路,就在旷野里一丛巨大的野石榴树下停歇了。骡子卸了缰,自由地跑去吃草场上的肥草。褡裢里有的是干肉和辣饭。把“皮量”铺到地上就是枕席,大家在这临时枕席上安睡,消除一天的疲劳。守夜工作由“陪翁”和“卡塔巴”轮流担任。

既然天气这样好,既然全体旅客,连罗伯尔在内,都身体健康,既然这长途旅行开始得这样顺利,大家都认为应该和在赌场上一样,“牌风”来了,就勇往直前。所以第三天大家走得更快了。安然渡过白尔急流了,一行人晚上就在介于西班牙属智利与土人的独立智利之间的标标河岸旁歇夜。格里那凡一行又前进了三十五英里。地理情况没有变化,依然是肥沃的土壤,盛产着宫人草、木本紫罗兰花、曼陀罗花、金花仙人掌。鹭鸶、鸱鸮和逃避鹞鹰的一些黄雀和鹡鸰就是这地区仅有的鸟类。有些动物,如黑斑虎[①]等都蹲伏在丛莽里。

---

① 南美特产的大虎,黑斑如豹,能爬树。有人译为“南美豹”或“亚美利加虎”。

大家安然渡过了浅滩。

至于土人，看到的很少。难得遇到几个“瓜索”——印第安人和西班牙人的混血儿，光脚上拴着大马刺，骑着被刺得流血的马，在平原上奔驰着，像鬼影一般走过去。路上找不到可以问话的人，因此绝对打听不到消息。格里那凡决定不做任何查访，因为他想格兰特船长被印第安人掳去了，一定会被带到安第斯山那边。只有到山那边草原里去调查才会有结果，在山这边调查是徒劳无益的。因此，只好耐着性子前进，迅速前进，不断前进。

17日，按往常的时间和习惯的次序出发。罗伯尔总是不遵守这次序，因为他一高兴起来就要走到“马德铃娜”前面，他的骡子真是吃尽了苦头。只有格里那凡厉声呵止才能使小家伙退回原位。

道路变得崎岖些了，地面高低起伏，预示着前面要到山地了，河也多了起来，都随坡坂的任意曲折而汩汩地流着。巴加内尔不时看看他的地图；有些溪流地图都漏掉了，他一看某一条河在地图上没有，就十分生气，头上几乎冒出火来，那样子又可笑又可爱。

“一条河没有名字，”他说，“就等于它没有身份证！在地理学的法律上看来，它是不存在的。”

因此，他便毫不客气地给那些没名字的河取个名字，在地图上记下来。他给每条河都加上西班牙语里一个最响亮的形容词。

“好个西班牙语啊！”他不断地说，“多么响亮的语言啊！这语言真个是金属制成的，我深信它的成分含百分之七十八的铜，百分之二十二的锡，像铸钟的青铜一样！”

“这样好的文字，您学了总有些进步了吧？”格里那凡问他。

“当然有进步呀，我亲爱的爵士！啊，要不是有音调问题的话！……只可惜还要有适当的音调才能叫人家听得懂！”

巴加内尔希望能把音调说得更准确，一面走，一面努力克服发音的困难，嗓子都几乎叫破了。同时，他还没忘记提出地理学上的意见。在这方面，他真是个内行，全世界也找不出比他更高明的了。只要格里那凡问那“卡塔巴”一个问题，想知道当地的一个特点，他的博学的同伴总是抢在向导前头把问题解答了，把特点说出来了。“卡塔巴”瞪着眼睛看着他，惊愕得了不得。

这天近十点钟的时候，他们遇到一条路，横截着他们一直在遵循着的那条直线。格里那凡自然要问问这路名，自然又是巴加内尔回答出来了：

“这是由荣伯尔通到洛杉矶的路。”

格里那凡看看“卡塔巴”。

“完全正确。”“卡塔巴”回答。

接着，他又转向地理学家，问道：

“您到这地方来过吗？”

“当然了！”巴加内尔一本正经地说。

“骑着骡子来的？”

“不，坐在安乐椅里来的。”

“卡塔巴”一定听不懂这句话是什么意思，因为他耸了耸肩膀就回到队伍前面去了。

傍晚五点钟，旅行队歇到一个不很深的山坳里。这山坳在那小罗哈城的北边几英里路的地方。当夜，他们就在山脚下露了营。这些山已经是那条安第斯山的最低的阶梯了。

第十二章

—— 在一万二千英尺高空 ——

直到这时为止，横贯智利的旅行没有遇到任何严重的意外。但是现在，爬山旅行所难免的障碍和危险都同时来了。对自然界各种困难的斗争就要开始了。

有个重要问题必须在出发前先解决：由哪条路可以越过安第斯山脉而不离开原定的路线呢？大家问“卡塔巴”。

“在这一带高低岩儿山里我只知道有两条路可走。”那向导回答。

“一定是过去曼多查发现的阿里卡那条路？”巴加内尔说。

“一点儿不差。”

“和维腊里卡岭以南的也就叫作维腊里卡的那条路？”

“正是。”

“那么，朋友，这两条路都有一个毛病，不是过于偏北就是过于偏南了。”

“你能提出另一条路吗？”少校问。

“有！”巴加内尔回答，“那就是安杜谷小道，它的位置在火山的斜坡上，南纬三十七度三十分的地方。就是说，离我们的预定路线只差半度。这条小路是以前查密雕·德·克鲁兹探出来的，高仅一千托瓦兹[①]。”

“好！”格里那凡说，“但是这条安杜谷小路，你认得吗，‘卡塔巴’？”

“认是认得的，爵士，这条路我也走过。我之所以没有提到它，是因为它是条小径，最多也不过能通过牧群，是山东麓的印第安牧人走的。”

“那么，朋友，”格里那凡回答说，“白环什人[②]的牛马羊群能走的地方，我们就能走。既然这条路仍旧在直线上，我们就走这条小路吧！”

立刻，动身的信号发出了，全队人马钻进了拉斯勒哈斯山谷。两边都是大丛的结晶石灰岩，路随着一个几乎感觉不到的斜坡逐渐升高。大约十一点钟的光景，要绕过一个小湖。这小湖是一个天然蓄水池，是附近所有小河的汇流点，风景极佳。河水汩汩地流到这里，便消失在一片恬静里。湖上是一层一层的高原，满生着禾本草，印第安人的牛羊群就在那里放牧。过了这里是一片南北横亘着的沼泽地，由于骡子有跨过沼泽地的本能，大家安然地渡过了。午后一时，巴勒那堡在一座石峰上出现了，残缺的壁垒仿佛给那巉岩戴上了王冠。骡队打堡旁边绕过。山坡已经逐渐陡起来，石头嶙嶙的，石子在骡脚下滚着，形成一阵哗啦啦的碎石瀑布。快到三点钟的时候，前方又是许多1770年土人起义中毁掉的残壕废垒。这些遗迹充满了画意。

“真的，”巴加内尔说，“高山还不够把人们隔开，还要再加上些碉堡呀！”

从这一刻起，路不但很难走，而且很危险。山坡的角度加大了，岩上的小路愈走愈窄，岩下的坑谷深得骇人。骡子谨慎地走着，鼻子贴着地，嗅着山路。人们鱼贯地前进。有时候，拐了一个陡弯，“马德铃

① 法国旧度名，1托瓦兹约合1.949米。

② 白环什人是印第安人的一支。

娜”不见了,旅行队就循着它远远的铃声前进。也有时候任意曲折的山径把骡队折成平行的两行,领头的“卡塔巴”可以和压尾的“陪翁”谈话,其中隔了一条裂缝,宽不到两托瓦兹,深达二百托瓦兹以上,平行的两行人中间有着不可跨越的鸿沟。

然而在这一带山地上,还有草本植物向岩石斗争着,但是人们已经感觉到矿物界在向植物界侵略了。几条已经凝固的熔岩,呈铁青色,耸起针状的黄色结晶,人们一看就知道离安杜谷火山不远了。岩石一重重地堆砌着,摇摇欲坠,不符合任何平衡定律,却还能互相支撑着攀附着,而不会崩倒下来。很明显地,只要有轻微的震动,这些岩石就会改变样子。我们看到这些倾斜的尖峰、歪倒的穹窿、偏侧的圆顶,就知道这些地区的山势还没有成为定型。

在这种条件下,路是很难认清的。安第斯山的庞大的骨架几乎不断地在动摇,因此常常改变通行的路线,昨天认路的标识点,今天可能就不在原位置了。所以“卡塔巴”常常搞不清楚,不时停下来向四周看看,辨认岩壳的形状,在那些易碎的石头上找着印第安人走过的痕迹。

格里那凡一步一步地跟住向导;他了解并且感到向导的烦恼随着路径的困难在增加;他不敢问他,他想,骡夫应该和骡子一样,也有识路的本能,因此还是信任骡夫好。他这种想法也许不是没有道理的。

整整有一个钟头,“卡塔巴”可以说是在彷徨着,但总是渐走渐入更高的地带。最后他不得不干脆停下来。那时他们正走进一条不很宽的山谷,这种山谷是印第安人称为“格伯拉达”的那些窄山峡的一种。一堵云斑石的峭壁,呈尖峰状,拦住出口。“卡塔巴”找了一阵,找不出路来,于是下了骡子,交叉着胳膊,等候着。格里那凡朝他走去,问:

“你迷了路吗?”

“不是,爵士。”“卡塔巴”回答。

“可是,我们现在已经不是在安杜谷那条路上了吧?”

“我们还是在安杜谷那条路上。”

“你没有认错吗?”

“我没有认错,您看这里是印第安人烧篝火留下的灰烬,那边是羊群马群走过的痕迹。”

山坡的角度加大了，岩上的小路愈走愈窄，岩下的坑谷深得骇人。

“那么,这条路是人家走过的呀!”

“是的,但是现在走不过去了。最近一次地震把这条路堵住了……”

“堵得住骡路却堵不住人路呀!”少校回答。

“啊,这要看诸位怎么办了!”“卡塔巴”回答,“我尽了我的力量了。如果诸位愿意往回走,再在这带高低岩儿里面找别的路的话,我的骡子和我,我们都准备一齐往回走。”

“那不是要耽搁了?”

“至少三天。”

格里那凡听着“卡塔巴”的话,一声不响。“卡塔巴”当然是照契约行事。他的骡子不能再向前进了。然而,当“卡塔巴”建议往回走的时候,格里那凡回头看着他的旅伴们问:

“你们愿意不顾一切地走这条路过去吗?”

“我们愿意跟您走。”奥斯丁回答。

“甚至于抄在你的前面走。”巴加内尔补充着说,“我们说来说去,究竟问题在哪里呢?问题在爬过一条山脉,而山那边的下坡路容易得不能和这边相比!我们过了山,就可以找到引我们过草原的阿根廷的‘巴加诺’和惯于在草原上奔驰的快马了。不要迟疑,还是向前走吧!”

“好,向前走!”格里那凡的旅伴们都叫起来。

“你不能陪我们走了吗?”格里那凡转头问那“卡塔巴”。

“我是赶骡子的呀!”那骡夫头子回答。

“那就随你的便吧!”

“我们用不着他陪,”巴加内尔说,“到了峭壁那边,我们就可以再找到安杜谷的小路,我保证把你们引到山脚下,不亚于这带高低岩儿里的最好的向导。”

于是格里那凡和那“卡塔巴”结了账,把他连他的“陪翁”和他的骡子一起都辞掉了。武器、工具和干粮由七个旅客分开来背着。大家一致决定立刻再往上爬,必要时走一段夜路。在左边斜坡上有一条直上直下的小径蜿蜒着,骡子确实不能通行。困难的确是很大的,但是经过两小时的疲劳与周折,格里那凡一行人又走到安杜谷那条路线上了。

这时他们已经到了真正叫作安第斯山的部分,离那条庞大的高低岩儿的最高山脊不远了。但是,不论大路小路,都已经没有了痕迹。最近的一次地震把这整个地区捣得天翻地覆,只能从山腰上隆起的石壳上一步步地往山脊上爬。巴加内尔找不到可走的路,一时也有点儿不知所措,只好拼命往安第斯山的顶点上爬。山顶的高度平均在一万一千英尺至一万二千六百英尺之间。很幸运,天气平静,天空晴朗,季节对行人有利。如果是在冬季,在5月到10月之间,这样爬就不可能:严寒的气候一下子就会把行人冻死了;就是冻不死,也逃不过当地特有的飓风。这飓风名为"腾薄拉尔",每年被"腾薄拉尔"刮落到那带高低岩儿的深坑里的尸体也不知有多少。

格里那凡一行人爬了一整夜。那些几乎无法攀登的重重岩石,大家都用手扒着爬上去;那些又宽又深的缝穴,大家都跳了过去。胳臂挽着胳臂就算是绳子,肩上蹲人一个掮一个就算是梯子。这群冒着危险和困难的好汉就仿佛是大马戏团里的一群丑角,表演着空中飞人。这正是健壮的穆拉地和灵巧的威尔逊大显身手的时候了。这两名诚实的苏格兰人奔来跑去,到处出力;有好几次要不是他们两人那样热诚和勇敢,那一小队旅客就过不去。格里那凡不断地看着小罗伯尔,因为他年纪小,性格活泼,这都叫人担心,怕他冒失闯祸。巴加内尔呢,他带着法国人特有的那种狂热,不断地前进着。至于那少校,他该动的时候才动一动,不多不少,恰如其分,若无其事不慌不忙地慢慢向上爬着。他自己是不是觉得他几小时以来在不断地往上爬呢?不一定。也许他还以为在下山呢!

早晨五点钟,根据气压表测算,他们已经到达七千五百英尺的高度了。这时他们是在二级平顶上,这是乔木地带的尽头。有几种野兽在那里跳跃,如果是猎人遇到它们的话,会感到极大的快乐,或者会发大财。这些矫捷的野兽似乎也知道猎人喜欢打它们,所以远远地见人就跑。那些野兽之中,首先是那山区特产的骆马,它可以代替羊、牛、马之用,生活在连骡子也不能生存的地方。还有一种大耳鼠,是啮齿类的小动物,温驯而胆小,长得一身好皮毛,形状又像野兔,又像野鼠,而后腿特长,又类似袋鼠。看这种轻捷的小动物在树顶上像栗鼠一般跑来跑去,真是可爱。"它虽不是鸟儿,"巴加内尔说,"但是它已

旅行者们到达七千五百英尺的高度了。

经不是四足兽了。”

然而,这些野兽还不是山上最高点的居民。在九千英尺高的地带,在冰雪区的附近,还有成群美丽无比的反刍动物:一种是羊驼,披着丝绒一般的长毛;另一种是无角的山羊,身段苗条,气宇轩昂,毛极细致,博物学家称其为“未角羚”。不过这种小动物,你莫想靠近它,你连看也不容易看到它,它逃得和鸟儿展开翅膀一样,在白得花眼的雪层上无声无息地一溜就溜掉了。

在这破晓的时候,整个山区的面目完全幻化了。无数耀眼的大冰块,带点淡青色,在绝壁上耸立着,反射着黎明的曙光。这时爬山是很危险的。不先细心探测一下,摸到裂缝的所在,就不能冒险前进。威尔逊已经跑到队伍前面做先锋了,他用脚试探着冰面。同伴们都谨慎地踏着他的脚印子走,并且避免高声谈话,因为声音稍微大点儿就会震荡空气,把悬在头上七八十丈高的大雪团震得坠落下来。

他们已经到达灌木地带了,再上二百五十托瓦兹,灌木都要让位给禾本草类和仙人掌类。到了一万一千英尺高度的时候,连这些东西也没有了,植物完全绝迹。旅客们只在八点钟歇了一次,简单地吃点东西恢复恢复体力,然后又鼓起勇气冒着更大的危险继续向上爬。又要跨过刀尖一般的冰凌,又要爬过令人看也不敢向下看的深坑。有好些地方路边插满了木头十字架,这说明了这地方曾不断发生不幸的事故。午后快到两点钟的时候,一片光秃、荒凉得像沙漠一般的平地展开在险峻的峰峦中间。空气是干燥的,天色是湛蓝的,在这种高度上,雨从来没有过,水蒸气只会变成雪或冰雹。零零落落的云斑石或雪花岩的峰岭就像残骸的朽骨突破白色的裹尸布。有时候,硅石或片麻石的碎块被风吹脱了,带着沉闷的声响滚下来。由于空气稀薄,几乎听不见碎石滚落的声音。

然而,那一小队旅客,尽管勇气有余,但气力终究不济了。格里那凡看见他的同伴们都已经精疲力竭,很后悔在深山里走得这样远。小罗伯尔拼命与疲乏做斗争,但是委实不能再走了。三点钟的时候,格里那凡停了下来。

“要歇歇了。”他说,因为他看大家都不肯先提这个建议。

“歇歇吗?”巴加内尔回答,“但是没有藏身的地方呀!”

“然而,非歇歇不可了,对罗伯尔说来,更有这个需要!”

“我不要歇,爵士。”那勇敢的孩子回答,“我还能走……大家不要停下来……”

“让人家背你吧,我的孩子。”巴加内尔说,“不过无论如何,非走到东面不可。到了山那边也许会找到个把茅棚子。我要求大家再走两小时。”

“你们大家都同意吗?”格里那凡问。

“同意!”旅伴们一致回答。

穆拉地补上一句:“我负责背孩子。”

大家继续向东进发,又吃力地攀登了两个钟头。大家始终是往上爬、爬,直爬到最高峰。由于空气稀薄,大家呼吸困难。血液因为失掉平衡,从牙龈和嘴唇上渗出来。也许雪也是造成渗血的原因之一,因为在高空里,雪显然是败坏空气的。空气既然稀薄,就必须加紧呼吸,才能加速血液循环,这种器官活动之使人疲惫,不亚于雪面上的阳光反射。无论那群勇士的意志如何坚强,到了这时候,最勇敢的人都熬不住了。高山区那种最可怕的病痛——昏眩——不仅减削了他们的体力,也减削了他们的毅力。和这种疲劳做斗争是免不了要吃亏的。不一会儿,摔跤的人越来越多了,一跌倒就站不起来,只好跪着爬。

这一程攀登的时间过长,弄得大家精疲力竭,眼看都支持不下去了。那一片茫茫的雪海,那冻彻荒山的寒气,那逐渐吞噬着山峰的夜影,再加上找不到过夜的地方,这一切不由得使格里那凡胆战心寒起来。就在这时,少校忽然以镇静的语气叫道:

“那儿有一座小屋!”

第十三章

——从高低岩儿下来——

要不是麦克那布斯,任何别的人就是从那小屋旁边走过一百遍,乃至从那小屋顶上踏过去也不会发现那里有小屋。因为那只是雪地上凸出的一点，和四周的岩石混杂在一起，几乎看不出来。那小屋埋在雪里了，非扒开不成。威尔逊和穆拉地拼命地扒了半小时才把那“卡苏栅”的入口扒开了。全队的人都赶快挤了进去缩成一团。

这“卡苏栅”是印第安人用土坯——一种日晒砖——建成的，正方形，长宽各一丈二尺，矗立在一个雪花岩的顶上；只有一个小门，门前有一个石梯；门虽然狭窄，但一刮起“腾薄拉尔”，雪花和冰雹依然钻得进去。

小屋里足可容纳十人，四壁虽然在雨季挡不住雨，此时却至少可以避一避 -10℃的寒气。此外，屋内还有一个炉灶。土坯烟囱，砖缝用石灰糊得不严，但是生火取暖，抵抗外面的寒气，还是可以的。

“总算有个栖身的地方了，虽然不是很舒适。”格里那凡说，“我们要感谢老天把我们引到了这里。”

“还嫌不舒服吗？”巴加内尔回答，“这是一所王宫啊！只可惜没有禁卫军和朝臣。我们在这里面算是非常舒服了。”

“尤其是炉灶里烧起一把旺火。”奥斯丁说，“我觉得，大家饿固然是饿了，冻却是更冻得吃不消。对我个人来说，能找到一把柴比能打到一些野味还要开心些。”

“好呀，”巴加内尔回答，“我们想法子找点东西来烧烧。”

“在这高低岩儿的顶上想找东西来烧？”穆拉地带着怀疑的神气摇摇头，说。

“屋里既然有炉灶，外边就一定可以找着烧的东西吧。”少校回答。

“麦克那布斯说得对，”格里那凡说，“你们布置一下，准备晚饭，我打柴去。”

“我和威尔逊陪你去。”巴加内尔说。

“你们要不要我陪？”罗伯尔爬起来问。

“不要，你休息休息吧，我的好孩子。”格里那凡回答，“你在别人还是小孩子的年龄就成了大人了！”

格里那凡、巴加内尔、威尔逊走出了“卡苏栅”。那是傍晚六点钟。虽然没有一点风，但是，寒气却刺入肌骨。青天已经转暗了，太阳已经以最后的光线拂着高原上的群峰。巴加内尔看了看气压表，水银柱停在四百九十五毫米。这时他们是在一万一千七百英尺高空。高低岩儿在这部分比勃朗峰只低九百一十米。如果这些山也像瑞士高峰一样上面有那许多困难，只要飓风和旋风刮起来和他们捣乱一下，任何一个旅客也爬不过这新大陆的屋脊。

格里那凡和巴加内尔走上一个云斑石的高岗，向四方的天边观看。他们这时正在高低岩儿的那一带层峦叠嶂的最高峰上，一眼可以看到四十平方英里。在东面，山坡一排一排地低下去，不算太陡，可以走人，"陪翁"们滑着下去，一滑就是几百托瓦兹远。远处是一堆一堆的乱石排成一条一条的行列，这都是冰山坍塌时冲出来的。科罗拉多河流域已经沉没在那随着夕阳的下沉而升起的夜影中了。地面此起彼伏的皱纹，一切峰峦岭嶂，都在返照中逐一消失了，整个的安第斯山东麓都渐渐阴暗下来。在西面，那些支撑着尖峰嶙嶙的西山腰的许多弓背形石壁依然被阳光照耀着。看着那些沉浸在光海里的岩石和冰山，真是叫人眼花。北边是一连串隐隐约约的峰峦起伏着，仿佛是用颤抖的手拿着铅笔画成的一条模糊不清的波折线。但是南边正相反，景象却是十分辉煌瑰丽，愈近黄昏反而愈灿烂。是的，你向荒野的脱尔比多河谷望一望，就可以看到安杜谷火山，那大张着嘴的喷火口，就在离那儿两英里以外的地方。那火山怒吼着，像一只庞大的怪兽，像《圣经》里所说的长鲸[①]，喷出炽热的浓烟和奔流一般的褐色火焰。四周的峰峦都仿佛着了火，白热的石雹、暗红的烟云、火箭般的熔岩，交织成一个硕大无比的万花筒。一阵强似一阵的闪光和耀眼的火焰，射得那一望无边的盆地到处是强烈的反光；而那时，夕阳渐渐收拾起它昏暗的微光，像一颗陨星在天边的暗影里消失了。

巴加内尔和格里那凡看着这一幕天火与地火的壮伟的斗争，只是出神。这两位临时的樵夫现在变成艺术鉴赏家了，然而威尔逊对此并不太感兴趣，他提醒了他们要做的事。那地方没有树木可以当柴烧，幸而有一种干枯的苔藓巴在岩石上，他们采集了很多；还有一种植物叫作"拉勒苔"，根可以烧得着，他们也拔了一些。这些宝贵的燃料一拿回小屋里，就被放进炉灶，堆起来。火很不容易生着，更不容易维持不熄。因为空气太稀薄，不能供给足够的氧气—这至少是少校的看法。

---

① 一译为"鳄鱼"，见《约伯记》第41章，及诗篇第74章。

“另一方面，”少校又补充说，“水沸也不需要100℃。爱喝100℃沸水煮咖啡的人也只好迁就点儿了，因为在这种高度，水不到90℃就开。”[①]

麦克那布斯果然没有说错，水沸时拿温度表插下去一试，只有87℃。大家喝了几口热咖啡，感觉舒服极了；至于干肉，似乎有点不敷分配。这使巴加内尔起了一个不切实际的念头。

“我想起来了，”他说，“骆马肉烤来吃倒不坏！人家说骆马可以代替牛羊，我倒想试试骆马肉是不是能代替牛羊肉！”

“怎么，”少校说，“这样的晚饭您还不满足吗，巴加内尔大学者？”

“满足极了，我的好少校；不过我承认，如果有盘野味，我更欢迎。”

“你真是好享受！”麦克那布斯说。

“你给我扣的这顶帽子我接受，少校。不过，你自己又怎样呢？你嘴里尽管说得好听，心里也未尝不想烤他一块什么肉吃吃吧！”

“也许有这回事。”少校回答。

“如果有人请你去打猎，你能不怕寒冷和黑夜乖乖地去干吗？”

“那自然喽，你如果真这样想的话……”

大家还没有来得及感谢他并劝阻他呢，已经听到一片吼声自远处响起来了。吼声拖得很长，不是一只两只野兽，而是成群的野兽向他们这里跑来了。难道老天不仅赐给一间小屋，还要赐给一顿晚饭吗？这是那地理学家的想法。但是格里那凡却抑抵了他的兴头，对他说，在高低岩儿这样高的地带是绝不会有野兽出现的。

“没有野兽，这声音是哪里来的呢？”奥斯丁说，“你们听不见声音越来越近了吗？！”

“难道是雪崩？”穆拉地问。

“不可能！明明是兽的吼声呀！”巴加内尔反驳。

“我们去看看吧。”格里那凡说。

“我们以猎人的身份去看看。”少校回答，同时拿起他的马枪。

大家都钻出了小屋。夜已经到了，阴森森的，满天星。下弦的月亮还没有出来。北面和东面的峰峦都消失在夜影中了，只能看得出

---

① 每距地面高324米，沸点约低1℃。——原注

儿座最高的巉岩像幽灵一般的侧影。吼声——受了惊的野兽的吼声——愈来愈大，就从高低岩儿的那片黑暗中涌来。究竟是怎么一回事呢？……突然，一团排山倒海的东西崩落下来了；但不是雪崩，而是一群受惊的野兽。整个高山都仿佛在颤抖。拥来的野兽数以十万计，虽然空气稀薄，奔突声、叫嚣声还是震耳欲聋。是草原的猛兽呢？还是本山的骆马和未角羚呢？这一阵动物的旋风正从他们头上几尺高的地方卷过去，格里那凡、麦克那布斯、罗伯尔、奥斯丁和两个水手赶快伏倒在地上。巴加内尔是个夜视眼，他站着，要看看究竟是什么东西，结果一眨眼就被撞得屁股朝天。

这时，忽然砰的一声，少校摸黑放了一枪。他觉得有一只兽倒在距他几步远的地方，而整个兽群乘着不可抑制的势头奔去，响声更高，在那火山映照的一带坡子上消失了。

"啊，我找到了！"一个声音在说，那是巴加内尔的声音。

"你找到什么了呀？"格里那凡问。

"找到我的眼镜呀！在这阵混乱里只丢了一副眼镜，真是太便宜了！"

"你没有受伤吗？"

"没有受伤，只被踩了几脚。不知道是什么东西踩的。"

"就是这东西踩的。"少校回答，拖着他打死的那只兽。

大家都赶快跑回小屋，借着炉火的红光仔细研究麦克那布斯"一枪"的收获。

那是一只漂亮的兽，像个无峰的小骆驼，细头，扁身子，细长的腿，细软的毛，牛奶咖啡色，肚子下有白斑点。巴加内尔一看就叫了起来：

"一只原驼[①]呀！"

"原驼是什么？"格里那凡问。

"能吃的兽。"巴加内尔回答。

"好吃吗？"

"味道美极了，一盘仙馔。我早就知道晚上会有好肉吃的！多好的肉啊！谁剥皮呢？"

"我来剥。"威尔逊说。

---

① 驼马的一种，有些动物学家认为骆驼是由它进化来的，故称"原驼"。

“好，你剥我烤。”巴加内尔附和着说。

“您还会做厨子吗，巴加内尔先生？”罗伯尔问。

“我是法国人，还能不会做厨子吗，我的孩子？法国人生来就有一双厨子手呀！”

五分钟后，巴加内尔就把大块的野兽肉放在“拉勒苔”根烧成的炭火上了。过了十分钟，他就把他的“原驼肋条肉”烤成开胃适口的样子，敬给旅伴们吃。大家都不客气地一接过来就满口大嚼。

但是，使地理学家非常惊讶的是，大家才吃了第一口就哇的一声，做出鬼脸来。

“难吃呀！”这个说。

“吃不得啊！”那个说。

那可怜的学者虽然满肚子不高兴，也不能不承认他那烤肉连饿鬼也难以下咽。大家开始嘲弄他了，拿他那“仙馔”开玩笑了。他十分懂得人家在嘲弄他，他只得想找出个理由来解释为什么本来真正是好吃的没有人不赏识的原驼肉，一到他手里就这样怪味道了。他忽然灵机一动，想出了一个理由。

“我想起来了，”他大叫着说，“是的，我想起来了，我找到原因了！”

“烤得太过了吧？”麦克那布斯镇定地问。

“不是烤得太过，你这爱挑剔的少校啊！是跑得太过了！我怎么就忘记了这一点呢？”

“怎么叫‘跑得太过’了呢，巴加内尔先生？”奥斯丁问。

“怎么叫‘跑得太过’吗？原驼在休息时被打死的才好吃；赶它跑得太久，肉就吃不得了。我根据它的肉味就可以断定它跑了很远，因此那一群原驼都跑了很远。”

“这是确实的吗？”格里那凡问。

“绝对确实。”

“那么，是什么事、是什么现象会把这些动物吓成那样，在它们应该安安静静睡在窝里的时候逃了出来呢？”

“关于这一点，我亲爱的格里那凡，”巴加内尔说，“我无法回答。如果你相信我，你就去睡觉吧，莫再追问了。我已经瞌睡得要死。我们睡吧，少校？”

“我们睡吧，巴加内尔。”

说到这里，大家都裹上“篷罩”，添上火，各色各样的鼾声就都起来了。那地理学家的鼾声在唱着男低音，伴着全体的大合奏。

只有格里那凡睡不着。内心的不安使他不能入睡。他不由自主地又想到那兽群朝一个方向逃，又想到它们那种不可理解的惊骇。那些原驼不可能是被猛兽赶着的呀！在这样的高度，猛兽根本不多，要说是猎人吗，更少了。是一种什么恐怖把它们赶向安杜谷的深坑呢？恐怖的原因何在呢？格里那凡预感到不久会有个灾难到来。

然而，渐渐地，由于半睡眠状态的影响，他的念头又转变了，希望代替了焦虑。他想象明天到了安第斯山下的大平原上，在那儿开始调查，也许距成功就不远了；他想象着格兰特船长和他的两个水手都从苦难的奴隶生活中解放出来了。这些想象很快地从他的脑子里掠过；炭火的爆炸声、飞起的火花、那烧得红红的火焰、被火光照耀着的同伴们的睡脸和在墙壁上忽隐忽现的影子，这一切不时地打断他的思路。然后，他那种灾难的预感又来了，并且比以前更厉害。他模糊地听着外面的声响，心想：那声响在这些寂静的山峰上怎么会起来的呢？很难理解！

有时候，他仿佛听到一阵远远的、隆隆的、带有威胁性的响声，和雷在地下哼着一样。这种声音只有距山顶几千英尺以下的山腰上起了暴风雨才会有呀！格里那凡想要证实这一点，便走出了小屋。

这时月亮正在升起，空气清朗而平静。头顶上、脚底下都没有云彩。疏疏落落地，有几道安杜谷火山的活动回光。没有风雨，没有闪电。天空闪烁着千万颗明星。然而隆隆的响声老是继续着，仿佛越哼越近，在安第斯山里奔驰。格里那凡又走进小屋，更不安了，心里想：这地底下的隆隆哼声和那些原驼的逃跑可有什么关系？有因果关系吗？他看看表，正是凌晨两点钟。因为他不能确定立刻就有危险发生，所以他让他那些疲乏的旅伴们甜睡着，不去叫醒他们，连他自己也陷入了一种沉重的蒙眬状态。这状态继续了几小时之久。

突然，哗啦啦的巨大声响把他惊醒了。那是一种震耳欲聋的冲撞声，像无数炮车在坚硬的地面上滚过去一样，轰隆！轰隆！格里那凡忽然觉到脚底下的地面在陷落了，看见小屋在摇摆、在崩裂了。

“逃命啊!”他叫起来。

旅伴们都醒了,七颠八倒地滚作一团,落到一个陡坡上。天亮了起来,眼前的景象真是骇人。群山的面貌都突然变了:许多圆锥形的山顶被齐腰斩断了,尖峰摇摇摆摆地陷落下去,不见了,仿佛山脚下的地面忽然开了门。由于在高低岩儿山区发生了这样一种特殊现象,整个的一座大山,有几英里宽,在移动、移动,向平原的那面滑去①。

“地震啦!”巴加内尔叫了一声。

他没有说错,是地震。那是智利边区山地里常发生的灾祸,正是在这区域里,可比亚坡城曾两度被毁,圣地亚哥城十四年中就震倒了四次。这一部分的地壳经常被地下的烈火燃烧,这条晚期出现的山脉所有的火山不够释放地下的热气,因此常有这种震动。

这时候,那七个旅行者都用手攀着苔藓,拼命地扒住那座平顶山头的边缘,头晕眼花,惊慌失措,而那个大山头正以特别快车的速度,即每小时五十英里的速度,向下驰行。叫也叫不出,动也不敢动,逃也无可逃,止也不能止,就是叫了,谁也听不见谁。地下的隆隆声,雪崩的霹雳声,花岗岩和雪花岩的冲击声,碎了的雪块旋舞的呜呜声,这一切使他们没有任何办法互相联系。有时,那座山无阻滞、无碰撞地向下滑行着;有时,它颠簸起来,前仰后合,左倾右侧,和船在海浪里一般;它打那些无底深坑的旁边经过,大块的石头纷纷地落到深坑里去;它沿途把千年古树都连根拔了起来,一切地面突起的部分都铲平了,像一把庞大的铁锹一样,把安第斯山东麓铲成了一片光滑的斜面。

我们试想想:一块几万万吨重的物体,以五十度角的斜度向下奔去,速度不断地增加,那是多么大的一种威力呀!

这一阵难以形容的陨落究竟要有多久呢?谁也估计不出。要陨落到哪个深渊里去呢?谁也不敢预言。七个人是不是都还在原地方呢?是不是都还活着呢?有没有人已经被摔到旁边的深坑里去了呢?谁也不知道。他们都被奔驰的速度窒息了,被彻骨的寒气冻僵了,被旋舞的碎雪迷住眼了,个个都气喘喘地仿佛整个身体都毁灭了,几乎没有了生气了;他们之所以还能扒住岩石,也只是因为求生的本能

---

① 1820年,欧洲勃朗峰也曾发生过几乎相同的一种现象,造成了一个可怖的灾难,使三名沙木尼亚地方的向导送了命。——原注

那座山头正以特别快车的速度滑下来。

在做最后挣扎罢了。

突然，砰地一撞，无比的猛烈，把他们震出了那庞大的滑车。他们被扔向前去，在山脚下的最后几层坡子上直滚。那座滑行的平顶大山屹然止住了。

过了好几分钟，没有一个人能动一动。最后，有一个人爬了起来，依然是头昏眼花的，不过身体还站得住——那是少校。他拂了拂那迷眼的灰尘，向四周看了看。他的旅伴们都躺在一个小山窝里，和弹丸落在盘底一样，叠集成一团。

少校点点人数：除了一人而外，个个都在，都直条条地躺在地面上。那少了的一个人是罗伯尔·格兰特。

第十四章
—— 若有天助的一枪 ——

安第斯山高低岩儿的东麓都是些长坡，一条条伸展到平原里，渐渐消失了，新飞来的一座山就突然停止在这平原上。这片新地域满铺着深厚的牧草，耸立着茂盛的树木；还有数不清的苹果树，构成了大片的苹果林，闪耀着金黄色的果实。这就好像是把法国富饶的诺曼底省截下了一块，丢在这个高原地区。旅客们突然由沙漠转入绿洲，由雪峰落到草地，由寒冬进入炎夏，要是在平常的环境里，他们一定会对这种突变感到无限惊奇的。

这时，大地寂静无声了。地震已经平息了，地下的震力一定是移到更远的地方破坏去了，因为在安第斯山脉里经常总有个地方在摇撼或颤抖。这一次，旅客们所遇到的地震确是太强烈了，整个一带的山形都变了样子。一眼望去，净是些崭新的峰峦岭嶂显现在蓝色的天空里，那些草原上的向导要想寻找旧路的标志是绝对不可能的了。

一个晴朗的日子开始了，太阳从大西洋里升起，光线溜到阿根廷的平原上，并进一步伸入到那边太平洋的波浪中了。那是早晨八点钟的时候。

格里那凡爵士和他的旅伴们，由于少校的急救，渐渐地苏醒过来。毕竟他们不过是因受了震动而昏厥过去的，没有其他的损伤。那条庞大的高低岩儿总算爬过来了，直爬到山脚下了；要不是少了一个人，少了一个年幼的旅伴罗伯尔·格兰特，大家对于这样乘着自然动力、不动脚而下山的办法，一定都会鼓掌称快的。

这勇敢的孩子罗伯尔，大家都爱他呀！巴加内尔是特别离不开他的；少校虽然生性冷僻，也喜欢这孩子；而格里那凡更是爱之如命。格里那凡一听到罗伯尔失踪，就急坏了，他想象这可怜的孩子一定是落在哪一个深坑里，正在力竭声嘶地叫着他平时所称为"第二慈父"的人呢！

"朋友们，我的朋友们！"格里那凡几乎声泪俱下地说，"我们非去找他不可，非找到他不可！我们不能就这样把他丢掉啊！所有的山谷、所有的悬岩、所有的深坑，我们都要找到底！你们把我拴在一条长绳上！把我缒下去！我一定要这样做，你们懂了吗！我一定要这样做！老天保佑罗伯尔还活着吧！丢了他，我们有什么脸见他的父亲呀！为援救格兰特船长而牺牲掉他儿子的性命，这成什么话呢？！"

旅伴们听着他的话，都不回答；他们感觉到格里那凡在望着他们，是想在他们的眼光中找出一线希望来，因而他们都把眼皮垂下去了。

"到底怎样啊？"格里那凡又说，"你们听见我的话了？你们为什么都不开口！难道你们都认为毫无希望了吗？毫无希望了吗？"

又是一阵沉默。后来，还是麦克那布斯先开口，他问：

"朋友们，你们谁还记得罗伯尔是什么时候不见了的？"

这问题，没有一个人回答。

"至少，"少校又说，"你们总可以告诉我当这带高低岩儿下崩的时候，那孩子在谁的身边？"

"在我的身边。"威尔逊回答。

"那么，好，直到什么时候你还觉得他在你的身边呢？仔细想想看。你说吧！"

"我只记得是这样：我们跟着山崩往下滚，最后不是一撞吗？一撞之前不足两分钟的时候，罗伯尔·格兰特还在我的身边，两手还抓住苔藓呢！"

"不足两分钟！可要注意啊，威尔逊！那时每分钟都觉得是很长的！你没有记错吗?”

“我想不会记错……是的呀……不足两分钟!”

“好!”麦克那布斯说,“罗伯尔那时是在你的左边还是在你的右边呢?”

“在我的左边。我记得他的‘篷罩’还拍着我的脸。”

“你自己呢？你在我们的……”

“也在左边。”

“那么,罗伯尔只能是在这边失踪的。”少校一面说,一面脸朝着山,指着右边,“我还断定,就他失踪的时间而论,那孩子应该是掉在距地面二英里以内的这一部分山里。我们要找就应该在这一部分找,各人找一个地带,我们会在这一部分山里找着他。”

没有人再加上一句话。立刻,六个人都爬上高低岩儿山坡,分别站在不同的高度,开始寻觅。他们始终在那下崩的路线的右边找,连最小的石罅里也搜了搜。那些悬岩下的深坑已经部分地被迸落的碎山石填起来了,他们直下到坑底下去寻找,不止一个人冒着生命的危险跑下去,撕破了衣服,刺破了手脚,再血淋淋地爬出来。安第斯山这整个的一片地方,除了几个根本不能上去的平顶而外,他们都仔仔细细地找遍了,并且找得很久,没有一个人想中途休息一下。但是一切的努力都是白费的。那孩子不但已经死在山里,并且一定是被某一座大岩石压住,永远葬在山里了。

下午快一点钟的时候,格里那凡和他的旅伴们都精疲力竭了,又回到原来的山谷里。格里那凡万分悲痛,他不说别的话,只是叹息着说:

“我不走了！我不走了!”

每个人都懂得他的神经受了刺激,所以才有这样一种固执的想法。大家都理解他,迁就他。

“我们等等吧,”巴加内尔对少校和奥斯丁说,“我们休息一下,恢复恢复体力。不论是再去寻找或继续行路,都有休息一下的必要。”

“是的,”麦克那布斯回答,“既然爱德华要这样,我们就留在这里吧！他还抱着希望呢,但是还有什么可希望的啊!”

“天知道!”奥斯丁说。

“可怜的罗伯尔！”巴加内尔应着，擦着眼泪。

山谷里的树很多，少校选了一丛高大的树，在底下搭了临时帐篷。他们剩下来的东西只有几块盖布、全部武器、一点儿干肉和冷饭。不远的地方就是一条小河，有水可汲。河水受了山崩的影响，还是浑的。穆拉地就在草地上生了火，不久就送给他的主人一杯热水，让他喝着定定神。但是格里那凡不喝，非常沮丧地躺在“篷罩”上。

这一天就这样过去了。夜和昨夜一样，是平静的、安宁的。当旅伴们躺着休息的时候，格里那凡又爬上了高低岩儿山坡。他侧耳倾听着，希望能听到呼唤声。他独自一人向前探着，走得很远、很高，时时把耳朵贴着地，听着、听着；忍住心头的跳跃，并且用失望的声音呼唤着。

那可怜的爵士在山里彷徨了一整夜。有时是巴加内尔、有时是少校跟住他，因为他不顾一切地乱找，要防他从光滑的岩石上或峭壁的边沿上跌下去。但是他的努力依然没有结果。千声万声的“罗伯尔！罗伯尔！”只引起一些重复着这亲切的名字的回声。

天又亮了，人们不得不跑到遥远的山岭上去找格里那凡，并且不由分说地把他拉回帐篷。他那失望的样子实在可怕。谁敢向他说出一个“走”字？谁敢向他提议离开这伤心的山谷？然而，干粮完了。过去那骡夫提到过的阿根廷向导和过草原所必需的马匹，在前面不远的地方该可以遇到了。现在能往回走吗？往回走比往前走困难更多。而且和邓肯号约好了是在大西洋岸上聚齐呀！任何理由都不容许再耽搁下去，为了全体的利益，出发的时间不能再往下推延了。

麦克那布斯想要把格里那凡从悲痛中解脱出来。他说了很久很久，格里那凡仿佛都没有听见，只是摇头，但有时也唧哝出几个字来：

“走吗？”他说。

“是的，走。”

“再等一个钟点！”

“好，再等一个钟点。”那可敬的少校回答。

一个钟点过去了，格里那凡又恳求再给他一个钟点。看他那样子，就仿佛是死囚在恳求再延长一个钟点他的生命一样。就这样，一个钟点又一个钟点，约莫挨到正午了。这时麦克那布斯根据全体的意见，不再迟疑，干脆告诉格里那凡说非走不可，全体旅伴的生命都靠他的迅速决定。

“是！是！”格里那凡回答，“我们走吧！走吧！”

但是，一面说着，一面却把眼光从麦克那布斯那边转了过去，盯住天空中的一个黑点。突然，他把手举起来，指着，一动也不动，像中风了似的。

“那儿！在那儿！”他说，“你们看！看！”

大家都朝天上看去，循着他这样坚决指定的方向。这时，那黑点眼见着渐渐大起来。原来是一只鸟在很高很高的空中飞翔着。

“一只兀鹰。”巴加内尔说。

“是的，一只兀鹰。”格里那凡回答，“谁知道啊？它来了！它下来了！等一等！”

格里那凡希望什么呢？难道是神经错乱了吗？他为什么说“谁知道啊”？巴加内尔看得不错，那兀鹰越来越清楚了。这种大鸟，过去曾被当地的酋长们奉为神明，实在是南部安第斯山中之王。它们在这区域里长得异乎寻常地庞大。它们的力量大得惊人，能把牛抓起来，丢在深谷里。它们常常袭击平原上的羊、马、小牛，用爪子把它们攫到很高的高空。飞上两万尺高空去盘旋，在它们算不了什么，而这种高度已经是人类不可逾越的界限了。所以，这空中之王，在那种高度上，人们最好的眼力也看不见它，而它却用锐利的眼光俯瞰着地面，辨得出最细微的物体，其视力的强大使所有的博物学家都惊奇。

这只兀鹰看见了什么呢？看见了一具死尸吗？就是看见了罗伯尔的死尸吗？“谁知道啊？”格里那凡老是这样说着，眼光不离那兀鹰。那庞大的鸟越来越近，有时盘旋，有时像一个抛在空中的物体，急遽下落。不一会儿，它在离地不到二百米高的地方绕了几个大圈子。人们看得再清楚不过了。它翼展在十五英尺以上。矫健的两翼浮在空气上几乎不动，因为大鸟的特点就是飞时带着威风凛凛的安闲样子，而小虫飞在空中必须每秒钟鼓翅无数次才能不坠落下来。

少校和威尔逊都已经举起他们的马枪了，格里那凡以手势制止了他们。那兀鹰在距他们不到四分之一英里的地方，绕着山腰上一个不可攀登的平岭盘旋，快得使人看着头昏，铁爪忽而张开忽而捏紧，软骨

少校和威尔逊都已经举起他们的马枪了，格里那凡以手势制止了他们。

的冠子摆动着。

“就在那儿！那儿！”格里那凡叫起来。

然后，他忽然转了一个念头，又惊叫一声，说：

“如果罗伯尔还是活的呢？……这兀鹰会……开枪！朋友们！开枪！”

说时迟那时快，兀鹰已经绕到高耸着的一排山峰后面去了。过了一秒钟——就好像有一百年那么长的一秒钟，兀鹰又飞了过来，带着重载，冉冉地上升。一片惊骇的叫声起来了——兀鹰的爪下是一个死尸，悬挂着，摆动着，那正是罗伯尔·格兰特呀！那兀鹰抓着他的衣服左一摆右一摆地正飞到距帐篷不到一百五十英尺高的上空；它也看见那些旅客了，激烈地鼓着翅，搏着风，想带着它那沉重的掠获品远扬而去。

“啊！”格里那凡大声呼叫，“宁可让罗伯尔的尸体在岩石上摔碎，也不能叫那兀鹰……”

他话没说完就抓起威尔逊的枪，想瞄准那只兀鹰，但是他的胳臂发抖，枪抓不稳，而且眼睛发花。

“让我来！”少校说。

立刻，他眼定手稳、全身不动地瞄准，这时那只兀鹰已经离他三百英尺远了。

但是他手还没有扳动枪机，山谷里就砰地传来一声枪响。一道白烟从两座雪花岩之间冒出来；那只兀鹰头中了枪，打着转渐渐下坠，张着大翅膀像个降落伞。它并没有放下它的掠获品，但是下落时却悠悠扬扬地，落到离河岸约十步远的地方。

“落到我们的手里了！落到我们的手里了！”格里那凡说。

也不问这若有天助的一枪是从哪里来的，他就奔到兀鹰那里，同伴们都跟着他跑。

他们跑到时，兀鹰已经死了。罗伯尔的身体被它的宽翅膀掩盖着。格里那凡扑到孩子的尸体上，把他从鹰爪下拖出来，放在草上躺着，把耳朵贴到他的胸口上听。

从来没有过比这更响亮得惊人的欢叫声从人的口里发出来！格里那凡往上一趴，不断地叫：

“还活着呢！他还活着呢！”

很快，罗伯尔的衣服给剥开，脸上被浇上冷水。他动了一动，睁开眼，看了看，说出话来。他说的只是：

“啊，是您，爵士……我的父亲啊！……”

格里那凡无法回应，激动的感情把他噎住了；他跪下来，在孩子的身边哭着。这孩子得救真是一个奇迹呀！

第十五章
—— 巴加内尔的西班牙语 ——

小罗伯尔逃出了兀鹰的馋吻，却得到了同伴们的热吻：他们恨不得把他吞下去了。虽然他还很衰弱，可是没有一个人不来把他拉到怀里紧抱一下。这种热爱的表现是不会累死病人的，恰恰相反，对于病人只有好处。

孩子的命得救了，大家想到救命的恩人了；自然又是那少校先想起来。他东张西望地在寻找。在离河五十步的地方，一个身材高大的人在山脚下的高岗上站着，一动不动。这人脚边放着一枝长枪，肩膀很宽，长头发用皮绳扎着，身材在六尺以上；古铜色的脸，眼睛和嘴之间涂着红色，下眼皮涂着黑色，额头涂着白色。那是个当地土人，类似边区巴塔哥尼亚人的装束，披着一件漂亮的大衣，上面绣着红色的阿拉伯式花纹，大衣是拿原驼的颈皮和腿皮用鸵鸟筋缝起来的，细茸毛翻在外面。大衣里头是一件紧身的狐皮袄子，前襟向下成尖形。腰带上悬着一个小袋，装着涂脸用的颜料。靴子是牛皮做的，用皮带交叉绑在小腿上。

这巴塔哥尼亚人虽然脸上涂得五颜六色，却很是雄健，并且显得实在聪明。他以十分尊严的姿态在那里等候着。看他在石岩上站着，那样一动也不动，那样庄重，人们简直要误认为那是一座“镇静之神”的塑像。

少校一瞥见他就指给格里那凡看，格里那凡立刻向那人跑过去。

那人向前走了两步迎上来。格里那凡的两只手紧紧握着他的一只手。爵士的眼光里、笑容里和整个面部的表情里都充满了感激之情，因而那土人是不会有任何误会的。

他微微地点了一下头，说了几句话。少校和格里那凡都听不懂。那巴塔哥尼亚人仔细打量了一下这几个外国人之后，就换了一种语言。但是，不论他如何努力，这种新语言和起先说的那种语言一样，他们还是听不懂。然而那土人说的有几个词句引起了格里那凡的注意。格里那凡懂得几个西班牙语常用的词，觉得那土人说的是西班牙语。

“西班牙语吗?”他用西班牙语问。

那巴塔哥尼亚人点点头，这种动作在任何民族都是表示肯定的意思。

“好了，”少校说，“这是我们的朋友巴加内尔的事了。幸而他想起了学西班牙语!”

他们喊巴加内尔。巴加内尔立刻跑来，以法国人特有的那种高雅风度跟那巴塔哥尼亚人打了个招呼——他那种风度说不定那巴塔哥尼亚人一点儿也领略不到。他一听说要他和人家说西班牙语，就回答：

“这个不成问题。”

于是，他为了发音清楚，特意把嘴张得大大的叫：

“屋斯——梭以斯——翁——好门——得——奔!”(你是个好人!)

那土人侧耳听着，不回答。

“他不懂。”那地理学家说。

“也许你说的音调不对吧?”少校提醒他。

“是的。就吃亏在那个鬼音调上了!”

他重新把那句恭维话叫了一遍，得到的是同样的结果。

“我换一句话来说吧。”他于是咬牙嚼舌地，一音一顿地，又叫出这几个字：

“孙姆——杜维大——翁——巴塔哥!”(无疑地，你是个巴塔哥尼亚人!)

对方依旧保持沉默。

“狄则意买!”(回答呀!)巴加内尔又补充了一句。

那巴塔哥尼亚人还是不回答。

雄健的巴塔哥尼亚人塔卡夫

“屋斯——公卜里富得意斯?”(你懂吗?)巴加内尔恨不得把嗓子都叫破了。

再明显不过了,那印第安人听不懂,因为他用西班牙语答道:

“诺——公卜勒那奥。”(不懂。)

现在轮到巴加内尔诧异起来了。他把额上的眼镜向眼睛上一推,显出不耐烦的样子。

“他说的那种鬼话,我懂得一个字才怪呢!”他说,“那一定是阿罗加尼亚语!”

“不会的呀,”格里那凡回答说,“这人一定是用西班牙语回答的。”

说着,他又转向那巴塔哥尼亚人,用西班牙语问:

“西班牙语吗?”

“西,西!”(是,是!)土人回答。

巴加内尔由诧异转为惊骇了。少校和格里那凡彼此斜瞟了一瞟。

“啊哈!我博学的朋友,”少校说,嘴唇上泛起一丝微笑,“你是粗心专家,这次不会是你又粗心大意了吧?”

“嗯?”那地理学家侧耳听着,发出一个怀疑的声音。

“是啊!很明显,这巴塔哥尼亚人说的是西班牙语……”

“他说的是西班牙语?!”

“是呀!你不会是学了另一种文字,还以为是学……”

麦克那布斯的话还没有说完,那学者就耸着肩,狠狠地“啊!”了一声,打断了他的话头。

“少校!你也说得太过火了!”巴加内尔相当不服气,说。

“不然,你怎么听不懂他的话呢?”麦克那布斯反驳。

“我听不懂这土人的话,是因为他说得不好!”那地理学家愈辩愈有些耐不住了。

“这就是说,他说得不好,是因为你听不懂。”少校又冷静地逼他一句。

“麦克那布斯,”格里那凡出来打圆场,说,“你的假定说不过去。我们的朋友巴加内尔纵然再粗心,也不至于整个儿地学错了一门语言吧!”

“不是学错了语言,那么,我就请你,我亲爱的爱德华……或者,我还是请你自己吧，我的好巴加内尔，我请你自己解释解释你和那土人彼此听不懂，究竟是什么道理。”

“我不解释，”巴加内尔回答，“我来证实。这是我天天苦学西班牙语的书本子！你瞧，少校，你还有什么话说？！”

他说着，在衣袋里东摸西摸，摸了几分钟，摸出一本很破的书，心安理得地递给少校。

少校接过书，看了看。

“好啊，这是什么书？”他问。

“是《卢夏歌》[①]，”巴加内尔回答，“一部美妙的史诗呀，它……”

“《卢夏歌》！”格里那凡叫起来。

“是啊，朋友，大诗人喀孟斯的《卢夏歌》，一点儿也不差！”

“喀孟斯，”格里那凡重复了一遍，“啊！我倒霉的朋友，喀孟斯是葡萄牙诗人呀！你六星期以来学的都是葡萄牙语啊！”

“喀孟斯！《卢夏歌》！葡萄牙语！……”

巴加内尔说不下去了，眼睛在大眼镜底下发花，同时耳朵里响起一阵狂笑，因为所有的旅伴们都在那里，围拢在他的四周。

那巴塔哥尼亚人眉头皱也不皱一下，他绝对不能理解这别生枝节的一幕，只耐心地等候着说明。

“啊，我真是个傻子！我真是个疯子了！”巴加内尔终于说，“怎么会有这样一回事？这不是随意诌出来的笑话吗？我会做出这种事来了？这简直是巴别塔[②]的故事，混淆了一切语言了！啊，朋友们！朋友们！我往印度跑，却跑到智利来！我要学西班牙语，却学会了葡萄牙语！真太不像话了！老是这样下去，我会有一天向窗外扔香烟头却把我自己扔了出去呢！”

任何人，听巴加内尔这样说，看他那副尴尬的样子，谁也忍不住笑。首先他自己就大笑起来。

“笑吧，朋友们！”他说，“尽量笑！我笑我自己，比你们笑我还要厉害！”

---

① 歌咏葡萄牙航海家地理发现的史诗。

②《圣经》里的故事：诺亚的子孙想造一座齐天的高塔。上帝为惩罚他们，使他们的各种语言混淆起来，不能互相了解，塔也造不成了。

说着就“哈哈！哈哈！”大笑一阵。从来没有一个学者这样笑过。

“笑是笑够了，我们可没有了通译的人了。”少校说。

“啊，您不要烦神！”巴加内尔回答，“西班牙语和葡萄牙语太相近了，所以才把我弄得阴错阳差；但是这种相近的程度正好容许我很快地补偿过失。这位可敬的巴塔哥尼亚人的西班牙语说得太好了，我保证过一会儿就可以用西班牙语向他致谢。”

巴加内尔说得不错，过了一会儿他居然能和那土人交换了几句话，并且知道了那巴塔哥尼亚人的名字叫塔卡夫，在阿罗加尼亚语里就是“神枪手”的意思。

塔卡夫显然是以善打枪而得名的。

但是格里那凡最庆幸的就是听说那巴塔哥尼亚人是以向导为业，并且专门带领旅客在草原里旅行。这个遇合太巧了，不能说没有天意，因此，这次探险的成功等于是个既成事实了，谁也不再怀疑格兰特船长的安全了。这时，旅客们和那巴塔哥尼亚人都回到罗伯尔身边来了。罗伯尔向那土人伸出两只胳臂，那土人一言不发，把手放到他的额头上。他检查了一下那孩子的身体，捏捏他的疼痛的四肢。然后，他微笑着跑到河边采了几把野芹菜，又用野芹菜擦了擦那小病人的全身。他擦得十分仔细，那孩子一经按摩，就感到渐渐又有了气力了。很显然，他再休息几个钟点就会完全恢复过来。

因而，大家决定当天和当夜都还留在这临时的帐篷里。不过食粮和交通工具这两个严重问题要解决，因为他们的干粮和骡子都没有了。幸而有塔卡夫在那里。塔卡夫惯于沿巴塔哥尼亚的边境为旅客做向导，是当地最聪明的一个“巴加诺”，他负责供给格里那凡一行人所需要的一切。他自告奋勇，要引格里那凡到相距至多四英里的印第安人集市上去，旅行所需的一切都可以在那里找到。这建议是半用手势半用西班牙语表达出来的，巴加内尔终于懂得了。格里那凡和他那博学的朋友立刻接受了这个建议，辞别了他们的旅伴，跟着那巴塔哥尼亚人，沿河向上游走去。

他们紧张地走了一个半钟头，跨着大步才跟得上那巨灵般的塔卡夫。安第斯山这一带地区不但风景宜人，并且土壤肥沃。丰美的草场一片接着一片，十万头牛羊在这里也不愁没有吃的。罗列的池塘，纵横的沟渠,给这些平原提供了绿化的条件。黑头天鹅在池塘里嬉游,无数的鸵鸟在藤蔓中腾跃,它们分享着水国的风光。这里的鸟类十分美丽,同时也十分喧噪,其品种之多实在惊人。有一种浅灰色带白条纹的斑鸠,名叫"依萨卡",十分玲珑可爱。它们和许多红雀点缀在树枝上面,仿佛是些活跃的鲜花。野鸽子成群结队地掠过天空,无数的小麻雀——"深歌罗"雀、"喜格罗"雀、"蒙吉他"雀,展翅争飞,互相追逐,漫天是吱吱的叫声。

巴加内尔一路走去,欣赏不尽,满口是赞叹的声音。这使那巴塔哥尼亚人有些惊诧,因为,在他看来,空中有鸟、池上有天鹅、平原上有草,是再自然不过的,何足赞叹!而那学者却越走越有劲,不嫌路长,他还以为才动身不久呢,而这时那些印第安人的帐篷已经出现在眼前了。

这集市位于两山扣住的葫芦谷深处。那里,在树枝搭成的棚子底下,住着三十来个游牧的印第安人,牧放着大群的乳牛、牡牛、羊、马。他们从这片草场逛到那片草场,看到到处有丰盛的筵席款待着大群的四条腿的客人。

这些印第安人名为安第斯秘鲁人,是阿罗加尼亚人、白环什人和奥卡人的混血种,橄榄色的皮肤,中等身材,身段厚实,低低的额头,滚圆的脸,薄嘴唇,高颧骨。容貌带女人气,神色冷淡,人种学者一看就知道他们不是纯血种族。这些土人不能使人对他们产生多大兴趣。不过,格里那凡的目标不在牧人而在牧群,只要他们有牛马就成了。

塔卡夫负责交涉,很快地就成功了。格里那凡买了七匹阿根廷种小马,鞍辔齐全,还买了百来斤干肉和几斛米,外加几个盛水用的皮桶。印第安人颇想以葡萄酒或"卢母酒"[①] 作价,因为没有酒,他们接受了二十两黄金——黄金的价值他们是完全懂得的。格里那凡想再买一匹马给那巴塔哥尼亚人骑,但是这巴塔哥尼亚人表示用不着。

成交以后,格里那凡就辞别了巴加内尔称为"供应商"的人们,不到半小时就回到他们的临时帐篷了。他一到,大家都欢呼起来,他很知道这不是欢迎他而是欢迎他带回来的粮食和马匹。每个人都饱餐

① 欧洲人喝的一种甘蔗酒。

了一顿。罗伯尔也进了一点饮食；他的体力差不多完全恢复了。

这天剩余的时间消磨在休息里。大家东扯西拉地谈着，什么人都谈到了：谈到亲爱的海伦夫人和玛丽，又谈到约翰·孟格尔船长和他的船员们，还谈到哈利·格兰特——他大概距此不远了。

至于巴加内尔，他盯住那印第安人，寸步不离。他居然遇到了一个真正的巴塔哥尼亚人了！他真是高兴极了！他和这巴塔哥尼亚人比起来简直成了个矮子，他认为塔卡夫足以和古罗马的马克西明皇帝和学者樊·德·伯罗克所见到的那位刚果黑人互相媲美，因为这两个人都有八尺高的身材！此外他还用西班牙语不住地跟那庄重的印第安人啰唆，那印第安人却能耐心地听着他说。我们的地理学家又在学习啦，不过这次不是在书本子里学习了。人们经常听他用嗓子、用舌头、用上下颌叫出许多响亮的字音来。

"如果我将来掌握不好西班牙语的音调，不能怪我呀！"他常对少校说，"谁曾料到会有一天有个巴塔哥尼亚人来教我西班牙语呢？"

第十六章
—— 科罗拉多河 ——

第二天，10月22日八点一到，塔卡夫发出了启程的信号。阿根廷的地形，在南纬二十二度与四十二度之间，一溜儿由西向东倾斜着，旅客们只有从这微微倾斜的下坡路一直走到海边了。

当那巴塔哥尼亚人谢绝马匹的时候，格里那凡还以为他和许多向导一样，宁愿步行呢！果真如此的话，他那两条长腿一定也不难追得上马。然而，格里那凡估计错了。

在出发时，塔卡夫怪啸了一声，一匹又高又大的阿根廷种的好马听到主人的呼唤，立刻从附近的小树林里跑了出来。这匹马十分俊美，棕红的毛色显示出它是一匹骄傲的、勇敢的、活泼的良马。头轻颈细，鼻孔大开，目光炯炯，腿弯宽阔，肩胛高耸，胸脯高，骹胫长，这就是说它具备了一切矫健的条件。少校是识马的行家，他对这匹阿根廷种的好马赞不绝口，认为与英国的“猎马”有若干相似之处。这匹好马叫作桃迦，“桃迦”在巴塔哥尼亚语里是“飞鸟”的意思。这匹马真不愧有这个名称！

塔卡夫一跨上鞍，马就腾跃起来。这位巴塔哥尼亚人是骑马能手，在马上的姿势十分好看。他的装备包括阿根廷草原上惯用的两种猎具：一种名为“跑拉”，另一种名为“拉索”。“跑拉”是皮条联起的三个球，挂在鞍前。印第安人能在百步之外扔出“跑拉”去打他所追的野兽或敌人，并且手法非常准确。一扔出去，“跑拉”就会把野兽或敌人的腿裹住，将他们立刻绊倒。所以“跑拉”是印第安人手中的一件可怕的武器，灵便得惊人。“拉索”，相反的，是用手挥动的武器，从不脱手。那只是一条三丈长的绳子，用两根皮条编起来的，末端是个活结，串在一个铁环里。用时，右手扔出活结，左手拉住绳子，绳子这一端是系牢在鞍子上的。除上述两种武器外，那巴塔哥尼亚人还斜背着一支马枪，这就是他的全副武装。

塔卡夫那种自然的健壮姿态，那样的灵活，那样的从容自在，大家都在赞美他，他却毫不注意，跑到队伍的头里去了。全队开始进发，有时奔驰，有时缓行，从来不用快步小跑，因为阿根廷的马仿佛根本就不知道这中等速度的步伐。罗伯尔骑得很大胆，他表现出他有据鞍的能力，因此很快地格里那凡就把心放下了。

草原的平地就从那带高低岩儿的山脚下开始。它可以分为三带。第一带从安第斯山起一直展延到二百五十英里远，全区是不很高的树木和灌木丛。第二带有四百五十英里宽，满铺着茂密的草，一直铺到距布宜诺斯艾利斯一百八十英里的地方。自此，脚下所踏的全是大片的紫苜蓿和白术，这就是草原的第三带。

一走出高低岩儿山区，格里那凡一行就遇到许多沙丘，当地人称之为“迷荡落”。这些“迷荡落”就和波浪一般，每逢没有植物的根株把这些波浪攀结在土地上的时候，它们就不断地随风飞扬。沙是极细的，因此，只要有一点点风，沙就和轻烟一般，一阵一阵地飘荡起来；或者涌起沙柱，旋转着直升到高空。看着这种景象，真令人又喜又怕。喜的是这些沙柱在平原上飘摇，忽聚忽散，忽分忽合，忽高忽低，忽起忽落，乱纷纷地无法形容，没有比这种现象更有趣的了；怕的是从这些

"迷荡落"上扬起的沙尘细得不可摸捉，你眼睛闭得再紧些也会向你眼皮里钻。

这天刮的是北风，扬沙扬了大半天。虽然如此，大家还是走得很快。快到六点钟时，那带高低岩儿已经被丢在背后四十英里远，只呈现出一排阴影，消失在黄昏的烟雾中了。

这一行人走了约莫三十八英里路，有点儿疲乏了，所以看到歇宿的时间快到了，都很高兴。他们在内乌康河岸上搭起帐篷来。这是一条湍急的河流，水色浑浊，在赤色悬崖中流着。内乌康河又叫作拉密河或考磨河，发源于许多湖泊中间。这些湖泊的所在地只有印第安人知道。

当夜无话，次日照旧赶路，无事可述。旅行队走得迅速而顺利。道路平坦，气候也还受得了，所以行路不感困难。然而快到中午的时候，太阳热起来了。傍晚，一带云彩点染着西南面的天边，这是天气要变的预兆。那巴塔哥尼亚人是不会看错的，他指着西边一带的天空给那地理学家看。

"好嘛！我知道了。"巴加内尔说，然后又转向他的旅伴们，"天气要变了。我们要挨着一场'奔北落'啦！"

接着他就解释，"奔北落"是阿根廷这些平原上常起的西南风，十分干燥。塔卡夫果然没有看错，当晚那"奔北落"强烈地刮起来了，只裹着一层"篷罩"的旅客是相当苦的。马都躺到地上，人就躺到马的旁边，挤得紧紧的。格里那凡发愁，如果这暴风不息，就会耽误行程；但是巴加内尔看了看他的气压表以后，就向他保证不至如此。

"通常，"他说，"如果水银柱下降，'奔北落'就一定会带来三天暴风雨。如果和现在一样，水银柱上升，刮几小时的狂风就完事了。你放心吧，我亲爱的朋友，天一亮，天空就会恢复晴朗，像平常一样。"

"你说得头头是道，就和书本子一样，巴加内尔。"格里那凡说。

"我本来就是个书本子啊！"巴加内尔回答，"你尽管翻着看好了。"

这书本子果然说对了。凌晨一点钟，风忽然息了，大家都睡了一个好觉。次日，个个都精神抖擞，特别是巴加内尔，他揿着关节，发出愉快的响声，又伸着懒腰，活像一只小狗。

这天是10月24日，就是从塔卡瓦诺出发后的第十天。距科罗拉多河和三十七度线交叉处还有九十三英里路，也就是说，还要走三天。沿途格里那凡爵士集中注意力瞭望着有无土人走到他们的附近来。他很想向土人打听有关格兰特船长的消息。现在巴加内尔已经能用西班牙语与那巴塔哥尼亚人谈话，并且彼此足够了解了，如果要向土人打听消息，塔卡夫是可以担任翻译的。但是他们走的路线是印第安人所不常走的，因为草原上由阿根廷共和国到高低岩儿山区的大路都在这条路线的北边，所以游牧的印第安人和在酋长统治下定居的印第安人，在这里都不能遇到。偶然，有个把骑马游牧的人在远处出现，但是一看见他们就很快地逃走了，不愿和生人接触。本来，他们这一行人，叫草原上任何单身汉看了都觉得形迹可疑：强盗看见他们八个人全副武装，骑着快马，就会溜之大吉；旅客见了他们在这样荒野的草地里，又会误认他们是强盗。由此，不管他们想跟良民或强盗谈谈话都是绝对不可能的。他们巴不得遇到一伙强盗，就是先彼此打几枪，然后再和他们谈谈话也好。然而，要打听消息，却遇不到印第安人，固然可惜，但是在另一方面，这荒凉的路线却引起了一个枝节问题，给文件的解释带来了一个意外的证明。

旅行队走的路线有几次横穿过草原的小路，其中有一条相当重要，是由卡门通到门多萨的。沿途是骡马牛羊的骨骼，被鹫鸟啄得七零八落的，又被空气剥蚀得白生生的，过一程就是一堆。那些骨骼数以千计，其中难免也有人的骨骼和牲畜的掺在一起，都化成了灰尘。

直到这时为止，塔卡夫看他们专沿着一条直线走，没有提出任何意见。不过他知道，这条直线既然不和草原上任何一条路相衔接，最后是不会走到任何一个城镇、一个村落或阿根廷任何一个垦殖区的。每天早晨正对着太阳走，一点儿也不离开那条直线。晚上太阳就在这直线的背后那一端落下去了。他是个向导，因此，他看见这班人不但不由他向导，反而来向导他，他自然不能不惊讶。然而，他虽然惊讶，却始终持着印第安人固有的那种保留态度，关于那被忽略过去的许多条小路，他一直不发一言。这一天，他走到上述的那条要道，终于勒住马，向巴加内尔说话了。

“这是通卡门的路。”他说。

“是呀，不错，我的好巴塔哥尼亚人，”巴加内尔用纯粹的西班牙语

从卡门到门多萨，沿途是骡马牛羊的骨骼。

回答,“这是由卡门通门多萨的路。”

“我们不走这条路吗?”塔卡夫问。

“不。”巴加内尔答。

“我们是往……”

“一直往东。”

“一直往东没有地方可去呀!”

“谁知道呢?”

塔卡夫不说话了,他看着那学者,显出深感惊讶的样子。然而,他不认为巴加内尔有丝毫开玩笑的意思。一个印第安人经常是一本正经的,他永远想象不到别人会不是一本正经地说话。

“你们不是到卡门去?”他沉默了一会儿又问。

“不是。”巴加内尔回答。

“也不是到门多萨?”

“也不是。”

这时格里那凡赶上了巴加内尔,问塔卡夫在说什么,他为什么停了下来。

“他问我,我们是到卡门还是到门多萨,我说都不是,他很惊讶。”

“事实上,我们走这条路是应该叫他感到很奇怪。”格里那凡说。

“我也相信是这样,因为他说我们没有地方可去了。”

“那么,巴加内尔,你不能把我们这次长征的目的解释给他听听吗? 你不能给他说明一下我们一直往东走有什么意义吗?”

“这很难。”巴加内尔回答,“一个印第安人不懂得什么地球经纬度,而且我们发现文件的经过,他听了会觉得是幻想的神怪故事呢!”

“我倒要问你,”少校郑重其事地说,“究竟是故事的本身他听不懂呢,还是说故事的人说不清楚叫他听不懂呢?”

“啊,麦克那布斯!”巴加内尔回答说,“你还是疑心我的西班牙语说不好啊!”

“既然说得好,那就试试呀,我可敬的朋友。”

“那就试试吧!”

巴加内尔又回到巴塔哥尼亚人那里,设法把那段故事原原本本地说出来。有时因为找不到词,有时因为翻不出某些细节,有时因为某些细节对一个半无知的人不容易懂,他那个长篇的讲述常常被截断了。那学者的样儿看来真有趣。他指手画脚、咬牙嚼舌地说着,费尽了心机,想尽了方法,大汗珠子和瀑布一样,从额头上向胸口直流。最后,实在说不出了,他就用手来帮忙。他跳下马来,在沙上就地画出一个大地图:这里是经线,这里是纬线,交叉着;这里是太平洋,这里是大西洋,这里是卡门那条路,一直通到这里。从来没有一个地理教师感受过这样的困难。塔卡夫看着这一场表演,态度始终安闲,不让人家看出他是懂还是不懂。那地理学家讲了半点多钟,后来,他停住了,擦着满头大汗,看着那巴塔哥尼亚人。

"他懂了吗?"格里那凡问。

"我们看看吧,"巴加内尔回答,"如果他再不懂,我也没法说了。"

塔卡夫一动也不动,一句话也不说,眼睛老是盯住那逐渐被风吹平的沙上的地图。

"怎么样?"巴加内尔问他。

塔卡夫仿佛没有听见他问。巴加内尔已经看见一个讥嘲的微笑从少校的嘴唇上显出来了;为了要争一口气,他正要重新努力再做一番地理说明,而这时那巴塔哥尼亚人用手一挥,止住他。

"你们是在找一个俘虏吗?"塔卡夫问。

"是的。"巴加内尔赶快回答。

"就是在由太阳落山到太阳起山的这条路上吗?"塔卡夫以印第安人的说法,确定着那条由西到东的路线。

"是,是。正是。"

"是上帝把那俘虏的秘密交付给那大海的波澜了?"

"就是上帝亲自交付的。"

"让上帝的意旨实现吧!"塔卡夫相当肃然地回答,"我们将一直往东走去。如果必要的话,一直走到太阳边!"

巴加内尔看见他的学生懂了,得意扬扬地,立刻把那印第安人的回答翻译给他的旅伴们听。

"多么聪明的种族啊!"他又补充说,"在我们本国,二十个乡下人听我讲这一套,就有十九个不会懂的!"

格里那凡请巴加内尔问那巴塔哥尼亚人:他可曾听到有外国人落

到草原区的印第安人手里。

巴加内尔照样问了，并且静候回答。

“似乎听到过。”那巴塔哥尼亚人说。

这句话一翻译过来，七个人一齐围到塔卡夫身边来，用眼光问他。

巴加内尔心里十分激动，几乎话都说不出来了，他继续对这样一个有意思的话头追问下去，眼睛盯住那庄重的印第安人，恨不得在他未开口之前就能把他的回答看出来。

那巴塔哥尼亚人每说出一个西班牙文，他就用英文同时说一遍，以便使他的旅伴们听着就仿佛塔卡夫在直接用英文说话。

“这俘虏是什么样人呢？”巴加内尔问。

“是个外国人，”塔卡夫回答，“是个欧洲人。”

“你可看见过他？”

“没有，但是印第安人闲谈的时候曾讲到他。他是一个好汉啊！有一颗牯牛的心！”

“一颗牯牛的心！”巴加内尔惊叹着说，“啊，好个巴塔哥尼亚语言啊！你们懂吗，朋友们！这意思就是说一个勇敢的人！”

“就是我父亲呀！”罗伯尔·格兰特叫起来。

然后他转过脸来问巴加内尔：

“‘那就是我的父亲’，这句话在西班牙语怎样说？”

“艾斯——米奥——巴特勒。”地理学家回答。

立刻，罗伯尔就拉住塔卡夫的手，柔声说道：

“艾斯——米奥——巴特勒！”

“苏奥——巴特勒！”（他的父亲！）塔卡夫应声说着，双目炯炯发光。

他一把搂住那孩子，把他抱下马鞍，带着一种非常好奇的同情心仔细地端详他。他那聪明的面容表现出一种平静的感动。

但是巴加内尔还没有问完他的话。那俘虏当时在什么地方呢？他那时正在做什么事呢？塔卡夫什么时候听到人家说他呢？这许多问题同时涌到他的脑子里来了。

他提出的问题都有了迅速的答复，因而他知道了那欧洲人在当时是某一印第安部落的奴隶，而这部落是在科罗拉多河与内格罗河之间游牧的部落。

“最近那欧洲人在什么地方呢?”巴加内尔问。

“在卡夫古拉酋长家里。”塔卡夫回答。

“是不是在我们一直遵循的这条路线上呢?”

“是在这路线上。”

“那酋长是个什么样的人呢?”

“是印第安－包于什族的首领,是个两舌两心的人!”

“这就是说:他说话也反复无常,做事也反复无常。”巴加内尔翻译了那句巴塔哥尼亚俗语之后又这样解释说,“我们能够把我们的朋友解救出来吗?”他又问。

“也许能够,如果他还在印第安人手里的话。”

“你什么时候听说的呢?”

“很久了。在我听说之后,太阳已经在这草原上带来了两个夏天!”

格里那凡的喜悦是无法形容的。这个回答与文件上的日期正相符合呀!但是还有一个问题要问塔卡夫,巴加内尔立刻用西班牙语提出:

“你说到一个俘虏,是不是同时有三个呢?”

“这个我就不知道了。”塔卡夫回答。

“那俘虏现在的情况你一点儿也不知道吗?”

“一点儿也不知道。”

这句话结束了全部的交谈。可能那三个俘虏早就分离开了。但是这巴塔哥尼亚人所提供的资料可以证实一点:印第安人过去常常谈到一个落到他们手里的欧洲人。他被俘的日期,乃至他被拘留的地点,一切的一切,连那句描写他勇敢的巴塔哥尼亚成语,都明显地指出那欧洲人就是哈利·格兰特。

第二天,10月25日,旅客们怀着一种新的兴奋心情又启程向东。那一带平原是荒凉的、单调的、土语称为“特拉维西亚”的无边空地。陶土质的地面,久经风力刮磨,平坦极了;除了几条干沟里和印第安人挖的一些池沼的岸上有几块石头而外,别的地方连一个小石子也没有。疏疏落落的一些矮树林,彼此都相距很远,林端呈淡黑色。零零星星地冒出几棵白色决明子树,树上结着荚,荚里长着一种有点糖味的果肉，清凉可口。此外，还有几丛笃薅香树、“沙纳尔”树、野金雀花树和各种荆棘；荆棘的瘦小就足以证明土壤的贫瘠了。

26日是辛苦的一天，因为他们要赶到科罗拉多河畔过夜。马被鞭策着，跑得很快，所以，当晚，他们就在西经六十九度四十五分的地方到达草原区里那条美丽的大河了。这条河，印第安语称为“高比勒比”，就是“大河”的意思。它经过很长的流程流入大西洋里。在接近河口的那一段，有一种奇特的现象：离海愈近，河里的水量愈少。也许因为河水被松土吸收去了，也许被蒸发掉了，到现在，原因还没有完全判明。

到了科罗拉多河，巴加内尔的第一件事就是跳到那陶土染红的河水里，“地理学式地”洗了个澡。他很惊讶，河水居然那么深！这完全是因为初夏的太阳融化了积雪的结果啊！而且，这河面相当宽，所以马不能游过去。幸而在上游几百托瓦兹的地方有个木栅桥，桥板都是用皮条捆住吊在河上的。那一小队人马由此过了河，就在左岸露营过夜。

巴加内尔在就寝前，要把科罗拉多河正确地测量一番。他在他那张地图上仔仔细细地把它画出来，因为他已经让雅鲁藏布江自由地在西藏的山中流着，现在只好来测绘科罗拉多河了。

27日、28日两天，途中无事可述。到处是同样的单调和贫瘠。风景极少变化，地形也很呆板，然而土壤却变得很潮湿。行人要越过许多“喀那大”——水渍的洼地，和许多“厄斯特罗”——四季不涸、充满水草的沼泽。28日晚上，人马歇在一个大湖的岸上。这湖里的水都是浓味的矿泉，湖的名字叫兰昆湖，在印第安语里就是“苦湖”的意思。1862年，阿根廷军队曾在这里残酷地屠杀过土人。旅行队照例宿了营；如果不是有许多猴子和野狗，大家会很舒服地睡一夜的。只可惜那些猿猴野狗叫嚣不休，它们奏着一种天然交响曲来欢迎那些外宾，而那些欧洲人的耳朵偏偏又领略不到那未来派音乐的风味。

第十七章
—— 草原 ——

阿根廷的潘帕斯展延在南纬三十四度与四十度之间。“潘帕斯”是阿罗加尼亚语，意为“草原”。这区域以“草原”命名，真是名副其实。西部的木本含羞草类和东部的各种茂草，构成本地区的特殊面目。这些植物的根生在浅红色或黄色泥沙土壤上的一层浮土里。如果一个地质学家来考察一下这第三纪地层，收获一定非常丰富。那里有无数的洪水前期的兽骨，印第安人说是现已绝种的大犰狳的骨骼。在那些多得和沙尘一般的野草底下，蕴藏着这区域的整个原始时代的历史。

美洲潘帕斯的地理特征，恰如大湖区[①]的草野和西伯利亚的荒原。潘帕斯的盛暑严寒都超过布宜诺斯艾利斯省，因为它是在内陆。据巴加内尔的解释，夏天的热气被海洋吸收了，到冬天就慢慢地吐出来，其结果，海岛上的气候，冬夏相差没有内陆那么大[②]。所以西潘帕斯的气候就比不上受大西洋影响的东海岸一带的那样均匀。西潘帕斯的气候是突变的，忽而酷热，忽而严寒，不断地使温度表的水银柱上下跃动，并且很快。秋天，就是说在4月和5月，雨多而急；但是在10月前后，气候很干燥，气温很高。

每天一早，格里那凡一行在审定路线之后，黎明就启程。地面被无数的大小灌木的根攀结着，十分稳实，没有沙丘了，也没有构成沙丘的那种细沙了，在空中也没有被风扬起的沙尘了。马在“帕佳・不拉伐”草丛中大踏步前进。“帕佳・不拉伐”草是潘帕斯特有的一种草，到处都是，印第安人行路遇到暴风雨就在这草下躲避。隔一个相当的距离，还有一片潮湿的洼地，但是这种洼地愈来愈少了。洼地里生着柳树，还有一种植物叫作“阿根廷蒲苇”，专喜欢生在淡水的附近。马匹遇到这种地方就拼命喝上一阵，这不但是抓住机会求一时的痛快，也是为着沿途水少，防未来的干渴。塔卡夫在队伍前面，边走边打着丛莽。这丛莽中有一种最毒的蛇叫作“韶力拿”，牛给它咬了，不出一

---

① 美国同加拿大之间的五大湖。

② 冰岛的冬天较意大利伦巴第省的冬天温和些，原因在此。——原注

马儿在草丛中大踏步前进。

小时就会死去。塔卡夫打着丛莽就把这种蛇惊走了。那匹矫健的桃迦也在荆棘梢头腾跃着，协助他的主人为后来的马匹开路。

在这些平坦而径直的草原上旅行自然是容易的、迅速的。这片平原在性质上没有发生任何变化，就是在周围一百英里内也找不到一块石头、一颗石子。从来也遇不到像这样单调的地方，并且固执不改地单调得这样长远。什么风景呀、物种变化呀、自然界奇观呀，你连影儿也莫想看到！也只有像巴加内尔那样会无中生有、遇事都感到兴奋的学者才能对这条路上的一草一木发生兴趣。他为什么会发生兴趣呢？他自己也说不出。最多不过是遇到一个小树丛！也许只是遇到一根草！这就足够叫他打开话匣子，引起他滔滔不绝地讲给罗伯尔听了；而罗伯尔也就爱听他那一套。

10月29日，在旅客面前展开的草原依然是那样的单调，午后，快到两点钟的时候，马蹄踏过了很长的一片牲畜的遗迹。那是无数头牛的骨骼在那里堆积着，白生生的。这些遗骸并不是排成弯弯曲曲的一条线，表示牲畜因精疲力竭而沿途倒毙，所以谁也猜不出，连巴加内尔想来想去也猜不出，为什么这许多骨头会聚在一个相当狭窄的空间里。因此，他请教塔卡夫；塔卡夫很轻松地就给他解答了。

那学者叫了一声："不可能吧！"那巴塔哥尼亚人却点头表示这是事实。这把旅伴们弄得更加莫名其妙了。

"究竟是怎么一回事？"他们问。

"天火烧死的。"地理学家回答。

"什么？雷火会造成这样大的一个灾难？"奥斯丁惊奇地问，"五百头的一个大牛群都会一齐倒到地上？！"

"塔卡夫是这样说的，塔卡夫是不会错的。而且我也相信他的话，因为潘帕斯的风暴是以狂烈著名的。但愿我们不要有这么一天受到这种考验！"

"天气热得很。"威尔逊说。

"是的，"巴加内尔回答，"温度表在阴处就有30℃。"

"这并不使我惊讶，"格里那凡说，"我感到热气向我身上直钻。希望不要再这样热下去了。"

"啊！啊！"巴加内尔叫起来，"不要打算天气转变吧！你看天边上连雾的影子也没有。”

“真是倒霉!”格里那凡又说,“我们的马已经热得受不了啦!你不太热吗,我的孩子?”他又转向罗伯尔,问他。

“不,爵士。”那小人儿回答,“我喜欢热,热点儿好。”

“特别是冬天热点儿好。”少校很正确地纠正一句,说时向空中喷出一口雪茄烟。

晚上,他们歇在一个废弃的“栏舍”旁边。“栏舍”是树枝编成的,四壁涂着泥,顶上盖着茅草。这个草棚子和一个栏桩围成的院子相连,这种院子足够保护马匹过夜,使它们不受狐狸攻击。马本来不怕狐狸,但是那些狡猾的野兽专咬马笼头,笼头一断,马就逃了。

离那“栏舍”几步路有个土坑,作炉灶用的,坑里还有冷灰。“栏舍”里有一个凳子、一张破牛皮床、一口锅、一条铁扦子、一把煮“麻茶”的煨壶。“麻茶”是南美通行的饮料,是印第安人的茶。那是一种焙干的叶子,泡着水,用麦梗子吸着,和美洲人喝其他饮料一样。由于巴加内尔的要求,塔卡夫煮了几杯“麻茶”。佐着日常的干粮,边吃边喝,很调和,大家都说茶味好。

第二天,10月30日,太阳在热雾中升起来,把它的最热的光线倾泻到大地上。这一天一定是非常热。苦的是草原里毫无庇荫的地方。然而,大家依然鼓起勇气向东进发。他们有好几次遇到了庞大的牧群,牛羊在盛暑之下懒洋洋地躺着,连吃草的力气都没有。牧人根本不见影儿。只有那些渴时惯喝羊奶的狗在守护着那些大群的牝牛和牡牛。好在这些牛都很驯顺,不像欧洲的牛见了红色就害怕。

“它们不怕红色,一定因为吃的是共和国里的草[①]啊!”巴加内尔说,他这句趣话也许太法国式了一些,然而他自己却很得意。

傍午,草原上的景物有了一些变化,大家的眼睛看厌了单调的东西,所以一有变化就注意到了。禾本草类越来越少,牛蒡子越来越多,还有九英尺高的大棵白术,那全世界的驴子都垂涎的美味。许多矮小的“沙纳尔”树和其他暗绿色的多刺的小树疏疏落落地生长着,这都是干燥土壤上易生的植物。直到这时以前,平原上的黏土还保存着相

① 那时法国正在拿破仑三世的第二帝国时代,统治者最怕社会革命,提起“红色”都“谈虎色变”。

当的湿度,滋润着牧草,所以牧草都长得茂密丰厚,和地毯一般;现在这地毯仿佛是用旧了,有些地方大块的毛都落掉了,显出麻线底子,暴露出贫瘠的土壤。这都是地面愈来愈干燥的征候,前途的艰苦已摆在眼前。塔卡夫已经在提起大家注意了。

"我倒不讨厌这种变化,"奥斯丁说,"老是看草,老是看草,看得我都头昏脑涨了。"

"是这样。但是,老是看见草,也就老是有水喝呀!"少校回答。

"啊!水倒不愁,"威尔逊说,"我们在路上总可以遇到一两条小河。"

如果巴加内尔听到了他这个回答,一定会告诉他,在科罗拉多河与阿根廷行省里那些山脉之间,河流是稀少的;但是那时巴加内尔正在和格里那凡说话,格里那凡叫他注意一个奇特的现象,他正在进行解释。

原来,他们感到了大气中充满一种烟味,而天边却看不到一点儿火,也没有一点儿烟表示远处有失火的地方,因此对这充满烟味的现象找不出一个自然因果律来。不一会儿,烧草的气味变得更浓厚了,除了巴加内尔和塔卡夫而外,没有一个人不惊讶。那地理学家对任何问题的解释都不感到困难,此刻他对他的旅伴们做出以下的回答:

"我们看不见火,却闻到烟。但是我们应该知道,'无火不生烟',这谚语在欧洲是真理,在美洲还是真理。因此,一定有个地方有火。不过,这潘帕斯太平坦了,气流畅通无阻,常常在几乎七十五英里以外烧草,我们都闻得到气味。"

"七十五英里以外?"少校用不很信服的语气问。

"可不是七十五英里以外嘛!"巴加内尔肯定地说,"不过,我要补充一句:这些火是大规模地延烧,常常烧到一个极大的范围。"

"谁在草原上放火呢?"罗伯尔问。

"有时是雷火;有时如果草晒枯了,印第安人也放火。"

"放火的目的呢?"

"他们认为——这种'认为'究竟有多少根据,我可不知道——他们认为潘帕斯上烧了一次火,禾本草就长得茂盛些。果真如此的话,这应该就是用草灰肥田的办法。不过,在我看来,我们宁可相信火烧草原的目的是灭虫。有一种寄生虫叫作兽虱,对牲畜特别有害。一把火就把千千万万的兽虱烧死了。"

"但是这种猛烈的手段,"少校问,"不会把草原上放牧的一些牛羊群的命也送掉吗?"

"是呀,有时也烧死一些,但是牛羊群太多了,烧死一些,算得了什么?"

"我不是为牛羊群担忧,"麦克那布斯又说,"我管不到这些;我是为穿过潘帕斯的旅客们发愁。遇到烟火突然降临,就不会把他们包围起来吗?"

"你怎么怕起这件事来呢!"巴加内尔叫起来,显得对那种遭遇很期待的样子,"这种事件有时也会发生,就我来说,看看这样一个景观,我倒不讨厌。"

"这就是我们的学者,"格里那凡接上去说,"他研究学术要一直研究到被活活烧死为止。"

"天知道。我亲爱的格里那凡啊,我不那么傻,我读过库柏[①]的游记。皮袜子[②]曾告诉我们:野火来了,把四周的草拔掉,拔出一块直径几托瓦兹的空地来就成。这办法再简单不过了。所以我不怕大火烧来,我倒情愿能遭遇一场大火。"

巴加内尔希望发生的事没有实现;如果他现在已经被烤到半焦,那只是因为太阳的强光倾出了热不可耐的烈焰。在这种热带一般的气候下,马也喘个不停。荫凉的地方是想也别想的,除非偶然飞来一片浮云把那火球遮住——这时,就有一片阴影在平地上流着,于是乎骑马的人赶快催着马,追着西风吹送在他们前面的云影。但是,不一会儿,马落后了,又是赤裸的太阳在那烧得发焦的草原上洒着火雨。

我们还记得,威尔逊曾说过不愁没有水,他那时就没有想到这一天大家都会这样渴得慌;他又说路上总可以遇到一两条小河,他也是说得太乐观了。事实上,不但沿途地面平坦,不容许任何水流找到可以蓄水的河床,就连印第安人挖出的池塘也都干涸了。巴加内尔看那干燥的情况一程甚似一程,便几度提醒塔卡夫注意,并问他在什么时

---

① 库柏(1789–1851),美国小说家。

② 皮袜子,库柏小说中的人物的外号。

候能找到水。

“要到盐湖。”那印第安人回答。

“什么时候可以到呢?”

“明天晚上。”

通常,阿根廷人在草原区里旅行,都是临时掘井,掘下几托瓦兹深就有水。但是我们的旅客们没有掘井工具,就没有办法了。只好就所带的一些水来定量分配;虽然大家不至于都渴得要命,却也没有一个人能完全喝够。

晚上,大家一气走了三十英里,歇下来了。每人都想好好地睡一夜,以消除一天的疲劳,哪承想偏偏有乌云似的蚊群来骚扰他们。蚊群的来临表示着风向的转变,果然,风掉了九十度的方向了:由西风转了北风。通常,起南风或西南风时,那些可恶的飞虫是不来的。

虽然遇到生活上的各种小苦恼,但少校还能一直保持镇静;而巴加内尔却相反,对命运的捉弄不耐烦起来了。他恨透了那些鬼蚊子,恨没有酸性水来擦治他身上的无数的叮伤。虽然少校努力宽慰他,说博物学家统计世界上有三十万种昆虫,他们现在只受到一两种昆虫的袭击,还算是幸事,但是巴加内尔早晨爬起来依然是满肚子不高兴。

然而,他还是见天亮就走,不用人家催促,因为当天要赶到盐湖呀!马是十分疲乏了,它们渴得要死,虽然骑马人尽量省水给它们喝,它们的配给量依然是太有限。这天,干燥得更厉害,潘帕斯的北风和非洲大沙漠里的那种著名的热风相似,它挟着灰尘刮了起来,同样地叫人受不了。

这天,旅途的单调气氛曾一度被打破:穆拉地在前面走着,忽然勒转马头,报告有一批印第安人走来。各人对这事的看法都不同:格里那凡想到这些土人可能提供有关不列颠尼亚号失事船员的资料;塔卡夫颇不乐意在平原上遇到游牧的印第安人,他认为他们是盗匪,只想避开他们。在他的命令下,那个小旅行队集中起来了,武器都准备着。任何事都是有备无患啊!

不一会儿,大家都看见那队印第安人了。不过是十来个人组成的一小队,这使那巴塔哥尼亚人放了心。那些印第安人走到相距百步的地方，面孔很容易看得清楚。他们都是土著，是1833年罗萨斯将军[①]扫荡过的那个地区的种族。高额头向前突起，不是向后塌去；高大身材，橄榄色皮肤，这一切使他们成为印第安人中的健美的典型。他们披着原驼皮或臭鼬皮，除了一支两丈长的长枪而外，还带有刀、弹弓、“跑拉”和“拉索”。从他们操纵坐骑的技巧来看，他们都是些好骑手。

他们在相距百步的地方停住了，你喊我叫地，指手画脚地，仿佛在互相商量。格里那凡走向他们，但是还没有走到四米远，那队土人就掉转马头，一溜烟地不见了，快得使人不敢相信。旅客们的疲乏了的马绝对追不上他们。

“孬种！”巴加内尔骂。

“他们逃得太快，不是好人。”麦克那布斯说。

“这些印第安人是什么人？”巴加内尔问塔卡夫。

“是些高卓人[②]。”

“高卓人！”巴加内尔转向他的旅伴们说，“原来是些高卓人！我们刚才用不着这样大惊小怪呀！没有什么可怕的！”

“为什么？”少校问。

“因为高卓人都是些和善的庄稼人。”

“你是这样想吗，巴加内尔？”

“自然啰！这几个高卓人把我们当成强盗，所以都跑了。”

“我倒以为他们是不敢袭击我们。”格里那凡回答。他原想不管是什么人也要和他们谈谈话，现在他们逃了，十分懊恼。

“我也是这样想的。”少校说，“因为，如果我看得不错的话，高卓人不但不善良，相反地，他们都是些不折不扣的可怕的匪徒。”

“这话从哪儿说起！”巴加内尔叫起来。

于是他开始大谈这一个种族学上的问题，并且谈得这样热烈，竟能激起了少校情绪的变化，引起了他破例的一个反驳。

“我想你说得不对，巴加内尔。”

“不对？”那学者否认。

“是呀，塔卡夫本人就把这些印第安人当作强盗，塔卡夫是有根据的。”

① 阿根廷的独裁者。

② 西班牙人与印第安人的混血种。

“塔卡夫这次是弄错了。”巴加内尔反驳，多少带点儿气愤，“高卓人都是些农夫、牧人，其他什么都不是，我就曾写过一本关于潘帕斯土人的小册子，很受人家欢迎。”

“那么，你错了，巴加内尔先生。”

“麦克那布斯先生，我错了？”

“就算是粗心的错吧！”少校坚持说，“你的书再版时要更正一下。”

巴加内尔听到人家批评乃至嘲笑他的地理知识，十分恼怒，脾气一上来就抑制不住了。

“你要知道，先生，我的书不需要这种更正！”

“还是需要的！至少，这次是需要的。”麦克那布斯反驳说，他也固执起来了。

“先生，我看你今天专喜欢挖苦人。”巴加内尔说。

“我也觉得你今天火气特别大！”少校和他针锋相对。

我们可以看出，讨论发展到意料以外的程度了，而问题本身是不值得这样的。格里那凡觉得应该出面干涉了。

“的确，”他说，“你们一方面也是有些故意挖苦，另一方面也确实有些火气，双方都使我惊讶。”

那巴塔哥尼亚人听不懂吵的什么事，却一看就知道那两个朋友在争吵。他开始微笑了，冷静地说：

“是北风不好。”

“北风不好？”巴加内尔叫起来，“北风和这一切有什么关系呀！”

“呃，正是北风不好呀！”格里那凡说，“北风就是使你动火的原因！我听说在南美洲北风特别刺激神经系统。”

“圣巴特利克[①]知道，爱德华，你说得真对！”少校说着，一阵哈哈大笑。

但是巴加内尔真个动火了，还不肯罢休，他觉得格里那凡的干涉有点儿太开玩笑了，就找上格里那凡。

“啊！你这话是哪里来的，爵士？”他说，“我的神经受了刺激了吗？”

① 圣巴特利克（377–460），苏格兰人特别崇拜的基督教圣人。

"是啊，巴加内尔，是北风刺激的呀！这种风叫人在潘帕斯里犯了多少罪，正和山外风[①]在罗马的乡间一样！"

"犯罪？"那学者又说，"我像能犯罪的人吗？"

"我并不是说你犯罪呀！"

"你直截了当地说我要暗杀你好了！"

"呃！"格里那凡忍不住地笑起来，"我真怕你暗杀我呀！幸而北风只吹了一天！"

大家听到这话都和格里那凡一起哈哈地笑起来了。

于是巴加内尔两脚一夹，刺着马，跑到前面独自消化他的脾气去了。一刻钟后，他把这一切也都丢到了九霄云外。

就是这样，那学者的好性格波动了一会儿；但是，格里那凡说得好，他这一度表现出的小弱点完全是由于外在的原因。到了晚上八点钟，塔卡夫赶在前面，首先指出那些通往大家渴望着的盐湖的许多干沟。又走了一刻钟，全队人马跨下了盐湖堤。但是失望在那里等待着他们：湖水完全干涸了！

第十八章
—— 探寻蓄水场 ——

一连串的湖沼从文塔拿和瓜米尼两条山脉绵延到这里，以盐湖为终点。往日，许多远征队从布宜诺斯艾利斯出发，到这里来取盐，因为湖水里含有大量的氯化钠，但是现在水被炽热的气候蒸发完了，含的盐分全凝结在湖底。湖，变成了一面巨大的反光镜子。

当塔卡夫预告盐湖有水可喝的时候，他指的是那许多入湖的淡水河流。谁知此刻那些河流都干涸得和湖的本身一样：燥热的太阳把所有的水都喝尽了。所以，那渴了的旅行队到达盐湖湖岸的时候，没有一个人不惊愕万分。必须立刻做出一个决定。皮桶里存的一些水已

---

① 法国人称阿尔卑斯山脉以东的地区为"山外"。

经有点儿坏了,不能喝了。大家开始渴得难熬。饥饿与疲乏都在这紧迫需要的面前消失了。他们找到一个土人遗弃的“鲁卡”——一种皮帐幕,支在一个土坎里。那些精疲力竭的旅客们就在里面住下来,他们的马就躺在湖的泥岸上,带着嫌恶的心情嚼着咸草和枯芦苇。

大家在“鲁卡”里安定下来之后,巴加内尔就问塔卡夫有什么意见,大家应该做些什么。两人开始对话,谈得很快。格里那凡从旁也听懂了几个字。塔卡夫始终镇定地说着,巴加内尔却指手画脚地抵得两个人在说话。话说了几分钟,塔卡夫就抱着膀子。

“他说了些什么?”格里那凡问,“我仿佛听见他劝我们分开。”

“是的。分成两队。”巴加内尔回答,“我们中间,谁的马又疲又渴,走不动了,就沿三十七度线这条路慢慢往前挨。马还能走的就赶上前头去,侦察那条瓜米尼河。这河是流入圣路加湖的,离这里三十一英里。如果河水够多,他们就在河岸上等候后来的人。如果水没有了,他们就赶回来迎后面的人,叫他们不要再走冤枉路了。”

“水没有又怎么办呢?”奥斯丁问。

“水没有就只好往南下去七十五英里,直到文塔拿山脉最初的几条支脉,那里河流很多。”

“这意见很好,”格里那凡说,“我们就这样做,事不宜迟。我的马还渴得不太厉害,我陪塔卡夫赶上前头去。”

“啊!爵士,也带我去。”罗伯尔说,就好像是要去玩一趟一样。

“但是你哪能够赶得上我们呢,我的孩子?”

“赶得上!我有匹好马,它老是要向前赶。您肯带我吗,爵士?……我求您带我去。”

“你就来吧,我的孩子。”格里那凡说,他也极不愿意离开罗伯尔,“我们三个人,”他又接着说,“要是找不到一个清凉的蓄水场,那也就太笨了。”

“那么,我呢?”巴加内尔问。

“啊,你,我亲爱的巴加内尔,”少校回答,“你还是跟后备军一起留在后面吧!你太了解三十七度线上的情况了,你知道瓜米尼河,你知道整个的潘帕斯,你不能离开我们。穆拉地、威尔逊和我都赶不上塔卡夫,都不能和他一齐到达那约定的地点,我们只有在巴加内尔的旗帆下，怀着信心，慢慢地向前走。”

“我只好忍耐点儿了。”那地理学家说，心里很高兴获得了领导权。

“不过，你不能粗心大意啊！”少校又说，“不要把我们引到我们不要到的地方去，比方吧，不要把我们引回太平洋的岸上去呀！”

“把你引回太平洋才好呢，你这讨厌的少校。”巴加内尔笑着说，“可是，我亲爱的格里那凡，你怎么才能听懂塔卡夫的话呢？”

“我想，”格里那凡回答，“那巴塔哥尼亚人和我也没有什么可谈的。而且用我能说的几句西班牙语，在紧急情况下我可以叫他懂得我的意思，也可以叫我懂得他的意思。”

“那么，你就去吧，我可敬的朋友。”巴加内尔说。

“我们先吃晚饭吧，”格里那凡说，“如果睡得着，就睡一睡，睡到出发的时候。”

大家干吃了一顿晚饭，没有喝水，都觉得不够爽口，然而，没有更好的办法，只得睡觉了。巴加内尔梦见了许多急流、瀑布、大江、长河、池塘、小溪，甚至于还梦见了许多凉水瓶，装满了凉水。总之，平常有水可喝的地方都梦到了。真个是昏天黑地，乱梦一场。

第二天，早晨六点钟，塔卡夫、格里那凡、罗伯尔三人的马都备好了。它们喝了最后一份水；水发臭，它们只是没有办法才喝了下去。然后，三个人跨马上鞍。

“再见！再见！”少校、奥斯丁、威尔逊、穆拉地一齐说。

“最要紧的，就是想法子找到水，不要再往回跑！”巴加内尔补了一句。

不一会儿，那巴塔哥尼亚人和格里那凡、罗伯尔回头一望，再也看不见地理学家带领的那批人马了，心里不免有些惆怅。

他们穿过的那片盐湖荒区是一个陶土质的大平原，满生着六英尺高的蜷缩的灌木和印第安人叫作“勾拉妈买尔”的木本含羞草，以及富有苏打成分被叫作“如木”的丛生灌木。疏疏落落的大片盐地反射着太阳光，光力强烈惊人。这种盐地叫作“巴勒罗”，乍看和冻结的水面一样，但是那炽热的太阳很快地就使人不致误认为那是坚冰。虽然如此，全区晒得发焦的瘠土和这些闪光的冰湖般的盐地相映成趣，使这片荒区有一副特殊的面目。

前面说过，如果瓜米尼河也干涸了，行人就不得不往南下去八十英里到文塔拿山区。那一区的面目却和盐湖荒区完全不同。那一区是1835年费兹·罗以船长领着探险船猎犬号前来探察过的，土壤极其肥沃，长着全印第安人领域里最好的牧草，无比地蓬勃茂盛，冈峦连绵的西北面的坡子上是一片绿草，直铺到山脚下那些布满各种树木的森林里；那里有一种决明子树叫作“阿尔加罗坡”，果子晒干了，磨成粉，就可以做成印第安人爱吃的一种面包；还有白色的破斧树，长条袅袅地下垂着，好像欧洲的垂柳；还有红色的破斧树，木质永不损坏；还有“诺杜伯”树，遇火就着，往往引起惨烈的火灾；还有“维拉罗”树，一层一层的紫花垒成金字塔的形状；最后还有“丹波”树，向空中撑起八丈高的大伞，整群的牛羊都可以在下面躲阴凉。阿根廷人曾多次想迁移到那个地区来，但是他们不能战胜印第安人的仇视。

人们当然会猜想到这样的一个肥沃之地一定有大河从山腰流出来供给足够的水量。这种猜想是不错的，那些大河连最旱的时期也不会干涸。不过，要到达这些大河，还要往南走一百三十英里。所以塔卡夫主张先到瓜米尼河去找水是对的，这样，既不离开原定路线，又比到文塔拿山区近得多。

三匹马都跑得很起劲。这些聪明的牲口一定本能地知道了它们的主人要把它们带到什么地方去。特别是桃迦，它显出任何疲劳和饥渴都挫败不了的那种勇气；它和飞鸟一样，跳过干涸的沼泽，跳过“勾拉妈买尔”树丛，发出乐观的嘶声。格里那凡和罗伯尔的马，脚步沉重些，但是被桃迦的榜样鼓舞着，也勇敢地跟在后面跑。塔卡夫在鞍上屹然不动，以自己的榜样鼓舞着他的旅伴们，正和桃迦鼓舞着它的旅伴们一样。

那巴塔哥尼亚人常常回头看着罗伯尔·格兰特。

这孩子小小年纪，却在马上坐得稳妥坚定，腰部灵活，肩背斜侧，两腿自然下垂，双膝据鞍。塔卡夫看了十分满意，喝起彩来。真是，罗伯尔·格兰特已经成为第一流好骑手了，值得受那印第安人赞赏。

“好啊，罗伯尔，”格里那凡说，“看塔卡夫的神气是在赞美你呢！他在对你喝彩，我的孩子。”

“因为什么喝彩呀，爵士？”

“因为你骑马的姿势好。”

“啊，我骑得踏实罢了！”罗伯尔回答。他听到人家称赞他，乐得脸红起来了。

“最主要的就是骑得踏实，罗伯尔。”格里那凡说，“但是你过分谦虚了，我可以预告你，你将来一定能成为一个绝好的运动家。”

“好嘛，”罗伯尔笑着说，“爸爸要把我造就成一个水手呢！我做了运动家，他该怎样说呢？”

“做运动家并不妨碍做水手呀！好骑手并不一定都能成为好水手，但是好水手都能变成好骑手。在帆架上骑惯了就能在马上骑得踏实。至于怎样勒马，怎样周旋兜转，那都容易，再自然不过了。”

“我那可怜的父亲啊！”罗伯尔接着说，“啊！您救了他，爵士，他将来要多么感激您啊！”

“你很爱你的父亲吧，罗伯尔？”

“是的，爵士，他对姐姐和我都太好了。他一心一意只想到我们！每次旅行回来，无论他到过哪里，都带回一些纪念品给我们，并且一到家就抚摸着我们，给我们讲很亲切的话。啊，您将来认识了他，一定也会喜欢他的！玛丽就像他。他说话的声音温柔得很，就像玛丽！一个当水手的，说话那么温柔，奇怪得很，是不是？”

“是的，奇怪得很，罗伯尔。”格里那凡回答。

“我现在仿佛还看见他在我的眼前，”那孩子自言自语地说，“慈爱的爸爸啊！好爸爸啊！我小的时候，他把我抱在膝盖上摇我睡觉，他老是哼着一支苏格兰的歌曲，歌曲里赞美我国的湖泊。我有时还记得那调子呢，不过模模糊糊的。玛丽也记得。啊，爵士，我们是多么爱他啊！呃，我想一个人越小越爱父亲！”

“越大就越尊敬父亲，我的孩子。”格里那凡回答。他听了从这小心灵里流露出来的几句话，十分感动。

他们这样谈着的时候，马已经走慢了，改用缓步前进。

“我们一定找得着我父亲，是不是？”罗伯尔沉默了一会儿，又说。

“是的，我们一定找得到他。”格里那凡回答，“塔卡夫供给了我们寻找的线索，我很信任他。”

“好个正直的印第安人啊，这个塔卡夫！”那孩子说。

“的确是的。”

“还有件事您知道吗，爵士？”

“你先说出来我再回答你。”

“跟您在一起的人个个都好！那海伦夫人，我真是爱她；那少校，态度老是镇定的；那孟格尔船长，还有那巴加内尔先生，还有邓肯号上的全体水手，又勇敢，又热心！”

“是的，我知道，我的孩子。”格里那凡回答。

“您可还知道，您是好人中间最好的人？”

“啊，这话从何说起，我还不知道呢！”

“那么，您应该知道呀，爵士。”罗伯尔说着，拉着爵士的手放到嘴上吻一吻。

格里那凡轻轻地摇摇头。谈话没有再继续下去，因为他们不知不觉地落后了一点儿，塔卡夫在前面招着手催他们了。我们知道，那时候的时间是宝贵的，应该想到后面的那批人在度日如年呀！

三人又催着马跑起来了；但是不一会儿，他们就明显地看到除桃迦而外，其余的两匹马都跑不动了。中午，必须让马歇一个钟头，它们实在疲乏不堪了；大丛的紫苜蓿——又瘦，又晒枯了，它们不肯吃。

格里那凡心里不安起来了，干燥的征候一直没有减少，要是再找不着水，后果会是很严重的。塔卡夫一言不发，假使一个印第安人的心也有失望的时候，他也许在想：如果瓜米尼河也干涸了，那时才真叫失望呢！

他们又出发了，不管好歹，又用马鞭，又用马刺，逼得马不能不上路。不过，只有缓步走着，再快是不可能的。

塔卡夫很可以跑到前头去，因为桃迦只消几个钟头就能把他送到瓜米尼河岸边。无疑地，他曾想到这一点，但是无疑地他又想到不能把他的两个旅伴丢在这荒野的地区里。所以，为了不超在他们的前面，他紧紧勒住桃迦，迫使它把脚步放慢一些。

要桃迦经常用慢步走是不容易的，它又抵抗，又腾跃，又激烈地嘶叫；所以它的主人不但要用力勒住它，还要用好话安慰它。真的，塔卡夫在和他的马谈话，桃迦虽然不会回答，至少懂得主人的意思。那巴塔哥尼亚人一定对他的马说了许多理由，所以“商量”了一些时候以后，桃迦终于接受了他的意见，慢步前进了，但是还不免咬着嚼铁，表示不耐烦。

罗伯尔拉着爵士的手放到嘴上吻一吻。

如果桃迦了解塔卡夫,塔卡夫也同样地了解桃迦。这头聪明的牲口具有高度灵敏的嗅觉,已经感到了空中的湿气。它狂烈地吸着这湿气,鼓动着舌头,咯咯作响,仿佛是伸在滋润的泉源里一般。那巴塔哥尼亚人不会看错,离水已经不远了。

因而他把桃迦躁急的原因解释给旅伴们听,鼓励着他们,同时另外的两匹马不久也懂得桃迦的心理了。大家又做最后一次的努力,在印第安人的后面奔驰着。快到三点钟的时候,一条白茫茫的线出现在地形的凹处。日光照着它在颤动。

"是水!"格里那凡说。

"是水!是的,是水!"罗伯尔叫。

他们用不着催马了,那三匹可怜的牲口感到浑身是劲,跑得连铁壁也挡不住,不消几分钟就跑到了瓜米尼河岸,连鞍带人,扑到那救命的河水里,直浸到胸脯上面。

它们的主人也不由分说地被驮到河里,跟着洗了个冷水澡,虽然衣物都湿了,可一点儿也不抱怨。

"啊,真好呀!"罗伯尔一面叫一面在河心大喝特喝。

"喝慢点啊,我的孩子!"格里那凡告诫着他,但是自己并不以身作则。

这时,只听到一片咕噜咕噜的喝水声。

塔卡夫也在喝,不过他喝得很镇静,不慌不忙,一小口一小口地喝,每吸一口,正如巴塔哥尼亚的俗语所说,"长得和'拉索'一般"。他喝个不休,恨不得把整个一条河都喝干了。

"好了,"格里那凡说,"我们的朋友们总不至于失望了。他们一到瓜米尼河就可以有水喝了,水又清又多,不过,但愿塔卡夫不要一口气把河都喝干了!"

"我们不能迎他们去吗?"罗伯尔问,"我们迎他们就可以减少他们几个钟点的焦急和痛苦呀!"

"你说的倒不错,我的孩子,但是怎么能带水去呢?皮桶都在威尔逊手里。还是不去迎吧,照原来的计划在这里等他们比较好。按需要的时间计算,按他们的马慢慢走的速度计算,他们夜里可以到。我们替他们准备一个好的宿处和一顿好的晚饭吧!"

塔卡夫没有等格里那凡开口就去找宿营地点。他在河岸上很幸运地找到了一所“拉马搭”——一种为着关牛马用的三面围栏的院落。只要不怕露天睡觉,这“拉马搭”倒是个可以住宿的地方,而塔卡夫的旅伴们并不讲求在屋子里过夜。所以,他们就不另找地方了,大家都在太阳地里晒晒湿透了的衣裳。

“现在,住处既有了,想法子预备晚饭吧。”格里那凡说,“我们必须让我们的朋友满意他们的先遣队。我想,待会儿他们到了,不至于有什么可抱怨的。现在,我觉得打个把钟头猎总不是浪费时间。你准备好了吗,罗伯尔?”

“准备好了,爵士。”那孩子回答着,一骨碌爬起来,手里拿着枪。

格里那凡想到打猎,是因为瓜米尼河两岸仿佛是附近各平原所有禽兽的会聚之地。人们看到各种鸟儿成群地飞起来:有潘帕斯特产的一种红鹧鸪,叫作“啼纳木”;有黑鹧鸪;有一种雎鸠,叫作“得路得路”;有许多黄色秧鸡;有绿得可爱的松鸡。

兽类是看不见的;但是塔卡夫指了指那些深草和树丛,表示兽都在那里面藏着。我们的猎人只要走几步路就到了世界上最富饶的狩猎区。

他们开始打猎了。他们嫌飞禽不好,先打野兽,对潘帕斯的大兽的窝藏区放了几枪。立刻在他们面前突起了成百的狍子和原驼——这些原驼就和那天夜里在高低岩儿山峰上冲倒他们的一样。但是这些很胆小的野兽跑得太快,没有办法赶上用枪打。他们只好降低要求,打跑得慢点的兽,而这些兽拿来作菜肴也还是绝妙的。十来只红鹧鸪和秧鸡打下来了,格里那凡还很巧妙地打到一只叫作“太特突尔”的野猪。这种厚皮兽肉味极佳,那一枪可真打得合算。

不到半点钟,他们所需要的野味都有了,精神并不感到怎样疲乏。罗伯尔打到了一只贫齿类的怪兽,叫作“阿尔马的罗”,是一种满身长着活动鳞甲的犰狳,有一尺五寸长,身子很肥。据巴塔哥尼亚人说,这种犰狳是一味好菜。罗伯尔对他的成绩很自豪。至于塔卡夫,他打了一只“南杜”给旅伴们看。“南杜”是潘帕斯特产的鸵鸟,跑起来快得惊人。那印第安人并不转弯抹角地去堵截这只快鸟,他纵着桃迦一奔就奔到它跟前,因为“南杜”最会兜圈子,一枪打不中,它就跟你兜上无数的圈子，弄得人疲马乏还打不到它。塔卡夫一到它的跟前，就狠命地抛出他的“跑拉”。他抛得那么巧，一下就把那鸵鸟的腿裹住，叫它无法用力了。几秒钟工夫，它就躺在地上了。

那印第安人立刻捉住它，这不仅是为着射猎的娱乐，“南杜”也非常好吃，塔卡夫要大请其客。

一大串鹧鸪和秧鸡、塔卡夫的鸵鸟、格里那凡的野猪、罗伯尔的犰狳都被带回到“拉马搭”里面来了。鸵鸟和野猪都立刻被剥了皮，切成薄片。至于犰狳，原是个名贵的野兽，它身上长着烤肉托子，所以就连壳放在烈炭上烤。

三个猎人自己只把那些鹧鸪、秧鸡当作晚饭吃了，把大件头都留给后来的朋友们。他们一面吃，一面喝着清水，觉得清水比世界上任何美酒都好喝，就连苏格兰高地所崇尚的那著名的“乌斯奎波酒”[①]也比不上它。

马也没有被忘记。“拉马搭”里堆积的大量干草料足供它们吃睡之用。一切都准备好了，格里那凡等三人裹上“篷罩”，就在一大堆柔软的紫花苜蓿草上躺下来——这种紫花苜蓿草是潘帕斯的猎人常睡的床席。

第十九章
—— 红狼 ——

夜到了，是月初的黑夜，月亮一点儿也看不见。只有微弱的星光照着平原。天边上，黄道星隐没在颜色比较深暗的浓雾里。瓜米尼河的水静悄悄地流着，像漫长的一大片油在云母石的平面上滑下去。羽虫、毛虫和介虫白天疲乏得够了，都在休息。荒漠的沉寂笼罩着那无边的原野。

格里那凡、罗伯尔和塔卡夫都受共同的自然规律的支配，直条条

① 一种发酵的大麦酒，也就是苏格兰和爱尔兰出产的威士忌酒。

地躺在苜蓿堆上酣睡。马，疲惫不堪，也都倒在地上了；只有桃迦，它是纯种好马，还是站着睡，四腿笔直，休息时和行动时一样地英挺，准备着主人一叫就到。院子里是一片宁静，夜炉里的火炭正渐渐熄灭，在静悄悄的黑暗里闪着最后的红光。

然而，快到十点钟的时候，那印第安人才睡了一会儿就醒了。他皱着眉凝着神，耳朵在倾听着平原：他显然要听出一个细微的声响。不一会儿，他那经常没有表情的脸上隐约地泛起了一种不安的神情。是来了一批流窜的印第安人呢，还是来了一群河流区域盛产的那些黑斑虎、水老虎或其他类似的猛兽呢？他觉得后一个假定的可能性最大，他向堆在院子里的燃料看了一眼，显得更加不安。是啊，那一堆干苜蓿草很快就会被烧完的，不能持久地挡住那些大胆的野兽呀！

在这当口，塔卡夫别无他法，只有静候事情的发展。因而他等待着，半躺在地上，双手支着头，两肘压在膝盖上，眼睛一动也不动，像一个人被突然的焦虑从梦中惊起来的一样。

一个钟头过去了。要不是塔卡夫，任何别人听到外面并无声息，都会放心再睡下去。但是，外路人意识不到丝毫危险的地方，那印第安人敏锐的感觉和天生的本能却可以预感到即将有危险到来。

当他细听着、监视着的时候，桃迦发出了隐隐的嘶声，鼻孔向院子的出口处伸着。那巴塔哥尼亚人突地挺起腰来。

“桃迦感到了有敌人。”他说。

他站起来了，走出来仔细看了看平原。

依然是沉寂，但已经不是宁静了。塔卡夫隐约看到许多黑影在苜蓿草丛那边不声不响地浮动。疏疏落落的流光在闪烁着，从各方面越来越多，一会儿明，一会儿暗，活像是许多磷火在琉璃般的大湖沼上跳舞。外路人一定会认为这是潘帕斯常有的萤火虫在飞呢，但是塔卡夫不会看错，他知道是什么样的敌人来了。他装上枪弹，躲在栏柱旁注意着。

他等了不一会儿，草原上就响起狂吠和长嗥混杂而成的一片怪声。马枪砰的一响给了那怪声一个回答，立刻就引起无数的骇人的叫嚣。

格里那凡和罗伯尔惊醒了，一骨碌爬起来。

“怎么一回事?”小格兰特问。

“是印第安人吗?”格里那凡也问。

“不是,”塔卡夫回答,“是‘阿瓜拉’。”

罗伯尔看着格里那凡。

“‘阿瓜拉’?”罗伯尔说。

“是的,”格里那凡回答,“是潘帕斯的红狼。”

两人都拿起枪,跑到塔卡夫那里去了。塔卡夫用手势告诉他们,叫他们注意那一片平原,骇人的嗥叫声就是从那里传来的。

罗伯尔不由自主地后退一步。

“你不是怕狼吧,我的孩子?”格里那凡对他说。

“不怕,爵士。”罗伯尔用坚定的声音回答,“而且,和您在一起,我什么也不怕。”

“好极了。这些红狼也并不是什么了不起的野兽,要不是来得太多,我睬也不睬它们。”

“不管它!”罗伯尔回答,“我们有的是枪,让它们来好了!”

“它们来了,就叫它们好好地吃吃苦头!”

格里那凡嘴里这样说着,是为了宽那孩子的心,其实,这大群的野兽在黑夜里袭来,他也不禁胆寒。也许来的红狼有好几百,三个人,不管武器怎么厉害,和这样多的野兽格斗,也是不容易占上风啊!

塔卡夫一说“阿瓜拉”,格里那凡就知道那是印第安人称呼红狼的名字。这种食肉的野兽,学名是“鬣狗”,身材和大狗一样,头像狐狸,毛色是肉桂红,沿脊背飘动着一行黑色鬣毛。它又矫捷,又健壮,惯住在沼泽区,常游着水捕食水生动物;夜里出洞,白天在洞里睡觉;养牲畜的牧场最怕它,因为它饿起来连牛马都敢攻击,给牧人造成极大的损失。个别的红狼并不怎样可怕,但是成群的饿狼就不同了,人们宁愿打一只美洲豹、一只黑斑虎,也不愿打一群红狼,因为虎豹可以正面打,狼群却在前后左右,打不尽。

这次,格里那凡一听见那一片嗥叫声,一看见那许多黑影在平原上跳来跳去,就知道瓜米尼河岸上聚集的红狼不在少数。这些野兽也感到那里有了到口的美味,不是人肉就是马肉,没一只不想吃上几口才回窝。当时的情况可以说是惊险万分了。

这时候，狼群组成的包围圈在逐渐缩小。马也醒了，做出极端恐怖的反应。只有桃迦在用蹄子刨地，想挣断缰绳，冲到外面去。它的主人不断地打着呼哨，劝阻它，才使它安定下来。

格里那凡和罗伯尔守卫着“拉马搭”的入口。他们的枪都上好了子弹，正待对那第一排红狼开火。忽然，塔卡夫把他们已经举起来瞄准的武器一把抓住了。

“塔卡夫这是什么意思？”罗伯尔说。

“他不许我们放枪！”格里那凡回答。

“为什么呢？”

“也许他认为时机还没有到！”

那印第安人不是为了时机问题不叫他们射击，他还有个更重要的理由——他托起他的子弹袋并把它翻转过来，表示几乎是空的。格里那凡立刻就会意了。

“怎么样？”罗伯尔问格里那凡。

“怎么样吗？我们必须节省弹药。我们今天打了一场猎，把弹药快打光了。剩下不到二十发子弹！”

那孩子没有回答。

“你不怕吗，罗伯尔？”

“不怕，爵士。”

“好，我的孩子。”

这时，又是砰的一枪。一只狼胆子太大，冲上来，被塔卡夫打死了。其余的狼本来排成密集的队形前进，现在退下去了，挤在离院子一百步的地方。

立刻，那印第安人向格里那凡招招手，格里那凡就去替了他的位置。塔卡夫跑去把院里的刍秣、干草和所有能烧的东西都搂起来，堆在“拉马搭”的入口处，并且丢下一个还在燃烧着的火炭。不久，幽暗的天空中就拉起了一幅火焰的帘幕，透过帘幕的缺口，可以看出那带平原被大片闪闪的回光照得雪亮。这时格里那凡才看清了当前要抗拒的红狼是多么多：从来没有见过有这样多的狼聚在一起，也从来没有见过这样贪狠的狼。塔卡夫烧起来对付它们的那条火网一下就把它们挡住了，但同时也加倍激起了它们的愤怒。居然有几只狼直进到火坑边上，烧了前爪。

一阵一阵地，那叫着跳着的狼群冲上来，非打枪不能止住。一个钟头内，已经有十五只左右的死狼倒在草地上了。

现在被围者的处境稍微松了一点儿。只要弹药不完，只要火网还布在院口，狼群的冲锋是不可怕的。但是，万一弹药打完，火网一熄，抵抗狼群的方法就没有了。那时又怎么办呢？

格里那凡看看罗伯尔，心里感到难过。他忘掉自己了，只想到那可怜的孩子，觉得他表现的勇气超过他的年龄。罗伯尔的面孔显出灰白色，但是手还不丢下枪，他坚定地等着怒狼来袭击。

这时，格里那凡对当时的处境冷静地考虑了一番，决定来个彻底的办法。

“一个钟头后，”他说，“我们就没有弹药，也没有火了。我们不能等到那时候再下决心呀！”

因此，他回头看着塔卡夫，把他脑子所能提供的几个西班牙语词句都集合起来，开始和塔卡夫谈话。一面谈，一面被忽断忽续的枪声打断了话头。

他们俩达到彼此了解的程度是不无困难的。很侥幸，格里那凡早知道红狼的习性，否则，那巴塔哥尼亚人说的话、做的手势，他会完全莫名其妙的。

虽然如此，他还是费了一刻钟的工夫才能把塔卡夫的回答传达给罗伯尔。格里那凡曾问那印第安人对这令人几乎绝望的环境还有什么办法。

“他怎样回答呢？”罗伯尔问。

“他说无论如何要支持到天亮。‘阿瓜拉’只在夜里出来，一到早晨就回到窝里去。它是夜狼，怕阳光，是兽中的鸱鸮！”

“那么，我们就抵抗到天亮好了！”

“是的，我的孩子。不过，没有弹药时就要拿刀干。”

这时，塔卡夫已经做出例子给他们看了：一只狼跑到火网边上，他的长胳臂握着刀，伸过火网，又把血淋淋的刀收回来。

火和弹药都快完了。快到凌晨两点钟的时候，塔卡夫已经向火坑里投下最后的一抱柴草，弹药一共只剩下五发。

格里那凡向四周看了看，伤感万分。

他想到身边的那孩子，想到他的同伴，想到一切他所爱的人。罗伯尔默默无言。也许，在他那天真的幻想里他还觉不到死就在眼前呢！但是格里那凡已经替他想到了，他看到了那幅不可避免的悲惨的远景：一个活生生的孩子被饿狼吞噬下去！他抑制不住情感的冲动，把那孩子拖到怀里，紧紧地抱住，吻着他的额头，同时两行眼泪不由自主地从眼睛里流出来。

罗伯尔还微笑着看着他。

“我不怕呀！”他说。

“不怕！我的孩子，不怕！”格里那凡回答，“你说得对。再过两个钟头，天就亮了，我们就得救了。打得好！塔卡夫，打得好！我巴塔哥尼亚的好汉啊！”他又叫着，这时那印第安人正用枪托子打死两头想跳过火网的大狼。

但是，在即将熄灭的红光照耀下，他看见那大群的“阿瓜拉”以密集的队形冲上来了。

这场血战已经接近最后关头；火焰渐渐低下去；原来照得雪亮的原野又渐渐回到阴影中了，同时阴影中又出现了红狼的发着磷光的眼睛。再过几分钟，整个狼群都要扑到院子里来了。

塔卡夫放了最后的一枪，又把一只狼打倒在地上。弹药没有了，他交叉着膀子站着，头直低到胸前，仿佛在沉默地想着。他是不是在想个冒险的、不可能的、狂妄的办法来打退那疯狂的兽群呢？格里那凡不敢问他。

这时，狼群的攻击起了变化。它们仿佛跑开了，原来一直震耳欲聋的嗥叫声忽然停止了。一种死沉沉的静寂笼罩在平原上。

“它们走了！”罗伯尔说。

“也许。”格里那凡回答，侧耳听着外面的声音。

但是塔卡夫猜到了他的意思，对他摇摇头。他知道那些野兽不会放弃到口的美味，除非是阳光逼着它们不能不回窝。

在他们猜度的一刹那间，敌人的策略显然已经改变了。

它们不再想正面冲进“拉马搭”，但是它们的新战术给人们造成的危险更大、更紧急。那些“阿瓜拉”看见前门被火和刀顽强地保卫着，就一齐绕过那“拉马搭”，从背后进攻。

不一会儿，人们就听到它们的爪子在半朽的木柱上抓。从摇动了的柱子缝里已经伸进了许多强健的腿和血盆般的大嘴。马，惊骇极了，挣断缰绳，在院子里疯狂地跑着。格里那凡一把抱住孩子，以便保护他直到最后的一息。也许，为着死里逃生，他正在想冲出院门，这时他的眼光忽然落到那印第安人身上。

塔卡夫像野兽在笼子里一样，在“拉马搭”里兜了一个圈子，然后突然跑到他的马的跟前，马已经急得不耐烦了。他给马戴上鞍辔，仔仔细细地，连一条皮带、一个纽扣也不忘记。咆哮声在继续增高，他仿佛毫不在乎。格里那凡看见他这样做，心里又悲痛又恐慌。

“他要丢下我们了！”他看见塔卡夫要揽辔上马，便脱口叫出来。

“他吗？他永远不会丢下我们！”罗伯尔说。

是啊！那印第安人不但不肯丢下他的朋友，他正在想为着拯救他们而牺牲自己呢！

桃迦准备好了，它咬着嚼铁，又蹦又跳，眼睛充满了怒火，发出闪闪的电光；它已经懂得他主人的意思了。

当那印第安人揪住马鬣的时候，格里那凡躁急地伸手一把抓住他的胳膊。

“你走吗?”他说，指着当时无狼的那片原野。

“是的。”那印第安人回答，他懂了他的旅伴的手势。

接着他又说了几句西班牙语，意思是：

“桃迦！好马。快。引着狼群追它去。”

“啊，塔卡夫啊！”格里那凡喊。

“快！快！”那印第安人又说。这时，格里那凡感动得几乎说不出话，向罗伯尔解释道：

“罗伯尔！我的孩子！你知道吗，他要为我们牺牲自己！他要向草原奔去，引着狼群追他！”

“塔卡夫啊！朋友！”罗伯尔扑到那巴塔哥尼亚人的脚前大叫，“好朋友，不要离开我们啊！”

“不！”格里那凡说，“他不会离开我们！”

转过头来又对那印第安人说：

“我们一同跑吧!”他一面说,一面指着那两匹慌得紧靠在柱边的马。

“不能,”那印第安人会意,回答说,“不能。劣马。惊了。桃迦。好马。”

“既然如此,也好!”格里那凡说,“不要让塔卡夫离开你,罗伯尔,他启发了我应做的事了!我来骑马跑!让他留在你身边。”

他一把抓住桃迦的缰绳说:

“让我走!”

“不能!”那巴塔哥尼亚人镇定地回答。

“我定要去!”格里那凡夺过缰绳叫着,“让我去!你救这孩子!我把他托付给你,塔卡夫!”

格里那凡在激动的情绪中,把英语夹在西班牙语里一块儿说。但是语言有什么关系呢!在这样的紧急关头,手势就可以表达一切,人们很快地就互相了解了。格里那凡要去,塔卡夫不肯。两人的争执延长下去,而危险却一秒钟一秒钟地在增加。院后的树桩被狼又抓又咬,已经快要断了。

格里那凡和塔卡夫都还没有让步的意思。那印第安人把格里那凡拉到院口,指着无狼的那一片原野,用激动的语言使他了解到事不宜迟;骑马诱狼的计策万一不成功,留下的人们危险更大;又说只有他懂得桃迦的性情,可以利用它矫健迅速的特长来谋求大家的安全。格里那凡急糊涂了,硬不听他的话,非要自己去不可。突然,他被猛烈地推了一下,退到旁边去。桃迦蹦起来,前蹄悬空,急不可耐地一跳就跳过了火线和一排狼尸,同时一个孩子的声音叫着:

“原谅我,爵士!”

说时迟,那时快,格里那凡和塔卡夫几乎望不到罗伯尔,他已经趴在桃迦的背上,抓住马鬣,消失在黑暗中了。

“罗伯尔!糊涂孩子啊!”格里那凡在叫。

但是他这叫声,连塔卡夫在他身边也听不见。一片骇人的咆哮声爆发起来了。原来那些红狼一窝蜂似的拥去追那匹马,全体一致向西跑去,快得和鬼影一般。

塔卡夫和格里那凡赶快追出“拉马搭”。这时平原又恢复了它的安静了，他们只隐约地望见一条波动的黑线远远地在夜影中飞逝着。

格里那凡倒在地上，急煞了，绝望了，紧握着两手。他看看塔卡夫，塔卡夫却在微笑，和平时一样地镇静。

“桃迦，好马！孩子，能干！一定得救！”他不断地说着，点头赞许。

“要是他掉下马来呢？”格里那凡说。

“不会掉下来！”

虽然塔卡夫有这样的信心，那可怜的爵士却急得要死，直急到天明。他连狼走了自己脱了险都没有感觉到。他要去寻罗伯尔，但是那印第安人不让他去。他说别的马都追不上桃迦，桃迦一定会把那群狼丢得远远的，而且要寻罗伯尔，在黑夜里也寻不着，一定要等到天明。

早晨四点钟，东方隐隐地发白了。过了一会儿，天边的浓雾渐渐染上了淡白的银光。清露洒遍了平原，高草在晨风中摆动着。

现在好出发去寻罗伯尔了。

“动身吧！”那印第安人说。

格里那凡不回答，但是他已经跳上了罗伯尔原来骑的那匹马。不一会儿，两人就向西驰去，循着他们的旅伴不会离开的那条直线往回走。

他们飞快地跑了一个钟头，一面向左右看着找罗伯尔，一面又怕发现他血淋淋的尸首。格里那凡用马刺催马，几乎把马肚子都刺穿了。最后，他们听到了枪响，有规律地一声接着一声，显然是信号枪。

“是他们到了！”格里那凡叫起来。

格里那凡和塔卡夫把马催得更快，过了一会儿，他们就和巴加内尔领导的那一小队人马会师了。格里那凡不由自主地欢叫一声。罗伯尔也在一起，还是活着的，活泼泼的，骑在那匹良马桃迦的背上。桃迦见着主人，也快乐地嘶叫着。

“啊，我的孩子啊！我的孩子！”格里那凡喊起来，带着难以形容的慈爱的表情。

他和罗伯尔两人同时跳下马，奔去互相拥抱。然后，那印第安人又把格兰特船长的勇敢的孩子紧抱在怀里。

“他还活着啊！他还活着啊！”格里那凡不断地叫。

“是的，我还活着，完全亏了桃迦！”

那群红狼一窝蜂似的向那匹马追去。

那印第安人没有等到罗伯尔说出这句感激的话就跑去谢他的马了，这时他正在和他的马说话，抱着它的颈子吻它，就好像那匹骏马的血管里也流着人的血液。

之后，他又转头向着巴加内尔，指着罗伯尔说："好汉！"

又用印第安人表示"有勇气"的成语夸奖罗伯尔说："他的马刺从来没有发抖过！"

这时，格里那凡搂着罗伯尔，问他："你为什么，我的儿子啊！你为什么不让塔卡夫或者我去冒那最后的一次险来救你呢？"

"爵士，"那孩子用最感激的语气回答道，"那冒险牺牲的事不应该是我去做吗？塔卡夫已经救了我的命了。您，您正要去救我父亲的命呀！"

第二十章
—— 阿根廷平原 ——

大家欢叙了一阵之后，所有后到的人，巴加内尔、奥斯丁、威尔逊、穆拉地，也许麦克那布斯少校要除外，谁都有一个共同的感觉：就是渴得要命。幸而瓜米尼河在不远的地方流着。因此大家又上了路，早晨七点钟就到了那"拉马搭"附近。一看到院子前前后后都布满了死狼，就知道昨夜那一场防御战是多么激烈了。

过了一会儿，大家都喝足了，就在"拉马搭"里大吃异常丰富的早饭。"南杜"的肋条肉大家都觉得好吃，而连壳烤的犰狳更是无上的妙品。

"吃少了就会对不起老天爷。"巴加内尔说，"该吃到胀破肚子才对。"

他真是吃得太多了，但是肚子并没有胀破，因为他喝着瓜米尼河的清水，他觉得这水有意想不到的助消化力。

格里那凡不愿意重蹈汉尼拔[①]在卡布[②]按兵不动的覆辙，早晨十点钟就发出前进的号令。皮桶装满了水，大家就上路了。马，喝足、吃饱、歇够了，表现出高度的奋发精神，差不多经常保持打猎时的小跑的步伐。有点潮湿的土壤也变得肥沃了些，但是依然没有人烟。

11月2、3两日，无事可述。3日晚上，他们经过长途跋涉，已经很疲乏了，就歇在潘帕斯的尽头，布宜诺斯艾利斯省的边界上。他们是10月14日离开塔卡瓦诺湾的，现在已经过了二十二天，走了四百五十英里，就是说，近三分之二的路程都已经幸运地走完了。

第二天早晨，他们跨过了阿根廷平原区和草原区的分界线。就是在这一带，塔卡夫希望能遇到扣留哈利·格兰特和他两个同伴的那些印第安人的酋长。

在阿根廷的十四个行省中，要数布宜诺斯艾利斯省最大、最富庶。这个省在东经六十四度和六十五度之间，跟南部的印第安人区域接壤。全省土地肥沃惊人；气候特别有益于健康；遍地是禾本草类和高大得像树一样的蔬菜类；地面平坦，一直到坦狄尔和塔巴尔康两山的山麓，几乎毫无凸凹。

我们的旅客自离开瓜米尼河以后，很满意地感到气温有显著的改善。这里，由于巴塔哥尼亚的猛烈的寒风不断地搅动着太空的气浪，平均温度经常不超过17℃。因此，他们全部人马在这样久地受过燥热之后，现在都感到十分爽快了。他们都怀着兴奋和信心前进着。但是，不论塔卡夫怎么说，这地区仿佛是完全没有人住过的，或者更正确地说，住的人都完全搬空了。

这条向东的路线经过许多湖沼，时而掠过湖岸，时而径截湖心。湖里的水有的咸，有的淡。湖岸的树丛中有许多轻捷的鹪鹩在跳跃，快乐的百灵鸟在歌唱，还夹杂着羽毛像蜂鸟一样美丽的“唐迦拉”。这些美丽的鸟类兴高采烈地鼓着翅膀，对那些披着红肩章、挺着红胸脯，在堤岸上大会操的椋鸟毫不在意。荆棘丛中，“安奴比”鸟的悬窝摆动着，就像住在殖民地的白种人所用的吊床一样。湖边有许多艳丽的

① 汉尼拔（公元前247–前182），古迦太基名将，屡胜罗马，最后一败涂地。

② 在古罗马都城南面不远的地方。公元前216年汉尼拔围攻占领后，迷恋此地的安逸生活，按兵不动，自此转胜为败。

朱鹭，排成整齐的队伍走着，迎风张着火红的双翅。人们看到它们的窝，有一英尺高，作横截圆锥形，成千地聚在一块儿，和小城镇一般。旅客走近时，朱鹭并不惊逃，这颇使巴加内尔失望。

“很久以前我就想看看朱鹭是怎么个飞法。”他对少校说。

“好呀！”少校道。

“现在既然有了机会，我就要利用一下。”

“你利用吧，巴加内尔。”

“你跟我来，少校。你也来，罗伯尔。我需要见证人。”

说着，巴加内尔就让他的旅伴们前进，自己向那群朱翅鸟走去，后面跟着罗伯尔和少校。

走到枪弹能达到的地方，他就装上火药，砰的放了一响——他不用枪弹，因为他不愿平白地使一只鸟流血——立刻所有的朱鹭都惊飞起来了，巴加内尔拿起他的望远镜，仔细观察着。

“怎么样？”当鸟群飞到看不见的时候他问少校，“你看见它们飞了吗？”

“自然啰！”少校回答，“除非是瞎子，否则总会看见的。”

“你觉得它们飞的时候像羽箭吗？”

“一点儿也不像。”

“根本不能比。”罗伯尔插嘴补充一句。

“我早就相信是不像的啊！”那学者又说，很满意的样子，“但是有一个人，可以说是谦虚的人中最骄傲的人，就是我那著名的同乡夏多勃里昂[①]，他居然拿羽箭来比喻朱鹭！啊，罗伯尔，你看，文学的比喻是最靠不住的呀！你终身不要轻信比喻，非万不得已时不要用它。”

“你这样实验了一下总该满意了吧？”少校说。

“太满意了。”

“我也满意了。赶快催马前进吧，因为你那著名的夏多勃里昂使我们落后了一英里的路程。”

巴加内尔赶上他的旅伴的时候，正遇到格里那凡在和那印第安人高谈阔论而又苦于不懂那印第安人的语言。塔卡夫曾几度停下，观察

---

① 夏多勃里昂（1768–1848），法国作家。

砰的一声枪响，朱鹭都惊飞起来。

远处的地平线，每观察一次，脸上就露出很惊讶的神情。格里那凡看见他的随从译员不在身边，就想直接问那印第安人，但是想尽了方法彼此还是不能了解。所以，他远远地一看见那学者就招呼了：

“快来呀，巴加内尔朋友！塔卡夫和我说话，我们彼此都听不懂！”

巴加内尔就和那巴塔哥尼亚人谈了几分钟，然后转向格里那凡说：

“塔卡夫看到一个真正奇特的现象，很感惊讶。”

“什么现象？”

“就是在这些平原里，平常总是遇见许多印第安人成群结队地走来走去，或者赶着从牧场里劫来的牲畜，或者一直跑到安第斯山区去出卖他们的鼬绒毯子和皮条编成的鞭子，可现在不但遇不到印第安人，连他们路过的痕迹也没法找到了。”

“塔卡夫认为是什么原因叫他们不到这一带平原上来了呢？”

“他说不出原因来，只是惊讶。”

“他原以为在这一带地区里会遇到什么样的印第安人呢？”

“想遇到手里有过外国俘虏的那班印第安人，就是卡夫古拉、卡特利厄尔或者扬什特鲁兹等酋长率领的那班印第安人。”

“这些酋长是什么样的人？”

“他们三十年前是保有无上威权的部落首领，后来被赶到山这边来了。自此，他们驯服了，在印第安人可能驯服的程度上驯服了。他们在潘帕斯草原上，同样也在布宜诺斯艾利斯省境内荡来荡去。他们专在这地区里做强盗，而现在却遇不到他们，我也和塔卡夫一样感到惊讶。”

“既然如此，我们又该怎样办呢？”格里那凡又问。

“我来问问看。”巴加内尔回答。

他和塔卡夫谈了一会儿又说：

“他的意见我觉得很妥当，是这样：我们还要继续往东走，一直走到独立堡——这是在我们路线上的，到了那里，如果我们还得不到格兰特船长的消息，我们至少可以知道阿根廷平原上的印第安人到哪里去了。”

“这独立堡很远吗？”格里那凡接着问。

“不远，在坦狄尔山里，离这里约莫有六十英里。”

“我们什么时候到呢？”

“后天晚上。”

格里那凡因这件意外的事而感到很失望。在潘帕斯遇不到一个印第安人真是万想不到的事。平时这里的印第安人太多了。一定有个什么特殊情况迫使他们离开了这里。尤其严重的问题是：如果哈利·格兰特原在本区的一个部落手里做俘虏，现在他是被带到北方还是被带到南方去了呢？这问题使格里那凡不免踟蹰起来。他们无论如何要掌握格兰特船长移动的线索呀！想来想去，还是照塔卡夫的意见去做为妙：先到坦狄尔村，到了坦狄尔村，至少可以找到可说话的人了。

快到下午四点钟时，他们远远地望见了地平线上有一个丘陵。丘陵相当高，在这样平坦的地区里可以算作一座山了。那就是塔巴尔康山，行人就在这山脚下过了夜。次日，过山再容易不过了。沙地像波浪一样起伏着，坡子都不陡。爬过安第斯那带高低岩儿的人实在不把这种小山当作一回事，这里的山路几乎没有降低他们的马匹急行的速度。中午走过塔巴尔康废堡，这就是山南一带筑着防备土人抢劫的那条碉堡锁链的第一个环节。但是还是连个印第安人的影儿也没有遇到，这使塔卡夫越发惊奇。快到正午的时候，三个跑平原的人骑着马，带着枪，观察了一下那个小旅行队。但是他们不让人家接近，用使人难以置信的速度逃掉了。格里那凡十分恼怒。

“是些高卓人。”那巴塔哥尼亚人说。他对这些土人的这个称呼曾惹起少校和巴加内尔的争执。

“啊，是些高卓人！”麦克那布斯应声说，“呃，巴加内尔，今天北风不吹了，你到底觉得这班家伙怎么样？”

“我觉得他们样子倒像大强盗。”巴加内尔回答。

“我亲爱的学者，‘像强盗’和‘是强盗’有多少距离呀？”

“不过一步之差罢了，我亲爱的少校！”

巴加内尔这一承认，引得大家都笑起来了。他不但不生气，反而对印第安人提出一个很耐人寻味的意见：

“我不记得在哪本书上看过，阿拉伯人的嘴有一种极凶恶的表情，而眼光却显得温和。现在看美洲的土人恰巧相反。这班人的眼神特别凶恶。”一个职业的相面人形容印第安人种也不会比他说得更正确了。

这时，按照塔卡夫的命令，大家靠拢在一起前进着。不论这地方是怎样荒野无人，也不能不谨防袭击。但是这种防备是多余的。当晚，大家就歇在一个废寨里。这废寨原是卡特利厄尔酋长平时集合土人队伍的地方。那巴塔哥尼亚人看不出最近有人住过的痕迹，只好检查一下地面。他发现这寨子很久以来都没有人占据过了。

次日，格里那凡一行又进入平原。邻近坦狄尔山的最初的几个“厄斯丹夏”[1]可以看到了，但是塔卡夫决定不在那些地方停留，径奔独立堡去打听消息。他特别想知道为什么这片地区会没有人。

自从过了高低岩儿，树木是那样地稀少；现在树木又出现了，大部分都是欧洲人到了美洲以后才种起来的。有楝树、有桃树、有白杨、有柳树、有豆球花树，这些树都没有人管，却长得很快、很好。这些树通常都是环绕着“犒拉尔”的。“犒拉尔”是广大的牲畜栏，钉着树桩，里面饲养着牛、马、羊等，身上都打着代表所有人的烙印，许多强壮精悍的狗守在四周。展开在山脚下的那片略带盐质的土壤生长着最好的刍草，极适于牧畜，所以人们特别选择了这地方来建立牧场。每个“厄斯丹夏”有一个总管和一个工头，他们手下每千头牲畜有四个“陪翁”。

这班人过着《圣经》里那些大牧主的生活，他们的牲畜群比起牛羊布满美索不达米亚平原的那些牧主所有的也许还要多。但是这里的牧人没有家庭生活，潘帕斯“厄斯丹夏”的业主都是些贩卖牛马的大商人，一点儿也没有《圣经》里所说的那些多子多孙的老家长的意味。

以上是巴加内尔解释给他的旅伴们听的话。关于这一点，他又大谈其人种学，对不同的种族做了些极有趣味的比较。连少校都产生了兴趣——从他的表情上可以看得出来。

巴加内尔又有机会使同伴们看到一次海市蜃楼的奇观，这种幻景

① 阿根廷平原上养牲畜的大牧场。——原注

巴加内尔让同伴们看海市蜃楼的奇观。

在这种平坦的原野里是常有的。许多“厄斯丹夏”远远地望去，仿佛是些岛屿，周围的白杨绿柳仿佛倒映在清水里，而这清水经常在行人面前随着行人的前进而后退。这幻象太逼真了，人的眼睛实在无法辨别出真伪。

11月6日这天，他们遇到了好几个“厄斯丹夏”和一两座“杀腊得罗”。“杀腊得罗”是牲畜吃了滋养的牧草长肥了之后被送来宰杀的地方。正如它的名字所指，“杀”了就拿盐腌成“腊”肉。这种血腥的工作在春末开始。从“杀腊得罗”派人到“厄斯丹夏”来带牲畜，用“拉索”套捕，套一个就捕获一个，技术高妙，套够了就成群地带到“杀腊得罗”，公牛、母牛、羊，一杀就是几百头，杀了就剥皮、剔肉。但是公牛常常会抵抗，在这种情形下，屠夫就变成了斗牛人。这种职业很危险，但是他们的技术很熟练，同时，我们也应该说，手段异常残忍。总而言之，这种屠杀是惨不忍睹的。没有比一座“杀腊得罗”的四周更使人毛骨悚然的地方了。空气里是臭气熏天，院子里传出的是屠夫的狞叫声、狗的狂吠声和临死牲畜的哀鸣声，同时，阿根廷平原的鸷鸟——“乌鲁布”和“奥拉”成千地从周围几十英里飞来，从屠夫手里抢着还在颤抖的残骸碎肉。不过，在格里那凡一行走过的时候，这些屠场都是无声的、平静的、无人的，因为大规模屠宰的时期尚未到来。

塔卡夫催着趱程前进。他要当晚就赶到独立堡。马被主人鞭策着，学着桃迦的榜样，在高大的禾本草中飞奔。途中也遇到几座庄户，都是深沟高垒，正屋上有个阳台。庄里的居民都有武器，可以从阳台上射击平原里的盗匪。格里那凡也许可以在那些庄子里获得他所需要的一些消息；但是最妥当的办法还是到坦狄尔村再打听。因此，一行人沿途不停，涉过洛惠索河，过了几英里又走过沙巴雷夫河。不一会儿，马蹄踏上坦狄尔山的最初的几重草坡了。一小时后，坦狄尔村已经看得见了。它深藏在一个狭窄的山坳里，上面是独立堡的重重城垛。

第二十一章
—— 独立堡 ——

坦狄尔山海拔一千英尺，是一条最古的山脉，就是说它早于组织期和变形期，也就是说它的组织与构成已经在地心热的影响下逐渐改变过了。它是一连串的片麻岩丘陵，盖着青草，排成半环形。这个区域就是一个县，县名就叫坦狄尔，包括布宜诺斯艾利斯省的整个的南部。它以一带山腰为界，这带山腰向北倾泻着许多自山坡上发源的河流。

这县里约有四千居民，县城就是坦狄尔村，建在北部冈峦的脚下，由独立堡掩护着。它的位置很好，因为那里有沙巴雷夫河的一条相当重要的支流。有一点，很特别，也很奇怪，而巴加内尔是不会不知道的，就是这村里住的完全是法国的巴斯克[①]人和意大利移民。原因是：在拉普拉塔河下游的这一片地区里，最早的几个殖民地都是法国人建立起来的。1828年，为了抵御印第安人的频频侵袭，这座独立堡在法国人巴尔沙浦的领导下建筑起来了。他在这个工程里曾获得第一流学者多比尼的协助。这多比尼是通晓、研究并描写南美各国情况最翔实的一个人。

坦狄尔村是相当重要的一个据点。它以当地的“加勒拉”——一种适于在平原大道上走的大牛车——和布宜诺斯艾利斯交通往来，“加勒拉”跑一趟只要十二天的工夫，所以这里的商业贸易发达。村子运送到省城里的货色有“厄斯丹夏”所养的牲畜，“杀腊得罗”所腌的腊肉，还有印第安人手工出产的新奇物品如棉布、羊毛织物，以及编皮匠编成的各种难得的货物等等。因此，坦狄尔村不但有一些相当舒适的房屋，还有些学校和教堂。

巴加内尔给坦狄尔村做了这一番详尽的介绍之后，还补了一句说：这里是不会打听不到一些消息的，而且这座城堡经常有军队驻守。于是格里那凡就拣一家相当漂亮的“逢达”[②]住下，把马牵到马房里，然

① 西南欧民族之一，主要居住在西班牙中北部和法国西南部。

② 即客栈。

后，他和巴加内尔、少校、罗伯尔在塔卡夫的引导下，向独立堡走去。他们在山凸上爬了几分钟就到了堡门口。堡门口站着一个阿根廷哨兵，吊儿郎当地守着。他们轻轻易易地走过去了，这说明防卫十分松懈，不然就是这地方极度安全。

这时有十几个兵正在堡的空场上操练。他们年纪最大的不过二十岁，年纪最轻的不到七岁。说老实话，那只是十来个儿童和少年，他们在弄枪使刀，倒相当像个样儿。他们的制服是一件条子布的衬衫，用皮带贴身扎住。裤子呢，既没穿长裤，又没穿短裤，也没穿苏格兰式的短裙，根本就谈不上有什么裤子。好在气候温和，服装可以穿得这样轻便。巴加内尔看见一个政府不肯把钱花费在漂漂亮亮的军服上，首先就有了一个好的印象。那些孩子军每人佩着一支后膛枪、一把军刀，枪显得太重，刀显得太长，因为他们实在太小了。他们的脸都晒得焦黑，模样都差不多。指挥他们的那个教练排长的面孔也和他们长得一样。他们大概是十二个弟兄在一个老大哥的指挥下大会操。后来问起事实，果真如此。

巴加内尔对这种事并不惊奇，他熟悉阿根廷的统计数字，知道阿根廷的每家儿童数平均都超过九人。不过，使他感到奇怪的是这些小兵都在做法国式的操练，分为十二节的主要冲锋动作都做得十分精确，甚至于那教练排长的命令常常是用那地理学者的祖国语言发出的。

“这才是奇怪呢！”他说。

但是格里那凡不是到独立堡来看孩子兵操练的，更不是来研究他们的国籍和出身的。因此他不让巴加内尔有时间待在那儿惊愕下去，请他立刻去找驻军首长说话。巴加内尔照办了，那些阿根廷的小兵有一个就向着一座做营盘用的小房子走去。

过了一会儿，司令亲自出来了。一个五十岁的人，壮健的体格，军人的风度，硬撅撅的八字胡子，高颧骨，斑白的头发，炯炯逼人的眼光。他的短筒烟斗里冒出一团一团的浓烟，他的面目隔烟看去就是这个样子。他的举止很使巴加内尔回想起法国的老下级军官的那种自成一格的风度。

塔卡夫向司令介绍了格里那凡爵士一行。他说话的时候，那司

十二个弟兄在一个老大哥的指挥下进行操练。

令不住地看着巴加内尔，盯住看，叫人很难为情，弄得我们的学者摸不着头脑，不知道那老兵用意何在。他正待问他，那人已经不客气地抓住他的手，用地理学家本国的语言，以欣喜的音调问：

“法国人吧？”

“是呀！法国人！”巴加内尔回答。

“啊，高兴极了！欢迎！欢迎！我也是法国人。”那司令重复地说着，摇着那学者的胳臂，不知用了多大的力气。

“是你的一个朋友吗？”少校问巴加内尔。

“可不是嘛！”巴加内尔有些自豪地回答，“我们在五大洲都有朋友呀！”

巴加内尔的手几乎被捏碎了，他好容易把它从那活的老虎钳子里挣脱出来，然后开始和那大力士司令正式谈话。格里那凡很想插进一两句话，问问他所要打听的事，但是那军人在背他的历史，看来很不愿意人家打断他的话头。从他的叙述里，人们知道这位豪爽的军人离开法国已经很久了，祖国的语言已经不那么纯熟了，虽然单词还没有忘记，至少语法规则已经不大记得了。他说起法语来几乎和法国殖民地的黑人一样。原来这位独立堡的司令是法军的一个军曹，曾经是巴尔沙浦的伙伴，这一点，也是旅客们从他的口里知道的。

从1828年独立堡建立以来，他就没有离开过独立堡，现在他是经阿根廷政府核准指挥着这座要塞的。他五十岁了，是个巴斯克人，名字是玛奴埃尔·伊法拉盖尔。尽管他不是西班牙人，他却有他的应付办法。他到本地一年后就入了阿根廷的国籍，在阿根廷军队里服役，并且娶了一个印第安人做老婆。这时这位印第安夫人正在奶着一对六个月的双胞胎呢！自然啰，两个双胞胎都是儿子，因为这军曹夫人是决心不生女儿的。玛奴埃尔从不知道除了当兵以外还有其他职业，他希望上帝保佑他将来可以献给共和国一个连的青年士兵。

“你们看见了呀！”他说，“个个可爱！好兵！若瑟！若望！米凯尔！倍倍！倍倍才七岁！已经会打枪了！”

倍倍听到父亲夸奖他，并起两只小脚，来个立正、举枪，姿势十分好看。

“他有前途！”那军曹又说，“总有一天，升上校，当师长！”

“高兴极了！欢迎！欢迎！我也是法国人。”

玛奴埃尔军曹说得太开心了，军人职业果然高于一切，将门之子的前途果然无限，谁也不能驳他。他快乐极了，正如歌德[①]所说："使人快乐的一切，无非幻梦。"

这一连串的历史足足讲了一刻钟，这使塔卡夫非常惊讶：怎么一张嘴就能说出这许多话来！司令在说话，没有人打断他的话头。但是一个军曹，纵然是一个法国军曹，说话总有个了的时候，玛奴埃尔终于停止了。在停止前还敦请客人跟他到他的寓所里去。客人们觉得盛意难却，不得不去见一见伊法拉盖尔夫人。这位夫人很有"大家风范"，如果旧大陆的这个名词能用来形容一个印第安女人的话。

大家都接受了他的邀请之后，那军曹就问贵客们是被什么风吹到"敝地"来的。这正是言归正传的机会，否则恐怕永远也谈不上正题。巴加内尔用法语叙述这次横贯潘帕斯的旅行经过，最后问为什么印第安人都离开了这个草原区。

"啊！……没有一个人了！……"那军曹回答，耸一耸肩，"实实在在地！……没有一个人了！……我们这班人只好抱着膀子……没有事做了！"

"究竟是什么道理呢？"

"打仗呀！"

"打仗？"

"是啊！自家人打自家人……"

"自家人打自家人？……"巴加内尔重复着，不知不觉地也跟着说黑人的法语。

"是的，巴拉圭人跟布宜诺斯艾利斯人打起来了。"那军曹回答。

"打了以后呢？"

"打了以后，印第安人就都跑到北方去了，跟在佛劳来斯将军屁股后头。印第安人，强盗，抢。"

"那些酋长呢？"

"酋长和他们一起。"

"什么？卡特利厄尔……"

---

① 德国19世纪的大诗人。

“没有什么卡特利厄尔了。”

“还有卡夫古拉呢?”

“也没有什么卡夫古拉了。”

“还有扬什特鲁兹呢?”

“更没有什么扬什特鲁兹了。”

这回答译给塔卡夫听了之后,他点点头,表示那军曹说得不错。原来塔卡夫不知道或者忘记了此刻有一场内战。这场内战后来还引起巴西的干涉,使阿根廷共和国的内战双方都死了许多人。这种自相残杀的战争,正是印第安人的好机会,他们决不肯放过这机会而不去趁火打劫的。所以,阿根廷北部各省在打内战,潘帕斯草原就没有人了。这两件事,一因一果,那军曹一点儿也没有说错。

但是,这件国家大事却把格里那凡的计划整个地推翻了,原来打算做的都做不成了。可不是嘛,如果哈利·格兰特是在酋长们手里做俘虏,他一定被带到北方边区里去了。既如此,到哪里去找他呢?又怎样能找到他呢?该不该直跑到草原北部边界去做一次危险的而又几乎无益的搜索呢?这种做法会有严重后果的,必须认真讨论一下。

这时候,还有个重要问题可以向那军曹提出,可惜大家都相对无言,竟把它忘记了,还是亏了少校想起来:

“这位军曹,可曾听说有欧洲人做了潘帕斯印第安人酋长的俘虏呢?”

玛奴埃尔想了一会儿,像一个人努力在回忆中搜索的样子。

“有的。”他终于回答说。

“啊!”格里那凡叫了一声,又抓住了一个新的希望。格里那凡、巴加内尔、麦克那布斯、罗伯尔一齐围拢到那军曹的身边。

“请说!请说!”大家都催着他,用渴望的眼光瞅着他。

“那是几年以前的事了。”玛奴埃尔回答,“是呀……不错……欧洲俘虏……但是没有见过……”

“几年以前,”格里那凡说,“你记错了……船失事的日期是准确的呀……不列颠尼亚号是1862年6月失踪的……因此还不到两年。”

“啊!不止两年,爵士。”

“不可能。”巴加内尔叫道。

“确实不止两年！那是倍倍出生的时候……有两个人。”

“不对，是三个人呀！”格里那凡说。

“两个人。”那军曹又以肯定的语气驳正。

“两个人！”格里那凡重复着，很惊讶，“两个英国人吗？”

“不是啊，”那军曹回答，“谁说是英国人？不是啊……一个法国人和一个意大利人。”

“那个意大利人被包于什人杀掉了，是吗？”巴加内尔叫起来。

“正是！我后来知道了……那法国人得救了。”

“得救了！”小罗伯尔叫起来，他的整个生命都仿佛悬在军曹的这一句话上。

“是的，从印第安人手里得救了。”玛奴埃尔回答。

大家都在看着那学者，他拍一拍额头，显出很失望的样子。

“啊，我懂了！”那学者终于说，“一切都明白了，一切都可以解释了！”

“究竟是怎么一回事呀？”格里那凡问，又着急又不安。

“朋友们，”巴加内尔抓住罗伯尔的手回答，“我们要耐着性子忍受这一次的大倒霉！我们找错了线索了！这里被俘的不是格兰特船长，却是我的一个同胞，他的同伴叫作马可·瓦责罗，确实是被包于什人杀掉的。我的同胞跟了那些残酷的印第安人到科罗拉多河畔跑了几次，后来很幸运地从他们的手里逃了出来，重新回到法国了。我们原想追查哈利·格兰特的踪迹，现在却追到了那年轻的季纳尔[①]的踪迹。”

这一个说明引起了一阵深沉的静默。错误是极明显的。那军曹提供的细节、俘虏的国籍、同伴的被杀、从印第安人手里脱逃，这一切都相符合，证明那错误是毫无疑问的了。

格里那凡以失望的神情看着塔卡夫。于是那印第安人又开口问军曹：

“你从来没有听说过有三个英国人被俘吗？”

---

① 季纳尔自1856年至1859年，被印第安族的包于什人扣留了三年，以极度的勇气忍受了最残暴的考验，终于由乌卜萨拉塔隘道逃过了安第斯山，1861年回到法国。现在他加入了地理学会做会员，是那可敬的巴加内尔的同事之一。——原注

“从来没有。”玛奴埃尔回答，“如果有，坦狄尔这地方应该听说到……我一定会知道……不，没有这回事……”

格里那凡听了这干脆的答复之后，认为没有再在独立堡停留的必要了。他和他的朋友们都告辞了，他们谢了谢那位军曹，并和他拉拉手。

格里那凡看到他的希望完全毁灭了，心里十分难过。罗伯尔在他的身边走着，默默无言，眼泪汪汪地要滴下来。格里那凡也找不出一句话来安慰他。巴加内尔在自言自语，指手画脚。少校的嘴唇动也不动一下。至于塔卡夫，他觉得找错了线索，有损他那种印第安人的自尊心，因而也显得不高兴。其实，这种错误是十分可原谅的，谁也没有想到要怪他呀！

大家都回到客栈里来了。

晚饭吃得没精打采的。当然，这些人个个勇敢，个个热情，谁也不后悔白吃了这许多辛苦，白冒了这许多危险。但是，每个人都感到成功的希望突然全部幻灭了。在坦狄尔山与海岸之间还能找到格兰特船长吗？不可能的呀！万一有俘虏在大西洋岸上落到了印第安人手里，玛奴埃尔军曹不会得不到情报。那些经常往来于坦狄尔与卡门之间、经常到内格罗河口做生意的印第安人不会不注意到这一类事件。我们知道，凡在阿根廷平原上做生意的人，什么消息都互相传告，任何事都大家知道。现在既然没有一点儿格兰特的音讯，就只有一件事可做了：立即到约定的马达那斯角去和邓肯号会合。

然而，巴加内尔却又向格里那凡要出了那张不幸引起这次寻访错误的文件。他怀着一肚子的不高兴重新研究着。他努力要找出一个新的解释。

“这文件倒是很明显的呀！”格里那凡再三地说，“关于格兰特船长的沉船经过以及他的被俘地点，这上面说得再确实不过了！”

“呃，未必！”那地理学家用拳头敲着桌子回答，“一百个未必！既然哈利·格兰特不在潘帕斯，他就不在美洲。究竟他在什么地方呢？这文件应该告诉我们，并且它一定会告诉我们。朋友们，我要是找不出来，我也不叫作雅克·巴加内尔了！”

第二十二章
—— 洪水 ——

独立堡和大西洋岸相距一百五十英里。如无意外耽搁——这种耽搁的可能性确实不大,格里那凡四天就可以和邓肯号会合。但是,他的寻访就这样全部地失败了吗? 没有找到格兰特船长而独自回到船上去吗? 这样总是十分不甘心的。所以,第二天他无意发出启程的命令。还是少校替他负起责任来:他备了马,办了干粮,定了行程计划。由于他的积极活动,那支小旅行队就在早晨八点钟走下了坦狄尔山的青草山坡了。

格里那凡把罗伯尔带在身边,打着马跑着,一言不发。他的果敢的性格不容许他平平静静地接受这种失败,他的心跳得几乎蹦出来,头上像火烧一般地发热。巴加内尔被文件的困难激恼了,把文件上的字词一个一个翻来覆去地想着,企图找出一个新的解释。塔卡夫默默无言,纵任着桃迦去领头。少校始终怀着信心,坚定地站在他的岗位上,仿佛根本不知道失望灰心是怎么一回事。奥斯丁和他的两个水手都分担着主人的愁闷。有一次,一只胆小的野兔突然在山路上打他们面前蹿过。那两个迷信的苏格兰水手彼此看了一眼。

"坏兆头。"威尔逊说。

"是的,在高地,是坏兆头。"穆拉地回答。

"在高地是坏兆头,在这里也不是好兆头。"威尔逊煞有介事地反驳。

傍午,旅客们走过了坦狄尔山区,又进入直奔海岸的那片起伏如波的大平原里了。澄清的溪流灌溉着肥沃的土壤,消失在高大的牧草中间。地面又显出平坦的常态了,和海洋在风浪后恢复了平静一样。阿根廷潘帕斯的最后的一些冈峦走尽了,单调的草原又在马蹄前铺下了漫长的绿色茵褥。

在此以前,天气一直是很晴朗的。但是,这一天,天色有些靠不住了。前几天的高气温产生出来的大片水气都凝成了乌云,预示着随时可以变成倾盆大雨。而且,这地区邻近大西洋,西风经常地刮着,使气候特别潮湿。人们看到当地肥沃的土壤、富裕的牧场和翠绿的牧草，就知道空气里湿度之高。不过，这一天，大片的乌云至少还没有倾泻成急雨。晚上，马轻快地一气跑了四十英里之后，就在一些深的“喀那大”——天然大水坑——旁边歇下了。那地方任何掩蔽也没有。各人的“篷罩”同时做帐幕和被褥之用。大家就在风雨欲来的天空下睡着了，幸而那风雨只是虚张声势，并没有实际降临。

第二天，平原渐渐地变低了，地下水也渐渐地显露出来。土壤的每个毛孔都在渗出潮气。出发不久，就有或深、或浅、或正在形成的大池沼拦住往东去的路。只要是边缘看得清楚而又无水草的潴泽，马还不难应付；但是一遇到那些叫作“盆荡诺”的流动泥窝，就困难了——深草盖住泥面，陷了下去才发觉到危险。

这些泥窝不知道已经害死多少人畜了。罗伯尔赶在前头半英里路走着，忽然打马回来，叫着：

“巴加内尔先生！巴加内尔先生！前面有一片长满牛角的林子！”

“什么？”那学者回答，“你看见一片林子长的是牛角？”

“是呀，是呀，至少是一片小丛林。”

“一片小丛林，你在做梦啊，我的孩子。”巴加内尔驳斥着，耸耸肩。

“我才不是做梦呢！”罗伯尔又说，“您自己来看呀！真是个怪地方！地里种牛角，牛角长得和麦子一样！我倒想弄点种子带回去！”

“他说得倒是正正经经的。”少校说。

“是正经话呀，少校先生，您去看看就知道了。”

罗伯尔并没有说错，走了不远大家就看见一大片牛角地，牛角栽得很整齐，一眼望不到边。真是一片小丛林，又低又密，真是奇怪得很。

“该是真的吧？”罗伯尔说。

“真是怪事了。”巴加内尔说，同时回头望着那印第安人，请教他。

“牛角伸出了地面，但是牛在底下。”塔卡夫解释。

“什么？”巴加内尔惊叫起来，“一群牛通通陷在这泥里？”

“是的。”那巴塔哥尼亚人说。

原来，是一大群牛踹动了这片土地，陷下去死掉了：好几百头牛一个挨一个地被闷死在这泥滩里。这种事情在阿根廷平原上有时会发生的，那印第安人不会不知道。同时这也是对行人的一个警告，要加紧提防。大家绕过那片死牛滩，其中死牛之多，简直足以满足古代最苛求的神祇的一场庞大的百牛祭。走了一个钟头，那片牛角田被丢在后面有两英里路远了。

塔卡夫观察着四周情况，心里很有些焦急，总觉得一切都不像平常情况。他常常停下来，站在马镫上。他的身材高，可以望得很远，但是望又望不出一个所以然来，只好又继续向前走。走了一英里，他又停下来，然后离开直走的路线，忽而向北，忽而向南，走了好几英里，又回来领队，也不说他希望什么，也不说他怕什么。他像这样停了好几次，弄得巴加内尔莫名其妙，格里那凡满心不安。格里那凡请学者问问那印第安人，他立刻照办了。

塔卡夫回答说，他看到平原渍透了水，很惊讶。他自当向导以来，从没有走过这样的湿地。就是在大雨的季节，阿根廷的原野也还有旱路可走。

“那么，潮湿这样不断地增长，究竟是什么原因呢？”巴加内尔追问。

“这我就不知道了，”那印第安人回答，“而且，就是我知道的话……”

“那些山溪涨满了雨水，从来不泛滥吗？”

“有时也泛滥的。”

“现在也许是山溪在泛滥了？”

“也许！”塔卡夫说。

巴加内尔只好满意于这个不肯定的回答，把谈话的结果告诉格里那凡。

“塔卡夫劝我们怎样办呢？”格里那凡说。

“我们应该怎样办呢？”巴加内尔问那巴塔哥尼亚人。

“快快走。”那印第安人回答。

这句劝告，说来很便当，做起来却不那么容易。马在软地上走，老是往下陷，很快地就疲乏了，而且地面越来越低，这一部分平原可以说是一片无边的洼地，愈渗愈多的水很快地就要聚得很深。因此，这片锅底般的平原一泛滥就要成为大湖，最要紧的就是要毫不迟延地跨过去。

大家都加紧脚步。但是，大滩的水一片一片地在马蹄下展开还不够，快到两点钟的时候，天上的飞瀑溃决下来了，热带的大雨倾泻到平原上。任何人要想显出所谓“烈风淫雨不迷”的修养，这是最好的机会了。在这种倾盆大雨下绝无掩蔽的办法，只好咬住牙齿任它淋。“篷罩”上都是沟渠，帽子上的水好像屋檐边涨满了的天沟一般，哗啦啦地往“篷罩”上直倒；鞍上的缨络都成了水网；马蹄一踩下去，地上的水溅了起来，骑马的人就在这天上和地下的两路大水夹攻中奔驰着。

他们就是这样，冷透了，冻僵了，疲极了，傍晚走到了一所破“栏舍”。这“栏舍”，也只有毫不讲究舒适的人才把它称作宿处，也只有落难的旅客才愿意进去投宿。但是格里那凡一行人没有选择的余地，因此大家都钻到这座连潘帕斯最穷的印第安人也不愿住的废棚里去蜷伏着。好容易用草生着了一把火，火的热力抵不上冒出的湿烟。外面是一阵阵的大雨疯狂地下着，烂草的棚顶漏下大滴的水珠。火被水淹，不知道灭了多少次，也不知道有多少次穆拉地和威尔逊两人又拼命把它点着了。晚饭既简陋，又没有营养，吃得大家愁眉苦脸的。谁也没有好胃口。只有少校对得起那湿透了的干肉，一口也不饶。那不动声色的麦克那布斯对任何环境的打击都满不在乎。至于巴加内尔，他是道地的法国人，这时还想说笑话呢，只是笑话说得人家笑不起来。

“我今天的笑话受潮了，爆得不响！”他说。

因为在这种环境下最能宽怀的只有睡觉，所以大家都向睡乡里找片刻的安宁去了。夜里的天气坏极了；“栏舍”的木板噼啪噼啪地响，仿佛要折断了；整个“栏舍”被狂风吹得歪歪倒倒的，几乎要随风飞去；马，听凭风吹雨打，在外面呻吟；它们的主人虽有破屋遮身，也不比它们舒服。虽然如此，瞌睡终于占了上风。罗伯尔首先合上眼，头倒在格里那凡爵士的肩上。不一会儿，“栏舍”里其他的客人也都在上帝的守护下睡着了。

仿佛上帝守护得很好，一夜平安无事。早晨，人们在桃迦的呼唤中醒来。这匹马经常是清醒着的，它现在正在外面嘶叫，用蹄踢着棚壁。没有塔卡夫，它也会在必要时发出启程的信号的。人们一向是很倚重它的，所以不会不依从它。它一叫，大家就上路了。

雨已经下得小了些，但是不收水的地面还保留着积水。处处是水渗不透的黄泥，上面尽是水洼、沼泽和池塘，都漫出水来，形成大片的“巴纳多”，深浅莫测。巴加内尔看看他的地图，不无理由地想到大河和维瓦罗塔河平时都是吸收这平原上的水量的，现在一定是泛成一片，两条河床并起来该有几英里宽了。

现在必须以最快的速度赶路。这是关系全体的安全的。如果泛滥的水再往上涨，到哪里去栖身呢？望尽了四围的天边，也看不出一点高地。这片平坦的原野，大水一侵袭进来，就会流得非常疾速的。

因此，马被催着拼命地跑。桃迦领头，它比某些有大鳍的两栖动物还厉害些，够资格称为海马，因为它在水里跳着，就仿佛一向是生活在水里的一般。

快到上午十点钟的时候，桃迦忽然表现得十分躁急。它常常转头向着南方那无边的平坦地带，嘶声渐拖渐长，鼻孔使劲地吸着那激荡的空气。它猛烈地腾跃起来。塔卡夫虽然不会被掀下鞍子，却也难以控制。桃迦嘴边的泡沫都带着血，因为嚼铁勒得太紧了，然而那烈马却还不肯安静下来。它的主人感觉到，万一放下缰绳让它跑，它会用全力朝北方逃去的。

"桃迦怎么啦？"巴加内尔问，"阿根廷的蚂蟥厉害，它不会是被蚂蟥咬了吧？"

"不是。"那印第安人回答。

"那么，它是感到什么危险，失惊了。"

"是的，它感到了危险。"

"什么危险呢？"

"不知道呀！"

桃迦猜到的危险，如果人的眼睛还没有看到，至少耳朵已经听到了。果然，有一种隐隐的澎湃声和涨潮一样，从天外飞来。湿风阵阵地吹着，夹着灰尘般的水沫；许多鸟儿打空中疾飞而过，似乎在逃避着某种莫名其妙的现象；马半截腿浸在水里，已经感到洪流最初的浪头了。不一会儿，一片骇人的叫嚣声，又是牛吼，又是马嘶，又是羊叫，从南边半英里路外传来。接着就是无数的畜群被吓得七颠八倒地、乱纷纷地连滚带爬，没命地向北奔窜，快得令人吃惊；溅起的浪花，一团一团、白茫茫地混成一片，让人辨不清是些什么牲畜。即使有一百条长鲸在大洋里翻腾，也不会掀起这么猛烈的浪头。

"安达！安达！"（快！快！）塔卡夫高声叫道。

"怎么回事?"巴加内尔问。

"洪水!洪水!"塔卡夫一面回答一面刺着马,催着它向北奔驰。

"洪水泛滥了!"巴加内尔也叫起来。所有的同伴由他带头,也追随着桃迦向北飞奔而去。

是飞奔的时候了。此刻,在南面五英里路远,一片又高又宽的浪潮排山倒海地倾泻到这平原上来,平原立刻变成了汪洋大海。深草都不见了,像一刀割掉了似的。浪头拔起的木本含羞草在水上漂漂荡荡,构成许多流动的岛屿。这片洪流,劈头就是一排又高又厚的水帘,挟着不可抗的威力。显然地,潘帕斯的一些大河溃决了,也许就是北边的科罗拉多河和南边的内格罗河同时在泛滥,汇成了一个河床。

塔卡夫指出的那白浪滔天的水头,以快马的速度奔来。旅客们在前面逃跑,好似暴风赶着浮云。他们用眼睛到处找,却找不到一个可以躲避的地方。直到天边,都是天与水混成一片。马受了过度的惊吓,没命地狂奔,骑马的人好不容易才扒住马鞍。格里那凡常常回头张望。

"水淹到我们身边来了。"他一直在想。

"安达!安达!"塔卡夫一直在叫。

于是大家又加紧催逼那可怜的坐骑。马刺擦着马肚子,流出来的血滴在水上,形成一条条的红线。那些马踹到土上的裂缝,几乎要跌跤。它们有时给水底的草绊住了,几乎走不动。马扑倒了,人立刻把它拉起来;又扑倒了,又拉起来。水,眼看着在向上涨。漫长的浪条预示着那洪流的水头就要袭过来了,相距已经不到两英里路,雪也似的浪花在水头上腾跃着。人逃水,水追人,人和这最可怕的灾难顽强地斗争着,相持了有一刻钟之久。大家只顾逃,逃了多少路,谁也不知道。以速率估计,逃的路实在不少了。然而,马已经被水淹到胸脯,跑起来已经十分困难。格里那凡、巴加内尔、奥斯丁,个个都觉得要没有命了,好像在大海里沉了船一样,只有等死的。渐渐马蹄已经探不到底,水要是深到六英尺,马就会淹死的。洪水侵袭下的那八个人这时是怎样焦急、怎样悲痛,是无法形容的。他们面临着这等人力抵抗不了的自然灾害,感到自己太无力、太渺小了。他们的安全已经不掌握在自己的手里了。

又过了五分钟,马已经浮了起来,在游水了。水流以无比的猛力,

“洪水！洪水！”塔卡夫喊着，刺马向北奔驰。

以快马奔驰的速度拖带着马匹，一小时行二十多英里。

在一切都似乎绝望的时候，忽然响起了少校的声音。

“一棵树！”他叫。

“树在哪儿？”格里那凡喊着问。

“那儿，那儿！”塔卡夫回答，同时用手指着北方八百英寻远孤立在水中心的一棵高大的胡桃树。

旅伴们是不需要催促的。令人喜出望外的这棵树不论如何非抓住不可。也许马达不到那棵树，但至少人是可以得救的。急流冲着人和马不断地向前。这时，奥斯丁的马忽然长鸣一声不见了。奥斯丁急速踹脱马镫，矫健地开始游泳。

“抓住我的马鞍。”格里那凡向他叫。

“谢谢阁下，”奥斯丁回答，“我的胳臂还结实。”

“你的马怎么样，罗伯尔？”格里那凡又转头问小格兰特。

“它还成，爵士！它还成！它游得和鱼一样！”

“当心点儿！”少校高声嘱咐着。

这句话没有说完，洪水的大潮头已经到了。一个四十英尺高的掀天巨浪，声如雷震，扑到那几个逃难人的身上。一个个连人带马都滚进了一个飞泡溅沫的大漩涡，影儿也不见了。几百万吨的水以疯狂的波涛卷着他们翻来覆去。潮头过了的时候，人都泛了上来，赶快地互相数了一数；但是马，除了桃迦还驮着它的主人而外，其余的都杳无踪迹了。

“勇敢点儿！勇敢点儿！”格里那凡不断地喊着，一手支持着巴加内尔，另一只手在划水。

“成！成！”那可敬的学者回答，“我倒不讨厌这……”

不讨厌这什么呢？天晓得！那个可怜虫喝了一大口泥水，连那半句话都咽下去了。少校却镇定地前进着，左一下右一下很有规则地划着水，连游泳教练也敌不过他。两个水手在水里泅着，像海豚在海里一样。至于罗伯尔，他一把揪住了桃迦的鬣毛，让它拖着走。桃迦英勇地劈开狂澜，本能地随着向大树冲去的那股急流，始终不离那棵树的方向。

离树只有二十英寻远了。一会儿工夫，大家都扒到了树边。真侥

一个四十英尺高的掀天巨浪扑到那几个逃难人的身上。

幸啊！因为，要不是有了这个栖身之地，大家根本不要想得救，非死在这波心不可！

水正涨到树干的顶端，在大树枝开始长出的地方，因此攀附上去是很容易的。塔卡夫撇下他的马，托着罗伯尔，首先爬上去，然后用他那强有力的胳臂一会儿就把那些十分疲惫的游泳者都拉上了树，放在安全的地方。但是桃迦被急流拖着，很快地漂远了。它把它那聪明的头转向着它的主人，振着它的长鬣毛，嘶叫着呼唤他。

"你把它丢了！"巴加内尔对塔卡夫说。

"我怎么能丢了它！"那印第安人高声叫道。

扑通一声，他钻进洪流里去了，离树十英寻远又钻出水面来。过了一会儿，他的胳臂搭在桃迦的颈子上了，连人带马向北面那一带茫茫的天边漂流而去。

第二十三章
—— 过着鸟儿的生活 ——

格里那凡一行人逃来栖身的那棵树，像是一棵胡桃树。叶子发亮，树顶圆圆的，都和胡桃树一般。但是实际上那是一棵"翁比"树，在阿根廷平原上，"翁比"树总是孤独地生长着。这树的正干蜷曲而庞大，不但有粗根深入到土里，还有许多坚韧的支根把它固定在地面上，非常牢靠，所以它能抵抗住洪流的袭击，不至于被冲倒。

这棵"翁比"树大约有一百英尺高，浓荫庇覆着周围约一百二十平方米的面积，重重叠叠的枝叶都寄托在三个主枝上面。这三个主枝从六英尺粗的正干的顶上分开。两个主枝差不多是一直上去的，满载着枝叶，好像撑着一把庞大的伞，所有枝叶都互相交错着，仿佛是经篾匠的手编织成的，构成一个不怕日晒雨淋的大屋顶。另一个主枝却不然，它差不多是横伸在澎湃的波涛上面的，最低的叶子已经浸在水里了。整棵树好似大洋中的一座绿色的孤岛，而那个横枝就像一个海岬

桃迦被急流拖着漂远了。

向前伸出来。在这棵大树里，空间有的是；伞形枝叶的圆周开了许多大缺口，和森林中的空隙一样，放进大量的空气，处处都是阴凉。我们看到这三个大枝把无数的细枝撑起来，直入云霄，同时又有许多寄生藤把那些大大小小的枝子联系起来，阳光由许多空隙中零零落落地钻进去。这一片树枝完全就由这棵“翁比”树的正干独力支撑着。

避难的人一到了树上，一群飞禽就逃到上层枝叶里去了，叽叽喳喳地抗议着这暴力的侵占。原来这些鸟儿也是飞到这棵孤立的“翁比”树上来避难的。它们千百成群，有乌鸫、有椋鸟、有“伊萨卡”鸟、有“喜格罗”鸟，尤其是那属于五色斑斓的蜂鸟类的“披迦佛罗”鸟特别多；当它们飞起的时候，仿佛是被一阵风从树上吹下的花朵。

这就是格里那凡一行人获得的栖身之地。小格兰特和那矫捷的威尔逊一扒上树就爬到最高的枝子上去了。他们的头钻出了那绿色的穹窿。在那最高点上，一眼望得极远。洪水泛滥成的海洋自四面包围着他们，凡目力所能达到的地方都是一片汪洋，渺无边际。水面上没有任何其他的树；只有那棵“翁比”树屹然孤立在洪流里，被冲得颤巍巍的。远处，有许多连根拔起的树干、卷曲的树枝、倒塌了的“栏舍”的草顶、从“厄斯丹夏”冲下来的棚柱、淹死的兽尸、血淋淋的兽皮，还有一棵摇摇晃晃的树，上面聚着一窝黑斑虎，用利爪扒在那脆弱的枝干上吼叫着。这一切都被急流拖带着，由南而北，漂漂荡荡地飞奔而过。更远处有一个黑点，几乎看不见了，它吸引着威尔逊的注意。那是塔卡夫和他那匹忠实的桃迦逐渐消逝在天边。

“塔卡夫，塔卡夫朋友！”罗伯尔叫起来，向那英勇的巴塔哥尼亚人伸着手。

“他不会淹死的，罗伯尔先生。”威尔逊说，“我们下去，跟爵士待在一块儿吧。”

一会儿工夫，罗伯尔·格兰特和那水手就爬下了三重枝子，到达了正干的顶端。格里那凡、巴加内尔、少校、奥斯丁、穆拉地都在那儿，或坐、或骑、或攀，各随各的便。威尔逊报告了他参观树顶时所见的一切。大家都同意他的话：塔卡夫不会淹死；不过就不知道将来是塔卡夫救起桃迦，还是桃迦救起塔卡夫。“翁比”树上的人的处境，无疑地

这一行人过着鸟儿的生活。

比塔卡夫还要可虑呢！自然，树也许不会被水冲倒，但是继续增高的洪流会淹到它最高的枝子上来，因为这一带地面特别低，好像一个深的蓄水池。因此，格里那凡一来就拿小刀刻画树皮，以便测量水位。这时，水位稳住了，泛滥似乎已经达到最高峰。这已经是使人宽心的一件事了。

“现在，我们做什么呢？”格里那凡问。

“做窝呀，还用问吗？！”巴加内尔快乐地回答。

“做窝？！”罗伯尔惊叫。

“自然要做窝呀，我的孩子。既然我们不能过鱼的生活，就该过鸟的生活。”

“好啊！”格里那凡说，“但是做了窝谁给我们喂食呢？”

“我来喂食。”少校回答。

大家一听，都转眼看着麦克那布斯。那少校很舒适地坐在两个柔枝构成的一把天然交椅上，伸着一只手，递出他的透湿而饱满的褡裢。

“啊，麦克那布斯！”格里那凡叫起来，“你真是个角色！你想得太周到了，就是在一般人必然会忘记了的时候，你偏偏还能想到。”

“一个人既然不愿意淹死，自然也就不愿意饿死啊！”少校回答。

“我也应该想到这点，”巴加内尔天真地说，“只可惜我太粗心了！”

“您那褡裢里装的是什么？”奥斯丁问。

“够七个人两天吃的。”麦克那布斯回答。

“好！”格里那凡说，“我希望二十四小时之内水退得差不多了。”

“或者是二十四小时内我们有法子回到陆地。”巴加内尔改正说。

“因此，我们第一个任务就是吃早饭。”格里那凡说。

“总要先把衣服烤干吧？”少校又提出意见。

“火呢？”威尔逊问。

“没有火就应该生火呀！”巴加内尔回答。

“在哪儿生火？”

“就在这树干的顶上！”

“用什么生呢？”

“用枯柴，我们到树上砍去。”

“就是有了柴，火又怎么能生得着呢？”格里那凡说，“我们的火绒湿得和海绵一样了！”

“用不着火绒！”巴加内尔回答，“只要有点干苔藓，有点太阳光，拿我这望远镜的镜头一照，你看吧，我的火就出来了。谁到树上打柴去？”

“我去！”罗伯尔叫起来。

他说着，就像小猫一样，钻到枝叶的深处去了，后面是他的朋友威尔逊跟着。他们走了之后，巴加内尔已经找到足够的干苔藓。他又找到一片太阳光，这是很容易的事，因为那时太阳的光线正强。然后，他用他的望远镜把这些易燃体一点就点着了。他们把这些易燃体摆在“翁比”树干的分枝处，托在一层湿树叶上面。这就成了一个天然炉灶，不怕引起火灾。不一会儿，威尔逊和罗伯尔回来了，带了一大抱干柴，放到苔藓上。巴加内尔为了扇火，就爬到炉灶上面，叉开他的两条长腿，和阿拉伯人一样，然后迅速地一蹲一起，利用他的“篷罩”扇起大风。柴烧着了，不一会儿，熊熊的大火苗自临时炉灶上升起来。大家任意烤着，各人的“篷罩”都挂在树上，随风飘荡。然后开始吃早饭，每人接受定量分配的一份，因为还要想到明天呢！大水可能退得没有格里那凡希望的那样快，而干粮是很有限的，“翁比”树又不结果子。幸而鲜鸟蛋很多，因为树枝上到处是鸟巢，除了鸟蛋而外，还有鸟可以吃，更是不用说了。

这些生活资料还不算坏。

因此，现在，不能不作久居之计，设法安顿得舒服一些了。

“既然厨房和饭厅都在楼下，我们的卧室就设在楼上吧。”巴加内尔说，“房子很大，房租也不贵，不必住得太挤。我看见那上面有些天然的软兜子，只要我们把自己牢牢地绑在树上，就可以在天下最好的床上睡觉。我们没有什么可怕的，而且我们将轮流守夜，我们的人数足以打退印第安人的舰队和其他各种野兽。”

“我们只缺少武器。”奥斯丁说。

“我还有手枪。”格里那凡说。

“我的也还在。”罗伯尔应声回答说。

“如果巴加内尔先生想不出法子来造弹药，手枪有什么用呢？”奥斯丁又说。

“用不着造。”麦克那布斯一面回答一面拿出一个弹药袋来,还保存得好好的。

“你哪里来的这一袋弹药,少校?”巴加内尔问。

“塔卡夫那里来的。他想这弹药袋可能对我们有用处,所以在跳下去救桃迦之前交给我了。”

“好个慷慨仗义的印第安人!”格里那凡叫着。

“是的。”奥斯丁说,“如果所有的巴塔哥尼亚人都和他是一个模子里脱出来的,我真要佩服巴塔哥尼亚人了。”

“我要求大家不要忘记那匹马!”巴加内尔说,“它也是巴塔哥尼亚人的一部分呀! 如果我推测得不错的话,我们还会再见到他们,人在马背上骑得好好的。”

“我们离大西洋还有多远?”少校问。

“至多还有四十英里左右。”巴加内尔回答,“现在,朋友们,既然大家都可以各自方便,我要向各位告辞了。我要上去找个观象台,拿我的望远镜看着,然后再把看见的报告你们。”

大家让那位学者自便了,他很灵巧地攀援而上,由这一枝到那一枝,在密叶的帘幕后不见了。于是他的旅伴们都忙于安息,预备床铺。这事既不难,又不费多少时间,因为根本无被可铺,无桌椅可搬动。所以不一会儿个个都准备停当,又回到炉灶旁边坐下了。大家开始闲谈起来。不是谈当前的处境,因为当前的处境只有忍耐一法;大家谈的还是那谈不完的主题:格兰特船长。水一退,不到三天旅客们就回到邓肯号上了。但是哈利·格兰特和他的两个水手——这几个不幸的遇难者竟不能和他们一齐上船。在这次失败之后,在这次横贯美洲大陆白跑了一趟之后,一切希望都仿佛无可挽回地消失了。还到哪里再找去呢? 海伦夫人和玛丽·格兰特一听到前路没有任何希望,心里该是多么难过啊!

“我可怜的姐姐呀!”罗伯尔说,“我们一切都完了!”

格里那凡找不到一句话来回答他,这是第一次。他还能给那孩子什么希望呢? 他不是已经严格遵从文件的指示找了一番吗?

“可是，”他说，“这南纬三十七度线不是一个空洞的数字呀！不管是指哈利·格兰特的失事地点或被俘地点，这数字不是假定的，不是推测的，不是瞎猜的！是我们亲眼看见写得明明白白的！”

“这都是真的，阁下，”奥斯丁回答，“可是我们的寻访终于失败了。”

“真是叫人苦恼而又叫人灰心的事啊！”格里那凡叫起来。

“苦恼当然是苦恼的，但灰心，那倒不必。”麦克那布斯用安详的语气说，“正因为我们有这一个可靠的数字，我们应该根据它找到底。”

“你这话是什么意思？”格里那凡问，“你觉得我们还有什么可做呢？”

“可做的还有最简单而又最合逻辑的一件事，我亲爱的爱德华。我们回船之后，就把船开着向东走，一直循着这条三十七度线，如果必要的话，直走到我们最初的出发点为止。”

“你以为，麦克那布斯，你以为我没有想到这一点吗？”格里那凡回答，“我也不知道想过多少次了！但是有什么成功的希望呢？离开美洲大陆，不就是远离了哈利·格兰特亲自指出的地点巴塔哥尼亚了吗？文件上不是写得这样明明白白的吗？”

“你已经确实知道不列颠尼亚号失事地点既不在太平洋岸，又不在大西洋岸，”少校回答说，“你难道还想回到潘帕斯再找一趟不成？”

格里那凡不回答。

“而且这条纬线是他自己指出来的，我们循着这条线去找他，哪怕希望再小些，我们不也应该试一试吗？”

“我并不是说不应该……”格里那凡回答。

“朋友们，”少校又转向水手们补充一句，“你们不赞成我的意见吗？”

“完全赞成。”奥斯丁回答，同时穆拉地和威尔逊都点头表示同意。

“朋友们，现在听我说。”格里那凡想了一想之后又说，“你也仔细听着，罗伯尔，因为这是一个重要的讨论。我要想出一切办法去找到格兰特船长，这是我已经承担下来的责任。如果有必要的话，我要花一生的精力来做这件事。这位好心人一直为苏格兰效忠，全苏格兰人都赞同我去援救他。我也认为,不论找到他的希望是多小,我们都应该循着三十七度线绕地球一周,我现在决计这样做。不过待决的问题不在此。有个更重要的问题,就是我们现在是不是应该立刻放弃在美洲大陆上找,并且以后不再回来了呢?”

这个问题提得这样斩钉截铁,没有引起任何回答。谁也不敢决定。

“你怎样看呢?”格里那凡特别问了少校一句。

“我亲爱的爱德华,”麦克那布斯回答,“立刻就用一个‘可’或‘否’来答复你,未免责任太重了。这问题要好好地想一想。首先我想知道南纬三十七度线经过些什么地方。”

“这个,是巴加内尔的事。”格里那凡回答。

“那就问问他看。”少校说。

那学者已经钻到“翁比”树的浓荫里看不见了,必须从下面大声喊他。

“巴加内尔! 巴加内尔!”格里那凡喊。

“有!”一个声音从半空中回答。

“你在哪儿?”

“在我的观象台上。”

“做什么?”

“观察那望不到头的天边。”

“你可以下来一下吗?”

“你们需要我吗?”

“是的。”

“什么事?”

“要知道三十七度线经过些什么地方。”

“这个太容易了,”巴加内尔回答,“用不着我下来就可以告诉你们。”

“那么,你就说吧。”

“好,听着。南纬三十七度线离了美洲就穿过大西洋。”

“嗯。”

“到透利斯探达昆雅群岛。”

“好。”

“然后在稍微往南两度的地方，经过好望角。”

“后来呢？”

“就穿过印度洋。”

“以后呢？”

“掠过阿姆斯特丹群岛中的圣彼得岛。”

“再往下说。”

“横穿澳大利亚的维多利亚省。”

“接着说下去。”

“出了澳大利亚……”

这句话没有说完。那地理学家在迟疑吗？那学者不知道了吗？不！忽然一声大叫从“翁比”树的浓荫中传下来。格里那凡和他的朋友们都吓得脸色发白，面面相觑。不会是又发生了什么灾难吧？不会是那倒霉的巴加内尔掉下来了吧？威尔逊和穆拉地已经奔去救他了，忽然上面落下一条大汉：巴加内尔从一根一根树枝上直滚下来。他两只手抓不住一点儿东西。是活的还是死的呢？不知道。眼见着他要滚到怒吼的狂澜里了，这时少校才用粗壮的胳臂把他一下拉住。

“谢谢你，麦克那布斯！”巴加内尔叫起来。

“你怎么了？”少校问，“你怎么滚下来了？又是吃了你那永远粗心的亏吧？”

“是的！是的！”巴加内尔回答，话都几乎说不出来，“是的！粗心……要开个新纪元，这一次。”

“怎么开个新纪元的粗心呢？”

“我们弄错了！我们又弄错了！我们老是弄错了！”

“怎么一回事？说呀！”

“格里那凡、少校、罗伯尔、朋友们，”巴加内尔嚷起来，“你们都听我说，我们专在格兰特不在的地方找他！”

“你说什么？”格里那凡惊奇地问。

“我们找的地方，不但格兰特不在那里，并且他从来也没有到过！”

眼见着巴加内尔要滚到怒吼的狂澜里了……

第二十四章
—— 依然过着鸟儿的生活 ——

这万想不到的几句话引起了极大的惊讶。那地理学家是什么意思呢？难道他神经错乱了吗？然而他说得倒像心里有把握的样子呀！大家都直勾勾地望着格里那凡，因为巴加内尔那种肯定的话是直接答复格里那凡所提出的问题的。但是格里那凡只摇了摇头，不赞成那学者的说法。

巴加内尔一阵兴奋过了，又开口了：

"的的确确是的呀！"他用坚信的语气说，"的的确确我们找错了，文件上根本没有这样说。"

"你说明理由吧，巴加内尔。"少校说，他比较镇静些。

"很简单，少校。我原来也和你们一样，弄错了，也和你们一样钻进了一个错误的解读里。刚才，在这棵树顶上，我回答着你们的问题，说到'澳大利亚'这个名字，突然灵机一动，我明白了。"

"什么？"格里那凡叫起来，"你以为哈利·格兰特……"

"我以为，"巴加内尔回答，"文件里 austral 这个词并不是我们一向所想的，不是'南半球'(austral)，却是'澳大利亚'(Australie)一词的前半部分。"

"这就奇怪了！"少校回答。

"岂但奇怪！"格里那凡耸耸肩，反驳着说，"简直是不可能。"

"你说不可能，"巴加内尔辩护着，"在我们法国根本就不承认'不可能'这个词。"

"怎么，"格里那凡又以极不相信的口吻追问他，"你竟敢拿着文件在手里说不列颠尼亚号失事是在澳大利亚海边？"

"我认为毫无问题。"

"说实在的，巴加内尔，"格里那凡说，"你那个说法真使我惊讶，尤其是从一个地理学会秘书的口里说出来。"

"你有什么理由惊讶？"巴加内尔问，听到人家不信任地理学会秘书，他感到不自在。

"理由是：如果你说是澳大利亚，你就同时要承认澳洲有印第安人,但在澳洲从来也没有见过印第安人呀!"

巴加内尔对格里那凡的"理由"毫不惊奇。他早料到了,只微笑了一笑。

"我亲爱的格里那凡,"他说,"不要以为你这'理由'是个铁案;我要把你,如我们法国人所惯说的,'打得体无完肤',叫你们英国人遭受一次空前未有的惨败,替我们法国在克雷西和阿赞古尔[①]打的那两次败仗报报仇。"

"但愿你能如此,你打吧,巴加内尔。"

"你听着,文件里根本没有'印第安人'(Indiens)和'巴塔哥尼亚'(Patagonie)等字样!那几个不完整的词'indi'不是'印第安人'而是'当地土人'(indigènes)。那么,你承认不承认澳洲有土人呢?"

"讲得好!巴加内尔。"少校说。

"你承认我这解释吗,我亲爱的爵士?"

"我承认,"格里那凡回答,"只要你能证明那'gonie'不是指'巴塔哥尼亚'(Patagonie)。"

"一定不是!"巴加内尔又叫起来,"不是指巴塔哥尼亚。你解释成什么东西都成,偏偏不是巴塔哥尼亚。"

"还可以解释成什么别的词呢?"

"能解释的多了:可以解释为'宇宙起源说、天体演化论'(Cosmogonie),'神谱'(thèogonie),'垂危、危急万分'(agonie)。"

"是'危急万分'!"少校说。

"管它是什么都没有关系,"巴加内尔回答,"这些词是无关紧要的。我连解释都不想解释它。主要的一点就是:austral 是指澳大利亚(Australie)这样明显的一个解释,我们一看就该发现,只可惜有个错误的解读在先,竟叫我们瞎了眼!如果是我先看到这个文件,如果不是你们的解读把我弄糊涂了,我一定早就不会解释错!"

这一次,大家对巴加内尔的话都喝起彩来了,恭维他了,佩服他了。奥斯丁、那两个水手、少校,尤其罗伯尔,都感到有了新的希望,十分快乐,祝贺那可敬的学者。格里那凡的眼睛也渐渐睁开了,从他的

---

① 克雷西和阿赞古尔都是法国地名,是"百年战争"(1337–1453)中法军被英军以少胜多打得惨败的地方。

话中也可以看出，他快要向那学者投降了。

“还有最后的一个问题，我亲爱的巴加内尔。你要是再能把它解决了，我对你的聪明才智就只有甘拜下风。”

“你说，格里那凡。”

“你怎么照你的新解释把那些字词连贯起来呢？那整个的文件怎样读法呢？”

“太容易了。文件在这里。”巴加内尔说着，拿出他几天以来就细心研读的那张宝贵的纸片。

当那地理学家集合着脑子里的概念，聚精会神地准备回答的时候，全场都静寂无声。他手指着那文件上零零落落的字迹，用坚定的声调，特别重读某一些字词，宣读如下的文句：

“‘1862年6月7日，三桅船不列颠尼亚号，籍隶格拉斯哥港，沉没在……’——这里随便你们说什么都可以，这几个词毫无关系——‘澳大利亚的海上。因急欲上陆，两水手和船长格兰特将到达’或者‘已到达这片大陆’，‘将被俘’或者‘已被俘于野蛮的当地土人。兹特抛下此文件’，等等。这文件不是很清楚吗？”

“很清楚，”格里那凡回答，“不过澳大利亚只是个岛，‘大陆’这个名词怎么安得上呢？”

“你放心，我亲爱的格里那凡，第一流地理学家都一致称这个岛为‘澳洲大陆’。”

“那么，我现在只有一句话可说了，朋友们，”格里那凡叫着，“到澳洲去！愿老天协助我们！”

“到澳洲去！”他的旅伴们异口同声地附和着。

“你可知道，巴加内尔，”格里那凡又补充一句说，“你到了我们邓肯号船上，这是完全出于天意呀！”

“好吧，”巴加内尔回答，“就算我是老天派来的，不要再提了！”

这一席话就这样结束了，它起了多么重大的影响啊！它把旅客们的情绪完全扭转过来了。他们原以为迷失在迷宫里，永远不得出来，现在又抓住线索了[①]。他们在破了产的计划上又建立起一个新的希望

① 希腊神话：雅典王子忒修斯迫于弥诺斯之命，进入迷宫，公主阿里阿德涅给他一条长线，后来他就循着这条长线走出了迷宫。

来了。他们可以干脆丢下美洲大陆，心已经飞到澳洲那片土地上去了。他们回到邓肯号上的时候，也不会把失望带回去，不会使海伦夫人和玛丽·格兰特为哈利船长永远失踪而悲哀了！所以，他们忘掉了当时处境的危险而兴高采烈起来，只觉得唯一的憾事就是不能立刻出发。

那是下午四点钟的时候。大家决定六点钟吃晚饭。巴加内尔要准备一席盛筵来庆祝这可喜的一日。可惜带的菜太有限，所以他邀罗伯尔"到附近的树林里"打猎去。罗伯尔鼓掌赞成。他们拿起塔卡夫丢下的那弹药袋，擦了擦手枪，装上细粒子弹，就出发了。

"不要跑远了。"少校郑重地对那两个猎人说。

猎人去后，格里那凡和麦克那布斯就去看看树上刻的水位标记，同时威尔逊和穆拉地去重新点起那临时炉灶里的炭火。

格里那凡下去到了那无边大湖的水面以后，没有看出任何退水的征候。然而水似乎已经涨到最高峰了，不过由南而北还是流得很快，这证明阿根廷所有河流的水量还没有得到平衡。水在退落之前一定先要稳定下来，和海面在涨潮停止落潮开始的时候一样。因此，只要水还这样向北急流，就不能希望它立刻下落。

当格里那凡和少校观察水势的时候，树上的枪声响起来了。跟着就是一片欢呼声，和枪声一样响亮。罗伯尔的男高音在巴加内尔的男低音的基调上叫得像黄莺一般。别人听着真不知道他们俩谁更孩子气。打猎一定很有收获，这预告着大家将有野味下饭了。少校和格里那凡回到灶边，发现威尔逊想出了一条妙计：这水手异想天开，利用一根针和一根线钓起鱼来。已经有好几十条小鱼摆在"篷罩"的折缝里了，是"摩查拉"鱼，嫩得和香鱼一样，还活蹦乱跳的，又是一盘好菜！

这时，两个猎人从"翕比"树顶上下来了。巴加内尔很小心地捧着一些乌燕蛋，提着一串小麻雀——这些小麻雀他准备以百灵鸟的名称献给大家吃。罗伯尔很灵巧地打到了几对"喜格罗"——这是一种黄绿相间的小鸟，肉味极美，在蒙得维的亚[1]市面上一向被认为是名贵的。巴加内尔制作蛋食可以有七十二变，但是这次只有放到热灰里煨。虽然做法简单，晚饭的菜肴却又丰富又鲜美。干肉、硬蛋、烘"摩

① 乌拉圭的城市。

有打猎的，有钓鱼的，大家将有野味下饭了。

查拉”、烤麻雀、烤“喜格罗”，这些构成了一席盛筵，使参加的人永远不能忘记。

大家谈得非常起劲，都称赞巴加内尔又是好猎手，又是好厨师。那学者接受了这些赞许，带着确有真本领的人那种谦逊的神气。之后，他就大谈这棵以枝叶庇荫他们的“翁比”树，他觉得这棵树真是广大无边。

“罗伯尔和我，”他开着玩笑说，“我们打猎时简直以为跑到了一个大树林里，竟有一个时候我以为钻不出来了。我找来找去找不到路！太阳又在下沉！想循着原路回来，又看不见我来时的踪迹！肚子又饿得慌！黑树丛中已经有猛兽在怒吼了……我是说……不是啊！没有猛兽。很可惜！”

“怎么，”格里那凡说，“你还可惜没有猛兽？”

“是呀！很可惜！”

“然而，这洪水已经和猛兽一样，够凶恶了……”

“从科学上说，凶恶的说法是不存在的……”那学者回答。

“啊！你既这么说，巴加内尔，”少校道，“你总不能叫人家承认猛兽是有用的吧？猛兽可有用处？”

“少校！”巴加内尔叫起来，“你怎么不知道猛兽是用于分门别类的呀！有了猛兽就可以把它们列为某门、某纲、某目、某科、某属、某种……”

“这就叫作用处吗？”麦克那布斯说，“我却用不着！如果古代洪水时期，我陪着诺亚[①]逃难的话，我一定不让这不小心的老家长在他那只大船里装上一对狮、一对虎、一对豹、一对熊，以及其他一切无益而有害的兽类。”

“你会这样做吗？”巴加内尔问。

“我一定这样做。”

“那在动物学观点上说你就犯了错误了。”

“在人道观点上说却不错。”少校回答。

“那真是可恼！”巴加内尔又说，“要是我，恰好相反，我一定连那些大懒兽、翼手龙以及洪水前期所有的生物都保存下来。真是太可惜了，我们现在没有那些生物了。”

---

① 据《圣经》，洪水淹没了全世界，只有诺亚得了神的预告，乘着方舟，全家得救，连家畜野兽都各救了一对出来。

“我告诉你，诺亚做错了。”少校又辩驳，“他保存了那些猛兽，应该世世代代受到学者们的咒骂。”

大家听着这两个朋友为了老诺亚在争执，不禁大笑起来。少校一辈子也没有跟人家辩驳过，现在却破例，天天和巴加内尔抬杠。当然是那学者故意刺激他。结果还是格里那凡出面来打圆场了，他说：

“没有猛兽这一个问题，你说可惜也好，不可惜也好，就科学观点说也好，就人道观点说也好，我们今天事实上总是没有猛兽的。不管怎样，在这空中的树林里，巴加内尔总不可能希望遇到猛兽。”

“为什么不可能？”那学者问道。

“树上会有猛兽吗？”奥斯丁说。

“呃，当然有呀！那美洲虎，就是说那黑斑虎，被猎人赶急了，不是往树上逃吗？一只黑斑虎猝然遇到洪水爬到这棵‘翁比’树上来栖身是很可能的呀！”

“至少，你刚才没有遇到黑斑虎吧，我想。”少校说。

“没有遇到，”巴加内尔说，“虽然我们在树林里搜索遍了。很可惜！否则，好一场围猎啊！黑斑虎可真是个猛兽！它一爪子就可以把马颈子扭断！只要它吃过人肉，它就专喜欢吃人。它最爱吃的是印第安人，其次是黑人，再次是白人和黑人混血的人，最后才是白种人。”

“幸而我排在第四等呀！”麦克那布斯回答。

“好呀！这只是证明你这人无味。”巴加内尔带着鄙夷的神气向他进攻。

“你让我无味吧！”少校反击。

“哎呀，这可是太丢人啦！”那难对付的巴加内尔又说，“白种人一向自居为第一等人！看来黑斑虎先生们的意见似乎并不如此呀！”

“不论如何，我的好巴加内尔啊，”格里那凡说，“现在我们这里既没有印第安人，又没有黑人，更没有混血种人，你那些亲爱的黑斑虎还是不来的好。我们的处境并不是那么舒适呢……”

“怎么，不舒适？”巴加内尔觉得这个词可以把谈话引到一个新的方面，便抓住这个词叫起来，“你还说运气不好吗，格里那凡？”

“自然啰！”格里那凡回答，“你在这些树枝上，既不方便，又不软和，你觉得舒适吗？”

"我从来从来也没有这样舒适过，就是在我的书房里也没有这样舒适过。我们过着鸟儿的生活，我们歌唱，我们飞舞！我开始相信人类生来就是应该在树上生活的。"

"只可惜少一对翅膀！"少校说。

"将来总有一天翅膀会生出来的呀！"

"在翅膀没有生出来之前，"格里那凡回答，"我亲爱的朋友，你还是让我不爱这空中的楼阁，而爱那公园里的细沙地、房子里的地板或船上的甲板吧！"

"格里那凡，"巴加内尔说，"我们应该随遇而安呀！遇得好，固然很好；遇得坏，也不必介怀。我看你在后悔离开了玛考姆府的那个温柔乡了！"

"不是，不过……"

"我深信罗伯尔在这里是十分快乐的。"巴加内尔赶快接上去说，希望至少找到一个拥护他的理论的人。

"是啊，巴加内尔先生！"罗伯尔用快活的语气叫道。

"这是因为这种生活正适合他的年龄。"格里那凡解释。

"也正适合我的年龄！"那学者又反驳，"一个人，愈不讲究舒适，需要也就愈少；需要愈少，幸福也就愈多。"

"得了吧！"少校说，"你看巴加内尔要来对一切财富、一切华丽的建筑下攻击令了。"

"并不是呀，麦克那布斯。"那学者回答，"呃，说到这里，我正好想起一个阿拉伯的小故事。如果你们愿意，我就说出来给你们听听。"

"愿意听！愿意听！巴加内尔先生。"罗伯尔说。

"你那故事是要证明什么？"少校问。

"我的老伙计，它证明一切故事所证明的东西。"

"那么，就是说不证明什么。"麦克那布斯接上去解释，"也好，你就说吧，舍赫拉查①，你专会说故事，就说个给我们听听吧。"

"从前，"巴加内尔说，"那哈龙拉拾②大教主有个儿子，他老是不快乐，于是跑去请教一个老法师。这贤明的老人告诉他说，幸福是在

①《天方夜谭》里说故事的主角，这里是拿来比巴加内尔。

② 8世纪阿拉伯伊斯兰教徒的著名教主。

“从前……”巴加内尔开始讲故事。

这尘世里不容易找到的东西。不过,他又说:‘我有一个屡试不爽的方法,可以使你获得幸福。’‘什么方法呢?’那青年王子问。‘就是找到一个快乐的人,把他的衬衫披到你的身上。’那老法师回答。当场那王子吻谢了老法师,立刻去找他那件快乐的衣服。他出发了。他访遍了世界各国的京城!国王的衬衫、皇帝的衬衫、王子的衬衫、贵族的衬衫,他都试穿过,可都是白费气力,他还是不快乐!于是他又把艺术家的衬衫、战士的衬衫、商人的衬衫拿来穿了穿,也并不觉得好些。他就这样跑了许多路,却没有找到幸福。最后,因为试过这许多衬衫都无用,他感到失望了,愁眉不展地回到父亲的宫殿里去。恰巧有一天,他下乡去,在路上看见地里有个农夫,快快活活,一边唱着歌,一边在犁田。‘这总算是一个快乐的人了,’他心里想,‘如果说他再不快乐,世界上就不会有快乐那回事了。’他就走上前去招呼:‘嘿!你这汉子,你快乐吗?’‘我快乐。’那人回答。‘你心里不想再要点儿什么了吗?’‘不想再要什么了!’那人又说。‘叫你不做农夫,做国王,干不干?’‘我一辈子也不干这事!’‘那么,把你的衬衫卖给我!’‘衬衫,我根本就没有衬衫啊!’”

第二十五章
——水火夹攻——

雅克·巴加内尔的故事讲得很成功,大家都很赞赏。但是每人都保留自己的见解;我们的学者获得了一般讨论所通常达到的结果,就是说,没有说服任何人。然而,有一点大家却都同意:就是在艰苦的环境里决不灰心失望,现在既然无宫殿或茅屋可住,就只好暂时忍耐着住在一棵树上。

大家谈谈这,谈谈那,天色已经晚了。只有好好地睡一大觉才配结束这惊心动魄的一天。“翁比”树上的客人不但因为遭了洪水流离颠沛而感到疲惫不堪,而且这一天天气又特别热,他们在毒辣的太阳底下烤了一天,更感到支持不住。他们的那些羽族的朋友们已经开了个先例，休息去了：号称“潘帕斯之莺”的“喜格罗”鸟已经停止了它们的甜美的歌唱，树上所有的鸟儿都已经消失在浓荫的深处了。最好的办法就是向它们看齐。

然而，大家在——如巴加内尔所说——“上窠”之前，格里那凡、罗伯尔和巴加内尔自己都爬到那“观象台”上去，对那一片汪洋做最后一次观察。那是九点钟左右。太阳正在西方地平线上闪烁的浓雾中沉了下去。那半边天，以天顶为界，都浸浴在一种热的蒸气里。南半球的星座本来是那样灿烂的，现在都仿佛被一层薄纱蒙住了，显得很模糊。不过，人们还能隐约地辨认得出，所以巴加内尔就利用机会把南极圈里那些辉煌的星座指给罗伯尔看，格里那凡也在旁边领教。他特别指出那“南极十字架”四颗头号和二号的大星排成斜方形，差不多和南极点相平；还有那“人马星座”，里面闪耀着那颗距地球最近的明星——它离我们只有八万亿法里；还有那“麦哲伦星云”，两大片云，最大的一片看来比我们所看见的月亮还大两百倍；最后他还指出了那片“黑洞”，那里似乎绝对没有任何星体。

有一件事太可惜了：那自两极都可以看到的“猎户星座”还没有出来；但是巴加内尔却给他的两个学生讲述了巴塔哥尼亚人的星宿学中一个有趣的特点。这些充满诗情的印第安人认为这“猎户星座”的四颗星是一条大“拉索”和三个“跑拉”，从那奔驰在天上草原的猎人手里抛出来的。所有这许许多多的星座反映在镜子一般的水面上，使人仿佛置身于双重的天空中，上下澄澈，蔚为奇观。

当那博学的巴加内尔这样谈天说地的时候，整个东边的地平线上起了暴雨的景象。一带又厚又黑的云，轮廓异常分明，渐渐升起来，把一颗一颗的明星消灭了。这片云显得阴森可怕，不久就占领了半边天，仿佛把这半个天空都遮住了。它的推动力应该是隐藏在自身内部的，因为外面并没有一丝风在吹它。太空的气层保持着绝对的平静。树上没有一片叶子在颤动，水面没有一条波纹在皱起。连空气都仿佛没有了，就好像有个天大的抽气机把天空里的空气都抽掉了似的。高压的电气充满了整个的空间，一切生物都感到浑身通了电流。

格里那凡、巴加内尔和罗伯尔对这些电气都有同样明显的感觉。

“要起风暴了。”巴加内尔说。

格里那凡、罗伯尔和巴加内尔都爬到那“观象台”上去。

“你怕打雷吗?”格里那凡问那小孩子。

“怎么能怕打雷呢,爵士?”罗伯尔回答。

“那就好,过一会儿就要起风暴了。”

“根据天空的情况,我看这场风暴还不小呢!”巴加内尔又补充说。

“我倒不是怕起风暴,”格里那凡说,“我只怕那倾盆大雨跟着风暴下来,我们要淋透到骨髓里了。随便你怎样会说,巴加内尔,人住在鸟窝里总是不行的,你待一会儿就会得到教训了。”

“啊,拿出一点儿哲学修养来好了!”那学者回答。

“哲学修养?哲学修养总不能叫人家不浑身透湿呀!”

“这固然是不能,但是有了哲学修养,心里就温暖了。”

“好了,”格里那凡说,“我们回到我们的朋友们那里去吧,我们叫他们好好地用他们的哲学修养和他们的‘篷罩’把身子裹起来,裹得越紧越好,尤其要劝他们准备着最大的耐性,因为我们将会有这个必要。”

格里那凡对那乌云翻滚的天空看了最后的一眼。这时密云把整个的天空几乎完全盖住了,西边勉强还有一条暧昧的缺口,照着黄昏的暗光。水面盖上一层幽暗的色彩,仿佛是一片乌云就要跟天上的沉沉的雾气会合。连夜影也都看不见了。声与光都传不到人们的耳目里来。静寂变得和黑暗一样地深沉。

“下去吧,”格里那凡说,“就要打炸雷了!”

他和他的两个朋友顺势溜下了那光滑的树枝。看见底下是一片骇人的微光,他们很感到惊讶。这微光是无数的小光点发出来的,那无数的小光点在水面上嗡嗡地浮动着,乱纷纷地交织着。

“是磷光吧?”格里那凡问。

“不是。”巴加内尔回答,“是磷虫,像萤火虫,它们是些活的、不值钱的金刚钻,布宜诺斯艾利斯的女士们拿它们做成极漂亮的装饰品!”

“什么?”罗伯尔叫起来,“那是些昆虫?这样和火星子一样地飞?”

“是呀,我的孩子。”

罗伯尔就捉着一个这样放光的虫。巴加内尔果然说得不错,那是一种大土蜂,有一寸长,印第安人称为“杜可杜可”。这种奇怪的甲虫在甲翅前有两个斑点,光就从这斑点里发出来。光度相当强,可以照着人在黑暗中看书。巴加内尔把那虫凑近他的表，居然看见了表针正指着夜里十点钟。

格里那凡回到少校和三个水手那里，嘱咐他们夜里应做的一切。有一场猛烈的风暴要来了，应该有所准备。雷声一响就必然要刮大风，这棵“翁比”树必然摇撼得厉害。因此他叫各人都把身子绑在用树枝窝成的床上，要绑得牢靠。如果天上的雨水无法避免，至少要防着地上的洪水，不要滚到那向树脚冲过来的急流里去。

大家彼此道了“晚安”，心里都不存着“安”的希望，然后各人钻进他的空中卧室，用“篷罩”紧紧地裹着，等候瞌睡到来。

但是人非木石，自然界的剧变快要降临的时候，心里总会感到一种模糊的不安，就是最坚强的人也在所难免。所以“翁比”树上的贵宾们既烦躁又郁闷，不能合上眼皮。第一声雷响的时候，他们都是清醒的。这是发生在快十一点的时候。那雷声还是在远处轰轰地响着。格里那凡爬到横枝的末端，冒险把头伸出树叶。

锅底般的黑夜的天空，零零乱乱地被划成许多鲜明而雪亮的裂口，清晰地反映在湖水里。漫天的乌云有好些地方仿佛被撕破了，但是和软绵绵的布一样，没有碎裂的声音。格里那凡看看天顶，又看看天边，都是一抹黑，然后他又回到树干的顶端上来了。

“你说说，怎么样了，格里那凡？”巴加内尔问。

“我说吗，朋友们，来势很凶，这样发展下去，风暴可真不得了。”

“好得很！”巴加内尔兴奋地回答，“既然我逃避不了，就是看一场奇伟的景象也是好的。”

“你又要噼里啪啦地搬出一套怪论来了！”少校说。

“这次是我最好的一套，麦克那布斯。我和格里那凡的看法一样，这场风暴会是了不起地大。刚才我尽量想睡着的时候，想起了几个事实，叫我盼望着能有那么一场了不起的大风暴，因为我们现在正是在大雷雨的地区里呀！我不记得在哪本书上看到过，1793年，就在这布宜诺斯艾利斯省，一场风暴就落了三十七次雷火。我的同事穆西先生数过，有一声雷连续不断地响了五十五分钟。”

“表拿在手里数的？”少校说。

“表拿在手里数的……不过，”巴加内尔又接着说，“如果叫人趋吉避凶的话，我倒有一个考虑。这片平原上的最高点正是我们所在的这棵‘翁比’树，这里来个避雷针倒是很有用处的，因为在潘帕斯的所有树木之中，这棵树正是雷火所特别爱好的。而且，朋友们，你们也不是不知道，科学家都劝告人家在风暴时莫躲在树下。”

“好呀！”少校道，“这个劝告才来得是时候呢！”

“不能不承认，巴加内尔，”格里那凡也针对着他的话说，“你说风凉话也要看看时候呀！”

“这有什么！”巴加内尔反驳，“为了学点见识，什么时候都是好的。啊，响起雷来了！”

更猛烈的响雷打断了这一席不合时宜的谈话，雷的响声越来越大，威力也越来越猛；一声接着一声，越来越紧。如果借音乐来比拟的话，正在由低音转入中音。不一会儿，雷声锐利起来了，大气团里仿佛有无数的乐器音弦在疾速地震动。空中净是火光，在这火海中辨不出雷声究竟是哪一条闪电发出来的，这些绵延不断的隆隆声此响彼应，一直蹿上冥冥的高空。

不断的闪电演幻成不同的花样。有几条闪电垂直地射到地面，在原处重复五六次。还有些闪电对研究这一门学问的人来说，可以引起他们最高的兴趣，因为，阿拉哥[①]在他那些有趣的统计里对叉形闪电只举了两个实例，而这里发生的叉形闪电竟有百十来种花样。另外有几条闪电分成无数的各色各样的枝子，开始时弯弯曲曲的，和珊瑚树一般，在那黝黑的天空上射出老树形的光条，无比地复杂而有趣。

不一会儿，由东到北的那一片天蒙上了一大片磷光，十分耀眼。这一块天火渐渐延烧到整个的地平线了，它烧着云堆好像烧着一大堆柴炭一样，反映在琉璃般的水面上，构成一个其大无比的火球。这棵“翁比”树正在球的中心。

格里那凡和他的旅伴们默默无言地看着这骇人的景象。他们即使说话，也是彼此听不见的。大片的白光直泄到他们的身边，一闪一闪地，忽隐忽现地，有时照出少校镇静的脸色，有时照出巴加内尔好奇的面孔和格里那凡坚毅的神情，有时照出罗伯尔惊惶的模样，或者照

① 阿拉哥（1786–1853），法国著名天文学家、物理学家。

不断的闪电演幻成不同的花样。

出那几个一晃一晃和幽灵一般的水手们毫不在乎的面容。

这时,雨还没有下,风始终在屏息待发。但是不一会儿,天上的瀑布决口了,千万条雨水自漆黑的天空上直垂下来,和织布的经线一般。这些大雨点子打到湖面上,溅起一片泡沫,被电光照得煞亮。

这场雨是不是就预告着风暴要结束了呢?格里那凡一行人受了几阵猛烈的淋浴是不是就算完事了呢?不啊!在那天火交战的最激烈的时刻,突然有一个拳头大的火团子裹着黑烟,落到横伸着的那个主枝的末端上来。火团子落下,转了几秒钟,就轰的一声炸开了,和炸弹一样,纵然在那迅雷急雨的喧闹中都听得出那一声霹雳。一股硫黄的气味弥漫在空中。一刹那的沉寂之后,人们听到奥斯丁的声音在喊:

"树上起火了!"

奥斯丁没有看错。一眨眼,火焰就像触到一台焰火上一样,在"翁比"树的西边部分燃烧起来。枯枝、干草做的鸟巢,还有那"翁比"树的全部疏松的白木质,都给那吞噬一切的火势助威。

风刮起来了,向火苗上吹着。大家非逃不可了。格里那凡一行人赶快避到"翁比"树还未着火的东边一部分去,个个都说不出话来,手忙脚乱,慌慌张张,攀援的攀援,滑跤的滑跤,冒着险,直爬到那些摇摇欲坠的细枝上。这时西边的枝条正在火里由烧得发焦而咔嚓咔嚓地响,由咔嚓咔嚓地响而蜷曲缭绕,像许多活的蛇在火里烧着一般。通红的灰烬落到洪水上,随波流去,边走边闪着褐色的亮光。树上的火焰,忽而升腾得极高,直透入那空中的火海,连成一片,忽而被一阵旋风压下了,抱住"翁比"树打转,和涅索斯[①]的火焰袍子一般。格里那凡、罗伯尔、少校、巴加内尔、三个水手,没有一个不惊骇万分。浓烟呛得他们喘不过气来,热气熏得他们难受,大火正在向他们这边烧来,已经烧到下面的主枝了。既无法阻止,又无法扑灭,眼见着他们就要被活活烧死。树上不容许再待下去了。烧死或淹死,反正是死,选择一个比较不太残酷的死法吧!

"跳水!"格里那凡喊。

---

① 古希腊神话:半人半马的怪物涅索斯想诱夺大力士赫剌克勒斯的妻子得伊阿尼拉,被大力士用毒箭射死了。临死时他赠给得伊阿尼拉一件长袍,诡称可以防止丈夫变心。得伊阿尼拉果然把袍子给赫剌克勒斯穿上了,立刻袍子变成火焰,摆脱不掉,把赫剌克勒斯活活烧死。

天火点燃了“翁比”树。

这时威尔逊被火焰烧到身上，已经跳下水里了。他们忽然听到他以惊恐的声音没命地叫：

“救命呀！救命呀！”

奥斯丁奔过去，拉着他爬到树干上来：

“怎么一回事？”

“鳄鱼！鳄鱼！”威尔逊回答。

登时大家发现树脚被那种最可怕的蜥蜴类动物围满了。它们的鳞甲在火焰照耀下的大片光亮中闪烁着；纵扁的尾巴、矛头一般尖的长头、突出的眼睛、直张到耳后的两颌，这一切特征都使巴加内尔不会看错。他认出了这些都是美洲特产的那种凶猛的“阿厉加鼍”，西班牙语区域的人称之为“介鳗”。那里有十几条，它们用可怖的尾巴拍着水，用下颌的长牙啃着树。

那些不幸的旅客一看，就感到要没命了。无论如何都是要惨死的，不死在火舌下，就要死在鳄鱼的嘴里。连那镇静的少校也说了一句：

“很可能一切的一切都完了。”

事情往往是这样，当人们对自然界的某种元素无能为力的时候，自然界的另一种元素却能够来制服它。格里那凡狠狠地看着水火夹攻，不知如何是好。

这时，风暴已经进入衰减的阶段了，但是它在空中搅起了无限多的水汽，而雷电又赋予这水汽以极强的威力，因而南方渐渐形成了一股庞大的飓风，仿佛一团圆锥形的浓雾，锥顶朝下，锥底朝上，把沸腾着的水和翻飞着的云联结起来。这一团飓风旋转着前进，快得令人眼花。它卷起湖水，吸到圆锥的中心，挣成一个水柱，并以它的自转所产生的强大的吸力把四周的气流都吸引着向它飞奔。

不多时，那猛烈的飓风扑到“翁比”树上来，把这棵大树团团围住了。整棵树，从根起，被摇撼着。格里那凡竟以为鳄鱼正用它们强有力的两颌在咬着树，要把树拔起来呢！他和他的同伴们相互抱着，感到树已经在往下倒了，根朝上翻了；烧得熊熊的树枝子浸到汹涌的波涛里，发出可怕的嗤嗤声。这只是一秒钟的事情。飓风一卷而过，又到别的地方去肆虐了，它沿途吸收着湖水，所到之处仿佛只留下一条空槽。

这时那棵“翁比”树已卧倒在水上，随着风与水配合的双重力量向前漂流着。那些鳄鱼都已经逃掉了，只剩下一只还在翻起的树根上爬，向前伸着张开的大嘴。但是穆拉地抓起一根半焦的树枝狠命地打了它一下，打折了它的腰。那鳄鱼被打翻了，沉入急流的漩涡里，临下去时它那可怕的尾巴还猛烈地打着水。

格里那凡和他的旅伴们摆脱了鳄鱼的危险，都爬到处于火势上风的枝子上去了。这时那棵“翁比”树载着一团火焰在夜影中漂流，火焰被飓风吹得越烧越旺，好像一只张着火帆冲锋的船。

第二十六章
—— 大西洋 ——

“翁比”树在无边的大湖上漂流了两个钟头，碰不到陆地。吞噬它的那些火焰已经渐渐熄灭了。这次可怕的航行中的最主要的危险已经没有了。少校只轻巧地说了一句：“现在如果我们能得救，是不足为奇的事了。”

水流仍旧保持着原来的方向，自西南奔向东北。天上只有残余的几条闪电疏疏落落地闪着，夜影又变得深沉沉的。巴加内尔望着天边，却找不出一个目标来。风暴已经接近尾声了，大雨点子已经变成了雾一般的雨花，随风飘散着；大块的云好像瘪了一般，裂成一团一团的云片在高空里飞翔。

“翁比”树在狂澜上奔得非常快，它以惊人的速度向前滑行着，好像树皮里装着一部强大的发动机。没有任何征候足以证明它不会继续这样漂流好几天。然而，快到早晨三点钟的时候，少校却使大家注意到树根有时掠到湖底了。奥斯丁折下一个长枝子细心地探测着，证实了水下的陆地是在渐渐变高。果然，二十分钟后，“翁比”树一撞，就突然停止了。“陆地！陆地！”巴加内尔用洪亮的声音叫起来。

焦树枝子的末端触到了一片高地上。从来航海家遇到陆地，也没有这样快乐过。这里,触礁就是着陆。罗伯尔和威尔逊已经蹦到那片高原上,欢呼起“乌拉”来了。这时,忽然传来一个很熟悉的呼哨声,接着就在平原上响起了马跑的声音,不一会儿,那印第安人的高大身材在夜影中挺立着出现了。

“塔卡夫!”罗伯尔叫了起来。

“塔卡夫!”所有的旅伴都异口同声地响应着。

“阿米哥斯!”(朋友们!)那巴塔哥尼亚人也在喊。他在那里迎着水头等候那班旅客,他估计到他们一定要漂到那里,因为他自己就是被水头冲到那里的。

这时,他两手把罗伯尔·格兰特抱起来,搂到怀里,没有想到巴加内尔也跑到他的背后抱住了他。立刻,格里那凡、少校和水手们又见到他们的忠实的向导,都欢喜得了不得,都来和他亲切地、使劲地握着手。然后,那巴塔哥尼亚人把他们引到了一个废弃的“厄斯丹夏”的敞棚底下。那里正烧着一堆篝火让他们取暖,火上炙着大块的猎物,滋味很好,大家吃得连碎屑也没有剩下。在他们精神镇定以后,回想起来,没有一个人不惊讶,他们自己也不相信他们从那水火夹攻、又加上阿根廷河里的大鳄鱼来趁火打劫的重重险境中居然还能逃出性命来!

塔卡夫用简简单单的几句话给巴加内尔讲述了他的逃难经过,他之所以能够得救,完全要归功于他那匹英勇的马。巴加内尔把那文件的新解释和这新解释所能给予大家的新希望,也设法说给那印第安人听了。那学者的许多精巧的推测,塔卡夫是不是都懂了呢?我们尽可怀疑,但是他看到他的朋友们都快乐,都满怀信心,他也就满意了。

我们可以很容易地想象到,这些英勇的旅行家休息了一会儿之后,不待催促就会立刻动身的。早晨八点钟,他们已经准备好了,要出发了。那时他们所处的方位,太偏到许多“厄斯丹夏”和“杀腊得罗”的南边了,无法找到交通工具,因此大家非步行不可。好在只剩下四十来英里路要走了,而且谁走累了,桃迦还可以驮他一下,必要时同时驮两个人也可以。走三十六小时大家就会到达大西洋的沿岸。

“阿米哥斯！”（朋友们！）那巴塔哥尼亚人也在喊。

出发的时候一到,向导就和他的伙伴们背朝着那依然一片汪洋的洼地,向较高的平原走去。阿根廷的领土又呈现出它那单调的面目;只有欧洲人种的几丛树仿佛冒着险在牧草场上疏疏落落地伸出来,其稀罕的情形,和在坦狄尔及塔巴尔康两山的附近一样;本地的树木,只有在这些漫长的草原的尽头、快到哥连德角附近的地方才肯生长起来。

这一天就是这样过去了。第二天,距海岸还有十五英里路的时候,人们就感到靠近海洋了。那种经常在下半日和下半夜刮起来的叫作"维拉宗"的怪风,开始把高耸的草头吹得一顺地弯下去。自贫瘠的地面上挺起了一些稀疏的树木、一些矮小的木本含羞草、一丛一丛的金合欢和一簇一簇的"勾拉妈波尔"。有些盐滩拦在路上,闪着光,像打碎的玻璃,使步行十分困难,行人必须从滩旁绕过。大家都加紧脚步,以便当天赶到大西洋岸边的萨拉多湖。到了晚上八点钟,旅客们相当疲乏了,这时,他们望见许多沙丘,约有四十米高,挡住一条飞泡溅沫的白线。不一会儿,涨潮的海浪声长号着传到耳朵里来了。

"大洋!"巴加内尔叫起来。

"是的,大洋!"塔卡夫应声说。

这些步行的旅客原已感到体力不支了,现在却相当矫健地爬上了沙丘。

但是夜已经很黑。大家的眼睛都向那一片阴森的海上找着,却看不出什么来。他们想找邓肯号,找来找去找不到。

"无论如何,它是在这一带,应该紧靠着岸边荡来荡去等着我们呀!"格里那凡躁急地叫着。

"我们明天就看见它了。"麦克那布斯回答。

奥斯丁依估计的方向呼喊着那只看不见的游船,但是没有得到任何回音。这时风很大,浪又很高,云片从西边飞来,浪头的泡沫像灰尘一样,直飞到沙丘的顶上。因此,即使邓肯号是在约定的地方,瞭望的水手也听不到岸上的呼声,岸上也听不到他的回答。这带海岸没有任何可停泊的地方,既无湾,又无浦,更无港,连小汊也没有。沿岸尽是一条一条的长沙丘,直伸进海里,船触到了这些沙丘,比触到和水面相平的礁石还要危险些。这些沙丘激着浪头，所以这一带的海涛特别汹涌，如果船被风打到这些毡毯一般的沙丘上来，就绝对没有获救的希望了。

邓肯号看到这一带的海岸险恶，毫无躲避风浪的地方，便开得离岸远远的，这是再自然不过的事了。孟格尔一向谨慎，到这里必然更是加倍小心。奥斯丁这样估计着，并且他肯定那只邓肯号离岸决不会少于五英里。

因此，少校请他那位躁急的朋友暂时忍耐一下。这一片幢幢夜影是无法消散的。那么，对那一带黑暗的天边望来望去，白费目力，有什么好处呢？

少校说了这番话之后，就以沙丘为掩蔽，建成了一处野营地。大家拿最后的一点儿干粮来做了旅途中最后的一顿晚饭，然后，每人都学着少校，挖一个相当舒适的洞当作卧铺，把那片一望无边的细沙当作被褥，直盖到下巴，倒下去沉沉地入睡了。只有格里那凡还不睡，在守着。风依然又大又冷，大洋还感受着那场风暴的余威，波涛老是汹涌着，打到沙滩上，轰雷也似的响。格里那凡总是不敢相信邓肯号就近在咫尺，但是要假定它没有到达约定的地点吧，于理又说不通。格里那凡于10月14日离开了塔卡瓦诺湾，11月12日到达大西洋岸。在他穿过智利、高低岩儿、潘帕斯和阿根廷平原的三十天当中，邓肯号有足够的时间绕过合恩角，到达和塔卡瓦诺湾相对的东海岸了。像它那样一只快船，是不可能误期的。过去的那场风暴确实猛烈，在大西洋的那片战场上确实奔腾得厉害，然而，那只游船是好船，船长又是个好海员呀！因此，它既然应该到了这里，也就必然是在这里了。

然而，格里那凡尽管这样想着，却不能安下心来。当情感与理智斗争的时候，理智不一定就能战胜情感。我们的玛考姆府的主人在这片黑暗中好像已见到了他所爱的人们，他的亲爱的海伦、玛丽·格兰特、他的邓肯号上的船员。海洋用它无数发着磷光的颗粒装饰了海岸，他就在这荒凉的海岸上彷徨。他望望，他听听。有时，他竟以为在海上看到了一点隐隐约约的亮光。

“不错，”他心里说，“我看见了船上的亮光，是‘邓肯号’上的亮光。啊，我的目力怎么不能透过这片夜幕呢！”

说到这里，他忽然想起了：巴加内尔自己说他是夜视眼呀，黑暗里的东西，他可以看得见。于是他就去找巴加内尔。这学者正在他那沙窝里睡得和蛰虫冬眠一样，忽然被一只强健的胳臂把他从沙窝里拖了出来。

“谁呀?”他叫起来。

“是我，巴加内尔。”

“谁呀，你?”

“我是格里那凡。你来，我用得着你的眼睛。”

“我的眼睛?”巴加内尔使劲擦着眼睛说。

“是的，你的眼睛，为着要在这片黑暗里看出我们的邓肯号。快点，来！”

“有了夜视眼真倒霉！”巴加内尔自言自语地说，可是心里觉得能为格里那凡帮个忙，倒很高兴。

他一骨碌爬起来，伸了伸懒腰，鼻子里还呼呼地和刚睡醒的人一样，跟着他的朋友到岸头上去了。

格里那凡请他细看海上那一带幽暗的天边。巴加内尔认真地看了几分钟。

“怎么样? 你没有看见什么吗?”格里那凡问。

“什么也没有看见！就是一只猫来也看不到两步远。”

“你找找看，有没有一盏红灯或绿灯，就是说船上的左舷灯或右舷灯?”

“我看不见什么红灯绿灯！只是漆黑一团！”巴加内尔回答着，眼睛又不由自主地合上了。

他被他那躁急的朋友拖了半点钟，机械地跟着他，头向胸前低下去，又突然抬起来。他不回答，他不说话了。他的脚步走不稳，东倒西歪的，和醉汉一般。格里那凡看看巴加内尔，原来巴加内尔在走着路睡觉呢！

于是格里那凡搀住他的胳臂，不叫醒他，直把他送回到他的窝里，又用沙好好地给他埋起来。

天刚破晓,大家都被“邓肯号！邓肯号!”的叫声惊醒了。

“乌啦！乌啦!”所有的旅伴都响应着格里那凡,奔到岸头上来。

果然,在海上,离岸五海里远,游船的低帆都好好地裹在帆罩里,以最小的马力慢慢地在航行。船上的烟模糊地混入晨雾中。海浪很大,这样吨位的船决不能驶到沙滩的脚下,否则是会有危险的。

格里那凡拿着巴加内尔的大望远镜,细细观察那只船的行动。孟格尔一定不曾看见这班旅客,因为船并不掉头,还继续往前行,左舷扣着帆脚,前帆张了一半。

但是这时塔卡夫已经把他的枪紧紧地塞满了火药,对着游船那边放了一枪。

大家细心听着。大家特别细心看着。那印第安人的枪连响了三次,引起了沙丘里的回声。

最后,游船的腰部冒出一股白烟。

“他们看见我们了!”格里那凡叫起来,“是邓肯号在放炮!”

接着,几秒钟后,隐隐的炮声果然传到岸边来了。立刻,邓肯号掉转帆篷,加强火力,摇摇摆摆,想尽量贴到岸边来。

不一会儿,用望远镜可以看到一只小艇从船上放下来了。

“海伦夫人不能来,”奥斯丁说,“因为浪太大了!”

“孟格尔也不能来,”麦克那布斯响应着说,“因为他不能离开他的船。”

“我的姐姐！我的姐姐!”罗伯尔直叫唤,伸起他的胳臂向着那激烈颠簸的小艇。

“啊,我恨不得立刻就上船!”格里那凡说。

“耐心点,爱德华,”少校回答,“过两个钟头你就在船上了。”

两个钟头！是啊,小艇上六只桨划着,一来一往,非两个钟头不可！

于是,格里那凡转过头来找塔卡夫。塔卡夫那时正交叉着膀子,带着桃迦在身边,安静地看着那波涛纵横的海面。

格里那凡拉住他的手，指着那游船，对他说：

“跟我走吧。”

那印第安人轻轻地摇摇头。

“来吧，朋友。”格里那凡又说。

“不，”塔卡夫又温和地说，“这里是桃迦，那里是潘帕斯！”他补充这一句，同时以一个充满热爱的手势指着那片一望无际的平原。

格里那凡懂得了，那印第安人是永远不愿丢开那片埋着祖先白骨的草原。他知道这荒僻地区的儿女们，对于故乡是多么热爱。因此，他又握了握塔卡夫的手，不再勉强他。当那印第安人带着他那特有的微笑，用“完全为朋友帮忙”这句话谢绝报酬的时候，他也没有勉强他接受报酬。

格里那凡对这句话没有法子回答。他很想给这个正直的印第安人留下一点儿纪念，使他能长久记得他的欧洲朋友。但是他手边还剩下什么呢？他的武器、他的马匹都在洪水的灾难中丢失了。他的同伴们也两手空空的和他差不多。

他踟蹰着不知道怎样感谢那个热诚向导的盛情，这时，他忽然想起了一个办法：他从皮夹里掏出一个宝贵的小雕像框子，中间嵌着一个小画像，是劳伦斯①的杰作，他把它送给那印第安人。

“我的夫人。”他说。

塔卡夫看着画像，十分感动，简单地说了这样一句话：

“又贤惠又美丽呀！”

然后，罗伯尔、巴加内尔、少校、奥斯丁和那两个水手都来了，用动人的语句向那巴塔哥尼亚人告别。这班诚实的旅客们现在要离开这样一个英勇而热心的朋友了，他们心中都感到难受，而塔卡夫也用他那长胳臂把他们一起搂到他那宽阔的胸脯前面。巴加内尔想起那印第安人常常看他那张南美及两洋的地图，对它感兴趣，就把它送给他了。这地图是那学者此时所保有的唯一宝贵的东西。至于罗伯尔，他没有什么东西可送，只有热吻。他热吻着他的救命恩人，同时也没有

---

① 劳伦斯（1769–1830），英国名画家，擅长画人像。

忘记热吻桃迦。

这时，邓肯号的小艇渐渐近岸了，它钻进了沙滩间的一条河汊，不一会儿就停到岸边。

“我的夫人呢？”格里那凡问。

“我的姐姐呢？”罗伯尔叫。

“海伦夫人和格兰特小姐都在大船上等候你们。”那划船的人说，“赶快走吧，阁下，一分钟也不能延迟，因为潮已经在落了。”

大家最后一次地和塔卡夫又是握手，又是拥抱，又是热吻。塔卡夫把他的朋友们直送到小艇旁边。小艇又被推回水上了。罗伯尔正要上船的时候，印第安人把他一把搂在怀里，慈祥地看着他。

“现在，你去吧，”他说，“你已经是大人了！”

“再见！朋友！再见！”格里那凡又喊了一次。

“我们就不能够再见了吗？”巴加内尔叫。

“奎延萨白？”（谁知道呢？）塔卡夫回答，举起胳臂向着天。

那印第安人的最后一句话在晨风中消失了。小艇进入了海面，被落潮拖带着，越走越远。

过了很久，人们隔着浪花溅起的泡沫还看得见塔卡夫的侧影，一动不动地站在那里。他那高大的身材渐渐缩小了，最后，在他那些萍水相逢的朋友们的视线中消逝了。一小时后，罗伯尔第一个跳上邓肯号，奔去抱住玛丽·格兰特，同时全船的水手发出了一片“乌啦！”的欢呼声。

循着一条直线横贯南美的旅行就这样结束了。高山大河都不曾使这些旅行家离开他们那条坚持不变的路线。他们没有遇到人情险恶的困难，但是自然界的力量常出来阻挠他们，使他们的意志和勇气受到了多次严酷的考验。

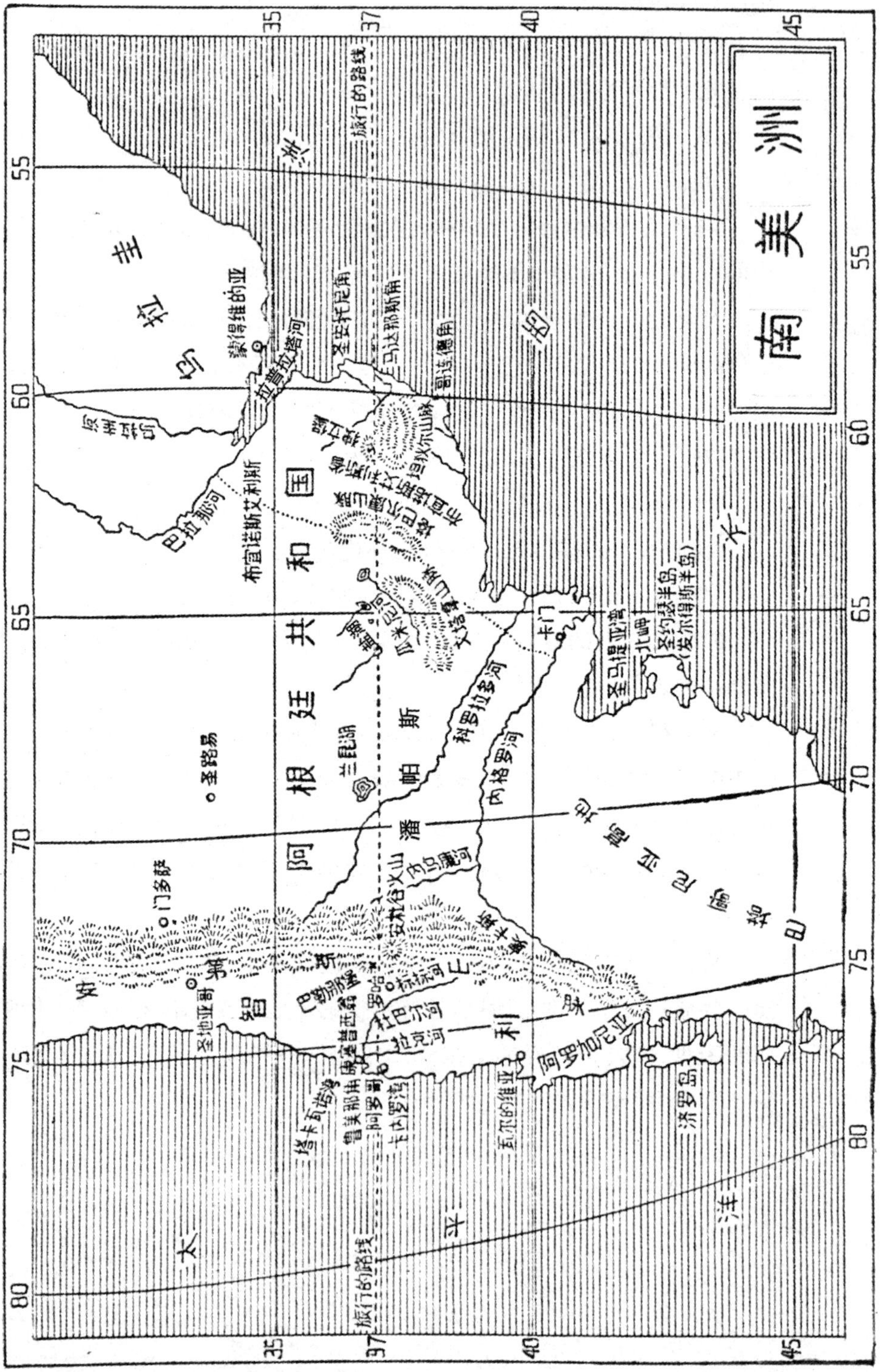

南美洲
大西洋
太平洋
阿根廷共和国
潘帕斯
智利
乌拉圭
蒙得维的亚
拉普拉塔河
乌拉圭河
巴拉那河
布宜诺斯艾利斯
圣安托尼角
马达那斯角
科罗拉多河
内格罗河
卡门
圣马提亚湾
北岬
圣约瑟半岛
(瓦尔得斯半岛)
阿罗加尼亚
瓦尔的维亚
济罗岛
门多萨
圣路易
圣地亚哥
旅行的路线

中　卷

第一章
—— 回到船上 ——

一回到船上,大家都陶醉在重逢的欢乐里。格里那凡爵士不愿意因为寻访失败而在大家的兴头儿上泼一瓢冷水,所以他的第一句话就是:“要有信心!朋友们,要有信心!格兰特船长虽然没有跟我们一同回来,但是我们有把握找到他。”

为了不使那两位女客失望,这种保证是十分必要的。

的确,当那小艇慢慢划近大船的时候,海伦夫人和玛丽·格兰特已经等得焦急万分了。她们在艉楼上仔细打量着回船的人们。那少女有时感到绝望,有时又感到高兴,她好像看见了哈利·格兰特。她的心跳得厉害,她话也说不出,她站都站不稳。幸亏海伦夫人用胳臂搂住了她。孟格尔也站在她的身边,一声不响地望着小艇。他那双水手的眼睛很尖,即使看远方的东西也能看得清清楚楚,可是他没有看到格兰特船长。

“他就在那儿!他来了!我的父亲!”那少女嘟哝着。

然而,小艇越走越近,这种自己骗自己的想法已经成为泡影了。那一群归来的旅客离大船不足一百英寻了,不仅海伦夫人和孟格尔看清了小艇里没有格兰特船长,就是玛丽自己也是泪眼模糊地感到没有任何希望了。就在这时候格里那凡爵士到了,并说出那句话来宽慰他

海伦夫人和玛丽·格兰特仔细打量着回船的人们。

们，真是及时投下了一颗定心丸啊！

大家一阵拥抱之后，他们把这次在陆上探险碰到的若干意外的周折告诉了海伦夫人、格兰特小姐和孟格尔船长。首先，格里那凡爵士提起巴加内尔凭他的锐敏的智慧给那文件找到一个新的解释的事。他又夸奖了小罗伯尔，说玛丽有这样一个好弟弟真值得自豪。小罗伯尔的勇敢和热诚，以及他所经历的各种危险，格里那凡都突出地说给大家听了，说得那孩子难为情起来，不知道躲到哪里去才好。幸而他姐姐张开了两臂，把他没头没脑地搂在怀里。

"不要难为情呀，罗伯尔，"孟格尔说，"你这才显得不愧为格兰特船长的儿子！"

他向玛丽的弟弟伸出两臂，吻着他的小脸——小脸上还沾着那少女的眼泪呢！

我们在这里略提一句，少校和那地理学家也受到了热诚的欢迎，那慷慨的塔卡夫也光荣地被谈到了。海伦夫人很懊悔不曾有机会和那位诚笃的印第安人握一握手。麦克那布斯在这一阵欢叙之后，就钻到自己的房间里，用他镇静的、稳定的手刮胡子去了。至于巴加内尔呢，他却东跑西颠，寻这个，找那个，仿佛是一只蜜蜂，从各方面吸取着人们对他赞美和微笑的蜜汁。他要吻一吻邓肯号上的全体船员，并且坚持连海伦夫人和玛丽·格兰特都在内，因而他就从她们俩开始，一个个地吻过去，直吻到奥比内先生。

奥比内先生觉得没有更好的方法答谢他的盛情，只有宣布开午饭。

"开午饭！"巴加内尔叫起来。

"是的，巴加内尔先生。"奥比内回答。

"真正是一顿午饭吗？真正是坐在一张桌子上吃吗？有餐具、有餐巾吗？"

"当然啦，巴加内尔先生。"

"不再吃'沙肌'[①]、吃灰煨蛋、吃鸵鸟肋条了吗？"

"啊，先生！这话从哪里说起！"那司务长回答，感到他烹调的本领

① 南美当地人吃的一种干牛肉。

让人挖苦了。

“我不是挖苦你，我的朋友。”那学者微笑着说，“要知道，我们一个月来就是吃的这些东西，而且我们不是坐在桌上吃，却是躺在地上吃，要不然就骑在树枝上吃。因此，你刚才宣布开午饭，这在我，就仿佛是做梦、是讲故事、是想入非非！”

“那么，我们就去证实一下这顿午饭是不是真的吧，巴加内尔先生。”海伦夫人回答说，不由得笑了起来。

“让我搀着您的胳臂。”那殷勤的地理学家说。

“阁下对于邓肯号没有什么命令给我吗？”孟格尔问。

“我亲爱的约翰，”格里那凡回答说，“午饭后我们再从容地讨论一下我们新的探险计划吧。”

游船上的乘客和船长都到方厅里来了。船长吩咐机械师保持火力，以便一接到命令就开船。

少校刮了脸，旅客们也都很快地梳洗了一下，全体围坐在餐桌旁了。

奥比内先生预备的午饭，大家都吃得眉开眼笑，个个都说好吃，比潘帕斯的那些盛筵高明多了。巴加内尔每样菜都取两份，他说这是“由于粗心”。

提到粗心，格里那凡夫人就问那位可爱的法国人有没有再犯过他那个老毛病。少校和格里那凡爵士互相看了一眼，彼此会意地微笑着。而巴加内尔自己呢，却大笑起来，笑得那么天真，并且首先以荣誉保证以后在整个的行程中绝不再犯粗心大意的毛病了，然后他把他苦读喀孟斯的作品和说话人家听不懂的事一五一十地说出来，说得津津有味。

“总之，”他最后又补一句说，“吃一次亏，学一次乖，其实那次错误，我并不吃亏。”

“我可敬的朋友，这话怎么讲？”少校问。

“很简单嘛！由于这次错误，我不但会说西班牙语，连葡萄牙语也会说了。学会两种语言不比学会一种更好吗？”

“原来如此，我还真没有想到呢！”麦克那布斯回答说，“恭喜你，巴加内尔，诚挚地恭喜你一学就学会了两种语言！”

大家都祝贺巴加内尔，巴加内尔却在那里不住地吃着，一口也不饶。他忙着一边吃一边和别人谈话，但是席间有个秘密他没有注意到，却被格里那凡看出来了：那就是孟格尔坐在玛丽的身旁对她表现出那种殷勤关切的样子。海伦夫人对她的丈夫挤挤眼，表示“一向就是这样”！格里那凡带着一种慈爱的同情看看那两个青年男女。他猛地叫了一声孟格尔，不过他所问的却并不是那回事。

“孟格尔，你这次航行的情形怎么样？”

“顺利极了，”那船长回答，“不过，我要报告阁下，我们没有打麦哲伦海峡过。”

“好呀！”巴加内尔叫起来，“我不在船上，你们就背着我绕过合恩角了！”

“你去上吊吧！”少校说。

“你这个自私自利的家伙！你为了想把我那根绳子弄到手，居然要劝我上吊！[①]”那地理学家堵了他一句。

“你别懊悔没有看见那个合恩角呀，我亲爱的巴加内尔。”格里那凡说，“除非你有分身法，否则你怎么能同时到几个地方呢？你已经在潘帕斯里跑过了，还能同时绕过合恩角吗？”

“尽管是不能，后悔却还是一样后悔呀！”那学者反驳。

大家不再逗他往下说了，就让他拿这句回答结束了这个枝节问题。孟格尔又继续叙述他的航行经过。他沿着美洲的海岸走，观察了美洲西边所有的群岛，都没有发现不列颠尼亚号的任何痕迹。到了皮拉尔角，靠近麦哲伦海峡入口的地方，正赶上顺风，他就直向南方驶去。邓肯号沿着德索拉西翁那带岛屿航行，直抵南纬六十七度线，然后绕过合恩角，沿着火地岛前进，穿过勒美尔海峡，再沿着巴塔哥尼亚海岸北上。它驶到和哥连德角同纬度的地方遇到了大风，就是在潘帕斯草原上雷电交作的时候猛烈袭击着格里那凡一行人的那阵大风，但是游船依然无恙。它靠近海岸航来航去已经三天了，不耐烦地等待着陆上的行人，直到听到枪响。至于格里那凡夫人和格兰特小姐，如果邓肯号船长再不佩服她们那种稀有的大无畏精神也就太不公平了，因

① 欧洲人的迷信，吊死人的绳子带在身上是吉利的。

为她们在风浪面前不曾有丝毫的畏惧。虽然她们有时也表现出一点儿焦急心情，那只是因为她们想到了当时正在阿根廷草原上旅行的朋友们啊！

孟格尔的叙述就这样结束了，格里那凡爵士嘉奖了他一番，然后，又转向玛丽说：

“我亲爱的小姐，我看孟格尔很赞扬你的那些优点，我想，你在他的船上住着一定也不会觉得心烦。”

“怎么会觉得心烦呢?”玛丽回答，说话时眼睛望着海伦夫人，似乎同时也在望着那青年船长。

“啊，我姐姐很爱你，孟格尔先生!”小罗伯尔叫起来，“我也爱你呀!”

“同样地，我也爱你，我亲爱的孩子。”孟格尔回答。他让这孩子的一句话说得很有点儿窘，而玛丽·格兰特的脸上也泛起一阵红晕。

为了转变话题，孟格尔接着又说：

“我把邓肯号的航行经过说完了，阁下能把横贯美洲大陆旅行的详细情形和我们这位小英雄的事迹也给我们说一说吗?”

没有比这更能使海伦夫人和格兰特小姐爱听的了。因此，格里那凡赶快满足了她们的好奇心。他详详细细地、一幕接着一幕地把两洋之间的旅行说出来。爬安第斯山、遇到地震、罗伯尔失踪、兀鹰把他抓起来、塔卡夫的一枪、和红狼的一场恶战、那小孩子的牺牲精神、玛奴埃尔军曹、洪水、在“翁比”树上避难、雷打到树上、树上起大火、鳄鱼、飓风、大西洋岸上的一夜，所有这一切，不管是可乐的或是可怕的，都原原本本地说出来了，使听众们忽而欣喜，忽而惊惧。叙述中有许多场合使罗伯尔获得了他姐姐和海伦夫人的抚慰，从来没有哪个孩子像他此刻这样被热爱他的人们紧抱和狂吻过。

格里那凡叙述完了之后，又加上一句说：

“现在，朋友们，要想到当前应做的事了。过去的过去了，未来是属于我们的，我们再谈谈格兰特船长吧。”

午饭吃完了，大家都跑到格里那凡夫人的小客厅里来。他们围着一张桌子坐下，桌上满堆着彩色的和素底的地图，谈话立刻开始。

“我亲爱的海伦，”格里那凡爵士说，“我上船时就告诉过你：不列颠尼亚号的失事船员没有跟我们一同回来，但是我有空前的希望能找到他们。我们横跨美洲跑了一趟的结果，就是有了这样一个信心，或者更恰当地说，有了这样一个把握：那只船失事时既不是在太平洋沿岸，也不是在大西洋沿岸。总而言之，我们误解了文件的意思，关于巴塔哥尼亚这一方面的解释，完全错了。幸亏我们的朋友巴加内尔忽然灵机一动，发现了这个错误。他证明我们找错了路，他重新解释了那文件，所以我们心里不能再有任何迟疑了。他是拿那张法文的文件来解释的，我请巴加内尔在这里再解释一番，好让大家更放心一些。”

那学者接受了这个请求，立刻就讲起来。他把 gonie 和 indi 这两个不完整的词讲得头头是道。他有力地把“澳大利亚”(Australie)一词从 austral 这个词里解释出来。他证明格兰特船长离开秘鲁海岸回欧洲的时候，可能因为船上的机件失灵，被太平洋的南部海流打到了澳洲海岸。最后，他那些巧妙的假定和精细的推断，连那位性格执拗、不易受空想蒙蔽的孟格尔也完全赞同了。

巴加内尔讲完之后，格里那凡就宣布邓肯号立刻要往澳洲开。

这时，少校要求在命令掉头向东之前让他再提出一个小小的意见。

“你说吧，麦克那布斯。”格里那凡说。

“我的目的不是要削弱我们的朋友巴加内尔的论断，更不是要推翻它。”少校说，“我觉得他这些意见都很审慎、锐敏，完全值得我们注意，理应作为我们今后寻访的基础。不过，我希望我们对这些文件再做最后一次的推敲，以求达到无可非难并且无人非难的程度。”

大家不知道那位谨慎的麦克那布斯究竟疑虑什么，听他这番话都有些着急。

“接着说吧，少校。”巴加内尔说，“我准备答复你所提的一切问题。”

“我的问题简单极了。”少校说，“五个月前，我们在克莱德湾里研究这三个文件的时候，我们觉得我们所解释出来的意义是很明显的。除了巴塔哥尼亚的东海岸，就没有别的海岸可以假定作为沉船的地点了。关于这一点，我们甚至于连怀疑的影儿也没有。”

“确实如此。”格里那凡说。

“我请巴加内尔在这里再解释一番，好让大家更放心一些。”

“后来，”少校又说，“巴加内尔像有神差鬼使的一般，粗心大意地上了我们的这条船了，我们拿了这三个文件给他看，他也毫无保留地赞成我们在美洲海岸上搜寻。”

“我同意你的话。”地理学家回答。

“然而，我们错了。”少校说。

“是呀，我们错了。”巴加内尔学他的样说了一句，“但是，麦克那布斯，人总是免不了有错的，错了就一直错下去那才是傻瓜呢！”

“等我说完了呀，巴加内尔，”少校回答，“你别这样性急。我绝不是说我们还要在美洲找。”

“那么你是要说什么呢？”格里那凡问。

“我只要你们承认一句话，没有别的，只要你们承认：现在澳洲仿佛是不列颠尼亚号的出事地点，就和当初美洲仿佛是那只船的出事地点一样地明显。”

“我们当然承认啦！”巴加内尔回答。

“我只要你说这句话，”少校又说，“我就根据你这句话告诉你：你那个想象力可不要老是今天看着这个是明显的，明天看着那个是明显的，今天的‘明显’否定了昨天，明天的‘明显’又要否定今天了。谁敢保证我们在澳洲寻找了之后，不会再有一个地方看来和美洲、澳洲一样地明显呢？谁敢保证，万一在澳洲寻找又失败了，你不又觉得很‘明显’地要到别的地方去再找呢？”

格里那凡和巴加内尔面面相觑，说不出一句话。少校的想法太正确了，使他们十分惊讶。

“因此我要求，”少校接着说，“在启程到澳洲之前再做最后一次的验证。这里是文件，这里是地图。我们把三十七度线穿过的各点一个个地研究一下，看看另外有没有哪个地方在文件里明确地指示出来。”

“这个太容易了，并不需要多少时间，”巴加内尔回答，“因为很侥幸，这条纬度线经过的陆地很少。”

“我们就来看吧。”少校说着，就打开一张英国版依照麦卡忒[①]投影法印制的地球平面图，整个的地形都呈现在大家的眼前。

① 麦卡忒（1512–1594），佛兰德斯（旧地区名，位于今法国西北部和比利时西部）的地理学家，近代数学地理学的创始人之一。

地图是摆在海伦夫人面前的，大家都凑拢来找个适当的位置，听巴加内尔按图解释。

“我已经给你们讲过了。”那地理学家说，“三十七度线穿过南美洲之后，就是透利斯探达昆雅群岛。我认为文件里没有一个字跟这群岛屿的名字有关联的。”

大家仔细检查了一下文件，不能不承认巴加内尔说得对，因而一致丢下了透利斯探达昆雅群岛。

“再往下看，”地理学家又说，“出了大西洋，我们就到好望角，比这条纬度线低两度，然后我们就进入印度洋。我们在路上只碰到一群岛屿，就是阿姆斯特丹群岛。我们再和核查透利斯探达昆雅群岛一样，在文件上检查一下。”

大家又仔细对照了一番，阿姆斯特丹群岛也放弃了。不论是法文、英文或德文文件，不论是完整的或不完整的字词，都与印度洋里的这群岛屿无关。

“现在，我们到澳洲了。”巴加内尔又说，“三十七度线穿过这大陆，由百奴衣角进去，由吐福湾出来。你们一定和我一样，要认为英文文件上的 stra 和法文文件上的 austral，不带丝毫勉强，都适合于‘澳大利亚’(Australie)这个词。事实太明显了，我用不着多说。”

每个人都赞同巴加内尔的这个结论。这个审查办法把一切可能性都集中到他这方面来了。

“再往前看。”少校说。

“再往前看吧，”地理学家回答，“在地图上旅行容易得很。离开吐福湾就到澳洲东面那片海峡，我们遇到新西兰。首先我要提起你们注意，法文文件上的 contin，不可否认地是指一个‘大陆’。因此，新西兰既然只是一个岛，格兰特船长就不可能逃到那上面去了。虽然如此，我还要请你们多多研究、比较，把每一个词都反复地审查一番，看看有没有新西兰的可能。”

“绝不可能。”孟格尔回答，他把文件和地图都仔细观察了一番。

“不可能，”别的人都说，连少校也在内，“不可能，扯不上新西兰。”

“现在，”地理学家又说，“在把这个大岛和美洲海岸隔离开的这一片空阔的海洋里，三十七度线只穿过一个荒凉无人的小岛了。”

“叫什么？……”少校问。

“你看地图吧。叫玛丽亚－泰勒萨岛，我在三个文件里都找不到这个名字的任何痕迹。”

“没有任何痕迹。”格里那凡应声说。

“因此，朋友们，你们来决定一下，如果不能说有把握，是不是有可能在澳洲大陆上面？”

“这是很明显的呀！”全船乘客和船长都一致地说。

于是，格里那凡问：“孟格尔，煤和粮食是不是都够了？”

“都够了，阁下，我在塔卡瓦诺大量地补充过了，而且我们到好望角也很容易补充燃料。”

“那么，好，就开船到……”

“我还有个意见。”少校打断了格里那凡的话头。

“你说吧，麦克那布斯。”

“不论澳洲能如何保证我们成功，我们在透利斯探达昆雅和阿姆斯特丹两岛也都停一两天，不好吗？这两群岛屿就在我们的路线上，用不着绕道呀！我们能停一两天，不列颠尼亚号在那里有没有留下失事的痕迹就可以知道了。”

“多疑的少校啊！”巴加内尔叫道，“他还在固执！”

“我特别固执，不想将来再走回头路，万一澳洲不能实现我们这个希望的话。”

“我觉得他这样考虑并没有坏处。”格里那凡说。

“我并不是反对你们这样做，”巴加内尔辩道，“相反地，我也赞成。”

“既这样，孟格尔，”格里那凡说，“把船向透利斯探达昆雅开吧。”

“立刻照办，阁下。”船长答应着，立刻走上了甲板。与此同时，罗伯尔和玛丽对格里那凡爵士说着无限感激的话。

不一会儿，邓肯号离开了美洲海岸。它那船头冲开大西洋的波涛，迅速地向东驶去。

第二章
—— 透利斯探达昆雅 ——

澳洲与美洲之间，更准确地说，澳洲的百奴依角与美洲的哥连德角之间，相距一百九十六经度，如果游船沿着赤道线前进，就要走一万一千七百六十海里。但是它是沿着三十七度线行驶的，由于地球是圆形，这一百九十六经度就变成九千四百八十海里了。从美洲海岸到透利斯探达昆雅是二千一百海里，如果东风不来降低游船速度的话，这段路，孟格尔希望能在十天内走完。果然，他的希望实现了：当天傍晚，风势显著地下降，然后又转了方向，因而邓肯号在一片平静的海洋上能把它的无比的优点全部表现出来。

乘客们坐在船上，当天就恢复了往常的习惯了。他们离开船仿佛还不到一个月。离开太平洋的波涛之后，展开在他们眼前的是大西洋的波涛，除了细微的差别而外，所有的波涛总都是大致相仿的。自然界曾经那样严酷地考验过他们，现在却都配合起来帮他们的忙了。大洋是宁静的，风向正好，全部船帆在西风吹送下，协助着那锅炉中永不疲倦的蒸汽动力。

这样迅速的航行顺利地继续着，既未发生枝节，更未遭逢意外。大家满怀信心地等着澳洲海岸到来。可能性渐渐变成必然性了。大家谈着格兰特船长，就仿佛游船是要开到某一个商埠去接他回来一般。他的房间和他的两个伙伴的吊铺都在船上准备好了。玛丽高高兴兴地亲手给她父亲布置卧室，并加以美化。这卧室是奥比内先生让出来的，他现在移到奥比内太太的房间里去住了。卧室的隔壁就是巴加内尔在苏格提亚号上预定的那“六号房”。

这位博学的地理学家差不多经常躲在“六号房”里。他从早到晚都在写一部著作，书名叫作《一个地理学家在阿根廷潘帕斯的深刻印象》。人们常听到他以激动的声音试读着他那些铿锵的文句，读了之后才在他那笔记簿的白纸上写下来。不止一次，他写到兴高采烈的时候，就背着史神克丽欧去向诗神珈丽奥珀求灵感[①]。

巴加内尔向希腊的那些司文艺的女神求灵感，并不瞒人。阿波罗[②]的那些贞静的女伴们常常为着帮助我们的学者而离开她们的仙山巴纳丝或赫利宫[③]。海伦夫人常常真心实意地庆贺他的成就。

少校看他和希腊的司文艺的女神交往，也常常赞美他。

“不过，”他又时常补充一句说，“千万不要再粗心大意了，我亲爱的巴加内尔。万一你想起来要学澳洲语，千万不要拿起一本中国语法来读！”

船上的生活就是这样美满。格里那凡爵士和夫人很关心地观察着孟格尔和玛丽两人。他们觉得两人的行为都无可批评，并且，既然孟格尔不肯开口说破，还是听他们俩自然发展为妙。

“将来格兰特船长对这事会有怎样的想法呢？”格里那凡有一天这样问海伦夫人。

“他的想法一定是孟格尔配得上玛丽，我亲爱的爱德华，而他这样想真不错。”

这时候，游船一直是向着它的目标急驶着。离开哥连德角五天之后，就是11月16日，好一场凉爽的西风刮了起来。非洲南端是经常起东南逆风的，要绕过非洲南端的船只，能遇到西风真是再顺利不过了。因而邓肯号拉起了全部的帆篷，主帆、纵帆、前帆、顶帆、樯头帆，各种小帆和辅帆一齐张开，帆索扣在左舷上，以惊人的速度飞奔着。船首劈开向后飞逝的波澜，螺旋桨几乎都没碰到水，邓肯号就仿佛在参加游船竞赛一样。

第二天，洋面上满是又长又大的海藻，活像一个无边的青草池塘。人们简直要以为是北大西洋那种由邻近大陆冲下来的残树断草聚集而成的“藻海”被人搬了一部分到这里来。过去，莫利舰长曾特别指出这个现象，提起航海家们注意。巴加内尔拿南美洲的“草原”来和这片“藻海”相比，是十分恰当的。邓肯号就在这种“海上草原”中滑

---

① 克丽欧和珈丽奥珀都是希腊神话中司文艺的女神。司文艺的女神一共是九个，各司一种文艺。克丽欧司史学，珈丽奥珀司史诗。巴加内尔背着克丽欧去找珈丽奥珀，就是说他不限于记载史实，有时还歌咏功勋。

② 阿波罗是大神朱庇特之子，九位司文艺的女神的领袖。

③ 巴纳丝和赫利宫都是司文艺的女神常住的仙山。

行着，速度稍微减低了一点。

二十四小时后，天刚亮，瞭望的水手叫起来：

“陆地！”

“在哪一边?”奥斯丁问，他正在值班。

“迎着风头。”水手回答。

这一声高叫把船上的客人都惊动了，甲板上站满了人。

不一会儿，一个大望远镜从艉楼里先伸出来，后面紧跟着巴加内尔。这学者把他的工具架起来，对着指示的方向看了又看，但是看不出像陆地的东西。

“看云里呀！”孟格尔对他说。

“果然，”巴加内尔回答，“仿佛是个山峰，几乎还望不见。”

“就是透利斯探达昆雅呀！”

“那么，如果我记得不错，”那学者说，“我们相距还有八十海里，因为透利斯探峰海拔七千英尺，在这样的距离正可以看得见。”

“的确如此。”约翰船长回答。

几小时后，那群很高很陡的岛在天边上清清楚楚地显现出来了。透利斯探的圆锥形峰顶黑糊糊地在旭日初升祥光万道的晴空中露出来。不一会儿，主岛从那片岩石丛中显出来了，全部岛群形成一个向东北倾斜的三角形，主岛占着三角形的顶端。

透利斯探达昆雅位于南纬三十七度八分与格林尼治子午线的西经十度四十四分之间。西南十八海里为无路岛，东南十海里为莺岛，这两个岛补充着主岛，在这一部分大西洋上形成了一个渺小而孤悬的岛屿群。傍午的时候，船上测定了两个主要点作为认路标志，一个点是无路岛的一角——活像一只帆船的石岩，另一个点是莺岛的北端——像一座残垒的两个小屿。午后三点钟，邓肯号向透利斯探达昆雅的法尔默思湾里驶去。这个湾，由援助岬挡着西风。

那里停着几只猎捕海豹和其他海兽的捕鲸船，因为在这一带海岸，各式各样的海兽都有，种类计算不清。

孟格尔忙着找个适合的停船地点，因为这一带的港外碇泊场常受西北风和北风的袭击，十分危险。1829年英国双桅船袭里亚号全船沉没正是在这个碇泊场。邓肯号驶到距岸半海里的海面，在一个海底多

透利斯探达昆雅岛形成一个向东北倾斜的三角形。

暗礁、水深二十英寻的地方停泊了。船上的男女乘客都立刻登上大艇，在一片细黑的沙土地上着了陆。这种细黑的沙土是这岛上的岩石风化后的残余。

透利斯探达昆雅群岛的首府是一个小小的村落，位于海湾的深处，在一条水声潺潺的山溪的岸旁。村里有五十所左右的房屋，相当清洁，依照规则的几何图形排列着，形成英国式建筑的最高典型。在这座像模型似的小城后面展开着一千五百公顷的平原，平原的尽头是一片广阔的喷石层，喷石层上矗立着那圆锥形的高峰，深入云霄七千英尺。

格里那凡爵士受到一位总督的接待，这总督是受好望角英国殖民政府管辖的。格里那凡立刻向他查问哈利·格兰特和不列颠尼亚号的消息。但这两个名字在这里完全是陌生的。透利斯探达昆雅群岛不在航路上，所以船舶来往很少。自从1821年白朗敦霍尔号在无路岛触礁失事之后，还有两只船曾在这个主岛的岸前沉没过：一只是1845年的卜利莫奎号，另一只是1857年的美国三桅船菲列德尔菲亚号。透利斯探达昆雅统计录所记载的船舶失事只有这三起。

格里那凡并不指望能找到什么更确实的线索，他问问该岛总督不过是求个心安罢了。他甚至于还派人划着船上的大小艇子绕着岛的四周巡视了一周。这岛的周围至多不过十七英里，就是再大三倍，一个伦敦或一个巴黎也不能在这岛里装下去。

在格里那凡去向总督打听的时候，船上的乘客就在村子里和附近海岸上散步。透利斯探达昆雅的人口不到一百五十人，都是英国人和美国人，他们在这里和黑人妇女或好望角的霍吞脱族[①]妇女通了婚，而她们的长相着实让人不敢恭维。

这些游览家脚一踏着陆地，便感到十分快乐。他们散步一直散到那带毗连平原的海岸。平原上有农作物，全岛只有这一部分是耕种过的。其余的地方只是一连串的熔岩石悬崖。这些悬岩又高峻又硗瘠，住着千千万万庞大的信天翁和呆头呆脑的企鹅。

参观的人们考察了这些火成岩之后，就向着平原走去。山顶上

---

① 南非黑种人的一族。

永远化不完的雪融成了活水，构成许许多多的泉源，到处是潺潺的水声；青葱的灌木丛点缀着地面，一眼望去，树丛里的鸟儿几乎和花朵一样多；只有一棵二十英尺高的鼠李树和一些庞大的木本苇科植物——“屠色”草在那片青青的牧场上挺立着；此外还有多蔓而结着辣果的巴西蔷薇，枝条坚壮、纤维纠结的狮子头草，常青的灌木，清香扑鼻、沁人心脾的灰藿，以及苔藓、野芹、凤尾草。这些就是当地特产的植物，种类不多，却十分繁茂。人们感觉到有一个永恒的春季把它的温柔经常向这个得天独厚的岛上倾泻。巴加内尔兴奋地赞美着，认为这就是费纳龙[①]所歌颂的那座著名的奥吉吉岛[②]。他劝海伦夫人在岛上找个山洞住下，学习那可爱的珈丽莎[③]的榜样，来做岛上的女神；至于他自己，只想做一个“服侍女神的小仙女”罢了。

散步的人们就这样一面赞赏，一面谈笑，直到傍晚才回到船上。村子的四周放牧着大群的牛羊；田地里种的麦子、玉米和蔬菜，都是最近四十年才被带到岛上来的。这些植物都长得非常茂盛，从田地里直蔓延到都城的街道上来。

当格里那凡爵士回船的时候，邓肯号派出去巡查的几艘艇子也回来了。它们只消几个钟头就绕着岛兜了一个圈子。它们在兜圈子的路上没有找到不列颠尼亚号的任何痕迹。因此，这次环岛旅行的唯一结果，就是叫人们把透利斯探岛从寻访计划中死心塌地地删掉，除此以外，没有任何收获。

现在，邓肯号本可以离开这群非洲的岛屿再向东方进发了，然而当晚并没有开船，因为格里那凡允许他的船员们猎一场海豹（这种海豹有时人家叫它海牛，有时叫它海狮，有时又叫它海熊或海象）。这里的海豹委实太多了，把法尔默思湾的沿岸地区塞得水泄不通。从前，在这岛的附近的海里，还有许多北极鲸鱼，但是猎捕的人太多，赶的赶，叉的叉，现在这种鲸鱼几乎绝迹了。相反地，那些两栖动物却成群结队地随地都是。邓肯号上的船员们决定利用夜里的时间猎捕海豹，利用次日白天的时间把它们熬成油储藏起来。

---

① 法国17世纪的文学家，曾著《特勒马克寻父记》。

② 古希腊神话中的仙岛；荷马歌咏过，费纳龙也歌咏过。

③ 住在奥吉吉洞天的女神。

所以，邓肯号延迟到第三天，即11月20日才启程。

吃晚饭的时候，巴加内尔讲了一些有关透利斯探各岛的史实，大家听了很感兴趣。他们知道了这群岛屿是1506年葡萄牙人透利斯探·达昆雅发现的，透利斯探是著名探险家阿布奎基[①]的随行者之一。这群岛被发现后有一百多年无人过问，被认为是风暴的巢穴。事实上，这种看法也不是无理的，它们的名声并不比贝尔穆德斯[②]更好。所以大家都很少接近它们，凡是在这群岛屿上着陆过的船只，都是因为被大西洋的飓风打得没有办法才到这里来的。

1697年，东印度公司的三条荷兰船在那里停泊过，并且测定了这群岛屿的方位，后来1700年天文学家哈雷[③]又把这方位的计算数字校订了一番。从1712年到1767年，又有几个法国航海家到过这里的岛屿，其中最重要的一个人是拉白鲁斯[④]，他是在1785年那次著名的探险旅行中为了研究来到这里的。

直到那时为止，这里的岛屿很少有人来过，所以始终无人居住。到了1811年，有个美国人叫作蓝拜尔的才来做开辟工作。他和两个同伴在正月里登上了这群岛屿，勇毅地着手垦荒。好望角的英国总督听说他们在岛上发达起来了，就建议给予他们保护。蓝拜尔接受了这保护，因而在他的草棚子上扯起了英国国旗。这个“小王国”有两个“臣民”，一个老意大利人和一个葡萄牙的黑白混血儿。蓝拜尔似乎很可以把这个“小王国”和平地统治下去，不料有一天，他在巡视王国的海岸时竟不知道是失足落水还是被人推到海里淹死了。到了1816年，拿破仑被囚在圣赫勒拿岛[⑤]上；英国为了更严密地监视他，派了一队兵驻防升天岛[⑥]，又派了一队兵驻防透利斯探达昆雅。透利斯探驻的是好望角的一个炮兵连和一队霍吞脱族的士兵。他们直驻到1821年囚在圣赫勒拿岛上的拿破仑死了以后，才被调回好望角。

---

① 阿布奎基（1453–1515），葡萄牙著名航海家。

② 贝尔穆德斯，属于古巴的一个岛。

③ 哈雷（1658–1742），英国天文学家。

④ 拉白鲁斯（1741–1788），法国著名航海家。

⑤ 大西洋上非洲附近的一个小岛。

⑥ 或根据原名 Ascension 音译为“亚森森”岛，在圣赫勒拿岛西北。

“后来只剩下一个欧洲人，”巴加内尔又补充说，“他是个排长，是个苏格兰人……”

“啊，是个苏格兰人！”少校说，他对于同胞苏格兰人老是特别关怀的。

“是的，他的名字是威廉·格拉斯。”巴加内尔回答说，“留在岛上的还有他的妻子和两个霍吞脱人。不久，又有两个英国人——一个是水手，一个是泰晤士河上的渔夫，曾在阿根廷军队中当过骑兵——来到岛上和那苏格兰人在一起生活。最后，1821年白朗敦霍尔号沉没后，一个脱险的旅客和他那年轻的妻子又流落到透利斯探岛上来。因此，在1821年，岛上只有六个男人、两个女人。1829年就有了七个男人、六个女人和四个小孩。1835年人口数达到四十个，现在又增加三倍了。”

“许多国家就是这样形成的呀！”格里那凡说。

“为了使透利斯探岛的历史更完整起见，我还要补充一句。”巴加内尔又说，“我觉得这个岛也和胡安·费尔南德斯岛[①]一样，配称为鲁滨逊之岛。因为，就像在胡安·费尔南德斯岛上曾流落过两名水手，在透利斯探达昆雅岛也几乎流落过两名学者。1793年我的一个同胞——博物学家瞿卜第·杜阿尔在岛上采集植物标本，采得太兴奋了，结果迷了路，直到船长起锚时才摸上了船。1824年，我亲爱的格里那凡，你的一个同胞，一个很能干的画家名叫依耳，被丢在岛上过了八个月。他的船长忘记了他还在岛上没有回船，就把船开到好望角去了。”

“这个船长真可以叫作粗心大意的船长了。”少校应声说，“你们俩一定是亲戚吧，巴加内尔？”

“亲戚倒不是亲戚，少校，不过，他那样粗心大意是配和我攀亲的！”

地理学家的这个回答结束了这一场谈话。

夜里，邓肯号的船员们打了一场好猎，五十只左右的大海豹送了命。格里那凡既准许了打猎，就不能不让船员获得打猎的利益。因此

---

① 在南太平洋，智利西400英里。

第二天大家就把这些值钱的动物拿来剥皮熬油。自然,乘客们又把这第二天停泊的时间消磨在登陆游览上面。格里那凡和少校都带了枪,想打一些这岛上的野味。他们一直散步到山脚下,那里遍地是岩烬,是黑色多孔的熔岩石,是风化了的残块,是火山的各种遗迹。山脚是从无数摇摇欲坠的岩石乱堆中钻出来的。因此,那座圆锥形高峰的性质如何,我们不难想象了。英国船长卡密查尔氏认为这是一座死火山,他是有理由的。

我们的猎人看见了几只野猪。有一只被少校打中,倒毙了。格里那凡仅仅打到了几对黑竹鸡,船上的厨子拿这些竹鸡会做出一样绝妙的好菜来的。可以隐约地望见,还有许多山羊在高原的顶端。至于又英挺、又大胆、又健壮,连狗看了都怕的山猫,它们在这岛上繁殖得特别多,将来总有一天要变成了不起的猛兽的。

晚上八点钟,大家都回船了。夜里,邓肯号就离开了透利斯探达昆雅岛。

第三章
—— 阿姆斯特丹岛 ——

约翰·孟格尔的意思是要在好望角上煤,因此他不能不离开一下三十七度线,往北走上两度。邓肯号在定风区[①]的下面航行,遇到强大的西风送着它前进[②]。不到六天,透利斯探达昆雅与非洲南端之间的一千三百海里就走完了。11月24日,下午三点钟,在船上就望到了桌山。过了一会儿,约翰·孟格尔就测定了信号山的方位。这信号山就标示着海湾的入口处。快到八点钟,船就开进湾里,在开普敦港里抛了锚。

巴加内尔既是地理学会的会员,自然不会不知道这非洲的南端是1486年葡萄牙海军上将狄雅兹第一个发现的,1497年那著名的航海

① 赤道线两侧的回归线之间,经常起东风,叫作定风。

② 这西风称为反定风,似乎是以30度线为界。——原注

家霍斯哥·达伽马[①]曾绕过这里。而且,喀孟斯的《卢夏歌》歌颂的正是这位伟大的航海家呀,巴加内尔怎么能不知道呢?关于这一点,他还发表了一个奇怪的意见:他说狄雅兹望见好望角是在哥伦布第一次航行的前六年,如果狄雅兹当时绕过了好望角,美洲的发现可能就无限期地延迟下去了。因为由欧洲到东印度,绕过好望角往前去,是最短最直接的路程。那位伟大的热那亚航海家之所以开着船往西寻找,是找什么呢?就是想找一条到"香料之国"的捷径呀!因此,好望角一绕过,这捷径就算找到了,他那往西去的探险还有什么意义呢?很可能他就根本不做那次探险旅行了。

开普敦位于开普湾的深处,是1652年荷兰人凡·利白克建立起来的。这是一个重要殖民地的首府,这片殖民地在1815年条约以后才确定归属英国。邓肯号上的乘客利用停泊的时间上岸去游览了一番。

他们只有十二小时可以游览,因为约翰船长只需要一天的时间上煤,他想在26日一清早就开船。

事实上游览垒城也并不需要更多的时间。所谓开普敦只是一个由住宅划分成方格的大棋盘。在这个大棋盘上活动着三万人,有白人、有黑人,扮演着各种棋子:国王、王后、骑兵、小卒,也许还有丑角。至少,巴加内尔是这样形容的。开普敦并没有什么名胜,除非是看看东南角耸起的堡垒、总督的衙门和花园、证券交易所、博物馆,以及狄雅兹最初发现好望角时树立的一个石头十字架等等。人们看过这些之后,至多再尝一尝贾斯丹斯公司出产的头等土酒——"彭台酒",除此以外,再也没什么可留恋了。我们的旅行家就是这样做的,他们第二天一清早就离开了好望角。邓肯号拉起了触帆、三角帆、主帆、前帆,几个钟头后就绕过了那著名的"风暴角"——这"风暴角"是那乐观的葡萄牙王约翰二世硬改称为"好望角"的。

海又平,风又顺,从好望角到阿姆斯特丹岛二千九百海里的航程不过十天就可以走完的。我们的旅行家在海上比在潘帕斯草原幸运多了,他们对自然界的元素都绝无抱怨的理由:风和水在陆地上曾联合起来和他们作对,现在却配合起来帮着他们前进。

---

① 霍斯哥·达伽马(1460–1524),葡萄牙航海家,他第一个发现绕过好望角到印度的航路。

“啊！海洋啊，海洋！”巴加内尔不住地说，“海洋真正是人类的用武之地啊！船只真正是文明的媒介啊！你们想想看，朋友们，如果地球只是一片陆地，人们到20世纪还不会认识到它的千分之一的面积呢！你们看看大陆的内部情况吧：在西伯利亚的森林里、在中亚细亚的平原里、在非洲的沙漠里、在美洲的草原里、在澳洲的旷野里、在两极严寒的冰区里，这些地方，人都几乎不敢钻进去冒险，最大胆的人也会退缩，最勇毅的人也会吓倒。总之，此路不通。交通工具既不够，炎热、疾病和土人的强悍又构成了不可逾越的障碍。二十英里沙漠就把人们隔离得远远的了，它比五百英里海洋的阻力还要大些！在两个遥遥相对的海岸上，人们有‘天涯若比邻’之感；只要隔上一带森林，彼此就成为异类了！英国和澳洲相距虽远，却仿佛是境界相连，而埃及和塞内加尔则仿佛相去几百万英里，北京和圣彼得堡则仿佛各在一个天边。我们今天穿过一片汪洋大海比穿过一个最小的撒哈拉沙漠还要容易多了。正如一位美国学者[①]所说，全世界各大陆之所以能建立起友好的关系，完全是亏了有海洋呀！”

巴加内尔热情奔放地说着，连少校对这篇“海洋颂”也不能批驳一句。是啊，如果为了寻找哈利·格兰特，人们要完全在陆地上循着三十七度线前进，这种艰巨的工作根本就不会有人来尝试。幸而有海洋在那里，能把我们的勇毅的旅行家们从一片陆地载运到另一片陆地。12月6日，天刚亮，那海洋又让一座新的山峰从波涛的怀抱中涌现出来了。

那就是阿姆斯特丹岛。阿姆斯特丹岛位于南纬三十七度四十七分、东经七十七度二十四分，天气晴朗时，岛上的圆锥形高峰在五十英里外就可以看见。到了八点钟，高峰的轮廓还很模糊，望去和特内里夫峰十分相像。

“那么，”格里那凡说，“这高峰也和透利斯探达昆雅相似了。”

“你推断得十分正确。”巴加内尔回答，“依据几何定理，设甲乙两岛都同丙岛相似，则甲乙两岛亦必相似。我还要补充一句，阿姆斯特丹岛也和透利斯探达昆雅一样，过去和现在都一直富有海豹和鲁滨逊

---

① 指莫利舰长。——原注

一类的人。”

“鲁滨逊到处都有吗?”海伦夫人问。

“可不是嘛,夫人。”巴加内尔回答,“我所知道的岛屿中,很少没有这一类的漂流故事,在您那不朽的同胞笛福写出那本小说之前,早就有过这类奇事了。”

“巴加内尔先生,”玛丽·格兰特说,“您准我向您提一个问题吗?”

“提两个都可以呀,我亲爱的小姐,我保证答复你。”

“那么,”那少女又说,“如果您被丢在一个荒岛上,您怕不怕?”

“我怕?”巴加内尔叫起来。

“得了,我的朋友,”少校说,“你总不会说被丢在荒岛上是你最热烈的期望吧!”

“这话我倒不会说,”那地理学家回答,“不过,真有这种遭遇,我也并不太讨厌。我就重新安排一个新的生活。我就打猎,捕鱼。冬天住到山洞里,夏天住到树上。我还会有仓库储藏我捕获的东西。总之,我就开发我的孤岛。”

“您一个人开发吗?”

“如果真有必要,我就一个人开发呀!不过在这世界上,人真会有绝对孤独的时候吗?他就不能在动物界里找些朋友吗?比方,驯服一只小山羊,养一只能说话的鹦鹉或一只可爱的猴子。万一偶然再来一个伙伴,如鲁滨逊遇到那忠实的星期五一样,你的生活还要怎么样美满呢?两个朋友同住在一个孤岛上,这就是幸福呀!假定少校和我……”

“谢谢你,”少校赶快说,“我没有那么大劲头去学鲁滨逊,而且我也学不像。”

“亲爱的巴加内尔先生,”海伦夫人接上去说,“您又是被想象力送到云端里去了。我想现实是和梦想大不相同的。您只想到那些想象中的鲁滨逊,先由人家选好了一个孤岛,然后把那些鲁滨逊小心在意地摆上去,大自然待他们又和待娇生惯养的孩子们一样!您只朝事物的好的一方面想啊!”

“怎么?夫人,您以为人在荒岛上就不能快乐吗?”

“我不相信。人生来就是要过社会生活的,不是为了离开人群过孤独生活的。孤寂只能产生绝望。那是一个时间问题：在开始，一个人刚从海涛里爬起来，由于物质生活上的焦虑，生命安全上的需要，他一时想不到别的上面去，眼前的困难使他想不到未来的威胁，那是可能的。但是，当他一感到孤零零的一个人，和所有的人都离得远远的时候，既无希望重回故国，又无希望重见亲人，他要做何感想了？他应该是如何痛苦了？他的孤岛就是他的世界，全人类只是他一个人，死到临头的时候——在这种孤独生活中死是骇人的呀！——死到临头的时候，他一人在那儿，仿佛是世界上最后的一人在世界的末日里。您还是相信我吧，巴加内尔先生，还是不要做这样的一个人好！"

巴加内尔不无惋惜地承认了海伦夫人的这一番大道理，谈话依然在孤独生活的苦乐问题上继续着，一直到邓肯号停泊在阿姆斯特丹岛距岸一英里远的海面上的时候才结束。

孤悬在印度洋上的这群岛屿是由相距约三十三英里的两个岛屿组成的，位置恰在印度半岛的经线上。北边是阿姆斯特丹岛，或称为圣彼得岛，南边是圣保罗岛。但是，这里我们应该提一句，这两个岛的名字常被地理学家和航海家弄颠倒了。

这两个岛是1796年12月被荷兰人弗拉胡发现的，后来丹特尔加斯陀带着希望号和探求号寻找拉白鲁斯的时候又侦察过这两个岛。两个岛名的颠倒混淆就是从丹特尔加斯陀这次旅行开始。海员巴罗和渡丹·波卜勒在丹特尔加斯陀大地图里，后来还有霍斯保、品克通以及其他许多地理学家，都一贯地把圣彼得岛说成圣保罗岛，把圣保罗岛说成圣彼得岛。1859年奥国兵舰诺伐拉号做环球航行时，舰上的军官开始避免重犯这个错误，这次巴加内尔又特别坚持要把这个错误纠正过来。

圣保罗岛位于阿姆斯特丹岛之南，只是一个无人居住的小岛，由一座圆锥形的山构成的。这座山在古时一定是座火山。相反地，邓肯号小艇把乘客送上来的这个阿姆斯特丹岛却周围有十二英里。岛上有几个自愿离开家乡过孤独生活的人居住着，他们都已经过惯了这种可怜的生活了。他们是渔场的看守人，渔场和岛都属于留尼汪[①]的一个叫作奥陀凡先生的商人。这位还没有获得欧洲列强承认的岛主，每年在那岛上获得年俸七万五千到八万法郎，因为他叫人在那里捕"唇指鱼"——俗名"海鳖"，捕着就腌起来，然后大批运出去卖。

应该提到，阿姆斯特丹岛天然是属于法国并且应该长期属于法国的。早先，它以最初占领权的关系，属于波旁岛圣但尼[②]的一个船主卡曼先生；后来，按照某一个国际条约的规定让给一个波兰人了。这波兰人用了一些马达加斯加岛的奴隶在这岛上垦殖。说是波兰人的就等于说是法国人的，所以结果这个岛又落在奥陀凡手里由波兰人的变为法国人的了。

当1864年12月6日邓肯号驶来在这岛的旁边停泊的时候，岛上的人口已经增加到三个人：一个法国人和两个黑白种混血儿，三个人都是那位岛主兼商人所雇用的伙计。因此，巴加内尔遇到那位可敬的维奥先生，又有机会和一个同胞握手了。维奥先生很老了，这位"忠厚长者"很客气地招待了来到这岛上的贵宾。他能够接待到一些可爱的外宾，这对于他实在是一个幸福的日子。圣彼得岛经常只有捕海豹的人和极少的捕鲸人光临，这些人一向是很粗鲁的，他们天天和海狗[③]打交道，不会有什么修养的。

维奥先生向客人介绍了他的臣民，就是上面说到的那两个混血儿。他们三人就是岛上现有的全部人口，此外还有几只躲在窝里的野猪和上千只呆头呆脑的企鹅。这三个岛民住的小房子在岛的西南部一个天然的港湾的深处，这港湾是由于山体崩掉了一块而形成的。

早在奥陀凡一世统治之前，圣彼得岛就已经做过沉船遇难人的栖身之地了。巴加内尔讲了两个故事，第一个故事叫作《两个苏格兰人在阿姆斯特丹岛的历险记》，这题目引起了听众很大的兴趣。

那是1827年。英国船巴米拉号从岛前经过，远远地望见岛上有一股浓烟直冲到空中。船长就把船开向岛边，不一会儿就看见两个人在

① 又称波旁岛，在印度洋上，马达加斯加岛的东边，属法国。

② 圣但尼是留尼汪的首府。

③ 某几种鲨鱼的俗称。

维奥先生的小房子位于一个天然港湾的深处。

打着遇难的信号。他派了小艇去，接回来了那两个人：一个青年，叫作贝纳，二十二岁；一个叫作卜罗夫，四十八岁。这两个不幸者已经不成人样了。十八个月来，他们差不多没有东西吃，也没有淡水喝，只靠蚌类维持生活，用一根敲弯的钉钓鱼，有时捉到只把小野猪，有时整整三天没有东西吃。他们用最后的一块火绒生着了一点儿火，他们就和古罗马神庙里司神灯的贞女一样，经常地守护着，不让它熄掉，出去跑的时候也携带着，仿佛是个无价之宝。就这样，他们在艰难与苦痛中生活着。贝纳和卜罗夫是由一只捕海豹的帆船送到岛上来的。依照渔业中的习惯，他们应该在岛上住一个月，捕海豹、剥皮、熬油，然后有人派渔船来接他们。但是接他们的渔船始终没有来。过了五个月，一只到凡第门去的船希望号来到这岛边靠岸，但是希望号的船长不知为什么发了一个最不讲理的脾气，拒绝接受那两个苏格兰人，把船开走了，连一块饼干一把打火刀也没丢给他们。如果不是巴米拉号从阿姆斯特丹岛经过，把他们救上船来，这两个可怜虫一定不久就会死掉的。

阿姆斯特丹岛的历史上——如果这样一座海上荒岩也能有一部历史的话——记载的另一事件就是裴龙船长的遭遇。这次是个法国人了。这个历险记开始也和那两个苏格兰人的一样，结果也相同：先是自愿地到这岛上来预备住些时候，接着，他等候的船不来了。整整四十个月无人过问，后来才有一只外籍船被风吹到这群岛屿的附近。不过，在裴龙流落期间发生过一幕流血的斗争，有几点特别像丹尼尔·笛福小说里的主人翁——鲁滨逊回岛时所遭遇到的那种虚构的事件。

裴龙带着四名水手——两个英国人和两个法国人，在这岛上了岸，准备用十五个月的时间打海狮。猎打得很好；但是，十五个月过去了，船还不来接他们。粮食渐渐没有了，国际间的关系也就不易维持了。两个英国人反叛起来，要不是那两个法国人援救他，裴龙一定遭了毒手。从这时起，敌对的双方日夜地互相监视着，时刻不离武器，彼此互有胜负，双方都度着骇人的困苦与焦急的生活。一个无聊的国别问题把这几个不幸的人在印度洋的一座荒岛上分成了两个势不两立的阵营，要不是后来一只英国船把他们救了回国，他们一定有一方要被对方消灭掉的。

以上就是岛上发生过的流落事件。阿姆斯特丹岛已经两度成为被遗弃的海员之家了，而这些被遗弃的海员两度在这里被老天爷从苦难与死亡中救了出来。但是自此之后，就没有任何一只船在这一带海岸边失事过。如果有船在这一带失事，总会有点残余的东西打到沙滩上来的，失事的船员一定会逃到维奥先生的渔场里来的。然而，这老人住在岛上多年了，他从来没有遇到一个机会使他能对海上遇难者表示一下他那好客的情怀。什么不列颠尼亚号，什么格兰特船长，他丝毫不知道。阿姆斯特丹岛以及捕鲸人和捕鱼人常去的那个圣保罗岛都不是这只船失事的地点。

格里那凡对那老人的回答，既不惊讶，也不扫兴。他和他的旅伴们这几次停泊的地方，都没有格兰特船长的踪迹，格兰特没有到这些地方来过。他们只是想证实一下格兰特船长确实不在三十七度线上的这几个据点里，如此而已。因此，邓肯号决定第二天开船。

乘客在岛上一直游览到夜晚。岛的外观是很能引人入胜的，但是岛上的动植物，就是最好写长篇大论的博物学家也写不出八开本的一页。所谓兽类、禽类、鱼类、鲸类，也只是几只野猪、一些积雪鸥、信天翁、鲈鱼和海豹罢了。温泉和含铁质的矿泉到处从淡黑色的熔岩石堆中冒出来，在火山质的土面上喷起浓烈的蒸气。有几处泉水温度很高。约翰·孟格尔拿温度表插在里面试一试，竟达176°F①。从相距几步远的海里捕着的鱼，拿到这种近乎沸水的温泉里，煮几分钟就熟了。这样巴加内尔也就不敢跳到里面去洗澡了。

大家高高兴兴地游览了一番，傍晚，格里那凡就向那位忠厚长者维奥先生告辞了。大家都向他祝福，祝他在那座小岛上一切都称心满意。那老人也答谢他们，祝福他们一路平安，寻访成功。接着，他们就上了邓肯号的小艇回船去了。

---

① 合80℃。——原注

温泉从熔岩石堆中冒出来。

第四章

—— 巴加内尔和麦克那布斯打赌 ——

12月7日,早晨三点钟,邓肯号的锅炉就隆隆地响起来了;水手们转动了辘轳,船锚随着就吊起来,离开那小港的沙底,回到锚架上;螺旋桨开始转动,游船又入海了。八点钟,乘客们登上甲板的时候,阿姆斯特丹岛已经在天边的海雾中渐渐消失了。这是沿三十七度线旅行的最后一次停泊,距澳洲海岸还有三千海里。只要西风能再维持十来天,只要在海上没有什么意外,邓肯号就可以到达目的地了。

玛丽·格兰特和罗伯尔看到海上的波涛,心里不免有些感触——这些波涛也可能是不列颠尼亚号在失事前几天冲破过的呀!也许就在这里,格兰特船长的船被打坏了,船员损失了。而他自己和印度洋上那可怖的飓风做了斗争,结果被一股不可抗拒的力量拖向辽远的海岸。约翰·孟格尔在海图上把画出的各股海流的方向指给那少女看;其中有一股——印度洋的横贯海流,是向澳洲流去的,它的方向是由西往东,在太平洋上和在大西洋上一样。也许,正是这股横流将不列颠尼亚号的桅打折了,舵打掉了。也就是说,在海和天的暴力面前,不列颠尼亚号完全被解除武装了,只有随着这海流向前面的海岸奔去,撞毁在海岸上。

然而,这里有个问题。据《商船日报》记载,格兰特船长的最后消息是1862年5月30日自卡亚俄发出的,怎么不列颠尼亚号离开秘鲁海岸八天后,6月7日就到了印度洋上呢?巴加内尔被问到这个问题时曾做了一个很合情理的答复,就是最难说话的人也不能不认为满意。

那是一天晚上,12月12日,离开阿姆斯特丹岛已经六天了。格里那凡夫妇、格兰特姐弟、约翰船长、麦克那布斯和巴加内尔都在楼舱里闲谈。和往常一样,谈的都是不列颠尼亚号,因为不列颠尼亚号是船上全体人员唯一的一桩心事。正在谈的时候,就顺便提出上述的那个难题来了。这一提,大家都仿佛被泼了一瓢冷水。

巴加内尔猛不防格里那凡提出了这样一个问题,立刻把头抬起来,然后,一声不响地走去找那文件。他回来的时候,只耸了一耸肩,那样子就仿佛一个人一时被一个"无所谓的小问题"难住了而感到有点惭愧。

"你耸肩,我亲爱的朋友,那就是说这是不成问题的问题了。既然如此那再好没有了。"格里那凡说,"但是,至少你总得答复我们一句呀!"

"不要急,"巴加内尔说,"我先提一个问题问问约翰船长。"

"您说吧,巴加内尔先生。"约翰·孟格尔说。

"一只快船能不能以一个月的时间穿过从美洲到澳洲的那一片太平洋?"

"能够的,如果是以每二十四小时走二百海里的速度。"

"是最快的速度吗?"

"绝不是,快帆船的速度往往比这还要快。"

"那么,好了,"巴加内尔又说,"文件上的'6月7'几个字中间空隙很大,我们不要就把它看成是6月7日;假定海水把'7'字前的一个字剥蚀掉了,原是'6月17日',或'6月27日',问题不都解决了吗?"

"对呀!"海伦夫人回答,"从5月31日到6月27日……"

"格兰特船长有足够时间穿过太平洋来到印度洋上了!"

大家都十分满意地接受了巴加内尔的这个结论。

"又弄明白了一点!"格里那凡说,"还是亏了我们这位朋友。现在我们只有等着到澳洲,在西海岸上去寻访不列颠尼亚号的踪迹了。"

"在西海岸或在东海岸。"约翰·孟格尔说。

"是呀,约翰,你说得对。文件里没有任何迹象说明那只船的失事是在西海岸而不是在东海岸。因此我们寻访的目标应该着重在三十七度线横贯澳洲的东西两端。"

"这样,不是又有问题了吗,爵士?"那少女问。

"啊,问题是没有的,小姐!"约翰·孟格尔赶快回答,以便解除玛丽·格兰特的疑虑,"阁下请注意,万一格兰特船长是在澳洲东岸登陆的,他应该立刻就会获得救援和协助了。这一带海岸可以说全是英国人的,住的都是英国侨民。不列颠尼亚号的船员用不了走十英里路就可以遇到同胞。"

“是的，约翰船长，”巴加内尔说，“我同意你的看法。在东海岸、在吐福湾、在艾登城，哈利·格兰特不但能在一个英国移民区里找到一个栖身之地，而且在那里他也不会找不到交通工具回到欧洲。”

“这样说来，”海伦夫人问，“我们邓肯号要到的那一带澳洲地区，遇难的船员就找不到同样的方便了吗？”

“找不到的，夫人。”巴加内尔回答，“那带海岸是荒漠的，没有一条路通阿德雷得或墨尔本，如果不列颠尼亚号在那一带暗礁上失事了，它就得不到救援，就和在非洲那些无情的海滩上失了事一样。”

“那么，”玛丽·格兰特问，“我父亲两年来又怎样了呢？”

“我亲爱的玛丽，”巴加内尔回答，“你总认为船只失事后格兰特船长在澳洲登陆是不成问题的，是不是？”

“是的，巴加内尔先生。”那少女回答。

“那么，登陆以后，格兰特船长就怎么样了呢？可能的推测并不多，只有三个：或者哈利·格兰特和他的同伴们到了英国移民区，或者他们落到土人手里去了，或者在澳洲那些荒无人烟的地区里迷失了。”巴加内尔的话说到这里就停住了，看看听的人的眼色是不是赞同他这种推测。

“再往下说吧，巴加内尔。”格里那凡爵士说。

“我再往下说。首先，我否定第一种推测。哈利·格兰特没有能跑到英国移民区去，否则，他的安全就不成问题了，早就回到他的故乡敦提和他的儿女团聚了。”

“可怜的父亲啊！”玛丽·格兰特自言自语地说，“他离开我们两年了。”

“让巴加内尔先生说呀，姐姐，”罗伯尔说，“他最后会告诉我们……”

“唉！我的孩子，我不能告诉你们什么更确实的情况。我所能断定的，只是格兰特船长落到澳洲土人手里做俘虏了，或者……”

“这些澳洲土人是不是……”海伦夫人急着问。

“您放心，夫人。”学者回答，他懂得海伦夫人的意思，“这些土人是未开化的、愚昧的，但是生性温和，不像他们的近邻新西兰土人那么好杀成性。如果不列颠尼亚号遇难船员是被他们俘虏去了，他们绝对不会害他们的性命，您可以绝对相信我的话。而且这一点，所有旅行家都异口同声地肯定过：澳洲土人最怕杀人流血，有好些次旅行家和他们联合起来，打退了成群被流放的囚徒的袭击；他们都很忠诚可靠，而那些囚徒却十分残酷。"

"你听见巴加内尔先生说的话了吧？"海伦夫人对玛丽·格兰特说，"如果你父亲是落在土人手里，我们一定会找到他的，而且文件也似乎告诉我们他是落在土人手里。"

"如果是在那些荒漠的地区里迷失了呢？"那少女接上一句，询问的眼光看向巴加内尔。

"迷失了，我们也会找到他！"那地理学家高声回答说，显得十分有信心，"是不是，朋友们？"

"毫无疑义。"格里那凡回答，他要扭转谈话的悲观趋势，"我不相信一个人真会迷失……"

"我也不相信。"巴加内尔又接着说。

"澳洲那地方很大吗？"罗伯尔问。

"澳洲吗，我的孩子，大约有七亿七千五百万公顷那么大，就是说相当于欧洲的五分之四。"

"有那么大？"少校说。

"确有那么大，麦克那布斯，最多不过一码之差罢了。文件上写明了'大陆'，你现在总该相信像这样大的一片陆地总有资格接受这'大陆'的称号了吧？"

"这样大，当然可以称为大陆了，巴加内尔。"

"我还要补充一句，"那学者又说，"旅行家在那片广阔地区里迷失了的先例并不多。我甚至于相信只有雷沙德一人到现在还情况不明，而且就是这位雷沙德，我在动身的前些时候还在地理学会里听说，麦克因塔尔认为已经找到他的踪迹了。"

"难道澳洲还没有全部被人勘察过吗？"格里那凡夫人问。

"还没有，夫人，"巴加内尔说，"还差得多呢！人们对这块大陆的情形不像对非洲内陆那样了解得多；然而，这不是去探险的旅行家的过错。从1606年到1862年，在这大陆内地或沿海岸从事探察工作的，就已经有五十多个人了。"

“啊，五十个！”少校带着怀疑的神气说。

“是呀！麦克那布斯，就有那么多。我是把那些冒险试航澳洲海岸的海员们和那些专做横贯澳洲旅行的陆上探险家们包括在一起计算的。”

“即使是这样，说五十个也太多了一点儿。”少校反驳。

“你说太多了，我还可以说得更多些呢，麦克那布斯。”那地理学家回答，他老是那样，人家一驳他就更兴奋了。

“看你说得更多吧，巴加内尔！”

“如果你不相信，我马上一口气给你数出五十个名字来。”

“啊！”少校冷静地说，“学者就是这样！他们说话总是那么肯定。”

“少校，”巴加内尔说，“你敢拿你那支普德·摩尔马枪和我这个斯克勒丹望远镜来打赌吗？”

“我有什么不敢，巴加内尔，如果你喜欢的话？”

“好！少校，”学者叫起来，“你那支马枪，你不能再拿着打羚羊、打狐狸了！除非我借给你。不过你要借，我还是肯借的。”

“巴加内尔，”少校也郑重其事地回答，“将来你要借我的望远镜，我也是肯借给你的。”

“我们就开始吧。”巴加内尔紧接着说，“女士们，先生们，就请你们做裁判。你，罗伯尔，你记数。”

格里那凡夫妇、玛丽、罗伯尔、少校和约翰·孟格尔，都乐起来了，等着听那地理学家数名字。成为这次争辩中心的澳洲，正是邓肯号要把他们载去的地方呀！这时来谈谈澳洲的历史，再合适不过了。因此大家请他立刻开始显一显他的记忆力。

“尼母辛[①]啊！”他开始高声叫道，“记忆之神啊，你，司文艺女神的母亲啊，给你忠实而虔诚的崇拜者以灵感吧！在二百五十年前，朋友们，谁都还不知道有个澳洲呢！人们对南半球海里有个大陆心存疑虑。我亲爱的格里那凡，你们那大不列颠博物院的图书馆里保存着两幅地图，是1550年制的，图上在亚洲南部画着一片陆地，并给它命名

---

① 希腊神话中司记忆的女神，是九个司文艺女神的母亲。

“少校，你敢跟我打赌吗？”

为‘葡萄牙的大爪哇’。但是这两张地图并不十分靠得住。因此，我从17世纪，从1606年开始。这一年有个西班牙航海家奎罗斯，发现了一片陆地，他给这陆地取名叫‘圣灵的澳大利亚’。这片陆地，有几个地理学家认为就是现在的新赫布里底群岛，并不是现在的澳大利亚。我现在不讨论这问题。罗伯尔，记下奎罗斯的名字，我再说第二个。”

“记了一个了。”罗伯尔说。

“同年，奎罗斯船队的副指挥雷·瓦·德·托列斯一直往那些新陆地的南面去勘察。但是，重大的发现还是要归功于荷兰人海托治。他在澳洲西岸南纬二十五度的地方登了陆，他的船名是恩得拉号，他就把那陆地也叫作恩得拉。在他以后，航海家来的就多了。1618年，齐申在北海岸勘察了安亨和凡第门等地。1619年，厄代尔循西海岸探察了一段，并把那段海岸加上他自己的名字。1622年，雷文一直下去到现在和他同名的那个海角。1627年，内兹和维物两个人，一个在西，一个在南，补足了前人的发现。其后又有卡奔塔舰长带着他的舰队一直钻进澳洲北部那个大湾，现在还叫作卡奔塔利亚湾。最后，1642年，那著名的航海家塔斯曼绕行了凡第门岛一周，他原以为那岛是和大陆连着的，绕行之后，他就以巴塔维亚总督的名字替这个岛命名，后人为公平起见，把这总督的名字取消了，改名为塔斯马尼亚。这时，澳洲大陆被绕过一周了。大家知道这大陆是包围在太平洋和印度洋的一片汪洋里的，而1665年这个澳洲大岛被硬加上‘新荷兰’的名字。到了那个时期，正是荷兰航海家的活动就要结束的时候，所以‘新荷兰’这名字没有保存下来。现在我说了几个人了？”

“说了十个人了。”罗伯尔回答。

“好，”巴加内尔又说，“这就告一段落，我现在再说英国人。1686年，一个在美洲打野牛的浪人头子①，一个出没于海岸②之间的朋友，一个横行南海的最著名的海盗③，叫作威廉·丹别尔，他干了许多行险侥幸、苦乐参半的勾当之后，乘了西内号的船跑到新荷兰的西北岸，在南

① 原文为 boucanier，是16和17世纪的欧洲浪人或冒险家，在美洲以猎野牛剥皮贩卖为业，兼做抢劫勾当，后经西班牙人扫荡，入海为盗，与 flibustiers（见下注③）合流。

② 此处似指美洲海岸。

③ 原文为 flibustiers，17及18世纪的美洲海盗。

“说了十个人了。”罗伯尔回答。

纬十六度五十分的地方登陆了。他和土人交结上了，对这些土人的风俗、贫穷、智慧，做了一个很完备的描写。1699年，他又回到当初海托治到过的那个海湾，他这时已经不是海盗，而是皇家海军里罗布克号的舰长了。然而，直到这时为止，新荷兰的出现只是地理学上的一个事实，别无其他意义，这以后的七十多年中，从1699年到1770年，没有一个航海家再到这里来过。到了1770年，世界上最著名的航海家库克船长出现了，自此，这片新大陆很快地就向欧洲的移民开了门。库克做过三次轰动一时的旅行，1770年3月31日在新荷兰登陆，那是第一次。他在奥塔喜地很顺利地观察了金星贯日的现象[①]之后，就把他那只奋勉号小船开到太平洋的西边来。他勘察了新西兰，然后就来到澳大利亚东海岸的一个海湾里。他发现这一带新奇的植物太多了，因而他把这海湾叫作'植物湾'，就是现在的渡塔尼湾。他和当地的那些半开化的土人往来，兴趣不大。于是他便向北驶去，到了南纬十六度的地方，距忧愁角不远。那奋勉号小船在离岸八法里的海上触到珊瑚礁了，沉没已经是不可避免的事。他赶快把粮食和炮火都抛到了海里。但是晚上涨潮时，那只减轻了装载的小船又漂起来了。它之所以没有沉没，是因为有一块珊瑚嵌进了裂口，恰巧堵住了水头。因而库克又能把船开进一个小海汊，有一条河就在这里入海，从此这条河的名字就叫作'奋勉'了。那些英国人在这里修船修了三个月，在这期间，他们试图和当地土人建立一些必要的联系，但是成绩不大，因而又张帆入海。奋勉号向北继续航行。库克想知道在新几内亚与新荷兰之间有没有一个海峡隔开陆地，因而他又经历了许多危险，好几次几乎牺牲了他那只小船，终于望到了大海在西南豁然展开。海峡确实是存在的，而且库克确实是穿过了这个海峡。库克在一个小岛上登了陆，并且，他以英国国家的名义占有了他所勘察的那一带漫长的海岸，给予它一个英国味道十足的名字：新南威尔士。三年后，那大胆的航海家又领着两只船——冒险号和决心号——重来旧地。这次只有决心号船长佛诺去勘察凡第门那一带海岸，回来时他假定这个岛也是新荷兰的一部分。只是1777年，在他第三次旅行的时候，库克才把他的船决

① 这现象应该是1769年发生的。金星打日轮面前穿过的事很稀少，在天文学上有极大的意义，因为根据这个现象我们可以准确计算地球与太阳间的距离。——原注

心号和发现号停泊到冒险湾里，靠在凡第门那片陆地旁边。几个月后，他又从那里出发到桑维奇群岛[①]，结果他就在这岛上死掉了。”

“他真是个伟人。”格里那凡说。

“是的，空前少有的大航海家。后来是他的旅伴彭克斯暗示英国政府去到植物湾建立殖民地的。在他之后，各国航海家跑来的就多了。拉白鲁斯的最后的一封信是1787年2月7日在植物湾写的。这不幸的航海家报告他有意去勘察卡奔塔利亚湾和新荷兰全部海岸，直抵凡第门。他出发了，一直就没有回来。1788年菲利普船长在约克逊港建立了第一个英国殖民地。1791年，凡可佛围绕着新大陆的南海岸做了一次漫长的环陆航行。1792年丹特尔加斯陀被派去寻找拉白鲁斯，又在西南两面绕着新荷兰航行了一次，在途中发现了许多从来没有人知道的岛屿。在1795和1797年，两个青年人——一个叫弗林得斯，一个叫巴斯——乘着八尺长的小木船，勇敢地勘察了南面一带的海岸；并且在1797年巴斯由凡第门陆地与新荷兰之间穿过去了，这条海峡现在就叫作巴斯海峡。同一年，发现阿姆斯特丹岛的弗拉明又勘察了天鹅河的东岸地带，这条河上嬉游着极美丽的黑天鹅。至于弗林得斯，他在1801年又继续着他那些好奇的探险，到了经度一百三十八度五十八分和纬度三十五度四十分的地方，在遭遇湾里还遇到了两只法国船，一只是由波丹船长指挥的地理学家号，一只是由哈姆兰船长指挥的博物学家号。”

“啊！波丹船长吗？”少校说。

“是呀！你为什么‘啊！’了一声？”巴加内尔问。

“啊！没有什么。继续说吧，我亲爱的巴加内尔。”

“好，我继续说，我在那些航海家的名字之后，再加上金船长的名字，他是1817年到1822年完成新荷兰南北回归线之间那带海岸的勘察工作的。”

“二十四个名字了。”罗伯尔说。

“好，”巴加内尔回答，“少校的枪我有了一半了。现在我说完了航海家，再说陆地上的旅行家。”

---

① 即现在的夏威夷群岛，1778–1898年用此名称。

“好极了，巴加内尔先生。”海伦夫人说，“我们不能不承认您惊人的记忆力。”

“很奇怪，”格里那凡接着说，“一个人这样……”

“这样粗心大意，是吗？”巴加内尔赶着补充，“啊！我只会记年月和事实，如此而已。”

“二十四个。”罗伯尔重复一遍。

“好吧，第二十五个就是陶斯大尉。那是1789年，是约克逊港殖民地建立之后的第二年。在这以前，这个新大陆的外围被人家绕遍了，但是里面有什么，谁也说不上。跟东海岸平行的有一条漫长的山脉，这条山脉似乎在禁止着任何人深入腹地。陶斯大尉走了九天，又不得不从原路回到约克逊港。同一年，屯枝船长又想越过这条山脉，但是也没有成功。这两次失败使此后三年中都没有一个旅行家再敢尝试这个艰巨的工作。1792年，裴脱孙上校——他还是在非洲探险的大胆的探险家呢——又做了同样的尝试，也同样地失败了。第二年，英国海军里的一个普通的下士兵，勇毅的霍金斯，竟超越了以前的人走不过去的那条线，前进了二十英里。这以后的十八年中，我只有两个名字可提：一个是那著名的海员巴斯，另一个是殖民地的工程师巴雷勒先生，他们俩的探险不比前人更有成就。这一下我就要数到1813年了，悉尼西边的那一条隘道就是这年发现的。麦加利总督在1815年曾亲自冒险走进这条隘道，因而巴萨斯特城就在蓝山那边建立起来。自此以后，有许多旅行家给地理学提供了新的事实并帮助了殖民地的发展：有1819年的斯罗斯比；有深入内陆三百英里的奥克斯雷；有霍维尔和休纳，他们的出发点正是三十七度线穿过的那个吐福湾；还有司徒特船长，他在1829年和1830年先后勘察了达令河和墨累河这两条河流。”

“三十六个了。”罗伯尔说。

“好极了！我再继续往下讲。”巴加内尔回答，“现在我只提一下埃尔和雷沙德，他们在1840和1841年游历了一部分内陆；司徒特在1845年又跑了一趟；格勒高里兄弟和赫普曼在1846年游历了西澳；肯狄在1847年勘察了维多利亚河，在1848年游历了澳洲北部；格勒高里在1852年又跑了一趟；奥斯丁在1854年走了一遭；格勒高里兄弟自

1855年到1858年游历了大陆的东北部；巴白支从托楞斯湖游历到埃尔湖；最后我还要说到一个在澳洲年鉴里大名鼎鼎的旅行家——斯图亚特，他订过三次大胆的旅行计划，穿过了澳洲大陆。他第一次的内陆探险旅行是在1860年进行的。将来，如果你们愿意听的话，我再告诉你们澳洲怎样由南而北被纵穿过四次，今天我只要说完这张漫长的名单。从1860年到1862年，在那些大胆的科学先锋的名单上，我还要加上邓斯特兄弟、克拉克逊和哈尔卜、柏克和威尔斯、纳尔逊、瓦可、兰兹博罗、马金莱、霍维特……"

"五十六了！"罗伯尔叫起来。

"好！少校，"巴加内尔接着说，"我要叫你听个够，因为我还没有提到居拜雷、波根维尔、费兹罗以、德·维亢姆、斯托克斯……"

"够了。"少校说，他被那庞大的数目压倒了。

"我还没有提到裴鲁、阔衣，"巴加内尔又数下去，和快车开动了一般，"还有贝内特、肯宁汉、奴哲尔、梯尔斯……"

"饶了我吧！"

"还有狄克逊、斯特勒尔斯基、雷德、维克斯、米哲尔……"

"就数到这里为止吧，巴加内尔。"格里那凡说着，从心里笑出来，"该麦克那布斯倒霉，不要逼他太过吧！他已经认输了。"

"他的马枪呢？"地理学家带着得胜的神气问。

"当然是你的了，巴加内尔。"少校回答，"我自然舍不得它，但是你那记忆力啊，一个枪械库你也赢得去呀！"

"他那个澳大利亚，"海伦夫人说，"要想有人能比他认识得更清楚是绝对不可能的。就是一个最小的人名或地名、一个最细微的事实……"

"啊，最细微的事实！"少校叫着，摇摇头，表示不相信。

"嗯？你不服，麦克那布斯？"巴加内尔也叫起来。

"我是说关于发现澳洲的许多最细微的事实，你不见得件件都知道。"

"那不可能！"巴加内尔说着，挺起胸，表示十分自豪。

"如果我举出一个事实你不知道，你可肯还我的马枪？"麦克那布斯问。

“你就说吧！少校。”

“说话算数？”

“算数。”

“好。你知不知道，巴加内尔，为什么澳大利亚不属于法国？”

“这个，我想是……”

“或者，至少，你能不能说出英国人对这件事提出了什么理由？”

“我说不出，少校。”巴加内尔很懊恼的样子。

“理由很简单呀，只是因为你那位并不胆怯的同胞——波丹船长在1802年怕听澳洲的青蛙叫，他一听那一片呱呱的声音，就胆战心惊，拔锚而去，并且一去就不再回来了。”

“什么？！”巴加内尔惊叫起来，“在英国，人家是这样说的？这是个恶作剧的大笑话呀！”

“十分恶作剧，我承认，”少校回答，“但是在大英联合王国，这也是个历史事实。”

“无聊！无聊！”那富于爱国心的地理学家叫道，“现在人家真还这样说吗？”

“真还这样说，我不能不告诉你实话，我亲爱的巴加内尔。”格里那凡回答着，全场是一片笑声，“但是你怎么能对这个特殊事实竟会一点儿也不知道呢？”

“我一点儿不知道。但是，我要抗议！英国人通常称我们法国人为‘吃青蛙的人’。既吃青蛙，怎么又会怕青蛙呢！”

“道理尽管是道理，事实仍然是事实。”少校谦虚地微笑着回答。

就是这样，那支争来夺去的普德·摩尔马枪依然保留在麦克那布斯少校的手里了。

第五章
—— 印度洋的怒涛 ——

这次谈话以后的第三天，约翰·孟格尔在中午测算了一下，就报告邓肯号已经到了东经一百一十三度三十七分的地方了。乘客们看看海图，就知道和百奴衣角相距不过五度了，心里都感到十分满意。在百奴衣角与丹特尔加斯陀岬之间，澳洲海岸像弓背，而三十七度线在下面却像弓弦。如果邓肯号向着赤道的方向走，它就很快地可以望见北面一百二十海里的荼坦姆角。但是它此刻正在那带被澳洲大陆挡住风浪的印度洋上向东航行。

人们估计四天之后百奴衣角就会在地平线上出现。

直到这时为止，都是西风吹送着游船前进。但是，最近几天以来，风力有减弱的趋势，现在竟渐渐地落下去。12月13日，一点儿风也没有了，船帆都瘪着挂在桅上。

邓肯号要不是装着有力的螺旋桨，就会被这种洋面的宁静拖留在那里的。

这种无风的情况可能会无限期地延续下去。晚上，格里那凡和约翰·孟格尔谈起这个问题。那青年船长眼见船上的煤舱要空了，显得对风力的息落感到不安。他把船上所有的帆都张起来，连小帆、辅帆都拉上了，他希望哪怕最小的风力也都能够利用上。但是，正如水手们常说的，连“装满一顶帽子”的风都没有。

“不管怎样，我们也不要太抱怨老天了，”格里那凡说，“无风总比逆风好。”

“阁下说得对。”约翰·孟格尔回答，“不过，这种突然的平静正是天要变啊，所以我很焦急。我们正在信风[①]区域的边缘航行，这种信风从10月到来年4月都是从东北向西南吹的，只要它稍微刮到我们这里来，我们的行程就要大大地延迟了。”

“那又有什么办法呢，约翰？如果真碰到这种情况，我们也只好忍

---

① 印度洋上的信风十分强。风向不定，随季节变更，夏季信风通常与冬季信风的风向相反。——原注

受着。最多不过是耽搁一些时日罢了。”

“是呀，如果逆风不夹着风暴的话。”

“你怕天要变吗？”格里那凡说着，一面观察着天空。天空这时从地平线到天顶倒是没有半点儿云影。

“是的，我怕天要变。”船长回答，“我这话只能告诉阁下，我不愿意说给格里那凡夫人和格兰特小姐听，惹她们惊慌。”

“你倒想得很周到。但是有什么事那样可怕呢？”

“肯定要起大风暴的。您不要相信天上的表面现象，爵士。这表面现象是最靠不住的。两天以来，气压表已经低得叫人不安了，现在它只有七百三十一毫米汞柱[①]。这是一种警报，不能不注意。我最怕南半球海上的风暴，因为我已经尝过它的滋味了。南极冰山区蒸气的凝结产生着吸引气流的现象，这种吸引力是极其猛烈的。由此就发生极区风和赤道风的交战，因而造成旋风、飓风以及各种各样的风暴，船遇到了没有不吃亏的。”

“约翰，”格里那凡回答说，“邓肯号是只坚固的船，船长又是个能干的海员。让风暴来好了，我们会有办法的！”

约翰·孟格尔的忧惧是出于他海员的本能。他是英国人所谓的“天气通”。看到气压表老是下降，他便在船上采取了一切防御的措施。

他预料到将有一场猛烈的风暴来临。这风暴，天上固然还看不出有什么兆头，但是他那万无一失的气压表是不会欺骗他的。通常，太空的气流总是从高气压的地区向低气压的地区奔驰；两地距离越近，气层的平衡也越快，风的速率也越大。

约翰整夜待在甲板上。快到十一点钟的时候，南边的天空现出一块块的云斑。约翰把全部人手都调上来，落下小帆，只保留着主帆、纵帆、前帆和触帆。半夜，风大了。风力很强，每秒钟达十二米的速度。桅杆的咯啦声，帆索的噼啪声，帆布有时夹到帆筋里的哗啦声，舱内隔板的呜咽声，这一切使原来不知道有风暴的乘客们都知道是怎么一回事了。巴加内尔、格里那凡、少校、罗伯尔都上了甲板，有的为了好奇，有的准备出力。他们上床的时候原看见天上是万里无云、满天星斗的，

① 1标准大气压等于760毫米汞柱。——原注

现在却翻滚着大片的乌云，乌云之间是一条条的和豹皮一般的斑点。

“是起飓风了吗？”格里那凡简单地问了约翰·孟格尔一句。

“还不是，就要来了。”船长回答。

这时，他命令卷起前帆的下收缩部。水手们奔上绳梯横索，很费了一些力才把前帆的下收缩部卷起了，用帆索扎起来，捆到拉低了的帆架上。约翰·孟格尔要尽可能保留一些帆面，以便压住游船，缓和它左右摆动的程度。

这个防备工作做过了，他又发出许多命令给奥斯丁和水手长，准备应付就要到来的飓风的袭击。系艇的绳子和扳桅的缆索都加成双料的了。炮两边的滑车也系牢了。横桅索和后支索也拉紧了。舱口也关上了。约翰就好像一个军官站在炮眼上面一样，始终不离当风的那边船面。他从艉楼顶上凝神观察着那风吼云腾的天色，仿佛要把天时的秘密钻探出来。

这时气压表已经降到七百零三毫米，这种低度在气压表上还是少见的，而同时风暴镜[①]也指示着风暴的来临。

此时是凌晨一点钟。海伦夫人和格兰特小姐在房间里感到颠簸得厉害，也冒险跑到甲板上来。这时风的速度达到每秒二十八米，它极其猛烈地吹着那些固定的缆索。这些铁索就仿佛乐器上的弦索一样，被一个无限大的胡弓拉动着，产生了急速的抖动，发出了洪亮的声音。辘轳互相撞击着；绳索在粗糙的索槽里奔突着，发出尖锐的声响；帆布轰隆轰隆的，和放炮一样；浪头已经高得可怕了，它们奔来袭击游船，而游船就像一只翠鸟在滔滔的浪头上飞舞着。

约翰船长一瞥见那两位女客，就很快地走到她们的面前，请她们回到舱里。已经有几个浪头打到船上来了，甲板上随时有被冲洗的可能。风浪的澎湃声太响亮了，海伦夫人几乎听不见那青年船长说话。

“不会有什么危险吧？”她趁着浪涛稍微平静的当儿问出这一句话来。

“没有什么危险，夫人。”约翰·孟格尔回答，“但是您不能待在甲板上。您也不能，玛丽小姐。”

---

① 镜内装着化学药品，随风向和空中的电压而变换色彩。最好的风暴镜是英国海军里两位光学家——尼格来蒂和赞伯拉制造的。——原注

格里那凡夫人和格兰特小姐无法抗拒这样一个恳求式的命令，都回到楼舱里去了。这时正好一个大浪头在尾樯下面滚过，把那几间舱房里的护舱玻璃震得直颤。同时，风更加猛烈了，桅杆受着帆的压力都弯了下去，游船仿佛要从浪头上跳起来。

"卷起主帆！"约翰·孟格尔叫，"低下前帆和触帆！"

水手们各奔到自己的岗位上去，吊帆索放松了，卷帆索扭紧了，触帆用纤绳拉下来，声音比风声还高。此时，邓肯号的烟囱喷着大股的黑烟，螺旋桨的桨叶轻一下重一下地拍着浪涛，有时桨叶直翘出水面上来。

格里那凡、少校、巴加内尔和罗伯尔看着邓肯号和波浪这样斗争，又是赞美，又是惊怖。他们紧紧地扒住舱壁上的横条板，彼此不能交谈一句话。他们看着大群的海燕在狂风里翱翔，这种风暴鸟，风浪愈大愈飞得起劲，叫人看了心惊肉跳。

这时忽然传来一片震耳欲聋的嗤声，比风暴的声音还高。蒸汽猛烈地射出来，它不是从泄汽管里射出来的，却是从汽锅的熔栓里射出来的。报警的汽笛异乎寻常地狂叫着；游船猛地一歪，倾侧得可怕。威尔逊正扶着舵盘，猛不防被舵杆一下打倒了。邓肯号横对着浪头，失掉了控制力。

"怎么了？"约翰·孟格尔叫着，奔到指挥台上来。

"船睡倒了！"汤姆·奥斯丁回答。

"舵打掉了吗？"

"救机器！救机器！"机械师的声音在叫。

约翰向机器间奔去，连跑带滚地下了梯子。一片汽雾塞满了机器间；活塞在汽缸里一动也不动；关节棒也推不动横轴了。这时机械师看见关节棒失了作用，又怕汽锅炸坏，索性把汽门关起来，让蒸汽从排汽管里泄出去。

"究竟怎么了？"船长问。

"螺旋桨扭弯了，或者卡住了，"机械师回答，"它不能动了。"

"卡住了就不能搞出来吗？"

"不可能。"

此刻不是抢修这意外损坏的时候。有一个明显的事实，就是螺旋桨不动了，蒸汽从活门跑出去了，不再发生作用了。因此约翰只有利用船帆，从那已经成为他最危险的敌人——风的方面找一点儿帮助。

他又跑上来，简单地向格里那凡爵士报告了情况，然后请爵士带着其他三位乘客回到楼舱里。格里那凡还要留在甲板上。

"不能，阁下。"约翰·孟格尔坚决回答说，"我必须单独一个人带着我的船员在这里。进去！船有时可能会被埋在波浪里，而浪头是无情的，它们会把你们扫下去。"

"但是我们也能帮点忙啊……"

"进去，进去，爵士，非进去不可！在某些情况下，船上要由我做主！回舱去吧，我要你们回舱！"

既然约翰·孟格尔说得这样坚决，那么情况一定是严重万分，格里那凡懂得他应该以身作则，首先服从。于是他离开了甲板，他的三个同伴也跟着走了，他们都到了两位女乘客那里。这两位女乘客正焦急万分地等待着这场和风浪斗争的结果。

"约翰真是个勇敢坚强的汉子！"格里那凡进入方厅时说。

"是的，"巴加内尔回答，"他使我想起你们伟大的莎士比亚所写的《暴风雨》一剧中的那位司锚官，他对乘坐在他的兵舰上的国王嚷着：'走开！不许出声！回舱去！如果你不能教这些风浪平息，你就不要说话！别挡着我的路，我告诉你！'"

这时候，约翰·孟格尔没有浪费一秒钟，他尽力要使那条船从螺旋桨受阻所产生的险境里解脱出来。他决定采用微帆航行法，以免船被吹得离原路线太远。因此，船上就得保留一些帆面，并且斜拉着，让侧面受风。人们把前帆张起来了，缩小着帆脚，又在大桅的辅杆上张起一面三角帆，舵柄对着下风舷。

那只游船本来就有良好的行驶性能，它给这急风吹送得和快马加鞭一般地奔驰着，它听凭着波浪侵袭。船帆减得那样少，能支持得了吗？这些帆都是用最好的敦提帆布做成的，但是风力这样猛，有什么帆布能抵抗得住呢？

这样用最少的帆面借风力斜进有一个好处，就是把船身最结实的部分对着浪头，并且维持着原来的航行方向。然而这样行驶也不是没有危险的，因为船可能落到两浪之间的广阔的深槽里爬不起来。但是约翰·孟格尔此时已无选择的余地了，决定采用这微帆斜驶的办法，只要桅和帆不被风打下来。他的船员都待在他的面前,随时准备着,哪里要人手就奔到哪里去。约翰把自己的身子绑在护桅索上,监视着狂怒的海洋。

夜就在这样的情况下过去了。人们希望天亮时风暴会低减下去,但是这希望落了空。快到早晨八点钟的时候,风起得更大,每秒钟三十六米,这样速度的风已经变成飓风了。

约翰一声不响,但是心里已经为着船和船上的客人在担忧。邓肯号倾侧得骇人,甲板的支柱被压得咯吱咯吱地响,有时主桅上伸出的辅杆直打到浪顶上。有一阵子,全体船员都以为船爬不上来了。当帆被吹出了帆框,像庞大的白鸥要飞掉的时候,已经有些水手拿着斧头奔去砍断那大桅的护桅索了。

船又起来了,但是贴不住浪,又没有方向,颠簸得非常可怕,桅杆几乎要从根折断。不能再这样继续摇摆下去了,船的水上部分已经受不住了,只要边板一散,接缝一裂,波浪就会冲进船来的。

约翰·孟格尔现在只有一个办法,就是扯起一个三角帆,任风吹。这片小帆不知扯了多少次,费了几个钟头的工夫才扯好。直到下午三点钟,那三角帆才拉在主桅的辅杆上,听风摆布。

于是,邓肯号在这一小块帆布下被拖带起来了,开始以无法计算的速度在风前飞奔着。就是这样,它向风暴赶着它的那东北方向驶去。它必须保持最大的速度,因为只有靠速度才能获得安全。有时,它超过和它一同狂奔的浪头,以它那锋利的船头划开浪条,和一条大鲸鱼一样钻了进去,浪就从甲板上扫过,由船头扫到船尾。有时,它的速度和波浪一样,舵失掉作用了,因而左闪右闪,几乎把它闪翻掉。有时在飓风推动下浪比它快,于是浪头跳得比船顶还高,以猛不可当之势,从船尾到船头,扫过整个甲板。

12月15日那一个白天和夜里就是在这种险境中度过的,一忽儿有些许希望,一忽儿又失望了。约翰·孟格尔一刻也不离开他的岗位,一点儿东西也不吃,虽然他表面上还尽量保持冷静,但是心里却惊慌万分,双眼一直盯视着北方的幢幢的雾影。

可不是嘛,一切危险都是可能的呀！邓肯号被打出了它的路线,以无法减低的速度直向澳洲海岸奔去。约翰·孟格尔自然而然地感觉到有一种灾祸在威胁着他。他时刻怕触礁,万一触礁,船就要碰得粉碎了。他估计澳洲海岸在风前的距离不能少于十二海里。然而,在这种情况下靠岸就是遇难,就是沉船。在无边大海上奔驰比触到陆地要好上万倍,因为海洋的波涛虽凶,船总还有法子自卫,至多是任凭摆布罢了;若是风暴把船打到岸边一撞,那就完了。

约翰·孟格尔去找格里那凡爵士,和他进行一次个别的谈话。他说明当前的处境,并对处境的严重性毫不掩饰。他是个不惜任何牺牲的海员,以无比的镇静考虑着当前的现实,最后他说他也许不得已要让邓肯号向海岸撞去了。

"这是为了救船上的人呀,爵士,如果救人还是可能的话。"

"你就这样做好了,约翰。"格里那凡回答。

"海伦夫人怎么办呢? 格兰特小姐怎么办呢?"

"我到最后关头才告诉她们,到船没有任何希望能留在海上的时候再告诉她们。你预先通知我。"

"我到那时候自然预先通知您,爵士。"

格里那凡又回到女乘客们那边去了。女乘客们也感觉到危险就要到来,但还不知道危险到什么程度。她们表现出很大的勇气,至少不在她们的男旅伴们的勇气之下。这时巴加内尔正在不合时宜地大讲气流方向的理论。罗伯尔听着他讲述西非旋风、羊角飓风与直线台风之间的许多有趣的比较。至于少校,他带着一种穆斯林的宿命思想,静候着末日的降临。

快到十一点钟的时候,风暴仿佛软了一点,湿雾散开了短暂的一刻。约翰看见了一片低地,在下风六海里远的光景。船正对着那陆地奔去。前面是一排巨浪在腾跃着,高得出奇,有五丈高,甚至还超过。约翰立刻懂得,那是浪头遇到坚实的阻挡了,所以才蹦得这样高。

"有暗滩。"他对奥斯丁说。

"我也是这样想。"大副回答。

"我们的命是悬在上帝手里了。"约翰又说,"如果暗滩没有缺口能让邓肯号驶过去,如果上帝不把船头对准那缺口,我们就完了。"

"此刻潮正高,船长,也许我们过得了那带暗滩吧?"

"你不看那浪头跳得多高呀,奥斯丁。什么船能闯得过那浪头呢?

只有祷告上帝来帮助吧，朋友！”

这时，邓肯号由于它的小三角帆让风推动着，正以骇人的速度向海岸奔去。不一会儿，它离暗滩的边缘只有两海里远了。水气不断地遮住了前路，但是约翰却还能看出在满是泡沫的水帘的那一边有一片比较平静的水面。邓肯号如果能到达那里就比较安全了，但是怎么能走过去呢？

约翰把所有的乘客都请到甲板上来，他不愿意临到沉船的时候还让他们关在船舱里。格里那凡和他的旅伴们都看着那一片骇人的浪涛，玛丽·格兰特脸都吓白了。

“约翰，”格里那凡轻轻地对那青年船长说，“我设法救我的妻，救不起我就和她一同死。你负责格兰特小姐吧！”

“就是了，阁下。”约翰·孟格尔回答，拉着爵士的手贴住自己泪汪汪的双眼。

邓肯号离滩脚不过几链了。当时海潮正高，本来船底下一定可以有足够的水量载它驶过那带危险的暗滩的，但是浪太大了，浪把船向上一送，又向下一放，必然要使后部船底一下一下地向滩上撞。有没有法子使浪头低点儿，使水流得滑顺点儿，总之，使这带狂澜平静点儿呢？

约翰·孟格尔想到了一个最后的办法。

“油！”他叫，“弟兄们，倒油！倒油！”

这句话的意思，全体船员立刻就懂了。原来现在用的是有时可以成功的一条计策：狂澜的面上如果盖上一层油，狂澜会平息下去的；这层油在水上飘着，可以使浪头润滑，因而减少激荡。这办法会立刻见效，但是效力见得快也消失得快。在这人为的平静海面上，一条船走过之后，波澜就要涌得比原先还要厉害，接着来的船只就该倒霉了①。

装海豹油的许多大桶被用绳子吊上船头了。船员们在这生死关头，气力仿佛增加了百倍。他们用斧头砍破了桶盖，将桶挂到左右舷的栏板外面。

“准备好啦！”约翰·孟格尔叫，等待着最适当的时机。

---

① 所以航海法规规定：如果船后面还有船跟上来过这样的险关，前船船长绝对不准使用倒油的方法。——原注

油桶一齐向海里倾倒。

只消二十秒钟，船就到了那条被咆哮的水帘拦住的船可以驶过的缺口。现在是时候了。

“动手！”那青年船长大叫一声。

油桶一齐倾倒了，油滔滔地从桶里涌出来。顿时，那一片油竟把那白浪滔天的海面压平下去。邓肯号从这压平的水面上一飞而过，一眨眼就越过了那条暗滩，到了那边平静的区域。这时船后头的洋面挣脱了油层的束缚，翻腾得更加汹涌了。

第六章

百奴衣角

约翰·孟格尔做的第一件事就是抛下两个锚，一边一个，把船稳稳地停泊下来。它是泊在水深五英寻的地方。底子很好，都是粗沙石，吃得住锚，因此既不怕滑锚，落潮时又不怕搁浅。邓肯号在惊险中跑了这许多钟头之后，现在总算开进了一个天然的小海湾里来。这海湾被一排高高的尖峰环抱着，挡住了从海上吹来的狂风。

格里那凡拉了拉青年船长的手，说：

“谢谢你，约翰。”

这寥寥的几个字使约翰感到无上的欣慰。格里那凡把他刚才的那份焦急心情永远保留在肚子里，海伦夫人、玛丽·格兰特和罗伯尔都想不到他们逃出的那场风险曾严重到什么样的程度。

现在需要搞清楚的是：邓肯号被这场骇人的风暴打到海岸的什么地方来了呢？怎样才能找到它要走的那条纬线呢？百奴衣角在它的西南面相距多远呢？这是等待约翰·孟格尔回答的几个最基本的问题。他立刻动手测算，一面观察，一面在海图上做出记号来。

测算结果还算好，邓肯号离开它的原路线还不太远：相差不到两度。它此刻在东经一百三十六度十二分和南纬三十五度七分的地方，地名是灾祸角，在南澳的一个尖端上，距百奴衣角三百海里。

灾祸角，单说这个名字就是一个坏兆头，它和袋鼠岛上一个土岬形成的波大角遥遥相对。两角之间隔着一条探险家海峡,这条海峡通向两个相当深的海湾:北边的斯宾塞湾和南边的圣文生湾。南澳省的省会阿德雷得港就在圣文生湾的东岸。这城市是在1836年建立的,人口四万,资源相当丰富。但是这城市的居民多半从事耕作,如种植葡萄、橘子和其他农产品,很少兴办大规模的工业。城市里的农业人口多于工业人口,总之一般人都不太注重商业和手工业。

邓肯号能不能把它的损坏部分修理起来呢?这也是个有待解决的问题。约翰·孟格尔首先要知道是哪些地方损坏了。他派人下水检查后部船底。潜水员回来报告,说螺旋桨有一个桨叶扭歪了,顶住了龙尾骨,所以不能转动了。据此判断,损坏是严重的,甚至需用某些修理工具才能修好,而这些工具在阿德雷得是不可能找到的。

格里那凡和约翰船长仔细考虑之后,就做了这样的决定:邓肯号张起帆来沿着澳洲海岸航行,寻找不列颠尼亚号的踪迹;到百奴衣角停下来,在那里可能得到一些重要的线索,然后继续向南航行,直到墨尔本;在墨尔本,船会很容易修理好的。螺旋桨一修好,邓肯号就沿着东海岸搜索,来完成这一连串的寻访工作。

这个建议大家都赞成。约翰·孟格尔决定风一顺就开船。他等候得并不久。傍晚,飓风完全息下去了,接着的是一场便于利用的西南风。大家做了开船的布置,新的帆又上桅了。早晨四点钟,水手们转动辘轳。过了一会儿,锚直升上来,离了水,邓肯号就撑起它的主帆、前帆、顶帆、辅帆、纵帆和樯头帆急驶着,它尽量靠近岸边,帆索扣在右舷上,揽着澳洲海岸的风力。

两小时后,灾祸角望不见了,船正横过探险家海峡。晚上,它绕过波大角,沿着袋鼠岛,在距岸几链的海上航行。袋鼠岛是澳洲小岛中最大的一个,从欧洲流放到澳洲来的囚徒,凡能逃出来的,都以这个岛为栖身之地。岛的外观很迷人,岸上的岩层都披着无边的绿茵。那里还和1802年初被发现时一样,人们可以看见成群的袋鼠在树林里和平原上跳跃着。第二天,邓肯号在岸边航行的时候,船上的小艇都放下去了,一批人负责登上陆地去沿着那带陡岸查访。这时船在三十六度线上,格里那凡不愿在三十六度线与三十八度线之间留下任何一个没有查访到的空白点。

一批人坐着小艇去岸上查访。

12月18日的一整天，游船张着全帆，紧贴着遭遇湾的岸旁飞驰着，就和一般的轻快帆船一样。这就是1828年旅行家司徒特发现南澳最大的河流——墨累河——后所到达的地方。这里已经不像袋鼠岛那样是一片青葱的海岸了，只有一些硗瘠的丘陵偶然打破那一带低下而又破碎支离的海岸线的单调。此外也零零落落地有个把灰色的矶头或一些沙岬，但全部都表现出南北极区陆地的那种荒凉的景象。

在这一次航行中，小艇帮了很大的忙。尽管驾驶小艇是件苦事，但海员们并不抱怨。差不多每次都有格里那凡和他那形影不离的朋友巴加内尔以及小罗伯尔三人陪伴着他们一同去找。这三个人要亲眼找到不列颠尼亚号的一点遗物。但是这样精细的查访并没有查出那次船舶失事的任何线索。就这一方面来说，澳洲海岸和巴塔哥尼亚的陆地是同样地希望渺茫。然而，在没有到达文件指明的那准确的地点之前，是不应该失望的。他们在这一带找，不过是格外小心，唯恐偶然漏掉一点地方没有找到罢了。他们每天夜里把船停下来，尽可能地停着不动，白天就在岸上仔细搜寻。

他们就是这样一面前进，一面寻访，12月20日到达了拉西贝德湾尽头的百奴衣角，还是没有找到一点儿沉船的遗迹。不过，这并不能证明不列颠尼亚号的船长没有到过这里。那只船失事到现在已经两年了，那只三桅船的残骸很可能、而且一定可能被海水冲散了，腐蚀了，甚至早就从触礁的地方被冲走了。而且，有船只失事，土人很快就会知道，正和秃鹫很远就闻到尸体的臭味一样，他们一定会把船上的任何东西都抢得精光。此外，既然哈利·格兰特和他的两个伙伴在风浪把他们打到岸边时就被俘虏了，当然毫无疑义地会被带到了澳洲的腹地。

但是，这样一来，巴加内尔原有的一个最巧妙的推测，现在站不住脚了。如果是在阿根廷的领土上，那地理学家会有充分理由去假定文件上的纬度是指被拘的地点，不是指船只失事的地点。因为在潘帕斯里有的是大河和大河的许多支流，可以把那宝贵的文件送到海洋里。现在是在澳洲，情况就不同了，澳洲这个区域的河流横穿三十七度线的根本就不多；再说，科罗拉多河和内格罗河都是经过荒漠的、不能住人也无人住的滩地而流入大海的，而澳洲主要的河流如墨累河、雅拉河、套伦河、达令河就不然,它们的支流是互相交错着,它们入海的河口都已经变成帆樯云集的港湾了。因此,一个易碎的瓶子丢在这些船舶往来不绝的河流里能安全地直下到印度洋里来吗?

这是不可能的,明眼人一看就知道。因此,巴加内尔的那个推测——瓶是由内河流到海里的,在巴塔哥尼亚是说得过去的,移到澳洲来就不合逻辑了。关于这个问题,麦克那布斯曾提出讨论过,巴加内尔自己也承认他的推测在这里不能适用。因此,文件里的纬度数只能是指沉船的地方,也就是说,那瓶子是不列颠尼亚号在澳洲西海岸撞毁的地方丢下海去的,这已经是很明显的了。

然而,正如格里那凡正确指出的那样,这种肯定的结论和格兰特船长被俘的假定并不矛盾。这一点,甚至船长自己也早就预料到了,他在文件里写着"将被俘于野蛮的当地土人",这句话我们要注意。但是,这样一来,找那几名俘虏,如果只沿三十七度线去找,而不沿其他的纬度去找,又没有理由了。

这个问题讨论了很久,得到的结论以及根据这结论所决定的今后做法是:如果在百奴衣角找不到不列颠尼亚号的线索,格里那凡爵士只有回欧洲去了。他的寻访虽是没有结果,不过他总算勉力地认真地尽了他的责任了。

这个决定免不了使船上的乘客十分丧气,尤其使格兰特姐弟感到失望。格兰特船长的这两个儿女跟着格里那凡夫妇、约翰·孟格尔、麦克那布斯、巴加内尔等坐在小艇里向岸上进发的时候,心里都在想:父亲能否得救就在此一举了。"在此一举",人们确实可以这样说,因为,在前次讨论的时候,巴加内尔已经正确地说明过,如果船不是在西海岸而是在东海岸失事的话,遇难船员早该已经回到故乡了。

"有希望!有希望!永远是有希望的!"海伦夫人不断地向坐在她身边的少女这样说。

距岸不到两百米了。百奴衣角伸入海内有两英里长,角的尖端都是些相当平坦的坡子。小艇划到一个天然小港里拢了岸。这个小港两边都是正在形成中的珊瑚带,这种珊瑚带日后一定会给澳洲南部构成一个暗礁圈的。

以目前的情况而论,那些珊瑚带就够撞碎一只大船的船壳了,不列颠尼亚号很可能就是在那里失了事，弄得全船覆没。

邓肯号上的乘客顺利地上了岸。那一带陆地是无比的荒凉。层层如带的巉岩沿海岸围成了一条线，有六丈到八丈高，这一条天然的屏障，没有梯子或钩绳是爬不上去的。幸而，约翰·孟格尔这时候在向南半英里远的地方发现了一个缺口。这缺口是由于岩壁崩塌而形成的，这一定是春分和秋分前后，海浪在最澎湃的时候把这带易碎的凝灰岩从下面淘空了，因而上面就塌下去。

格里那凡一行人钻进了这缺口，从一条相当陡的坡子爬上了岩巅。罗伯尔和小猫一样，在笔陡的斜坡上攀登着，第一个达到了最高层。这把巴加内尔气死了，因为他看到自己的两条四十岁的大腿倒赛不过他的两条十二岁的小腿，很觉得惭愧。不过，他毕竟是把那位心平气和的少校远远地丢在后面了。而这位少校始终不改常态，不和他们比快。

过了一会儿，那个小旅行队集合起来了。他们观察了一下展开在他们眼前的平原。那是一片长着灌木和丛莽、土壤硗瘠的荒郊，格里那凡说它像苏格兰低地的荒谷，巴加内尔说它像法国布列塔尼半岛的瘠地。虽然这一带海岸上仿佛无人居住，但是在远处，却可以看到一些建筑物。这显然是有人烟的迹象，并且据那些建筑物推断，住的人还不是野蛮的人而是劳动的人。

"一个风磨！"罗伯尔叫。

果然，三英里以外，一个风磨的翅膀在风中转动。

"真是一个风磨。"巴加内尔用他的大望远镜对准了那东西之后回答说，"那是一个小小的名胜，既实用，又朴质，我一看见就觉得非常顺眼。"

"几乎像是一个教堂的钟楼。"海伦夫人说。

"是的，夫人。风磨是磨肉体的食粮的，教堂是磨灵魂的食粮的。从这个观点上说，二者也是相似的。"

"我们就到风磨那里去吧。"格里那凡说。

大家上路了。走了半小时以后，经过人类劳动的土地呈现了一片新气象。由瘠土区到耕地区的变迁是突然的。那里不是丛莽了，却是活树篱笆围着一座新开垦的庄园。几头牛和几匹马在草场上吃着草，

“一个风磨！”罗伯尔叫。

草场四周栽着高大的豆球花树，这些树都是从袋鼠岛上那些广大的树林里移植来的。接着，人们渐渐可以看到生长谷物的土地，铺着金黄色麦穗的田亩，和庞大的蜂房一般的草堆，绕着新筑的围墙的果园。这些果园真是一座雅致实惠而又富有诗意的大花园，就连贺拉斯[①]见了也不得不叹赏。此外还有栈棚、脚屋，都配置得很妥当。最后，一座简单而又舒适的住宅，在那尖屋脊的磨房俯瞰之下，被那喜气洋洋的风磨用它那大翅膀的流动的影子慈祥地抚弄着。

这时，四只大狗叫起来，向它们的主人报告有外客光临。一个五十岁左右、面容和蔼的男人听到狗叫，从主屋里走了出来。这人的五个漂亮而又强健的儿子和他们的母亲在后面跟着。这位母亲也是一位高大壮健的妇人。人们不会看错，在这一带几乎还是原始的乡村里，在这一片崭新的建筑物当中，被他的雄赳赳的一家人围绕着的这个人，一望便知他是爱尔兰海外移民的一个十足的典型。他在本国受够了苦难，所以远涉重洋，跑到这里来碰运气，谋幸福。

格里那凡一行人还没有来得及说明姓名和身份，就已经听到这句诚恳的欢迎他们的话了：

"外路客人，欢迎你们到帕第·奥摩尔家里来。"

"你是爱尔兰人吗？"格里那凡问，拉着那位移民伸出的手。

"我以前是爱尔兰人，现在是澳洲人了。"帕第·奥摩尔回答说，"请进来，诸位，不问你们是什么人，你们到这里就和到了家里一样。"

这样恳挚的邀请只有不客气地接受了。海伦夫人和玛丽·格兰特由奥摩尔太太引着，进到屋子里来，同时孩子们替男客人卸下武器。

这所屋子是用粗木料横砌起来的，在屋子的楼下，是一间广大的厅堂，凉爽而明亮。几条长板凳钉在涂着鲜丽颜色的墙上，十来个圆凳子，两个橡木橱，橱里面摆着白色陶器和发亮的锡壶，一张又宽又长的桌子，二十个人都可以宽松地坐得下，这些就是厅堂里的所有家具。这些家具和这座结实的房子，和住在这房子里的那几个壮健的人，都是恰好相称的。

午餐摆上了。中间是一大盆热火火的汤，两边是烤牛肉和羊腿，

---

① 古罗马诗人（公元前65–前8）。

四周是大盘的橄榄、葡萄、橘子。主要的菜肴在此,其他配搭的小吃自然也是少不了的。主人夫妇的态度太殷勤了,桌上的摆设又那么吸引人,桌子又那么宽大,菜肴又那么丰盛,不坐上去实在有些不合适。农庄里的雇工是和主人平等的,他们已经来和主人一块儿吃饭了。帕第·奥摩尔用手指定了客座。

“我早就候着你们了。”他直爽地对格里那凡说。

“你早就候着?”爵士回答,吃了一惊。

“凡是来的人我都是恭候着的。”那爱尔兰人又说。

然后,全家主仆都肃立着,他用严肃的声音做了餐前祈祷。海伦夫人看到这样淳朴的风俗,心里十分感动。她的丈夫看了她一眼,她懂得了丈夫也是与她有同感的。

大家吃得很称心。席间畅谈起来了。苏格兰人与爱尔兰人之间,一握手就是一家人。一条特威德河①,不过几托瓦兹宽,就把苏格兰和英格兰隔离得远远的,而二十法里长的爱尔兰海峡虽把古喀里多尼亚和那青葱的爱林②分开了,而两个岛上的人民偏觉得彼此近在咫尺。帕第·奥摩尔讲了他的历史。他的历史也就是所有移民被本国的贫困赶出来的历史。有许多人跑到老远的地方去碰运气,结果还是找到了窘迫和灾殃。他们只怪运气不好,但是忘记了怪自己不聪明、懒惰、有缺点。那些能节衣缩食、沉着坚持、善于生计、勇敢上进的人,必然是会成功的。

帕第·奥摩尔过去是这样的人,现在还是这样的人。他原在邓达克饿得要死,后来离开了家乡,带着家眷到澳洲来了。他在阿德雷得下了船,不愿做矿工,宁愿在农业方面从事较稳定的劳动。两个月后,他就开始经营这农场,现在这农场已经是这样发达了。

整个的澳洲南部土地都被划成为“份”(每“份”八十英亩),由政府作价让给移民。一个勤勉的农民耕一“份”地,除维持生活外,每年还可以净余八十英镑。

帕第·奥摩尔知道这种情形。他的农业经验很能帮他的忙。他一面维持生活,一面节约,以第一“份”的盈利又买了几“份”新地。

① 英格兰与苏格兰的界河。——原注

② 爱尔兰的古称。

他的家庭很兴旺，农场也很兴旺。爱尔兰的农民变成了庄主了，虽然他经营了还不到两年，却已经有了五百英亩经过自己劳动的熟地和五百头牛羊。他在做了欧洲人的奴隶之后，现在自己是自己的主人了，并且享受着世界上最自由的国家里可能享受到的自由和独立。

客人们听了这位爱尔兰移民的自述之后，都衷心地祝贺他。帕第·奥摩尔说完了自己的历史，无疑地，也在等着对方坦诚相见，但是他并没有提出这样的要求。他和许多含蓄的人一样，总是表示：我是什么样人，我已经说过了；我不便问你们是什么样人。格里那凡呢？他急于要说的，是邓肯号，是他为什么到百奴衣角来，是他那种不辞辛苦百折不挠的寻访。他是开门见山的人，所以首先就问帕第·奥摩尔关于不列颠尼亚号沉船的消息。

那爱尔兰人的回答并没有给人带来好消息。他从来没有听到过这个船名。两年来，没有一只船在这里的海岸或百奴衣角上下一带出过事。不列颠尼亚号出事不过两年呀，因此他可以有绝对的把握肯定那些遇难船员没有被打到西海岸的这一部分来。

"现在，爵士，"他又补充一句，"我请问你向我提的这个问题跟你有什么关系？"

于是，格里那凡给那移民讲述了捞获文件的经过、游船的旅程，以及为寻访格兰特船长而做的种种尝试。他毫不隐讳地说，他满肚子的希望由于听到主人这种斩钉截铁的回答而消逝了。他认为永远找不到不列颠尼亚号的遇难船员了。

这些话当然给了在场的人一个苦痛的感受。罗伯尔和玛丽都在那里听着，眼泪汪汪的。巴加内尔也想不出一句有希望的话来安慰他们。约翰·孟格尔心里也苦痛万分，无法排遣。那些被邓肯号白白地载到这样辽远的海岸来的慷慨的人，心里已经被绝望侵入了，而这时，他们又忽然听到这样的一句话：

"爵士啊，感谢上帝吧！如果格兰特船长还活着的话，他一定是活在这澳洲的大陆上！"

第七章

—— 艾尔通 ——

这句话引起全场的人难以描绘的惊愕。格里那凡一蹦就站起来，推开坐凳，叫道：

“谁这样说？”

“是我。”在桌子的那一端有一个农场工人回答。

“你呀，艾尔通！”帕第·奥摩尔说，他的惊愕不亚于格里那凡。

“是我。”艾尔通以兴奋而坚定的声音又说，“我，和您一样，爵士，我也是苏格兰人，我也是不列颠尼亚号的一个遇难船员呀！”

这一宣布产生了一个难以形容的影响，玛丽·格兰特感动得头在发晕，心里喜得几乎昏了过去，不由自主地一下子倒到海伦夫人怀抱里去了。约翰·孟格尔、罗伯尔、巴加内尔都离了座位，奔到帕第·奥摩尔叫他艾尔通的那人身边来。

艾尔通大约四十五岁，一副严酷的面孔，一双炯炯有光的眼睛深陷在眉骨下。他的气力一定是非凡的，虽然身体很瘦。他浑身都是筋骨，正如苏格兰的俗语说的，他懒得去长肥肉。中等身材，宽肩膀。举动坚决，面容虽然严酷，而神色却充满了智慧和毅力，这一切都使人见了他便起好感。他似乎新近还受过苦难，这苦难在他脸上所留下的痕迹更增加了人们内心的同情。人们都看得出他是吃过苦的，并且吃过很多的苦，虽然他仿佛是一个吃得起苦、不怕吃苦、并能战胜困苦的人。

格里那凡和他的朋友们一看就感到了这一点。艾尔通这个人叫人家一和他接触就不能不重视他。格里那凡代表大家发言，提出了许多问题，艾尔通都一一回答。格里那凡和艾尔通这样偶然相遇，很明显地，双方都激动不已。

所以，格里那凡最初的一些问题都是杂乱无章的，仿佛是不由自主地涌了出来。

“你是不列颠尼亚号的一个遇难船员吗？”他问。

“是的，爵士，我是格兰特船长船上的水手长。”艾尔通回答。

这人大约四十五岁，一双炯炯有光的眼睛深陷在眉骨下。

“是船失事后和他一起脱险的?”

“不是,爵士,不是。在那可怖的一刻,我被震出了船外,被震离了甲板,被打到海岸上来了。”

“你不是文件里说的那两个水手之一吗?”

“不是。我不知道有文件那回事。船长把文件丢到海里的时候我已经不在船上了。”

“船长呢? 船长呢?”

“我原来相信他淹死了,失踪了,和不列颠尼亚号的全体船员一道沉到海里去了,我一直以为只有我一人脱了险呢!”

“但是你刚才说格兰特船长还活着呀!”

“不对。我刚才说,如果船长还活着的话……”

“你刚才又补了一句:他一定是活在澳洲大陆上呀!”

“是的,他只能是在澳洲大陆上。”

“那么,你不知道他究竟在哪里吗?”

“不知道,爵士。我重说一遍:我原以为他葬身海底了,或者在岩石上碰死了。是您告诉我他也许还活着的。”

“那么,你还知道什么呢?”格里那凡问。

“我只知道这一点:如果格兰特船长还活着,他就在澳洲。”

“船究竟是在哪里出事的呢?”麦克那布斯终于提出这个问题来。

这本该是首先提出的问题,但是格里那凡被这场巧遇弄糊涂了,急着要先知道格兰特船长在哪里,所以就没问到不列颠尼亚号出事的地点。直到此时为止,谈话都是空泛的,不合逻辑的,从这一点跳到那一点,触到许多题目而不去深入研究,情节混淆,时日错乱;现在,谈话发展的步骤比较有条理了,不一会儿,那段黑漆一团的历史,就有了许多详细情节出现在听者的心目中,显得又清晰,又明确。

艾尔通对于麦克那布斯提出的问题回答如下:

“当我正在船头上拉触帆,突然被震出去的时候,不列颠尼亚号正向澳洲海岸飞奔,它那时离岸不到两链了。因此出事一定就在这地方。”

“在南纬三十七度线上吗?”约翰·孟格尔问。

“在三十七度线上。”艾尔通回答。

“是不是在西海岸呢？”

“不是呀！在东海岸。”那水手纠正说。

“在什么时候？”

“1862年6月27日夜里。”

“对了！对极了！”格里那凡叫起来。

“您该明白了吧，爵士，”艾尔通又补充着说，“我说的没错呀：如果格兰特还活着，就一定要在澳洲大陆上去找他，不能到别的地方去找。”

“我们一定找，我们一定找到他，我们一定把他救出来，朋友！”巴加内尔叫起来，“啊，宝贵的文件啊！”他又十分天真地补上一句，“不能不说你是落到真正聪明的人们的手里了！”

无疑地，没有人在听巴加内尔这些恭维的话。格里那凡和海伦夫人、玛丽和罗伯尔都赶快围到艾尔通身边去了。他们都握着他的手，好像有这个人在眼前，哈利·格兰特的安全就有了绝对的保证一样。既然这水手能脱险，船长还不能安全地逃出那场惨祸吗？艾尔通也乐意地一再重复说格兰特船长应该和他一样还活着。活在什么地方呢？他说不上来，但是一定在这个大陆上。大家问了他无数的问题，他都十分清楚、十分准确地回答。当他说话的时候，玛丽·格兰特把他的手捏在自己的手里。这水手是她父亲的一个伙伴呀，是不列颠尼亚号的一个船员呀！他曾在哈利·格兰特身边生活，共同漂洋过海，冒过共同的危险呀！玛丽止不住盯住他那严酷的面容，欢喜得流出泪来。

直到此时为止，没有任何人想到要怀疑那水手的身份。只有少校，也许约翰·孟格尔也在内，他们心里在想艾尔通的话是否值得完全相信。这种意外的遇合是可以引起若干怀疑的。当然，艾尔通举出了许多事实和许多彼此相符的日期，还举出了许多动听的特殊细节。但是细节不管如何正确，也不一定就是真的。一般说来，骗子就是因为说出许多正确的细节才能得逞的，大家都知道这一点。因此，麦克那布斯抱着保留态度，不肯下断语。

至于约翰·孟格尔呢，他的怀疑不久就被那水手的话驱散了。当他听见那水手对玛丽谈她的父亲的时候，他认为他真正是格兰特船长的伙伴。艾尔通非常熟悉玛丽和罗伯尔。当不列颠尼亚号出发时，他还在格拉斯哥港看见过他们。他说，那天船长向朋友们告别，在船上举行宴会，玛丽和罗伯尔都来吃饭了，督政官麦克因塔尔也在场。那时罗伯尔还不到十岁，人家托水手长狄克·脱纳照应他，他却背着狄克·脱纳爬到前桅上截的桁木上去了。

“是这样，是这样呀！”罗伯尔·格兰特不住地说。

艾尔通还讲了许许多多小事情，随随便便地，仿佛无足轻重，不像约翰·孟格尔把那些小事情看得那么重要。他一歇着不往下说，玛丽就柔声地请求他：

“再说呀，艾尔通先生，再给我们讲我们的父亲。”

那水手极力满足那少女的要求。格里那凡不愿打断他的话头，这时他还有许多更要紧的问题挤在他的脑子里呢；但是海伦夫人叫他看玛丽的那种快慰的情绪，不让他开口。

就是在这一段谈话中，艾尔通叙述了不列颠尼亚号的历史以及它在太平洋海上的航行。玛丽·格兰特对那次航行本来也知道一大部分，因为那只船的消息一直继续到1862年5月都没有断过。这一年当中，哈利·格兰特在大洋洲的各主要陆地都曾靠过岸。他曾到过赫布里底群岛、新几内亚、新西兰、新喀里多尼亚，他碰到许多陆地都被人家往往不够合法地占领了，他到处受到英国当局的歧视，因为他那只船已经由英国政府通知英属各殖民地监视起来。然而，他居然在巴布亚的西岸找到了一个重要的据点，他觉得在那里很可以建立一个苏格兰移民区，并且保证可以繁荣。是的，在摩鹿加和菲律宾的航路中间如果有一个很好的中途站，一定能吸引来许多船只的，特别是在将来苏伊士运河开成把好望角航路取消了的时候。哈利·格兰特本来是在英国宣扬雷赛普[①]事业的一个人，他反对那些不顾国际共同利益的政治斗争。

不列颠尼亚号在勘察过巴布亚之后，就到卡亚俄去办粮食。1862年5月30日它离开卡亚俄港，准备由印度洋取道好望角回欧洲去。起航后三星期，一场骇人的风暴把船打坏了。船几乎要翻了，非砍断桅杆不可。船底下发现有一个漏洞，堵不起来。全队船员都精疲力竭，快累死了。他们一刻也不能离开抽水机。不列颠尼亚号在风暴里颠

① 法国外交官，苏伊士运河的开凿者。当时为开凿苏伊士运河问题，英法两国明争暗斗得很厉害。

簸了八天。舱里的水深到六英尺。船渐渐向下沉，而小艇又都在刮暴风时被刮掉了。大家只好在船上等死了，而这时候，6月27日的夜里，正如巴加内尔所料到的那样，船望到了澳大利亚的东海岸。不一会儿，船就撞岸沉没了。先是猛烈的一碰，这时，艾尔通被浪头卷起来，打到一个石滩中间，晕过去了。醒过来的时候，他已经落在土人手里。土人把他拖到了内陆。从此，他就没有听到不列颠尼亚号的消息了，他不无理由地假定不列颠尼亚号已经在吐福湾的危险的礁石中全船覆没。

关于格兰特船长的叙述，到这里结束了。这段叙述引起了不止一次苦痛的惊呼。少校要再怀疑所说的不实在，也未免太不公正了。但是，在听了不列颠尼亚号的经过之后，艾尔通的个人经过就具有更加现实的意义了。可不是嘛，既然有了这文件，毫无疑义，格兰特和另外两名船员并没有死，他们跟艾尔通一样脱了险。从艾尔通被掳后的遭遇，人们也可以很合理地推测到那三个人的遭遇。所以大家又请艾尔通叙述他以后的经历。这段叙述很简短。

这位遇难的船员成了土人部落的俘虏之后，就被带到达令河流域的那一带内地去了，就是说在三十七度线以北四百英里。在那儿，他生活得很苦，因为那部落本身就是很穷苦的，但是他并没有受虐待。艰难的奴隶生活过了两年。在这期间，他心里始终怀着恢复自由的希望。尽管逃跑会碰到很多的危险，但他还是等待着任何一个最小的机会以便脱逃。

1864年10月的一个夜里，他趁土人不防备的时候，跑到广阔的森林里藏了起来。整整一个月，他吃的是草根、羊齿苔、含羞草汁，他在那广漠无人的区域里来回彷徨，白天依靠太阳、夜里依靠星斗辨别方向，并且常常陷入绝望的境地。就这样，他越过了一些沼泽、河流和高山，走过了很多探险家都不敢去考察的那寂无人烟的地带。最后，他跑得精疲力竭，死去活来，才到达了帕第·奥摩尔这善人的家里，以劳动换得了幸福的生活。

“艾尔通满意我，我也是十分满意艾尔通的。”那爱尔兰的移民听完了这段叙述之后说，“他是个又聪明又勇敢的人，一个很好的劳动者。只要他愿意，帕第·奥摩尔的家就长久是他的家。”

艾尔通被浪头卷起来，打到一个石滩中间。

最后，他终于到了奥摩尔这善人的家里。

艾尔通做了一个手势，表示感谢那爱尔兰人，并等候着人家再向他提问题。这时他心里在想，他的听众问长问短是有充分理由的，他应该满足他们。但是，现在他能回答的都已经重复说过好多次了，还有什么新的可问呢？因此，格里那凡要展开一场讨论，看看如何利用艾尔通提供的材料来订一个新的寻访计划。这时，少校转向那海员，问道：

"你说你是不列颠尼亚号上的水手？"

"是呀。"艾尔通毫不迟疑地回答。

但是，他感觉到少校提出这个问题是多少有点儿不信任，有点儿怀疑，因而又补上一句：

"我在船上服务的证书，我还从那次灾难中救出来了呢！"说着，他立刻就走出大厅去取那正式文件。他去的工夫总共不到一分钟，但是帕第·奥摩尔趁这个当儿对格里那凡说道：

"爵士，我可以向你保证艾尔通是个老实人。他在我这里做了两个月的事，我没有一点儿可以责备他的。我原也知道他曾遇难被俘。他是个光明磊落的人，值得你信任。"

格里那凡正要回答说他从来没有怀疑过艾尔通的好意，这时艾尔通已经走进来了，拿出他的证书。这证书是不列颠尼亚号的船主和格兰特船长共同签署的，玛丽清楚地认出了她父亲的笔迹。证书上写道："兹派一级海员汤姆·艾尔通为格拉斯哥港三桅船不列颠尼亚号上的水手长。"关于艾尔通的身份不能再有怀疑的余地了，因为证书在他手里而硬说不是他的证书，就太说不过去了。

"现在，"格里那凡说，"我征求大家的意见，我把我们应该怎样做的问题提请大家立刻讨论。你的意见，艾尔通，是特别宝贵的。如果你能给我们提些意见，我将十分感谢。"

艾尔通想了一会儿，然后这样回答说：

"谢谢您对我的信任，爵士，我也希望不辜负您的信任。我对这个地方，对土人的风俗习惯多少熟悉一些，如果我能给诸位帮忙的话……"

"当然能给我们帮忙呀！"格里那凡说。

"我和诸位一样想，"艾尔通又说，"格兰特船长和他的两名水手从那次沉船的惨祸里逃出来了,但是,既然他们没有跑到英国属地,既然他们到现在还没有消息,我就不能不怀疑他们的遭遇正和我一样,也被土人掳去了。"

"你说的正是我已经预料到的呀,艾尔通。"巴加内尔说,"那几个遇难的人很明显地做了土人的俘虏,他们自己在文件里也就预料到了。但是我们能不能推测,他们也和你一样,被带到三十七度线以北去了呢?"

"我们很可以这样假定,先生。"艾尔通回答说,"那些敌视欧洲人的土人很少住在英国人统治的县区的附近。"

"这就叫我们找起来很困难了。"格里那凡说着,心里感到没有主意,"这样大的一片大陆,我们怎么能在内地找到俘虏的踪迹呢?"

这一问引起了一阵很长的沉默。海伦夫人用眼光探问全场的旅伴,但是得不到回答。就是巴加内尔也破例地哑口无言了。他平时那样心灵口快,现在也不灵不快了。约翰·孟格尔在大厅里大踏步地走来走去,和在甲板上一样,也感到有些为难。

"你的意思呢,艾尔通先生?"海伦夫人终于问那船员,"假使是你,你怎样做?"

"要是我,夫人,"艾尔通相当快地回答,"我就再回到邓肯号上,直接驶到出事的地点去。到那儿再见机行事,这样,也许可以先得到一点儿线索,然后再斟酌办理。"

"好倒好,"格里那凡说,"只是要等邓肯号修好了才成。"

"啊！船坏了吗?"艾尔通问。

"是的。"约翰·孟格尔回答。

"坏得厉害吗?"

"厉害倒不厉害,只是要些工具修理,我们船上又没有这些工具。螺旋桨的一个桨叶扭坏了,只有到墨尔本才能修好。"

"不能张帆走吗?"那水手又问。

"能是能呀,但是,稍微起个逆风,邓肯号要到吐福湾就太费时间了,而且不论如何,它还是要回到墨尔本来的。"

"那么,让它去好了,"巴加内尔叫起来,"让它到墨尔本去！我们就不坐船走到吐福湾。"

"怎么走法呢?"约翰·孟格尔问。

"横贯澳大利亚和横贯亚美利加一样呀,循着三十七度线走。"

"但是邓肯号呢?"艾尔通问,显得特别关心。

"邓肯号去接我们,或者我们回来找邓肯号,看情形。如果我们在路上找到了格兰特船长,我们就一同回到墨尔本;如果找不到,我们一直找到海岸,邓肯号就去接我们。有谁反对我这个计划?少校反对吗?"

"我不反对,"麦克那布斯回答,"只要横贯澳大利亚是可能的。"

"太可能了,"巴加内尔说,"我还建议海伦夫人和格兰特小姐和我们一块儿走呢!"

"你说的是老实话吗,巴加内尔?"格里那凡问。

"道地老实话,我亲爱的爵士。这只是三百五十英里的一个旅行,路不能再多!一天走十二英里,不到一个月就走完了,就是说正好是修理邓肯号所需要的时间。啊!如果要在向北一点儿的纬度线上穿过澳洲大陆,如果要在它的最宽的部分去横贯它,如果要经过那些酷热的大沙漠,总之,如果要做那些最大胆的探险家还没有做过的事,那就不同了。但是这条三十七度线是穿过维多利亚省的呀,如果说澳洲有英国地区的话,这就是一个道地的英国地区,有公路,有铁路,沿路大部分都有居民。这趟旅行,如果大家愿意的话,可以坐四轮敞篷马车走,也可以坐轻快马车走,这样还更好些。这就等于从伦敦到爱丁堡去游览一次,没有什么别的呀!"

"若是有猛兽呢?"格里那凡问,他想把所有可能反对的理由都先提出来。

"澳大利亚没有猛兽。"

"遇到未开化的土人呢?"

"在这条纬度线上没有土人,而且不论如何,他们没有新西兰的土人那么残酷。"

"还有流犯[①]呢?"

"在澳洲南部各省没有流犯,只是在东部各殖民地才有。维多利亚省不仅拒绝流犯入境,并且制定了一条法律,连别的省期满释放的

---

① 指英国流放到澳洲来做苦工或垦荒的罪犯。

流犯都不准入境。今年,维多利亚省政府甚至还通知半岛轮船公司说,如果公司的船再在西澳那些接受流犯的口岸上煤,政府就停止对公司的补助。怎么,你是个英吉利人,连这个都不知道?"

"首先,我不是英吉利人[①]。"格里那凡回答。

"巴加内尔先生说得非常正确,"帕第·奥摩尔接过来说,"不仅维多利亚省不许流犯入境,就连南澳、昆士兰乃至塔斯马尼亚都一致拒绝收容流犯。自从我住进这农庄以来,流犯,我连听也没有听说过。"

"就拿我来说,我也不曾遇见过。"艾尔通也附和着说。

"你们该清楚了吧,朋友们。"巴加内尔又说,"很少有土人,没有猛兽,更没有流犯,连欧洲也没有多少地区能说有这样好呢!现在,大家都同意这样做了吗?"

"你的意思怎样,海伦?"格里那凡问。

"我的意思和你们大家一样,我亲爱的爱德华。"海伦夫人回答;她又把头转向大家,"上路吧!出发吧!"

第八章
到内陆去

格里那凡常常决定了一件事就马上去做,决不浪费时间。巴加内尔的建议一经接受,他就立刻吩咐迅速做好旅行的一切准备,就在第二天——12月22日——出发。

这次横贯澳洲的旅行会有什么结果呢?既然哈利·格兰特在澳洲大陆是一个无可辩驳的事实,那么这次远征可能是有收获的。这次远征必然会有更多找到格兰特船长的机会。人们将沿着三十七度线一直进发。当然谁也不打算正好在这条线上找到他,但是在这条线上可能碰到他的踪迹,并且无论如何这条线是直接通到出事地点的——这是主要的目标。

---

① "英吉利人"广义指英国人,狭义指英格兰人;巴加内尔说的是广义,格里那凡答的是狭义。

而且，如果艾尔通同意跟他们一齐去，带他们穿过维多利亚省的森林，引他们到达东海岸，那就又增加了一些成功的把握。格里那凡想到这一点，特别希望能获得哈利·格兰特的那位伙伴的有用的帮助，于是他问那农庄主人，假定他邀艾尔通同行，是不是会给主人太大的不方便。

帕第·奥摩尔虽然舍不得失掉这样一个好帮工，却依然同意了。

“那么，你呢，艾尔通，你肯跟我们一同去找不列颠尼亚号的遇难船员吗？”

艾尔通不立刻回答这问题，他甚至迟疑了一下。片刻思考过后，他说：

“好吧，爵士，我跟诸位去。如果我不能领着诸位找到格兰特船长的踪迹，至少我要把诸位领到船撞坏的地点。”

“谢谢你，艾尔通。”格里那凡说。

“我还要问一个问题，爵士。”

“你问吧，朋友。”

“我们在什么地方和邓肯号会合？”

“如果我们不需要把这条横贯澳洲的旅程走完，不需要从此岸走到彼岸，我们就到墨尔本和邓肯号会合；如果我们直找到东岸，我们就和它在东岸会合。”

“那么，邓肯号船长呢？”

“船长在墨尔本等我的指示。”

“好，爵士。”艾尔通说，“您信任我好了。”

“我信任你，艾尔通。”格里那凡回答。

那位不列颠尼亚号的舵手受到邓肯号上的乘客们的热诚感谢，格兰特船长的儿女不知向他做了多少亲切的表示。除了那爱尔兰人以外，大家都对他这个决定感到高兴。至于那爱尔兰人，因为艾尔通走了，他少了一个聪明而又忠实的帮手啊！但是帕第知道格里那凡非有那水手同行不可，所以自己只好忍痛割爱了。格里那凡请他供给横贯澳洲的交通工具，说妥之后，乘客们就回船了，并和艾尔通约定了会合的时间和地点。

大家都欢天喜地地回了船。一切情况都转变了。任何疑虑都没有了。那些勇敢的寻访者用不着在三十七度线上瞎摸了。毫无疑义，哈利·格兰特是流落在澳洲大陆上。每一个人的心里都充满了那种怀疑后又获得信心的愉快。

如果一切都顺利的话，两个月后邓肯号就会把哈利·格兰特送到苏格兰海岸登陆了！

当约翰·孟格尔支持横贯澳洲旅行的建议的时候，他原以为他这次是一定要一道去的。所以他现在和格里那凡商量，他提出他要去的种种理由，说什么要效忠于海伦夫人呀，效忠于爵士呀，组织旅行队时他很能帮忙呀，他留在邓肯号上没有用呀，总之，说了许许多多大道理，只除了一个更大的道理没有说。而这个更大的道理，格里那凡不需要他说心里也就明白了。

"只有一个问题，约翰，"格里那凡说，"你对你那大副绝对信任吗？"

"绝对信任。"约翰·孟格尔回答，"汤姆·奥斯丁是个好海员。他一定能把邓肯号开到目的地，他会灵巧地把船修理好，并如期开回来。汤姆是个绝对忠于职责遵守纪律的人，决不会擅改命令或延缓执行。因此阁下可以信任他和信任我本人一样。"

"好吧，既这样说了，约翰，"格里那凡回答，"你陪我们一起去吧。因为，"他又微笑着补充一句，"我们找到玛丽·格兰特的父亲时，你在场也好。"

"啊，阁下！……"约翰·孟格尔含糊地应了一声。

他所能说的只此而已。他的脸红了一下。格里那凡向他伸着手，他握了一握。

第二天，约翰·孟格尔带了船上的木匠和几名水手，载着食粮，又回到帕第·奥摩尔的农庄里去了。他负责和那爱尔兰人商量组织交通工具。

那一家人全都在候着他，准备他一吩咐就动手工作。艾尔通也在那里，不惜就他的经验所得，提供许多意见。

有一点，帕第和约翰的意见是一致的，就是女客坐牛车，男客骑马。帕第可以供给牛马和车子。

乘客们回船了。

这车子是那种二十英尺长的大拖车，上面一个大皮篷，底下是四个板轮，轮子没有辐，没有廓，没有铁箍，总之，只是四块圆木料。车头离车尾很远，以一种原始的方法装在车身上，不能转急弯。车头上安着三十五英尺长的车辕，准备六头牛成对地站在辕边。这六头牛就这样排列着，用头和颈子拉车，颈子上拴了轭，轭上又用铁键连着一个项圈。这样一个又窄又长又摇摇摆摆的大家伙，很容易滚出车道，要能掌握这样一辆大车，同时还要用装有铁头的牛鞭子赶着牛，那非有技巧不可。艾尔通已经在那爱尔兰人的农庄里学习过了，帕第保证他是个赶车能手，因此，驾车的职务就归了他。

车子没有弹簧，坐在里面是不舒服的，但是也只好就这样将就着坐了。约翰·孟格尔没办法改变那种粗笨的构造，只好尽力把车内布置得好一点儿。首先，他把车厢分成两截，中间隔层木板。后半截装粮食、行李和奥比内先生的行灶，前半截完全由女客们乘坐。经过木匠的手，这前半截变成了一个精致的小房间，车厢地板上盖着厚毯子，里面装着盥洗设备，还为海伦夫人和玛丽·格兰特准备了两张床铺。四周是厚的皮帘，必要时可以把这前半截车厢封闭起来，挡住夜间的寒气。若是天下大雨，男客们也可以钻进来躲躲雨；但是，日常过夜时，他们还是要另搭帐篷的。约翰·孟格尔费尽了心思要在一个狭小的空间里把一切妇女需用的东西都搬进来，他居然成功了。海伦夫人和玛丽小姐住进这个滚动的房子里是不会留恋那邓肯号上舒适的舱房的。

至于男客，就比较简单了：七匹壮马是准备给格里那凡、巴加内尔、罗伯尔·格兰特、麦克那布斯、约翰·孟格尔和两名水手威尔逊、穆拉地骑的。这两名水手又在这次新的探险旅行中侍从他们的主人了。艾尔通自然是要坐在车头上，奥比内先生不爱骑马，他很愿意就坐在行李车厢里。

牛马都在农庄旁的草场上吃草，出发时很容易集合起来。约翰·孟格尔把一切安排停当了，要木匠师傅去做的事也交代好了，于是又带那爱尔兰人全家回到船上来。这一家人是要来回拜格里那凡爵士的，艾尔通觉得也要和他们一同到船上来一趟才对。因此，快到四点钟的时候，约翰就和这一大批客人跨进邓肯号的舱口了。

这车子是那种二十英尺长的大拖车。

他们受到热烈的欢迎。格里那凡留他们在船上吃饭。他不愿意缺礼欠情，他对帕第的那次澳洲式的款待，要在游船的方厅中表示回敬。客人只有欣然领受了。帕第·奥摩尔看到一切都表示惊奇。房间里的家具、壁饰、地毯、船上层的枫木和紫檀的装备，引得他赞不绝口。艾尔通则相反，他对于这些不必要的耗费并不表示十分欣赏。

但是，这位不列颠尼亚号的水手长却从航行的角度对这只游船做了一番考察。他一直参观到船底；他下到机舱，看了看机器，并问问机器的实力和耗煤量；他又去看了煤舱和粮舱；他特别关心武器间、船头上的大炮和这尊大炮的射程。格里那凡总算遇到一个内行人了，他听了艾尔通的那些专业方面的问题就知道他是个内行能手。最后，艾尔通又检视了桅杆和船具，他的参观就结束了。

"这真是只漂亮的游船，爵士。"他说。

"特别是只好船。"格里那凡回答。

"吨位有多少？"

"二百一十吨。"

"这只邓肯号开足了马力，一小时可以从从容容地跑上十五海里。"艾尔通又说，"我猜得差不多吧？"

"如果说十七海里，"约翰·孟格尔纠正道，"你就完全猜对了。"

"十七海里！"那舵手叫起来，"那么，任何一只战船，就是一只最好的战船，也都追不上它了？"

"没有一只战船能追得上它！"约翰·孟格尔回答，"邓肯号真正是一只适于竞赛的游船，不论用什么方式航行，它都不会落后。"

"就是张帆航行也比别的船快吗？"

"就是张帆航行也比别的船快。"

"那么，爵士，还有您，船长，"艾尔通又说，"请二位接受我——一个识船的海员——的祝贺吧！"

"好，艾尔通，"格里那凡说，"你就留在我们的船上吧。只要你愿意，这也就是你的船呀！"

"我将来会考虑这个问题的，爵士。"那舵手简单地回答说。

这时奥比内先生来报告爵士，说筵席已经摆好了。格里那凡和他的客人又向艉楼走去。

“好个聪明角色,这艾尔通。”巴加内尔对少校说。

“太聪明了!”麦克那布斯含糊地说了一句,他总觉得那舵手的面孔和态度都有点儿不对劲儿。我们应该说,他这种反感是看不出有一点儿理由的。

席间,艾尔通对于他所十分熟悉的澳洲大陆做了许多有趣的介绍。他问格里那凡带多少水手在大陆上旅行。他一听说只带穆拉地和威尔逊两人去,就表示惊讶。他劝格里那凡把邓肯号上最好的水手都组织到旅行队里来。对这一点,他甚至一再坚持。让我们附带说明一句,他这样坚持,应该使少校心里对他的各种怀疑都完全消除了。

“为什么呢?”格里那凡问,“我们横贯南澳的旅行不是没有任何危险吗?”

“是没有任何危险呀!”艾尔通急忙回答说。

“那么,尽量留人在船上好了。邓肯号张帆航行要人手,修理也要人手。特别要紧的是,将来我们指定它在什么地方和我们会合,它就要准时到达那里。因此,船上的人手还是不减的好。”

艾尔通仿佛懂得了格里那凡爵士的意思,不再劝下去了。

天色晚了,苏格兰人和爱尔兰人分手了。艾尔通和帕第·奥摩尔全家都回到了他们的住处。车马都应该为明天做好准备。启程时间定于明天早晨八点钟。

海伦夫人和玛丽·格兰特做了一些必要的准备,花的时间并不长,带的东西远没有巴加内尔带的那样啰唆。这位学者用了大半夜的时间拆下他那副大望远镜上的玻璃,拆下了又擦,擦过了又装,装上了又把螺丝旋紧。所以,第二天天一亮,少校用雷一般的声音叫醒他的时候,他还在大睡呢!

行李已经由约翰·孟格尔派人送到农庄里去了。一只小艇在下面等着,那一行人立刻就坐了上去。青年船长对汤姆·奥斯丁又最后一次地吩咐了一番。他嘱咐他无论如何要在墨尔本等候格里那凡爵士,并且不论什么命令都要认真执行。

那位老海员叫约翰·孟格尔尽管放心。他代表全体船员祝福爵士这次远征成功。小艇离开了大船,一阵雷鸣一般的“乌啦!”响彻了云霄。

只消十分钟，小艇就拢了岸。一刻钟后这一行人就到了那爱尔兰人的农庄里。

一切都已经准备齐全了。海伦夫人看见人家给她布置的铺位，高兴极了。那辆大得了不起的车子，轮子是原始的，厢板又厚实，特别使她喜欢。那六头牛，一对一对地驾着，神气像老家长一般，非常合她的意。艾尔通手里拿着赶牛的鞭子，在等候着他的新主人的命令。

"哈！"巴加内尔说，"这辆大车好极了，赛得过世界上所有的邮车。像江湖艺人一样，周游列国，没有比这种方式更妙的了。一座流动的房子，能走，能停，爱停到哪里就停到哪里，还能要求比这样更好吗？古代的萨马特人[①]就是这样想的，他们就是这样旅行的。"

"巴加内尔先生，"海伦夫人回答说，"将来我可以希望您来光顾一下我这个客厅吗？"

"还用说吗，夫人！"那学者回答，"那我太荣幸了！您订了日子没有？"

"我天天在舍下恭候我的朋友们，"海伦夫人笑着说，"并且您是……"

"我是您朋友中最热诚的一个，夫人。"巴加内尔殷勤地回答着。

这一席社交辞令被七匹马的到来打断了。马都是鞍辔齐全的，由帕第的一个儿子牵着。格里那凡和那爱尔兰人结了账，付清了一切购置费，还加上许多感谢的话。那位笃实的老移民觉得这些话至少也和金钱是同样宝贵的。

启程的信号发出了。海伦夫人和格兰特小姐坐上了她们的卧车，艾尔通爬上了御座，奥比内钻进了车后厢；格里那凡、少校、巴加内尔、罗伯尔、约翰·孟格尔和那两名水手都佩着马枪和手枪，跨上了马。帕第·奥摩尔大声说："上帝保佑你们！"他的全家人都一齐和着。艾尔通用特殊的声音叫了一声，赶动了那一长列的牛。车子滚动了，厢板咯吱咯吱地响，轮轴呜呜地叫，不一会儿，路一转弯，那诚实好客的爱尔兰人的农庄不见了。

---

① 古代的东欧民族。

启程的信号发出了。

第九章
—— 维多利亚省 ——

这天是1864年12月23日。12月的天气，在北半球已经是那么凄凉、讨厌而潮湿了，可是在澳洲大陆上，尽可以叫作六月天。在天文学上说，夏天已经到了两天了，因为太阳是在21日进入摩羯星座的，它每天在地平线上的时间已经减少了几分钟。因此，格里那凡的这第二次旅行是要在一年最热的季节、在和热带一般的太阳下完成了。

在这带太平洋上的英国各领地的总称是澳大利西亚。它包括新荷兰、塔斯马尼亚、新西兰和四周的若干岛屿。至于澳洲大陆，它被划成许多大片的殖民地，大小贫富很不均匀。谁打开彼得曼和卜来科尔两位的现代地图一看，首先就会注意到这些划分都是以直线界成的。英国人就这样笔直地在这些大省之间划出了许多随心所欲的界线。他们也不顾地形、河流、气候和种族的区别。这些殖民地都是些长方块，一个挨着一个，彼此嵌合，就和镶嵌的方格一般。人家一看这些直线和直角，就知道这是几何学家的把戏，不是地理学家的手法。只有海岸线做种种不同的回旋曲折，有汊、有湾、有角、有河口，代表着大自然以生动可爱的参差向人为的整齐提着抗议。

这种棋盘式的分区经常引来巴加内尔的嘲笑。这也难怪。如果澳大利亚属于法国的话，法国的地理学家们决不会爱矩尺、爱画线笔爱到这样的程度。

大洋洲这个大岛现在分为六个殖民地：新南威尔士，首府是悉尼；昆士兰，首府是布里斯班；维多利亚省，省会是墨尔本；南澳，首府是阿德雷得；西澳，首府是珀斯；北澳，现在还没有首府。只有沿海各地住有移民。仅仅很少数胆大的居民曾冒险向内陆二百英里远的地方去活动过。真正的腹地有欧洲三分之二那么大的面积，还几乎没有人知道它的内幕。

幸而三十七度线不穿过这些广漠无人的区域，不穿过这些不能进去的地方。在那些地方，很多人为科学而牺牲了。格里那凡是不会冒险到那些地方去的。现在他所要走的不过是澳大利亚的南边一带地区，包括阿德雷得省很狭窄的一部分、整个维多利亚省和新南威尔士的那个倒置三角形的尖端。

再说，由百奴衣角到维多利亚省边境，不到六十二英里的路程，两天就走完了，不需要更多的时间。艾尔通打算第二天晚上就在维多利亚省最西边的阿斯卜雷城里过夜。

凡是旅行开始时，总是“鞍上人精神鞍下马活跃”的。人精神倒也罢了，马活跃却要控制一点儿。“谁想走远路，就要惜马步。”因而大家决定每天平均只走二十五英里到三十英里，不多走。

而且，马步还要配合牛步，因为牛步慢。这些机械一般的牛，载重的力量大，而所费的时间也不少。那辆大车，连同车上的人和食粮用具，成为这个旅行队的核心，仿佛是一个流动的堡垒。骑马人尽可以在车子的两旁散开走走，打打路，但是决不能离开车子太远。

既然人马的次序没有规定，那么每人都可以随便走，在一定的限度内各人可以自由活动。善于打猎的人就跑跑旷野，善于交际的人就和车上的女客谈谈心，是哲学家就走到一起去辩辩哲理。巴加内尔三样都成，所以一会儿这里，一会儿那里，忙得个不亦乐乎。

穿越阿德雷得境域的这段旅程没有什么东西足以引人入胜。一连串的丘陵，不高而富于灰沙；漫长的一片荒地，形成人们所说的“草莽区”；许多草原，上面盖着一丛丛的灌木。这些灌木带咸味，叶子是尖角棱棱的，羊类最爱吃。几英里路以内，看来看去，都不外乎是这些东西。有时可以看到一些“猪面兽”——新荷兰特产的一种猪头羊身的动物，在那排新竖起来的由阿德雷得通到沿海各地的电线杆子中间吃着草。

直到这里为止，这种平原酷似阿根廷潘帕斯的那带单调的旷野。同样是一块平坦的草茵，同样是划得很明晰的和天空的分界线。麦克那布斯硬说大家还是在阿根廷，而巴加内尔却肯定地说地形不久就会有变化。由于他这种保证，大家都期待着有新奇的事物出现。

快到下午三点钟的时候，车子走过一大片无树的旷野，俗名叫“蚊原”。那学者看到这地方真是名实相符，在地理学的立场上感到十分满意。这些讨厌的双翅昆虫不断地来叮，叮得格里那凡一行人和牛马都很苦恼。要想蚊子不来叮是不可能的，好在车上的流动药房里有的

“蚊原”可真是名实相符。

是成瓶的阿摩尼亚水，叮了就擦一擦，也没什么关系。巴加内尔的个头儿高，那些顽强的蚊子特别光顾他，他不由得把地狱里所有的魔鬼都骂了出来。

傍晚，有几处用豆球花树编成的篱笆点缀的平原；疏疏落落地还有几丛白胶树；更远一点儿，有一条新辗成的辙道；接着就是一些自欧洲移植来的树木：橄榄树、柠檬树、青栎树；最后是一些护持得很好的木栅栏。晚上八点钟，牛在艾尔通的鞭子的驱赶下，加紧了脚步，到达了红胶站了。

所谓"站"，就是指内地饲养牲畜的那些建筑。我们知道，畜牧业是澳大利亚的主要富源。牧人都是些"坐地人"，就是说坐在地上的人们。的确是这样，欧洲移民在这一望无边的旷野里游牧，累了的时候，第一个动作就是往地上一坐。

红胶站是个不怎样大的建筑，但是格里那凡却在这里受到了最恳切的招待。这些荒僻地方的人家，对过往的客人总是招待吃饭的，在澳洲的移民区里，旅客总是可以碰到好客的主人。

第二天，天一亮，艾尔通就驾起牛车。他要在当晚赶到维多利亚省的境内。地面渐渐高低不平了。一连串的小山蜿蜒着，一眼望不到尽头。小山上都盖着朱红色的细沙，简直像是一面扔在平原上的红色大旗，被风吹得鼓起一条条的皱纹。几棵"麻雷"——杉树的一种，干直，皮光有白斑——伸出它们的枝子，用深绿的叶子庇荫着肥沃的草场。草场上充满了成群快乐的跳鼠。走着走着，人们又看到大片荆棘和小胶树。不久，这些树丛渐渐由密而疏，一棵棵孤立的小树渐渐变成了大树，开始呈现出澳洲森林的模样。

然而，到接近维多利亚省边境的时候，景物又在显著地变更着。行人都感到脚下踏着一片新的地面。他们的方向不变，经常是保持一条直线，没有任何丘陵或湖泽的障碍迫使他们向成弧线或折线的方向前进。他们一直盯住几何学上的那第一条定理，不折不扣地走着两点之间的那最短的路程。什么疲乏，什么困难，他们连想也没有想过。

他们的速度是以牛行的速度为标准的。这些心平气和的牲口走得并不快，但是一步也没有停。

就是这样，一口气走了六十英里，分作两天。23日的傍晚，那支旅

一行人到达了红胶站。

行队到达了阿斯卜雷区了。这是进入维多利亚境内的第一个城市，在东经一百四十一度线上，属维买拉县。

车子由艾尔通送进了客栈的车房。这是个小客栈，叫作“王冠旅舍”。全城没有更好的旅馆了，只好就在这里住下了。晚餐是清一色的羊肉，各式各样的做法，摆在桌上冒着热气。

大家吃得很多，谈得更多。每人都想知道些澳洲大陆的珍奇事物，所以都渴望巴加内尔打开话匣子。巴加内尔也就不用催请，拿这被称为“幸福的澳大利亚”的维多利亚省作题目大谈起来。

“‘幸福的’这个词形容得不正确！”他说，“应该说是富饶的澳大利亚，因为一个地方和一个人一样，富饶并不就是幸福。澳大利亚因为有金矿，就被断送到那批残酷的、专门从事破坏的冒险家们手里了。我们穿过金矿区时，你们就可以看见。”

“维多利亚这个殖民地，历史还是很短吗？”格里那凡夫人问。

“是的，夫人，才有三十年的历史。那是1835年6月6日，星期二……”

“晚上七点一刻。”少校接着加上一句，他看到巴加内尔老是准确地说出时日，就喜欢和他开玩笑。

“不对，是七点十分。”那地理学家一本正经地说，“巴特曼和法克纳两人在菲利普港建立了一个据点，就是在今天墨尔本城所在的那个海湾上面。最初十五年中，这殖民地还算是新南威尔士的一部分，受新南威尔士的首府悉尼管辖。但是，到了1851年，它宣布独立了，正式定名叫作维多利亚。”

“独立后就繁荣了？”格里那凡问。

“你想想吧，我高贵的朋友。”巴加内尔回答，“这里有一些最近的统计数字，不管少校讨厌不讨厌，我觉得是非常有意义的。”

“你说好了。”少校说。

“我说。1836年，菲利普港殖民地有二百四十四个居民。今天，维多利亚省有五十五万居民。七百万株葡萄树，每年出产十二万一千加仑葡萄酒。一万三千匹马在它的平原上奔驰着，六十七万五千二百七十二头牛放牧在它那些一望无边的牧场上。”

“也还有些猪吧？”麦克那布斯问。

“对不起，少校，猪有七万九千六百二十五头。”

“多少羊呢，巴加内尔？”

“羊有七百一十一万五千九百四十三只，麦克那布斯。”

“连我们此刻吃的在内吗，巴加内尔？”

“不，不在内，这只羊我们吃掉四分之三了。”

“精彩！巴加内尔先生！”海伦夫人喝彩，真心实意地笑着，“必须承认，您对于这些地理问题是太熟悉了。我这位表兄麦克那布斯不管怎样也难不倒您。”

“我干的就是这一行呀，夫人！我就是要知道这些事情，并且在必要的时候说给你们听。所以，我说这个怪地方有的是稀奇古怪的事物给我们看，你们尽可以相信我。”

“然而，直到现在还没有……”麦克那布斯接上一句，故意逼那地理学家，引起他的兴头。

“等着呀，你这没耐性的少校！”巴加内尔叫起来了，“你刚把一只脚踏上一个地方的边缘，你就不耐烦了！我告诉你，我再告诉你，我向你保证这地方是世界上最奇怪的地方。这大陆的形成、性质、物产、气候，乃至它将来的消失，没有一点不使世界上的全体学者过去惊讶、现在惊讶、将来还要惊讶。你们想想，朋友们，这片大陆最初不是先从中心起，而是先从四周起，在海洋中耸立起来，就像一个无穷大的指环；它的中心也许包藏着一个被蒸发得半干了的内海；它的河流一天天地在干涸；空气里、土壤里都没有潮湿；树木每年落一次皮，叶子却从来不落；树叶子是侧面向着太阳，而不是正面向着太阳，因此不遮阴；木材常常是烧不着的；石料淋了雨会溶化；树林很低而草却长得很高；禽兽都是很奇特的；四足兽却长着鸟儿嘴，如针鼹、如鸭獭，都曾经使得博物学家不能不特地为它们添出一个‘单孔动物’新门类；袋鼠用长短不齐的腿跳着；山羊长着猪头；狐狸会从这棵树飞到那棵树；天鹅是黑的；老鼠会筑巢；‘抱窝鸟’[①]打开客厅欢迎来拜访的鸟类；鸟儿的各式各样的歌声和姿态叫人家想也想不出来，有的像时钟报时，有的像马鞭作响，有的发出磨刀声，有的响着‘滴答、滴答’的钟摆声，有的在早晨太阳上山的时候笑，有的在晚上太阳落山的时候哭！

---

① 澳洲特产的一种椋鸟。

啊，真是个稀奇古怪、不合逻辑的地方啊！真是片不近人情、不合自然规律的乡土啊！”

巴加内尔的这一篇宏论，一口气说下去，仿佛停不下来。这位会说的地理学会的秘书说得太忘形了。他一直往下说，往下说，拼命指手画脚，刀叉在手里舞着，坐在他身边的人真是很危险。但是最后，一阵打雷般的喝彩声终于把他的话压了下去。他总算沉默下来了。

当然，他说了这一大套澳洲的离奇事物，大家已经很满足，不想再要求他补充了。然而，那少校却忍不住又冷言冷语地问他一句：

“你说完了吗，巴加内尔？”

“完了？早着呢！”那学者顶他一句，又来了新的劲头。

“怎么，”海伦夫人故意逗他一句，“难道澳洲还有比这些更奇怪的事吗？”

“还有，夫人。就拿它的气候来说吧，澳洲的气候，比它那些离奇的物产还要怪得多。”

“你举个例子吧！”有人惊叫。

“且不说澳洲大陆在卫生条件上的优点，这里氧气丰富，氨气不多；没有湿风，因为信风都是沿海岸平行地吹过去了；很多疾病在这里是从来没有的，从伤寒、斑疹到各种慢性病，这里都没有。”

“然而，这也是一个不小的优点呀！”格里那凡说。

“当然是优点，但是我不说这个，”巴加内尔回答，“我单说这里的气候有一种特点，说出来仿佛是假的。”

“什么特点说出来仿佛是假的？”约翰·孟格尔问。

“你们永远不会相信我的。”

“我们相信你，说呀！”听的人都叫起来，忍耐不住了。

“说吗？它有……”

“有什么？”

“有教化的功效！”

“教化的功效？”

“是呀！”那学者满怀信心地回答，“是的，有教化的功效！这里的金属在空气中都不生锈，人也不生锈。这里有纯洁干燥的空气，会很快地叫一切变得洁白，从衣服一直到灵魂！在英国，人们当初把需要教化的人送到这里来，就因为早注意到这里气候的功效呀！”

“怎么，真会有这种影响吗？”格里那凡夫人问。

“是的，夫人。对禽兽，对人，都有这种影响。”

“您不是说笑话吗，巴加内尔先生？”

“不是说笑话。这里的马群和牛羊群都驯良到万分。你们将来看吧。”

“不可能的事！”

“但是这是事实呀！而且，凡是做坏事的人，一运到这种充满活力、符合卫生条件的空气里来，几年就变好了。这种效能，慈善家们早知道了。在澳洲，人类的一切天性都在变好。”

“那么，您呢，巴加内尔先生，”海伦夫人说，“您已经是这样好了，您在这片得天独厚的土地上将来又怎样呢？”

“将来变得呱呱叫呀，夫人。”巴加内尔回答，“呱呱叫，没有旁的话可说。”

第十章
维买拉河

第二天，12月24日，天一亮一行人就动身。天气已经相当热了，但是还受得了，路大部分都很平坦，马走起来很方便。那一小队人马走进了一片经过砍伐以后新生的树林，树木相当稀疏。他们走了一整天，到了晚上，就在那白湖岸边露营。这湖里的水有咸味，不能喝。

在那儿，巴加内尔不得不承认这白湖并不白，正如黑海不黑、红海不红、黄河不黄、蓝山不蓝一样。然而，为维护地理学家的声誉起见，他还为这种命名辩护了很久，但所提的理由没有一个能成立。

奥比内先生依他的准时做事的习惯预备了晚饭。晚饭后，旅客们有的在车子里，有的在帐篷里，不久就睡了，虽然澳洲的豪狗在不断地发出悲惨的叫声。

在白湖的对岸，展开了一片美丽的平原，上面开着五颜六色的菊花。第二天，格里那凡和他的旅伴们一醒就看到了这一幅美景，倒很想玩赏一番。然而，他们还是按时启行了。只有几处远远的土丘凸出在平地上。一眼望到天边，都是草场和花朵，泛起一片红色的春光。宝蓝色的细叶麻和本区特产的一种朱红色的爵床草恰好相映成趣。多种多样的爱尔莫菲拉树点缀着这一片草地。含有盐分的土面上盖满了灰藋、滨藜、甜菜等胭脂菜类的植物，有的是青绿色，有的是淡红色。这些植物对工业都是有用的，因为它们烧成灰可以提炼出极好的碱来。巴加内尔遇到花草就变成植物学家了，他对这些种类不同的花草都叫得出名字来。同时，他对数目字也有兴趣，所以他免不了还要说明：直到现在为止，澳洲植物已经发现的有一百二十类，共分四千二百种。

后来，很快地走了十来英里之后，牛车在高大的树丛中钻行了。那些树都是豆球花树、木本含羞草、白胶树等，开的花是千形百状的。这片“泉原”[①]里的植物界并没有辜负阳光的照拂，它接受的阳光多，发出的香气和呈现的色彩也多。

至于动物界，出产就比较吝啬了。几只食火鸡在平原上蹦着，让人没有法子接近它们。这时，少校却够灵巧，他居然一枪打到一只稀有的怪鸟。那怪鸟叫作“霞碧鹭”，英国移民把它叫作“巨鹤”，现在已经近于绝种了。这种鸟有五英尺高，嘴是黑的，长一英尺八英寸，上部宽大，末端尖锐，呈圆锥形。头上紫红色和朱红色的闪光同颈上的油绿色、胸部的白色、两只长脚的鲜红色强烈地互相辉映着。大自然仿佛把调色板上能调配出的颜色，都在这“霞碧鹭”的身上用上了。

大家都赞美这只鸟；如果不是走了几英里路之后小罗伯尔又勇敢地打到一只怪兽的话，那么，这一天的光荣会是完全属于少校的。罗伯尔打到的这怪兽是畸形的，一半像刺猬，一半像食蚁兽，可以说是一种不成形的动物，正如《创世记》中所说的那些十不像的爬虫一般。它有一条可以伸展的滴着黏涎的长舌头，垂在圆筒般的嘴外面，捕捉蚂蚁吃。蚂蚁是它的主要食粮。

“这是只针鼹鼠哪！”巴加内尔叫出这个单孔动物的本名，“你们

① 多泉的平原。——原注

这种怪鸟叫“霞碧鹭”，英国移民把它叫作“巨鹤”。

可曾见过这样的一个动物?”

“太难看了。”格里那凡说。

“难看是难看,却稀奇得很。”巴加内尔说,“而且,只有澳大利亚有,在世界上任何别的地方都找不到的。”

巴加内尔本想把那奇丑的针鼹鼠放在行李车厢里带走,但是奥比内先生竭力反对,因此那学者只好放弃这个单孔动物的标本了。

这天,旅行队走到了东经一百四十一度三十分的地方。到这里为止,他们很少看到移民,也很少看到“坐地人”。那地方似乎是没有人居住。土人呢,连影儿也看不见一个,因为那些未开化的民族都在较北的地区,在达令河和墨累河支流灌溉的那片人迹罕到的广大地区中游荡。

但是,有一个很少见的场面使格里那凡一行人很感兴趣。澳洲有些大胆的投机商人把大批牲畜从东部山区带到维多利亚及南澳等省来。他们有机会看到了这种庞大的牲畜群。

快到下午四点钟,约翰·孟格尔指出前面三英里路远的地方,有一股漫长的灰尘在地平线上滚滚前进。这现象是怎样发生的呢?大家都很难理解。巴加内尔认为那是一种自然现象,并且他那丰富的想象力已经替这现象找到一个科学的解释。但是艾尔通的一句话打断了他那满天飞的想法,说那是牲畜群走过时扬起的灰尘。

那水手并没有判断错。那片烟云渐渐近了。烟云里传出一片羊咩、马嘶和牛哞的合奏。在这支牧区交响曲里,还夹杂着人们叫喊、吹口哨和怒骂的声音。

有一个人从这片喧嚣的烟云里出现了。他是这支四只腿大军的总指挥。格里那凡向这人迎上去,不拘礼地交谈起来。这位总指挥,或者用他真正的头衔称呼他说,这位“牧守”,是这大群牲畜的部分所有人。他的名字是山姆·马彻尔,果然是从东部来的,到波特兰去。

他这个牧群有一万二千零七十五头牲畜,其中牛一千头,羊一万一千只,马七十五匹。这些牲畜是在蓝山那带平原里买来的,买来时很瘦,现在把它们赶到南澳那些丰美的草场上放牧,等养肥了以后就地再卖出去,可以获利很多。就这样,马彻尔每头牛可以赚两镑,每只羊赚半镑,总起来,可以得五万法郎的利润。这是一笔大生意。

但是，要多么大的耐性、多么大的毅力才能把这群不听话的牲畜赶到目的地啊！路上要吃多少辛苦啊！这是行苦生意，赚几个钱也着实不容易啊！

牧群继续在含羞草丛中前进，马彻尔开始简单地叙说他的历史。海伦夫人、玛丽·格兰特和骑马的旅伴们都到地上来了，他们就在一棵大胶树的树荫下坐着，听那"牧守"说话。

马彻尔出来已经七个月了。每天大约走十英里路，他那漫长的旅程还要三个月才走得完。在这趟辛苦的买卖中，给他帮忙的有二十只狗，三十个人，其中有五个黑人善于把走失的牲畜找回来。六辆大车跟在这支走兽大军后面。赶牲畜的人手里拿着牧鞭——一英尺九英寸长的竿子，上面系着九英尺长、用皮条编成的鞭子——在行列中走来走去，维持着固定的次序，那群狗组成的轻骑兵队则在两翼梭巡着。

旅客们都赞美这庞大牧群中的秩序。种类不同的牲畜常常不在一起走，因为野生的牛和羊总是不能和睦相处的，凡是羊走过的地方，牛绝对不愿意在那里吃草。所以必须让牛走在前头，把它们分成两营做先锋；接着就是五团羊，由二十个人指挥；最后是一连马做后卫。

马彻尔还提起大家的注意：这支兽军的向导并不是狗，也不是人，而是牛。牛是聪明的"首领"，全体牲畜都拥护它们。它们十分庄严地在前排挺进，本能地选择着好路，它们深信自己有权享受人的另眼看待。人们也特别拉拢它们，因为全牧群都心甘情愿地服从它们呀！它们要停，人们也只好随着它们的高兴就停下来。如果歇下之后，它们不发出动身的信号，你想尽法子叫它们走也是不成的。

这群兽军的远征，虽然不是由色诺芬①自己指挥的，却也值得编在历史里。那"牧守"对这次远征还补充了若干细节。他说，只要这支大军是在平原上走，一切都不成问题。没有什么困难，也不要吃什么苦。牲畜在沿途的牧场上吃草，在小沟里喝水，夜里睡觉，白天走路，狗一叫，全牧群就马上集合，都很听话。但是到了澳洲的大森林里，穿过那些桉树和木本含羞草的树丛，困难就多了。所有的连呀、团呀、旅呀，都混杂起来了，或者跑散了，要费很多时间才能把它们集合起来。

---

① 古希腊的史学家兼名将，曾领导万人远征。

万一不幸，一个首领走失了，就一定要不惜任何代价把它找回来，否则队伍就有溃散的危险。找起来也是很困难的，有时那几个黑人要费几天的工夫才找得到。万一天下大雨，懒的牲畜就不肯前进，要是遇到大风暴，牲畜就吓得发狂，整个的牧群都纷纷地乱窜。

然而，由于那“牧守”的毅力和机智，他居然克服了这些不断产生的困难。他一直往前走着，一英里又一英里地向前走，把许多平原、树林、山丘都抛到背后去了。但是除了毅力和机智而外，还要有一种更高的品质，就是耐性——一种能经得起任何考验的耐性，一种不仅仅是能坚持几小时、几天而且要能坚持几星期的耐性。这种耐性在过河的时候就特别需要了。一到了河边，“牧守”就仿佛被拦住了，干瞪着眼，没有办法。并不是渡不过去，而是不渡过去。其唯一的障碍就是牲畜执拗着不肯过河。牛一嗅到水就往回跑。羊也不肯下水，到处乱窜。等夜里把它们赶过去，也不成。把公羊硬扔下河，母羊又不愿意跟着走。让它们渴几天试试看，但是那些牲畜宁愿不喝水，也不肯冒险下河。把小羊搬到河那边，希望小羊叫着引母亲过去，但是小羊尽管咩咩地叫，母亲依然在河这边，一动也不动。这样有时会耽搁个把月，“牧守”对这支咩着、嘶着、哞着的大军一点儿没有办法。后来，突然有一天，毫无理由，凭一时高兴，莫名其妙地有一小队牲畜过河了。这时又有一个困难来了，人们无法使这么多牲畜有秩序地跟着过河，于是，队伍乱了，许多牲畜就这样在急流里淹死了。

以上就是马彻尔补充的细节。在他叙说的时候，牧群已经秩序井然地走过去一大部分了。这时，他该赶到大军的前头，选择最好的牧场了。因此他要向格里那凡告辞了，他跨上了仆人替他牵着的那匹土产的良马，热诚地和大家拱手告别。不一会儿，他又在那一团灰尘里消失了。

接着，车子就背朝着牧群又继续前进，一直走到晚上，才在塔尔坡山脚下停下来。

这时，巴加内尔郑重其事地提醒大家说，今天是12月25日，是圣诞节，是英国人隆重庆祝的节日。那司务长也并没有忘记这个日子，因而一席美味的晚餐在帐篷下摆了出来。大家吃了都衷心赞扬奥比内的手艺。真的，这一餐奥比内先生做得太好了。他早有了准备，所以才能做出了在这澳洲荒僻的地方罕见的一席西餐。这一餐的内容有：鹿火腿、腌牛肉、熏鲑鱼、大麦粉和荞麦粉做成的糕点，还有茶任大家喝，还有大量的威士忌酒和几瓶葡萄牙产的波尔图葡萄酒。大家吃着，简直以为是在苏格兰高地玛考姆府的大餐厅里。

当然，在这席丰盛的筵席上什么也不缺，从姜汤开始，直到餐后吃的碎肉饼都有。然而，巴加内尔却觉得还要加点儿水果，他把那长在丘陵脚下的野橘树的果子摘了一些下来。这种野橘柑，土人叫作“毛卡梨”，毫无滋味，但是核子咬碎了就和番椒一样辣嘴。那地理学家为表示热爱科学，硬着头皮把那果子放在嘴里嚼，结果嘴都辣麻了。少校盯着他问澳洲沙漠的特点，他连话都回不出来了。

第二天，12月26日，无事可述。他们经过诺通河的肥沃地带，后来又过了半干涸的麦根齐河。天气还算是晴朗的，也不太热；风从南面吹来，把空气调剂得相当凉爽，就和北风调剂北半球的气候一样——这是巴加内尔解释给他的小朋友罗伯尔·格兰特听的。

“这算是机会好，”他又说，“因为平均说来，南半球比北半球热些。”

“为什么南半球比北半球热些呢？”那小孩问。

“你问为什么吗，罗伯尔？”巴加内尔说，“你没有听说过地球在冬天离太阳近些吗？”

“我听说过呀，巴加内尔先生。”

“没有听说过冬天冷是因为太阳光斜射过来的原因吗？”

“也听说过呀！”

“那么，我的孩子，南半球热些就是由于这个原因了。”

“我不懂。”罗伯尔回答，瞪着两只大眼睛。

“你想想看，”巴加内尔又说，“我们在欧洲那里过冬的时候，在澳洲，就是说在地球的另一面，在我们的脚底下，是什么季节？”

“夏天呀！”罗伯尔说。

“那么，好了，正是这时候地球最接近太阳……你懂了吗？”

“我懂了……”

“南半球的夏天热些正因为南半球在夏天比北半球在夏天距离太阳近些。”

“果然是这样，巴加内尔先生。”

“因此，人家说地球‘在冬天’距离太阳近些，只是就我们住在北半球的人而言。”

“这一点，我还没有想到呢！”罗伯尔回答。

“现在你知道了，我的孩子，就别再忘记吧！”

罗伯尔很满意地上了一堂有关天文地理学的课，最后还知道了维多利亚省的平均温度是74°F（合23.33℃）。

晚上，旅行队在离龙斯达尔湖五英里的地方露营。这里两边是山：北边高耸着德朗蒙山，南边是德利登山的不太高的山顶趴在地平线上。

第二天十一点的光景，牛车到了维买拉河河岸，那地方在东经一百四十三度。

这条河有半英里宽，清汪汪地在胶树和豆球花树中间流着。有几棵高大的桃金娘科的植物，特别是叫作“美特罗西德罗·斯沛笑沙”的那一种，把长枝撑到一丈五尺高，枝上满缀着红花。成千成万的鸟，如黄鹂、金丝雀、金翅鸽，不用说还有那好说话的鹦鹉，都在那青葱的枝叶中间穿来穿去。下面，在清波上，一对黑天鹅在戏着水，羞答答的，让人近不得它们。这对澳洲江河里的“珍禽”不一会儿就钻到河湾里不见了。这条维买拉河湾汊很多，任意地曲折地浇灌着那片引人入胜的原野。

这时，牛车停在这片像地毯似的草地上，草地边缘的长草像丝穗子一般，在飞逝的清波上倒垂着。河上既没有木筏，又没有桥，然而他们非过河不可，因而艾尔通就忙着找可以渡过的浅滩。在上游四分之一英里的地方，河水似乎比较浅些，他就决定打这里渡河。再三探测，这一带都只有三英尺深的水。因此牛车可以从这带高河底上走过去，不至于有什么危险。

“没有别的法子过这条河吗？”格里那凡问那水手。

“没有别的法子，爵士。”艾尔通回答，“但是我觉得打这里过去并不危险，我们可以过得去。”

“格里那凡夫人和格兰特小姐要下车了！”

“没有必要下车。牛走得很稳，我保证叫它们走在妥当的路线上。”

“好吧，艾尔通，”格里那凡说，“我信任你。”

骑马人围住那辆重牛车，大家坚决地下河了。通常，车子由浅滩走过河，四周都围着一连串的空桶，使它能漂浮在水面上。但是格里那凡一行人没有这种“救生圈”，只好靠牛的智慧了。艾尔通坐在御座上牵着牛，指挥着。少校和两个水手抄前几托瓦兹远，横断着急流，做先锋。格里那凡和约翰·孟格尔走在车子两旁，准备随时救护那两位女客。巴加内尔和罗伯尔做后卫。

直到维买拉河中心以前，都很好。但是，到了河中心，水深了，直淹到轮盘以上。牛一走出浅滩，如果脚探不到底，可能连那摇摇摆摆的大车都会一起拖下去的。因此，艾尔通勇敢地效劳，他自己下水把住牛角，终于把牛带到正路上来。

这时，万想不到车子忽然一碰，咯啦一声，歪倒了。车歪得很厉害，水淹到女客的脚了。虽然格里那凡和约翰·孟格尔把住车栏用力扶着，车还是漂了起来。这是最惊险的一刹那。

幸而，艾尔通抓住牛轭，使劲一扳，又把车子向反面扭转过来。前面河底形成一个缓坡，在牛马脚下渐渐高起来了。过了一会儿，人畜都安全过了河，大家虽然浑身湿透，心里却还是满意的。

不过，车的前厢在碰了一下的时候损坏了，格里那凡的马前蹄上的蹄铁也落掉了。

这种意外的损坏急需修理。大家面面相觑，十分为难。这时艾尔通又自告奋勇，愿意跑到向北二十英里的黑点站去找一个钉马蹄铁的铁匠来。

“好，你就去，我的好艾尔通。”格里那凡对他说，“你去到那里又回到这露营的地方来，要多少时间呢？”

“大概要十五个钟头，”艾尔通回答，“但是不会更多。”

“你就去吧，我们等着你回来，就在这维买拉河岸上露营。”

几分钟后，那水手骑着威尔逊的马，在一排茂密的木本含羞草后面消失了。

万想不到牛车忽然一碰，歪倒了。

第十一章
——　柏克与斯图亚特　——

这一天空闲的时间都消磨在漫谈和散步上面。旅客们游览着维买拉河岸，一面闲谈，一面欣赏。许多灰鹭和红鹤在他们走近时都发着嘶哑的叫声逃走了。缎光鸟藏到野无花果树的高枝上，黄鹂、斑鹅、翘翅凤鸟在肥大的百合花枝里乱飞，翡翠鸟也不捕鱼了，只有比较文明的鹦鹉类，如七色的“碧山”鸟、朱头红颈的“罗什儿”鸟、红蓝相间的“乐利”鸟，依然在开花的胶树顶上发出令人耳聋的喧声。

散步的人们就这样整天欣赏着那片美丽的大自然，他们有时来到流水潺潺的小河旁，在草地上躺下，有时在木本含羞草丛中间溜达。黄昏的时间是很短的，他们离露营的地方还有半英里路，天就黑了。他们看着星宿的方向走回来——不是看北斗，因为北斗在南半球是看不见的，他们看的是在地平线与天顶中间闪耀着的南极十字座。

奥比内先生已经在帐篷里摆下晚饭了。大家入了席。晚饭的佳肴是一盆烩鹦鹉。这鹦鹉是威尔逊用技巧打到的，经司务长的妙手做成了菜。

晚饭后，大家都想找个话题谈谈，迟点去睡，以免辜负这样好的夜景。海伦夫人要求巴加内尔讲他早就答应讲的那些来澳洲探险的大旅行家的故事，大家都立刻表示拥护。

要巴加内尔开话匣子，正是他求之不得的事。听的人在一棵茂盛的“盘杉”脚下躺着，雪茄冒出的缕缕轻烟直升到那消失在黑暗里的枝叶里。那地理学家自信他的记忆力强，马上不假思索地讲起来：

“你们还记得，朋友们，尤其是少校，更不会忘记，我在邓肯号船上数过的那许多旅行家。在那些想深入腹地的探险家当中，只有四个人，或者由南而北，或者由北而南，做到了纵贯澳洲的工作。这四个人是柏克，在1860年和1861年；马金莱，在1861年和1862年；兰兹博罗在1862年；斯图亚特也在1862年。关于马金莱和兰兹博罗两人，我不多说。马金莱从阿德雷得到了卡奔塔利亚湾，兰兹博罗从卡奔塔利亚湾到了墨尔本，他们都是澳大利亚委员会派去寻找柏克的。这位柏克先

黄昏的时间很短，天很快就黑了。

生自从那次去后，也就一直没有回来。

“柏克和斯图亚特是两个大胆的探险家，我现在说的就是他们两人的探险史。闲话少说，言归正传。

“1860年8月20日，在墨尔本皇家学会的鼓励下，一个爱尔兰的退职军官、曾在卡斯尔门当过警政视察员的罗伯尔·柏克出发了。和他一起去的有十一个人：有出色的青年天文学家威尔斯、植物学家白克莱尔博士、有格来、有印度的青年军官金格、有蓝代尔、有白拉赫，还有几名印度兵。此外，还有载人、行李和十八个月的粮食的二十五匹马和二十五匹骆驼。这个探险队预定先沿着柯伯河走，直到北岸的卡奔塔利亚湾。他们顺利地越过了墨累河和达令河的两个流域，到达了殖民地边界的梅宁迭站。

“到了那里，他们认为行李多了太累赘。由于这种困难，再加上柏克的脾气不好，这探险队内部失和了。指挥骆驼的蓝代尔，带着几名印度籍的仆从脱离了探险队，回到达令河上。柏克照旧前进。他朝着柯伯河的方向走下去，他有时走过水草都很丰富的牧场，有时走过沿途缺少水源的石子路。11月20日，离出发已经三个月了，他在柯伯河河岸上建立了第一个储粮站。

“那些旅行家在这里停留了一些时候，因为他们找不到一条向北可走的路，找不到一条靠得住有水的路。后来他们突破很大的困难，终于到了他们叫作威尔斯堡的一个营地。他们就把这地方用栅栏围起来，作为墨尔本与卡奔塔利亚湾之间的一个中途据点。柏克在这里把探险队分为两小队。一小队由白拉赫领导，在威尔斯堡留守三个月，乃至三个月以上，如果粮食不缺的话，一直等到另一个小队回来。另一个小队只包括柏克、金格、格来和威尔斯四个人。他们带去六匹骆驼，还有三个月的粮食，包括三担[①]面粉、五十斤大米、五十斤荞麦粉、一担干马肉、一百斤咸猪肉和腊肉，以及三十斤饼干。这一切是为了走六百法里路来回用的。

“这四个人出发了。艰难地穿过一片多石的荒区以后，他们到达了埃尔河上。这正是1845年司徒特所到达的最远的地方，自此，他们

① 1担约合50公斤。

尽可能正确地循着东经一百四十度线，一直向北走去。

“1月7日，他们走过了冬至线。太阳热得和火一样，他们在热带沙漠里常常受到海市蜃楼的迷惑，往往找不到水喝。他们有时遇到激烈的暴风雨，这样才能凉爽一下。他们有时偶尔也会碰到几个流荡的土人，土人倒没有跟他们为难。总之，沿途没有什么河流或高山拦住去路，路上的困难还不太大。

“1月12日，北面出现了一些砂岩质的丘陵，其中有佛白山，还有被叫作‘连山’的一连串的花岗岩质的山脉。到了那里，走路就辛苦了。人还可以勉强前进，牲口却不肯向前。‘老是在山里转！骆驼怕得出汗！’柏克在他的旅行日记簿上这样写着。虽然如此，那几个探险家还是以极大的毅力到达了脱纳河河岸，后来又到了佛林德斯河上游。佛林德斯河是斯托克斯在1841年到过的，它在棕树和桉树的帘幕中流入卡奔塔利亚湾。

“接着是一连串的滩地，这说明离海洋不远了。有一只骆驼就死在那里，其余的骆驼都不肯再向前进。金格和格来只好陪着它们留在那里。柏克和威尔斯就步行着继续往北。他们曾遭遇到许多严重的困难，这些困难在他们的笔记中说得很不清楚。之后，他们仅到达一个被海潮淹没的滩地，但是他们并没有看到大洋。那是1861年2月11日。”

“这样说，这几个大胆的探险家不能再向前进了？”格里那凡夫人问。

“不能了，夫人。”巴加内尔回答，“滩地走上去就往下陷，他们只好回到威尔斯堡和他们的旅伴会合。回头路真苦啊，我向你们保证！柏克和他的同伴累极了，只是一步步地慢慢挨着才回到格来和金格两人这里来。然后这支小探险队又循原路南下，向柯伯河进发。

“回来时路上碰到的种种意外、危险和艰苦，我们知道得不清楚，因为那些探险家的笔记簿里没有记载，但是想来一定是十分惊险的。

“的确，他们4月到达柯伯河的时候，四个人只剩下三个人了。格来已经劳累过度死去了，六匹骆驼也先后死了四匹。然而，柏克只要能到达威尔斯堡，那里有白拉赫留着存粮等候着他，他和他的同伴们就会得救的。因此他们打起最后的精神，一步步地挨着又走了几天。4月21日,他们望见了威尔斯堡外的栅栏,他们终于到了威尔斯堡!……谁知道,就在这一天,白拉赫因为等了五个月等不到人,已经独自走了。”

“走了!”小罗伯尔惊叫起来。

“是的,走了!就是这一天走的,你说,不是该死吗!白拉赫还留了一张条子,这张条子只是七个钟头之前写的呀!柏克当然追不上他了。这三个不幸被遗弃的人吃了一点儿堡里丢下的储粮,恢复了一点儿体力。但是交通工具不够,距达令河还有一百五十法里呢!

“就在这时,柏克提出了和威尔斯相反的一个意见,他想走到距堡六十法里外靠近绝望山的澳洲殖民站去。三个人就这样出发了。剩下的两匹骆驼,一匹死在柯伯河的一条泥泞的支流里,另一匹一步也走不动了,只好被杀掉吃了。不久,干粮都吃完了。三个不幸者只好吃‘纳儿豆’。这是一种水生植物,芽孢是可以吃的。前路既没有水,又没有盛水的工具,因此,他们就不能离开柯伯河岸。谁知一场火灾又把他们搭的草棚子和露营用的全部衣物烧掉了。他们一切都完了!只好等死了!

“柏克把金格叫到身边说:‘我只有几个钟头的寿命了;这里是我的表和我的笔记。我死后,我要你把一支手枪放在我的右手里,我死时是怎样你就怎样摆着,不要掩埋我。’这几句话说完之后,柏克就不再开口了,第二天早晨八点钟就气绝了。

“金格惊怖得很,不知如何是好,跑去想找澳洲土人。他回来时,威尔斯也已经气绝了。至于金格本人,他总算被土人收留了。到了9月,人家同时派出霍维特、马金莱和兰兹博罗来寻找柏克。霍维特那支探险队终于找到了金格。就是这样,那次纵贯澳洲的四个探险家之中,只有一个活着回来了。”

巴加内尔这段叙述免不了在听者的脑子里留下一个悲惨的印象。大家都想起了格兰特船长,他或许也和柏克那一行人一样,正在那凶多吉少的大陆中心彷徨。艰难困苦能使那几名科学先锋送了命,不列颠尼亚号的几个遇难船员就能逃脱这些同样的艰难困苦吗?这种联想是再自然不过的了,所以玛丽·格兰特情不自禁地流出眼泪来。

“我的父亲啊!我可怜的父亲啊!”她自言自语地喊。

柏克在早晨八点钟气绝了。

“玛丽小姐！玛丽小姐！”约翰·孟格尔赶快叫道，“人家受到那些苦难，只因为冒险走进了腹地呀！格兰特船长却和金格一样，落在土人手里了，他一定也和金格一样，会活着回来的！格兰特船长并没有遭到那样险恶的环境呀！”

“他绝对没有遭到那种险恶的环境，”巴加内尔又补充一句说，“我重复说一遍，我亲爱的小姐，澳洲土人都是殷勤好客的。”

“但愿上帝保佑！”那少女回答。

“还有斯图亚特呢？”格里那凡问，他想转变那些悲观的想法。

“斯图亚特吗？”巴加内尔回答，“他就幸运些了，他的名字在澳洲编年史里十分响亮。从1848年起，约翰·斯图亚特——他是你们的同乡，朋友们——就陪司徒特一起在阿德雷得北边的那些沙漠里开始旅行。1860年，他只带了两个人，想钻进澳洲内陆，但是没有成功。斯图亚特不是一个碰到困难就气馁的人。1861年元旦，他又带了十一个有决心的伙伴，离开了堪布斯河，一直走到距卡奔塔利亚湾六十法里的地方为止。但是此时食粮没有了，他们只好又回到阿德雷得那片可怕的大陆，所以又没有成功。然而，他还要冒险尝试，又组织了第三次旅行。这一次居然达到大家热烈期望的目标了。

“南澳议会热烈支持他这次的探险，并且拨给他二千镑补助金。斯图亚特根据他的探险经验，做了完善的准备。他的朋友博物学家瓦特霍斯、斯林和凯贵克，还有老伙伴伍佛德、奥德等一共十个人加入了他这个探险队。他们带了二十只美洲大皮桶，每只有七加仑的容量。1862年4月5日，探险队在新炮台湖集合了。这地方在南纬十八度那边，就在斯图亚特上次没有走过去的那一点上。他计划的路程是循着东经一百三十一度线前进，因此比柏克的路线偏西七度。

“新炮台湖原是定作这次新探险的根据地的。斯图亚特当时正被丛林包围着，他想向北、向东北走出去，都没有成功。他又想向西走到维多利亚河，依然是失败了。钻不进人的丛莽挡住了一切出路。

“于是斯图亚特决定换一个地方宿营，设法把帐篷搬到北边去一点儿，在贺匆滩扎下。然后再向东，他在多草的平原中遇到了达利溪，又顺着溪流向上走了三十英里左右。

“那一带地方好极了。那些丰盛的牧场，若是一个‘坐地人’遇到了会十分中意，并且会发大财的。桉树长得非常高。斯图亚特又惊又喜，再往前走，就到达了斯特兰威河和雷沙德所发现的那条罗伯氏河。这两条河都在名副其实的热带大棕树的树林里流着，沿河居住着许多土人，对探险家们招待得很好。

“从这一点起，旅行队又折向西北方向，想穿过那片多沙石和含铁质岩石的地带，找到阿德雷得河源——这条阿德雷得河是流入凡第门湾的。于是他穿过安亨地区，这里到处是椰菜、竹子、松树和露兜树。阿德雷得河渐渐宽了，两岸都是沼泽，海应该不远了。

“7月22日，星期二，斯图亚特在凉水滩歇下来，因为前面有无数的溪流拦着路，不好走。他先派了三个同伴去找一条可以通行的路。第二天，他们有时绕过无法渡过的河汊，有时就在泥淖里前进。他们终于走上了铺满浅草的高地。这些高地上丛生着许多胶树和树皮多纤维的树木。在这里飞翔的大群的雁、红鹤和种种水鸟，都是非常凶猛的。至于土人呢，很少，几乎没有。只见远远地有几处野营在冒烟。

“7月24日，斯图亚特离开阿德雷得城九个月了，这天他早晨八点二十分就出发再向北走。他要当天就走到海边。地面稍微高点了，到处有铁砂和火山岩；树都小了，显出是海边的样子；前面是一带淤积的坑谷，坑谷那边是一排灌木。斯图亚特清楚地听到海涛拍岸的声音了，但是他不向旅伴们说破。自此，他们又走进一带矮树林，里面塞满了野葡萄藤子。

“斯图亚特又走了几步。他踏上印度洋岸了！‘海呀！海呀！’斯林叫起来，像疯了一般！别的旅伴也赶上来了，三声拖长的‘乌啦’声迎接着印度洋。

“这片大陆上第四次纵贯旅行就这样完成了！

“正如出发时向南澳总督马多纳尔爵士保证的那样，斯图亚特跑到海波里洗了脚，洗了脸，洗了手。然后他又回到那带坑谷里来，在一棵树上刻了他的姓名的缩写‘约·斯’两个字。接着就在一条活水的小溪旁边宿了营。

“次日，斯林又去勘察，看看能不能由西南方向到阿德雷得河河口。但他发现那一带尽是沼泽地，不宜于马走，只好放弃这计划了。

“于是斯图亚特就在树林的空处选了一棵大树，让人砍掉下面的

枝条，在树顶上插上澳大利亚的旗帜。树干上又刻了这样的一行字：'向南一尺掘下去。'

"如果有旅行家照树上所写的，向南一尺掘下去，他就会发现一个白铁盒子，盒子里有一个文件，文件的内容我还清楚地记得是：

由南而北纵贯澳大利亚的伟大的探险旅行

> 以约翰·斯图亚特为首的探险家们于1862年7月25日到达此地，他们纵贯了澳大利亚，由南海直抵印度洋岸，途中越过大陆的中心。他们在1861年10月26日离开了阿德雷得城，1862年1月21日走出最后的一个殖民站，向北挺进。为纪念这次的成功，他们在这里竖起了澳大利亚旗帜，留下了探险队长的姓名。一切经过良好。愿上帝保佑女王！

"下面是斯图亚特和全体旅伴们的签名。

"那次轰动全世界的大事，经过就是这样。"

"这些勇敢的人们个个都回来见到了他们的南方朋友吗？"海伦夫人问。

"是的，夫人，"巴加内尔回答，"个个都回来了，但是不免经过千辛万苦。斯图亚特吃亏最大，他在回阿德雷得城的途中，患了败血症，严重地损害了他的健康。9月初病况加重，他以为回不了有人住的地区了。他在马鞍上坐不住了，只有睡在一个篮子里用两匹马抬着走。10月底，一阵咳血弄得他死去活来。人家宰了一匹马给他做肉粥吃。10月28日，他眼见就要死了，却由于病势的突变又活转过来。12月10日那一小队人马到达了原来由此出发的几个殖民站。

"斯图亚特回到阿德雷得城是12月17日，全城居民都热烈地欢迎他。但是他的身体老是不好，所以不久，他接受了澳洲地理学会的金奖章之后，就乘了印度号回到他的祖国亲爱的苏格兰去了。我们回到苏格兰时会见到他的[①]。"

"他这人有最高度的毅力，"格里那凡说，"这种毅力比体力更重

---

① 雅克·巴加内尔回到苏格兰时还见到了斯图亚特，但是他和这位著名的旅行家相处得不久，斯图亚特于1866年6月5日在他诺丁汉山（Nottingham-Hill）的小房子里逝世了。——原注

他们在树顶上插上澳大利亚的旗帜。

要，它可以使人完成伟大的事业。苏格兰在它的儿女中有这样一个人也确实是值得自豪的。”

“斯图亚特以后，就再没有旅行家去冒过险吗？”海伦夫人问。

“还有，夫人，”巴加内尔回答，“就是常对您说到过的那位雷沙德。1844年这个旅行家在北澳做过一次重要的探险。1848年他又向东北部做了一次探险旅行。他从此就没有回来，已经十七年了。去年，墨尔本著名的植物学家穆勒博士曾发起过一次募捐，作为组织一次探险旅行的费用。这次募捐很快地就足额了，一队勇敢的‘坐地人’由那聪明胆大的麦克因塔尔指挥，于1864年6月21日离开了巴鲁河区的牧场。在此刻我跟你们说话的时候，他们应该已经深入内地寻找雷沙德了。祝他们成功吧！也祝我们和他们一样，能找到我们亲爱的朋友！”

那地理学家的叙述就此结束了。时间已经不早了。大家都向巴加内尔道了谢，过了一会儿，就都安静地睡着了。在这沉寂的深夜里，只有时钟鸟藏在白胶树的密叶里规则地一秒一秒地报着时辰。

第十二章
—— 由墨尔本到散达斯特的铁路 ——

少校看见艾尔通离开维买拉河边他们露营的地方到黑点站去找铁匠，心里颇有点儿忐忑不安。不过他这种内心的疑惧却丝毫没有表现出来，他只是注意看了看那条河的周围环境。这片和平的原野，始终保持着它的宁静，几个钟头的黑夜过去了，太阳又从地平线上升起。

格里那凡呢，他只怕艾尔通独自一个人回来。假使找不到工匠，车子是不能上路的呀！这样一来，行程也许会耽搁好几天，而格里那凡急于求成，恨不得立刻达到目的，决不容许把行程拖延下去。

幸而艾尔通没有浪费时间，也没有白跑一趟。第二天天一亮他就带了一个人回来了，这人自己介绍说他是黑点站钉马蹄铁的铁匠。这家伙健壮有力，身材高大，但是一脸的粗俗、野蛮，叫人看了讨厌。不过问题倒不在这里，只要他会他那一行就成了。而且他也不多说话，正是一个所谓不肯浪费唇舌的人。

“这铁匠行不行?”约翰·孟格尔问那水手。

“我也和您一样，船长，我也不认识他。”艾尔通回答，“我们看他做了再说吧。”

那铁匠动手了。倒是个内行，看他修车厢的样子就知道。他做起来很熟练，气力也很不凡。少校看见他的两只手腕上的肉都削掉一圈，血涨成紫黑色，仿佛带了一副手镯。那显然是一种新近的伤痕，他那件破旧的毛线衫的袖子并没有能把这伤痕掩盖起来。麦克那布斯就问那铁匠，这伤痕该是很痛的吧。但是那铁匠理也不理，只顾埋头做他的事。

两小时后，车子修好了。

至于格里那凡的那匹马，也很快地就钉上马蹄铁了。原来那铁匠带了现成的马蹄铁来。这马蹄铁有些特别，瞒不过少校的眼睛。马蹄铁呈三叶状，上端剜成叶子的轮廓。麦克那布斯拿那马蹄铁给艾尔通看看。

“那是黑点站的标记，”那水手回答说，“站里的马有了这个标记，跑丢了也容易追寻回来，不至于和其他的马迹混杂不清。”

过了一会儿，马蹄铁钉好了。铁匠要了工钱就走了，他一共也没有说到四句话。

半小时以后，旅行队又上路了。走过了那排木本含羞草，就是一片毫无掩蔽的平原，真是名副其实的“露天平原”。在小树丛、深草和圈牲畜的栅栏之间，有许多硅石的和含铁岩石的残块散布着。再走几英里路，就进入湖滩地带，牛车的辙迹辗得很深。许多不规则的小河隐现在高大的芦苇帘幕中，响着潺潺的水声。再远些就是大片大片的正在蒸发着的咸水滩，旅行队就沿着滩边前进。这段路走起来并不困难，而且，还要补充一句，也并不寂寞。

海伦夫人把那些骑马的客人请到车上来，她只能一个个地轮流着请，因为她的客厅太小。这样，每个人都可以有机会不骑马休息休息，可以和那位和蔼可亲的夫人愉快地聊聊天。海伦夫人由玛丽小姐协助着，在她那行宫里招待来宾，十分殷勤。这种日常招待，当然约翰·孟格尔也有份。他那种略带庄重的谈话并不让人讨厌，相反地，却使人听了很开心。

就是这样，那条由克劳兰到霍尔商的邮路被斜着穿过了。这条邮路灰尘很大，步行的人很少走的。旅行队在穿过塔尔坡区的尖端时，又掠过几个不高的丘陵。晚上，旅行队就到了玛丽博罗过去三英里远的地方。这时，天下着微雨。如果在别的国度里，地面会变得十分潮湿；但是在这里空气有奇妙的收潮能力，所以露营一点儿没受影响。

第二天，12月29日，因为山路多，大家走得稍微慢点儿了。这一带有着一连串的小山，就像是整个瑞士的缩影。沿途忽上忽下，一颠一簸，很不好受。旅客们步行了一段路程，倒反觉得爽利些。

十一点钟，他们到达了一个相当重要的城市卡尔斯白鲁克。艾尔通主张绕过这城市，不进去，他说这样可以节省时间。格里那凡赞成他的意见，但是巴加内尔老是好新鲜，很想参观一下卡尔斯白鲁克。人们让他自便了，牛车继续慢慢地向前走。

巴加内尔和平日一样，总是带着罗伯尔一块儿去玩。他在城里只是走马观花地看了一下，但这一个很短时间的游览已经足够使他对澳洲的城市有个正确的概念了。城里有一个银行、一个法院、一个市场、一个学校、一个教堂，百来座房子都是砖砌的，个个一模一样。全部建筑构成一个规则的四边形。里面的街道都是平行的，完全是英国式。太简单了，也太无味了。城市如果要扩大的话，把街道延长一下就成，就和小孩子长大了把他的裤子放长点儿一样，原有的对称一点儿也不会改变。

卡尔斯白鲁克充满了活跃的气氛，这是新兴城市的一个显著的特点。在澳洲，城市仿佛和树木在阳光照耀下一样欣欣向荣。许多忙忙碌碌的人满街跑着；搬运金子的人往运输站里直拥。这些宝贵的金属都是在当地警察护送下从奔地哥和亚历山大山的各厂里运来的。这里每一个人都一心牟利，只想到自己的生意，外路人打这些忙碌的人中间走过，一点儿也不会引起他们注意。

我们的两个游览者花了一个钟头在卡尔斯白鲁克城里走了一趟之后，又穿过一片仔细耕种过的田野回到他们的旅伴那里了。田野过去，就是漫长的草场，称为“低原”，上面有无数的羊群和牧人的棚舍。再过去，立刻就是荒漠的区域，这种突变是澳洲大自然特有的现象。辛浦孙丘陵和塔兰哥佛山标志着乐多县向南伸出的尖端，这尖端正在东经一百四十四度线上。

然而，直到这时为止，他们没有遇到任何一个还是过着原始生活的土人。格里那凡已经在怀疑：是不是和阿根廷的潘帕斯没有印第安人一样，澳大利亚大陆上也没有澳大利亚人了呢？但是巴加内尔却告诉他说，在这条纬度线上，土人主要是在墨累河那带平原上跑，那带平原由此向东还有二百英里路程呢！

“我们快到出产金子的地方了，”他说，“不到两天的工夫，我们就要穿过亚历山大山那个豪富的地区了。1852年这个亚历山大山有无数采金矿的人像蝗虫一样遮天盖地地落下来，土人一定早逃到内陆的荒区里去了。虽然表面上还看不出来，可是我们现在是在文明区域呀，今天不到天黑我们就要越过连接墨累河和海岸的那条铁路了。不瞒你们说，朋友们，澳大利亚竟会有条铁路，我觉得真是件怪事！”

“为什么是怪事呢，巴加内尔？”格里那凡问。

“还问为什么！因为太不调和了！啊！我知道，你们英国人在海外做殖民事业做惯了，你们在新西兰都架电线，开万国博览会，你们觉得在澳洲建铁路是再自然不过了！但是像我这样一个法国人就看不惯，一筑铁路就把我原有对澳洲的观念完全搅乱了。”

“因为您只看过去，而没有看现在呀！”约翰·孟格尔说。

“我承认这话，”巴加内尔回答，“但是火车头在荒漠无人的区域里呜呜地叫着，大团的蒸汽在木本含羞草和桉树的枝子上绕着，单孔兽、鸭獭、食火鸡在火车前面逃着，未开化的土人乘着从墨尔本到肯顿、到卡斯尔门、到散达斯特或者厄秋卡的三点三十分的快车，这一切，除了英国人和美国人，任何人看了都会惊讶的。你们那些铁路一来，荒原的诗意就没有了。”

“诗意没有了有什么关系呢？只要文明进入了荒原！”少校反驳。

这时一声响亮的汽笛打断了争辩的话头。旅行队离铁路不到一英里远了。由南方来的一个火车头用低速度走着，恰好停在铁路和牛车走的那条路交叉的地方。这条铁路正如巴加内尔刚才说的，是联系维多利亚省的省会和澳洲最大的河流墨累河的那条路。墨累河是1828年司徒特发现的，它发源于澳洲阿尔卑斯山，承受着拉克兰和达令两条河的水，流经维多利亚省北部，在阿德雷得城附近的遭遇湾入海。这条铁路经过的都是富庶肥沃的地区，沿线“坐地人”的牧畜站一天比一天多起来。因为有了这条铁路，和墨尔本的交通便利得多了。

这条铁路那时已修成一百零五英里长，在墨尔本和散达斯特之间，有肯顿和卡斯尔门两大站。正在修建中的还有七十英里，要修到厄秋卡，这就是本年在墨累河上新建立起来的殖民地利物林的首府。

三十七度线在卡斯尔门上几英里的地方穿过铁路，那地方恰好是一座桥，叫作康登桥，架在墨累河的一个支流吕顿河上。

艾尔通把牛车赶着正对着这交叉点走，骑马的人都在牛车前面打着马大跑了一程，想一直跑到康登桥。他们是被一种强烈的好奇心引诱着要到桥那里去的。

是的，那时正有大群的人都向那座铁路桥跑去。附近各牧畜站的居民都离开了自己的房子，牧人都丢下了他们的牧群，他们一齐围到铁路旁边来了。人们可以听到不断重复着的这样一个呼声：

“到铁路上去！到铁路上去！”

一定发生了什么严重的事故，才能引起这样的一片骚动。也许是一场惨祸。

格里那凡催着马，他的旅伴们都从后面跟上来。不消几分钟他们就到了康登桥了。到了桥边他们才知道许多人拥来的原因。

原来这里发生了一件悲惨的意外事件，不是碰车，却是火车出轨落到河里去了。这情况使人联想起美国铁路常发生的那些最严重的灾难。铁路跨过的那条小河被车厢和火车头的残骸塞满了。也许是因为车子过重，把桥压断了；也许是因为车子滑出了钢轨，六节车厢中就有五节跟着车头一起钻下了吕顿河底。只有最后一节车厢，不知怎样铰链断了，奇迹般地被保留下来，还停在距深渊一米的地方。深渊里面只是惨不忍睹的一大堆烧黑了、扭坏了的车轴，撞破了的车厢，扭弯了的铁轨和烧焦了的枕木。锅炉被撞得炸裂了，大块的碎片迸到很远很远的地方。从这一些乱七八糟的废物堆中，还冒着一股一股的火苗和在黑烟中缭绕着的蒸汽。车子掉下河固然是惨，接着的一场大火

康登桥发生了一场惨祸。

就更是惨了！一大片一大片的血迹，东一处西一处的残骸断肢，烧成焦炭的躯体，遍地皆是；谁也不忍心去数一数究竟在这一大堆模糊的血肉里有多少遇难的人。

格里那凡、巴加内尔、少校和孟格尔杂在人丛里，听着大家说长论短。人们一边忙着搭救，一边在议论着失事的原因。

“是桥断了。”这个说。

“哪里是桥断了呢？”那个说，“桥现在还是好好的呀！明明是车子到的时候没有把桥接上，所以出事了。”

原来那是一座转桥，平时可以转开让船只通行。是不是守桥员犯了不可饶恕的过失，忘记把桥转过来，接上铁轨，以致车子冲过来，突然落了空，就稀里哗啦落到吕顿河里了呢？这种推测是很近乎事实的，因为桥虽然有一半被压到破的车头和车厢底下去了，另外一半还在河那边铁索上吊着，铁索并没有损坏。因此，无可怀疑，这是守桥员没有尽职才惹出这场大祸。

这场大祸发生在夜里，是三十七次快车，晚十一时四十五分从墨尔本开出的。这次车在离开卡斯尔门车站后二十五分钟到达康登桥，失事的时间应该是在早晨三点十五分。一出了事，最后一节车上的旅客和员工就立刻求援；但是电线杆子都倒在地上，电报不通了。因此卡斯尔门的主管当局在三个钟头后才赶到出事地点来。当殖民地总督米彻尔先生和一位警官率领的一队警士把抢救工作组织起来的时候，已经是早晨六点钟了。许多“坐地人”带着他们的人都跑来帮忙；那时正是燃烧着那一大堆车头和车厢的大火最炽烈的时候，他们首先扑灭了大火。

有几具尸体，面目模糊得不能辨识，躺在路基的斜坡上。但是要想在那团火海里拖出个把活人来，根本就办不到。那整个的一堆一会儿就被火烧完了。全车旅客究竟有多少，也不知道；只有十个人，是坐在最后一节车厢里的，才侥幸逃脱了这场惨祸。铁路当局已经派出一辆救护车把他们接回卡斯尔门去了。

这时，格里那凡爵士向总督说明了身份，就和他以及那位警官攀谈起来。这警官又高又瘦，镇定万分，纵然心里有点感触，冷酷的面孔上却一点儿也不表现出来。他在这场惨祸的前面，就和一个数学家面对着一道算术题一样，在没法解决的难题面前寻找未知数。所以，当格里那凡叫道“真是一场惨祸啊！”时，他却冷冷地回答道：

“不止是惨祸，爵士。”

“不止是惨祸！”格里那凡听了这句话惊叫一声，“还有什么呢？”

“而且是一个罪行！”那警官安闲地回答。

格里那凡不追究这种不适当的措辞，回头望望米彻尔先生，用眼光探询他的意见。

“是的，爵士，”那总督回答，“我们的调查得到了这样一个肯定的结果：这场惨祸是由一个罪行而来的。最后一节车厢里的行李曾遭到搜劫。未遇难的客人曾遭受五六个暴徒袭击。转桥是被人故意转开的，而不是由于疏忽，如果我们再考虑到守桥员也失踪了，就必须承认这个坏蛋是和那伙暴徒串通了的。”

警官对总督这个结论只是摇头。

“你不同意我这意见吗？”米彻尔先生问他。

“关于守桥员串通暴徒一节，我不同意。”

“然而，”总督又说，“有守桥员串通，我们才能说这一手是那些在墨累河一带原野上游荡的土人干的呀！要不是守桥员串通一气，那些土人不懂这转桥的机关，又怎么能转开这座桥呢？”

“您这话说得不错。”警官说。

“那么，”米彻尔先生又说，“还有个证明，昨晚十点四十分有一只船过了这康登桥，据船夫说，船一走过，桥又按规则关好了的呀！”

“这话也非常对。”

“因此，不是守桥员，桥就转不开，我觉得他和土人串通一气应该是不可辩驳的事实了。”

那警官一直在摇头，摇个不停。

“那么，先生，”格里那凡问他，“你认为这一手不是土人干的吗？”

“绝对不是。”

“不是土人又是谁呢？”

正在这时，一片相当大的喧哗声从上游半英里路的地方传过来。

人围成一团，越聚越多。这群人一会儿就来到车站。人群中有两个人抬着一具尸体。这尸体就是那守桥员，已经是冰冷的了。他的心口被短刀戳了一刀。凶手把尸体拖到离康登桥远远的地方，一定是想使警察在调查时摸不到案情的真相。现在发现尸体了，就充分证明那警官的怀疑是正确的。这件案子绝对没有土人的事。

“干了这一手的人们，”他说，“使用这玩意儿一定是很熟练的。”

他说时指着一副手铐，这副手铐是一对铁环连着一把锁。

“不久，”他又补充了一句，“我要把这副‘手镯’送给他们做新年的礼物。”

“那么，干这一手的人你疑心是……”

“是那些‘乘英王陛下的船不用付钱’的家伙。”

“什么？是那些流犯吗？”巴加内尔惊叫起来，他懂得澳洲殖民地里的这句俗语。

“我原以为被流放的罪犯是不准在维多利亚省逗留的呢！”格里那凡试探一句。

“呸！”那警官说，“不准尽管不准，逗留还是逗留！他们有时会逃出来的，那些流犯。除非我完全猜错了，否则这班家伙一定是直接从珀斯来的。果真如此的话，他们还要回到珀斯去，我可以担保。”

米彻尔先生点点头，表示同意那警官的话。这时牛车已经到了公路和铁路的交叉点了。格里那凡不想让女客们看到康登桥下的凄惨景象。他和总督打了个招呼，告别了，又向他的旅伴们招招手，叫他们跟他走。

“不值得耽误我们的行程。”他说。

到了牛车旁边，格里那凡只对海伦夫人说有一列火车出了事，没有把罪行的这部分告诉她；也没有提到此地来了一批流犯，他准备以后个别地告诉一下艾尔通。小旅行队在桥的上游几百托瓦兹的地方越过了铁路，照旧继续向东前进。

人群中有两个人抬着一具尸体。

第十三章
—— 地理课得过一等奖 ——

地平线上，丘陵显出了它们连绵的侧影，在距铁路两英里远的地方遮断了平原。牛车不久就钻进了一带狭隘而曲折的山坳里。山坳尽头展开了一片胜境，许多美丽的树木，不是连成一片树林，却是一丛一丛地隔离着，长得和热带树木一样茂盛。其中最可爱的是“卡苏琳娜”树，它具有和橡树一样的躯干，结着和豆球花一样的香荚，它那微带着青绿色的叶子和松树的叶子一样粗糙。在“卡苏琳娜”树交错的枝条中杂着一些“盘杉”的奇特的圆锥形树顶。这种“盘杉”虽然很瘦，却非常英挺。树丛里还有许多高大的灌木，细枝倒垂下来，一条一条的，就像从一只装得过满的水盘四周溢出的绿色的水流。这一片大自然，处处美妙，真叫人不知道眼睛往哪里看才好、欣赏哪一点才对。

小旅行队在这里停了一下。艾尔通遵照海伦夫人的命令勒住了车前的牛，大车的木轮不再在含石英质的沙地上吱呀吱呀地发响了。树丛下面延展着的草地，就像是一条条绿色的地毯；那些突出地面的整齐的垄道，把这些绿色的地毯划分成相当明显的方格子，就像一个大棋盘。

这一片为长眠而安排的青葱的幽境，是多么富有诗意啊！巴加内尔一看就知道是土人的墓地。现在澳洲的这种墓地大多被荒草埋没，行路人很不容易看到了。

“这是些庇荫墓地的树林。”他说。

果然，那里有一块土人的墓地，不过，呈现在他眼前的只是那么清新的景象，那么浓密的树荫，和一群群那么快乐的飞鸟，总之，一切都是那么引人入胜，一点儿也没有忧郁的感觉。简直可以说那是一座“伊甸乐园”，死神已经被逐出人间了。这片幽境仿佛完全是为活人安排的。但是土人虔诚培护的那些坟墓已经在茂草的绿潮中消失了。白种人一侵入，澳洲土人就被赶离了他们祖先长眠的乡土。接着，这些土人的圣地就让殖民地的人们赶着牛羊来践踏了。由于这种原因，墓地上的树林现在已经变得疏疏落落；有些坟墓葬了还不多久，就已经被漠不关心的行路人踏平了！

这时候，巴加内尔和罗伯尔抄前在墓冢中间阴凉的小路上走。他们谈着话，彼此交换知识，因为那地理学家觉得他和小格兰特谈话使他得益很多。但是他们这样走着还不到几百米路，格里那凡就看见他们停住了，下了马，低头向地上看。看他们的表情和姿势，仿佛在观察一个很稀奇的东西。

艾尔通催着牛，不一会儿牛车也就赶到他们两个人那里了。大家立刻就知道他们之所以停下来不走和惊讶的原因。原来那里有个小土人，是一个八岁的男孩子，穿着欧洲人的服装，在一棵茂密的“盘杉”树荫下酣睡着。一看他的外表，人们就会认出他是哪一种族：鬈曲的头发、近乎黑色的皮肤、塌鼻子、厚嘴唇、两臂特别长，这一切都直接说明他是个内地的土人。但是一副聪明的面孔又显得他和一般的土人不同，无疑地，教育已经把这出身卑微的小土人提高了。

海伦夫人一看见这孩子就很关怀，立刻下了车。不一会儿全队旅客也都围过来，而这孩子却依然在沉睡。

“可怜的孩子，”玛丽·格兰特说，“他是不是在这荒僻的地区里迷了路啊？”

“我想，”海伦夫人回答，“他可能是从远处跑来扫墓的！这里一定葬着他的什么亲人！”

“我们不能丢开他呀！”罗伯尔说，“他孤零零的一个人，而且……”

罗伯尔这句善意的话还没有说完，就被那小土人的动作打断了。那孩子翻了一个身，却没有醒；但是这一翻身，大家看见他背上有个小牌子，上面写道：

陶林内

到厄秋卡去

由铁路服务员史密斯负责照料

车资已付

大家看了以后都十分惊讶。

一个土人小男孩在树荫下酣睡着。

“这就是英国人干的玩意儿，”巴加内尔叫起来，“他们寄小孩子就和寄包裹一样！他们在小孩子身上贴上挂号收据就和贴在邮件上一样！我早就听人家这样说过了，我原先还不相信呢！”

“可怜的小孩！”海伦夫人说，“他是不是乘的那在康登桥出轨的火车啊？也许他的父母都遇难了，就剩下他一个人！”

“我想不是，夫人。”约翰·孟格尔回答，“这块小牌子就说明他是独自一人旅行的。”

“他醒了。”玛丽·格兰特说。

果然，那孩子醒了。眼睛慢慢睁开，因为阳光太强，立刻又闭起来。但是海伦夫人拉着他的手；他站了起来，惊讶地看着那一行旅客。他的面色都吓得发白，后来他看到格里那凡夫人，才放了心。

“你懂英语吗，小朋友？”那少妇问他。

“我懂，我也能说。”那孩子用英语回答，但是外乡音很重。他说的英语有点像法国人说英语。

“你叫什么名字？”海伦夫人问。

“我叫陶林内。”那小土人回答。

“啊，陶林内！”巴加内尔叫道，“如果我没有记错，‘陶林内’，澳洲话就是‘树皮’，是不是？”

陶林内点点头，又把眼光转向女客。

“你从哪里来的，小朋友？”海伦夫人又问。

“从墨尔本来的，乘的到散达斯特的火车。”

“你就是乘的那列在康登桥出轨的火车吗？”格里那凡问。

“是的，先生。”

“你是独自一人旅行吗？”

“是的，独自一人。巴克斯顿牧师把我托给史密斯照顾，那可怜的服务员摔死了！”

“在火车上你没有别的认识的人吗？”

“没有，先生。”

但是，他这样在荒僻无人的地区里钻，是到什么地方去呢？他为什么离开康登桥呢？关于这点，海伦夫人又问他。

“我本是要回到我的故乡去的，我的故乡在拉克兰，”他回答说，

“我要回去看看家里人。”

“你家里都是澳大利亚人吗?”约翰·孟格尔问。

“都是拉克兰的澳大利亚人。”陶林内回答。

“你有父亲有母亲吧?”罗伯尔·格兰特问。

“都有,哥哥。”陶林内回答,和小格兰特握手。小格兰特听人叫他“哥哥”,心里显然很感动。他抱住那小土人吻了吻,两人就这样成了一对小朋友了。

这时,所有的旅客都对这个小土人的回答感了兴趣,渐渐地围着他坐下来听他说。太阳已经在那些大树后面下沉。既然在这地方休息似乎也不坏,而趁天黑以前多赶几英里路也没有什么意思,所以格里那凡就吩咐在这儿露营。艾尔通把牛都解下了;穆拉地和威尔逊两人帮着他给六头牛都套上绊脚索,让它们任意去吃草。帐篷也支起了。奥比内把晚饭也预备好了。他们邀请陶林内一同吃饭,他虽然肚子饿了,还客气了一番。大家一同入席了,两个小孩坐在一块儿。罗伯尔老是拣好的菜往陶林内面前送,陶林内一边接受一边道谢,那种有点儿怯生生的、又很文雅的样儿真叫人喜欢。

这时,大家虽然在吃,但谈话并没有中止。个个都关心那孩子,向他问长问短。大家都想知道他的历史。他的历史很简单。他的过去和许多可怜的小土人一样,小时候就被送到邻近殖民地的慈善机构里去了。澳大利亚土人的性情是很温和的。他们不像新西兰的土人那样,或许也不像北澳的那些未开化的民族那样,对外来人非常仇视。人们在阿德雷得、悉尼、墨尔本等大城市里常见到他们,他们甚至于就穿着相当原始的服装在大街上跑,卖他们的手工业品,如渔具、猎具、武器等。有些部落的酋长,大概是为了省几个钱,很愿意让他们的孩子去受英国人的教育。

陶林内的父母是墨累河流域拉克兰地区真正的土人。他们也是这样做法,把他们的孩子送去受英国人的教育。那孩子在墨尔本住了五年,一直没有再见过一个亲人。然而,家庭情感是不会泯灭的,一直还在那孩子的心里活跃着,他不顾艰苦地在这带荒僻的地方旅行,就是要回去看看他那也许已经流散了的部落和他那也许已经有许多人死掉了的家庭。

“你看了父母之后还回墨尔本来吗，我的孩子？”海伦夫人问他。

“还回来，夫人。”陶林内回答，眼望着那少妇，带着一种诚恳的表情。

“你将来要做什么样的人呢？”

“我要把我的同胞从穷困和愚昧中拯救出来！我要教导他们！”

一个八岁的孩子兴奋地说出这种话，凡是轻浮的好嘲笑的人听了都会发笑的；但是那些庄重的苏格兰人听了却增加了对他的了解和尊重；他们赞赏这个小教徒的勇气，他这样小就已经准备做斗争了。巴加内尔从心眼里受到感动，他对这小土人起了真正的同情。

老实说吧，直到这时为止，他并不喜欢这个穿着欧洲服装的小土人。因为他来到澳大利亚不是为着要看穿短大衣的澳大利亚人的呀！他希望看到的都是赤身露体满身刺着花纹的人，而这种“彬彬有礼”的服装不合他的原意。但是，自从陶林内讲过了这一番动人的话以后，他的态度完全变了，他对这小土人称赞不已。而这一席谈话的最后几句更使我们的地理学家成为小澳大利亚人的最好的朋友。

原来当海伦夫人问陶林内在哪里读书时，陶林内说在墨尔本师范学校，校长是巴克斯顿牧师。

“你们学校里有哪些课程？”格里那凡夫人问。

“有圣经、数学、地理……”

“啊，地理！”巴加内尔叫起来，这正说到他心坎上去了。

“是的，先生，”陶林内回答，“我在寒假以前，地理课还得过一等奖呢！”

“地理课你得过奖吗，我的孩子？”

“这就是我的奖品，先生。”陶林内说着，从衣袋里掏出一本书。

那是三十二开本的《圣经》，装订得很好。第一页的反面写着：“墨尔本师范学校，地理课一等奖，给陶林内，拉克兰人。”

巴加内尔按捺不住了！一个澳大利亚人精于地理学，这真叫他惊奇之至。立刻他就抱着小陶林内吻他的两颊，就好像他就是发奖品当天的巴克斯顿牧师一样。其实，巴加内尔用不着惊奇的，他应该知道在澳大利亚学校里这并不是什么稀罕的事。一般说来，那些小土人地理课都学得很不错的；他们喜欢地理课，相反地，他们做起算术来，脑子就不很灵了。

陶林内一点儿也不懂那学者为什么突然对他这样抚爱。海伦夫人只好对他解释说,巴加内尔先生是一位著名的地理学家,如果他教书的话,一定是一位名教授。

“一位地理学教授!”陶林内回答说,“啊,先生,您问我问题吧!”

“问你问题吗,我的孩子?”巴加内尔说,“我求之不得!即使你不要求,我也打算问你了。我倒要看看在墨尔本师范学校里地理课教得怎样!”

“陶林内会叫你大开眼界的,巴加内尔!”麦克那布斯说。

“岂有此理!”那地理学家叫道,“叫法兰西地理学会的秘书大开眼界?!”

他说着,就把眼镜按上鼻梁,挺起他那高个子,和教授一样,带着庄严的语调,开始发问。

“学生陶林内,起立!”他说。

陶林内本是站着的,无法再起立了。他只有恭恭敬敬地等着地理学家发问。

“学生陶林内,”巴加内尔又说,“世界上有哪五大洲?”

“大洋洲、亚洲、非洲、美洲和欧洲。”陶林内回答。

“对极了。既然我们此刻是在大洋洲,你先说大洋洲吧。大洋洲主要划分成哪几部分?”

“主要划分成:波利尼西亚、马来西亚、密克罗尼西亚、美拉尼西亚。主要岛屿是:澳大利亚,属于英国人;新西兰,属于英国人;塔斯马尼亚,属于英国人;茶坦姆、奥克兰、马加利、喀马代克、马金、马拉基等等,都属于英国人。”

“好,”巴加内尔说,“但是还有新喀里多尼亚、桑维奇、门答纳[①]、帕摩图呢?”

“这些岛都是在大不列颠保护下的。”

“什么?在大不列颠保护下?”巴加内尔叫起来,“我觉得,正相反,法国……”

---

① 即马贵斯群岛。

陶林内恭恭敬敬地站着等待地理学家发问。

“什么法国?”那小孩带着惊讶的神气问。

“呃！嘿!”巴加内尔说,“人家在墨尔本师范学校就教你这些吗?”

“是呀。教授先生,教得不好吗?”

“好！好！好极了!”巴加内尔回答,“整个大洋洲都属于英国人！就算是这样吧！我们再接下去问。”

巴加内尔的那一副神气,半懊恼、半惊讶,少校看了直乐。

问答又继续了。

“谈谈亚洲吧。”地理学家说。

“亚洲是一个大洲,”陶林内回答,“都城是加尔各答。主要城市是孟买、马德拉斯、卡利卡特、亚丁、马六甲、新加坡、曼谷、科伦坡;岛屿有拉克代夫群岛、马尔代夫群岛、查哥斯群岛等等,都属于英国人。”

“好了！好了！学生陶林内。还有非洲呢?”

“非洲包括两个主要的殖民地:南边是好望角殖民地,都城是开普敦;西边是些英国居留地,主要城市是塞拉利昂。”

“答得好!”巴加内尔说,他开始见识到这种英国狂的地理学了,“教得真不错！至于阿尔及利亚、摩洛哥、埃及……都从英国地图上剔出去了！现在,我倒想再谈谈美洲!”

“美洲分为北美与南美。”陶林内又说,“北美是属于英国人的,因为有加拿大,有新不伦瑞克,有新苏格兰,还有在约翰逊总督治理下的合众国。”

“约翰逊总督!”巴加内尔叫起来,“就是那伟大的林肯被一个主张买卖奴隶的疯子刺杀了以后的那个继承人啊！好得很！说得再好没有了！至于南美,它既有圭亚那、马尔维纳斯群岛、设得兰群岛、佐治亚、牙买加、特立尼达,自然也是属于英国人了！我是无法辩驳的。但是,再试试看,陶林内,我想看看你对欧洲怎么说,或者不如说是,你的老师们对欧洲怎么说?”

“欧洲?”陶林内回答,他丝毫不懂那地理学家为什么那样激动。

“是呀！欧洲！欧洲属于谁?”

“自然欧洲是属于英国人呀!”那孩子很是自信地回答。

“我早就料到了。”巴加内尔说,“但是怎样的呢?你说给我听听。”

“因为欧洲有英格兰岛、苏格兰岛、爱尔兰岛、马耳他岛、泽西岛、格恩西岛、爱奥尼亚群岛、赫布里底群岛、设得兰群岛、奥克尼群岛等等，都是属于英国人的。”

“好！好，陶林内，不过还有些别的国家你忘记说了，我的孩子。”

“还有什么国家呢，先生？”那孩子回答，毫不疑心他说的会有遗漏。

“还有西班牙、俄罗斯、奥地利、普鲁士、法兰西呢？”

“这都是些省份，不是国家呀！”陶林内说。

“岂有此理！”巴加内尔叫道，把眼镜一摘。

“无疑的呀，西班牙的省会是直布罗陀。”

“妙！妙极了！妙不可言！还有法兰西呢？我是法兰西人，我倒想知道我属于谁！”

“法兰西吗？”陶林内安闲地回答，“那是英国的一个行省，省会是加来[①]。”

“加来？！”巴加内尔又叫道，“怎么，你以为加来还属于英国吗？”

“自然啰！”

“加来是法兰西的省会？”

“是呀，先生，总督拿破仑爵士就住在那里……”

巴加内尔听到这里，忍不住哈哈大笑起来，把陶林内弄得莫名其妙。人家问他的地理，他尽力回答了。但是他答得那么离奇却真不能怪他，他自己做梦也想不到他的回答会有离奇的地方啊！虽然人家在大笑，他却似乎毫不惊慌，他还庄重地等着，等到这阵莫名其妙的大笑结束后再问。

“你看，”少校笑着对巴加内尔说，“我说得该对吧？学生陶林内会叫你大开眼界！”

“你说得对，少校朋友。”地理学家回答，“啊，你看人家在墨尔本是怎样教地理的！师范学校的那些老师们教得真好！欧洲、亚洲、非洲、美洲、大洋洲，全世界都属于英国人！当然啰，有了这样巧妙的教育，当地土人只有驯服了！啊！还有，陶林内，还有月球，我的孩子，月球也属于英国人吗？”

---

① 法国西海岸的一个城市，百年战争时被英国占据很久。

“月球将来会属于英国人的。”那小土人一本正经地回答。巴加内尔一听，站起来。他在原来的位置上待不住了。他非找个地方笑够它不可，因而他跑到离露营地四百米以外去大笑一场。

这时，格里那凡在随身带着的书籍里找出了一本书。那是李查逊著的《地理学简论》。这本书在英国很受重视，比墨尔本的老师们教的要合乎科学些。

“给你，我的孩子，”他对陶林内说，“这本书你拿去留着。你在地理学上有好些错误的认识要纠正一下才好。我把这本书送给你作为我们会见的纪念品。”

陶林内接着那本书，不回答；他仔细看了看，带着不相信的神气摇摇头，不肯放进衣袋里。

这时天色完全黑了。已经是晚上十点钟。为了明天起早，不能不想到休息了。罗伯尔请他的小朋友和他同榻。那小土人接受了邀请。

过了一会儿，海伦夫人和玛丽·格兰特回到车上了，男客都在帐篷里躺下来。这时巴加内尔还在那里哈哈大笑，他的笑声和野鹊的轻轻的歌声混成了一片。

但是，第二天早晨六点钟，当一片阳光惊醒了沉睡的旅客们的时候，他们找那澳大利亚的小孩却找不到了。陶林内不见了。他是想早点儿赶回拉克兰呢？还是巴加内尔的狂笑得罪了他呢？谁也不知道。

但是，海伦夫人醒来的时候，在胸前发现了一束新鲜的单叶含羞草，巴加内尔在衣袋里摸到了那本李查逊著的《地理学简论》。

第十四章
亚历山大山的金矿

1814年，现为伦敦皇家地理学会会长的莫其逊先生，研究了乌拉尔山脉和澳大利亚离南海岸不远由北而南的那条山脉的形成，发现这两条山脉有许多显著的相同点。

我们知道，乌拉尔是一条产金的山脉，因此这位博学的地质学家就推想：在澳大利亚的那条山脉是不是也有这宝贵的金属呢？他这样的推想没有错。

果然，两年以后，有人从新南威尔士寄了一些金矿标本给他了，他就决定从康瓦尔移送一批工人到新荷兰的产金区去。

在南澳最初发现金沙的是杜通先生。在新南威尔士最初发现金矿床的是佛白和史米士两先生。

这一轰动，全世界各个角落里的掘金人都来了，有英国人、美国人、意大利人、法国人，还有德国人和中国人。但是，哈格勒夫先生查出大量的金矿苗，只是1851年4月3日的事，他向悉尼殖民地总督费兹·罗以先生提出，只要给他五百英镑，他就说出矿苗所在地。

这个建议并没有被接受，但是矿苗发现的消息却传开了。找金苗的人都往夏山和雷尼塘那一带跑。奥非尔城①建立起来了，这座城产金丰富，真不愧与《圣经》里的那个金国同名。

直到那时为止，还没有人想到维多利亚省，而实际上维多利亚省的金矿比任何地方都多。

果然，几个月后，1851年8月，在维多利亚省也掘出金沙了，不久，就有四个地方同时开采。这四个地方是巴拉剌、奥文河、奔地哥和亚历山大山，这些地方的金矿藏量都很丰富。但是奥文河的河川太多，开采困难；巴拉剌的矿分布不匀，容易计算错误，往往落空；奔地哥的金矿不易开掘。只有在亚历山大山，金矿蕴藏量均匀，而且具备一切成功开采的条件。这里的金子每斤②值一千四百四十一法郎，达到全世界市场价格的最高纪录。

现在三十七度线引着寻找哈利·格兰特的人们所走到的这一带地方，正是这一个不知有多少人破了产又有多少人发了财的地方。

他们12月31日在崎岖不平、牛马难行的路上走了一整天之后，终于望见了亚历山大山的许多圆圆的山峰了。他们就在这条山脉的一个山坳里露营，牛马都用绳子绊着脚，被放到岩石丛中去吃草。这里还没有到开矿的地方。第二天，1866年元旦，牛车才辗着那真正黄金之乡的道路。

---

① 原为《圣经》中产金的地名。

② 这里是指法国古斤，约等于半公斤。

巴加内尔和他的旅伴们走过这座著名的金山，都感到十分欣幸。这座山澳大利亚语叫吉坡儿，不知道有多少冒险家往那里跑，有盗匪、也有良民，有要人家命的、也有自己送命的。在1851年那个黄金年，金矿大发现的消息一传出去之后，城市里的居民、田野里的“坐地人”、轮船上的水手，全跑空了。“黄金热”变成了流行病，像瘟疫一样地蔓延着，不知有多少人以为找到了发财的机会，结果反而死在这“黄金热”上头了！大家都说，在那神奇的澳洲大陆二十五度多宽的地面上，慷慨的大自然撒下了千百万黄金的种子，现在正是收获的时候了。于是那些应运而生的收获人都跑来收黄金了。真是“万般皆下品，唯有掘金高”。累死了的人固然很多，可是一镐头发了大财的也着实不少。看见倒霉的，大家不说，看见发财的就人人宣传。于是五大洲传遍了那种一镐头就发大财的奇闻。不久，各色各样的野心家都像潮水一般地拥到澳大利亚的滨海一带来了；光是1852年的末四个月，单说墨尔本一个城，就来了五万四千个移民。那简直是一支大军，但又是一支无统帅无纪律的大军，是一支闻风而来、迎接胜利的大军，总之，是五万四千名无所不为、无恶不作的抢劫者。

在这种黄金狂的年代里，地方上的秩序紊乱得无法形容。然而英国人以他惯有的那种沉着，居然把这种局势控制住了。那些警察和士兵都不干抢劫的勾当，改邪归正了。情况整个地扭转过来。所以，格里那凡此时路过，不会再碰到1852年的那些残暴景象了。十三年过去了，现在，金矿的开采已经是井井有条，按照一些严格的制度进行着。

而且，矿层也渐渐采完了。大家采个不歇，自然就到了底。从1852年到1858年这七年之中，采矿人在维多利亚掘走了价值六千三百一十万零七千四百七十八英镑的黄金，这个天然宝藏还能不空吗？宝藏空了，移民也就少了，他们又跑到别处找处女矿去了。所以现在奥塔哥、玛坡罗、新西兰等地新发现的“金田”又被这班成千成万的长着两只脚而没有翅膀的白蚂蚁钻得遍地都是洞眼①。

---

① 可能这些移民弄错了。维多利亚的金矿并没有枯竭，还差得远呢！据最近从澳大利亚传来的消息，维多利亚和南威尔士两地的金矿层据估计有五百万公顷的面积。含金脉的硅石约重二十万六千五百亿公斤，以现时的采法计算，每天十万工人要三百年才采得完。估计澳大利亚蕴藏的黄金总值为六千六百四十二亿五千万法郎。——原注

快到十一点钟的时候，旅客们到了矿区的中心。那里简直成了一座城市，有工厂、银行、教堂、营房、别墅和报馆，也有旅馆、农庄、游乐场所，甚至还有一个剧院。票价十先令，买票的人着实不少。那时正上演一个描绘本地风光的剧本，演得很好。这剧本叫《幸运的掘金人》：主角在终场时满怀着失望的情绪掘下最后的一镐，而这一镐竟挖出一个重得叫人不能相信的大金块。

格里那凡好奇，想参观一下亚历山大山那一片广大的采金区，他让艾尔通和穆拉地赶着牛车在前面先走，他过几小时再赶上去。巴加内尔对这一个措施高兴极了，和惯常一样，自告奋勇地充当小旅行队的向导和解说人。

大家根据他的意见向银行那边走去。马路很宽，用碎石铺成，洒水车刚刚来洒过了水。"黄金有限公司"、"掘金人总办事处"、"块金总汇"等等的大招牌到处可见，引人注目。劳力和资本的联合已经代替了初期掘金人的单干了。到处都听得见机器声，它在洗沙，在轧碎含金的矿石。

住宅区那边就是矿床，也就是一大片可以采掘的地区。许多矿工在挖，他们都是被雇来为公司采掘的，由公司支付工资。

地面上的洞眼，一眼望去，简直无法计数。铁铲在太阳光里亮晃晃的，一闪一闪，好像天上在不断地打闪一般。在这些工人中，各国人都有。他们并不互相争吵，却像一般的雇工一样，不声不响地劳动。

"然而，"巴加内尔解释说，"我们不要以为在澳大利亚的地面上就没有赤手空拳的财迷跑来单独找金子的了。我知道他们大部分都是向公司出卖劳力，他们非这样做不可，因为矿区地面都由政府出卖或出租，没有钱就没有下镐的地方。但是，有些既买不起又租不起地面的赤手空拳的人，也还有办法发横财。"

"有什么办法呢？"

"就是'跳坑'的办法。"巴加内尔回答，"比方，我们这班人，是无权在矿床上开采的，然而，只要运气好，也可以发大财。"

"怎样发财呢？"少校问。

"'跳坑'呀，我刚才不是说过了吗？"

"怎么叫'跳坑'呢？"少校又问。

那里简直成了一座城市。

“‘跳坑’吗？这里有个风俗，常引起凶殴和骚乱，但是主管当局始终无法取消。”

“你快点儿说呀，巴加内尔，”麦克那布斯说，“你专喜欢吊人家的胃口。”

“我是在说呀！这里大家公认，采矿区的任何一块地，除重要节日以外，只要二十四小时没有人开采，就变成公地了。谁占据了都可以随便掘，老天爷保佑的话，就可以发横财。因此，罗伯尔，我的孩子，你去找一个这样没人管的矿坑吧，你找到就是你的了！”

“巴加内尔先生，”玛丽·格兰特说，“不要教我弟弟起这样的念头。”

“我是开玩笑，我亲爱的小姐。”巴加内尔回答，“罗伯尔也知道我是开玩笑的。他会做掘金人吗？永远不会的呀！掘地，翻土，耙匀，然后播种，按劳力求收获，这是要得的。但是和地老鼠一样在土里乱扒瞎钻，想找出一点儿金子，这一行也太惨了，除非是走投无路的人才干这种勾当！”

他们参观了主要的矿场，又踏过一段供交通运输的地面——这地面大部分是硅石、黏土质叶纹石和由岩石分化而来的细沙构成的，然后他们到了银行。

那是一座很大的建筑物，屋顶上竖着国旗。格里那凡爵士受到银行总监的接待，并被请到里面参观。

各公司自地底下搜掘出来的金子都存放在这银行里，由银行发给收据。早年的掘金人常受殖民地商人的剥削，现在这时代早已过去了。以前这些商人以每两五十三先令的价格收买生金，然后竟以六十五先令的价格在墨尔本转售！不过，商人在运输中也冒着很大的风险，因为路上的强盗很多，金块常常还没有送到目的地就被抢走了。

银行总监指出生金的许多奇异的标本给旅客们看，并且说明各种采金法的许多有趣的详情。

发现的生金大抵呈两种形态：卷金和分解金，都是矿石块，金子和淤土杂在一起，或者包在硅石的外皮里面。所以，为了开采出来，就要依土质的不同使用地面开采法或深度开采法。

如果是卷金，它就在急流山谷或干沟的深处，依体积的大小，分成

银行里陈列着许多奇异的生金标本。

层次,上面是金粒,下面是金片,再下面是薄块。

如果是分解金,它的外部石皮被空气分解掉了,就地集中起来,聚成小堆,形成掘金人所谓的“金团”。有些金团一个就是一大笔财富。

在亚历山大山,金子一般都藏在黏土层里和青石片岩的各层夹缝中。那里就是金块窝,幸运的掘金人往往在那种地方找到大片的金块层。

参观的人观察了各样生金标本之后,又在银行的矿物陈列馆里走了一趟。澳大利亚的土壤所赖以构成的各种矿质都标了签,分类陈列着,他们都看到了。澳大利亚的财富并不只是金子,澳大利亚可以正确地被称为一个庞大的百宝箱,大自然把它所有的珍宝都装在这箱子里了。在这些玻璃橱里闪闪发光的,有白色的黄玉,足与巴西黄玉媲美;有宝贵的石榴石;有鲜绿可爱的石帘石;有玫瑰色的红宝石,这一类宝石中又有朱红的,又有极美的水红的;还有浅色和深色的蓝玉,其中如钢玉一种,就和马拉巴及西藏产的同样宝贵;此外还有亮晶晶的金红石,还有投龙河两岸产的一种小颗金刚钻。总之,这一套华贵的宝石展览,各色具备,各样俱全,镶嵌的金子当地有的是,不需外求。这里什么也不缺,就差把它们装配成首饰罢了。

格里那凡谢了总监这样殷勤的招待,告辞出来后,又去参观矿床。

巴加内尔本是一个把发财置之度外的人,然而他每走一步路也都要用眼睛在地面上找找。这是不由自主的动作,他的旅伴们开他的玩笑,他也不在乎。他时时弯下腰,拾起一个石子、一个金块的石皮或一些硅石的残片,仔细看看,又带着鄙视的神气丢掉,在整个参观中都是如此。

“嘿!巴加内尔,你丢掉了什么东西吗?”少校问他。

“可不是嘛!”巴加内尔回答,“在这种出黄金宝石的地方,人们总是感觉到没有找到东西就是丢掉了东西呀!我也不知道为什么,我总想找到一个几两重的金块带走,能有二十来斤重更好,我也不想再多。”

“要是你找到了怎么办呢,我可敬的朋友?”格里那凡问。

“啊!要是找到了,我倒没有什么为难,”巴加内尔回答,“我就把它献给祖国呀!我把它往法兰西银行里一送……”

巴加内尔时时弯下腰，拾起石子仔细看看。

“银行会接受吗?”

“当然接受呀,就说是买铁路建设公债!”

大家对巴加内尔把金块“献给祖国”的这种做法都大为赞美,海伦夫人就预祝他找到一个世界上最大的金块。

他们就这样一面开着玩笑,一面把开矿的地面大部分都逛完了。到处都是工人在规则地、机械地做着工作,但是并没有什么劳动热情。

游览两小时以后,巴加内尔看到一家小酒馆,很像样儿,他建议进去坐坐,等候着和牛车会合的钟点。海伦夫人同意了。既然坐酒馆就不能不吃点东西,因此,巴加内尔又喊来酒馆老板,点了些当地的饮料。

侍者给每人送来一杯“诺白勒”。所谓“诺白勒”,就是英国水酒,不过是酒多水少的水酒。在这地方,人家不是用一小杯酒精兑上一大杯水,却是用一小杯水兑上一大杯酒精,然后加上糖,就喝起来。这种喝法太澳大利亚式了,吃不消!我们的旅客接上手,又兑上一大瓶水,因此“诺白勒”又变成英国水酒了,酒馆老板看了很惊讶。

喝了之后,大家又大谈金矿的掘金人。要谈正是在这时候谈,否则就再没有谈的时候了。

巴加内尔对参观的一切都很满意,但是他又表示,如果是在当年亚历山大山采金的时代来参观,应该更有意思些。

“那时候,”他说,“地面被挖成大一个洞小一个洞的,遍地是挖洞的蚂蚁。啊,那又是多么厉害的挖洞的蚂蚁啊!所有各地来的移民都有挖洞狂,但是都没有远见!金子来得容易也就疯狂地花掉了。不是喝掉,就是赌掉,我们坐的这个小酒馆就是当年人家所说的一个‘地狱’。掷骰子也可能动起刀来。警察也无法制止,有许多次,殖民地总督竟不得不带着正规军来镇压那些无法无天的掘金人。然而,他居然把这班人对付下来了,他要每个采金人都纳‘牌照税’,他硬派人征收;当然征收不无困难,但是紊乱的情形得到了控制,在这里秩序要比在加利福尼亚好多了。”

“掘金这一行,谁都可以干吗?”海伦夫人问。

“是的,夫人,干这行用不着大学程度,只要胳膊结实就成。一些被穷困逼得离乡背井的冒险家,大都是身无半文地跑到矿区里来,有钱的带把镐头,没钱的带把刀,但不论有钱没钱,都带着做正经事决不会有的那种狂热。于是这个金矿区的地面就呈现出一片怪现象了！遍地是帐幕、船篷、草棚,还有泥土、木板、树叶搭成的小屋。正中间是总督府的雕檐大厦,上面竖着英国国旗,还有公务人员住的蓝布帐篷,换金小贩、收金坐商、运金行商的各种店铺。那些商贩都在这一群巨富和赤贫的掘金人身上做着投机生意,真发财的还是那班人。你看那班留着长胡子穿着红羊毛衫的掘金人啊,他们整天在水里泥里生活！漫天是不断的镐头声,遍地是死牲口的腐尸烂骨发出的臭气。一团令人窒息的灰尘,像云雾一般,笼罩着那些可怜的人们。他们的死亡率极高,要不是澳大利亚的气候特别有益于健康的话,来一场伤寒病会使他们十个死掉九个半。如果这些冒险家拼着命都能成功倒也罢了,但是这些苦大半都是白吃了的。好好计算一下就能发现,一个掘金人发了财,同时就另有一百、二百乃至一千个掘金人在贫穷和绝望中死掉了。”

“你能不能把采金的法子说给我们听听,巴加内尔?”格里那凡问。

“法子再简单不过了。”巴加内尔回答,“初期的采金人只是淘金,和现在法国色文区某些地方还有人在做的一样。现在这些公司不这样做了,它们直找到金源、金脉,到那里去采金片、金叶、金块。但是当时的淘金人只管淘金沙,所谓沙里淘金,如此而已。他们先掘地,把他们认为可以出金的那层土挖起来,然后用水冲,把金子和沙土分开。这种冲洗工作有一种美国传来的工具,叫作‘克拉得尔’,就是一种摇床。形状像一个五六尺长的盒子,一种无盖的棺材,里面隔成两截。第一截装了一层粗铁纱,接着又是几层细铁纱;第二截下部分很窄。淘金子的时候把含金子的沙土放在第一截的粗铁纱上,然后浇水,用手搅动,更正确地说,用手摇动那工具。石块留在粗纱上,碎金和细沙,依体积的大小,分别留在下面各层细纱上,土变成了泥浆,随水冲到第二截的末端去了。这就是普通用的淘金机。”

“虽然简单,还是要有那么一个才成啊!”约翰·孟格尔说。

“一般地都是向发了财的或破了产的采金人购买,看情况。”巴加内尔回答,“真正没有,也就可以不要。”

“不要,又拿什么代替呢?”玛丽·格兰特问。

“就拿个大盘子代替,我亲爱的玛丽,简简单单的一个大铁盘子。

用盘子簸土就和用簸箕簸麦子一样，不过簸出来的不是麦粒，却有时是金粒。在起初采金的第一年，不止一个采金人没有花什么别的本钱就发了财。你们该看见吧，朋友们，那是好时代呀！虽然那时代一双靴子要卖一百五十法郎，喝杯柠檬水要付六先令！捷足先登的总归有办法。那时遍地是黄金，就在土面上，多极了。溪水就在金矿床上流着，墨尔本的街道上几乎都有金子，铺路都用金末了。所以，1852年从1月26日到2月24日，在政府护送下从亚历山大山运到墨尔本的黄金就价值八百二十三万八千七百五十法郎，平均每天出产价值十六万四千七百二十五法郎的金子。”

“差不多等于俄罗斯皇帝的年俸。”格里那凡说。

“这皇帝也太可怜了！”少校补充一句。

“有没有一下子就发大财的？”海伦夫人问。

“也有几次，夫人。”

“您说得出吗？”格里那凡说。

“怎么说不出？！”巴加内尔回答，“1852年，在巴拉剌，人家找到一块金子重五百七十三两，在吉普斯兰有一块重七百八十二两；1861年又有一块重八百三十四两。最后，还是在巴拉剌，一个采金人发现一块金子重六十五公斤，以一千七百二十二法郎半斤计算的话，这一块就值二十二万三千八百六十法郎！一镐头掘出一万一千法郎的年金，也就很可观了！”

“这些金矿一发现，世界产金额增加了多少呢？”约翰·孟格尔问。

“增加太多了，我亲爱的约翰。19世纪初叶每年世界产金额不过四千七百万法郎，现在，连欧洲、亚洲、美洲的金矿计算在内，估计年产九万万多，近乎十亿了。”

“因此，巴加内尔先生，”小罗伯尔说，“就在我们这里，在我们脚底下，也许就有许多金子吧？”

“有啊，我的孩子，有几百万！我们都把它踏在脚底下。不过，我们之所以把它踏在脚底下，就是因为我们瞧不起它！”

“那么，澳大利亚可算是‘得天独厚’的地方了？”

“并不是，罗伯尔，”巴加内尔回答，“出金子的地方绝不能算是得天独厚。这些地方只出些游手好闲的人，永远不能出什么吃苦耐劳的人。你看看巴西、墨西哥、加利福尼亚、澳大利亚！在19世纪这些地方落后到什么程度！最好的地方，我的孩子，不是出金子的地方，却是出铁的地方呀！”

第十五章
——《澳大利亚新西兰日报》——

1月2日，太阳刚升起，旅客们就跨出了产金区，同时也就跨出了塔儿坡区的边境。现在马蹄踏在达尔霍西区的多灰尘的小路上了。几小时后，他们涉过了高尔班和康帕斯普两条河，这两条河正在东经一百四十四度三十五分和四十五分的地方。全路程走了一半了。这样顺利的旅行，再有十五天那支小旅行队就可以到达吐福湾的滨海地区。

而且，大家身体都很好。巴加内尔曾说当地气候特别有益于健康，这话总算兑现了。潮气少得很，甚至于没有；炎热也还受得了。牛马不觉得苦，人也没有什么吃不消。

不过自过康登桥以来，旅行队的次序有了一点儿变动。艾尔通听说了那场劫车惨案，就不能不采取一些预防措施——这种预防措施在以前本是用不着的。首先，打猎的人不得离牛车太远，不要看不见牛车。其次，在露营时要有人轮流守夜。早晚枪都装上弹药。毫无疑问，有一伙强盗在旷野中流窜，虽然没有丝毫迹象使人感到大祸临头，究竟是有备无患，小心预防的好呀！

不用说，这些预防措施都没有让海伦夫人和玛丽·格兰特知道，因为格里那凡不愿意使她们担心。

这样暗中戒备确实也是对的。一个不小心，就会出大乱子的。而且也不只是格里那凡一行人顾虑到这种局势。凡是孤立市镇里的居民和牧畜站的“坐地人”，都在防备有暴徒来进攻或偷袭。天一晚，家家户户都关门了。狗放在栅栏里，稍有点儿动静就狂叫起来。牧人们傍晚就骑着马集合他们的牛羊群，这时候，没有一个不带一支枪，插在鞍架上。这种戒备不无太过的地方，但是康登桥最近发生的血案，使人们不得不如此；有些移民平时都开着门窗睡觉，现在一到黄昏就把门窗紧紧地关上了。

就是地方当局也很小心，很谨慎。许多土人宪兵队都派到乡下来了。特别要保护的是邮电交通。以前邮车尽管在大路上跑，不需要警卫。就是这一天，正当格里那凡一行人穿过由基莫尔到希斯高特的那条公路的时候，一辆邮车快马加鞭地奔驰着过去了，后面扬起大片的灰尘。虽然它和闪电一般，格里那凡还可以看到有骑马的警察夹着车子跑着，马枪闪闪发亮。当年金矿初发现时，欧洲人的渣滓都被倾泻到澳洲大陆上来，现在这种戒备情况使人感觉又仿佛回到那种紊乱的时代了。

走过基莫尔公路一英里以后，牛车钻进了一片丛林。这种丛林在澳洲往往绵亘经纬线好几度的面积。我们的旅客钻进这种大树林，自百奴衣角出发以来，还是第一次。

大家看到那些二百英尺高、臃肿的树皮有五英寸厚的大桉树，都不自主地发出赞美的呼声。这种树合抱有二十英尺，树干上有香味的树脂流下来，一条一条的；树干一直挺起到离地一百五十英尺的高度。在这高度以下，没有枝子、杈丫和随便生出来的芽蘖，甚至于没有一个疙瘩破坏这些树干的侧影，就是车匠用车床车出来的也不能比它更光净。

这些大树，一连就是好几百棵，和排柱一般，完全一样粗细，柱顶到了极高的高度才展开一蓬枝丫，又圆又匀称，枝头都是互生叶；叶子里垂下一朵一朵的大花，花托子好像覆着的盂钵。

在这种常青的顶篷下，空气自由地流通；不断吹起来的风把土面上的潮气都吸收尽了。树和树之间，空隙都很宽敞，就和我们砍山时留下的标树一样，布置均匀，马匹、牛群、牛车都可以通行无阻。我们知道有许多树林是枝柯密集、荆棘塞途，原始森林更有许多倒下的树干拦着路，到处是纠缠不清的藤蔓，开发的人们要进去，就非用火、用刀斧开路不可。这里的桉树林可不是这样。树脚下是地毯一般的浅草，树顶上是一团翠绿，中间是疏疏落落的撑天圆柱，一眼望不到尽头；树荫不多，因此也不够凉爽，林子里有一种特殊的光亮，就仿佛是隔着轻

这些大树，一连就是好几百棵，完全一样粗细。

纱透过来的，树影都很规则，地面上的闪光也很明晰，这一切构成了一种离奇的景象，使人有耳目一新的感觉。大洋洲的森林和新大陆的森林完全不同，而这种桉树——土人叫作“塔拉”，属于种类繁多的桃金娘科——就是澳大利亚植物界的代表。

这些翠色的穹隆下面，树荫之所以不密，暗影之所以不深，那是由于桉树的叶子生得出奇的缘故。没有一片叶子用平面向着太阳，个个都呈出刀口式的叶边向太阳倾侧着。眼睛迎着太阳望去，只能看见这些奇特的树叶的侧面。所以太阳光线一直透过叶丛达到地上，就和透过百叶窗子一般。

大家注意到这一点，都感到惊奇。为什么树叶偏偏这样长着呢？当然又是问巴加内尔。他是个任何问题都难不倒的人，他立刻回答说：

“这里使我奇怪的倒不是大自然的离奇。大自然造物，自有道理，而植物学家命名就莫名其妙了。大自然给这种树生出这种特殊的叶子并没有错，人们把这种树叫作‘有加利’却错了。”

“‘有加利’是什么意思？”玛丽·格兰特问。

“这是桉树的学名，从希腊文来的，原意是‘有庇荫之利’。人们故意拿个希腊文来犯错误，好叫人不容易发觉这个错误。实际上很明显，‘有加利’树是毫无庇荫之利的。”

“这一点我们都同意，不用说了，我亲爱的巴加内尔。”格里那凡说，“请你告诉我们为什么叶子是这样长的吧。”

“完全由于物理的原因啊，朋友们，”巴加内尔回答，“你们一定不难了解。在这地方，空气是干燥的，雨量又少，土壤又晒干了，树木不需要风和太阳了。既然湿气少，树的汁液也就不多。因此这些窄树叶子就要设法避开阳光，保卫自己，防止蒸发太过。所以它们侧面对着太阳，不正面让太阳晒。没有比树叶子更聪明的了。”

“也没有比它更自私的了！”少校反驳，“这些树叶子只顾到自己，就不想到行路人要被太阳晒了。”

几乎人人都赞成麦克那布斯的意见，只有巴加内尔不赞成，他尽管挥着额头上的汗，却还认为在没有荫蔽的树下走路是一个难能可贵的机会。尽管如此，桉树叶子这样长着毕竟是件憾事，穿过这种桉树林往往需要很长的时间，既然炎日当空，毫无庇荫，行人自然是很辛苦的。

牛车在这些无穷无尽的桉树行列中滚了一整天。没碰到一只野兽、一个土人。树顶上有几只鹦鹉,但是太高了,看也看不清楚,甚至它们的喧嚣也变成几乎听不见的打喳喳了。有时一群鹦哥穿过远处的树隙,五色斑斓地一闪就过去了。总之,在这座其大无比的翠色的庙宇里,到处是死一样的沉寂,只有马蹄声、零零落落的人语声、车轮的辚辚声和艾尔通赶牛的吆喝声搅扰着这片无边的幽静。

天晚了,旅客们就在几棵被火烧过不久的桉树脚下支篷露宿。这几棵桉树就像工厂的大烟囱,因为火把它烧空了心,从底下一直通到上面,外面只剩了一层树皮,而树却仍然活着。虽然如此,"坐地人"和土人这种烧树的坏习惯终究会把这些好树毁灭掉的,就和黎巴嫩的那些四百年的古柏一样,被许多露营的旅客生火不小心烧掉了。奥比内听从巴加内尔的劝告,就在一棵空心树干里生火做晚饭。刚一点着,火苗就往上蹿,烟直冒到树顶上的叶丛中。夜里要做的戒备工作都做了:艾尔通、穆拉地、威尔逊、约翰·孟格尔四人轮流值班,直守卫到日出的时候。

1月3日,全天只见夹在那片无边的桉树林里的无数漫长的路径,好像永远走不完。然而,到了傍晚,一排一排的树渐渐稀了,再走几英里,就在一小片平原上出现了一簇整整齐齐的房屋。

"是塞木尔!"巴加内尔叫起来,"一过这个市镇,我们就走出维多利亚省省境了。"

"是个重要的市镇吗?"海伦夫人问。

"夫人,"巴加内尔回答,"只是一个简单的村子,正在变成一个市镇。"

"能找到一个像样的旅馆吗?"格里那凡问。

"我希望可以找到。"地理学家回答。

"那么,我们就到镇上去,因为,我想,我们英勇的女客们该不会反对在旅馆里住一夜。"

"我亲爱的爱德华,"海伦夫人回答,"玛丽和我都接受这个意见,可是有个条件,不要离路线太远,免得耽误行程。"

"一点儿也不远,"格里那凡爵士回答,"我们车前的牛也疲乏了;

奥比内在一棵空心树干里生火做晚饭。

而且，明天我们天一亮就动身。”

那时正是晚上九点钟。月亮已经接近地平线，透过一片雾气，倾斜地射出光芒。天渐渐黑下来。全队人马走上了塞木尔镇上的宽马路，巴加内尔在前面指引；他老是对于未曾见过的东西都显得好像十分熟悉。但是他有一种本能在引着他，他一直就走到了康倍尔旅馆。

牛马都被送到厩房，车也被送到停车场里去了，旅客们被领到相当舒适的房间里歇下。十点钟，大家坐上桌子吃饭，奥比内以总管家的身份事先还对晚饭检查了一下。巴加内尔已经由罗伯尔陪着在镇上跑了一趟回来了，他只三言两语地说了一下他夜游所得的印象。实际上他什么也没有看到。

然而，一个人只要不像他那样粗心大意，一定会注意到塞木尔街上有某种程度的骚动：一簇一簇的人在聚集着，越聚越多；住宅的门前都有人在谈论；大家你问我，我问你，显得紧张不安；有人在高声读着当天的报纸，并加以推敲、讨论。这种迹象，最不留心的观察者也不会察觉不到的。然而，巴加内尔却一点儿没有看出来。

少校却不然。他没有跑得那么远，甚至于没有出旅馆大门，就察觉到那小市镇确实有点儿事情在伤脑筋了。他和那健谈的旅馆主人狄克逊谈了十分钟的话就知道了是怎么一回事。

但是他一声不响。等到晚饭吃完，格里那凡夫人和格兰特姐弟回了房间之后，他才留下他的旅伴，对他们说：

“人们知道了散达斯特铁路上血案的凶手了。”

“抓到了吗？”艾尔通赶忙问。

“没有。”麦克那布斯回答，并不显出他在注意那水手的急躁情绪。这种情绪在当时情况下本也是很合理的。

“可惜。”艾尔通又补充了一句。

“那么，”格里那凡问，“那血案是什么人做的呢？”

“你看报好了，”少校回答，把一份《澳大利亚新西兰日报》递给格里那凡，“你看了报就知道那警官猜得不错。”

格里那凡就高声读了下面的一段新闻。

1866年1月2日，悉尼消息。——大家还记得，12月29日夜间，在墨散铁路距卡斯尔门车站五英里路的康登桥上曾发生过一个大惨案，十一点四十五分的夜快车以高速度驶到吕顿河里去了。

火车过时，康登桥是开着的。

失事后的搜劫以及在距康登桥半英里路发现守桥员的尸体，这都证明这惨案是由一个罪恶的预谋造成的。

果然，据检察官调查结果，六个月前西澳珀斯的拘留营曾准备将一批流犯移送到诺福克岛[①]，在移送时这批流犯脱逃了，康登桥惨案就是这批流犯干的。

这批流犯共二十九人，为首的名叫彭·觉斯。彭·觉斯是最狡猾的一名匪徒，在几个月前不知乘什么船到了澳洲，虽然官厅在缉捕他，却一直没有拿获。

希望市镇居民、乡野移民及牧民各自提防，并协助缉捕，将有关消息随时报知本殖民地总督！

殖民地总督米彻尔

格里那凡一读完这个通告，麦克那布斯就转向地理学家，对他说：

“你看，巴加内尔，澳大利亚是可能有流犯的。”

“越狱流犯，自然难免！”巴加内尔回答，“但是正式收容的流犯却是没有的呀！这种人是不许居留在这里的。”

“无论如何，事实上这里是有流犯了。”格里那凡说，“不过，我想，有了流犯不一定就能使我们改变计划，停止旅行。你的意思怎么样，约翰？”

约翰·孟格尔不立刻回答。他一方面怕中途停止会使格兰特姐弟心里难过，另一方面又怕继续前进会使旅行队遭遇意外，所以他迟疑不决。

“如果海伦夫人和格兰特小姐和我们不在一起，”他说，“我倒不在乎那班亡命之徒。”

格里那凡听懂了他的意思，接着说：

“自然不是说就不去找格兰特船长了，不过，因为有两位女客同

① 澳洲东面的一个岛屿，政府将怙恶不悛屡戒屡犯的流犯移送到这岛上来，加以特殊管制。——原注

行,我们先到墨尔本,回到邓肯号上,然后乘船到东海岸去寻访哈利·格兰特的踪迹,也许比较稳当些。你的意思怎样,麦克那布斯?"

"我在表示意见之前,希望听一听艾尔通的意见。"

那水手被直接指名发言,眼睛看着格里那凡。

"我想,"他说,"我们距墨尔本也有二百英里,如果有危险的话,向南走和向东走是一样的。两条路上都是人迹稀少,两条路的条件完全相同。而且,我不相信三十来个强盗就可以吓倒我们这八个武器充足决心坚定的好汉。因此,要是我,除非有别的更好的意见,否则我认为还是照旧前进。"

"说得对,艾尔通。"巴加内尔说,"我们继续向前走,可能找到格兰特船长的踪迹。若是转过来向南去,我们就背着格兰特船长的踪迹,越走越远了。因此我和你的想法一样,我不在乎那批珀斯的逃犯,一个有勇气的人是不会把他们放在眼里的。"

这样一说,大家对不变原定行程的议案进行表决,全场无异议通过。

"我还有一点儿建议,爵士。"艾尔通在大家要散开时说。

"说吧,艾尔通。"

"派人送个命令给邓肯号,叫它就开到东海岸去不是合适些吗?"

"那做什么呢?"约翰·孟格尔回答,"我们到了吐福湾发这命令才正是时候。要是发早了,万一有个意外迫使我们回墨尔本,我们倒要后悔在墨尔本找不到邓肯号了。而且,船坏了,此刻应该还没有修好。有这种种原因,我觉得还是等等再发这命令好。"

"也好!"艾尔通回答,他不再坚持。

第二天,那一行人离开了塞木尔镇,大家全副武装起来,准备应付一切意外。半小时后,他们又走进了桉树林,这树林又向东展开。格里那凡倒宁愿在旷野里旅行,因为旷野比树林好些,歹人不易隐藏埋伏。但是现在只有这条路,没有选择的余地,所以牛车只好又整天地在那些单调的大树之间慢慢地走了。晚上,沿安格尔塞区北境走了一程之后,牛车就滚过了东经一百四十六度线。大家就在墨累县边境上宿了营。

第十六章
—— 少校坚持那些是猴子 ——

第二天,1月5日,早晨,旅客们踏进了那广大的墨累区域。这荒漠无人的地区一直展延到澳洲的阿尔卑斯山那一带巍峨的山脉为止。现代文明还没有把它划成正式的乡区。这是维多利亚省人迹罕到、情况不明的部分。将来总有一天它的森林会在伐木人的斧头下倒下来,它的草场会被“坐地人”用作牧群的饲料;但是直到这时为止,它还是一片处女地,和它从印度洋中初涌出来时一样,是一片荒凉。

这片荒区在英国地图上有个很有意义的名字,叫作“黑人区”,也就是为黑人保留的一个区域。英国的移民们粗暴地驱逐土人,把他们赶到这个地域里来。英国人在偏僻的荒原上和钻不进去的森林里为土人留下了几处划定的地域,土人的种族就在这些地域上逐渐消灭。凡是白种人,不论是移民、浪人、“坐地人”或伐木人,都可以走进这些被划定的地域,而黑种人则不准从这些地域里走出来。

巴加内尔一面骑马走着,一面大谈土人种族的这一个严重问题。关于这个问题,只有一个结论,就是大英帝国的殖民制度是要使被征服的弱小民族灭种,要把这些弱小民族消灭在他们的故乡。这种惨痛的趋向到处都可以看到,在澳大利亚则更加明显。

在殖民的初期,从流放到澳洲来的亡命之徒一直到那些正当的移民,都把土人当作野兽看待。他们驱逐土人,枪杀土人;他们屠杀土人,并且引用许多法学家的论据,振振有词地说:澳洲人既是“化外顽民”,杀死这些贱货当然不算是犯罪。悉尼的报纸甚至建议过消灭猎人湖一带土人的一个有效方法,就是大规模地毒死他们。

由此可见,英国人在征服初期是用屠杀土人的手段来发展殖民事业的。他们的残酷实在是惨绝人寰。在印度,他们消灭了五百万印度人;在好望角,一百万霍吞脱人只剩下了十万;他们在澳大利亚的作风和在印度、好望角是一模一样的。就这样,大批的澳洲土人不是被虐待死掉了,就是因为饮酒过度丧了命,他们已经在杀人的“文明”面前日渐消亡了。诚然,也有几个总督曾发布命令,约束那些嗜杀成性的伐木人。他们宣布：一个白种人如果割掉一个黑人的鼻子或耳朵，或者截下黑人的小拇指"做烟扦"，都会受鞭责的处分的。然而这一点儿也吓不倒人！屠杀土人的勾当大规模地干起来，有时甚至把整个的部落都消灭了。只举凡第门岛为例吧，19世纪初年岛上原有五千土人，到了1863年只剩下七个人了！最近《水星报》居然还报道了一条消息，说最后的一个塔斯马尼亚人到了哈巴特。

巴加内尔这一番话没有受到格里那凡、少校和约翰·孟格尔半个字的反驳。纵然他们是英格兰人，他们也不能辩护，因为巴加内尔所举的都是众人皆知的事实，都是无可否认的铁证。

"要是在五十年前，"巴加内尔又补充说，"我们在旅途上早该遇到许多土人了，而现在，我们直到此刻为止还没有看见过一个土人。一个世纪后，这大陆上土生土长的黑种人将会完全绝迹了。"

是啊，连这里的所谓"黑人区"都仿佛是绝对空虚的了。没有任何露营或草棚的痕迹。一片旷野之后又是一片树林，一片树林之后又是一片旷野，越走越荒凉，越走越冷寂。甚至连一个生物，不管是人或兽，都仿佛不到这个偏远区域里来。然而，这时候罗伯尔却在一丛桉树之前停住了，叫道：

"一只猴子！看，一只猴子！"

他一面叫，一面指着一个大的黑东西。那东西在树枝上跳来跳去，矫健惊人，一会儿在这棵树顶上，一会儿又到那棵树顶上去了，仿佛生了一种膜质翅膀把它托在空中。究竟是怎么一回事呢？难道在这个怪地方猴子也会飞，和某些狐狸生了一对蝙蝠翅膀一样吗？

这时牛车也停下了，大家都看着那个动物，看见它渐渐跑到桉树梢头就消失了。不一会儿，人们又看见它像闪电一般跳下来，在地上跑着，一扭一拐，又蹦又跳，然后伸出两只长胳臂抓住一棵大胶树的光树干。大家都在想：这棵树又高又直又光滑，抱也抱不了，怎么能上去呢？但是那猴子有办法，它拿着一种像斧子的东西，在树干上左一下右一下地砍着，砍出许多小凹口来，它就借着这些等距离的小凹口爬上了胶树的枝丫。几秒钟后它又钻到密叶中去了。

"奇怪呀！这是个什么猴子啊？"少校问。

"这猴子吗，"巴加内尔回答，"就是道地的澳大利亚人呀！"

大家还没有来得及耸耸肩膀表示不相信呢，忽然听到不远的地方响起了一片叫声："咕呃！咕呃！"艾尔通赶着牛快走，走了百来步路，旅客们就出乎意外地到达了一处土人的露营地。

多么凄惨的景象啊！那是十来座搭在光地上的棚子，被叫作"骨尼窝"，是用大块的树皮像盖瓦一般叠起来的，只斜挡着一面，那些可怜的居民就在这种斜坡下住着。他们在困穷的压迫下，简直不成人样儿，叫人看了几乎都要呕出来。那里一共有三十来个人，有男的，有女的，有小孩，披着破烂的袋鼠皮。牛车一到，他们首先就想逃。但是艾尔通用一种莫名其妙的土语说了几句话，他们似乎放心了。他们又跑回来，将信将疑地，仿佛是些牲畜见人家向它们递出一点儿好吃的东西一般。

这些土人，身材都有五英尺四英寸到五英尺七英寸高，肤色晦暗，但不是纯黑色，却像被煤烟熏过的颜色，头发一团一团地鬈着，胳臂很长，肚子挺出，满身毫毛和刺的花纹，有的人身上还留着在丧礼中削掉一块肉的伤痕。他们那副丑脸，那张大嘴，那趴到腮上的塌鼻子，那向前伸出的下颌，还龇着一嘴的白牙，真是无可恭维。

海伦夫人和玛丽·格兰特下了车，向这些可怜人伸出同情的手，散东西给他们吃；而这些土人狼吞虎咽，真个和饿鬼一般。这样一来，这些土人真把她们当作神灵看待了，因为澳洲土人本来就有个迷信，说白人本来也都是黑人，只是死了之后才变白的。

在这些土人之中，妇女特别引起那两位女客的怜悯。澳洲女人的处境，真是苦得不能再苦了，大自然像后母一样虐待她们，甚至都不给她们一点点妩媚的风姿；她们只是被人用暴力抢来的奴隶，结婚的礼物只是挨她们主子经常握在手里的那根"华狄"① 的一顿毒打。结婚之后，马上就变成了少年老太婆，流浪生活中的一切苦活都是她们做，她们一面抱着裹在蒲包里的孩子，一面背着打鱼和打猎的工具，同时还要带着织网用的原料——"弗蜜翁"② 草筋。她们要供给一家的粮食，她们要捕蜥蜴、捕袋鼠、捕蛇，直追到树顶上去捕；她们还要去砍木柴，去剥下盖棚子用的树皮；她们和牛马一样，从来没尝过休息的滋

① 澳洲人用的"战棒"。

② 一种似麻的野草。

海伦夫人给这些土人散东西吃。

味；吃呢，只是在主子吃完以后，吃一点儿主子剩下来的东西。

这时，有几个可怜的女人，看样子很久没有吃东西了，正在用谷粒诱捕鸟雀。

她们躺在滚烫的地面上，一点儿也不动，和死人一般，等了几个钟头，总希望有一只愚蠢的鸟来到她们的手边！她们的一套狡计不过如此，也只有澳洲的鸟才肯上这样的圈套。

那些土人被旅客们的一片好意感动了，全都跑来围住旅客；因而大家又不能不提防他们会有抢掠的动机。他们在嘶嘶地说着话，舌头不住地在嘴里打嘟噜，和野兽叫差不多。然而他们的声音很婉转，很温柔；他们不断地说"诺吉、诺吉"，一面做着手势，因此不难了解，"诺吉、诺吉"就是"给我、给我"的意思。不管看见旅客们的什么东西，他们都这样说。奥比内先生费尽心力保卫着他那节行李车厢，尤其是对那些供旅途上食用的干粮，他更是留神保护。

那些饿瘪了肚子的可怜虫看着车上的东西，眼光贪馋得可怕，同时龇出锐利的牙齿。这种牙齿可能都是嚼过人肉的呀！自然，大部分的澳洲土人在平时都是不吃人的，但是在争打的时候，要是打败了仇人而不吃仇人的肉，那就很少了。

这时，格里那凡同意海伦夫人的提议，叫人散点东西给他们吃。这些土人立刻懂得了他的意思，做出种种表情来，纵然是铁石心肠也会被这些表情感动的。他们一面朝前挤着，一面大叫，和野兽见到人开笼子给它喂食时一般咆哮。

奥比内先生是一个熟悉社交习惯的人，觉得散东西应该先从女人散起。但是那些不幸的女人却不敢在她们的那些可怕的主子之前吃。那些主子一齐向饼干和干肉扑来，就像饿虎扑羊一样。

玛丽·格兰特一想到她的父亲被这样粗野的土人俘去了，不由得眼泪汪汪的。她仿佛看到了有一个像哈利·格兰特那样的人在这种流浪的民族里做奴隶，吃苦，挨饿，受虐待。约翰·孟格尔十分不安地看着她，猜到了她的心事，因而不等她开口就先向那不列颠尼亚号的水手问：

"艾尔通，你是不是就从这样的野人手里逃出来的呢？"

"是的，船长。"艾尔通回答，"内地的土人都差不多。不过，这里您看到的只是一小撮可怜虫罢了，在达令河两岸有许多大部落，头目的权威是十分可怕的。”

“那么，在这些土人部落里，一个欧洲人有什么事可做呢？”

“就做我以前所做的事呀！”艾尔通回答，“和他们一起打猎、捕鱼，也和他们在一起打仗，我上次对你们说过，看你做事的成绩确定对你的待遇，只要你是个聪明人、勇敢人，你就可以在部落里受到敬重。”

“但是还是俘虏吗？”玛丽·格兰特问。

“是的，依然被严密监视着，”艾尔通说，“不管白天黑夜，都逃不了。”

“虽然这样，艾尔通，你倒还能逃出来了。”少校插嘴说。

“是的，麦克那布斯先生，我趁着那部落和邻近部落打仗的机会，总算逃出来了。既然逃出来了，我自然也不懊悔。但是，如果叫我再逃一次的话，我相信，我宁愿一辈子做奴隶，也不愿意再穿过内地的荒区，吃那种苦头了。但愿上帝保佑格兰特船长不要冒险作这种脱逃的打算！”

“是呀，当然啰！”约翰·孟格尔回答，“玛丽小姐，我们但愿你父亲还是被拘在土人的手里，这样，如果他不是在大陆上的森林里乱跑，我们找他也就比较容易了。”

“你始终认为有希望吗？”那少女问。

“我始终认为有希望，玛丽小姐，有希望看到你在上帝帮助下，有幸福的一天！”

玛丽·格兰特眼泪汪汪的，感谢那青年船长。

当他们谈话的时候，那些土人突然骚动起来。他们高声叫喊，向四面八方乱跑，他们都拿起他们的武器，仿佛个个都发了疯似的。

格里那凡正在莫名其妙呢，这时少校叫来艾尔通问道：

“你既在澳洲土人中间生活了很久，你一定听得懂他们的话了？”

“只能听得懂一点儿，”那水手回答，“因为每个部落都有他们的土话。但是，我相信，这些土人的意思我可以猜到，他们为了感谢阁下，要表演一场战斗给阁下看。”

果然，这一阵骚动正是为了这个。那些土人没有任何开场白一类的仪式就直接交起手来，他们打得怒气冲天，装得逼真。要不是预先知道是表演，人们简直要以为这是一场真正的搏斗。据许多旅行家报道，澳大利亚土人是绝妙的哑剧演员，这时他们果然表现出了惊人的技艺。

他们的攻击和防卫的武器只是一些大木槌。这些木槌相当重，就是最厚的脑壳也打得碎。还有一种斧头叫“托玛好克”，是用极硬的石块磨成，夹在两根棍子中间的。斧柄有十英尺长。这斧头是一种可怕的武器，也是一种有用的工具，因为它既可以砍人头，又可以砍树枝，既可以劈人，又可以劈树，在什么情况下就当什么用。

这许多土人手里疯狂地舞动武器，嘴里还发出一片叫骂声，不停地互相冲击着；一部分人倒下来和死了一样，另一部分人就发出胜利的欢呼。那种样子，叫人看了确有点儿惊心动魄，就是真的战斗也不过如此。海伦夫人时时怕他们打起气来，弄假成真。还有小孩子也混在里面打，并且是真打。这里面有男孩子，有女孩子，特别是女孩子火气更大，一巴掌来，一巴掌去，打得又起劲，又凶猛。

这样的一幕武戏足足演了十分钟，这时，突然所有的打手都停下来，武器都从手里丢下去。一阵深沉的静默代替了那阵喧嚣的纷乱。全体土人都站着不动，维持着他们最后的姿态，就和活人画里面的人物一般。人们简直要以为他们一下子都变成化石了。

这变化的原因何在呢？他们为什么突然像化石一样动也不动呢？大家很快就明白了。

原来这时飞来了一群大鹦鹉，在橡胶树顶上翱翔着，漫天是咿咿呀呀的叫声。它们的羽毛五颜六色的，好像一条飞动的彩虹。就是因为有这彩云般的鸟群出现，才中止了他们的战斗。打猎总比打仗来得好呀，所以他们都不打仗而来打猎了。

有一个土人抓起一件染成红色、构造特殊的东西，离开了他的伙伴们；而伙伴们始终还是在原位置上站着不动。他从大树与灌木丛之间向那群鹦鹉走去。他爬着走，一点儿声响也没有，既不碰到一片树叶，也不扰动一个石子，简直是一个影子在向前溜动。

一走到适当的距离，那土人就把他手里拿着的那东西平抛出去。那东西就距地面二尺高、跟地面平行地向前飞去，约莫飞了四丈远，并

土人们的一幕武戏足足演了十分钟。

没有落地,突然就一直向空中升上去,升到十丈高的地方,打死了十几只鸟,又成抛物线形回到猎人的脚前落下。格里那凡和他的旅伴们看得呆了,简直不敢相信自己的眼睛。

"那东西叫'飞去来'。"艾尔通说。

"'飞去来'!"巴加内尔叫起来,"就是澳大利亚人用的'飞去来'吗?"

他说着,就和小孩子一样,跑过去把那神奇的玩意儿拾起来,要看看里面的究竟。

是的,一般人都会以为"飞去来"里面暗藏着什么机关,以为里面有一种弹簧,弹簧一开动,它就在空中转弯了。其实不然。

这"飞去来"只是一块弯弯的硬木,三四英尺长,中间大约有三英寸厚,两头尖尖的,凹进去的一面深度大约有七八分,凸出来的一面突起两条锋利的边缘。构造就是这样简单,真叫人难以理解。

"这就是人家常说的'飞去来'呀!"巴加内尔仔细看了看那怪东西以后说,"就是一块木头,什么也没有。怎么会横飞出去,会突然蹦起来,又会回头落到抛的人手里呢?许多学者和旅行家都解释不出道理来。"

"是不是像抛铁环那样,用某种手法抛出去,又能回到出发点来呢?"约翰·孟格尔说。

"也许是一种回力作用,"格里那凡补充说,"就和在台球桌上打台球一样,打着球上某一点,它就转个弯儿退回来?"

"都不是。"巴加内尔回答,"抛铁环也好,打台球也好,都有个着力点来决定它的反作用。抛铁环有地面做着力点,打台球有桌子做着力点。'飞去来'却根本没有着力点,它根本不碰地面呀,怎么一蹦就蹦得那么高呢!"

"那么,您怎么解释这现象呢,巴加内尔先生?"海伦夫人问。

"我解释不出,夫人,不过我可以再一次肯定:这种现象显然有两个原因,一个是扔的手法奇巧,一个是'飞去来'的构造特殊。但是,这种扔的手法,那正是澳大利亚人的秘诀。"

"不管怎样,无疑的,这是他们的智慧……怎能把他们比作猴子。"海伦夫人又看着少校补充一句,而少校还是不服气地直摇头。

大家说着,辩着,时间就这样过去了。格里那凡觉得不应该多耽误时间,应该继续向东前进,他正要请女客们上车,忽然有一个土人跑过来,很兴奋地说了几句话。

“啊!”艾尔通说,“他们看见了几只鸸鹋!”

“嗯? 还要打猎吗?”格里那凡说。

“我们必得看看,”巴加内尔叫道,“一定是又很精彩! 也许还要用‘飞去来’呢!”

“你觉得怎样,艾尔通?”

“时间不会长,爵士。”那水手回答。

那些土人没有浪费一点儿时间,他们赶快布置起来了。打鸸鹋是他们难得的大喜事呀! 打到一只鸸鹋就够叫全部落吃好几天,所以他们拿出全部的技巧来捕捉这种大猎物。但是那样一只大鸟,跑得又那么快,没有枪怎么能打死它呢? 没有猎犬怎么能追上它呢? 巴加内尔要求看这场打猎正是要看看他们的有趣的打法。

这种鸸鹋也叫作没有鸡冠的食火鸡,土人叫它“木佬克”,在澳大利亚的平原上现在渐渐稀少了。这种大鸟有二英尺五英寸高;肉是白色的,很像火鸡的肉;头上有一片角质的硬甲;眼睛是淡淡的棕色;嘴壳黑色,向下弯着;趾上有利爪,强健有力;翅膀只是两个短桩桩,不能飞;羽毛有点像走兽的毛,颈部和胸部颜色比较深。但是,它虽然不能飞,跑起来连跑马场里最快的马也追不上。因此,要捉它,只有用计,并且还要用妙计。

所以,那人一叫,十几个澳大利亚人就像是一支冲锋队散开了。在那一片可爱的原野上,野生的靛蓝草正开着蓝花,把地面染成一片蓝色。旅客们走到一丛木本含羞草的旁边停下了。

当土人走近的时候,十几只鸸鹋站起来逃了,逃到一英里路以外的地方又藏起来。那位猎人侦察到了鸸鹋的方位之后,就做了个手势,叫伙伴们不要动。伙伴们立刻在地上躺下来。那猎人从他的网兜里取出两张缝得很巧妙的鸸鹋皮,登时就披在身上。他伸起右臂,高出头顶,摹仿鸸鹋觅食的样子。

猎人一面摹仿,一面向那群鸸鹋走去。有时他停一停,装作啄食;有时他用脚扬起灰尘,周围都是一团云雾。这一切假动作都做得非常逼真，把鸸鹋的一举一动都摹仿得像极了。他还频频发出沉重的叫声，鸸鹋听了是绝对辨不出真假来的。果然，鸸鹋受骗了。那一群毫不提防的鸸鹋都围到那土人的身边来。这时，他突然挥起木槌，六只鸸鹋一下子就被他打倒了五只。

猎人的目的达到了。这场围猎也就结束了。

于是格里那凡、两位女客和整个旅行队的人向土人告别了。

第十七章
—— 百万富翁做了畜牧主 ——

在东经一百四十六度十五分的地方，旅客们安静地度过了黑夜。1月6日早晨七点钟，他们又继续穿过那广阔的地区。他们一直朝着太阳升起的方向前进，他们的足迹在平原上划出了一条笔直的线。有两次他们曾横断向北去的“坐地人”的足迹，如果不是格里那凡的那匹马在尘埃上留下了三叶形马蹄铁的痕迹（黑点站的标记），旅行队的足迹就会和那些“坐地人”的足迹混在一起辨认不清了。

平原上有时遇到一些曲折的河流，河边都是黄杨树，河水有时是满的，有时是干涸的。这些河都发源于野牛山。这野牛山是一连串不很高的山岭，在地平线上像波浪一样起伏着，景色十分秀丽。

旅行队决定当晚到这个山脚下宿营。艾尔通赶着牛，加紧脚步，一天走了三十五英里。牛很有些疲乏，但终于按照计划到达了。帐篷就支在大树底下。天黑了，晚饭草草了事。这样紧张地赶了一天，大家需要睡眠比需要吃饭还迫切些。

轮到巴加内尔值头班守夜。他没有睡，扛着马枪在帐篷的周围巡视，并且为了不打瞌睡，大踏步地走来走去。

虽然没有月亮，在南半球星光的照耀下，夜色几乎是明朗的。那学者欣赏着空中的星群；太空仿佛是一本经常翻开着的大书，谁懂得阅读，谁就会感到十分有趣。沉睡了的大自然是默默无声的，只有马脚上的绊索不时地响着，冲破这一片沉寂。

巴加内尔扛着马枪在帐篷周围巡视。

因此巴加内尔不知不觉地沉入了玄妙的幻想中。他的心神正在天上，不在人间，这时忽然远远地传来了一种声音，才把他从梦想中拉回来。

他仔细听着，觉得是钢琴的声音，因此非常惊诧。有几个节奏弹得很高，颤动而洪亮的音波震动了他的耳膜。

他不会听错呀！

"这样荒僻的区域会有钢琴?!"他自言自语地说，"我一辈子也不肯相信。"

果然，这事也太离奇了。巴加内尔心里想，是不是澳大利亚有种怪鸟能学卜勒耶尔或厄拉尔①钢琴的音调，就像有些鸟能学敲钟和磨刀的声音一样呢？

但是，就在这时候，空中又传来了清脆的歌声。一个钢琴手再加上一个歌手！巴加内尔只是听着，还不敢相信会有这种怪事。然而，又过了一会儿，他竟无法否认震动他的耳膜的是一支著名的曲子。那是歌剧《唐璜》②里的一段。

"真怪啊！"那地理学家想，"即便澳大利亚的鸟儿再特别些，就算它们是全世界最会唱歌的鹦鹉，也唱不出莫扎特的名作呀！"

他把那大作曲家的那篇登峰造极的杰作一直听到底。这种美妙的音乐在这爽朗的深夜里演奏起来，效果之好，真是无法形容。巴加内尔久久地陶醉在那种难以描绘的仙境里。过了一会儿，歌声停止了，一切又回到沉寂里。

当威尔逊前来接班时，巴加内尔还是一副如醉如痴的神情。巴加内尔一点儿也没有告诉这水手，他只准备等明天把这件怪事说给格里那凡听，因此，他交了班就跑到帐篷里去睡觉了。

第二天，意外的犬吠声把那一行人惊醒了。格里那凡立刻爬起来。有两只漂亮而身材特高的猎犬——这是英国最好的品种——在一丛小树的旁边跳着蹦着。旅客们一走近，它们又钻回树丛里去了，叫得更厉害。

"这荒漠的地方难道还有牧站吗？"格里那凡说，"既然有猎犬，自

---

① 卜勒耶尔和厄拉尔都是巴黎的著名钢琴制造家。

② 奥地利著名作曲家莫扎特（1756–1791）的杰作。

然也会有猎人了。”

巴加内尔正要开口叙述昨天夜里的事情，这时有两个青年骑着两匹极漂亮的纯种猎马出现了。

这两个青年，绅士模样，穿着雅致的猎装，一看见那支和流浪人一样露营的小旅行队，就停下了。看样子，他们在思考这地方怎么会来了这些武装的人，正在这时，女客们从车上下来了。

这两个青年，立刻也下马了，脱下帽子拿在手里，向女客们走来。

格里那凡爵士也迎了上去。因为他是外路来的生人，便先报了姓名和身份。那两个青年鞠躬致敬，其中年纪大一点儿的说：

“爵士，这两位女士、您的旅伴和您自己肯到舍下去休息休息吗？”

“您二位是……”格里那凡问。

“米歇尔·派特逊，桑迪·派特逊，我们是霍坦站的站主，诸位已经是在本站的地界上了，不到半英里路就到舍下了。”

“您二位太客气了，我实在不敢过分打扰……”

“爵士，”米歇尔·派特逊说，“如果您肯接受邀请，我们就太感激您了，因为我们都是些可怜的飘零者，诸位能光临我们这荒僻的地方，我们太荣幸了。”

格里那凡只好点头应允。

“先生，”于是巴加内尔向米歇尔·派特逊说，“如果您不嫌冒昧的话，我倒想请问一下，昨天唱那天才作曲家莫扎特歌曲的是不是您？”

“是我，先生。”那绅士回答，“伴奏的就是我的堂弟桑迪。”

“那么，先生，”巴加内尔又说，“请接受我，法国人，这支乐曲的爱好者，对您的衷心的赞美。”

巴加内尔向那青年绅士伸出手来，那青年绅士十分文雅地握了握。然后，米歇尔·派特逊指着右边的那条路，请大家动身。这时马匹都已经交给艾尔通和水手们照料了。

因此，那一行旅客，在那两位青年的引导下，一面谈着，一面看着风景，向霍坦站走去。

那是一片美丽的庄园，布置得和英国的公园一样整齐。一望无边的草场，用灰色的栅栏围成了一大块一大块的；上万头的牛、上百万只的羊在里面吃草。许多牧人和无数的牧犬守护着这支嘈杂的牛羊大军：

牛吼声、羊咩声、犬吠声和鞭策声响成了一片。

向东望去是一带“米亚尔”树和橡胶树混成的树林，树林那边耸立着巍峨的、高达七千五百英尺的霍坦山。常绿树排成漫长的行列向着四面八方辐射开来，到处是一丛一丛的“草树”。这种“草树”是一种六英尺高的灌木，样子很像矮棵棕榈，整棵树身隐没在和头发一样的细长的叶子里。空气里充满了薄荷桂的香味，因为这些树正开着成串的白花，发散着清雅的香气。

在这些当地出产的花木丛中还点缀着许多欧洲移来的果树：桃树、梨树、苹果树、无花果树、橘树，甚至橡栎树都有，旅客们看见了都欢呼起来。他们走在这些故乡的果树下还不感到过分的惊奇，真正使他们惊奇的倒是那些在枝头上飞舞着的鸟雀：有羽毛和绸缎一般的“缎鸟”，有羽毛一半是金黄色、一半像鸟绒的“丝光鸟”。

在那许多鸟儿中间，他们第一次看到的是“麦尼儿”鸟。这种鸟又叫琴鸟，尾巴像奥尔斐[①]弹的那种雅致的古琴。它在木本凤尾草中穿来穿去；当它的尾巴触动树枝时，人们倒奇怪为什么听不到安飞翁[②]为重建色白城而演奏的那种悦耳的音律。巴加内尔恨不得把那鸟尾上的那只古琴拿来亲手弹一弹。

然而，格里那凡爵士并不满足于欣赏这片澳洲沙漠绿洲中仙境般的奇观，他仔细聆听着两位年轻绅士的讲述。在开化的英国乡村地带，新来的外乡人要告知当地的主人他的来处和去向。但在这里却略微有些不同，米歇尔和桑迪认为应该先向远道而来的客人们自我介绍以示友好。因此他们说起了自己的经历。

这是聪明灵光的英国年轻人们所共有的经历，他们始终相信财富源自劳动。米歇尔和桑迪是一位伦敦银行家的孩子。在他们二十岁那年，他们的家长说：“年轻人，这里有数百万英镑，到远方的殖民地去吧，在那里建处实用的居所，学着从劳动中汲取对生活的认知。如果你们成功了，那自然很好。如果失败了，那也无妨。不用心疼这数百万英镑的开销，正是这些钱助你们成为真正的男子汉。”两个小伙子听从了家长的话。他们选择去到了澳大利亚维多利亚州，利用家人

---

① 希腊神话中的乐圣。

② 希腊神话中的乐神，曾以琴声驱遣砖石，建成了色白城。

“麦尼儿”鸟，又叫琴鸟。

给予的钱财购下了位于东经一百四十六度四十八分和一百四十七度之间的一片广袤的土地，纵横各有十二三英里，就在布法罗区和霍坦山之间。在这片宽广的四边形土地的西北角耸立着阿伯丁山，东北角则屹立着高拔文峰。奥文斯河一路向北注入穆理河，它的支流流经此地，因而这里不乏清澈蜿蜒的溪水。因此，这里既适合养殖牲畜，也适合种植作物。一万英亩的土地，得到了极好的轮作和治理，本地土产和异国作物兼收，与此同时，上百万的牲畜在这片广袤的绿土上生长。所以，霍坦站的产物在卡斯尔梅恩和墨尔本的市场上价格居高不下。

当米歇尔和桑迪讲述完他们的传奇经历时，庄屋在一条两边栽着“卡苏琳娜”树的甬道尽头出现了。

那是一座用木材和砖石建造起来的漂亮的房子，深藏在“爱尔莫菲拉”树丛里。外形秀丽，像一座瑞士式的别墅，墙外环绕着一带回廊，廊檐下挂着中国式的灯笼，就像罗马古代建筑的前庭。窗外装着五颜六色仿佛是开满鲜花的篷罩。没有比这座建筑物更美丽、更漂亮的了，而且也没有比它更舒适的了。在草坪上，在四周的树丛中，隔不多远就有一根铜灯柱，柱顶上装有雅致的灯球。夜里，整个花园被煤气灯的白光照得雪亮，原来在“米亚尔”树和凤尾草树的荫棚下藏着一座小型煤气机，煤气就是从那里输送出来的。

而且，住宅四周看不见脚屋、马房和厂棚，没有任何迹象说明这是一座农庄。所有这类的房屋——约有二十来所住房和茅屋——都在半英里路以外的一个山谷里，聚成一个小小的村落。村落和住宅之间装着电话线，随时可以通话。这所住宅仿佛是隐藏在一片异国风光的丛林里，听不到一点儿尘世的喧嚣。

不一会儿，那条长着两排“卡苏琳娜”树的林荫甬道走完了，接着是一座无比秀丽的小铁桥，跨过一条潺潺的小溪，接连着住宅外边的花园。过了小桥，一位红光满面的管家先生走来迎接。住宅的门都开了，霍坦站的来宾走进了华丽的内屋。这时，那包藏在花木和砖石中间的秘密都呈现在宾客们的眼前。

主人们富于艺术性的时髦生活，来宾们一看就知道是十分丰富的。先是一个前厅，厅里挂满各种取材于骑马射猎的美术品；对着前厅的是一间开着五个窗子的大客堂。客堂里，有一架钢琴，琴上摆着一堆乐

那是一座用木材和砖石建造起来的漂亮房子。

谱,有古代的也有近代的;几只画架,架上摊着画稿;几个像座,座上安着大理石的人像;墙上挂着几幅西欧名画家的名画;脚下铺着柔软得和深草一般的华贵的地毯;壁毯上绣着美丽的神话故事;天花板上悬着一个古铜的吊灯;此外还有许多珍奇的陶器、贵重而高雅的古玩,以及无数值钱的精致的小玩意儿。一所澳洲的住宅居然有这些名贵的物品,任何人见了都不免要感到惊奇,而这一切充分说明了主人是会欣赏艺术和懂得享乐的人。总之,凡是在飘零生活中足以消愁解闷的东西,凡是足以使人忆起欧洲习俗的东西,都布置在这仙宫一般的客堂里了。人们到了这里,简直就像到了法国或英国的华贵的府第。

五个窗子让细软的光线穿过轻纱的篷罩透进了客堂。由于窗外是半明半暗的回廊,所以客堂里的光度显得格外柔和。海伦夫人一走近窗口,就连声赞赏。原来住宅的这一面俯临着一片宽广的谷地,一直展延到东边的那带山脚下。连续不断的草场和树林、疏疏落落的空地、高低起伏的冈峦、崎岖不平的地势,这一切构成了一片非笔墨所能描绘的景色。世界上没有一个风景区能和这里相比,甚至就连挪威边境特勒玛克地方那人人称赏的天堂谷也抵不上它。整个这幅用一大片光与影雕刻成的画面,随着太阳的偏爱而时刻起着变化。人们的想象力决不能想出比这里更美妙的境界了,这片明媚的风光任何人看了都会感到满足。

这时,桑迪·派特逊早已吩咐站里的厨师把早饭准备好了。客人到了不过一刻钟,就坐在一张摆满酒菜的餐桌上了。酒菜之佳那是不用说了,但是在这无比豪华的招待中,最能使来宾受用的还是那两个青年“坐地人”的喜悦心情。他们认为能在自己家里款待一次嘉宾,这是非常荣幸的。

他们很快就知道这一行人探险的目的,他们对格里那凡的寻访十分感动。他们对格兰特船长的儿女也说了一番乐观的话。

“哈利·格兰特,”米歇尔说,“既然他不曾在沿海各垦殖区里露过面,一定是落到土人手里去了。文件证明他是准确知道他所在的方位的,他既没有跑到英国的任何一个殖民地里来,必然是在刚一着陆的时候就被土人掳去了。”

“他的水手艾尔通的遭遇正是这样。”约翰·孟格尔回答。

"但是你们二位先生就从来没有听到过不列颠尼亚号失事的消息吗?"海伦夫人问。

"从来没有听到过,夫人。"米歇尔说。

"照你们看来,格兰特船长做了澳洲土人的俘虏会受到什么样的待遇呢?"

"澳洲土人并不残酷,夫人。"那年轻的"坐地人"回答,"这一点,格兰特小姐尽管放心。有不少的例子都可以说明他们的性情是温和的。有很多欧洲人和他们在一起生活过很久,从来没有受过他们的虐待。"

"其中如柏克探险队里那唯一生还的金格就是一个例子。"巴加内尔说。

"不仅是那位大胆的探险家呀,"桑迪接着说,"还有一个英国兵叫作布克莱,在1803年脱险逃到菲利普港,被土人收容了,和土人一起生活了三十三年。"

"还有,最近以来,"米歇尔·派特逊也说,"据《澳大利西亚》杂志最近一期上登载,有个人叫毛利尔,过了十六年的奴隶生活,日前终于回到他的故乡了。格兰特船长的经历应该也和毛利尔的一样,因为毛利尔也正是在1846年秘鲁号失事后被土人掳去带到内陆去的。因此,我想,你们完全是有希望的。"

那青年"坐地人"的这番话,大家听了都极端喜悦。这番话更证实了过去巴加内尔和艾尔通说过的那些话。

后来,在女客们离席以后,大家又谈到流犯。两个"坐地人"也听到了康登桥惨案的消息,但是这一群逃犯的出现并没有引起他们丝毫不安。垦殖站有一百多人,这班匪徒是绝对不敢下手的。而且,大家可以想到,在墨累河这带荒凉的地区,抢无可抢,他们是不会跑来冒险的,至于在新南威尔士的殖民地那边,公路上都戒备得很严,他们也不会来。艾尔通的看法也是如此。

两位主人太殷勤了,格里那凡爵士不好意思不在霍坦站住上一整天。这十二小时的耽搁,也就变成了十二小时的休息;而且牛和马也正好趁此在站上的舒适的厩棚里好好地恢复一下体力。

因此,主客双方说好了,两位青年人就向客人提出了一个消磨这一天时间的计划，客人很兴奋地接受了。

中午，七匹雄壮的猎马在住宅的门前腾跃着。给两位女客准备的是一辆漂亮的轻快马车，这种马车可以使马车夫显一显“四辔在手”[①]的绝技。随从打猎的仆人先出发了，骑马的猎人背着标准猎枪，跨上马鞍，在马车的两侧奔跑，同时，一群猎犬穿过矮树林，快乐地狂吠着。

四小时中，猎人打马跑遍了那片林园的大路和小径。那片林园大得像德意志的一个小公国：要是把罗伊斯－施莱茨或萨克森－科堡－哥达公国搬到这里来尽可以装得下。在这林园里，居民尽管比一个土邦少，但是山羊却多极了。至于可供打猎的鸟兽，就是有一支大军从四面八方围赶，也不会有这样多窜到猎人的枪口上来。所以，不一会儿猎枪连珠般地响起来了，使那些安居在树林里和平原里的动物都不安起来。小罗伯尔在麦克那布斯身边如生龙活虎一般，不管他姐姐怎样嘱咐他小心，那孩子总是匹马当先，第一个开枪射击。好在有约翰·孟格尔负责照顾他，玛丽·格兰特也就放心了。

这场围猎打到了一些本地特产的动物，这些动物。就连巴加内尔也只知道名字，从来还没有看见过呢，其中特别是袋熊和袋鼬。

袋熊是一种食草兽，和猪獾一样会在地里打洞，有羊那么大小，肉的味道很好。

袋鼬是袋兽的一种，其狡猾超过欧洲的狐狸，偷起鸡来可以做狐狸的师傅。这种兽的样子很难看，有十五英寸长，是巴加内尔一枪打到的；由于猎人的自尊心，他觉得这种兽十分可爱。“好个漂亮的小兽啊！”他说。

罗伯尔也灵巧地打到了不少猎物，其中有一只袋狐，这是一种小狐，黑毛，有白色斑点，皮和貂皮一样宝贵；此外他还打到了一对藏在林荫深外的负鼠。

但是，这次围猎最有趣的当然要数追捕大袋鼠的那一幕。快到下午四点钟，猎狗惊起了一大群这种稀奇的袋兽。幼鼠赶快钻到母亲的腹袋里藏起来，大袋鼠一个接一个地结队奔逃。它们跳起来真是惊人，后腿比前腿长两倍，一屈一伸跳得很远，像装了弹簧一般。带头逃的

---

① 意指驾驭四匹马拉车子。

大袋鼠跳起来真是惊人。

是一只雄的大袋鼠,有五英尺高,是大袋鼠的一个最美的典型,当地人叫它“老头子”。

紧张地逃了四五英里路,那群大袋鼠毫不疲乏,而猎犬又不敢逼近它们,因为它们的后脚长着利爪,实在可怕。但是逃到最后,它们终于跑得精疲力竭,停下来了。那“老头子”倚着一棵树,准备自卫。有一只猎犬追得太急,直滚到它的身边。一眨眼,那猎犬被踢到空中,掉下来,肚子裂开了。很显然,这一群猎犬就是一齐上去,也对付不了那些强有力的袋兽。非开枪不可了,只有子弹能结果那些庞大的动物。

就在这时候,罗伯尔太不小心,几乎送了命。他想把枪打得更准,便向那只大袋鼠走近一些,不料那孽畜一蹦而起,冲了上来。

罗伯尔大叫一声,倒下了。玛丽·格兰特在马车上吓慌了,吓得目瞪口呆,只向她的弟弟伸着两只手。谁也不敢开枪打那袋兽,因为怕伤了孩子。

但是约翰·孟格尔已经拔出猎刀,冒着被踢破肚皮的危险,猛地直向那大袋鼠奔去,给它当胸一刀。那孽畜被打死了,罗伯尔爬起来,还好,没有受伤。不一会儿他们姐弟两个拥抱在一起了。

“谢谢您,约翰先生! 谢谢您!”玛丽·格兰特说着向那青年船长伸出手来。

“我原是答应负责保护他的呀!”约翰·孟格尔握着那少女的颤抖的手,说。

这一意外事件结束了这场围猎。那群袋兽,一死了头目,都散掉了。那只被打死的大袋鼠被带了回来。下午六点钟的时候,一席丰盛的晚饭在等候着猎人。菜肴之中,那按照土法做的大袋鼠尾汤最受大家欢迎。

饭后吃了冰淇淋和果子露,主客都聚到大客堂里来。晚上的时间都消磨在音乐上。海伦夫人是个很好的钢琴手,特为那两位“坐地人”演奏。米歇尔和桑迪都善于唱歌,他们唱了法国作曲家古诺、马色、达维德的名曲中的一些片段,还唱了那位天才的德国作曲家瓦格纳的名曲。

十一点钟吃夜茶。茶做得太好了,只有英国人才能做得出,别的任何民族都比不上。但是巴加内尔要尝尝澳洲土茶,人家就给他一杯黑得像墨水一样的饮料——那是一升水放了半斤茶叶，熬了四小时的结果。巴加内尔虽然喝得龇牙皱脸的，却还说是绝妙的好茶。

半夜，客人被引到清凉而舒适的卧房里，这一天的快乐在好梦中延续着。

第二天天一亮，他们就辞别了那两位青年"坐地人"。彼此说了许多客套话，并且相约到欧洲在玛考姆府里再见。之后，牛车滚动了，绕过霍坦山的山麓，不一会儿，那座住宅就和幻影一般，在旅客们的眼中消失了。走了五英里路，马蹄还没有踏出霍坦站的地界。

到了九点钟，这小队人才走过那垦殖站的最后一道栅栏，又钻进维多利亚省那片几乎连名字都不知道的地区了。

第十八章

—— 澳洲的阿尔卑斯山 ——

一排漫长的屏障在东南方横挡着路，那是澳洲的阿尔卑斯山脉。这山脉绵延一千五百英里，仿佛是一大片广大的防御工事，那任意起伏的垒壁，在四千英尺的高空中阻住飞云。

布着阴云的天空只让炎热透过罗筛般的水蒸气才达到地面上来。因此，气温虽高，还受得了，但是地面崎岖不平，行路很感困难。平原上的突起部分越来越多，到处疏疏落落地冒出长满小胶树的青葱的丘陵。稍远一点儿，这种丘陵突然耸得很高，形成那条阿尔卑斯大山脉的最初的几个梯级。人们显然在不断地向上走，这是很容易看得出的，因为牛拉得很吃力，轭架被沉重的牛车拖得咯吱咯吱地响；牛都气喘吁吁的，腿弯上的筋绷得紧紧的，几乎都要绷断了。艾尔通虽然是能手，但有时也不能避免意外的碰撞，撞得车板唉声叹气。车上的女客对这种艰难倒也满心乐意地忍受了。

约翰·孟格尔和那两名水手抄前几百步开着路。他们尽量选择比较好走的路走，可这里的路简直可以说不是路，因为那忽高忽低的地面，就和海边的礁石一般，牛车就像一只船在礁石的夹缝中寻找能够通得过的航道。的确,大家是在波涛汹涌的陆地上航行。

这段行程是很艰苦的,有时甚至是很危险的。有好几次,在深密的荆棘丛中,威尔逊不得不用斧头砍着开路。黏土质的地面,湿漉漉的,脚一踩就往下陷。路的里程似乎显得特别长,因为障碍太多,如高耸的花岗岩、深邃的山谷、不测深浅的河滩,都非绕行不可。所以,一直走到傍晚,才勉强走了半经度的路。旅行队在阿尔卑斯山山脚下的高本白拉河旁露营,这里有一片小平原,平原上尽是大约四英尺高的灌木,淡红色的叶子确是好看。

"过这一带山,我们还有苦在后头呢!"格里那凡一边说,一边看着那条已经在黑暗中消失了的山脉,"阿尔卑斯!这名字已经够叫你想想的了。"

"这名字在这里要打个折扣啊,我亲爱的格里那凡。"巴加内尔回答,"你不要以为你还要穿过整个瑞士。在澳大利亚就和在欧洲、美洲一样,有格兰比安山脉①,有比利牛斯山脉②,有阿尔卑斯山脉,也有蓝山山脉③,但都是缩小了的模型。这种名不副实的情况只能说明地理学家的想象力有限,想不出新的名字;或者是说明专名的词汇太贫乏了。"

"依你说,这条澳洲的阿尔卑斯山是……"海伦夫人问。

"是袖珍山脉,"巴加内尔回答,"我们走过了还不觉得呢!"

"这是你自己现身说法罢了!"少校说,"只有像你这样粗心大意的人才能过了一座大山自己还不觉得。"

"你还说我粗心大意呀!"巴加内尔叫起来,"我早就不粗心大意了。我请这两位女士评评。我到了这个大陆上以来,我的话不是都兑现了吗?我没有做过任何一件粗心大意的事吧?你们能找出我的错处来为难我吗?"

"一个错也找不出,巴加内尔先生,"玛丽·格兰特说,"您现在是个十全十美的人了。"

"太十全十美了!"海伦夫人笑着补充一句,"您这个人,要是像以

---

① 在苏格兰。
② 在法国与西班牙交界处。
③ 在北美洲。

前那样粗心大意，那才对您更合适些。”

“真的吗，夫人？”巴加内尔回答，“我要是没有点儿小毛病，我就和所有普通的人一样了。因此我希望不久我还要犯个把小错误让你们笑笑。你们相信吗？我要是不犯错误，我就仿佛没有尽我的职责。”

第二天，1月9日，不论那乐观的地理学家怎样保证，这一小队人在阿尔卑斯山的隘道里前进，并不是没有困难，相反地困难很多。没有现成的路了，要到处乱找，要钻到又窄又深的山坳里，结果很可能还是“此路不通”。

要不是在走了一小时以后，无意中在一条小山路旁边看到个小旅馆——一个不像样子的小酒店，艾尔通就要感到进退两难了。

“哈！在这种地方开酒店，”巴加内尔叫起来，“店老板准发不了财！他在这里有什么用处呢？”

“有大用处呀，正好给我们指点指点路。”格里那凡回答，“我们进去吧！”

格里那凡在前，艾尔通在后，跨进了小旅馆的门槛。旅馆招牌上写的是“绿林旅舍”；绿林旅舍的老板是条莽汉，一脸横肉。店里卖烧酒、白兰地酒、威士忌酒，他自己也就是主要的顾客。经常没有什么旅客，只能看到几个过往的“坐地人”或赶牧群的人。

格里那凡和艾尔通问了他几个问题，他挺不高兴地回答。不过根据他的回答，艾尔通已经可以搞清楚路途的方向了。格里那凡给了店老板几个钱，作为酬劳；出门时，猛地看见了墙上贴着的一张告示。

那是殖民地警察局的一个通告。通告上说，珀斯有一批流犯潜逃，现在通缉为首的彭·觉斯，如有人将该犯捕获，送交当局，赏金一百镑。

“这个彭·觉斯，”格里那凡对那水手说，“真是个大坏蛋，要把他吊死才好。”

“首先是要把他抓到才好！”艾尔通回答，“一百镑！这数目不小呀！那家伙实在值不到。”

“至于这个店老板，”格里那凡又说，“尽管墙上贴着告示，我怕他也不是好人。”

“我也有同感。”艾尔通回答。

格里那凡和那水手又回到牛车这里来了。他们向卢克诺大路的尽头走去。那里蜿蜒着一条羊肠小道，斜贯山腰。大家开始往上爬。

这个上山的坡路很难走。不止一次车上和马上的旅客都不得不下来步行。车子太重，要帮着推；下险坡时常常要在车子后面拉；转急弯时，辕木太长，拐不过去，还要把牛解下来；上坡时车子要往后退，又要垫住轮子；不止一次，艾尔通还要拉那几匹已经疲惫不堪的马来帮牛的忙。

不知道是因为疲劳过久，还是由于别的原因，这天，马死了一匹。它一倒就倒下了，事先一点儿征候也没有。那是穆拉地骑的马，他还想把它拉起来，哪知它已经死去了。

艾尔通检查了一下那倒在地上的牲口，丝毫没有检查出它暴死的原因。

“这牲口一定是有哪一条血管破裂了。”格里那凡说。

“一定的。”艾尔通回答。

“你骑我这匹马吧，穆拉地。”格里那凡又说，“我跟海伦夫人坐车去。”

穆拉地遵办了，这行人又继续艰苦地往上爬；至于那匹死马，只好不管它，丢给老鸦吃了。

澳洲的阿尔卑斯山不算很大，从山这边到山那边，宽度还不到八英里。因此，如果艾尔通选择的那条山路能通到山东边的话，四十八小时后那高山就可以爬过去了。到了那边以后，一直到海边就不再有什么不可逾越的障碍或难走的路了。

10日那天，一行人达到了山路的最高点，大约海拔两千英尺。他们是在一片高原上，四周没有障碍，一眼望得很远。北边，奥美奥湖的清波闪烁着，湖上星星点点的都是水鸟，湖那边是墨累河流域的大平原。南边展开着吉普斯兰像绿色地毯一般的草场，那金矿丰富的地层，那茂密的森林，看来像是原始地区。那里的物产、河流和未经砍伐的高树都还是大自然在做它们的主人；直到那时为止，很少有“坐地人”敢来和大自然斗争。那条阿尔卑斯山脉仿佛把大地划分成两个世界，有一边还保留着它的原始状态。那时太阳正在往下沉，几道阳光穿过红色的云霞，把整个墨累区照耀得鲜妍夺目。相反地，吉普斯兰被高山屏障着，显得一片苍茫，人们简直可以说山南的夜晚降临得特别早，阿尔卑斯山那边的地区已经沉沦在夜影中了。行人处在这两个截然不同的境界当中，很生动地看到这种光明与黑暗的对比，他们遥望着他们将要穿过的那一片直抵维多利亚边境、几乎完全陌生的地面，心里不免起了一种愁闷的感觉。

当晚就在这高原上露营，第二天开始下山。下山的路是走得相当快的。半路上，一场极端猛烈的冰雹袭来了，逼得他们不得不在岩石下找个地方躲一躲。那不是小雪珠，却是冰砖，有巴掌大，从乌云里直打下来。石炮所发的石块也没有那么急。巴加内尔和罗伯尔都挨了几下，明白了和冰雹拼不过去，非避一下不可。车篷也被打了好几个洞，那种尖棱棱的冰块，屋顶很少能挡得住它，有一些竟嵌到树皮里面去了。要不想被打得头破血流，就只好等冰雹下完了再走。约莫过了一个钟头，冰雹住了。旅行队又在倾斜的岩石上慢慢地走，冰雹化得湿淋淋的，岩石非常滑溜。

牛车一路摇摇晃晃、东碰西撞地弄得车厢板都有好几处脱了榫，不过整个车身在大木轮上还算结实。傍晚，已经下了阿尔卑斯山的最后几个梯级，来到一棵棵孤立着的杉树林中了。前面的路一直通到吉普斯兰平原。阿尔卑斯山总算平安地越过了，晚上照例布置宿营。

12 日，天一亮，又上了路，个个都兴高采烈，精神饱满。大家都巴不得马上就到达目的地，就是说要到达太平洋海岸不列颠尼亚号撞毁的地方。只有在那里找，才能找到失事船员们的踪迹；在吉普斯兰这片荒区里找，是无济于事的。所以艾尔通又催格里那凡爵士派人送命令给邓肯号，叫它开到太平洋沿岸来，这样在寻访时可以有种种便利。依他的意思，现在就派人去，因为这条由卢克诺到墨尔本的大路比较便利。如果过了这里，往后就困难了，前面绝不会再有直通省城的大路了。

那水手的这番话似乎是很有道理。巴加内尔劝格里那凡考虑接受。他也认为叫游船开来是有帮助的，他并且补充说，卢克诺大路一过，和墨尔本的交通就断了。

格里那凡迟疑不决，要不是少校坚决反对这意见，也许他就照艾尔通的要求办了。但是少校却极力说艾尔通走不得，这趟旅行少不了他，靠近海岸他就熟悉路途了，万一旅行队发现了哈利·格兰特的线索，要追踪寻找，这时，除了那水手就没有更适宜的人了。而且也只有那水手才能指得出不列颠尼亚号失事的地点。

因此，麦克那布斯主张不变更原来计划继续往前走。约翰·孟格尔也赞成他的意见，并且支持他。这青年船长还说，爵士从吐福湾派人去通知邓肯号要比从这里派人去便当得多，从这里去，需要越过二百英里的荒区。结果，这派的主张胜利了。大家决定等到了吐福湾再做打算。少校瞟着艾尔通，看到艾尔通仿佛有些失望。但是少校却不说什么，只是照他的老习惯把看到的一切摆在肚子里。

在澳洲的阿尔卑斯山山脚下展开的是一片平坦的平原，不过东面的地势略微低一些。一眼望去，到处是一样，疏疏落落地散布着一丛一丛的木本含羞草、桉树、各种各类的胶树，打破那片一望无边的单调。遍地是大花胃豆类的灌木，开着鲜艳的花朵。几条丝毫不引人注意、小得和小溪一般的河流，里面塞满蒲草，两岸开着兰花，常常拦住行人的去路。这些小河，人们都拣浅滩，徒涉过去了。远远地有成群的鸨鸟和鸸鹋看见人来就奔逃。小树丛中冒出许多袋鼠，它们蹦蹦跳跳地就像一群有弹簧的傀儡。但是旅行队里的猎人并不想打猎，他们的马匹也不能再负担额外的劳动了。

而且，天气热得闷人。大气中充满强烈的电气。人畜都受到它的影响。他们什么也不想，只是埋头往前走。有时，艾尔通赶牛的吆喝声打破这片沉寂。

从正午到下午两点钟，旅行队穿过一片奇怪的凤尾草丛。要不是他们真疲乏了的话，一定要在这里欣赏一番的。这些像树一样的植物正开着花，量起来足足有三十英尺高。人马都很容易打它那些下垂的细枝下走过，有时马刺轮子碰到它木质的枝干上，便铿然作响。在这些固定的大伞底下很阴凉，行人都很满意。巴加内尔特别喜形于色，他老是满意地感叹，没想到竟然惊起了大群的虎皮鹦鹉和白鹦鹉，顿时响起了一片震耳欲聋的喳喳声。

那地理学家正在越感叹越得意的时候，他的旅伴们忽然看见他在马上摇摇晃晃，和门板一般倒下来了。他头晕了吗？或者更严重些，是因为天太热，昏过去了吗？大家都奔去救他。

旅行队穿过一片凤尾草丛。

“巴加内尔！巴加内尔！你怎么了？”格里那凡叫。

“怎么了吗？亲爱的朋友，我没有马骑了。”巴加内尔回答道，把脚从马镫里退出来。

“怎么，你的马也……”

“也死了，说死就死，和穆拉地的马一样！”

格里那凡、约翰·孟格尔、威尔逊都来检查那匹马。果然，巴加内尔说得不错，他的马已经死去了。

“这真是怪事呀！”约翰·孟格尔说。

“是呀，真怪。”少校也在叽里咕噜。

这又一次发生的意外使格里那凡不安起来。在这荒无人烟的地方要想补充马匹是不可能的呀！要是旅行队的马都得了马瘟，要继续前进就未免太困难了。

谁知道，这天还没有到晚，“马瘟”似乎是完全被证实了：又有一匹马，威尔逊骑的，也倒掉了；并且，比这更严重的是倒了三头牛。这一来，拖车子的和供人骑的牲口只剩下三头牛和四匹马了。

问题严重起来了。骑马的人没了马，不得已时倒还可以下决心步行。许多“坐地人”就曾步行穿过这带荒区。但是，如果没有牛拉车，那两位女客怎么办呢？这里离吐福湾还有一百二十英里路，她们走得了吗？

约翰·孟格尔和格里那凡心里很着急，检查了一下还剩下的那几匹牛马。他们想设法防止再发生意外。检查之后，他们没有发现任何病征，甚至于连衰弱的现象也看不出来。每匹牛马都是好好的，都还可以受得了长途的辛劳。格里那凡但愿那离奇的瘟疫到此为止，不再有牛马遭殃。

艾尔通也是这样希望，他承认他对这种突然倒毙的现象也是莫名其妙。

大家又开始前进。没马骑的人走累了就轮流坐坐牛车。这天只走了十英里，晚上，停止的信号一发，大家就立刻露营。夜是在高大的凤尾草丛中度过的，没有遇到什么麻烦。草丛中有庞大的蝙蝠飞来飞去——这些蝙蝠被人们名副其实地叫作飞狐。

第二天，1月13日，整天都平安度过。牲口倒毙的事件没有再发生。大家的健康情况都很令人满意。牛马各做各事，精神很好。海伦夫人的客厅里很热闹，因为来的客人多了。30℃的热天使大家感到有喝些冷饮的需要，所以奥比内忙个不休。半桶苏格兰啤酒都销光了。大家都歌颂巴克莱酒厂的老板是大不列颠的伟人，甚至于比威灵顿①还要伟大，因为威灵顿无论如何也造不出这样好的啤酒来。巴加内尔酒喝得多，话也就说得多，大有上下古今无不通晓的气概。

这天一开始就很顺利，看样子必然会顺利到底的。旅行队一口气赶了足足十五英里，并且一点儿不吃力地走过了一片高低不平的红土地带，很有希望当晚就会赶到那条在维多利亚南部流入太平洋的斯诺威河的岸旁宿营。不久，牛车就在一带黑土层的平原上辗着深辙，牛车的一边是一丛丛的荒草，另一边又是那长满大花胃豆的田野。天晚了，天边现出一道雾气，显然，那是斯诺威河在奔流。大家拼命打着牛马又赶了几英里路。在一个土丘后面，大路的转弯处露出一片森林。艾尔通赶着疲乏的牛，直向那参天的古树中走去。他刚出了树林，在离斯诺威河不过半英里路的地方，忽然牛车落到泥淖里，一直陷到车轴。

"当心啊！"他回头向后面骑马的人叫。

"当心什么呀？"格里那凡问。

"我们陷到泥淖里了。"艾尔通回答。

他一边吆喝，一边抽鞭子，催那几头牛前进，但是牛已经陷到半腿深，一点儿也动弹不得了。

"我们就在这里宿营吧。"约翰·孟格尔说。

"只好这样办，"艾尔通回答，"明天白天，我们再设法把车子拉出来吧。"

"停止前进！"格里那凡发号令。

黄昏的时间很短，夜很快就降临了，但是阳光虽已消逝，炎热却并没有降低。空中依然贮满着闷人的水蒸气。远处正在起暴风雨，一道道耀眼的闪电把天边照得彻亮。宿营布置好了。他们也马马虎虎地不去管那辆陷到泥淖里的车子了。大树的浓荫庇护着旅客们的帐篷。只

① 击败拿破仑一世的英国名将。

一道道耀眼的闪电把天边照得彻亮。

要不下雨，大家决定就这样安心地过一夜。

艾尔通费了不少的劲好容易才把那三头牛从泥淖里拉了起来。这几头勇敢的牛被泥一直糊到肚子。水手把它们和四匹马牵在一块儿，并且亲自给它们送了饲料。他一向就是这样做，每次都做得很好。这天晚上，格里那凡看他做得加倍仔细，很感激他，因为现在拉车的那几头牛再重要不过了。

这时旅客们一道用了晚饭，晚饭的内容很简单。因为他们又累又热，吃不下去，最需要的倒不是吃而是休息。海伦夫人和格兰特小姐给旅伴们道了晚安之后，回到她们的卧铺上去了。至于男客们，有的钻进了帐篷，有的索性躺在树脚下的深草上。在这种气候对身体极佳的地区里，露宿是没有什么害处的。

大家渐渐都沉沉地入睡了。大片的乌云侵入天空，在云幕下面，夜影越发阴暗。空中连一丝风也没有。到处是夜的沉寂，有时只听到猫头鹰的咻噜声。这种鸟又叫作"猫儿鹁鸽"，唱着小三度低调，正如欧洲那种多愁善感的杜鹃鸟一样，唱得惊人地准确。

快到十一点钟的时候，少校醒来了，他没睡好，昏沉沉的，疲惫不堪。他半睁半闭着的眼睛忽然看到一片隐约的亮光在树林里流动。简直像一幅白缎子，又像湖面的水在闪闪发光，麦克那布斯最初还以为是野火在地上烧开来了。

他爬起来向树林里走去。他一看，马上大为惊讶起来。原来这是一个纯粹的自然现象，是一片一望无边的菌类在发着磷光。这种隐花植物的孢子囊在黑暗中可以发射出相当强度的光线[①]。

少校并不是一个自私自利的人，他正要去叫醒巴加内尔，也让这学者饱一饱眼福，看一看这种奇景，不料这时候发生了一件意外的事，把他阻止住了。

那片磷光照耀着树林约有半英里路的面积，麦克那布斯借着亮光似乎看见在树林的边缘有几个人影迅速地走过。是他看错了呢？还是一种幻觉呢？

麦克那布斯伏在地上仔细地观察着，他清清楚楚地看出了几个人

---

① 这现象，德朗蒙(Drummond)也曾在澳洲看到过，他看见发光的似乎是属于星菊菌(Agaricus olearicus)的一种。——原注

少校看见几个人影迅速地走过。

在忽起忽伏，仿佛在地上找什么足迹。

这些人在干什么呢？一定要弄明白。

少校毫不迟疑，他不去惊醒他的旅伴们，独自在地上爬着，就像是一个草原上的土人。他躲到深草里去了。

第十九章
—— 惊人的事变 ——

这一夜天气坏极了。夜里两点钟，乌云翻腾的天空中泻下倾盆大雨，一直下到天亮。帐篷挡不住雨水。格里那凡和旅伴们一起躲到牛车里来。大家都不能睡，只好谈谈这，谈谈那。唯有少校不说话，只听着人家谈。他上半夜曾离开帐篷好久，谁也没有注意到。大雨老是下个不停。很可能这场暴雨会引起斯诺威河的泛滥，车子本已陷在泥淖里了，河水再一泛滥就更糟糕。所以穆拉地、艾尔通、约翰·孟格尔频频地跑去看看水位，回来时都是浑身湿透。

天终于亮了，雨也停了，但太阳光却还透不出云层。遍地是大滩的黄水，简直是些浑浊的池塘。热雾腾腾地从潮湿的地面上冒出来，空气中的湿度达到了饱和点，叫人怪难受的。

格里那凡最关心的就是车子。他认为把车子弄上来是当前的急务。他们去看了看这辆笨重的车子，它已经陷落到一片黏泥窝里去了。车头几乎全埋在泥里，车尾的泥也齐到轮轴。这样一个笨重的家伙，要想把它拖起来真不容易，就是把全部牛马和人的力量都集中上去也不算多。

“不论如何，要赶快动手，”约翰·孟格尔说，“这种黏泥越干就越不容易拖出来。”

“赶快动手吧！”艾尔通也应声说。

格里那凡、他的两名水手、约翰·孟格尔和艾尔通都钻到昨夜放牛马的林子里去了。

那是一片景象凄凉的胶树林子。整个林子都是枯木，一棵棵地离得很远，树皮剥落了似乎有几百年，就和欧洲软木树在收获季节剥掉了皮一样。它们的顶离地有二百英尺高，稀疏地伸开着光秃秃的树枝。没有一只鸟在这些空中的骷髅上做窠，没有一片叶子在这些叮当响的枯骨上摆动。整个的树林就好像得了瘟疫死去了。这种现象在澳洲是常有的，究竟是什么原因呢？谁也说不出。最老的土人，甚至是他们的那些已经埋葬在墓地里多年的祖先，也都没有看见过这片树林发过青。

格里那凡一面走，一面看着灰色的天空，胶树的细枝条清晰地映衬在天空上，就和精致的剪影一般。艾尔通跑到昨天放牛马的地方去，没有找到牛马，顿时大吃一惊。这些牲口脚上都套着绊绳，是不会跑远的呀！

大家在林子里遍处找，都没有找到。艾尔通惊惊慌慌地从那条长满木本含羞草的斯诺威河河岸走回来。他发出他的牛听惯了的呼唤声，但是并没有牛回答他。那水手的心中十分不安，他的同伴们也都面面相觑，显出失望的神情。

这样白白地找了一个钟头。格里那凡正从离车子一英里远的地方走回来，忽然听到一声马嘶，几乎同时又是一声牛哞。

"牲口都在那里！"约翰·孟格尔叫起来，直向那丛胃豆草里钻进去。这些草本来很高，一群牛马藏在里面是看不出的。

格里那凡、穆拉地和艾尔通都追了过去，顿时，他们都和约翰·孟格尔一样直惊得目瞪口呆。

原来有两头牛三匹马躺在地上，和以前的那些牛马一样，倒毙了。尸体都已僵冷，一群瘦老鸦在木本含羞草丛里呱呱地叫，窥伺着这意外的一口食。格里那凡和他的旅伴面对面看着，威尔逊忍不住破口咒骂起来。

"骂什么呢，威尔逊！"格里那凡爵士说，连他自己也有些按捺不住，"这是没有法子的事呀！艾尔通，把剩下的这一头牛和一匹马牵回去吧。我们只有拿这两头牲口来应付下去了。"

"要是车子不陷在泥里的话，"约翰·孟格尔说，"这两头牲口慢慢走也可以把车子拉到海边。不管怎样，非得把那可恶的车子拖出来。"

"我们去拖着试试吧，约翰。"格里那凡回答，"现在我们先回到营篷里去吧，我们出来太久了，他们一定等得着急了。”

艾尔通解下牛的绊索，穆拉地解下马的绊索，大家沿着弯弯曲曲的河岸走回来。半小时后，巴加内尔、麦克那布斯、海伦夫人和玛丽小姐都知道了那几头牛马倒毙的事。

“真是！”少校不禁脱口而出，“真是太可惜，艾尔通，过维买拉河的时候，要是我们的牲口都让你钉一下马蹄铁就好了。”

“为什么呢，先生？”艾尔通问。

“因为我们所有的马匹里头，只有你叫来的那铁匠钉过马蹄铁的那匹马逃出了性命，其余的都死了！”

“是呀，”约翰·孟格尔说，“可真巧！”

“也不过是偶然碰得巧罢了。”那水手回答，眼睛盯着少校。

麦克那布斯咬咬嘴唇，仿佛还有话要说，却又咽下去了。格里那凡、孟格尔、海伦夫人都在等着他说下去，但是少校却住了口，向艾尔通那边走去。这时艾尔通正在检修车子。

“他说那句话有什么用意？”格里那凡问约翰·孟格尔。

“我也不明白，”那青年船长回答，“不过，少校那个人没有根据是不随便说话的。”

“是呀，约翰，”海伦夫人说，“麦克那布斯一定对艾尔通有点儿怀疑。”

“怀疑？”巴加内尔反问，耸了耸肩膀。

“怀疑什么呢？”格里那凡也说，“难道他以为艾尔通会毒死我们的牛马吗？艾尔通为什么要这样做呢？他的利害不是和我们一致的吗？”

“你的话对呀，我亲爱的爱德华。”海伦夫人说，“再说，从开始旅行的第一天起，那水手对我们处处都表现得很忠诚。”

“确实如此。”约翰·孟格尔应声说，“但是，既然如此，少校说那句话又有什么意思呢？我一定要问个明白。”

“是不是他以为艾尔通是和那些流犯一气的啊？”巴加内尔一个不当心，叫出来。

“什么流犯？”格兰特小姐问。

“巴加内尔先生说错了，”约翰·孟格尔赶快回答，“他知道在维多利亚省没有流犯呀！”

“啊，对了，对了！”巴加内尔立刻改口，恨不得把刚才说出的那句话收回来，“我怎么弄糊涂了？流犯？谁听说过澳洲有流犯呢？而且，流犯一到澳洲下了船就都变成好人了！是气候关系呀！玛丽小姐，你知道，这种使人改邪归正的气候……”

这可怜的学者说错了一句话，拼命想收回来，于是他越解释越糊涂，就像那辆牛车陷到泥窝里一样越陷越深。海伦夫人看着他，他越发心慌。但是海伦夫人不愿使他过分紧张，把玛丽小姐带到帐篷那边去了。那里，奥比内先生正在按部就班地忙着摆早饭呢！

“我这人真该被当作流犯押送出境去。”巴加内尔垂头丧气地说。

“我想也是该把你押送出境才好。”格里那凡回答。

格里那凡的话似乎是郑重其事地说的，这越发使那可敬的地理学家心里难受；但格里那凡一说过就和约翰·孟格尔到牛车那里去了。

这时艾尔通和那两个水手正在设法把深深陷在泥沟中的车子拉起来。那头牛和那匹马套在一起，用尽气力在拖、拖，皮条几乎拉断了，颈圈几乎拉掉下来。威尔逊和穆拉地把住轮子在推，同时那水手又鞭打又吆喝，逼着那硬凑成一对的牲口向前拖。那辆笨重的车子一动也不动。黏泥已经在渐渐地干了，咬住车子，就仿佛水泥嵌住车子一样。

约翰·孟格尔叫人向那黏泥上泼水，希望减低它的黏性。但这也是徒劳无益，车子依然不动。人和牛马又使劲拖了一阵，后来，还不得不停下来。除非把整个的车子一块一块地拆下来，否则是不能把它拖出泥窝的。然而，拆的工具又没有，要拆也没有办法拆。

这时，艾尔通因为一心要把车拖出来，所以又鞭策牛马再来尝试一次，格里那凡爵士却止住他了。

“够了，艾尔通，拖够了。”他说，“爱惜我们仅有的这两头牲口吧！如果我们还要继续前进的话，让它们一个驮两位女客，一个驮行李吧。它们还有大用处呢！”

“那也好，爵士。”那水手回答，并且一面说一面就把那两头有气无力的牲口解了下来。

“现在，朋友们，”格里那凡又说，“大家回到帐篷里去吧。大家商量商量，研究一下现在的处境，看看怎么办才好，做出一个决定。”

那笨重的车子一动也不动，仿佛被水泥嵌住了一样。

过了一会儿，旅客们吃过了一顿不算太坏的早饭，夜里的疲劳也消除了，然后，讨论开始了。格里那凡请大家发表意见。

首先要测定出现在宿营地点的准确方位。巴加内尔接受了这项任务，他十分仔细地计算了一会儿，报告说，旅行队现在是在南纬三十七度、东经一百四十七度五十三分的地方，在斯诺威河岸。

“吐福湾海岸的正确经度是多少？”格里那凡问。

“整一百五十度。”巴加内尔回答。

“相差两度七分，合多少英里？”

“合七十五英里。”

“离墨尔本呢？”

“至少二百英里。”

“好了。我们现在的方位是已经弄明白了，”格里那凡说，“我们应该怎么办才好？”

大家一致主张：立刻就向海岸进发。海伦夫人和玛丽·格兰特保证每天走五英里路。那两位勇敢的妇女，对于要她们从斯诺威河走到吐福湾，一点儿也没有胆怯。

“你真不愧为旅行家中的女英雄，我亲爱的海伦。”格里那凡爵士说，“但是我们是不是有把握一到吐福湾就可以找到我们所需要的一切呢？”

“毫无疑问。”巴加内尔回答，“艾登是一个有多年历史的城市，那里与墨尔本往返的交通一定很频繁。甚至于我还可以假定，我们再走三十五英里，到了维多利亚省边境上的德勒吉特，我们就可以购买食粮并且可以找到交通工具了。”

“邓肯号怎样办呢？”艾尔通问，“现在命令它开到吐福湾来，您不觉得正是时候吗，爵士？”

“你觉得怎样，约翰？”格里那凡问。

“我觉得阁下不应该急着叫邓肯号来，”那青年船长想了想之后回答，“将来您有的是时间通知汤姆·奥斯丁叫他开到吐福湾。”

“这是再明显不过的事。”巴加内尔又补充一句。

“而且，我们不能忘记，”约翰·孟格尔又说，“再过四五天，我们就到艾登了。”

“四五天？！”艾尔通摇摇头接住他的话，“您要是想将来不后悔失言，船长，您就应该说十五天或二十天！”

“走七十五英里路要十五天或二十天?!”格里那凡叫起来。

“至少，爵士。前面是维多利亚省最难走的一段路，是一片荒郊，据‘坐地人’说，什么也没有，这丛莽纵横的原野根本没有路，在那里也根本不可能建立牧站。要走过去，手里就得拿着斧头或火炬开路，请您相信我，想快是不可能的。”

艾尔通说得斩钉截铁。大家望望巴加内尔，巴加内尔也点点头，同意那水手的说法。

“我就承认有这些困难吧！”约翰·孟格尔又说，“就算十五天好了，十五天后阁下再给邓肯号发命令吧！”

“我还要补充一句，”艾尔通又说，“主要的障碍还不是路上的困难。而是要过斯诺威河，很可能还要等河里的水落下去。”

“要等水落下去?!”那青年船长叫道，“难道就找不到一个浅滩吗?”

“我不相信能找到。”艾尔通回答，“今天早晨我就想找一个能过河的地方，却找来找去没找到。在这个时期，遇到一条这样急的河流，还是很少有的事哩！我们的运气不好，我毫无办法。”

“它很宽吗，这条斯诺威河?”海伦夫人问。

“又宽又深，夫人。”艾尔通回答，“宽大约有一英里，水流得十分急。最好的游泳家也不能安全地游过去。”

“那么，我们做一只小艇好了！”罗伯尔叫起来，他毫不怀疑这有什么问题，“我们砍一棵树，刳一刳，坐上去，不就成了吗?”

“他真行！不愧为格兰特船长的儿子！”巴加内尔回答。

“他说得不错呀！”约翰·孟格尔又说，“我们的最后一着只有这样做。因此我觉得用不着浪费时间去作无益的讨论。”

“你觉得怎样，艾尔通?”格里那凡问。

“我觉得，爵士，要是没有人来帮忙的话，一个月后我们还留在河这边！”

“那么，有没有更好的办法呢?”约翰·孟格尔问，有点儿按捺不住了。

“有，只有邓肯号离开墨尔本开到东海岸来！”

“啊，老是要邓肯号来！难道邓肯号到了吐福湾，我们到吐福湾去就没有困难了吗？”

艾尔通没有马上回答，想了一会儿，然后支吾其词地说：

“我并不是要坚持我的主张。我提出这个意见不过是为了大家的利益。如果阁下发命令要走，我是随时准备出发的。”

他说完就交叉着胳臂等着。

“回话不是这样回法，艾尔通。”格里那凡说，“你尽管把你的意见说出来，我们大家讨论讨论。你主张怎样？”

艾尔通以镇静而满怀信心的语调说了下面的一番话：

“我们现在既然是毫无办法，我主张就不要向斯诺威河那边去冒险。我们应该就在这里等人家来帮助，而帮助的人只有向邓肯号上去找。因此，就在这里暂时住下，这里食粮是不缺乏的，只要我们中间抽出一个人来去给汤姆·奥斯丁送信，叫他把船开到吐福湾。”

大家听了这个突如其来的建议，都十分惊愕，约翰·孟格尔显出不赞同的神气。

“在我们派人去送信的时候，”艾尔通接着说，“如果斯诺威河的水落了，我们就可以找到一个浅滩过去，万一要坐船过去，我们也有时间做只小艇。这就是我的建议，爵士，请您考虑决定。”

“好，艾尔通，”格里那凡回答，“你的意见着实值得考虑。最大的弊病是耽搁我们的行程。不过它的好处却能免除一些过分的疲势，也许还可以避免一些可能的危险。朋友们，你们的意见怎样？”

“请你也说说话，我亲爱的麦克那布斯。”海伦夫人这时插嘴说，“从讨论开始时起，你就只听着，你也太吝惜说话了。”

“你既指名问我的意见，”少校回答，“我就十分坦白地说给你听吧。我觉得从艾尔通说的话就看得出他是个又聪明又谨慎的人，我完全同意他的建议。”

大家都没有料到这样的一个回答，因为直到那时为止，麦克那布斯在这问题上总是反对艾尔通的意见。就连艾尔通自己也有点奇怪，不由得对少校瞟了一眼。本来巴加内尔、海伦夫人、两个水手都准备支持那水手的建议，经麦克那布斯这一说，他们自然毫不犹疑了。

因此，格里那凡宣布在原则上采用艾尔通的建议。

“现在,约翰,”他又补充一句,“你不觉得为了稳妥起见,我们应该暂时停在这河边等人家送交通工具来吗?”

“我觉得这样做,好倒是好,”约翰·孟格尔回答,“只要我们过不去的这条河送信的人偏能过得去的话!”

大家又看看那水手,他像有绝对把握似的微笑了一下。

“送信的人不要过河的。”他说。

“啊?”约翰·孟格尔表示惊讶。

“他只要回到由卢克诺通到墨尔本的那条大路就成了。”

“徒步走二百五十英里吗?”那青年船长叫起来。

“骑马走呀!”艾尔通分辩说,“我们还剩下一匹健康的马。这段路马跑不过四天。再加上邓肯号由墨尔本开到吐福湾需要两天,再加二十四小时由吐福湾到此地,总计一星期后派去的人就带着船员队里的人回到我们的宿营地点了。”

少校不断地点头赞成艾尔通的话,这很使约翰·孟格尔诧异。但是艾尔通的建议已经得到了大家的赞同,大家都觉得这办法想得很妙,就只好这样做了。

“现在,朋友们,”格里那凡说,“我们要做的事就是选择一个人去送信了。我要向大家说明白,这趟差使是辛苦的,甚至是危险的。谁肯为他的旅伴们热心服务把信送到墨尔本去?”

威尔逊、穆拉地、约翰·孟格尔、巴加内尔,乃至罗伯尔都立刻挺身要去。约翰要求得特别坚决,叫把这任务交付给他。但是艾尔通直到此刻都不曾说话,现在却开口说:

“爵士,如果阁下信任我,还是让我去走一趟吧!我在这些地方是跑惯了的。比这一带更困难的地方我都跑过不止一次了。别人过不去的地方我可以设法过得去。因此,为了大家的利益,我要求这个到墨尔本去的权利。只要有一封信交给大副使大副相信我,我保证六天以后就把邓肯号开到吐福湾来。”

“你说得好,”格里那凡回答,“你是个又聪明又勇敢的人,艾尔通,你一定能完成任务。”

显然地,执行这个困难的任务,那水手比任何人都适合些。每人都了解这一点,因此都不争了。约翰·孟格尔提出最后的一个反对意

“那么，你就去吧，艾尔通，越快越好。”

见，他说艾尔通要留在这里帮着找不列颠尼亚号或哈利·格兰特船长的线索。但是少校说旅行队在艾尔通回来之前都是要停留在斯诺威河岸旁的，要寻访，在艾尔通走后根本谈不上，因此，他暂时走开对于寻访格兰特船长的工作并无损害。

“那么，你就去吧，艾尔通，”格里那凡说，“越快越好。从艾登那边回到斯诺威河岸我们宿营的这里来。”

那水手的眼里露出得意的光芒。他赶快把头转了过去，但是不论他的头转得怎样快，约翰·孟格尔却瞟见了他那副神色，因此，本能地对艾尔通更加不信任。

艾尔通积极准备出发，两个水手帮着他，一个帮他备马，一个帮他装干粮。这时候，格里那凡在给汤姆·奥斯丁写信。

他命令邓肯号的大副火速到吐福湾。他告诉大副说那水手是个绝对可靠的人。他叫汤姆·奥斯丁一到东海岸就派一队水手交艾尔通指挥……

麦克那布斯看着他写，当格里那凡正写到这里的时候，麦克那布斯怪腔怪气地问他艾尔通的名字怎样写法。

“照音写呀。”格里那凡回答。

“你弄错了，”少校镇定地说，“读音是读成艾尔通，可是写出来却要写作彭·觉斯！”

第二十章
——上陆（aland）！西兰（zealand）！——

彭·觉斯这名字一说破，登时引起了晴天霹雳。艾尔通突然挺起身来，举起手枪，砰的一声，格里那凡受伤倒地。外面也响起一阵枪声。

约翰·孟格尔和两名水手起先愣住了，这时正想扑过去抓彭·觉斯；但是那胆大包天的流犯已经跑掉跟藏在胶树林边的那伙匪徒会合了。

帐篷是挡不住枪弹的，非退却不可。格里那凡伤势不重，已经爬

艾尔通突然挺起身来，举起手枪……

了起来。

“到车上去！到车上去！”约翰·孟格尔喊，一面拉着海伦夫人和玛丽·格兰特就走。她们不一会儿就在厚厚的车厢壁板后面获得了安全。

约翰、少校、巴加内尔、两个水手都在车上抓起了马枪，准备向那些流犯还击。格里那凡和罗伯尔都钻到女客那里去了，同时奥比内也从车里跑出来，准备和大家一起防卫。

这一个事变发展得和闪电一般地迅速。约翰·孟格尔仔细地瞟着树林。彭·觉斯一进了树林，树林里的枪声就停止了。接着是一片沉寂，只有胶树枝上还缭绕着几团白烟。一丛丛高高的胃豆草悄悄地一动也不动。任何攻击的征候都没有了。

少校和约翰·孟格尔跑到大树跟前去侦察了一番。匪徒们已经放弃阵地走了，地面上留着一些脚印和一些还在冒烟的火药引子。少校是个谨慎的人，他把火药引子都踩灭了，因为在这样的枯树林里，哪怕是星星之火也足以酿成灾祸的。

“那些流犯走了。”约翰·孟格尔说。

“走是走了，”少校回答，“但是这一走倒叫我更不放心。我宁愿他们和我们面对面站着。老虎在平原上比蛇藏在草里好打得多。我们到车子四周的草丛中去搜索一下吧。”

少校和约翰在周围搜索了一番，从树林边直搜到斯诺威河岸，都没有遇到一个流犯。彭·觉斯一伙匪徒仿佛是一群害鸟都飞去了。他们这样突然地逃走，未免太蹊跷了，这决不能意味着旅客们处境就十分安全。因此大家都自然而然地警惕起来。那辆车子，活像一座嵌在泥里的堡垒，因而就变成了防御的中心。每小时一班，每班两个人，大家小心在意地轮流守卫着。

海伦夫人和玛丽·格兰特赶紧给格里那凡裹伤。海伦夫人在丈夫被彭·觉斯一枪打倒的时候，一下子吓坏了，直扑到丈夫的身边。不一会儿，那勇敢的妇人克服了恐惧，镇静下来，把格里那凡扶到车上。到了车上，她把受伤人的肩膀露出来，让少校检查了一番。少校说子弹只擦破外皮，没有造成内伤，骨头和筋也都没有受伤。尽管伤口流血很多，格里那凡还勉强动一动伤臂那边的指头，表示没有伤到筋骨，叫朋友们放心。伤一裹好，他就不要人再照顾他，叫大家谈谈事情的真相。

所有的旅客，除了穆拉地和威尔逊在外面值岗而外，不管挤得下挤不下都挤到车里来了。大家请少校首先发言。

少校在说到本题之前，把海伦夫人还不知道的一段经过，即珀斯有一伙囚犯潜逃，他们在维多利亚境内流窜，他们在铁路上做了血案等等，先说了一遍。他把他在塞木尔买的那份《澳大利亚新西兰日报》递给她，又补充解释说：彭·觉斯是个惯匪，十八个月的罪行使他的恶名到处皆知，警察当局正在悬赏买他的头。

但是麦克那布斯怎会知道那艾尔通就是彭·觉斯呢？这一点大家觉得是一个谜，都急于要知道究竟，因而少校做了如下的解释。

从初见面的时候起，麦克那布斯就本能地不信任艾尔通。那些几乎无所谓的小事，例如在维买拉河那水手和那铁匠彼此递了个眼色，如艾尔通每逢穿城过镇，总是有些迟疑，又如他屡屡要求把邓肯号调到东海岸来，又如交在他手里的牲口先后死得离奇，还有，他的语言、态度总是不诚恳、不坦白，这一切，慢慢凑合起来，引起了少校的怀疑。

然而，要不是昨天夜里发生了那一件意外，他还不敢直接肯定他就是那著名的匪首。

麦克那布斯在昨天夜里钻进那片高高的小树丛里之后，偷偷走到了早在营篷半英里以外就引起他注意的那几个可疑的人影旁边。那片放磷光的植物正在黑暗中发着淡白的微光。

三个人在查看着地上的痕迹和新留下来的脚印，其中有一个人，麦克那布斯认得就是那黑点站钉马蹄铁的铁匠。“就是他们。”一个人说。“是的，”另一个人回答，“三叶形马蹄铁的痕迹还在这里。”“从维买拉河到这里，一直就是这样。”“他们的马都死光了。”“那毒马的药草就离这里不远呀！”“这里有的是，整个一个骑兵队的马也可以毒得死。这胃豆草真妙！”

“那三个人后来不说话了，”麦克那布斯又接着叙述，“并且走开了。我觉得听得还不够详细，就跟着他们向前钻。不一会儿，他们又谈起来了：‘彭·觉斯真够能干的，’那铁匠说，‘他把船舶失事的故事诌得活灵活现，真不愧是个水手！要是他这条妙计成功了，我们这下子都有办法了！艾尔通那鬼家伙真成！'‘还是叫他彭·觉斯吧，他这个名字响亮呀！’说到这里，那几个坏蛋就离开了那片胶树林。我因为要听的都听到了，所以也就回到帐篷里来，我心里想那些流犯送到澳洲来并没有像巴加内尔所说的那样都能改邪归正，请巴加内尔不要见怪我这句话！"

少校不说话了。

他的旅伴们都静悄悄地在思考。

"因此，"格里那凡说，脸都气得发白，"艾尔通把我们引到这里来就是为着要抢劫我们、杀害我们了！"

"是的。"少校回答。

"从维买拉河起，他那一伙匪徒就跟踪着我们，监视着我们，找机会下手？"

"是的。"

"这么说，这个家伙并不是不列颠尼亚号上的什么水手了？他只是冒了艾尔通的名字，盗用了他在船上的服务证书了？"

大家的眼光都望着麦克那布斯，他一定已经考虑过这个问题了。

"从这一本糊涂账里，我们可以理出这样一点头绪来。"少校回答说，声调始终是镇定的，"我想，这人的真名字倒是艾尔通。所谓彭·觉斯，是他落草以后的诨名。不可否认地，他认识哈利·格兰特，做过不列颠尼亚号上的水手。这一点从艾尔通对我们说的那些真实的细节都可以证明，而那几个流犯的谈话，我刚才说给你们听的，又可以作为旁证。我们不要乱推测，反而把我们弄糊涂了，我们可以肯定说，彭·觉斯就是艾尔通，正如艾尔通就是彭·觉斯一样。这也就是说，不列颠尼亚号上的一个水手做了一伙流犯的头目了。"

麦克那布斯的这番解释，大家都无异议地一致认为不错。

"现在，"格里那凡说，"你还可以给我们解释哈利·格兰特的水手怎样并且为什么会跑到澳洲来的吗？"

"怎样会到澳洲来的，我可不知道，"麦克那布斯回答，"这一点连警察当局也宣布不知道呀！至于为什么，我更解释不了。这里面有个谜，谜底将来总会揭开的。"

“警察当局连艾尔通和彭·觉斯就是一个人这一点都还不知道呀!”约翰·孟格尔说。

“你说得不错,约翰。”少校回答,“像这样一个事实要是让警察当局知道了,就会帮助他们找出线索来的。”

“这样说来,”海伦夫人说,“那家伙钻到帕第·奥摩尔的农庄里一定是想作案的了?”

“毫无疑问,”麦克那布斯回答,“他一定想在那爱尔兰人的身上下手,正好遇到一个更好的机会,也就是说,偶然碰到了我们,他才改变了计划。他听到格里那凡那一番原原本本的叙述,又听到船舶失事的故事,他是个胆大包天的人,因而立刻打主意来钻我们的空子了。横跨澳洲的旅行就这样决定了。在维买拉河,他和他伙里的一个人——黑点站的铁匠串通一气,把我们过往的踪迹安上了一个记号。从此他那一伙人就盯住我们。他又拿一种毒草把我们的牛、马一个一个地毒死了。最后,时机到了,他就把我们骗到斯诺威河边,让他手下的流犯来摆布我们。”

关于彭·觉斯的情形都说完了。他过去的历史被少校凑合着事实,全盘揭露出来了。现在,大家都看出了那家伙的真面目:他原来是一个胆大包天、穷凶极恶的逃犯。他的意图既已彻底揭露了,格里那凡不能不保持高度的警惕。幸而,一个揭穿了面具的匪徒比一个隐藏在内部的奸细,危险性要小一些。

但是这情况一经解释明白,就必然会引起一个严重的后果。这个后果,当时还没有人想到,只有玛丽·格兰特在人家研究着过去一切的时候,她却独自在考虑着将来。约翰·孟格尔首先看见她的脸在发白,显出绝望的神情。他懂得了她心里在想什么。

“玛丽小姐,玛丽小姐!”他连忙叫她,“你怎么哭了!”

“你怎么哭起来了呢,我的孩子?”海伦夫人说。

“我的父亲啊!夫人,我的父亲啊!”那少女回答。

她说不下去了。但是,这一提,大家心里立刻都明白了,都懂得了玛丽小姐心里的苦痛,都理解了为什么眼泪从她的眼睛里直掉下来,为什么她父亲的名字从她的心坎里直冲到她的嘴边。

艾尔通的阴谋一被揭露,一切希望都跟着破灭了。原来那流犯胡诌了一个沉船的故事是要把格里那凡骗到内陆来。这一点，麦克那布斯听那三个流犯的谈话就很明白。不列颠尼亚号压根儿就没有在吐福湾触礁呀！哈利·格兰特压根儿就没有踏上澳洲大陆呀！

对文件的错误解释再一次把寻找不列颠尼亚号的人们引上错误的路途了！

在这种情况下，大家看着那两个愁眉不展的孩子，也都闷声不响。谁还能找得出有希望的话来说呢？罗伯尔在姐姐的怀里啼哭。巴加内尔一肚子懊恼，他叽里咕噜地说：

“唉！你这个不肯成全人的文件啊！算你厉害！你叫十几个老实人都绞尽脑汁了！”

接着，那可敬的地理学家真个对自己生起气来，用手拍着自己的脑门子，恨不得把它拍塌下去。

这时，格里那凡走到在外面站岗的穆拉地和威尔逊两人那里去了。由林边到河岸的那带平原是一片沉寂。大块的乌云在天空中拥挤着。在这种沉闷得和麻木了一般的气氛中，最轻微的响声都会清晰地传过来，然而，他们却任何声响也没有听见。彭·觉斯和他那一伙强盗一定已经走远了。大群的飞鸟落到树林的低枝上，几只袋鼠安闲地在吃草芽，还有一对鸸鹋在放心大胆地从大灌木丛里伸出头来，这一切都证明没有人在那里扰乱这片宁静。

“这一个钟头，你们都没有看见什么、听到什么吗？”格里那凡问他的两个水手。

“什么也没有，阁下。”威尔逊回答，“那些流犯大概离开这里有好几英里路远了。”

“一定是他们的力量还不够来攻击我们。”穆拉地接着说，“那个彭·觉斯可能是跑到阿尔卑斯山山脚下去了，想在那些流窜的山贼中再找几个像他一样的匪徒来帮忙。”

“那是很可能的，穆拉地，”格里那凡回答，“这班混蛋都是些孬种。他们知道我们有武器，并且有精良的武器。也许他们等到夜里再来攻击我们。天一黑，我们要加倍警戒。啊！要是我们能离开这沼泽地带，走到那边的海岸去，那就好了！只可惜河水涨了，截断了我们的去路。要是能有一个木筏把我们渡过河的话，就是多花些钱我都不在乎。”

一对鸸鹋放心大胆地从灌木丛中伸出头来。

“为什么阁下不下令叫我们做一只这样的木筏呢？”威尔逊说，“此地有的是树木呀！”

“不行，威尔逊，”格里那凡回答，“这条斯诺威河并不是一条普通的河，却是一条急流，渡不过去的。”

这时，约翰·孟格尔、少校和巴加内尔也到格里那凡跟前来了。他们正是来看斯诺威河的水势的。由于最近几场大雨，河水比平时同季的水面还要高一英尺，这水形成了一股奔流，就和美洲的急流一般。像这样一片哗啦啦的狂澜，像这样湍急的惊涛骇浪，冲击着、旋转着，淘成许多无底的漩涡，想到里面去冒险是绝对不可能的。

约翰·孟格尔宣布不能渡河。

“不过，”他又说，“我们也不能待在这里不想个法子。在艾尔通翻脸之前我们要想做的事现在更需要去做。”

“你这话是什么意思，约翰？”格里那凡问。

“我的意思是：我们要赶紧求援，我们不能到吐福湾，我们就得派人到墨尔本去。我们还剩下一匹马，请阁下把这匹马交给我，我到墨尔本去。”

“但是，这太冒险呀，约翰。”格里那凡说，“在陌生的地区里走二百英里路，且不说沿途的种种危险，首先，这一带的大小路口一定都有彭·觉斯那伙强盗把守住了。”

“这一点，我想到了，阁下，但是我又想到：情况紧急，不能再拖延下去。艾尔通只要求八天的限期就把邓肯号上的人手带到这里来。我现在决计用六天的工夫跑一趟，再回到斯诺威河岸。阁下的意思怎样？”

“在格里那凡还没有做出决定以前，”巴加内尔插嘴说，“我有一点要提请注意。派人到墨尔本去是对的，但是叫约翰·孟格尔去冒这些危险可不行。他是邓肯号的船长，既是一船之长，就不能轻易去冒险。还是我代他去。”

“你说得很对，”少校接口说，“但是为什么偏偏是你去呢，巴加内尔？”

“我们就不能去吗？”穆拉地和威尔逊同时叫起来。

“你们以为我怕骑着马一气跑二百英里吗？”少校又说。

“朋友们，”格里那凡说，“如果我们中间要有一个人到墨尔本去跑一趟,还是用抽签来决定吧。巴加内尔,请用纸条把我们的名字都写上……"

"至少,您的名字不能写,阁下。"约翰·孟格尔说。

"又为什么呢?"格里那凡问。

"您的伤口,合都没有合上呢,就离开海伦夫人了吗?!"

"格里那凡,"巴加内尔也说,"你是不能离开旅行队的。"

"你不能,"少校又说,"爱德华,你的责任是要守在这里,你不能走。"

"这一趟路是有危险的,"格里那凡说,"我应当分担这些危险,我不能把我的一份推给别人。写名字吧,巴加内尔。我要我的名字和诸位旅伴的名字写在一起,并且希望我的名字第一个被抽出来!"

他这样坚决,人家只好依了他。格里那凡的名字也跟别的名字摆在一块儿,然后抽签。一抽抽到了穆拉地,穆拉地"乌啦"一声欢呼起来了。

"爵士,我准备就动身。"他说。

格里那凡握了握穆拉地的手。然后他回到牛车里,丢下少校和约翰·孟格尔守岗。

立刻,海伦夫人知道了派人到墨尔本的决定和抽签的结果。她对穆拉地说了一番勉励的话,使那位英武的水手十分感动。大家都知道他又勇敢、又聪明、又强壮,能克服一切劳苦,这次签实在抽得再好没有了。

大家决定穆拉地在晚上八点钟,等到那短促的黄昏时间过了之后再动身。威尔逊负责替他备马。他想到把那匹马的左蹄上钉的那块三叶形的马蹄铁取下来,再把昨夜死去的那几匹马的马蹄铁随便取下一个换上。这样,那批流犯就不会认出穆拉地的踪迹了,而且流犯没有骑马,就是追穆拉地也追不上。

当威尔逊做这些工作的时候,格里那凡就准备写信给汤姆·奥斯丁;但是胳臂受了伤,不能写,因而就请巴加内尔代笔。这位学者正在考虑一个什么问题,周围的一切他都没有留意。我们应该说明,巴加内尔在这一连串的事变过程中,只想着一个东西:他所误解的那个文件。他把文件上的词句翻来覆去地想,希望找出一个新的头绪来,因而，心里在左解释、右解释，仿佛沉沦到无数解释的苦海里去了。

所以，格里那凡请他写信他都没有听见，到格里那凡重说了一遍的时候，他才回答说：

“啊，好，我替你写！”

他一面这样说着，一面机械地准备着他那本小拍纸簿子。他撕下一张白纸，然后手里拿着铅笔，听格里那凡念。格里那凡把指示的信文先念了一句：

“汤姆·奥斯丁：速即起航，将邓肯号开到……”

巴加内尔写完这个“到”字，眼睛偶然看到丢在地上的那张《澳大利亚新西兰日报》(Australian and New Zealand)。报是折着的，报名只露着“aland”这一段在外面。巴加内尔的铅笔停下来了，就仿佛完全忘记了格里那凡和替格里那凡写信的那回事。

“你怎么了，巴加内尔？”格里那凡说。

“啊！”巴加内尔惊叫了一声。

“你想什么心事？”少校问。

“没有什么，没有什么！”巴加内尔回答。

然后他放低了声音，连连念道：“阿兰(aland)！阿兰，阿兰！”

他已经站起来了，他抓起了那张报。他把报拿在手里摇着，仿佛有许多话要说，而他却在使劲地咽住。海伦夫人、玛丽、罗伯尔、格里那凡都瞧着他，不懂得他为什么这样莫名其妙地神魂不定。

巴加内尔就好像突然发了疯似的。但是这一阵神经发得并不久，他又渐渐安定下来了；本来眼睛露出得意的光芒，现在又没有了；他又坐下，用平静的语气说：

“你再念吧，爵士，我替你写。”

格里那凡又念下去，指示的全文如下：

“汤姆·奥斯丁：速即起航，将邓肯号开到南纬三十七度线横贯澳大利亚东岸的地方……”

“澳大利亚吗？”巴加内尔说，“啊，是的！澳大利亚！”

他把信一口气写完了以后，递给格里那凡签名。格里那凡新受伤，胳臂痛得很，就马马虎虎地签了一下。信口封起来了。巴加内尔的心情十分激动，手还在颤抖，他就用颤抖的手在信封上写了姓名地址：

墨尔本 邓肯号

汤姆·奥斯丁大副 手启

之后，他就离开了牛车，一面走，一面指手画脚地念着这几个莫名其妙的词："阿兰！阿兰！西兰(Zealand)！"

第二十一章
—— 四天的焦急 ——

这一天，自写信之后，都平安无事地过去了。穆拉地的行装已经准备齐全。这个诚实的水手觉得能有个机会向他的爵士表示忠诚，心里是十分庆幸的。

巴加内尔又恢复了他的镇定和常态了。从他的眼光里还看得出他有桩极大的心事，但是他似乎已经决心不说出来。无疑地，他不说出来一定是有充分理由的，因为少校听见他不断地嘟嘟哝哝，好像自己在和自己斗争一样，其中有一句是这样的：

"不，不！说了他们也不会相信我呀！而且，有什么用呢？现在已经太迟了！"

他既然下了这样的决心，就转过头来给穆拉地解释有关到墨尔本的途中所必需的一些知识。他把地图摊在眼前，用手指画着应走的路线。草场上各条小路都通到卢克诺大路。这条大路一直向南，到了海岸之后，来一个急转弯，转向墨尔本。要始终循着这条大路走，在一个生地方千万不要抄近。

因此，路线再简单不过了。穆拉地是决不会迷路的。

至于危险，只是离营地几英里路以内一定有彭·觉斯和他的那伙匪徒埋伏着。过了以后也就没有什么危险了。穆拉地保证，一穿过匪徒的埋伏区，就能很快地把那些流犯丢得远远的，并且很好地完成他的重要使命。

六点钟，大家一起吃了晚饭。那时正下着倾盆大雨。帐篷挡不住雨，大家都到牛车里来。这牛车实在也是个安全的掩护。黏土把它嵌在地上牢固得和堡垒建筑在石基上一般。至于武器，他们有七支马枪和七支手枪，加上弹药和食粮都不缺乏，如果抵抗包围还可以支持相当长久。而邓肯号不到六天就可以开到吐福湾里来了。再有二十四小时，船员们就到了斯诺威河的对岸，纵然河还不能渡过，至少，流犯们看见有了超过他们力量的强大的增援，也就不能不退却了。不过，首先一着就是要穆拉地能冒险成功。

八点钟，夜已经很黑了。正是动身的时候，给穆拉地备的马牵来了。为了特别谨慎，马蹄上都缠了布，所以走在地上一点儿声响也没有。马似乎很疲乏了，然而全队的安全都要靠它那四条腿能跑得矫健而平稳啊！

少校劝穆拉地一突出流犯的势力范围就要爱惜马力，宁可迟半天，务必求得安全到达。

约翰・孟格尔交给他的水手一支手枪，这手枪已经装好了子弹。一个沉着勇敢的人拿住了这支枪，就是一个极有力的武器，因为枪里有六颗子弹，几秒钟就能全打出去，即使有几个强盗拦路，也不难一扫而光的。

穆拉地跨上马鞍了。

"这里有封信，你交给汤姆・奥斯丁，"格里那凡对他说，"叫他一刻也不能耽搁！叫他立刻把船开到吐福湾，如果那时在吐福湾碰不到我们，如果那时我们还没有能渡过斯诺威河，就火速来迎我们！现在，你去吧，我的好水手，上帝保佑你！"

格里那凡、海伦夫人、玛丽・格兰特都和穆拉地握了手。在一个风雨交加的黑夜里，踏上充满危险的道路，穿过那一望无边的荒野，要不是这水手的意志坚强，任何别的人都会心酸的。

"再会，爵士！"那水手镇静地说了一声，不一会儿就在沿树林边的那条小路上消失了。

这时，风刮得更紧。桉树的枝干咯吱咯吱地在黑暗里发出阴沉的响声。人们可以听见那些枯枝落在湿地上的声音。那些又高又大的树木早没有汁液了，不过一直还是挺立着的，现在有几棵被这场狂风刮倒下来了。风在怒号，树林在哗啦哗啦地响，斯诺威河在呼啸，这些

风在怒号，树林在哗啦哗啦地响，斯诺威河在呼啸……

混成了一片喧嚣。大片的云朵被风向东赶着，直贴到地面上来，仿佛是一块一块的烟雾。阴森森的黑暗更增加了黑夜的恐怖。

穆拉地走后，旅客们都挤到车子里蜷伏着。海伦夫人、玛丽·格兰特、格里那凡、巴加内尔占着前厢，门窗都是关得紧紧的。后厢里，奥比内、威尔逊、罗伯尔挤在一起。少校和约翰·孟格尔在外面守卫。这种提防是必要的，因为流犯们这时候来进攻是容易的，也是可能的。

因此，那两位忠实的哨兵认真地值着岗，黑夜向他们脸上喷着阵阵的狂风，他们都耐心忍受着。敌人最容易在黑暗中捣鬼，他们尽量想法把眼光透进那片夜影，因为风在呼号，树枝在碰撞，树干在折裂，狂澜在澎湃，在这一片风暴声中，用耳朵是什么也听不出的。

然而，有时也会有片刻的宁静打断那激怒的狂风。风，好像是吹累了，要停下来喘一口气。只有斯诺威河在静静的芦苇中和胶树的夜幕里不断地呻吟着，这种突然的平息使黑夜显得格外阴森。少校和约翰·孟格尔细心地听着。

就是在这宁静的间歇里，一个尖锐的叫声传到他们的耳朵里来了。

约翰·孟格尔立刻走到少校跟前。

"您听见了吗？"他问。

"听见了。"麦克那布斯说，"是人叫还是兽叫？"

"人叫。"约翰·孟格尔回答。

两人又继续仔细听。忽然那不可理解的叫声又起来了，接着，又好像是枪声在响，但是听不清楚，因为狂风恰巧在这时又怒吼起来。麦克那布斯和约翰·孟格尔彼此说话都听不清。他们跑到车子的下风处站着。

这时，车上的皮帘也揭起了，格里那凡走到那两个旅伴的身边来。他也和他们俩一样，听见了那个凶多吉少的叫声和那在车篷上激起了回音的枪声。

"从哪个方向来的？"他问。

"从那里。"约翰说，指着那条阴森的小路，对着穆拉地走去的那个方向。

"有多远？"

“风大，传声力强，”约翰·孟格尔回答，“应该至少有三英里远。”

“我们去！”格里那凡说着就掮上他的马枪。

“不能去！”少校回答说，“这正是一个诡计，要骗我们离开车子。”

“如果穆拉地被那些家伙打死了怎么办呢！”格里那凡又说，抓住麦克那布斯的手。

“我们明天就会知道。”少校冷静地回答，坚决阻止格里那凡去做无益的冒险。

“您不能离开，爵士，”约翰说，“我一人去。”

“也不能去！”麦克那布斯又说，十分坚决，“你想让人家把我们一个一个打死，削弱我们的力量，然后听那班歹徒去摆布吗？如果穆拉地牺牲了，自然是不幸，但是不能在不幸之后再来个不幸！穆拉地是中签走的，如果是我中了签，我也和他一样就走了，决不要求也决不希望什么援救。”

不论从哪一方面说，少校留住格里那凡和约翰·孟格尔是对的。在这样的黑夜里，想奔到水手那里，向埋伏在树丛里的那些流犯跑去，除非是发了疯，而且，这也是无益的。格里那凡这一行人本来就不多，经不起再牺牲了。

然而，格里那凡仿佛不愿意听这些理由。他紧握着他的马枪，绕着车子兜来兜去。稍微有点声响，他就侧着耳朵倾听。他拼命想把眼光穿过那片凶多吉少的黑暗。他知道自己手下的人被人家打得死去活来，甚至还听到他向他所效忠的那班人求救，而那班人竟装作没听见，管也不管，他想到这里，心里难过极了。麦克那布斯简直没了主意，不知道能不能把他留得下来，生怕格里那凡一时情感冲动，跑到彭·觉斯的枪口上去送死。

“爱德华，”他对他说，“你要冷静一点儿。听一个朋友的忠告吧！你要想到海伦夫人，想到玛丽·格兰特，想到所有留在此地的人哪！而且，你要往哪里跑呢？你知道在什么地方找到穆拉地吗？他被人阻击是在两英里路以外吗？究竟是在哪一条路上呢？你知道你应该走哪条路去找他吗？……”

少校正说到这里，忽然传来一个呼救声，仿佛在回答少校。

“你听吧！”格里那凡说。

这呼救声正是从枪声那边来的，还不到半英里路。格里那凡推开少校要向那条小路奔去，这时，忽然又听到："救命哪！救命哪！"离车子约三百步远近。

救命的声音喊得很惨，充满了绝望的情绪。约翰·孟格尔和少校都向着声音的方向奔去。

过了一会儿，他们望见一个人影，沿着那一斩齐的丛林，连滚带爬地跑过来，哼着，呻吟着。

来的就是穆拉地，受了伤，半死不活的，当他的旅伴们把他搀起来时，都感到满手是血。

雨下得更急，风在枯树的枝丫中刮得更疯狂。就是在这狂风急雨中，格里那凡、少校和约翰·孟格尔把穆拉地抬回来了。

他们一到，大家都起来了。巴加内尔、罗伯尔、威尔逊、奥比内下了车，海伦夫人把自己的车厢让给了穆拉地。少校忙把那水手的上衣脱掉，衣上又是血，又是雨水，直往下淌。他找到伤口了。原来那不幸的人在右胁下挨了一刀。

麦克那布斯立刻动手，很技巧地给他裹伤。这一刀伤到要害没有呢？少校不敢断定。鲜红的血一阵一阵地从伤口里涌出来，穆拉地的脸色惨白，气息奄奄，那样子证明伤势很重。少校先把伤口用清水洗了洗，敷上厚厚一块火绒，然后再放上几层纱布，包扎起来。血终于止住了。穆拉地斜躺着，左胁朝下，头和胸都垫得高高的，海伦夫人给他喝了几口水。

一刻钟后，那原来像死了一般的受伤者动了一动。接着，眼睛睁开了一半，嘴里喃喃地说着话，有一声没一声的。少校把耳朵凑近来，听他老是说：

"爵士……信……彭·觉斯……"

少校把这话照说了一遍，望一望他的旅伴们。穆拉地这话是什么意思呢？是的，彭·觉斯拦击这水手的目的何在呢？是要拦阻他到邓肯号上去讨救兵吗？那封信……

格里那凡摸一摸穆拉地的衣袋。那封给汤姆·奥斯丁的信不见了！

这一夜就在不安与忧虑中过去了。大家时刻担心穆拉地的性命。

在这狂风急雨中，受伤的穆拉地被抬回来了。

他在发高热。海伦夫人和玛丽·格兰特这两名最热诚的护士一刻也不离开病人。她们那两双仁慈的手忙个不停,从来没有一个病人受到过像穆拉地受到的这样照顾。

天亮了,雨也住了。大块的云还在高空里滚翻。地面上落满了枯枝。黏土被雨水浸透了,把车陷得更深。上车下车都变得很困难,不过车已经陷到了底,不会更深下去了。

约翰·孟格尔、巴加内尔和格里那凡,天一亮就跑到营地的四周去侦察一番。他们循着那条还粘着血迹的小路走。他们没有看到彭·觉斯和他的党羽的任何痕迹。他们直走到昨夜出事的地方。两具尸首在那里躺着,都是被穆拉地的枪弹打死的,其中一具正是那黑点站钉马蹄铁的铁匠。他死后那副面孔变色了,看了真吓坏人。

格里那凡不敢再往前搜索。为了谨慎起见,绝不能跑得太远。因此他又向着牛车走回来,情况的严重使他沉思着。

"现在不能想再派个人到墨尔本了。"他说。

"然而人还是非派不可呀,爵士,"约翰·孟格尔回答,"我的水手没有做到的事,我来试试看。"

"不能够,约翰。要跑这二百英里路,连骑的马也没有了!"

果然,穆拉地的马,那唯一的一匹马,始终没有再出现。它是被打死了呢?还是在这荒野里跑掉了呢?还是被流犯们夺去了呢?

"不管怎样,"格里那凡又说,"我们不要再分开了。等八天,等十五天都可以,等斯诺威河里的水落下去。那时我们再慢慢地走到吐福湾,再从吐福湾利用一个比较妥善的方法送信给邓肯号,叫它开到那里去。"

"也只有这一着可走了。"巴加内尔说。

"因此,朋友们,"格里那凡又说,"我们不要再分开了。单身一个人在这片盗匪流窜的荒原里跑,危险太大了。现在,但愿上帝保佑我们那可怜的水手不死,并保佑我们大家平安无事!"

格里那凡的话包含着两点,都是很对的:第一,不让任何一个人再单独去冒险;第二,在斯诺威河岸上耐心等待,直等到渡得过去的时候。他们离德勒吉特不过三十五英里,德勒吉特就是南威尔士省边境的第一个城市,在那里不难找到去吐福湾的交通工具。在吐福湾是可以打电报到墨尔本给邓肯号下命令的。

这种做法是聪明的,可惜直到现在才决定。如果格里那凡早不派穆拉地从卢克诺大路到墨尔本去,要免掉多少不幸的事件啊！那水手当然更谈不上会遭毒手了！格里那凡回到营地时,看见旅伴们脸上的愁云稍微开了些。他们似乎有了一点儿希望。

“他好些了！他好些了!”罗伯尔跑去迎着格里那凡爵士这样叫。

“穆拉地好些了吗?……”

“是的！爱德华,”海伦夫人回答,“病势转了。少校放心些了。我们这个水手不会有性命的危险了。”

“麦克那布斯哪儿去了?”格里那凡问。

“在他身边。穆拉地拼命要和他说话,不要去打搅他们。”

的确,一小时以来,穆拉地已经醒过来了,热度也减低了。但是穆拉地神志一清醒,一能够说话,第一件事就要找格里那凡爵士,或者,爵士不在,就找少校。麦克那布斯看他还这样没气力,想尽量避免和他谈话;但是穆拉地再三坚持,少校只好听着。

谈话已经谈了几分钟,格里那凡才回来。现在只好让麦克那布斯来传达了。

过了一会儿,车帘子动起来,少校出来了。他走到支帐篷的那棵胶树脚下和他的朋友们会合。他的面色平时是那样的冷静,现在却显得有沉重的心事。他的眼睛一落到海伦夫人和那少女的身上,便显出极度不安。

格里那凡问他,他把刚才听到的话概括地讲了一下:

“穆拉地离开营地后就走上了巴加内尔指示的那许多小路中的一条小路。他迅速地往前赶着,至少是用黑夜所能容许的速度。照他的估计,他已经走了约莫两英里路了,这时忽然有几个人——他觉得有五个人——冲到他的马前。马惊得直立起来。穆拉地抓着手枪就放。他仿佛看见两个人倒下了。在放枪的闪光中,他认出了彭·觉斯。但他看到的就到此为止。他枪里子弹还没有打完,右胁下就挨了一刀,倒下了。

“然而他还没有昏过去。凶手们却以为他死了。他感到有人在他身上搜,然后又听到几句话。‘那封信我找到了。’一个流犯说。‘拿来,’

五个人冲到穆拉地的马前，马惊得直立起来。

彭·觉斯回答，‘有了信，邓肯号就到我们手里了！’”

麦克那布斯讲到这里，格里那凡大吃一惊，叫了一声。

麦克那布斯接着往下讲：

“‘现在，你们大家把马抓回来给我，’彭·觉斯又说，‘两天我就登上邓肯号，六天到吐福湾。我们就在吐福湾会齐。爵士那一行人那时还在斯诺威河的泥淖里陷着呢。你们赶快打根卜尔别桥过河，到了海岸，在那里等我。我自然有法子让你们上船。船上的人一抛下了海，我们得到像邓肯号这样一条船，就可以在印度洋上称王了。’‘乌啦！拥护彭·觉斯！’流犯们都喊起来。穆拉地的马找回来了，彭·觉斯就打着马向卢克诺大路飞奔，他不见了，同时那批流犯也就向着东南方向走去，显然是到斯诺威河。穆拉地虽然受了重伤，却还有气力连滚带爬地跑回来，直到距营地三百步的地方，几乎死过去了，我们就是从那里把他抬回来的。以上就是穆拉地对我说的一切经过。”少校总结一句说，“你们现在该明白那勇敢的水手为什么那样坚持要说话了。”

内幕这样一揭开，格里那凡等人没有一个不惊慌起来。

“海盗！原来是海盗啊！”格里那凡大叫起来，“我的船员们都要送命了！我的邓肯号要落到那班匪徒手里了！”

“可不是嘛！彭·觉斯一定会劫去那只船，”少校回答，“然后……”

“那么！我们必须在那些匪徒之前赶到海边！”巴加内尔说。

“我们怎么能过斯诺威河呢？”威尔逊说。

“和他们一样地去过河呀！”格里那凡回答，“他们要走根卜尔别桥，我们也走根卜尔别桥。”

“还有穆拉地，怎么办呢？”海伦夫人问。

“我们抬他！大家轮流着抬！我怎么能让我的船员在彭·觉斯的匪徒手里服服帖帖地送掉命呢？”

由根卜尔别桥走过斯诺威河，这办法是使得的，但是很冒险。流犯可能守在桥上，不让通行。果真如此，他们至少会拿三十人来对付七个人的！但是这时候也管不了这些，不管人多人少都得闯过去。

“爵士，”于是约翰·孟格尔说，“在冒险走这最后一着之前，在向那座桥闯过去之前，还是先去侦察一下稳当些。我负责去侦察。”

“我陪你去，约翰。”巴加内尔应声说。

这个建议被接受了，约翰·孟格尔和巴加内尔就准备立刻动身。他们要向斯诺威河下游走，沿着河岸，直走到彭·觉斯说的那地方，还要不让流犯们看见。流犯们一定会在河岸上放哨的。

因此，这两位勇敢的伙伴，全副武装，并带足了干粮，走了，一会儿就不见了。他们在河边的那些高大的芦苇丛中曲曲折折地钻着。

那一整天，大家都在等他们回来。天晚了，还没有看见他们的影子，大家都焦急万分。

最后，快到夜里十一点钟，威尔逊报告他们回来了。巴加内尔和约翰·孟格尔跑了十英里路，疲惫不堪。

“桥怎么样？有那座桥吗？”格里那凡迎上去就问。

“有！一座藤条扎的桥，”约翰·孟格尔说，“流犯们打桥上过去了。只是……”

“只是怎么样？……”格里那凡急着问，预料又有个新的不幸。

“他们过桥后就把桥烧断了！”巴加内尔回答。

第二十二章
—— 艾登城 ——

这不是唉声叹气的时候，而是积极行动的时候。根卜尔别桥尽管烧掉了，但是，无论如何总得要渡过斯诺威河，并且还要在彭·觉斯那伙匪徒之前赶到吐福湾。所以大家不能浪费一点点时间说空话。第二天，1月16日，约翰·孟格尔和格里那凡两人就跑去看了看河的水势，打算想办法渡河。

雨后涨起来的河水还没有落下去。波浪滚滚，汹涌得无法形容。要和这样的波浪做斗争等于找死。格里那凡交叉着胳膊，低着头，一动也不动。

“您可愿意让我先游过去？”约翰·孟格尔问。

“不！约翰，”格里那凡回答，一面用手拉住那大胆的青年，“我们还是再等着看吧！”

说着,两人又回到了营地。这一天又在焦急万分的情况中过去了。格里那凡到河边来了不知有多少次,总想能找个冒险渡河的办法,但是想来想去都想不出。这条河,就是火山的熔岩在里面流着,也没有那么难渡。

在这一段时间里,海伦夫人依少校的嘱咐,细心地照顾着穆拉地。那水手感觉到自己活得成了。到现在,麦克那布斯才敢断定那一刀没有伤到要害。病人当时那样奄奄一息,只是因为流血过多。所以,伤口一扎,血就止了。只需要好好休息一些时候,就可以复原。海伦夫人一定要他留在车的前厢里。穆拉地觉得十分不好意思,他最感不安的就是想到他的病况可能会耽搁格里那凡的行程,因此他一定要人家答应他:一到斯诺威河能过去的时候,大家都过去,把他一个人丢下来,留下威尔逊照顾他就成了。

可惜那条河老是不能过,当天不能过,过了一天,1月17日,还是不能过。这样过了一天又一天,叫格里那凡烦躁极了。海伦夫人和少校尽管劝他安静、忍耐,但是都无效。彭·觉斯这时也许已经上了游船了,还能忍耐吗!当邓肯号拉着满帆,开足马力往东海岸投入罗网的时候,当它一小时比一小时更接近死亡的时候,还能忍耐吗!

约翰·孟格尔的心里和格里那凡完全一样,感到十分焦急。他想不惜任何牺牲去克服当前的障碍,因此学澳洲人的办法,用大块的胶树皮造了一只小艇。这种树皮很轻,用木棍子夹起来,就可以构成一只轻捷的渡船。

1月18日,约翰船长和他的水手威尔逊就试了试那只不坚固的小艇。凡是才智、膂力、技巧、勇敢所能做到的事,他们都做到了。然而小艇一到急流里就翻掉了,他们几乎连性命都送在这冒险的试验上。小艇被卷到激浪里,不见了。因为最近下了雨,融了雪,这条河里涨了水,此刻河面有一英里宽,而他们二人离开河岸连十英寻都还没有到。

1月19日和20日两天又在这种情况下过去了。少校和格里那凡沿河向上游走,走了五英里还找不到一个可以徒涉的浅滩。处处是汹涌的波涛,处处是湍急的洪流。整个澳洲阿尔卑斯山南麓的山洪都向这唯一的河床里倾泻着。

现在只有放弃援救邓肯号的希望了。彭·觉斯走了已经五天。

游船应该已经到了东海岸，落在流犯们的手里了！

然而，情况总不会就这样一直下去的。山洪暴涨终究是一时的，退得很快，退得快也正是因为流得急。果然，21日早晨，巴加内尔看出高于平时水位的水面开始低落了。他把他观察的结果报告了格里那凡。

“嘿！现在水落有什么关系呢？”格里那凡回答，“已经太迟了！”

“不能因为这个理由我们就老在这儿待下去呀！”少校反驳。

“可不是嘛，”约翰·孟格尔接上去说，“也许明天就能够渡过去了。”

“渡过去还能救我那几个可怜的船员吗？”格里那凡叫起来。

“请阁下听我说，”约翰·孟格尔又说，“我知道汤姆·奥斯丁的为人。他是一定会执行您的命令的，能开船的时候一定会开船的。但是谁敢保证邓肯号能说开就开呢？谁敢保证它在彭·觉斯到墨尔本的时候就修好了呢？万一游船还不能出海，总得要迟个一天两天呢！”

“你说得对，约翰！”格里那凡回答，“还是要赶到吐福湾去。我们离德勒吉特只有三十五英里！”

“是呀，”巴加内尔说，“一到那个镇市，我们就可以找到交通工具了。说不定我们还来得及防止这场灾祸呢！”

“好，我们动身！”格里那凡高叫道。

立刻，约翰·孟格尔和威尔逊又忙着造一只大型渡船。上次的经验证明树皮抵抗不了洪流的冲击，因此约翰就砍倒几棵胶树，打算造一个又大又牢固的木筏。这工作很费时间，一整天过去了，木筏还没有扎好，到第二天才全部完工。

这时候，斯诺威河的水已经显著地落下去了。洪水又变成了一条河流，不过水流依然是湍急的。然而，约翰·孟格尔认为顺着水势斜走，在适当范围内控制着水势，是可以达到对岸的。

在十二点半钟，大家把两天路程所需要的干粮搬上了木筏。余下的都和牛车、帐篷一齐丢掉了。穆拉地的伤势已经好转，身体恢复得很快，搬动搬动，也没多大关系了。

一点钟，大家都上了系在岸边的木筏。约翰·孟格尔在右边安上一支长桨交给威尔逊掌管，目的在防止木筏被急流冲走，减少被浪头打出航路的距离。至于他自己呢，他站在木筏的尾上，用一根粗制的橹掌握着行驶的方向。海伦夫人和玛丽·格兰特坐在中心,靠近穆拉地,格里那凡、少校、巴加内尔和罗伯尔围绕着他们,准备随时救护。

“准备好了吗,威尔逊?”约翰·孟格尔问他的水手说。

“准备好了,船长。”威尔逊回答,用强健的手握着长桨。

“当心,防着浪头把我们冲掉!”

约翰·孟格尔解开系筏的绳索,一下就把筏撑到河流里。走了十五托瓦兹都还好。威尔逊一直能控制住木筏,不让它随流漂去。但是不一会儿,木筏被漩流裹住了,只在那里打转,桨和橹都不能使它一直向前走。虽然威尔逊和约翰·孟格尔用尽气力,总不能使情况好转,因为桨和橹都失掉了效用。

只好忍耐着等待了。木筏这样的旋转是没有办法可以制止的。它转得非常快,把人转得头昏眼花,而且一面转,一面顺水淌。约翰·孟格尔站在那里,脸色灰白,咬着牙,看着水转成无数的漩涡。

木筏转到河中心了。这时它已经离了出发点半里路。这里水力极猛,正因为水猛没有漩涡,所以木筏又平稳了一些。

约翰·孟格尔和威尔逊又拿起了他们的橹和桨,使木筏循一条斜线前进。他们的努力终于使木筏接近了左岸。谁知到了离岸五十托瓦兹的地方,威尔逊手里的桨突然一下折断了。木筏失去了平衡,立刻被急流冲去。约翰顾不得再怕断了橹,尽力抵抗着。威尔逊满手糊着血,也来帮他的忙。

最后,他们总算成功了,木筏在河里走了半小时以后,终于触到对岸一个壁陡的坡子了。谁知这一碰,太猛了,原来绑在一起的树干都散开了,绳子也断了,水汹涌地浸上来。旅客们赶紧抓住了那些半倒的小树。他们把穆拉地和两位女客从水里拉起来,这三个人都已经浸湿了半截身子。总之,大家都算得救了,但是带到筏上的大部分干粮和全部武器,除了少校的马枪而外,都和木筏的残骸一起随波漂去了。

河是渡过了,那一支小旅行队也几乎是一无所有了。他们现在在维多利亚边境的那些无人到过的荒野里,离德勒吉特还有三十五英里。这些地方遇不到移民和“坐地人”,因为这里除了有一些凶悍的强盗和山贼以外,根本就没有人住。

大家决定不要耽搁,立刻就出发。穆拉地深知他自己是大家的一个累赘，他要求留下不走，甚至于单独一人留下来，等他们从德勒吉特派人来接他。

格里那凡不肯。他想：现在至少要走三天才能到达德勒吉特，走五天才能到达海岸，就是说，到达海岸的日子最快也要在1月26日。而邓肯号已经在1月16日就离开墨尔本了。反正是迟了，既然已经迟了，走慢点儿再迟几个钟头又有什么关系呢？

“不能，我的朋友，”他说，“我不愿意丢掉任何人。我们来做个软兜，大家轮流抬你。”

这软兜用带叶的桉树枝编起来了。不问穆拉地同意不同意，大家就硬把他放上去。格里那凡要第一个抬他的水手。他背起软兜的一端，威尔逊背起另一端，跟着大家一起出发了。

这是多么狼狈的惨象啊！这趟旅行开始是多么满意，谁知结局竟这样地不幸啊！现在根本不是什么寻找哈利·格兰特的问题了。哈利并不在这片大陆，他甚至于根本没有到这片大陆上来过，而这片大陆几乎葬送了那些寻访的人。当他那些果敢的同胞到达澳大利亚东海岸时，甚至连载他们回国的那只邓肯号游船也没有了！

这一天是在沉默与苦痛中度过的。每十分钟，抬软兜的人换一次班。抬人已经很累，而在这样炎热的天气下抬人更是苦不堪言，但是穆拉地的旅伴们个个都负起这责任来，没有一个人叫苦。

刚走了五英里路，天已经黑了，他们就在一丛胶树底下宿营。从木筏上抢救出来的一点儿干粮权且充作晚饭。而少校的马枪简直是无用武之地，明天吃什么还没有着落呢！

夜宿的情况很坏，偏偏又下起雨来。好容易盼到天明，又出发了。少校连打一枪的机会也找不到。这种倒霉的地方比沙漠还要荒凉，连禽兽都不到这里来！

幸而罗伯尔找到一个鸟窠，窠里有十几只大蛋，奥比内拿来用热灰煨熟了，再加上洼地里长着的一些马齿苋，这就是22日午饭的全部内容。

这时路变得难走极了。沙土上到处是蒺藜草，刺棱棱的，这种草在墨尔本叫作“箭猪”。人们的衣服都被撕破了，腿上也被刺得血淋淋的。然而那两位意志坚强的女士却不叫一声苦；她们勇敢向前，给旅伴们做着榜样,她们常常用言语或表情来互相鼓励。

晚上,这一行人就歇在布拉布拉山山脚下的容加拉河岸上。要不是麦克那布斯打到一只大老鼠,晚饭都会成问题的。这种老鼠叫作“坎地道鼠”,在野味中是极有名的。如果这种老鼠能像羊那么大,它的声名还要大得多呢!奥比内把它烤熟了。然而肉量究竟是有限的,大家把骨头都啃得光光的。

23日,旅客们都精疲力竭了,但意志仍然是坚强的,他们又上了路。从山脚下绕过去之后,他们就穿过许多漫长的草场。草场上的草长得和鲸须一般,可以说是一片箭林,一座刀山,根茎错结,有时要用斧砍,有时要用火烧,才能开出一条通路。

这天早晨根本谈不到早饭的问题。这一带满是散乱的硅石,没有比这里更贫瘠的地方了。不仅是饥饿,口渴也叫人难熬。燥热的气候叫人更加受不了。格里那凡一行一小时还走不到半英里路。要是这样没吃的没喝的一直走到晚,他们都会倒在路上爬不起来了。

正在这没吃没喝的时候,他们的运气来了。水呢,许多“颅形荚”里有的是。这种“颅形荚”像是满贮甘露的瓢儿,挂在一种珊瑚状灌木的枝子上。大家都喝了一饱,感到精神又恢复了。

吃的呢,就是土人在虫蛇鸟兽都吃尽了的时候所赖以维持生活的那种东西:巴加内尔在一条干河沟里发现了一种植物,这种植物的特征他在地理学会的同事常常提到过。

那就是所谓“纳儿豆”,荚类里面的一种隐花植物,以前柏克和金格在内陆的荒野里靠着维持生命的就是这“纳儿豆”。它的叶子像苜蓿,叶子长着芽孢。这些芽孢有扁豆大,采下来拿两块石头一轧就成了一种面粉。旅客们就用这种面粉做成粗面包来消除饥肠的痛楚。这种植物这里多得很。因此奥比内贮藏了许多,今后几天的粮食又不愁了。

第二天,24日,穆拉地自己走了一段路。他的伤口完全结疤了。到德勒吉特已经不过十英里,当晚就歇在新南威尔士省的边界上,恰是东经一百四十九度。

一连下了几个钟头密密的细雨,大家的衣服都湿透了。要不是约翰·孟格尔偶然发现了锯木人丢下的一座破烂不堪的废棚子,连避雨的地方都没有。大家只好钻到这座树枝和茅草搭成的破棚子里歇歇了。威尔逊想生火烤“纳儿豆”粉的面包，就去拾了些枯柴。但是这些拾来的枯柴想尽法子也烧不着。原来柴里含着大量的矾质，根本就不能当燃料。这就是巴加内尔在讲澳洲奇闻时所说的那种不能燃烧的木料。

因此，大家只好不烤火，自然也就不吃面包了，都裹着湿淋淋的衣服睡觉。笑鸟在高枝里笑着，仿佛是在讥笑这班不幸的行人。

然而，格里那凡已经快要苦到头了。也幸亏如此。那两位女客虽然装作雄赳赳的样子，但是她们的体力却在一小时不如一小时。她们已经不是在走，而是连拖带爬了。

第二天，天一亮就动身。十一点钟时已经望见了德勒吉特。这是威勒斯莱的一个小镇市，距吐福湾五十英里。

在德勒吉特镇上，很快地就备好了交通工具。格里那凡感到海岸已经不远了，他的心里又产生了希望。如果邓肯号稍有点耽搁，他也许还能在邓肯号之前赶到啊！二十四小时后他就可以到吐福湾了！

中午，好好地吃了一顿饭之后，旅客们就坐上一辆大邮车，离开了德勒吉特。这辆邮车被五四壮马拉着飞跑。

车夫听说多给酒钱，他们就把车子在那条保养得很好的公路上赶得和飞一般。每十英里有一个站，在每个站上都耽搁不到两分钟。格里那凡心里燃烧着的那团热火仿佛也延烧到了车夫的心里。

他们这样奔驰了一个下午，每小时走六英里，夜里也是这样。

第二天，太阳初升的时候，隐约的海水声预告着距离大洋不远了。邮车需要绕过海湾才能到达三十七度线上的海岸，也就是汤姆·奥斯丁应当把船开来接他们的地方。

海一出现，大家的眼睛都向海面望去，向空间搜寻。能不能有个奇迹，邓肯号会在那里游来游去，和一个月前在阿根廷海岸的哥连德角外一样呢？

但是望来望去望不出一点儿东西来。地平线上水天一色，没有一星半点儿帆影活跃在那广阔无边的海面。

还有一个希望。也许汤姆·奥斯丁觉得应该在吐福湾的内港抛锚吧？因为海上的风浪太大了，船在港外是不够安全的。

这两个女人不是在走，而是连拖带爬了。

“到艾登去！”格里那凡说。

立刻那邮车向右转去，又走上那条环港马路，向相距五英里的小城艾登进发。

车夫在离那标志港口的固定信号灯不远的地方停了下来。靠码头倒是停着几只船，可就没有一只打着玛考姆府的旗号。

格里那凡、约翰·孟格尔、巴加内尔一起下了车，跑到海关，问了问海关职员，查了查最近几天的船舶进港登记簿。一星期来，吐福湾没来过一只船。

“是不是还没有起航呢？也许我们比它抄前到了！”格里那凡叫着说。他总不愿意朝绝望的方面想，所以他又转到这样的念头上来，这也是人之常情。

约翰·孟格尔摇摇头。他深知汤姆·奥斯丁的为人。他那位大副决不会接到一个命令拖延了十天都不执行的。

“我定要知道一个究竟，”格里那凡说，“宁愿得个确实的凶信，也不愿老是这样半信半疑！”

一刻钟后，给墨尔本船舶保险经理人联合会拍了一个电报。电报发出后，旅客们又坐上邮车，到维多利亚大旅馆里歇下来。下午两点钟，人家给格里那凡送来一封电报。电报上写着：

吐福湾艾登城格里那凡爵士：

　　邓肯号本月十八日起航去向不明。

船舶保险经理人安德鲁

电报从格里那凡手里掉下来了。

无可怀疑！那只正派的苏格兰游船已经落到彭·觉斯手里，变成一只海盗船了！

横贯澳大利亚的旅行曾那样乐观地开始，现在就这样绝望地结束了！格兰特船长和那几名受难船员的踪迹似乎再也不能找到了。这次失败竟赔上了整队船员的性命，格里那凡爵士也被弄得精疲力竭，束手无策。这位英勇的寻访人，潘帕斯的天灾并没有能阻止他前进，现在澳洲大陆上的人祸竟把他制服住了。

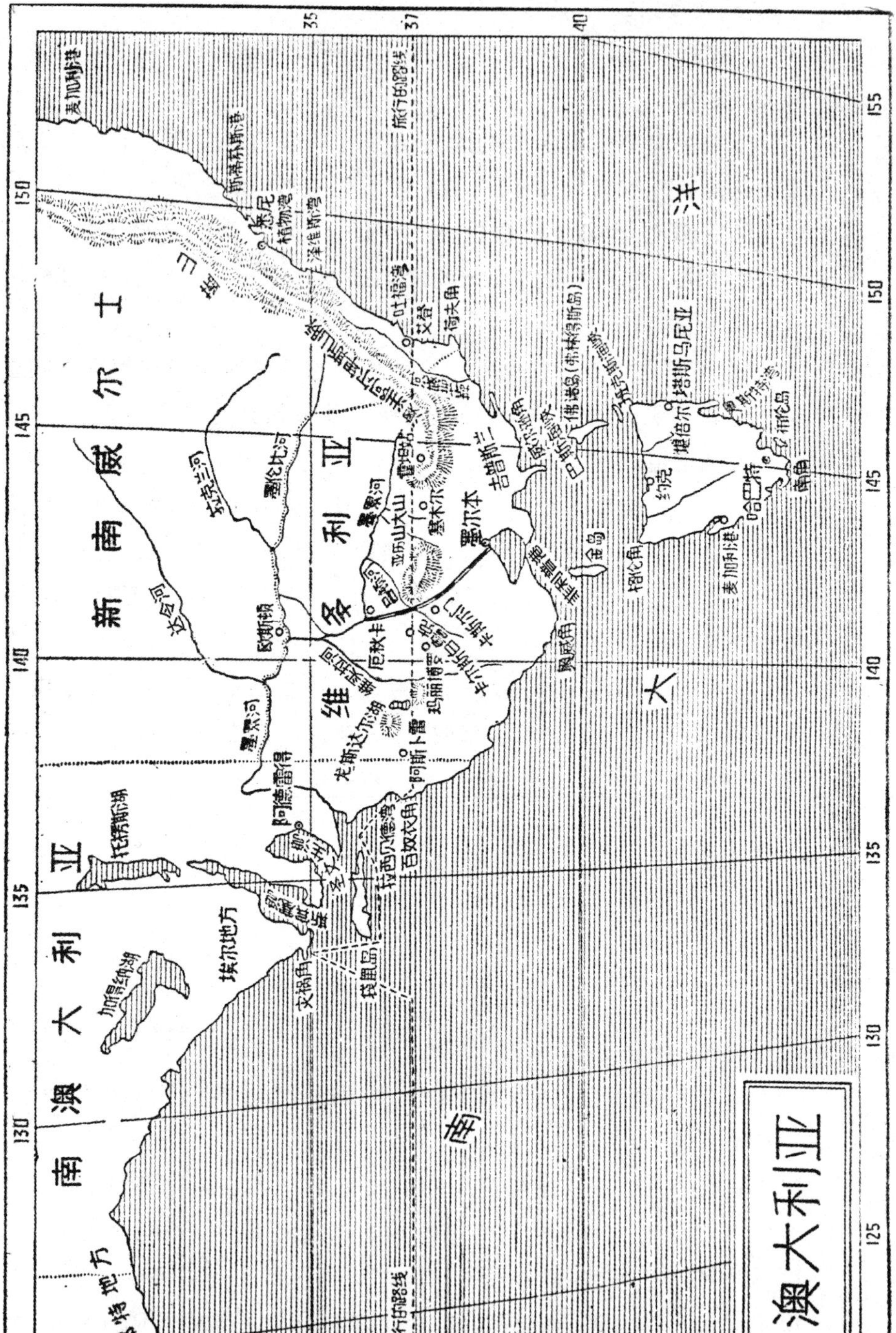
澳大利亚
南澳大利亚
新南威尔士
维多利亚
塔斯马尼亚
墨尔本
悉尼
阿德雷得
霍巴特
旅行的路线
南
大
洋

下 卷

第一章
—— 麦加利号 ——

如果说寻找格兰特船长的人们是注定了有一天要绝望的话，那么现在，他们弄得走投无路了，不正是绝望的时候吗？在这茫茫的大地上，还能打算到哪里去再做一次探险旅行呢？而且又有什么办法再到别的地方去寻找呢？邓肯号没有了，连要想立刻回国都不可能了呀！那几个好心肠的苏格兰人的这番壮举就这样失败了。失败！这个悲惨的字眼儿，一个有毅力的人是听不入耳的，然而格里那凡被厄运捉弄得够了，他竟然不能不承认，要他把这救人的事业再继续下去，他是无能为力了。

玛丽·格兰特在这种情况下，只好硬着头皮不再提起她的父亲了。她一想到最近牺牲了的那一队不幸的船员，就要忍住一肚子的悲痛。这位少女在她的女友面前显得十分沉着，过去，一直是格里那凡夫人安慰她，现在却轮到她来安慰格里那凡夫人了！她第一个建议回苏格兰去。约翰·孟格尔看她这样刚强，这样坚忍，心里十分佩服。他很想再提一提关于寻找格兰特船长的问题，但是玛丽用眼光制止了他，后来，她对他说：

“不能再提找我父亲了！约翰先生，我们要替这班热心仗义的人们着想呀！格里那凡爵士自然应当回欧洲去！”

“您说得对，玛丽小姐，”约翰·孟格尔回答，“他现在理当回去。而且，邓肯号的遭遇也应该让英国政府当局知道。不过，您也不要因此就放弃一切希望了。我们既然已经出来找格兰特船长了，与其半途而废，还不如让我一个人继续下去！我一定要找到格兰特船长，找不到，决不罢休！”

约翰·孟格尔提出的这个庄严的诺言，玛丽接受了。她把手伸给那青年船长，仿佛表示批准这个协议。这协议，在约翰·孟格尔方面，是要终身效劳，在玛丽·格兰特方面，是永恒的感激。

当天，商讨的结果是决计回欧洲了，并且议定尽速赶到墨尔本。第二天，约翰就去打听开往墨尔本的船期。他原以为艾登和维多利亚省城之间来往的船舶是很多的。

谁知他竟估计错了。船舶根本就很少。这地方的商船一共也不过三四只，都停在吐福湾里。没有一只是开到墨尔本或悉尼、威尔逊角的。格里那凡要回欧洲只有到这三个地方才能搭着船呀，因为这三个地方跟英国本土之间有半岛邮船公司的一条正规的航线。

既然从这里到那三个口岸都没有船，又怎么办呢？等候便船吗？可能要等得很久，因为到吐福湾来的船根本就不多。打这一带海面上经过的船倒是不少，不过从来就不在这儿靠岸！

经过一再考虑和磋商之后，格里那凡正想到要沿着海岸公路到悉尼，这时巴加内尔却提出了一个大家万万想不到的建议。

原来他也跑到吐福湾去看过一趟了。他也知道没有船到悉尼和墨尔本，但是在湾里停着的那三只船之中有一只是到新西兰北岛都城奥克兰的，巴加内尔建议就包这只船先到奥克兰，到了奥克兰，再搭半岛邮船公司的船回欧洲，那就很方便了。

这建议，大家都认真地考虑。巴加内尔惯常总是一举就是一大套理由，这次却不如此，他只说明了一下事实，他说航程最多不过五六天的工夫。是呀，澳大利亚和新西兰相距也不过是千把海里。

碰得真巧，奥克兰又恰好在他们离开阿罗加尼亚海岸以来就一直盯住不放的那条三十七度线上。当然，那地理学家尽可以把这事实也当作一条理由来坚持他的建议，人家也绝不会怪他固执己见。的确，这是一个很现成的机会，很可以用来在新西兰沿海一带再搜索一番呀!

然而巴加内尔没把这个理由提出来。他两次解释文件都失败了,无疑地,他不愿再冒险给那文件做第三种解释了。而且,这第三种解释能说得通吗?文件里明明说格兰特船长逃到了一个“大陆”上而不是逃到一个岛上呀!新西兰只是一个岛,这显然是肯定的了。不管是这个原因也好,或者是其他原因也好,总之,巴加内尔建议到奥克兰去等船,却丝毫不牵涉到寻找格兰特的问题。他只说奥克兰和欧洲之间经常有船来往,到那里去搭船很方便。

约翰·孟格尔支持巴加内尔的建议。他劝大家就这样办,既然在吐福湾等得到便船的希望很渺茫。不过,他认为在上船之前总应该先去看一看那地理学家所说的那只船怎么样。因而格里那凡、少校、巴加内尔、罗伯尔和他自己都一齐坐上一只小划子,他们只划了几下,就靠上距岸两链远的那只大船了。

那是一只二百五十吨的双桅帆船,叫麦加利号。它专在澳大利亚和新西兰的各口岸之间做短程航行。那船长——更正确地说,是“船主”,接待客人的态度相当粗野。格里那凡等人一看就知道那人没有受过什么教育,他的态度和他船上的五名水手也都差不多。又红又胖的面孔,又大又厚的手,塌鼻子,独眼睛,嘴唇上糊满了烟油,再加上那副暴躁的神气,这一切把那位威尔·哈莱船主塑成了一个可憎的形象。但是现在只有他那只船可搭,又有什么办法呢?好在只有几天工夫,不能太讲究了。

“你们这班人,来找我有什么事?”威尔·哈莱一见那班生客踏上甲板就问。

“你是船长吗?”约翰·孟格尔回答。

“我就是。”哈莱说,“怎么样?”

“麦加利号要装货到奥克兰去吗?”

“是的。怎么样?”

“装的什么货?”

“什么好卖,什么好买,就装什么。怎么样?”

“什么时候开船?”

“明天,趁午潮。怎么样?”

麦加利号是一只二百五十吨的双桅帆船。

“搭不搭客？”

“看是什么客人，只要他们吃得惯船上的大锅饭。”

“自备伙食。”

“怎么样？”

“什么怎么样？”

“多少人呀？”

“十位，当中有两位女客。”

“我没有房舱。”

“你把甲板上的便舱让出来就成了。”

“怎么样？”

“你到底答应不答应呀？”约翰·孟格尔说，船长的那种神气并没有难住他。

“那要看……”麦加利号的船主回答。

威尔·哈莱兜了一两个圈子，钉了铁掌的皮靴在甲板上踏得的笃的笃地响，然后突然往约翰·孟格尔面前一站。

“肯给多少钱？”他说。

“你要多少？”约翰反问。

“五十镑。”

格里那凡点点头，表示可以。

“好！就是五十镑。”约翰·孟格尔回答。

“不过单是船费哟！”威尔·哈莱又补一句。

“行，单是船费。”

“伙食在外。”

“就在外。”

“好，就算说定了。怎么样？”威尔说，伸着手。

“什么？”

“定钱呢？”

“这里二十五镑，先付一半。”约翰·孟格尔说，一面数着钱给那船长。那船长接着钱就往腰包里一塞，谢也不谢一声。

“明天上船，”他说，“午前来。到时候不管你们到不到我都是要开船的。”

“准午前到。”

回答了这句之后，格里那凡、少校、罗伯尔、巴加内尔和约翰·孟格尔都离船了。威尔·哈莱头上长着一头蓬乱的红头发，扣着一顶漆布帽子，他连举手摸摸帽边行个礼都没有。

“好个老粗！”约翰说。

“呃，他倒对我的劲儿！”巴加内尔应声说，“是只不折不扣的海狼呀！”

“是只不折不扣的狗熊！”少校纠正。

“我还敢说，”约翰·孟格尔补一句，“这只狗熊当年一定做过人肉买卖。”

“管他呢！”格里那凡回答，“只要他是麦加利号的船长，只要麦加利号是到奥克兰去。从吐福湾到奥克兰，我们少见他几面；过了奥克兰就永远不会再见他了。”

海伦夫人和玛丽·格兰特很高兴地知道了行期就定在明天。格里那凡预先就向她们说明，麦加利号没有邓肯号那么舒服。但是，她们经过这样的考验之后，舒服不舒服是一点儿也不在乎的了。奥比内先生被派去购办食粮。这可怜的人自从邓肯号失踪以后，常常哭他那不幸的老婆。她是留在船上的呀，自然要和全体船员一块儿死在流犯们的手里了。然而这时，奥比内还是以一贯的热诚去执行他司务长的任务，所谓“伙食在外”的伙食都是精挑细选的食品，都是那双桅船的菜单上从来没有见过的东西。只消几个钟头这些东西都办齐了。

与此同时，少校找到一个钱庄，兑换了格里那凡汇到墨尔本联合银行的几张期票。他不愿意手上没有现金，也不愿意身边没有武器和弹药，于是他又补充了一些。至于巴加内尔呢，他找到了爱丁堡约翰斯顿出版社编的一张精制的新西兰全图。

穆拉地的健康情况很好。差点叫他送命的那个创伤现在就要好了。只要在海上过些时候，他就可以痊愈了。他打算利用太平洋上的凉风进行疗养。

威尔逊被派到麦加利号上去布置旅客们的舱位。经他一阵洗刷之后，那间便舱完全改变了面目。威尔·哈莱看见这水手在打扫，耸耸肩，走开了，让他搞。什么格里那凡，什么格里那凡的旅伴，不管男的女的威尔都不在乎。他连他们的名字都不知道呢，他也不想知道。多载点重，就多挣五十镑，如此而已，这点外加的重载，在他看来，绝没有他舱里塞满了的那二百吨皮革重要。皮革第一，人是第二。他是个商人啊！至于他的航海技术，他在这一带充满珊瑚礁的险海里跑总算还有些经验。

这一天还剩下几个钟头的空闲时间，格里那凡还想到三十七度线截着海岸的那地方去一次。他这样做有两个动机。

他要把那假定沉船的地方再考察一番。事实上，艾尔通确是不列颠尼亚号上的水手，不列颠尼亚号可能真是在澳大利亚这一带海岸附近沉没的，既不在西海岸，那就该在东海岸了。这地方以后不会再来了，不能轻易放过呀！

而且，即使不列颠尼亚号不是在这里失事的，至少邓肯号是在这里落到流犯们手里的呀！也许当时还有过一场恶斗呢！这一场搏斗，这一场生死关头的抵抗，在海边就找不到一点痕迹吗？如果船员们都死在波涛里，波涛就不能卷起几具尸体打到岸边来吗？

格里那凡由他的忠实的约翰陪着，去进行这有着双重目的的侦察。维多利亚旅馆的主人给他们备了两匹马，他们就走上了向北绕着吐福湾的那条路。

那是一个痛心的搜索。格里那凡和约翰船长都闷声不响地骑马走着。不过他们俩互相了解，他们有同样的心思，因此，也就有同样的苦痛折磨着他们的心灵。他们看着海水浸蚀的那些岩石，彼此都不说话。

以约翰那样的热诚和聪敏，我们可以肯定说，海边的每一块地方，即使是最小的湾汊，都被仔细地搜索到了。照理说，那些露出水面的沙丘和倾斜的海滨，尽管太平洋的潮水不大，但是总会有一些沉船的遗物被冲到上面来的。然而竟没有发现任何足以引起人们要在这一带海边做进一步寻找的迹象。

不列颠尼亚号究竟在哪里失事的，依然是一个谜。

至于邓肯号呢，也没有任何线索。澳大利亚的这一带滨海地区是荒无人烟的。

然而，约翰·孟格尔却在岸边的一丛“米亚尔”树下发现了几处烧过篝火的痕迹，显然，最近有人在这里露过营。是不是这几天有土人的游牧队经过这里呢？不是。因为格里那凡又看到另一个迹象，它无可辩驳地告诉他流犯们曾经到这一带海岸上来过。

这个迹象，就是一件灰黄两色的粗毛衣，旧的，打过补丁，简直是一团叫人作呕的破烂儿，被丢在一棵树脚下。毛衣上还有珀斯大牢的号码。尽管那流犯已经不在这里，但是他脱下的这张臭皮囊却是一个铁证。这件不知是哪个犯人穿的号衣，被丢在这荒凉的海岸上已经开始腐烂了。

"你看，约翰！"格里那凡说，"那些流犯到这里来过了！我们邓肯号上的那些可怜的伙伴……"

"是啊！"约翰压低着嗓子回答，"无疑地，他们没有上岸，他们都死在……"

"那些混蛋啊！"格里那凡叫起来，"如果有一天他们落到我手里，我一定要替我的船员们报仇！……"

悲痛使格里那凡的面孔板得和铁一般。爵士盯着那一片汪洋的大海看了好几分钟，也许他还想在那空旷的海面上能发现个把船舶啊！过了一会儿，他收敛起眼光镇定下来，接着就闷声不响地打着马，奔回艾登。

还有一项手续是一定要做的，就是把最近发生的事件报告给当地的警察局。当天晚上格里那凡就找到了警官班克斯。这位警官在做笔录时那种喜悦的心情，不由得不露到脸上来。他听说彭·觉斯跟他那伙强盗走开了，心上仿佛揭掉了一块大石头。全城的人也都和他一样松了一口气。流犯们离开澳大利亚，固然是又犯了一次罪，但是他们总算是走了。这个重要的消息被立刻用电报告知给墨尔本和悉尼的行政当局。

办完手续，格里那凡就回到了维多利亚旅馆。旅客们都闷闷不乐地度过了这一晚。他们的脑子，转来转去，总是在这块充满不幸的土地上打圈子。他们回想到在百奴衣角时他们是抱着多大的希望啊！谁知到了吐福湾，这希望竟这样无情地破灭了！

至于巴加内尔，他又在五心烦躁，六神不安。约翰·孟格尔从斯诺威河岸上发生事变的时候起，就不断地注意着他，觉得他老是像有

爵士闷声不响地打着马，奔回艾登。

话要说而又不愿意说，他曾经不止一次地追问，但那学者总是避而不答。

这天晚上，约翰把那学者请到自己的房间里来，问他为什么这样神经紧张。

“约翰，我的朋友，”巴加内尔支吾其词地回答说，“不，我是和平时一样呀！”

“巴加内尔先生，”约翰又说，“您一定有个什么秘密梗在您的心里。”

“嗯！有什么法子呢？”那地理学家指手画脚地叫起来，“我也是不由自主呀！”

“什么事叫您不由自主呢？”

“又是开心，又是失望。”

“您是又开心又失望吗？”

“是呀，到新西兰去，这叫我又开心又失望。”

“您是不是又有了一点儿什么眉目？”约翰·孟格尔立刻逼着问，“您又找到了什么线索吗？”

“没有什么说头啊，约翰朋友！到了新西兰就不能回去了！不过，究竟……哎！你知道，人总是这样！只要还有一口气，总是不肯死心！俗话说得好，‘气不断，心不死’，这句话要算是世界上最好的格言了！”

第二章

新西兰的历史

第二天，1月27日，麦加利号的乘客上了船，在那间狭小的便舱里住下了。威尔·哈莱一点儿没有提出要把自己的房间让给女客住。其实这种失礼也并没有什么可惋惜的，因为他那个狗熊窝也只有狗熊住。

十二点半，趁着退潮开船。锚盘一绞，锚从海底上慢慢地吊起来。天刮着西南风，不太大。帆一点儿一点儿地向上拉，五个船员慢吞吞地搞着。威尔逊很想帮帮他们，但是哈莱叫他去歇他的，不要多管闲事。他说他一向就是靠自己单干，不要别人帮忙，不要别人出主意。

这话也就是针对约翰·孟格尔说的，因为约翰看见他们做事拙手笨脚的，正在一旁好笑呢！船主既有这样的表示，他只好不去多事了，不过他心里想，万一因为船员们不顶事要危害到全船的安全，到那时，他是不管有权没有权都要参加行动的。

这时，那五个水手，在船主的咒骂下，七手八脚地忙了好半天，总算把帆拉好了。麦加利号摆起了跑远洋的架子，帆索一律在左舷上揽着，又是低帆，又是前帆，又是顶帆，又是纵帆，又是触帆，后来又加上许多小帆和插帆。但是帆尽管加得多，那只双桅船却只一点儿一点儿地往前挨。它那臃肿的船头、宽宽的船底和笨重的船尾就注定了它走不快，注定了它是一条典型的"老鸭式"的慢船。

船的情况就是如此，只好耐着性子忍受了。不管麦加利号走得怎样慢，好在五天后，至多六天后就可以驶进奥克兰港口。

晚上七点钟，澳大利亚海岸和艾登港口的固定灯塔都望不见了。海浪相当大，船走得更慢；它沉重地一下一下落到浪槽里，颠簸得很厉害。旅客们住在便舱里着实不舒服，然而他们又不能跑到甲板上来，因为雨下得太大了。他们只好规规矩矩地守在舱里，和坐牢一样。

这时，每一个人都在想心事，彼此很少谈话，连海伦夫人和玛丽·格兰特都不多谈。格里那凡坐不住，他走来走去，而少校待在那里，一动也不动。约翰·孟格尔不时到甲板上来观察观察风浪的情况，每次，罗伯尔也在后面跟着。至于巴加内尔呢，他一个人在角落里叽里咕噜、唧唧哝哝的，不知在说些什么。

那可敬的地理学家究竟在想什么呢？他正在想着命运支配他要去的那个新西兰呀！整个新西兰的历史，他默默地温习了一遍，这鬼地方的全部过去又在他的眼前出现了。

然而，在新西兰的历史里，发现者把新西兰这两个岛当作大陆，有过这样的事实没有呢？一个现代的地理学者，一个海员，能把"大陆"

这字眼用到这两个岛上面来吗？我们知道，巴加内尔又在想着文件的解释了。这，对于他，已经成为一种偏爱，一种癖性了。在巴塔哥尼亚之后，在澳大利亚之后，他的想象力又由于一个词的启发，抓住新西兰不放了。但是有一点，只有这一点拦住他，使他不敢肯定。

“contin，contin……”他老是这样说，“这就应该是‘大陆’(continent)呀!”

于是他又回想着那些航海家发现这南半球海上两个大岛的经过。

那是1642年12月13日，荷兰人塔斯曼在发现凡第门陆地之后，就驶到了新西兰那带没有人到过的海岸。他沿海岸航行了几天，17日，船就驶进一个大海湾，湾的尽头是一条海峡，夹在两岛之间。

北岛名“依卡那马威”，这是土语，意思是“马威之鱼”。南岛名“玛海普那木”，意思是“产绿玉的鲸鱼”①。

塔斯曼派了几只小艇登陆，小艇回来的时候还带回来两只独木舟，上面坐着一些吵吵嚷嚷的土人。这些土人都是中等身材，肤色有棕有黄，瘦骨嶙峋，语音生硬，黑头发，头发盘在头顶上，和日本人一样，上面还插着一根又大又长的白羽毛。

这欧洲人和土人第一次的会见，似乎是可以建立长久的友谊关系的。但是第二天，塔斯曼的一只小艇去勘探附近海岸有没有停泊地点的时候，七只独木舟，满载着土人，来猛烈地攻击这只小艇。小艇一歪，装满了水。指挥小艇的水手长首先在喉咙上挨了一枪。他立刻跳到海里逃命。其余的六个同伴就有四名被打死，剩下两名和那水手长向大船游去，总算被救了起来，逃出了性命。

在这次不幸事件之后，塔斯曼就赶快开船。他只对土人报复了几枪，也许根本就没有打中人。这个海湾到现在还叫作屠杀湾。塔斯曼离开了屠杀湾就沿西岸向北行驶，1月5日泊在北角附近。这里不仅是回澜猛烈，土人也气势汹汹，根本不容许他着陆上淡水；于是他决心离开这片陆地，把这片陆地取名叫斯塔腾兰，意译就是“三民地”——为纪念当时的“三民会议”②而取的。

那荷兰航海家之所以把这片陆地起名叫斯塔腾兰，原来他想象这

① 后来人们查考出来，全新西兰的土名是“台卡·马威”。

② 国王召开的一种议会，由“教士”、“贵族”、“平民”三级代表组成，也称“三级会议”。

七只独木舟满载着土人来猛烈攻击这只小艇。

片陆地是和美洲南端火地岛东边的斯塔腾岛互相毗连的。他还以为他在南美洲的南部发现了一个“大陆”呢！

“但是，”巴加内尔心里想，“17世纪的一个海员可能会把新西兰误认为‘大陆’，但19世纪的海员决不会这样了！要说格兰特船长又犯了这个错误，无论如何说不过去！不成！我还是有点儿想不通！”

在塔斯曼以后，整整有一百多年，没有人再注意过这片陆地，新西兰仿佛又不存在了。后来，一个法国航海家徐尔威在南纬三十五度三十七分的地方又发现了这片陆地。最初，他对土人倒并没有什么可抱怨的地方；但是起了一场异常猛烈的狂风，接着就是一场暴雨，把装载病员的那只小艇吹到避难湾的岸边去了。在那里，一个名叫那吉·奴衣的酋长很好地接待了那些法国人，并且在他家里款待了他们。一直到徐尔威发现他的小艇被偷了的时候为止，一切都很正常。徐尔威要讨还小艇没有讨到，觉得有惩戒这种盗窃行为的必要，因而放火把一座村庄统统烧光了。这是一个残酷的非正义的报复啊！后来新西兰发生的那些带有报复性的流血事件，跟这次报复都或多或少有点儿关系。

1769年10月6日，那著名的库克船长在这一带海岸出现了。他把他的奋勉号停泊在塔维罗阿湾里，想用小恩小惠收买土人。但是，要施小恩小惠，非先抓到几个土人不可。库克就毫不迟疑地先捉来了两三个土人，然后就强迫他们接受一些恩惠。这几个土人，既受到优待，又得到礼物，最后被送回陆地上去了。他们回去把这事一宣传，不久，又有几个土人自愿地跑到船上来，要和欧洲人做买卖。过了几天，库克就把船向北岛东岸的霍克湾驶去。他在那里碰到许多好斗的、叫嚣的、挑战的土人。他们那耀武扬威的样子使库克不能不开了一响开花炮，使他们平静下来。

10月20日，奋勉号停到脱可马鲁湾里，那里住着二百个和平居民。船上的植物学家们在这地方做了些收获丰富的考察，土人用自己的独木舟把他们接到岸上。库克参观了两个村落，外面都围着木栅、碉堡和双重壕沟，这些建筑说明土人很有建筑工事的知识。最重要的一座碉堡筑在一座岩石上，这岩石在潮来时就是一个岛，还不只是一个岛，因为它不仅四周有水，下面还有一个大洞，和拱门一样，有

著名的库克船长出现在新西兰海岸一带。

六十英尺高,水在底下狂吼着,那座无法攀登的“堡”就建在拱门顶上。库克在那里停留了五个月,搜集了许多珍奇物品、土生植物和有关人种学研究方面的资料,然后,在3月31日用自己的名字给那条隔开两个岛的海峡命了名之后,就离开了新西兰。在以后的几次航程中,他还到新西兰来过。

是的,1773年那伟大的海员又一次来霍克湾,这次他亲眼看到吃人肉的事。

库克在他的第三次航行中又到这一带地方来,他特别喜欢这一带地方,他要完成这一带的水道测量。1777年2月25日,他离开了,以后就没有再来过。

1791年凡可佛来到幽暗湾里停泊了二十天,对博物学、地理学都毫无贡献。1793年丹特尔加斯陀测量了伊卡那马威岛北部海岸二十五英里。商船队队长霍森和达林普,后来巴顿、李查孙、穆地都到这些地方来过,最后萨法奇博士也来住了五星期,搜集了不少关于新西兰人的风俗习惯的有趣资料。

也就是巴顿来的那一年,1805年,酋长兰吉胡的侄子——那聪明的杜阿塔拉,搭上了巴顿指挥的停在群岛湾的那只阿尔哥号海船。

如果毛利族能有一个像荷马这样的大诗人,也许杜阿塔拉的这次冒险会成为一部史诗的题材。他这次冒险旅行充满了灾难、委屈和虐待。这可怜的土人勤勤恳恳地服务,换来的却是歧视、监禁、毒打和创伤。他对那些自命为文明的人应该做何感想啊！人家把他带到伦敦来,派他做一名最低级的水手,他成为所有船员们的出气筒。要不是马斯登教士救了他,他做苦活也会累死了。这位教士发现这个青年土人有正确的判断力,有耿直的性格,还有温和、优雅、亲切等优良品质,因而十分关怀他。马斯登给他几袋麦种和一些农具,让他回故乡去种地。谁知这些东西又被人偷掉了。那可怜的杜阿塔拉又受苦受难,一直受到1814年。这一年他总算回到他的故乡成家立业了。他正要来收获他多年艰苦经历的果实,他正要来改造新西兰,不料他忽然死了,死的时候,他才二十八岁！这个无可补偿的不幸,无疑地,把新西兰的文化推迟了许多年。这样一个又聪明又仁厚、热爱祖国、心地善良的人死了,是一个无法补偿的损失呀！

直到1816年为止，又没有人过问新西兰了。这一年有桑普生，1817年有尼可拉，1819年有马斯登，都跑到这两个岛上来游历了一部分地域。1820年步兵八十四团的一个上尉克鲁斯在岛上住了十个月，研究了土人的风俗和习惯，对科学做了很大的贡献。

1824年壳号船长居派来在群岛湾里停泊了十五天，他对当地土人表示相当满意。

在居派来之后，1827年，英国捕鲸船水星号到这里来，因为遇到了抢劫和杀害的事件，不得不采取防卫的手段。同年，狄龙船长来过两次，都受到了土人最殷勤的招待。

1827年3月，阿斯特罗拉伯号舰长，那著名的居蒙居威尔竟然不带武器在陆上和土人住了好几夜。他不但没有受到伤害，并且和土人交换了礼物，学会了土人的歌曲。他睡就睡在茅棚里，他做他的测量工作，并没有人搅扰他。他这测量工作给海军资料室添了许多有用的地图。

相反地，第二年，詹姆斯指挥的英国双桅船霍斯号到了群岛湾之后又向东角航行，他遇到一个奸诈的酋长名叫艾那拉罗，因而吃了一个大亏，好几个旅伴都在那里惨死了。

从上述的这些矛盾事实中，从土人的那些忽而和善忽而野蛮的表现中，我们应该得出一个结论，就是：新西兰人的残酷行为大都是有报复性质的。他们待人好坏，要看船长为人的好坏而定。当然，土人对欧洲人的攻击也有一些在土人方面是毫无理由的，但是大部分却都是欧洲人引起的报仇心理，只可惜他们给欧洲人的惩戒，没有落到那些作恶的欧洲人头上，却落到没有作恶的欧洲人头上了。在居蒙居威尔之后，新西兰的人种学又被一个大胆的探险家大大地补充了；那是一个英国人，名字叫依耳，他环游全世界也不知有多少次，他和一个游牧民族的人一样，是个流浪的科学家。他到了这两个岛上，考察了那些前人未曾到过的区域；他自己没有吃过土人的任何苦头，但是他却亲眼看见他们吃人肉，看见一些新西兰土人互相吞食。

1831年拉卜拉斯船长在群岛湾也见到这种土人吃土人的惨象。在这时期，土人的战斗已经比以前厉害多了，因为那些野蛮人已经会使用火器，并且使用得十分准确。所以，依卡那马威岛上有许多地方从前是那样繁荣，那样人烟稠密，现在都变得十分荒凉了。有些部落整个被消灭掉了。

新西兰人不像澳大利亚人那样无能，看见欧洲人来侵略就逃；他们却能抵抗，能自卫，他们恨侵略者，现在，正是这种不解的仇恨在驱使着他们和英国移民做斗争。

巴加内尔就这样把新西兰的全部历史回忆了一番，他的脑子越想越沸腾着急躁的情绪。但是，在这全部历史里，没有一点能容许他把这片由两个岛构成的地方加上“大陆”的名字，文件里尽可以有几个字词启发了他，但是这个 contin 却顽强地堵住他的思路，叫他始终想不出一个新的解释。

第三章
—— 新西兰岛上的大屠杀 ——

1月31日，从开船到现在已经有四天了，麦加利号在澳洲和新西兰之间的那片狭窄的洋面上还没有走到三分之二的路程。威尔·哈莱很少管船上的事，他任凭水手们搞。人们很少看见他。这一点，倒没有人抱怨。哪怕他整天躲在他的房间里，也不会有人去怪他，只要他不是躲在房间里喝酒。然而那粗鲁的船主天天不是大麦烧就是白兰地，喝得醉醺醺的，他的水手们也就自然而然地跟他学，因此没有一只船走得像吐福湾的麦加利号那样听天由命的了。

这种不可原谅的失职行为使约翰·孟格尔不得不经常留心照料。不止一次，船一闪，几乎翻了，穆拉地和威尔逊抢着把舵把扶正。威尔·哈莱有时还干涉他俩，甚至破口大骂。穆拉地和威尔逊没有那么好的耐性，他们不断地要求把那醉鬼捆起来丢到货舱底下去，等船开到了再释放他。但是约翰·孟格尔却阻止他们，好容易费尽唇舌才把他们的气平息下来。

虽然如此，约翰·孟格尔对这条船的处境是十分提心吊胆的，不过，为着不叫格里那凡烦神，他只是背地里对少校和巴加内尔提了一

穆拉地和威尔逊抢着把舵把扶正，威尔·哈莱还横加干涉。

提。麦克那布斯给他出的主意和穆拉地、威尔逊两人的意思是一样的，只是措辞不同。

"如果你觉得这样做有好处的话，约翰，"麦克那布斯说，"你就该毫不迟疑地来担负起这只船的指挥责任，或者，如果你不愿担起这'指挥'的名义，你就负责驾驶这只船好了。那个醉鬼，等我们在奥克兰下了船之后，再让他照旧做他的船主。到那时他爱翻船就尽管让他翻去。"

"当然，麦克那布斯先生，"约翰回答，"真到万不得已时，我只好照您的话去做。目前，只要船在大海里，我们从旁照料一下也就够了；我的两个水手和我，都是不离开甲板的。但是，在接近海岸的时候，如果威尔·哈莱这家伙酒还不醒，老实说，我就要感到十分棘手了。"

"你自己就不能领港吗？"巴加内尔问。

"很困难。"约翰回答，"真难相信，船上连一张航海地图都没有呀！"

"真的吗？"

"真的。麦加利号只在艾登和奥克兰之间做近海航行，威尔·哈莱那家伙在这一带跑得太熟了，他根本就不测算航路。"

"他一定以为，"巴加内尔说，"他的船自己认识路，不要人指示就会辨方向了。"

"呵！呵！"约翰·孟格尔又说，"我不相信真有船不要人指示就会辨方向的，如果威尔·哈莱在靠近陆地的时候还醉着不醒，他就真叫我们为难了。"

"希望他到靠近陆地的时候就心血来潮似的清醒过来吧。"巴加内尔说。

"既这样说，"麦克那布斯问，"你不能在必要的时候把麦加利号开到奥克兰吗？"

"没有那一带海岸的地图就不可能。那里的悬崖峭壁极端危险。那是一连串的山峡，弯弯扭扭的，极不规则，和挪威的那些峡湾一样。礁石很多，不是十分熟悉就躲不开。这些礁石都在水下几英尺，一只船不论怎样结实，只要龙骨一碰上就完蛋了。"

"船一完蛋，船上的人只有往岸上爬，没有其他的办法可想吗？"少校问。

“只有往岸上爬，而且还要时间来得及，麦克那布斯先生。”

“往岸上爬还是不得了呀！”巴加内尔应声说，“因为新西兰海岸是容不得外路人的，上不了岸固然是死，上了岸还是不得活！”

“您是说海岸上那些毛利人厉害，是不是，巴加内尔先生？”约翰·孟格尔问。

“是呀，我的朋友。他们在印度洋区域里是出名的。这里不是那些胆怯的和老实的澳大利亚土人呀！那些毛利人又聪明，又好杀，专喜欢吃人肉，落到他们手里就不要希望他们有丝毫的怜悯心。”

“照这样说，”少校问，“如果格兰特船长是在新西兰海岸附近沉了船的话，你就会劝人家不必去找了？”

“沿着海岸找是可以的，”巴加内尔说，“因为靠海岸也许能找到不列颠尼亚号的一点儿痕迹。但是上岸到内地去找就不可以，因为那也是徒劳无益的事。任何一个欧洲人在这些险恶地区里冒险，都必然要落到毛利人手里的，一落到毛利人手里去做俘虏就什么都完了。我曾劝我的朋友们穿越阿根廷草原，穿越澳大利亚，但是我却不敢把他们拖到新西兰的那些绝路上去。愿老天爷指引着我们吧！愿上帝保佑我们永远不要落到这些残酷的土人手里！”

难怪巴加内尔这样惧怕，新西兰的声名实在太骇人了，在它的发现史上差不多每一个进展都是一个血腥的纪念日。

在新西兰遇难的航海家的名单很长。这血腥的记录是从塔斯曼的五名水手开始的，他们都被杀死吃掉了。其后，脱克内船长和他的全体划小艇的水手也都遭到同样的命运。在靠近佛福海峡东部的地方，雪内可夫号上的五名渔夫也在土人手里送了命。我们知道，马利荣舰长的遇难是以惨痛而著名的，在叙述他的惨史之前，我们还要提到一些其他的死难者，如双桅船兄弟号上的四个人在毛里纳港里被暗杀了，又如盖兹将军手下的几名士兵，玛提达号上的几名逃员，都死在土人手里了。

法国兵舰舰长马利荣是1772年5月11日在库克第一次旅行之后来到群岛湾的，他的马斯加兰号和克劳采舰长指挥的卡特利号都停泊在这湾里。那些虚伪的新西兰人对这些新客接待得十分殷勤。他们甚至于表现出胆怯的样子，他们为了要熟悉船上的情况，主动给船上送礼帮忙,每天称兄道弟地混,不断地你来我往,表示友好。

他们的酋长叫塔古力,是一个很有计谋的人。据居蒙居威尔说,他属于王加罗阿部落,是两年前被徐尔威用奸诈手段架走的那土人的亲戚。

毛利人的风俗,受了侮辱就要用血来洗刷,这才算是荣誉。在这样的一个国度里,塔古力自然不能忘记上次他的部落所受的耻辱。他耐心地等待着欧洲的船来再想法报仇,他竟然实现了他的这个报仇计划。

他先对法国人装作畏惧的样子,然后无微不至地布置出一套骗人的假象来麻痹法国人的警惕。他和他的同伴们往往夜里还到船上来。他们挑最好的鱼送给船上。有时他们的老婆和女儿也陪着一道来。不久他们打听出了官员们的名字,请官员们参观他们的村落。马利荣和克劳采被这些现象迷惑了,就在那一带住有四千居民的海岸上逛了一趟。到处土人都不带武器跑来欢迎他们,企图骗取他们的绝对信任。

马利荣舰长把船停泊在群岛湾里,想给卡特利号换桅杆,因为最近起了几场风暴,有些桅杆受到了严重的损坏。因此他向内地去寻找木材,5月23日,在离海岸两法里远的地方,他发现了一片树林,那里都是高大的柏树,树林附近有个小湾,这小湾离开他们的船只有一法里。

于是一个木工作场就在那里建立起来了。三分之二的船员都被派到那里,带着斧头和其他工具,一面砍树,一面开一条路通到那个小湾。除这作场而外还选了两个据点:一个据点在港中心的那个叫毛突阿罗的小岛上面,船上的病员、铁匠、箍桶匠都集中到那里;另一个据点在陆上,就在大洋的岸边,离船一法里半——这第二个据点是通木工作场的。在各个据点,许多身强力壮、和颜悦色的土人帮着水兵做各种工作。

然而直到那时为止,马利荣舰长并没有完全忽略戒备。尽管土人上船没有带过武器,而船上派大划子上岸却经常是武装齐全的。但是马利荣和他手下的那些头脑不清醒的军官们都渐渐被土人表现的那种态度迷惑了,因而舰长马利荣就下令解除各艇的武装。克劳采舰长曾劝马利荣收回成命,但他的劝告没有产生效果。

从此，新西兰人显得更加殷勤，更加热心。他们的酋长和船上的官员相处得十分亲密。有多少次塔古力把儿子带上船来，让他在舱房里过夜。6月8日，马利荣到陆上去正式访问的时候，全体土人尊他为大酋长，在他的头发上插上四支白羽毛，表示崇敬。

从两只兵舰到群岛湾以来，三十三天就这样过去了。造桅的工作进行得很好，舰上的水箱在毛突阿罗岛上的淡水场里也顺利地上着水。克劳采舰长亲自指挥木匠工作，工程的胜利完成是再有把握不过了。

6月12日下午二时，马利荣的小艇准备好了，要按预定计划到塔古力的村子脚下去打鱼。马利荣坐上了小艇，随身带着两名青年军官佛德利古和勒吾，一名志愿兵，还有教练官和十二名水兵。塔古力和另外五个酋长陪着他。没有任何征候能使人预料到会有一场骇人听闻的惨祸在等着那十七名欧洲人中的十六个人。

小艇离开大船，向陆地划去，不一会儿，两只兵舰都望不见它了。

晚上，马利荣舰长没有回来。谁也没有因为这事而感到不安。大家都猜想他去看木工场，在那里过夜了。

第二天，五点钟，卡特利号的大划子照例到毛突阿罗岛上去装淡水。它没有遇到任何意外，照旧划了回来。

九点钟，马斯加兰号的值岗水兵看见海上有一个人，几乎是一点儿气力都没有了，向兵舰这边游。马斯加兰号就放下一只小艇去救他，把他接到舰上来。

原来这人是屠尔内，马利荣舰长带去的一名水兵。他腰部被铁矛戳了两下，负了伤，在前一天离舰的十七人中，只有他一个人逃了回来。

大家问他去后的情形，他立刻就把那幕骇人的惨剧一五一十地说给大家听了。

那不幸的马利荣的小艇是早晨七点钟在村边靠岸的。土人都欢天喜地地来迎接客人。艇上官兵不愿意下船时弄湿了脚，土人还把他们背上了岸。之后，法国人都各自散开了。

立刻，许多土人都带着长枪、木棒和铁锤向他们奔来，十个打一个，把他们全打死了。只有水兵屠尔内，腰下被刺了两枪，却还能从他的敌人的手里逃掉,躲在矮树丛里。他从那矮树丛里亲眼看见了这一幕惨毒的暴行。屠尔内乘土人不提防,跳到海里去,后来,他被马斯加兰号的小艇救起来时几乎是奄奄一息了。

这个事变使两只军舰上的全体船员都惊骇万分。一片报仇的呼声响起来。但是在为死了的人报仇之前先要把活着的人救出来。岸上还有三个据点,现在正被好几千杀起了性子的吃人的野蛮人包围着呢。

克劳采舰长前一天在木工场过的夜,还没有回来,舰上首席军官居克莱莫尔就代他采取了紧急措施。登时马斯加兰号的大划子被派出去,划子上载着一名军官带着一队士兵。这军官的主要任务是去援救木工场的人们。他乘着大划子出发了,沿着海岸前进,他看见了马利荣舰长的小艇还搁在陆地上,他就在那里上了岸。

克劳采舰长,正如前面说过的,当时不在兵舰上,所以对那场大屠杀还蒙在鼓里,到下午两点钟,忽然看见一队士兵奔来,他立刻感觉到出了事。他向前迎去,才知道了真实情况。为了不使伙伴们惊惶失措,他禁止把这消息吐露给他们。

当时那些野蛮人都成群结队地把那一带所有的高地都占领了。克劳采舰长命令把主要的工具都拆卸下来,那次要的都埋起来,把工棚烧掉,带着六十个人开始退却。

土人在他们后面追着,嘴里喊着:“塔古力杀了马利荣了!”目的是想使水兵们听到他们的首长被杀因而惊心丧胆。水兵们愤怒极了,要奔去打那些可恶的家伙,克劳采好容易才把他们制止住了。两法里路总算走完了。这队兵士到达了海岸,和第二据点的人们一同登上预先在岸边等着的几只大划子。在他们到达海岸和登上划子的时候,有一千名左右的土人坐在地上,一动也不动。但是大划子一驶到海里,石头像雨点一般飞来。立刻四名水兵向岸上开枪,他们打得很准,把那几个指挥土人的酋长都一个个地打死了,土人们先还不知道火器厉害,这时都惊得发呆。

克劳采舰长上了马斯加兰号,立刻派一只大划子到毛突阿罗岛上去,一队兵驻到岛上去过夜,病员都回了兵舰。

第二天,又有一队兵来到岛上增防。岛上有土人骚扰,必须加以

四名水兵向岸上开枪，他们打得很准。

扫荡,并且继续装满舰上的水箱。毛突阿罗村有三百名土人。法国人进攻了这个村子,六个酋长都被杀了,其余的土人都被刺刀戳翻了,村子也放火烧掉了。然而,卡特利号没有桅是不能放洋的,克劳采既被迫放弃了那柏树林里的大木材,只好用零星碎料来拼凑一副桅杆。至于上淡水的工作还照旧进行。

一个月过去了。土人曾几度企图夺回毛突阿罗岛都没有成功。他们的独木舟从兵舰的射程里经过时就被兵舰上的炮火截住了。

最后,一切工作都完成了。还剩下要做的就是侦察一下那十六个遇难人中是否还有个把活着的,并且为死者复仇。于是一只大划子载着许多士兵到了塔古力的村庄。在军队快到的时候,那阴毒胆小的酋长逃走了,肩上还披着马利荣舰长的大衣。村子里的茅屋都被仔细地搜查了一番。在塔古力的屋子里搜出了一个刚烤过的脑盖骨,脑盖骨上还有牙齿啃的印子;还有一条人腿用木串子穿着;又有一件硬领衬衫,糊满了血,一看就知道是马利荣的衬衫;此外还有一些衣服、佛德利古的手枪、小艇上的盾形徽章和一些破烂的布块。再远一点儿,在另一个村子里,又搜到许多人肠子,都洗得干干净净的,煮熟了。

这些不可否认的杀人和吃人的证据都收集起来了,那些遗骸也都恭恭敬敬地掩埋了;然后一把火,把塔古力和他的帮凶皮吉·俄尔的两个村子烧了个精光。1772年7月14日,两只兵舰离开了这一惨痛的滨海地区。

上面说的这个惨祸,凡是到新西兰海岸的旅客都不能不牢记着。一个船长不接受这些教训,也真是一个太不谨慎的船长了。新西兰土人一向不讲信义,喜欢吃人。库克在1773年第二次来新西兰旅行时也证实了这一点。

库克的经历是这样的:12月17日在他率领下的由佛诺舰长指挥的一只船冒险号,放了一只大划子去登陆,目的是要采集一些野草。这只划子一去就不见回来了。上陆去的是一个候补海军少尉和九名海员。佛诺舰长很不放心,就派薄内中尉去找他们。薄内到了那划子着陆的地方,据薄内报告,“发现一幅屠杀与野蛮的惨象,讲起来叫人毛骨悚然:我们好几个同伴的头、肠子、肺都被零散地丢在沙滩上,旁边还有几只狗在吞食”。

在结束这一连串的血腥记录以前,我们还应该提一提1815年兄弟号被新西兰人攻击和1820年桑普生指挥的波以德号上全体船员被杀的事。最后,在1829年3月1日,瓦吉他地方的首长艾那拉罗抢劫了悉尼的英国双桅船霍斯号。他手下的那群土人杀害了好几名水手,并且把尸体都煮熟吃掉了。

新西兰这吃人的海岸,正是那由醉鬼指挥、由笨蛋驾驶的麦加利号所要到达的地方呀!

第四章
—— 暗礁 ——

这叫人劳累的航程老是走不完。2月2日,麦加利号自开船以来已经走了六天了,还望不见奥克兰的边岸。风倒是顺的,一直保持着西南风。但海流是逆着风向的,船不倒退就算好事。海浪十分汹涌,船的上部显得吃不消,骨架咯吱咯吱地响,船落到浪槽里只能勉强爬起来。横桅索、后支索、牵桅索都绷得不紧,因此桅杆都不稳,船每摆动一次,桅杆就激烈地摇晃一次。

幸而威尔·哈莱是个慢性子的人,他不要求船走得快,所以也没有把帆拉得太紧,否则全部桅杆不可避免地都要倒下来。因此,约翰·孟格尔希望这副坏船架子就这样应付到目的地,不要出什么岔子。但是他看他的旅伴们这样在船上受罪,心里很苦恼。

天不断地下着雨,海伦夫人和玛丽只好躲在便舱里,然而她们都不叫苦。便舱里空气既不充足,摇晃得又很厉害,老待在里面实在受不了,所以她们有时也冒着雨跑到甲板上来,直到风雨太大了,甲板上再也不能待下去了,才又回到那狭窄的舱里去。说实话,这块小方格子只宜于堆货,不宜于住人,更不宜于住女客。

女客们一回到舱里,大家就想办法给她们解闷。巴加内尔本想说说故事给大家消遣,但是效果并不太好。原来这班人在归国的旅途上个个都灰心丧气了。以前,那地理学家谈潘帕斯,谈澳大利亚,大家都听得津津有味，现在呢，他讲有关新西兰的见闻和感想，大家都是没精打采的，冷冰冰的。是啊，他们之所以要往这片充满惨痛历史的地区里跑，都不是愿意的，却是被命运逼着不得已的呀，难怪他们既没有兴致，又没有信心。麦加利号上的乘客，最可怜的要数格里那凡爵士了。人们很少看见他在便舱里。他一刻也待不住。他本来就是个神经质的人，再加刺激过度，自然不耐烦守在狭小的船舱里了。他不管白天黑夜，不管雨淋浪打，都待在甲板上，有时伏在栏杆上，有时走来走去，心中显得烦躁不安。他的眼睛老是瞭望着大海的深处。只要风雨稍微停一下，他就拿起望远镜固执地搜索着天边，他仿佛在向那默默无言的大海问活。浓雾笼罩，水气一团一团地升起，他做着手势，似乎要云雾让开一条视线。他总是沉不住气，面部流露出痛苦不安的神情。他本是个意志坚强的人，一直是走着顺境，心里想到哪里，力量就达到哪里，现在突然来了个转变，感到一切都力不从心了！

约翰·孟格尔不管风吹雨打，寸步不离地跟着他。这一天，格里那凡瞭望着天边，比平时更加殷切，特别是在海雾偶然打开一个缺口的时候。约翰走近他，问道：

“阁下在找陆地吗？”

格里那凡摇摇头。

“我想您也该急着要离开这只双桅船了，”那青年船长又说，“照规矩，我们在三十六小时前就应该看到奥克兰的信号灯火了。”

格里那凡不回答。他老是望着，望着，并且把望远镜对准上风那边的地平线上望了一分钟。

“陆地不是在那边，”约翰·孟格尔说，“请阁下向右舷望去。”

“为什么向右舷望去呢，约翰？”格里那凡回答，“我不是找陆地呀！”

“您找什么呢，爵士？”

“找我的游船呀！找我的邓肯号呀！”格里那凡气哼哼地回答，“它一定是在那里，在那一带海面上冲着海上的波澜，干着海盗的罪恶勾当！它是在那一带，我告诉你，约翰，就是在那条航路上，在澳大利亚和新西兰之间！我猜想我们一定会遇到它！”

“愿上帝保佑我们不要遇到它吧，爵士！”

他不管白天黑夜，不管雨淋浪打，都待在甲板上。

“为什么呢,约翰?”

“阁下忘记了我们现在的处境了！如果邓肯号来追捕我们这只船,我们怎么办呢？连逃都无法逃呀!”

“逃,约翰?”

“当然要逃呀,爵士！不过逃也是逃不掉的,我们一定会被俘去,听凭那些匪徒摆布的,要知道彭·觉斯这个人什么坏事都干得出来!我们死倒不在乎！我们一定要自卫到流尽最后一滴血！这是不用说的！但是我们死了又怎样呢？您要想到格里那凡夫人呀,爵士,还要想到玛丽·格兰特呀!”

“可怜的女人啊!”格里那凡自言自语地说,“约翰,我的心已经碎了,有时我感到失望侵袭到我的心里来。我觉得仿佛还有个什么新的不幸在等着我们,仿佛天在和我们作对！我害怕!”

“您吗,爵士?”

“不是为我自己而害怕呀,约翰,我害怕是为了我所爱的人们,也是为了你所爱的人们。”

“您放心,爵士,”那青年船长回答,“现在不要害怕了！麦加利号虽然走得不快,但总是在走。威尔·哈莱是个笨蛋,但是有我在这里呀,如果我发现快到陆地的时候情形太危险了,我就设法把船开回到海面上。因此,关于这一方面,危险不大,甚至可以说没有危险。不过,在另一方面,万一碰上邓肯号的话——愿上帝保佑我们,不要遇到这种事！——我希望阁下瞭望邓肯号,只是为着要躲开它,要逃避它!”

约翰·孟格尔说得对。一遇到邓肯号就该麦加利号倒霉;而在这一带海盗可以横行无忌的狭窄的海面上,这种遭遇倒是很可能的。然而,至少,这一天,那只游船并没有出现,当天夜里——自吐福湾出发的第六夜——约翰·孟格尔所担心的事也并没有发生。

但是,这一夜的天气却变得可怕极了。晚上七点钟,天空几乎是突然地黑下来,样子十分可怕。威尔·哈莱的海员本能终于使他从沉醉中苏醒过来。他走出舱房,揉了揉眼睛,摇了摇他那又肥又红的大头,然后吸了一大口空气,仿佛普通人喝一杯水定定神一样,接着他就看了看桅杆。风力在加强,同时转了四十五度的方向,由西往东,直把那条船往新西兰海岸吹去。

威尔·哈莱连叫带骂地把他的几个水手唤来了,他叫他们落下顶帆,扯起夜航帆。约翰·孟格尔赞成他这个办法,没有说一句话。他曾经下决心不和这位粗俗的海员交谈。但是格里那凡和他都不离开甲板。两小时后,大风刮起来了。威尔·哈莱叫把前帆收小。如果不是麦加利号像美国船那样有两层帆架,这工作五个人做一定会是很困难的。有了两层帆架,只要把上层的落下来就可以把前帆缩到它的最小的面积了。

又是两小时过去了。风浪继续在加强。麦加利号的底部震动得很厉害,就像龙骨擦到岩石上一般。实际上并没有,但是那笨重的船壳不容易爬到浪头上来。所以浪打着船,把大量的水冲到船上。一浪打来,悬挂在左舷边上的小艇就不见了。

约翰·孟格尔免不了不安起来。浪还不算太大,要是别的船,很可以随浪浮沉,一点儿也不在乎;但是这只笨船很可能笔直地沉下去,因为它每下降一次就是一甲板的水,而这些水,排水口又来不及排泄,很可能装个满船。为着防备万一,应该用斧头砍破舷板,让水容易流出去,才算是妥善办法。但是威尔·哈莱拒绝这样做。

而且,还有一个更大的危险在威胁着麦加利号,毫无疑问地,这危险现在已经来不及预防了。

那是快到十一点半钟的时候,约翰·孟格尔和威尔逊正在甲板上迎着下风站着,忽然听到一种异样的声响。他们的海员本能使他们立刻提起了警觉。约翰抓住那水手的手,说道:

"回澜!"

"是回澜,"威尔逊回答,"浪触到礁石上打回来了。"

"至多四百米远吧?"

"至多是四百米!就是陆地!"

约翰把身子探向舷外,看了看那幽暗的波澜,就高声地叫:"测水!威尔逊!测水!"

那船主守在船头,还仿佛没有觉到他所处的险境呢!威尔逊抓起摆在木匣里的测水锤,奔到前桅的桅盘那里。他抛下铅锤;绳子打指缝中溜下去,但是溜下三节,铅锤就停止了。

"只有三英寻!"威尔逊叫着。

“船长，”约翰奔到威尔·哈莱面前说，“我们走到暗礁上了。”

哈莱耸了耸肩，约翰看见了没有，我们不得而知。但是，他已经奔到舵那里去了，他把舵把一扭，对着下风的船舷，同时威尔逊丢开测水锤，用劲拉着前桅的调帆索，让船兜着风转过去。掌舵的水手突然感到被人猛力一推，还不懂得人家为什么要推他呢！

“尽力让风吹！放松！放松扣帆索！”那青年船长一面喊着，一面忙着掉转船头使它避开礁石。

大约过了半分钟，船的右舷腰部就沿着礁石前进。虽然夜很黑，约翰还看得见一条汹涌的白线离船只四英寻远。

这时，威尔·哈莱感到大祸临头，急起来了。他的水手，酒还没有全醒，听不懂他的命令。而且，他说的话下句不接上句，命令又是互相矛盾的，十足说明那蠢猪般的醉鬼已经失掉了镇定力。他一直以为距陆地还有三四十海里，谁知陆地已经在下风只有八海里远的地方，近陆的险滩突然在他面前出现了！原来海流把船打出了他惯走的路线，所以把那可恶又可怜的经验主义者弄得惊慌失措了。

在他着慌的时候，约翰·孟格尔的紧急措施已经把船驶离了险滩。但是约翰不知道方位。也许船正被包围在礁石圈里呢。风向着正东吹，船颠簸得前仰后合。船头或船尾每下落一次，都有触礁的可能。

果然，不一会儿，回澜的声响又在右舷前部高起来了。还要兜风转。约翰又扭转舵把，向着下风船舷，调帆索一溜顺地拉过来。暗滩在船头下面越来越多。现在必须来个急转弯，逆着风回到没有暗礁的水面上。像这样不平衡的一只船，帆面缩得很小，要它急转弯，能办得到吗？不一定能办得到，但是非尝试一下不可！

“舵把转向下风船舷，整个地转过去！”约翰·孟格尔向威尔逊大叫。

麦加利号开始接近另一带暗礁了。不一会儿，就看见海浪打到水下的石岩，飞起泡沫来。

这是惊险万分的一刹那。泡沫在浪头上发着白光，简直可以说是一片磷光突然照彻了那些浪头。大海咆哮着，仿佛是希腊神话里所说的那些活的老岩精在怒吼。威尔逊和穆拉地伏在舵盘上，浑身压在上面。舵把已经转到头，不能再转了。

忽然,砰的一声,麦加利号碰到了岩石。触桅的支索撞断了,因而前桅就不能稳定了。只受了这一处损坏,船是不是还可以掉过头来呢?

不成,因为风浪忽然平息了一阵,船又回到原来的方向,顺着风了。所谓兜风转的掉头动作一下就停住了。一个高浪头钻到船底下,把船捧起来,送到暗礁上面,然后猛地一下又放下来。前桅连帆带索折倒了。麦加利号就这样碰了两下,向右侧倾倒成三十度,一动也不动了。

舱壁的玻璃炸飞了。旅客们都奔到舱外来。但是海浪冲洗着甲板,从船尾冲到船头,待在甲板上是不免有危险的。约翰·孟格尔知道船已经陷在沙里了,因此请他们再回到便舱。

"情况怎样,约翰?你老实说吧。"格里那凡冷静地问。

"老实说,爵士,"约翰·孟格尔回答,"沉是不会沉的。不过海浪会不会把船打散,那就是另外一回事了。好在我们还来得及想想办法。"

"半夜了吧?"

"是的,爵士。要等天亮再说。"

"不能放小艇下海吗?"

"浪大天黑,不可能!而且,不知道向哪边着陆呢!"

"那么,约翰,我们就在这里等天亮吧!"

这时候,威尔·哈莱在甲板上跑来跑去,就和疯子一样。他的水手们惊慌了一阵,脑子刚刚清醒,又敲开一桶烧酒大喝起来。约翰料到他们喝醉了要出乱子,决不能靠船长来制止他们。那个可怜虫直在抓头发,扭胳膊。他只想着他那船没有保过险的货物。

"我破产了!我完蛋了!"他这样叫着,从左舷跑到右舷,又从右舷跑到左舷。

约翰·孟格尔根本不打算去安慰他。他叫他的旅伴们都武装起来。那些水手在大口地灌着白兰地,一面灌,一面咒天骂地,骂得不堪入耳。每个旅客都准备着打退他们的袭击。

"这些混蛋敢有一个首先跑到便舱这里来,"少校镇定地说,"我就像打死一只狗一样打死他。"

前桅连帆带索折倒了。

那些水手一定是看清了旅客们都准备对付他们，因为他们先还想动手抢，后来一溜烟地都不见了。从此，约翰·孟格尔就不再担心那些醉鬼，只着急天还不亮。

船此刻是完全不动了。海渐渐平复，风也息下来，因此船壳还可以抵抗得住，几小时内还不会散。约翰打算等太阳一出，就去探一探陆地。如果有什么方便的地方可以上陆，船上剩下的唯一交通工具——吊在右舷上的小划子是可以用来运送船员和旅客的。不过划子太小，一次只能坐四个人，要来回跑三趟。至于左舷上的小艇，我们已经说过，早被一浪打得无影无踪了。

约翰·孟格尔伏在舱篷上，一面心里在想着当前处境的危险，一面耳朵在听着回澜的声音。他极力想透过那黑黑的夜影去发现些什么。他心里盘算着，那片大家既向往又惧怕的陆地究竟离这里还有多远呢？海边的暗礁一般伸到海里总有好几英里远呀！如果这里离海岸稍微远一点儿，那只单薄的小划子禁得起来回走几趟吗？

约翰在外面这样想着，希望在那夜影幢幢的天空里找出一线光明，同时，舱里面的女客们很信任他的话，都在铺位上安睡了。那双桅船陷在沙里，一动也不动，这使她们正好安静地休息几小时。格里那凡、约翰以及其他的旅伴们听不见那些喝醉了酒的船员们的叫嚣，也都去睡了一下恢复恢复精神。早晨一点钟的时候，船上静悄悄的，船仿佛也躺在沙滩上睡着了。

早晨四点钟左右，东方发亮了。朝霞在暗淡的晨光下巧妙地变换着色彩。约翰又上了甲板。天边依然垂着雾帘，晨雾中隐约浮现出一些具有相当高度的轮廓。轻微的波浪还在搅动着海面，一片汪洋的大海直连到大块的密云中消失了。

约翰等着。大地渐渐光明，天边现出一片红云。帘幕在这广阔的大自然的舞台上慢慢地升起。许多黑色的礁石突出在水面上。一片白色泡沫衬托出一条黑线，还有一个发光点像一座灯塔在一个山峰上闪耀着。那山峰正遮住视线，所以还看不见初升的太阳。陆地就在那里了，不到九海里远。

“看见陆地了！”约翰·孟格尔叫起来。

他的旅伴们被叫声惊醒，都奔到甲板上来，静静地望着那条在天

麦加利号一动也不动了。

边出现的海岸。不管岸上的居民是和善的还是凶恶的，那海岸究竟是他们逃难的地方呀！

“威尔·哈莱哪里去了？”格里那凡问。

“不知道，爵士。”约翰·孟格尔回答。

“他的那些水手呢？”

“也和他一样，不见了。”

“一定也和他一样，醉得像死了一般。”少校补上一句。

“去找找他们！”格里那凡说，“不能把他们丢在这船上呀！”

穆拉地和威尔逊下到前甲板下面的水手间里，两分钟后又跑了回来，原来那里舱位都是空的。他们又去看看中舱、下舱，一直找到船底，都不见威尔·哈莱和他的水手们的影子。

“怎么，一个个都不见了？”格里那凡说。

“都掉到海里去了吧？”巴加内尔问。

“完全可能。”约翰·孟格尔回答，心里十分担忧。

他回答了一句之后就向船尾走去。

“找划子去。”他说。

威尔逊和穆拉地跟着他，准备把划子放下海。划子却早已不见了！

第五章
—— 临时水手 ——

原来威尔·哈莱和他的船员们趁着黑夜，乘客们睡着的时候，放下船上那只唯一的小划子逃走了，这是无可怀疑的。这个船长，论职责，他应该最后离船，而他竟第一个溜之大吉了。

“那些混蛋都跑了。”约翰·孟格尔说，“这样也好，爵士，倒省掉我们许多麻烦！”

“我也是这样想，”格里那凡回答，“而且，船上总得有个船长！就是你，约翰；也有些水手，虽然技巧不足，而勇敢却有余，这就是我们。你发命令吧，我们服从指挥。”

少校、巴加内尔、罗伯尔、威尔逊、穆拉地，乃至奥比内都鼓掌拥护格里那凡的话，都跑到甲板上排起队来，听约翰·孟格尔指挥。

“你说应该怎样办？”格里那凡问。

那青年船长对海上扫了一眼，又看看那些残缺不全的船桅，想了想，然后说：

“我们有两个办法脱险，爵士：一个办法是把船搞出来再往海上开；一个是做个木筏划上岸，做个木筏并不难。”

“如果船能搞得出来，还是把它搞出来。”格里那凡回答，“这是最好的办法，不是吗？”

“是的，阁下，因为就近着陆，我们没有陆上交通工具，又怎么办呢？”

“要避免在荒僻的海岸上上陆呀，”巴加内尔补上一句，“在新西兰要好好地提防。”

“特别是我们的船被海流打得太远了。”约翰又说，“哈莱糊里糊涂地把我们弄到偏南方来了，这是很明显的。到正午，我再来测算一下，如果我没有推测错，我们真的被打到奥克兰下面来了，我就想法子把麦加利号沿着海岸往上开。”

“船损坏得怎么样呢？”海伦夫人问。

“我想不会损坏得太厉害，夫人。”约翰·孟格尔回答，“我在船头安个临时桅杆，代替前桅，我们走得很慢，这是必然的，但是我们可以到达我们的目的地。万一不幸船壳撞漏了，或者船浮不起来，那我们只好就近上陆，再由陆路往奥克兰走了。”

“我们先检查一下船损坏的情形吧，”少校说，“这是第一要着。”

格里那凡、约翰和穆拉地掀起大舱盖，下到货舱里。约有两百吨硝过的皮革堆在那里，横七竖八地摆得很不整齐。利用舱柱上安的滑车把那些货移动一下并不太困难。约翰立刻叫人把皮捆子扔一部分到海里去，以便减轻船的重量。

艰苦地忙了三个钟头之后，可以检查船底了。左边靠腰板的地方有两个接缝开了口。幸而麦加利号是向右边倾侧，因此左边露出水面，开口的接缝都对着天空，水淌不进来。威尔逊赶快塞进一些麻绒，又仔细地钉上一块铜片，把接缝补好了。

经过探测,底舱里的水还不足二尺。抽水机应该很容易把这点儿水抽掉,再减轻一些重量。

再检查船壳,约翰发现船壳并没有因搁浅而受到很大的损坏。可能副龙骨有一部分嵌在沙里,但是可以有办法把它搞出来。

威尔逊检查了内部之后,又泅到船下面,确定一下船搁在浅滩上的部位。

原来船头对着西北方向,触到了一片带泥的沙滩上面,滩边很陡。艏柱的下部和近乎三分之二的龙骨,都在泥沙里深深地嵌住了。剩余的部分,一直到船尾,都还浮在水上,水有五英寻深。舵没有嵌进去,还能自由活动。这可真是万幸,因为一到需要的时候就可以用舵。

太平洋的潮头并不高。虽然如此,约翰·孟格尔还想靠涨潮的水力把麦加利号冲起来。这只双桅船是在满潮前约一小时搁浅的。从落潮时起,船向右更倾侧得厉害。到了早晨六点钟,在低潮的时候,倾侧已经达到最大的限度了。此刻似乎用不着在船外再加撑柱,因此船上的帆架和其他松段都可以保留下来,约翰就是想利用这些材料在船头上装个临时桅杆。

现在剩下要做的只是想个什么法子把船搞起来了。这工作需要很长的时间,并且是很困难的。当日正午一刻满潮的时候,很明显地来不及把一切都准备好。那时只可以观察一下船减轻一部分重量后,潮头来时对它的作用如何,等到下一次满潮时大家再一齐动手把船弄浮上来。

“大家动手!”约翰·孟格尔发命令。

他的临时水手们都在听候他的指挥。

约翰首先叫人把桅上剩下的帆面都落下卷起来。少校、罗伯尔和巴加内尔,在威尔逊的指导下,爬到大桅盘上去了。主帆被风吹得很饱,会妨碍捞救的工作,因此非落下来不可。结果,他们七手八脚地总算把帆落下来了。然后,还要落大顶帆。人手都没有经验,这工作是很艰难的,然而经过一番苦斗,大顶帆终于也落了下来。小罗伯尔敏捷得和猫一样,胆大得和见习水手一样,在这一连串的艰难工作中帮了很大的忙。

现在,要抛下锚去:向船后面,朝着龙骨方向,抛下一个锚,也许还要抛下两个。要想在涨潮时搞起船头，就要靠这两个锚在船后面坠住。如果有小划子，这抛锚工作并不难：小划子载着一个便锚，向预先测定的地点抛下去，就成了。但是，现在小划子没有了，就得另想办法。

格里那凡对航海业务相当内行，相当了解这些工作的必要性，了解船舶在低潮时搁了浅就要抛下锚去才能使船头翘起来。

“但是没有划子怎么办呢?”他问约翰。

“我们用前桅的断料和空酒桶扎个木筏。”那青年船长回答说，“抛锚工作将是很困难的，但不是不可能。因为麦加利号上的锚都还不大。锚一抛，只要吃得住底，我们就有希望了。”

“好，这就动手，不要浪费时间，约翰。”

大家——连水手带乘客都被叫到甲板上来了。每人都参加劳动。前桅还有绳索攀系着，人们索性用斧头斩断，让残桅倒下来。前桅折断正在中下截接头的地方，断得一斩齐，所以桅盘很容易脱下来。约翰·孟格尔就想利用这桅盘做筏。他在盘底下用空桶衬托着，使它能载得起锚。筏上还安一个橹以便操纵。而且落潮正好会把筏淌到船后面去的；到了船后，锚抛下去了，援着系锚的缆索回船并不难。

造筏的工作才完成了一半，太阳已经接近子午圈了。

约翰·孟格尔就让格里那凡督工，自己忙着去测算方位。这测算工作是非常重要的。很侥幸，约翰在威尔·哈莱的房间里找到了一本格林尼治天文台的年鉴和一个六分仪。六分仪很脏，但是并不妨碍用来定方位。他把六分仪擦了擦，拿到甲板上来了。

在正午，就是说在太阳经行天空达到最高点的时候，这仪器，利用一序列的活动镜头，把日影拉到地平线上来。我们知道，要进行测算，就必须透过六分仪上的望远镜看到真地平线，就是说看到水天相接的那条线。不料北面有一块陆地伸到海里，正好把真地平线挡住了，以致根本不可能进行测算工作。

在这种情况下，真地平线既然看不到，就必须拿一种人工地平线来代替它。通常是用一个大平盘子，装满了水银，就在这大平盘上测算。水银这样摆在盘子里本身就是一面绝对平滑的镜子。约翰在船上找不到水银，但是他突破了这困难，他用流质柏油装在一个大木盆里，柏油的平面够把日影反映出来。

既是在新西兰西岸，他就已经知道经度了。这也是很侥幸的。因为，如果不知道经度，就要用经度仪测算，而船上是没有经度仪的。现在所缺乏的只是纬度，因而他开始进行测纬工作。

他利用六分仪，先测定太阳在子午线上距地平线的高度。其结果是六十八分三十秒。由此可知太阳距天心是二十一分三十秒，因为两数相加正是九十度。而这一天是2月3日，查格林尼治年鉴，日仄是十六分三十秒。把这度数加到天心距离上，得到的和数是三十八度，这就是所求的纬度。

因此麦加利号的方位就确定在东经一百七十一度十三秒与南纬三十八度的地方，可能因为仪器不好而与实际稍有出入，但差数也极有限，可以不必介意。

约翰·孟格尔又看看巴加内尔在艾登买的那幅约翰斯顿地图，就发现麦加利号出事地点是在奥地湾口，卡花尖北，奥克兰省的海边。奥克兰城是在南纬三十七度线上，麦加利号被打到偏南方向，与原目的地相差一纬度了。因此，必须向北航行一纬度才能达到新西兰的都城。

“因此，”格里那凡说，“最多不过还要航行二十五海里，算不得什么。”

“在海上走二十五海里不算什么，在陆上走起来时间就长了，并且十分艰难。”巴加内尔回答。

“所以呀，”约翰·孟格尔接着说，“我们一定要尽力把麦加利号搞出来。”

方位测定了，造筏工作又开始进行。十二点一刻的时候，海正值满潮。约翰不能利用这次满潮，因为锚还没有抛下去。但是虽然如此，他还是带着一些焦急的心情观察着麦加利号在满潮中的状态。潮头能把它冲得起来吗？五分钟后就知道。

大家等候着。船下嘎啦嘎啦地响了几声。这响声虽然不是由船身上浮的动作发出来的，却至少是表示船底在颤抖。约翰对下一次的满潮怀着很大的希望，但是此刻船一点儿也没有移动。

工作继续进行着。两点钟的时候，木筏造出来了。便锚被摆到筏上。约翰和威尔逊在船尾上系了一条绳缆之后，便登筏送锚。落潮把他们正漂到船后，他们就把锚在距船一百米的地方抛下，那里水深是十英寻。

锚吃住海底很紧，于是木筏又回到大船。

剩下还有主锚要抛下去。人们不无困难地先把主锚放下来，又用木筏载着。不一会儿，这个锚又在便锚后面抛下去了，那里水深是十五英寻。

之后，约翰和威尔逊又沿着拖缆回到麦加利号上。

两条缆都卷在绞盘上了，大家都在候着下次的满潮。下次满潮是在下半夜一点钟。此刻才是下午六点。

约翰·孟格尔嘉奖他的水手们，并向巴加内尔表示如果他打起精神好好干，将来会有一天做到水手长的。

这时，奥比内先生在各项工作中帮了些忙之后，又回到厨房里去了。他预备了一顿好饭，可以说是正当其时。全体船员都饿得慌，这顿饭使他们个个得到了满足，并为未来的工作恢复了精神。晚饭后，约翰·孟格尔又做了最后的准备，以保证起船工作的成功。想搞起一条搁浅的船，是一点儿也不能大意的。往往减载工作做得稍微有点儿欠缺，全部努力都会白费，嵌住的龙骨就不能从沙里拔出来。

约翰·孟格尔为了减轻船上的重载，已经叫人把大部分的货物都扔到海里去了；此刻又把剩下的皮捆子、重的松段、备换的帆架、几吨压船底的生铁，都一齐搬到船后部，以便压住船尾，帮助船头翘出沙坑。威尔逊和穆拉地又把许多酒桶滚到船后部去，然后把它们装满水，以便加强前部的上升力。

这些事做完时，已经半夜十二点了，全部船员都疲惫不堪。正当全体人员要拿出全部力量来转绞盘都还嫌不够的时候，大家却已经疲乏了，这当然是很伤脑筋的一件事，因此约翰·孟格尔做了一个新的决定。

这时风力在减弱，海面上只刮着一阵一阵方向不定的风。约翰观察着天边，发现风有从西南转到西北的倾向。一个海员看着云层的颜色和排列方式，是不会猜错风势的。威尔逊和穆拉地的意见也和他们船长的相同。

约翰·孟格尔就把这情况报告格里那凡，并且建议把起船的工作

他们就把锚在距船一百米的地方抛下。

延到第二天再做。

“我的理由是这样，”他说，“首先，我们都疲乏了，而我们要用全力才能把船搞起来。此外，船一搞起来，在这样的险滩中间，在这样的黑夜里，又怎么能驾驶呢？还是等到白天再做为妙。而且，还有一个理由使我倾向于等到明天再做。风在预告我们，可以来给我们帮忙，我很想利用这个风力。我要海潮把船头往上抬，要风把船尾往下压。明天，如果我看得不错的话，风就要从西北吹来。我们明天把大桅上的各种帆张起来，逆着风，帆力就会帮着搞起这只船。”

这些理由都是具有决定性的。船上最性急的两个人——格里那凡和巴加内尔都只好同意起船工作延迟到明天。夜过得很好。大家轮番值班，特别是为着看护船锚。

天亮了。约翰·孟格尔果然料得不错，天起了西北风，并且越刮越大，这是一个极有利的增援。船员们又集合起来了。罗伯尔、威尔逊、穆拉地在大桅上，少校、格里那凡、巴加内尔在甲板上，一起做着准备工作，以便到一定的时间一下子就把帆张起来。主帆架子整个地扯上去了，大帆和主帆都放在升帆索上。

这时是上午九点钟，距满潮时还有四个钟头。这四个钟头也没有白费掉。约翰就利用这时间在船头上装一个便桅，以便代替前桅。只要便桅装好了，船一漂上来就可以驶离这带险海。大家又出了一阵力，午前就把前桅的帆架牢固地绑起来，造成一个桅杆。海伦夫人和玛丽·格兰特此时也大有用处，她们把一张替换的帆装置到小顶帆的帆架上。这工作在她们是一种快乐，因为她们在为共同的安全而服务啊！桅和帆都安置好了，虽然在外貌上麦加利号不算雅观，但至少在性能上，只要不远离海岸，它是可以行驶的。

潮水在上涨了。海面上漫长的小浪一条接着一条滚起来。礁石的头渐渐消失，像许多海怪先后回到了它们的海底窝巢里一般。尝试那艰巨工作的时间快到了。狂热般的急躁充满了每个人的心灵，大家都在过度地紧张着，谁也不说话，谁都望着约翰，谁都在等候他的号令。约翰·孟格尔把身子俯在后甲板末端的栏杆外，观察潮势。他又对那两条伸得长、拉得紧的缆索很不放心地看了一眼。一点钟，海潮涨到了最高度。潮头平了，这就是说潮水正在已涨未落的那一刹那。

现在要赶快动手，迟不得一点儿。大帆主帆一齐拉起来，兜住风力，鼓起在桅杆上。

“转绞盘！”约翰叫道。

那个绞盘上面装着转动用的杠杆和救火的喷水机上装的一样。格里那凡、穆拉地、罗伯尔在一边，巴加内尔、少校、奥比内在另一边，拼命地推着杠杆转动绞盘。同时，约翰和威尔逊转着倾侧杠，配合着用力。

“使劲呀！使劲呀！”那青年船长叫着，“一齐使劲呀！”两条缆索在绞盘的强力转动下拉得笔直。锚在海底上吃得很紧，丝毫不滑一下。要成功就得快。满潮只有几分钟的时间。潮水既高，就不能帮助船尾下落。大家只有加倍用力绞锚，压低船尾。风吹得正猛，胀起帆腹，贴住桅杆，把船往后推。人们几次感到船壳在颤动，整个的船似乎正要浮起来。也许这时加个人手就可以把船拔出沙滩。

“海伦！玛丽！都来呀！”格里那凡叫。

那两个青年妇女都来了，帮着旅伴们一齐用力。绞盘齿轮上的掣子最后又响了一下。

但是，自此，绞盘就不能再转了。那只双桅船还是不动。全部努力都失败了。潮水已经开始降落，很明显地，就是有风力再加上潮势，靠这一批人，船还是浮不起来的。

第六章
谈吃人的风俗

约翰·孟格尔尝试的这第一个脱险办法失败了。应该立即进行第二个办法，不能稍有耽搁。麦加利号浮不起来，这是很明显的，目前唯一可打的主意就是丢掉这只船，这也是很明显的。若是在船上等着靠不住的援救，那就太没有远见，太傻了。等不到那未可知的船舶来到出事地点之前，麦加利号早就被海浪打成碎片了。只要来一次风暴，或者，不说风暴吧，就是海浪稍微大一点儿，就会把船打得在沙滩上直摆，一摆就破，一破就散，散了以后，连渣子也会没有了。这样看来，船破是不可避免的事了，约翰决心要在船破之前登上陆地。

因此他建议造一个木筏，或者用海员的术语说，扎个“浮台”，一个够结实的“浮台”，把乘客和足够的食粮运上新西兰的海岸。

这事是没有什么可讨论的，说做就做就是了。顿时工作就开始，到晚上已经做得差不多了，只是因为天黑才停止下来。

快到晚上八点钟的时候，晚饭吃过了。海伦夫人和玛丽·格兰特躺在便舱铺位上休息，巴加内尔和他的朋友们在甲板上走来走去，谈些严重问题。罗伯尔不愿意离开他们。这勇敢的孩子聚精会神地听着，准备在前路的危险中为大家服务，为大家出力。

巴加内尔问约翰·孟格尔能不能撑着木筏沿岸走到奥克兰，不要在这附近着陆。约翰回答说，以这样粗劣的交通工具，航到奥克兰是不可能的。

“用木筏航行不成，用这双桅船的小艇航行就会成功吗？”巴加内尔又问。

“的确，那是成的。”约翰·孟格尔回答，“不过有个条件：白天航行，晚上停下来。”

“既是这样，那些混蛋是有意把我们抛下，独自到奥克兰去了。”

“啊，别提那些混蛋了！”约翰·孟格尔说，“那些喝得烂醉的家伙在那样的黑夜里，我恐怕他们背弃我们的结果，十之八九是自己淹死在海里了。”

“他们活该。”巴加内尔又说，“我们也活该。要不是划子没有了，对我们是有大用处的。”

“还提这个有什么用呢，巴加内尔？”格里那凡说，“好在有木筏把我们送上岸呀！”

“我所要避免的正是就近上岸。”那地理学家回答。

“怎么，至多不过走个二十英里路罢了，我们走过潘帕斯，穿越过澳大利亚，那样的辛苦都吃过了，还怕走二十来英里路吗？”

“朋友们，”巴加内尔回答，“我并不怀疑我们的勇气，也不怀疑两位女伴的毅力。二十英里路啊！在别的地方真不算什么，但是在新西兰就不同了。你们千万不要以为我胆小。你们穿过美洲，穿过澳大利亚，

造木筏的工作立即就开始了。

都是我第一个建议的呀！但是，到了这里，我要重述一遍，任何事情都能做得，就是不能在这险恶的地方冒险。”

“总比待在搁浅的船上等死好些吧？”约翰·孟格尔说。

“新西兰有什么值得那么可怕的呢？”格里那凡问。

“土人可怕呀！”巴加内尔回答。

“只是土人可怕吗？”格里那凡反驳，“我们就不能沿海岸走，避开他们吗？而且，十个欧洲人武装齐全，决心自卫，几个坏蛋来攻击又算什么呢？”

“不是什么几个坏蛋呀！”巴加内尔摇着头回答说，“新西兰人结成了可怕的部落，反抗英国的统治，和侵略者斗争，他们常常战胜了侵略者，把侵略者打死就吃下去的！”

“原来就是吃人的人啊！”罗伯尔叫起来，“就是吃人的人！”

接着人们又听见那孩子自言自语地念着这两个人：

“我的姐姐呀！海伦夫人呀！”

“不要怕，我的孩子。”格里那凡对他说，想宽那小孩子的心，“我们的朋友巴加内尔说得太过火了。”

“一点儿也不过火。”巴加内尔又说，“罗伯尔已经显得是个大人了，我就把他当作大人待，真实情况，我一点儿也不瞒他。”

“你以为所有的新西兰人都是慈悲为怀的人吗？”巴加内尔继续往下说，“就是去年，有一个英国人瓦克纳竟然在惨不忍睹的情况下给弄死了。这件惨案就是1864年的事呀，地点是在奥波地基，距奥克兰只有几法里，可以说就在英国官员的眼皮底下发生的。”

“得了吧，”少校说，“这些叙述大部分都不过是出于旅行家的想象罢了。他们总是喜欢把到过的地方描写成惊险万状，恨不得说他们是从土人的肚子里逃出来的！”

“我也承认那些叙述里有过火的地方，”巴加内尔回答，“但是也有许多可靠的人士说过，例如牧师肯达尔、马得逊，船长狄龙、居威、拉卜拉斯等等，我相信他们的话，我不能不相信他们的话。毛利人的酋长死了，他们就杀人来祭供。他们认为杀了人做供品，就可以平息死者的怒气，否则死者的怒气就会发泄在生者的头上，同时他们又认为杀了人祭死者就是给死者送仆役！但是因为他们把这种死后做仆役的人屠杀后就吃掉了，我们就有权断定他们之所以杀人，由于迷信的成分少，由于好吃的成分多。”

巴加内尔说得不错，吃人的风气，在新西兰和在斐济岛或托列斯海峡一样，已经变成经常现象了。当然，这种骇人的习俗里面有迷信的成分；但是，人之所以吃人，是因为有时猎品缺乏，肚子饿不过。未开化的人先是为了肚子不得饱所以吃人肉；后来祭师们又把这种反常的习俗定为教规，赋予神圣的意义了。吃人由充饥而变成礼仪，这就是吃人风俗的演变经过。

而且，在毛利人看来，人吃人是再自然不过的事了。此外，新西兰人又认为，敌人死了，吃下去，就可以消灭他的鬼魂，就可以继承他的灵魂、力量和勇气；人的灵魂、力量和勇气主要是藏在脑子里的，所以宴会时，人脑是主肴，是上菜。

然而，巴加内尔又不无理由地认为新西兰人之所以吃人主要是由于饥饿，不但大洋洲的未开化的野人如此，欧洲的也是如此。

“是真的呀，”他补充着说，“吃人的风气在最文明的民族的祖先中都存在过，而且千万不要以为是某几个个别的人的癖性，特别是在苏格兰人的祖先中。”

“是真的吗？”麦克那布斯说。

“真的，少校。”巴加内尔又说，“你把圣哲罗姆描写苏格兰阿提考利人的文章读几段看，你就知道你的祖先是什么样的人了！并且用不着在远古去找，就是在伊丽莎白女王时代，当莎士比亚创造夏洛克[①]的时候，不是有个苏格兰土匪叫作索内·宾的因为吃人肉而被处以死刑了吗？什么思想驱使他吃人肉呢？宗教吗？不是，是饥饿呀！”

“是饥饿吗？”约翰·孟格尔问。

“是饥饿，”巴加内尔重复说，“因为他们没有别的动物可吃呀！大家应该知道这一点，我们这样说并不是为着原谅新西兰人，而是为着解释他们吃人的习惯。在这个冷酷无情的地方，走兽飞鸟都很少，所以毛利人经常吃的是人肉。甚至于这里有吃人的季节，正如文明国家有打猎的季节一样。在他们的吃人季节里就来一次大围猎，也就是说

---

①《威尼斯商人》一剧中的主角，高利贷者的典型。

大打一次仗,战败的部落就变成了胜利者的菜肴。”

“这样,”格里那凡说,“依你的看法,巴加内尔,吃人的习惯只有等到羊、牛、猪充满了新西兰草场时才能消灭了。”

“当然啰,我亲爱的爵士!”

“他们怎么样吃人肉呀?”少校问,“是生吃还是熟吃呢?”

“呃!”罗伯尔叫起来,“麦克那布斯先生,您要问这个做什么呀?”

“怎么不该问问呢,我的孩子。”少校一本正经地回答,“若是我万一落在他们的嘴里送命的话,我宁愿被他们煮熟了吃!”

“为什么?”

“为了不被他们生吞活剥呀!”

“你想得倒是好,少校!”巴加内尔又说,“但是如果把你活生生地放到锅里煮又怎么办呢?”

“那么,反正是死,在活剥和活煮之间,我就不去选择它了。”少校回答。

“这就好办了,麦克那布斯,如果你愿意知道,”巴加内尔又说,“我就告诉你,新西兰人吃人肉,一定是煮熟了或烤熟了才吃。他们都是老行家,懂得烹调艺术的。不过,就我个人说来,一想到被人家吃掉,心里实在有点不自在!把命送到一个未开化的人的肚子里,真有点那个!”

“你们说了这许多,”约翰·孟格尔说,“归根到底一句话:还是不能落到他们手里去。”

第七章

—— 到了原应该逃避的地方 ——

巴加内尔叙述的那些事实是无可争辩的。新西兰土人的残酷是无可怀疑的了。因此,就近上陆可能有危险。但是,纵然这危险再大一百倍,也只有去冒一下。约翰·孟格尔觉得船不久就要被风浪打坏,非赶快离开不可。在两个危险之中，一个是必然的，另一个只是可能的，还有什么可迟疑的呢？

至于想等别的船来救，稍有头脑的人都不会这样想。麦加利号根本就不在船只来往的航路上。所有要到新西兰来找地方靠岸的船只，不是在奥克兰上一点，就是在新普利茅斯下一点，而麦加利号搁浅的位置，正在二者之间，在依卡那马威海岸最荒僻的地段。这带海岸荒凉得很，危险得很，是个野人窝。所有船只都一心一意地逃避它，万一被风吹到这里，就要设法走开，越快越好。

“我们什么时候动身？”格里那凡问。

“明天早晨十点钟，”约翰·孟格尔回答，“那时候潮水涨上来，会把我们带到陆地的。”

第二天，2月5日早晨八点钟，木筏做好了，约翰费了全部的心血造好了这个木筏。载锚用的那个前桅桅盘是不够装载全部乘客和食粮的。必须另造一个结实的、能操纵的交通工具，在九海里的航程中可以抵抗得住风浪。只有桅杆能供给造筏的必需原料。

威尔逊和穆拉地就依着这计划动手。支桅索齐帆脚那里斩断了，大桅用大斧头齐脚下砍倒下来，它从右舷栏杆上倒下海去，打得栏杆嘎啦一响。大桅砍倒以后，麦加利号船面上就光光的和趸船一样了。

大桅的下段、中段和顶段都锯开了、截断了。木筏的骨干也就浮在水上了。又把前桅的断料跟大桅凑在一起，所有这些松段都结实地互相联系起来。约翰很细心，他在木料之中又夹上六只空桶，以便使整个木筏更能高出水面。

在这紧扎起来的下层基础上，威尔逊又铺了一层用舱口格子框制成的漏孔地板。因此浪尽可从筏面上滚过去，水不会停留在木筏上，乘客也不会弄湿。而且还有些挡水板紧钉在木筏的四周，不让大浪打到筏面上来。

这天早晨，约翰看风势很顺，就叫人把小顶帆的架子在木筏中心竖起来，作为桅杆。桅杆四周用支桅索拉牢，桅上挂起一片便帆。木筏后部安一个宽掌桡，以便风力够快时操纵筏的方向。

像这样，这只木筏具备着最好的条件，对海流的颠簸是足可以抵抗的。但是能不能便于操纵呢？若是风转了方向，能不能达到海岸呢？

这还是个问题。

九点钟开始装载。先装食粮,装够走到奥克兰的食粮,因为在这种坏地方,不能指望靠当地的出产来补充生活资料。

奥比内的食品贮藏室提供了一些罐头肉,这都是原先买来供给在麦加利号上食用的物品中剩下来的。算起来,不很多。只好又把船上的粗粮、劣质的大饼干和两桶咸鱼拿来凑数。东西太坏,司务长感到十分难为情。

把这些食品都装在木箱里,严密地钉起来,不透湿,不漏水,然后把木箱放到木筏上,用绳子绑在便桅的脚旁边。枪械和弹药也搁在安全干燥的地方。很侥幸,这些旅客们长短枪都有。

木筏上还装着一个便锚,防备一次涨潮不能把木筏送到岸边的时候要在海中心停泊。

十点钟,人们开始感到潮水在上涨了。风轻轻地从西北吹来,微弱的浪条在海面上滚动着。

"我们预备好了吗?"约翰·孟格尔问。

"都预备好了,船长。"威尔逊回答。

"上船!"约翰喊。

海伦夫人和玛丽·格兰特沿着一个粗制的软梯从大船爬下去,坐在木筏上桅脚的伙食箱上面,男客们也跟着下去了,坐在她们旁边。威尔逊掌着舵,约翰站在帆索那里,穆拉地把船腰上系木筏的缆索砍断了。

帆张起来了,木筏在风力与潮势的推送下向陆地进发。

离岸只有九海里远,假使是一个划子,有好桨划着,这个距离简直不算一回事,三个钟头就可以走完。但是木筏的速度要打个折扣。如果风不息,一次涨潮或者可以把木筏送到岸边。但是如果风息了,落潮又会把木筏向海中心拖,非泊下来等第二次涨潮不可。这是个成败关键,免不了要叫约翰·孟格尔操心。

然而,他希望一次涨潮就可以成功。风在渐渐加大。潮是十点钟开始涨的,应该赶在下午三点钟以前就拢岸,否则就要抛锚,或者被落潮拖回到海里去。

木筏航行起初很顺利。礁石的黑头和沙滩的黄毯子在波涛的上涨中渐渐消失了。为了避免碰到这些暗滩和礁石，为了掌握这个操纵不灵、易出偏差的木筏的方向，非用极大的注意力并拿出最高的技巧来不可。

到中午，距海岸还有五海里。天色相当晴朗，人们可以看见陆地上主要的起伏形势。东北部耸立着一座二千五百英尺的高峰。它很离奇地在天边上显现出来，侧影活像一个龇牙咧嘴、仰着脖子的猴子的头。那就是比龙甲山，按地图，正好位于南纬三十八度线上。

在十二点半钟的时候，巴加内尔叫大家看看，说所有的礁石都在高潮下消失了。

"还有一个礁石没有消失。"海伦夫人说。

"哪一个？"巴加内尔问。

"在那里。"海伦夫人回答，指着前面一海里远的一个黑点。

"果然，"巴加内尔说，"我们要设法记住它的位置，免得碰上去，因为潮水不久就要把它淹盖掉的。"

"它正好对着那座山的北边尖棱，"约翰·孟格尔说，"威尔逊，注意离礁远一点儿划过去。"

"是，船长。"那水手回答着，一面用全力压住木筏后的那个大桡。

过了半点钟，走了半海里路。但是，怪得很，那黑点老是浮在波涛上。

约翰仔细地看着，并且为了观察清楚，还把巴加内尔的大望远镜借了来。

"那不是一个礁呀！"他观察了一会儿之后说，"是个什么东西浮在那里，随着波澜一上一下。"

"不会是麦加利号的一截桅杆吧？"海伦夫人问。

"不会，"格里那凡回答，"船上的断料不能漂到这么远。"

"等一等！"约翰·孟格尔叫起来，"我看出来了，那是个小划子！"

"就是双桅船上的小划子呀！"格里那凡说。

"是的，爵士。双桅船上的小划子，船底朝天！"

"那些不幸的人啊！"海伦夫人叫起来，"他们都死了！"

"是的，夫人。"约翰·孟格尔回答，"他们本是该死的，因为在这些暗滩中间，浪又那么大，夜又那么黑，他们不是睁着眼睛找死吗！”

“愿上帝可怜他们吧！”玛丽·格兰特喃喃地说。

大家静默了好一会儿，个个在看着那单薄的划子，越走越近。很明显地，它是在距陆地四海里远的海面上翻掉的，坐在划子上的人，无疑地，一个也不曾逃出来。

“但是这划子对我们还是可以有用处呀！”格里那凡说。

“对呀！”约翰·孟格尔回答，“威尔逊，正对着划子走。”

木筏的方向转了一下，但是风渐渐小下来，到两点钟的时候才走到划子跟前。

穆拉地站在木筏头上，挡住划子，不让它撞到木筏上。那翻了的划子漂到木筏旁边来了。

“是空的吗？”约翰·孟格尔问。

“是的，船长。”那水手回答，“划子是空的，舷都裂开了，因此我们不能用了。”

“一点儿也不能利用了吗？”麦克那布斯问。

“一点儿也不能。”约翰·孟格尔回答，“是一块废料，只好当柴烧。”

“很可惜。”巴加内尔说，“因为这划子要是不破的话，会把我们载到奥克兰的。”

“将就将就吧，巴加内尔先生。”约翰·孟格尔回答，“而且，浪这么大，我还宁愿坐木筏也不乘那个单薄的划子呢！轻轻地碰一下就会粉碎的！爵士，我们用不着在这里停留了吧？”

“随你的便吧，约翰。”格里那凡说。

“再走，威尔逊，”那青年船长又说，“对着海岸直走。”

潮还要涨一个钟头。木筏又趁潮势走了两海里。但是这时候风差不多完全息了，并且显出要从陆上吹来的趋势。木筏不动了。过一会儿，它甚至要被落潮拖着向海里漂去。约翰连一秒钟也不能迟疑了。

“停泊。”他叫着。

穆拉地早就准备着执行这个命令，登时就把锚抛下去，落到海底有五英寻深。木筏倒退了四米，把锚缆拉得很紧。那块便帆也卷起来

那翻了的划子漂到木筏旁边来了。

了，人们采取了种种措施，准备停一个相当长的时间。

是呀，海潮不会在晚上九点钟以前再涨回来，约翰·孟格尔既然不打算在夜间航行，就必须停到早晨五点钟为止。陆地就在眼前，已经不到三海里远了。

海水涌得相当厉害，掀起了许多浪头，不住地一浪接着一浪，仿佛是奔向海岸。所以格里那凡一听到要在木筏上过一整夜，就问约翰为什么不利用这种向海岸奔去的浪头继续向陆地进发。

“阁下是被光学上的一种幻觉迷惑了。”那青年船长回答说，“虽然表面上浪仿佛在走，实际上它并不走。那只是流质的分子在摆动，没有其他意义。您试拿一块木板丢到这些波浪里面，就可以看得出直到落潮把它往下拖的时候，它是停在那里不动的。因此，我们现在只有耐心等着。”

“并且只有吃了晚饭再说。”少校补上一句。

奥比内从一只伙食箱里拿出几块干肉和十几块大饼干。司务长让他们吃这种坏伙食，臊得脸发红。但是大家都吃得很乐意，连女客也是如此，虽然海浪颠簸得厉害使她们不想吃。实在地，木筏抵抗着浪潮，震撼着缆索，一冲一撞地，确是十分累人。又急又凌乱的浪头，颠来扑去，木筏纵然是撞到暗礁上，也不会动荡得更厉害。有时人们简直以为是木筏触礁了。缆索拉得十分吃力，每半小时约翰叫人放长一英寻，让它松松劲。要不是这样预防的话，它一定会断的，它一断，木筏就无牵无绊，会随着潮流往海中心荡，不知要荡到什么地方呢！

所以，约翰的焦虑是很容易了解的。缆索可能断，锚又可能滑，不论是缆索断了或者锚滑了，都是不得了的事。

夜快到了。太阳连着倒影，一片深红，和鲜血一般，在地平线后面下沉。渺渺的水波在西方炫耀着，闪烁着，像铺着流动的银片。一眼望去尽是天和水，只有一个黑点在苍茫中显出来，那就是麦加利号的残骸，搁在它那片沙滩上，一动也不动。

从短暂的黄昏到夜幕的形成，只有几分钟的时间。不一会儿，那片横亘在东面和北面的陆地就在夜影沉沉中溶化了。

这些受难人挤在这个狭窄的木筏上，真是愁苦万分啊！他们有的

夜快到了。

睡了，迷迷糊糊的，又焦又急，做着噩梦；有的根本连一个钟头也睡不着。天亮时，个个都由于夜来的疲惫而困顿不堪。

随着海潮的回涨，风又从海上吹来。正是早晨六点钟。时机紧迫，约翰赶快布置启行。他命令起锚。但是锚齿因为缆索的抖动，嵌到沙里太深了。没有绞盘，尽管威尔逊按着滑车也还是拔不起来。

绞锚绞了半点钟，毫无效果。约翰急于启行，叫人把缆索砍断了。这样一来，锚牺牲了，若是这次涨潮再不能把木筏送到岸边的话，中途要停是不可能的了。但是无论如何他不愿再耽搁启行的时间，所以一斧头就把木筏解下来，让风吹着前进，底下还有每小时两海里速度的潮流推送着。

帆张起来了。木筏慢慢地向着陆地浮去。那陆地是一带浅灰色的黑影，在晨曦照耀的天空中显现出来。途中有许多礁石，都被很巧妙地避开或绕过了。但是海风不稳定，木筏似乎很难靠到岸边。新西兰海岸是多么危险的地区啊！而要想到达这个地区又是多么费事啊！

然而，到了九点钟，距陆地不到一海里路了。岸的外围到处是沙滩，滩边都很陡。必须在这些沙滩中找个能靠岸的地方才成。风渐渐弱下来，接着就完全停息了。帆面瘪瘦瘦的，拍着桅杆，反成了木筏的累赘。约翰叫人把它落下来。现在只有靠涨潮把木筏送到岸边了；而且，方向又无法操纵，大片的海藻又阻滞着前进的速度。

十点钟，约翰看见木筏差不多不动了，这时，离岸还有三链远。想停泊吧，又没有锚。

一落潮，木筏不是又要被潮流拖回到大海里去了吗？约翰心里急坏了，两只手痉挛着，对那片登不上去的陆地恨恨地瞪着双眼。

侥幸——这次真是侥幸——忽然一撞，木筏停住了。原来它搁浅了，搁在一个离岸只有二十五英寻的沙滩上。

格里那凡、罗伯尔、威尔逊、穆拉地都跳到水里把木筏用缆索牢固地系到旁边的礁石上。女客们由大家高高举起，互相递送，一个递给一个，一直递到岸上，连一个衣褶也没有湿。不一会儿，所有的男客，连同武器、食粮也都上了新西兰那带骇人的滨海地区了。

女客们被一直递到岸上，连一个衣褶也没有湿。

第八章
—— 这地方的当前局势 ——

格里那凡很想一点儿不耽搁就沿着海岸向奥克兰前进。但是从早晨起,天上就堆满了大块的乌云,下了木筏之后,快十一点钟的时候,水汽凝成了急雨。因此,上路是不可能的,得找个地方躲避一下。

正好,威尔逊在岸边的那些雪花岩里找到一个被海水冲刷成的石洞。旅客们带着武器和食粮都钻进去了。里面有大堆的干海藻,都是以前海浪打进来的。这是一种天然的床铺,大家都将就地躺下去了。洞口还堆着几块木材,烧着了,大家尽可能把衣服烤烤干。

约翰原以为这种洪水般的大雨下得越急,停得也越快,可是不然,好几个钟头过去了,天气还没有好转。风向南刮,一阵紧似一阵。天时这样恶作剧,再能忍耐的人也会急躁起来。但是有什么办法呢?没有交通工具而在这样的暴风雨里跑,不是发疯吗?而且到奥克兰不过几天的路程,只要土人不来,迟个一天半日也没有多大关系。

在这被迫休息的时候,大家谈起了当前正在新西兰进行的战事。但是为着了解并正确估计麦加利号遇难者所面临的局势的严重性,必须先知道这次北岛上流血斗争的经过。

从1642年12月16日塔斯曼到达库克海峡以来,新西兰人虽然常和欧洲船只来往,却始终是在他们的独立的岛屿上自由地生活着。没有一个欧洲国家想到占领这些分布在太平洋上的群岛。有些传教士,特别是英国的传教士,引诱新西兰酋长们伸着脖子接受英帝国的枷锁。这些受了骗还不知道的酋长,签署了一封信,给维多利亚女王,要求她的保护。但是眼光看得清楚的酋长感觉到这种做法不妙,其中有一个,在信上签了他的记号之后,就预言说:“我们丢掉我们的土地了;从此,这地方不是我们的了;不久,外国人就要来占领它,我们就要变成他们的奴隶。”

果然,1840年1月29日,军舰先驱号开到了依卡那马威岛北部的群岛湾。霍伯逊舰长下船到了科罗拉勒卡村。全体村民被唤到耶稣教堂里开大会,会上宣读了霍伯逊舰长从英国女王那里得来的委令。

旅客们带着武器和粮食钻进了一个雪花岩石洞。

次年1月5日，新西兰一些主要的酋长都被叫到派亚村英国外交人员的住宅里来。霍伯逊舰长想使他们降服，对他们说女王已经派军队和兵舰来保护他们，说他们的权利依然是受到保障的，他们的自由还是完整的。不过他们的土地应该属于英王，必须卖给她。

大部分的酋长觉得这种保护所要的代价太大了，不肯接受。但是霍伯逊的花言巧语和赠送礼物对于这些头脑简单的人，效力太大了，比他说的那派冠冕堂皇的话效力大得多。占领就这样被承认了。从1840这年起，到邓肯号离开克莱德湾那天止，这中间经过的情形，巴加内尔是没有一点儿不知道的，没有一点儿他不准备说给旅伴们听。

"夫人，"他回答着海伦夫人所提的问题说，"我曾经顺便提到过，我现在还要重述一遍，新西兰人是一个勇敢的民族，他让步了一个短时期之后，就步步为营地抵抗着英国的侵略。毛利族各部落的组织就和苏格兰古代的氏族一样。每个部落是一个大家族，拥戴着一个酋长，酋长都十分注意地做到使全族人绝对尊崇他。这个种族的人都豪迈勇敢；有的身材高大，头发平滑，像马耳他岛的人或巴格达的犹太人；有的矮点，粗点，像黑白人种的混血儿，但都骁勇善战。他们曾经有过一个著名的酋长，叫作奚昔，赛过法兰西古代的魏森杰托利[①]。战争在依卡那马威岛上一直打得没完没了，这是不足为怪的，因为现在岛上还有隈卡陀那个著名的部落，由威廉·桑普逊率领着进行保卫乡土的斗争啊！"

"英国人不是已经控制住新西兰的各主要据点了吗？"约翰·孟格尔问。

"自然是控制住了，我亲爱的约翰。"巴加内尔回答，"自霍伯逊舰长实行占领以后，他就做了岛上的总督，从1840到1862年之间，九个殖民区，在条件最好的位置上逐渐建立起来了。九个殖民区就变成了九个省：四个在北岛，即奥克兰省、塔腊纳基省、惠灵顿省和霍克湾省；五个在南岛，即纳尔逊省、马尔巴勒省、坎特伯雷省、奥塔戈省和索斯兰省。据1864年6月30日统计，总人口是十八万零三百四十六人。许多重要的商业城市在各地方出现了。我们到了奥克兰，就不能

① 公元前一世纪初叶率领法兰克人抵抗罗马侵略的法国名将。

不毫无保留地羡慕那座南半球科林斯[①]所占据的地位，它控制着那狭长的地峡，就和守在太平洋上的一座桥梁一般；现在那城里的居民已经有一万二千人了。西边的新普利茅斯，东边的阿呼昔利，南边的惠灵顿，都已经是繁荣的、常有船舶往来的城市了。在南岛上，有号称新西兰的花园、赛过法国蒙彼利埃的纳尔逊，有库克海峡上的皮克敦，有克赖斯特彻奇、英佛加尔给尔、都内丁，后三个城都在全世界采金人汇聚的那个富庶的奥塔戈省。所有这些城市都各有其特点，使你无法评判优劣。而且你们要注意，这些城市都不是几个茅草棚凑成的，也不是土人的村落，却都是不折不扣的城市，有码头、有大教堂、有银行、有船坞、有植物园、有博物馆、有风土研究会、有报馆、有医院、有慈善社团、有哲学院、有帮会组织、有俱乐部、有合唱队、有剧院、有万国展览馆，不多不少，正如在伦敦或在巴黎一样！如果我记得不错的话，就是1865年，今年，全世界的工业品都要送到这吃人的国度里来展览，也许此刻我说这话的时候展览会已经开幕了！"

"怎么，跟土人打仗的时候还开展览会？"海伦夫人问。

"夫人，英国人才不在乎战争呢！"巴加内尔回答说，"他们一面打仗，一面开展览会。打仗并不叫他们起恐慌。他们甚至还在新西兰人枪口底下筑铁路呢！奥克兰省的德鲁里铁道和米尔米尔铁道就是要经过土人占领的许多主要据点的。我保证铁路上的工人是经常从火车头上开枪的。"

"这个打不完的仗现在怎么样了？"约翰·孟格尔问。

"我们离开欧洲足足有六个月了，"巴加内尔回答，"因此我不能知道我们出发以后的事，我只在穿过澳大利亚时从马丽巴勒和塞木尔报纸上读到过一点儿消息。不过我相信，在这时候，北岛上一定打得很激烈。"

"这战争是从什么时候打起的呢？"玛丽·格兰特问。

"你是问从什么时候'再打起'的吧，我亲爱的小姐。"巴加内尔回答说，"因为土人第一次起义已经是早在1845年的事了，这次再打起来是在1863年年底；但是在这以前，毛利人早就准备摆脱英国人统治

① 古希腊名城，这里借来比喻奥克兰。

的枷锁了。土人的民族党一向积极宣传，要选出一个毛利族的人做领袖。它要把那个老巴塔陀捧出来做国王，把他在隈卡陀江和隈帕河之间住的村子改为新王国的京城。那巴塔陀不过是一个刁猾而胆子并不大的老头子，但是他手下的那个首相，却是精明强干的。在外国未占领新西兰之前，奥克兰地峡上原住着爱提哈华部落，这首相就是那个部落的后裔。他的名字叫威廉·桑普逊，他已经成为这场战争的灵魂了。他很能干地把毛利人的军队组成了。在他的指使下，一个塔腊纳基省的酋长把许多零散的部落在一个口号下集合起来了；另一个隈卡陀的酋长组织了一个'土地大同盟'，这是一个真正保障公众利益的组织，目的在阻止土人把土地卖给英国政府。这一切组织好了，就大摆筵席，就和在文明国家里革命的前夕一般。英国的报纸一揭载这些令人惊慌的消息，政府就对'土地大同盟'的活动表示十分忧虑。总之，土人的觉悟提高了，战争像地雷一样随时可以爆炸，只是少一根导火线罢了。换句话说，只等双方利害冲突起来，就一触即发。"

"怎样触发的呢？"格里那凡问。

"那是1860年的事，"巴加内尔说，"发生在北岛的西南岸塔腊纳基境内。有一个土人在新普利茅斯邻近的地方有六百英亩地，他把这块地卖给英国政府了。但是当丈量人来丈量的时候，酋长金吉却提出抗议，并且在3月里就在那六百英亩地的上面扎了一座营，四周用高栅栏保卫着。几天后，高尔德上校带兵把那座营占领了。就在这天，这场民族自卫的战火就燃烧起来了。"

"毛利人数目很多吧？"约翰·孟格尔问。

"近百年来，毛利族的人口大大地减少了。"那地理学家回答，"1769年，库克估计有四十万人。1845年，《土人保护国》的调查结果，把这数字减为十万零九千人。文明人的屠杀、疾病、烈性酒等，使这一族的人口大大减少了。现在两个岛合起来还有九万个土人，其中有三万名战士，还够和欧洲军队周旋一个很长的时期呢！"

"他们这样抵抗，到今天为止，成功了没有呢？"海伦夫人问。

"成功了，夫人，英国人自己都常常要佩服新西兰人的勇敢。新西兰人打的是游击战，到处窜扰，专扑小部队，专抢移民的财产。卡莫龙将军在那些乡野里，要在所有的丛莽中搜索，是很感棘手的。1863

年，毛利人经过一番长期的、残酷的斗争，居然占领了隈卡陀江上游的一座大要塞。这要塞建筑在一带峻峭的丘陵尽头，外面有三道防线保卫着。毛利族的许多预言家都号召毛利人保卫乡土，并且预言将来一定可以消灭那些'白皑卡'——就是那些白种人。卡莫龙将军手下有三千士兵，个个是杀气腾腾，特别自斯卜伦团长被惨杀之后，英国兵逮着毛利人一个也不饶。因此惨烈的战争展开了。有几次战役接连打到十二小时，毛利人在欧洲军队的炮口前绝不退却。独立军的核心是威廉·桑普逊率领的那些顽强的隈卡陀部落构成的。这位土人将军原只指挥二千五百名战士，后来增加到八千了。商吉和霍基两酋长手下的土人都来帮他的忙。在这神圣的战争中，妇女也参加了最艰苦的工作。不过，为正义而战的军队常常是没有优良的装备的。卡莫龙将军经过几次残酷的战役，终于占领了隈卡陀县，但是占领时已经是一片焦土了，因为毛利人从四方八面都逃出了他的包围。在战争的过程中，可歌可泣的事迹是很多的，有一次有四百个毛利人守在俄拉干堡垒里，被卡来将军带着一千兵围困住了，堡里的人既无粮食，又无水喝，但是绝不投降。忽然有一天，在大白天正午的时间，他们竟从第四十团的阵地上冲开了一条血路，把第四十团杀得个落花流水，然后逃到沼泽地带去了。"

"占领了隈卡陀县，"约翰·孟格尔问，"是不是就结束了这场血战呢？"

"没有啊，我的朋友。"巴加内尔回答，"英国人曾决定向塔腊纳基省进军，并且包围威廉·桑普逊的堡垒马太塔瓦。但是这堡垒，他们不付出重大的代价是占领不了的。这一次我离开巴黎的时候，听说总督和将军接受了塔兰伽各部落的投诚，允许他们保留四分之三的土地。又传说起义部队的主要领袖威廉·桑普逊也想投降；但是澳大利亚的报纸并没有证实这个传说；事实上正相反。因此，很可能此刻那抗敌战争又在更激烈地开展起来了。"

"照你的看法，巴加内尔，"格里那凡问，"这场战争将要在塔腊纳基省和奥克兰省展开了？"

"我想是的。"

"这不就是麦加利号失事把我们送到的这一个省份里吗？"

“正是呀！我们上陆的地方正在科依亚海港上几英里，科依亚还一定高悬着毛利人的国旗呢！”

“那么，我们还是向北走稳当些。”格里那凡说。

“可不是嘛，稳当多了。”巴加内尔回答，“新西兰人恨欧洲人恨极了，特别是恨英国人。因此，我们要避免落到他们手里。”

“也许我们可以遇到欧洲军队吧？”海伦夫人说，“如果能遇到的话，那就幸运极了。”

“也许，夫人。”那地理学家回答，“但是我并不希望遇到。乡下最小的树丛，哪怕是很小的一蓬草里也会藏着一个灵巧的游击队员，小队的兵是不敢单独到乡下来搜索的。因此我并不指望那第四十团的兵来护送我们。但是，我们要沿着走的这条西海岸上有些教堂，我们很容易走一站歇一站，一直走到奥克兰。我甚至于还想走上郝支特脱先生沿着限卡陀江所走的那条路呢！”

“他也是个旅行家吗，巴加内尔先生？”罗伯尔·格兰特问。

“是的，我的孩子。他是一个科学委员会的会员，在1858年做环球旅行时乘着奥地利兵舰诺伐拉号到这里来。”

“巴加内尔先生，”罗伯尔又说，他一想到伟人的探险旅行，眼睛里格外发出光来，“新西兰也有和柏克、斯图亚特在澳洲一样著名的旅行家吗？”

“也有几个，我的孩子，比方，像胡克博士、像白利萨尔教授、像博物学家狄芬巴和哈斯特。虽然他们中间也有几个人把性命牺牲在冒险热情上了，但是毕竟他们没有澳洲和非洲的旅行家们那样闻名……”

“您知道他们的历史吗？”小格兰特又问。

“还用问吗，我的孩子！我看你心痒痒地要知道得和我一样多，我就说给你听听吧！”

“谢谢您，巴加内尔先生。我好好地听着。”

“我们也要听您讲呀！”海伦夫人说，“坏天气逼着您给我们讲学，这已经不是第一次了。讲给我们大家听吧，巴加内尔先生。”

“遵命，夫人。”那地理学家回答，“不过我的故事不很长。这儿不像在澳洲，那些和牛首人身的庞大怪物斗争的英雄探险家是没有的。

新西兰太不够大了，它无力阻止人们的探索。所以我此刻所讲的人物，严格地说，不是旅行家，只是些游览者，他们虽然牺牲了，也只是在最无谓的事故中送了命。”

“这些人是……”海伦夫人问。

“是几何学家卫公伯和霍维特。这霍维特，就是我们在维买拉河岸上逗留时我对你们讲的在那次著名的探险中找到柏克遗骸的那个人。卫公伯和霍维特都在这南岛上分别领导过两次探险旅行。两个人都是1863年上半年从克赖斯特彻奇出发的，他们要穿过坎特伯雷省北部的那带高山。霍维特在省北的边界线上越过了那条山脉，来到白伦纳湖上建立了他的大本营。卫公伯则相反，他在拉卡亚河谷里找到了一条通道，直抵亭达尔山的东面。卫公伯还有个旅伴叫作鲁卜，他曾在《里特尔顿时报》上发表过一篇文章，叙述这次探险与出事的经过。据我所能记得的，那是1863年4月22日，这两个探险家到了拉卡亚河发源的那座冰山的脚下。他们直爬到山顶，决心找出过山的新途径。第二天，卫公伯和鲁卜又累又冷，不能再前进了，他们就在海拔四千英尺高的厚厚的雪地上宿了营。他们在山里转了七天，在山谷底下找着了路。有些山谷的四周都是峭壁，根本没有一个出口。他们常常没有火烤，有时还没有东西吃。他们带的糖都化成了膏子，饼干都化成了淀粉团子，衣被都被雨水淋湿了。他们被虫子咬得浑身是伤，一天最多只走三英里，少则勉强走两百码。最后，4月29日，他们遇到一座毛利人的草棚子，在菜园里弄到几把马铃薯。这就是那两个朋友分了吃的最后一顿饭。晚上，他们到了海边，靠近塔拉马考河入海的地方。只有渡到河的右岸，才能向北走到格来河。那塔拉马考河又深又宽。鲁卜找了一个钟头，找到了两只破划子，他就把这两只破划子尽可能地修了一修，并把它们连在一块儿。傍晚时两个人就上船了。但是仅仅到了河中心，划子就充满了水。卫公伯赶快跳下了河，又游回了左岸。鲁卜不会游水，只好扒住划子不放。这样倒是救了他，但是他也经过了许多折磨才逃出性命来。那不幸的人被波浪直向暗礁冲去。一浪把他打沉下去，又一浪把他打浮上来。他触到了许多岩石。最阴森的黑夜降临了。雨下得和山洪一般。鲁卜满身是血，被海水泡得肿胀不堪，就这样被颠来扑去地滚了几个钟头。最后划子触到陆地

鲁卜不会游水，只好扒住划子不放。

了，那个受难的人被冲到河岸旁边，已经失去了知觉。第二天，天一亮，他就向一条泉水那边爬，他认得出急流把他冲到的地方离原来渡河的地方只有一英里。他爬起来，沿岸走去，不久就发现那不幸的卫公伯头和身子都陷在烂泥里。他已经死了。鲁卜用手在沙中心扒了一个坑，把他的旅伴的尸体埋起来。两天后，他自己也饿得要死，幸而被一些好客的毛利人收留了——毛利人中间也有些好客的。5月4日他回到白伦纳湖上，到达了霍维特的营篷。这霍维特过了六星期也和那不幸的卫公伯一样地死掉了。"

"是啊！"约翰·孟格尔说，"这真是祸不单行，就好像有条命运的绳索把旅行家们拴在一块儿，绳子一断，他们都死了。"

"你说得对，约翰朋友。"巴加内尔回答，"我也常常在想这一点：有一个什么样的连带性的规律使霍维特也要在几乎同样的环境中死掉呢？谁也说不上来。霍维特是受了政府的工程局主任卫德的请托，要从胡奴尼平原到塔拉马考河口探出一条可以供骑马通行的路线。他是1863年元旦出发的，带了五个人。他以无比的智慧执行他的任务，四十英里长的一段路已经钻通了，一直钻到塔拉马考河边再也走不过去了。于是，霍维特又回到了克赖斯特彻奇，虽然快要到寒冬了，他还要求继续他的工作。卫德同意了。霍维德又出发到他原来宿营的地方，带去许多食粮和用品以便在那里过冬。他收容鲁卜就是在这个时候。6月27日，霍维特又带着他手下的两个人李特耳和缪利斯离开了营地。他们去渡过白伦纳湖，从此以后，他们就无影无踪了。他们所乘的那只单薄的低舷小艇倒是找到了，它搁了浅被丢在湖边。但是人们找了九个星期都找不到他们的下落，这几个不幸者都是不会游水的，很明显，他们都在湖里淹死了。"

"为什么不能假定他们还是安然无恙地待在某一个新西兰部落里面呢？"海伦夫人说，"至少我们还可以说他们是生死不明啊！"

"唉！夫人，不能这样说。"巴加内尔回答，"因为直到1864年8月，出事一年之后，他们都还没有影儿呢……在新西兰这个地方，一年没有消息，"他又低声自言自语地说，"那就是没有希望了，完事了！"

第九章

—— 往北三十英里 ——

2月7日，早晨六点钟，格里那凡发出了启程的信号。夜里雨就停了，但是天上还塞满着灰白色的小云块，在距地三英里高的空中挡住日光。因此，气候并不算太热，白天赶路还受得了。

巴加内尔在地图上量了量，知道卡花尖和奥克兰之间有八十英里路程；每二十四小时走十英里，要走八天。但是他认为与其循着那条曲曲折折的海岸走，不如先到离这儿三十英里的隈帕河和隈卡陀江汇合的地方——加那瓦夏村。那里有“陆上邮路”经过。虽说这条路是小路，但车马也可以通行，从霍克湾上的纳皮尔通到奥克兰，穿过大半个岛。由加那瓦夏村到德鲁里就容易了，到了德鲁里，又可以在那博物学家郝支特脱所特别介绍的一家上等旅馆里休息。

一行人各背着一份自己用的干粮，开始绕着奥地湾的岸边前进。为谨慎计，他们彼此离得不太远，并且本能地装好马枪，注意着东面高低起伏的平原。巴加内尔手里拿着他那幅精制的地图，用艺术欣赏家的态度赞美着地图上每一记载的正确性。

这天，有一部分的时间，那支小旅行队都在铺满蚌壳和乌贼鱼骨头的沙滩上走过，沙里还夹杂着大量的过氧化铁和一氧化铁。在这里，一块磁石只要一接近地面，就会立刻吸上一层澈亮的结晶体。

在被潮水抚弄着的海岸上有一些海生动物在嬉游，它们见着人也不逃跑。许多海豹，圆圆的头，宽而隆起的额，富于表情的眼睛，呈现出一副和善以至于多情的面孔。无怪乎古代的神话根据其特点把这些海中的动物诗化了，尽管海豹叫起来是那样难听，而神话却还把它们说成是善于歌唱的美人鱼。这些海兽在新西兰的海岸上很多，是一宗很大的买卖。人们猎捕它们就是为了要它们的油和皮毛。

在海豹中间还有三四只海象，皮呈蓝灰色，有二十五英尺到三十英尺长，特别引起行人的注意。这些庞大的两栖动物，懒洋洋地躺在厚厚的一层昆布上，挺起可软可硬的长鼻子，做鬼脸一般地摇着长而卷曲的硬鬣毛——这种鬣毛一绺一绺的活像公子哥儿们的胡子。罗

海豹呈现出一副和善以至于多情的面孔。

伯尔正在闲看着这群有趣的动物，忽然十分惊奇地叫起来：

“怎么！这些海豹吃石子儿呀！”

果然，有几只海豹真在大口地吞着岸上的石头。

“当真！事实是千真万确的！”巴加内尔应声说，“我们不能否认这些动物在吃岸边的石头。”

“这食料也太特别了，”罗伯尔说，“可不容易消化呀！”

“这些两栖类吞石头不是为着饱肚子呀，我的孩子，那只是为了压载，控制浮力。这是个增加比重的办法，以便容易钻到水底下去。它们一回到岸上，就要干干脆脆地把这些石头吐出来了。你看，吃石头的那几只就要往水里钻。”

不一会儿，果然，半打海豹有了足够的重量之后，就大肚子垂垂地沿着岸边爬去，钻到水里去了。但是格里那凡不能浪费宝贵的时间去等海豹回来看它们吐石头，他催着停下来的行人前进。巴加内尔只好随着大家走了，心里感到十分遗憾。

十点钟的时候，大家在许多雪花岩的脚下停下来吃早饭。这些岩石纵横撑架着，仿佛古代克勒特人[①]在海岸上支起的大石梁。一片蚌壳滩里有大量的新鲜海淡菜。这些淡菜都很小，味道并不很好。但是，奥比内拾了许多，依着巴加内尔的主意在炭火上炙熟了吃。一打又一打地，整个一顿饭时大家都吃个不休。

歇过了，又沿海湾的岸边前进。在海湾的齿形岩石上和峭壁的头顶上飞来了无数的海鸟，有军舰鸟、有塘鹅、有海鸥，还有庞大的信天翁在岩石的尖顶上一动也不动。到下午四点钟，已经走了十英里路了，大家并不辛苦，也不疲乏。女客们要求继续走到晚上。这时路的方向要变一变了，转过北面那几座山的山脚，就进入限帕河流域了。

那片地面远看仿佛是些广阔的草原，一望无边，似乎路很好走。但是旅客们一走到那一片青葱的边缘就大感失望了。草地尽头就是开着小白花的小树丛，中间杂着新西兰土壤特别爱生的那种高大而繁多的凤尾草。人们要在这些小树丛中间开一条路，困难是很大的。然而，晚上八点钟，总算绕过了那带哈卡利华塔连山的最初几个山丘，他

① 上古欧洲中部及西部的居民。

们就在那里宿了营。

一气走了十四英里，也该想到休息了。既无牛车，又无帐篷，每人只好就在那些茂盛的脂松脚下准备睡觉。盖毯倒不缺乏，临时就把盖毯当床褥。

格里那凡为着守夜，采取了严密的措施。他的旅伴们和他自己都要荷枪实弹地轮流站岗，每两个人一班，直站到太阳出来为止。一点儿火也没有烧。为着防野兽，烧起篝火是有用的，但是在新西兰这个地方，既无老虎，又无狮子，也无狗熊，没有任何猛兽；然而，却有新西兰土人。他们简直是两只脚的黑斑虎，点了火反而会引着他们来。

总之，夜过得并不坏，只是有几个沙蝇——土语叫作"嘎姆"——螫得人很难受，此外还有一种大胆的野鼠跑来大啃干粮袋。

第二天，2月8日，巴加内尔一爬起来就比以前放心些，他对这个新地方差不多不再有所疑惧了。他所特别怕的毛利人并没有出现，那种残忍的吃人的人，甚至于在他的梦里也没有来威吓过他。他感到十分满意，并且把这种满意的心情告诉了格里那凡。

"我想，"他对格里那凡说，"这次轻松的散步可以顺利完成，不会遇到什么阻拦。今天晚上我们就可以走到隈帕河和隈卡陀江汇合的地方。一走过这地方，上了奥克兰大路，遇到土人的机会就不多了。"

"到那两条河汇合的地方我们还有多少路？"格里那凡问。

"十五英里，和我们昨天走的路程差不多。"

"但是，如果这些走不完的树丛还继续拦住路，我们就会走得很慢呀！"

"不会。"巴加内尔回答，"我们沿隈帕河走，那里没有什么障碍，相反的，路好走得很。"

"那么，就动身吧。"格里那凡看见女客们已经准备上路，就这样说。

在这天的头几个钟头里，树丛还阻滞着行程。行人走过的地方，牛车马匹都不能走过。因此旅客们对于他们在澳洲丢掉的车马并不怎样懊悔。新西兰这个地方，在穿过它的丛林开出车路之前，是只能容许步行的旅客通过的。那些种类多到数不清的凤尾草和毛利人一样坚强地在捍卫国土。

因此，小旅行队在穿过哈卡利华塔连山的丘陵地带时，感到困难重重。但是，不到中午，他们就到了隈帕河边。从这里沿着河岸往北，就没有什么障碍了。

这里是一片引人入胜的境界，小港纵横，港里的水又清又凉，在灌木丛中活泼地流着。据植物学家胡克的调查，新西兰到此时为止，已经发现有两千种植物，其中五百种是本地所特有的。花的种类很少，花的色彩也不多，一年生的植物几乎完全没有，但是羊齿类、禾本类和伞形类却十分繁盛。

在那一片青葱的土地上面，疏疏落落地耸立着一些高树：有开着朱红色花朵的“美特罗西得罗”树，有诺福克松树，有枝条密集向上直抽的罗汉柏，还有另外一种柏树叫作“利木”，样子和欧洲的柏树一样单调。所有这些树干都被多种多样的凤尾草包围住。

在大树的枝丫中间，在灌木丛的上面，飞翔着、喧噪着一些大鹦鹉：一种叫作“卡卡利吉”，绿毛，项下有一条红带；另一种叫作“托波”，脸两旁拖着漂亮的黑色双鬓；还有一种鹦鹉和鸭一般大，棕红色羽毛，翅膀下面的颜色特别鲜艳，博物学家把它叫作“南国老人”。

少校和罗伯尔没有离开旅伴居然就打到了几只鹬鸟和竹鸡。这几只鸟都是飞疲了落在路旁边的低树丛下面的。奥比内拿来一面走一面拔毛，以免停下来耽误行程。

巴加内尔倒不很在乎野味的营养价值，他很想捉到几只新西兰特产的鸟。博物学家的好奇压倒了旅客的贪馋。他想起了土人叫作“突衣”的那种鸟，如果他记得不错的话，那种鸟的形态习惯都是很离奇的，人们有时把它叫作“嘲笑专家”，因为它不断地嘲笑，有时把它叫作“司铎”，因为它的黑羽毛上带着一条白领子活像司铎的服装。

“这种‘突衣’鸟，”巴加内尔对少校说，“冬天长得太肥了，肥成了病，一点儿也飞不动。于是它自己就开胸破肚，把肚子里的脂肪啄掉，以便减轻身体的重量。这种做法你不觉得奇怪吗，麦克那布斯?”

“太奇怪了，所以刚才你说的话，我半个字也不相信!”少校说。

巴加内尔恨不得捉着这样一只鸟，把它胸前血淋淋的伤痕指给那死也不肯相信的少校看看，只可惜他办不到。

但是另有一种怪鸟，他却幸运地遇到了一对。这种鸟为了逃避人和猫狗的追捕，跑到这些荒僻的区域里来，渐渐趋于绝种了。罗伯尔就和黄鼠狼一样，到处钻着找，在一个树根编成的巢里找到了一对鸡。它们没有翅膀，没有尾巴，每只脚上有四个趾，长着鹬鸟的长嘴壳，披着一身的白羽毛和头发一般。它们的样子十分离奇，仿佛是介乎卵生类和胎生类之间的一种过渡性的动物。

那就是新西兰的“几维”，博物学家把它叫作“鹬鸵”。它随便吃什么，蛹子、昆虫、蠕虫、种子，它都吃。这种鸟只有新西兰有，欧洲的动物园里很不容易找到。它那种不成形的躯体和可笑的动作，经常引起旅行家的注意。在阿斯特罗拉伯号和色勒号来大洋洲探险的时候，法国科学院特请居蒙居威尔带这样一只怪鸟回去作标本。但是居氏虽然许给土人种种重酬，却始终没有得到一只活的几维鸟。

巴加内尔有了这样一个好运气，自己庆幸极了。他把那两只鸟拴在一起，好好地提着走，打算将来送给巴黎植物园①。“雅克·巴加内尔先生赠”，这位好胜心强的地理学家仿佛已经看见了这样动人的一块牌子钉在植物园里最美丽的一个鸟笼上了！

这时，小旅行队正在精神抖擞地沿着隈帕河岸往下走。这地方是寂无人烟的，没有土人的踪迹，连表示有人到这些平原来过的任何蹊径都没有。河水在高草丛中或是在漫长的沙滩中流着。行人可以一直望到东面封锁河谷的那带小山。那些山形状都很奇特，侧影浸在朦胧的雾气里，仿佛是许多巨兽，和生活在洪水前期的那些怪兽差不多，简直可以说是一群长鲸突然变成了化石。看着这些高高低低的山峦，就可以知道这片陆地基本上是火山质。本来，新西兰只是地火燃烧的近期产物。从海里上升的陆地还不断地在增加，有些地点二十年来又增高了两米。地火还在它的脏腑里奔腾着，使它震摇，使它抖动，并且还从许多火山口和间歇的沸泉口里冒出来。

下午四点钟的时候，大家已经顺顺当当地走了九英里路。巴加内尔不断地看地图，据地图上的标载，隈帕河和隈卡陀江汇合的地方，要不了五英里路就可以走到了。到了那里就上了奥克兰大路。大家预计就在那里宿营。至于由那里到京城的五十英里路，两三天就可以走

① 巴黎植物园兼养动物。

新西兰的“几维”，博物学家把它叫作“鹬鸵”。

完了。而且那条路通邮车,往来于霍克湾和奥克兰之间,半个月一次,如果格里那凡一行遇到这种邮车,至多八小时就到了奥克兰。

“因此,”格里那凡说,“我们今天晚上还是不能不露营一次了?”

“是的。”巴加内尔回答,“但是,我希望这就是最后的一次了。”

“那就好极了,因为对海伦夫人和玛丽·格兰特来说,露营实在是一个艰苦的考验。”

“而她们却忍受着这种考验,毫无怨言。”约翰·孟格尔接着补上一句,“但是,如果我没有记错的话,巴加内尔先生,您曾经说过在两河汇合的地方有一个村落的呀!”

“是的。”地理学家回答,“这幅约翰斯顿地图上画着有,在这里。是加那瓦夏村,在两河汇合的地方下面一点,约莫两英里。”

“那就好了!今天晚上就不能在那村子里歇一夜吗?为了找一个比较合适的旅馆,海伦夫人和格兰特小姐一定不在乎多走两英里路的。”

“找个旅馆?!”巴加内尔叫起来,“在毛利人的村子里找个旅馆?!要知道连个小客栈、连个小酒店都没有呀!这村子不过是一堆土人住的茅草棚罢了。我的意思:不但不能去过夜,还要小心在意地避开它才对。”

“你老是那么怕,巴加内尔!”格里那凡说。

“我亲爱的爵士啊,对于毛利人宁可多提防,不要太信任。我不知道毛利人和英国人的关系怎样,不知道这次事变平定了没有,不知道我们这次来是不是恰恰赶上他们打仗。我们不必自卑,像我们这样身份的人,毛利人只愁抓不到,我可不想去尝试尝试他们盛情的款待。因此,我觉得还是老实些避开加那瓦夏村吧,还是绕过这个村子,避免和土人碰头为妙。我们一到了德鲁里,那就不同了。在那里,我们的英勇的女伴们尽可以放心大胆地休息,消除旅途的疲劳。”

地理学家的意见占了上风。海伦夫人宁愿再露天过最后的一夜,不叫她的旅伴们冒险。玛丽·格兰特和她都不要求中途停歇,她们继续沿河岸走去。

两小时后,黄昏从山上笼罩下来了。太阳在向西边的地平线下沉之前,还利用云层忽然豁开的机会,射出它最后的光芒。东边那遥远的山峰被夕阳的回光染成一片紫色。这仿佛是对旅客们行着一个匆匆的敬礼。

格里那凡一行人加紧了脚步。他们知道,在这已经算是高纬度的地带,黄昏是短促的,黑夜很快就要降临。他们要在天黑之前赶到两河汇合的地方。但是这时地面上升起了一片浓雾,认路已经十分困难了。

幸而视觉虽然被暗影蒙蔽了,听觉还可以代替。不久,愈来愈响的流水声告诉大家,两条河已在同一个河床里汇流了。八点钟的时候,小旅行队就到了限帕河和限卡陀江汇合的地方。那里,自然免不了有些惊涛在鸣吼。

"限卡陀江到了,"巴加内尔叫道,"到奥克兰的路就沿这条江的右岸向上。"

"我们明天就能看见这条路,"少校回答,"今天就在这里宿营吧。我觉得前面那地方特别阴暗,大概是一丛小树。这一丛树正是为着掩蔽我们才特意生在那里的。我们吃了晚饭就睡觉吧。"

"吃晚饭吧,"巴加内尔说,"但是只能吃饼干和干肉,不要生火。我们是飘然而来,同样地也要尽量做到忽然而去。真幸运得很,这片雾叫人家看不见我们。"

那一小丛树已经到了,大家都听从地理学家的话,静悄悄地吃了晚饭。旅客们一天赶了十五英里路,都十分疲倦,不一会儿,大家都沉入酣睡中了。

第十章

—— 民族之江 ——

第二天天亮的时候,江面上弥漫着一片浓雾。空气里饱和着的一部分水气遇冷凝聚起来,给水面盖上一层厚厚的云。不久,太阳出来了,那一团一团的云雾很快地也就消散了。河岸从浓雾中显露出来,限卡陀江呈现出它在晨光中的美丽。

一条狭长的半岛，上面长满了灌木，伸在两河之间，愈远愈尖，终于在汇流的地方消失了。隈帕河的水流得比较急，在和隈卡陀江合流之前四分之一英里的地方就挡住隈卡陀江水的去路。但是强大而镇静的江水终于制服了猖狂的河水，并且平平稳稳地拖带着它直流到太平洋里。

雾气消散了，一只船在隈卡陀江中逆流向上划。那是一条七十英尺长、五英尺宽、三英尺深的划子。船头翘得高高的，和威尼斯的交通船一样。这条船是用一棵“卡希卡提”杉的树干刳出来的。船底上铺着一层干的凤尾草。船的前部装着八只桨，划起来船就像在水面上飞一般。船尾上坐着一个人，手里拿着一只长桨，操纵着船的方向。

这人是一个大个子的土人，年纪大约四十五岁，宽胸脯，四肢筋肉突起，手脚强劲。他那凸出而横布着粗皱纹的额头，他那恶狠狠的眼光，他那一脸的凶相，使他成为一个可怕的人物。

那是个毛利族的酋长，地位很高。一看他满身满脸刺着又细又密的花纹就知道这一点。从他的鹰钩鼻子的两翼上起，刺着两条黑色螺旋线，分别绕过他那嵌着黄眼珠的眼眶，在额头上交叉起来，然后展延到浓密的头发丛中消失了。他那长着白牙的嘴和他的下巴都埋藏在规则的彩色图案里，图案上雅致的涡云纹互相缠绕着，一直伸到他挺挺的胸脯为止。

刺花，新西兰人叫作“墨刻”，是一种尊荣的最高标志，只有英勇地参加过几场战斗的人才配刺这种光荣的花纹。奴隶和平民是没有资格刺花的。著名的酋长身上常常刺着动物的图像，人们只要一看花纹的性质和精细的程度，就知道他们的身份。有些酋长忍受过这种疼痛的“墨刻”直到五次之多。在新西兰这个地方，一个人地位越高，身上的花纹也就越刺得重重叠叠。

居蒙居威尔对这种刺花的风俗曾介绍过许多有趣的故事。他很正确地把新西兰人的“墨刻”比成欧洲许多世家大族所引以为豪的那种族徽。但是他又觉得，在这两种光荣的标志之间有一点不相同：就是欧洲人的族徽通常只能表明获得族徽的本人所建立的功勋，至于子孙袭用就毫无表功的意义了；而新西兰人的“墨刻”则是个人的随身徽记，谁想有权戴这种徽记，就必须本人曾经表现过非凡的勇武，绝无假冒沿袭的可能。

此外，毛利人刺花，除表示本人的尊贵而外，还有一个不可否认的实际用途：它可以使皮肤加厚，因而可以抵抗天气不时的变化和蚊虫不断的螫刺。

至于驾小艇的那个酋长，人们对于他的显贵的地位没有怀疑的可能。毛利族刺花匠用来刺花的信天翁的尖骨已经在他的脸上刺过五遍又密又深的线条了。他有五次刺花的资格，无怪他现出一副骄矜的神气。

他身上披着一件苇密翁麻织成的宽衫，衫上还缀着狗皮；腰间围着一条短裙，裙上还保留着在最近的战斗中染上的血迹；耳朵拉得很长，下面垂着绿玉的耳珰；颈上抖动着几重"普那木"珠圈——"普那木"是一种神圣的玉石，对于新西兰人是有一种迷信的意义的。他的身旁挂着一支英国造的长枪，和一把"巴土巴土"——这"巴土巴土"是一种两面口的斧头，颜色是翠绿色，长一英尺八英寸。

在他身边还有九名战士，级位较低，但是都带着武器，样子都很凶狠，其中有几名还看得出不久以前受过伤。他们披着苇密翁麻的大衣，待在那里一动也不动。他们的脚边躺着三只恶狗。船前部的八个划桨手仿佛是酋长的仆役或奴隶。他们划得都很用力，而限卡陀江水流也不算太急，所以小艇逆流上行，速度也十分快。

在这只长艇的中间，有十个欧洲俘虏紧紧地挤在一块儿，脚都被拴住，手并没有绑。

那就是格里那凡和海伦夫人、玛丽·格兰特、罗伯尔、巴加内尔、少校、约翰·孟格尔、司务长、两名水手。

原来昨天夜里，那小旅行队被浓雾迷住了，竟钻到一股土人窝里宿了营。快到半夜，他们在睡梦中被土人抓住了押到这只小艇上来。直到那时为止，他们没有受到虐待，但是他们也没有打算抵抗，因为就是抵抗也没有用；他们的武器弹药全落到土人的手里了，他们一抵抗，自己的枪弹马上就会叫自己送命。

由于土人说话也夹着英文，所以他们不一会儿就知道了这班土人是被英国部队赶回来的，他们打了败仗，十成死了八九成，现在正向限卡陀上游的各地撤退。这位毛利族的酋长，经过顽强抵抗之后，手下的大部分战士都被第四十二旅的士兵屠杀了，现在他回来召集沿江一带的部落，再去和威廉·桑普逊会师。这位不屈不挠的桑普逊现在还在和征服者周旋呢！这酋长叫作啃骨魔。这是一个十分可怕的名字，因为土语“啃骨魔”的意思就是“啃敌人四肢的人”。他勇猛、胆大，但是残暴的程度也不亚于他的勇猛，到了他手里就没有获得怜悯的希望了。他的名字，英国兵都知道，新西兰总督最近已经悬赏要他的头。

格里那凡爵士渴望了好久的奥克兰就在眼前了，本可以从那里搭船回欧洲的，却偏偏在这时候来了这么个晴天霹雳，这是多么沉重的打击啊！然而，看他的脸色却那样冷静，谁也猜不到他心里万分焦急。那是因为格里那凡每逢大难临头的时候，总是表现得若无其事的样子。他觉得他是丈夫，是旅行队队长，他应该是他的妻子和他的旅伴们的力量和榜样；而且，为了大家的安全，必要时他准备第一个去牺牲。他受宗教的影响很深，他认为他这种神圣的举动总会感动上帝出来主持公道。尽管旅途中艰险重重，他却绝没有后悔他那慷慨的热情把他引到这样野蛮的地方来。

他的旅伴们没有辜负他，同样地，他们也有这种崇高的想法。人家看了他们那宁静、自豪的气度，简直不相信他们是大难临头。而且，他们都不约而同地学习格里那凡的榜样，在土人面前做出一种高傲的满不在乎的样子。只有这样才能叫那些野性子的土人肃然起敬。一般说来，未开化的土人，特别是毛利人，都有一种自尊心，这种自尊心，他们是永远不会丧失的。谁能以沉着和勇敢赢得别人尊重，他们就会尊重谁。格里那凡知道他这种做法可以使他的旅伴们和他自己避免受到一些无谓的虐待。

那些土人，和所有土人一样，本性都不爱说话。从离开宿营地点直到现在，他们彼此几乎没说上几句话。然而就是从他们说的这几句话当中，格里那凡发觉他们也懂得英文，因而他决定问问那新西兰酋长把他们掳去预备怎么办。

他面向着啃骨魔，用毫不畏惧的语调对他说：

“你把我们带到哪里去，酋长？”

啃骨魔冷淡地对他看了一眼，不回答。

“你打算拿我们怎样办？”格里那凡又问。

啃骨魔的眼睛像闪电一般发着光，于是他以庄重的声音回答道：

"如果你那边的人要你，就拿你去交换；如果他们不要你，就把你杀掉。"

格里那凡心里有了个底，不再问下去了。无疑地，有几个毛利人的首领落到英国人的手里去了，土人想以交换的方式把他们弄回来。因此他们还有活命的可能，并不至于完全绝望。

这时候艇子在江上飞快地向上划着。巴加内尔的心情容易变，老是由一个极端忽然转到另一个极端，他此刻又怀着绝对的希望了。他心里想，毛利人不要他们费力，把他们送到英国人的防地，这倒是占了一个大便宜。因此，他竟能安之若素，埋头看他的地图，目光循着隈卡陀的江流，穿过这一省的平原和谷地。海伦夫人和玛丽·格兰特抑制着心里的恐慌，低声地和格里那凡说着话，连最灵敏的相面人也看不出她们内心的焦急。

隈卡陀是新西兰的民族之江。毛利人对于这条江十分自豪，十分爱护，就和德国人对于莱茵河、斯拉夫人对于多瑙河一样。这条江，从惠灵顿省到奥克兰省纵流二百英里，灌溉着北岛上最肥美的地区。凡是住在两岸的部落都以江为名，叫作隈卡陀部落。他们都是不屈不挠的民族，从来没有人使他们屈服过，现在他们正纷纷地起来反抗侵略者。

这条江差不多还没有外国船舶来航行过呢！它的波浪只在本岛人的独木舟的面前分开。即使有个把大胆的观光者能跑到这条神圣的江中来冒险，那也是极偶然的事。隈卡陀江的上游似乎是不容许外道的欧洲人进来的。

巴加内尔知道土人对这条新西兰的大动脉是如何地崇敬，他知道英国和德国的那些博物学家们上溯这条江都只到它和隈帕河汇合的地方为止。现在这些俘虏，啃骨魔要把他们带到什么地方去呢？这一点，他本来是无法猜测的，但是那酋长在和小兵们谈话中常提到"道波"这个名字，因此引起了他的注意。

他查了查地图，发现"道波"是一个湖的名字。这湖在新西兰地理志里是很著名的，位于北岛奥克兰省南端的多山地带。隈卡陀江横贯这湖以后又从湖里流出来。由隈帕河汇流口到道波湖，水路有一百二十海里左右。

巴加内尔为了不让土人听懂他的话，用法文请约翰·孟格尔估计一下艇子的速度。约翰说艇子每小时大约走三海里。

“那么，”巴加内尔回答说，“如果我们只是白天走，到夜里就停下来不走的话，到道波湖大约要四天。”

“但是英国人的防地在什么地方呢？”格里那凡问。

“难说！”巴加内尔回答，“不过战事照理说现在已经蔓延到塔腊纳基省了，很可能英国部队就在那些山背后沿着湖边驻扎着，因为那儿是暴动的策源地。”

“但愿如此！”海伦夫人说。

格里那凡想到他那年轻的爱妻和玛丽·格兰特就要被送到一个荒野的地方，听凭土人摆布而没有任何人来救援，不禁闷闷不乐地看了她们一眼。但是他发觉啃骨魔在注视着他，为了谨慎起见，他不愿意让那酋长猜到女俘虏中有一名是他的妻子，所以他极力抑制着他的伤感，用漠不关心的神情瞭望着两岸。

在汇流口上游半海里路的地方，小艇在巴塔陀王的故居前经过，却没有停留。江上除这只小艇外没有任何其他的船只。两岸有几座茅棚，彼此相距很远，从那支离破碎的样子看得出新近遭到过战火的摧残。江边的原野仿佛都被人抛弃了，江岸上没有一个人影儿，只有几只代表着不同种类的水鸟给这片凄凉的大地带来一点儿生气。有时一只“塔巴伦加”鸟——一种黑翅膀、白肚皮、红嘴巴的涉水鸟——拖着长腿在逃跑。有时，三种不同的鹭鸶——灰色的“麻突姑”，呆头呆脑的蒲鸡和白毛、黄嘴、黑脚的壮大的“可突姑”——安闲地看着土人的艇子走过。在那倾斜的江岸边水有相当深度的地方，翡翠鸟——毛利人叫作“可塔勒”——捕食着鳗鱼。这种鳗鱼在新西兰的江河里千万成群地游动着。在江中冒出一丛小树的地方，有许许多多气宇轩昂的田凫、秧鸡和苏丹鸡，在柔和的阳光下理着它们的晨妆。这些羽族在安静地享受着悠闲的乐趣，没有任何人打搅它们，因为两岸居民在这场战争中都逃的逃、死的死了。

隈卡陀江的这最初的一段，江面很宽，在这辽阔的平原上流着。但是愈向上去，先是些丘陵，接着就是些高山，使隈卡陀江流过的那片谷地愈发变得窄小。离汇流口上游十海里的地方，在江的左边，巴加内尔的地图上标着几利几利罗亚高岸，这带高岸果然是有的。啃骨魔并不停船。他叫人把从格里那凡那里抢来的食物拿给了俘虏们吃。至于他的兵士、他的奴隶和他自己，都只吃土人的食物：即烤熟了的凤尾草根——博物学家把这种凤尾草叫作"可食的羊齿蕨"，和土语叫作"卡帕那"的一种马铃薯——这种马铃薯在新西兰两岛上到处有的是。他们吃的东西中间没有任何肉类，俘虏吃的干肉似乎引不起他们的任何兴趣。

在三点钟的时候，右岸显出几座高山，像一排毁坏了的壁垒，这就是波卡罗亚连山。在若干壁陡的山脊上还屹立着一些残堡，这都是当年毛利族工程师凭天险构筑起来的防御工事。人们简直要说这是一些庞大的鹰窝。

太阳快要在地平线下沉没了，这时小艇触到一带河岸，岸上堆满了浮石——轻巧多孔的火山岩石。因为隈卡陀江发源于火山地带，所以这些浮石也都随波冲了出来，沿江到处都是。河岸上有几棵树，正好遮蔽着营地。啃骨魔就叫俘虏们下了船，男的绑了手，女的手没有绑。那群俘虏全被押在营地的中心，营前烧着烈火，构成一道不可逾越的屏障。

在啃骨魔没告诉他们说要拿他们交换俘虏之前，格里那凡和约翰·孟格尔曾经商讨过恢复自由的办法。这办法在船上是做不到的，他们打算上了岸，在宿营的时候，趁着黑夜的便利去冒一次险。

但是自从格里那凡和那酋长谈了话之后，大家觉得还是不逃为妙。应该忍耐下去，这是最稳当的办法。让土人拿去交换俘虏，生还的希望较大；如果要在这陌生的地方逃跑，而且后面还有人拿着武器追赶，那冒的险就太大了。当然，将来也可能会发生一些事故延缓或阻碍交换的进行，但是即使如此，也还是等个结果才好。要不然，十来个手无寸铁的人对三十个枪械齐全的土人，又有什么办法呢？而且，格里那凡推测啃骨魔的部落里一定有一个很重要的首领被俘去了，他们特别想把他搞回来。这一点格里那凡并没有推测错。

第二天，船又继续向上游开去，划得更快。十点钟，在波海文那河口停了一下。这是一条小河，从右岸的平原里曲曲折折地流到江里来。

那里另有一只小艇，十个土人乘着，来和啃骨魔的艇子会合了。战士们相见，彼此间勉强说了一句“阿依勒·梅拉”——这就是说“你太太平平地到这里来了”，接着，两只艇子就一同走着。这些新来的人也是最近和英国部队打过仗的。他们的衣服破烂，武器上糊着血，破衣下的创伤还流着血，这一切使人一看就猜到这一点。他们都是沉默寡言的人。他们带着所有未开化民族固有的那种无所谓的神情，丝毫不去注意这些欧洲人。

中午，蒙加陀塔利山的许多山峰在西边出现了。隈卡陀的河谷开始变得狭小了，江水在山峡里流得像急湍那样猛烈。土人一边唱着歌，一边划着桨，歌声和打桨声相和着，他们的力量也就随着歌声增加了，而且力量也使得均匀了，他们把船划得在雪白的浪头上飞奔。急流过去了，这时，每隔一英里路就拐一个弯，隈卡陀江的水又开始慢慢地静静地向前流着。

傍晚，啃骨魔把船在一带山脚下靠岸。这带山的最初几个旁峰直落到狭窄的河岸上，形成了一排壁陡的悬岩。在那里有二十个土人——也是乘船来的——正在安排着过夜的地方。大堆的篝火在树底下燃烧。一个和啃骨魔平等的首领一步一步地走过来，用鼻尖和啃骨魔的鼻尖摩擦了一下，并向他亲切地打招呼，说了一声“兄吉”。他们把俘虏放在这营地的中心，并且派人严密地看守着。

第二天早晨，又继续向隈卡陀江上游前进。隈卡陀江的支流里又钻出许多小艇来。大约有六十来个战士，他们显然是参加最近这次暴动被打退下来的，现在又集合在一起了。他们多多少少都吃过英国枪弹的苦头，现在正回到山区里去。有时一阵歌声从那边一连串的艇子上响起来。一个土人高唱着毛利人那神秘的爱国歌曲：

巴巴　拉　提　瓦提　提敌
依　东伽　内……

这是号召毛利人献身于独立战争的国歌。唱歌人的嗓子清晰而响亮，引起了山里的回声。他每唱一段，土人们都嘭嘭地和打鼓一般拍着胸膛，齐声和着那支雄壮的战歌。这样，桨划得更有劲，小艇冲开急流，在波浪上飞奔。

“你太太平平地到这里来了。”

在这一天的航行中，人们看到一个奇特的现象。四点钟的时候，艇子在那酋长操纵下，若无其事地钻进了一条狭窄的隘道。回澜疯狂地冲击着江中的小岛。这些小岛的数目很多，极容易撞坏船只，而在这一段奇险的江流里，尤其不能翻船，否则两岸都没有可以逃难的地方。谁要是踏上江两边滚烫的泥滩就会没有命了。

原来大江这时是在那些著名的沸泉当中流着——这些沸泉一向是引起游历家惊奇的。铁锈把两岸的淤泥染得鲜红，连一块坚硬的白土也没有。空气里充满着刺鼻的硫黄味。土缝里发出的那种臭味和泥泡胀破后冒出的那种煤气，土人闻到并不难受，但俘虏们实在有点儿吃不消。尽管鼻子闻不惯这种蒸发的气味，眼睛却不能不赞赏这一片奇景。

那几只小艇就在白色的蒸气云雾里乱钻着。这浓浓的迷雾重重叠叠的，在江面上堆成一座大穹窿。江两边是成百的沸泉，有的冒着大团大团的蒸气，有的喷着一根一根的水柱，参差错落地就像是用人工在那里布置成的喷泉和瀑布。人们简直会以为有个机械师在任意地调节着这些泉口，使它们或喷或止，此起彼落。水和蒸气在空中混成一片，在太阳光下发着五颜六色的虹光。

在这地方，隈卡陀江是在一条不稳定的河道里流着。由于地火的燃烧，这条河道不停地在沸腾。离这里不远，在罗托鲁阿湖那边，靠东面，吼着许多温泉和罗托玛哈那、特塔拉塔两道热气腾腾的瀑布。这些温泉和瀑布，以前有几个大胆的旅行家曾经隐约地望见过。这地方到处是沸泉、喷火口和硫气坑。新西兰现在只有同加里罗和瓦卡利两座活火山，这两个泄气活塞是不够排泄地下热力的，因此过多的煤气在那两座火山里找不到出路，到了这里都发泄出来了。

土人的几只小艇都在这足有两英里长的蒸气穹窿下冲着层层包围的热雾钻行着，过了一会儿，硫黄烟忽然消散了，急速的气流送来了一股清新的空气。人们气喘吁吁的胸膛忽然感到一阵凉爽，沸泉区走过去了。

天黑之前，土人使劲划着艇子，又过了两道急流：一个叫希巴巴土阿，另一个叫塔玛特阿。晚上，啃骨魔就在距隈帕河汇流口一百英里的地方宿了营。江到了这里，向东转过去，再转弯向南，就汇入道波湖，

江的两岸是那些著名的沸泉。

仿佛一条极大的喷泉落到水池里一样。

第二天，巴加内尔看了看地图，知道在右岸耸入云霄三千英尺的高山是托巴拉山。

中午，全队小艇由江的一条阔口驶进了道波湖。那里有一个茅草棚，棚顶上随风飘扬着一块布，土人们都举手向这块布致敬礼。这就是他们的国旗。

第十一章
—— 道波湖 ——

在史前时代，在岛中心的一片火山喷石中间有一些窟窿崩塌了，因而一下子形成了一个长二十五英里、宽二十英里、探不到底的深坑。四周山顶上的水都涌下来，注入了这个其大无比的深坑，这就变成了湖。但是湖尽管是湖，深依然是深，测海锤也测不出它的深度。

这就是那个奇特的道波湖，它海拔一千二百五十英尺，四周都是八百米高的山峦俯瞰着。西面是高高的悬崖峭壁；北面远远地有几座山峰，峰顶满布着小树林；东面是一片广阔的湖滨平原，在枝条交错的灌木丛中现出一条路迹，路上点缀着许多闪闪发光的浮石；南面是一片森林，森林那边是一些圆锥形的火山。这一切环绕着那一片汪洋，气势十分壮丽，湖面上奔腾呼啸的风暴不亚于太平洋上的飓风。

这片地区整个在沸腾着，就好像一口无穷大的锅子，悬挂在地底下的火苗上。地面被地下的火苗烧灼得不住地颤抖，有许多地方渗出腾腾的热雾。地壳裂成了大块的龟纹，就和烤过了火的烧饼一般。无疑地，如果地心的热气不是在十二英里以外的同加里罗火山口里找到了出路的话，这片高原必然会陷落到一个炽热的熔炉里的。

从湖的北岸望去，这座火山高耸在许多喷火的小山头当中，山顶上喷着烟云和火焰，就像是人头上装饰的羽毛。同加里罗火山似乎跟一条相当错杂的山系相连。在它的背后，还有一座孤立在平原上的鲁阿巴胡峰，峰顶消失在九千英尺高空的云雾里。从来没有一个人踏上过这座无路可通的圆锥形高峰；人们的眼睛也从来没有探测过它那喷火口的秘密。至于同加里罗的一些山顶，就比较容易上去了，二十年来，已经有比维尔、狄逊和最近的郝支特脱先后三次来测量过了。

这些火山都有它们的传说，要是在另一种环境里，巴加内尔一定会把这些传说讲给他的旅伴们听的。他一定会讲到：为了争一个女人，同加里罗山有一天和塔腊纳基山吵架，那时塔腊纳基山是同加里罗山的近邻，又是朋友。同加里罗和所有的火山一样，火气大，以至于一发脾气，竟动手打了塔腊纳基。塔腊纳基挨了打，羞惭满面，打从王嘎尼河谷里逃走了，沿途还丢下两块山来。它一逃就逃到了海边，在那里孤独地耸立着，改名叫厄格蒙山。

这时，巴加内尔固然没有兴头讲故事，就是讲，他的旅伴们也没有心思听。那最会捉弄人的命运现在把他们引到了一个新的地区。他们都一声不响地望着道波湖的东北岸。

啃骨魔驶出限卡陀江，就钻进了一条小河。这小河仿佛是限卡陀江的一个漏斗。他又绕过一个尖岬，靠着湖东面的沙滩，在那三百托瓦兹高的芒伽山的最初几个山岗的脚下停住了。那里展开着大片的茀密翁草，这就是那宝贵的新西兰麻，土人叫作“哈拉克基”。这种有用的植物没有哪一个部分没有用处。它的花供给着一种绝妙的蜜汁；它的茎有一种胶质，可以代替蜡或浆粉的用途；它的叶子更可爱，可以造成多种有用的东西：新鲜的可以当纸用，干了的就是很好的引火的火绒，撕裂了的可以搓绳子、造缆索、织渔网，分成纤维还可以编成被褥、大衣、席子或麻布，这种麻布染成红色或黑色可以给最高贵的毛利人做衣服。

这宝贵的茀密翁草，在新西兰的两个岛上，不论是在海边、江边或湖边，到处都可以看到。在俘虏们所到的这个地方，大片的田野都是野生的茀密翁草。它的花呈棕红色，有些像龙舌兰，从叶丛中到处伸出来；它的叶子狭长而锋利，层层密密地形成一片剑林。许多可爱的小鸟——它们都是采蜜者，是茀密翁的老主顾——千百成群地飞着，吸着花心的甜液。

湖水里有大群的鸭子在搜索着泥浆。这些鸭子的羽毛淡黑色，中间夹杂着灰色和绿色的条纹，它们原都是野生的，现在已经家养了。

离这里约四分之一英里的地方，在一个峻峭的悬岩上出现了一座“堡”，这就是凭天险建成的一座毛利人的城寨。俘虏们在这里一个一个地下了船,手脚都没有绑,由战士们押着。通向那座城堡的那条小路穿过许多弗密翁田和一个茂密的树丛。树丛里的树有长着长青叶子和红色浆果的“秸卡茶”树,有土人叫作“藿”树、嫩头赛过棕榄菜的澳洲千年蕉,还有可以当黑色染料的“胡油”树。许多闪着金属光彩的大鹑鸽、灰色的圆嘴鹊,以及无数长着红肉冠的椋鸟在土人走近时都飞起来了。

格里那凡、海伦夫人、玛丽·格兰特和他们的旅伴们绕了一个大弯之后,终于到达了“堡”的内部。

这座城寨的外墙是一道坚固的栅栏,有十五英尺高;第二道防线是一排木桩,接着就是一带柳条墙,上面开着枪眼,这就算是内城;内城里是一片平坦的高地,这是“堡”的本身;高地上面矗立着许多毛利式的建筑物,和四十来所排列得很整齐的小棚子。

俘虏们一到了内城,就看见外面木桩上装饰着许多人头,都不禁毛骨悚然。海伦夫人和玛丽·格兰特都把眼睛转过一边去,她们并不是胆子小,实在是不忍心看。这些头颅都是敌方战败的酋长的头颅,至于他们的身子,早就成了战胜者的食粮了。

啃骨魔住的房子是在城寨的深处,夹在一些简陋的茅屋当中。房子的后面是一片露天广场,这广场欧洲人准会把它叫作“演武场”。房子的墙壁全是用木桩和树枝编排起来的,墙里面蒙着弗密翁草席。啃骨魔的府第,大小是二十英尺长,十五英尺宽,十英尺高,换句话说,总共是三千立方英尺。安置一个新西兰土人的酋长,并不需要更多的空间!

房子只开一个缺口,可供出入;一块编得厚厚的草帘子,可以前后推动,这就是门。上面,屋顶延长出来,好像古罗马人住宅的飞檐。椽头上雕着图形,装饰着这座矮屋。在“华尔铺尼”上——就是说在门外的墙上,还雕着许多奇特的花卉人物供来宾鉴赏。其中有树的枝叶,有象征的图案,有奇禽怪兽,有缭绕的连环花纹,密密的一大片,都出于毛利族的装饰工人之手。

在矮屋的内部,地就是压平了的黏土,高出地面五英寸。几张芦席,几条干凤尾草的稿荐,上面铺着一张用长而软的香蒲叶子编成的垫子,这就是床。屋子中间有一个石洞,就是炉灶。屋顶上也有一个洞,就是烟囱。烟到够浓的时候自会从这个烟囱里冒出去的,但是在冒出

格里那凡一行人绕了一个大弯之后，终于到达了“堡”的内部。

去之前必先在屋内墙壁上涂上一层烟尘，所以墙壁都黑得发亮。

矮屋旁边还有仓库，贮藏着酋长的食粮和用品：他收获的茀密翁草、山芋、水芋、凤尾草根，以及利用石头传热烧熟这些食品的炉子。更远一点儿还有几个小院子，养着一些猪羊。这些有用的动物是当年库克船长带到这里来的，现在传下来的已经很少了。此外还有一些狗到处跑着找食吃。那些供毛利人日常宰食的牲畜都养得不十分好。

这一切格里那凡和他的旅伴们一眼就见到了。他们在一所空屋旁边听候那酋长的发落，同时忍受着一群老妇人的辱骂。这群人围住他们，向他们伸着拳头，叫嚷着，咒骂着。从她们的厚嘴唇里溜出的几个英文听来，很明显地她们是在要求立刻报仇。

在这谩骂与威吓的包围当中，海伦夫人表面上很安闲，她装出镇静的样子，其实她内心里不可能是那样镇静的。这位勇敢的妇女拼命抑制着自己的情绪，好让格里那凡爵士沉着到底。那可怜的玛丽·格兰特，她几乎要昏倒下去。约翰·孟格尔扶着她，准备用全力保卫她。至于其他的旅伴们，对于这种泼粪一般的辱骂，反应各有不同：有的和少校一样，满不在乎；有的像巴加内尔一样，气得咬牙切齿。

格里那凡生怕那班老妇人向海伦夫人冲来，为了防止发生这样的情况，他直走到啃骨魔面前，指着那一群人，说道：

"把她们赶走。"

那个毛利酋长瞪着眼睛看了他一下，并不回答他，然后他一挥手，那一群吵吵嚷嚷的老婆子不响了。格里那凡点点头，表示感谢，接着又慢慢地走回到他的旅伴中间。

这时有百十来个新西兰人聚集到城寨里的广场上来了，有老头子，有成年人，有青年人。其中有一些人闷声不响，愁云满面，在等候着啃骨魔的命令；还有一些人痛哭流涕，哀悼着在最近的战斗中阵亡的亲戚或朋友。

原来在所有响应桑普逊号召起来抗战的酋长当中，只有啃骨魔回到这带滨湖地区，他首先给他的部落报告了起义在限卡陀下游平原地带遭遇失败的情况。他手下跑去保卫国土的二百名战士，就有一百五十名没有回来，其中有少数做了侵略者的俘虏，但是大多数都在战场上牺牲了，他们永远不能重回父母之乡了！

这就说明了为什么啃骨魔一到，全部落就这样伤心。这次打败仗本来还没有人知道，这时，这不幸的消息立刻传播开了。

在土人中间，内心的哀痛总是要在肉体上有所表现的。所以阵亡战士们的亲友，特别是女人，都拿锋利的贝壳划破自己的面皮和肩膀。血迸出来，和眼泪混成一片。伤口愈深就表示哀痛愈切。那些不幸的新西兰妇女，血淋淋的，像疯了一般，看起来真是怕人。

另有一个原因——在土人看来是很严重的——使他们更加伤感。他们所哭的亲友不但是死了，并且连骨头都没有能收回来埋在自家的祖坟里。我们知道，毛利人的迷信认为遗体的保存是关系来世的命运的。他们要保存的自然不是那容易腐烂的肌肉，却是骨头。他们很小心地把骨头收集起来，加以洗刷、刮磨，甚至于还要涂上漆，最后把它放到"乌斗巴"里，就是说把它放到"光荣之屋"里。这种"乌斗巴"都装饰着死者的木头像，像上照原样画着死者生前身上所刺的花纹。现在这些战士既死在异乡，墓穴就只好空着了，应有的宗教仪式也不能举行了，他们的骨头纵然不被野狗啃掉，也只有留在战场上没人掩埋，变成白骨了。

一想到这里，他们更伤心。女人们对欧洲人的威吓刚刚过去，男人们也接着辱骂起来。声音越骂越凶，样子也越来越激烈，很可能叫着叫着就要动起手来。

啃骨魔唯恐控制不住他那部落里的过激分子，所以叫人把俘虏押到一个神圣不可侵犯的地方去。这地方是在城寨的另一端，一片壁陡的高岗上面。那是一个大棚子，棚背后又是一座比棚子还高一百英尺的山岩，再外面是一带相当陡的斜坡子，城寨的这一边就到那儿为止。这棚子是供神的地方，土人叫作"华勒阁"。祭师们——也就是"阿理吉"们，常常在这棚子里给新西兰人讲说三位一体的道理。所谓三位，就是圣父、圣子和圣灵。

俘虏们总算暂时避开了土人愤怒的风暴，大家都在苐密翁草席上躺下来。海伦夫人实在是疲倦不堪，体力和精神都支持不住了，不由自主地倒在她丈夫的怀抱里。

格里那凡把她紧紧抱在胸前，不断地对她说：

"鼓起勇气，我亲爱的海伦！"

罗伯尔刚一被关进棚子，就站上威尔逊的肩膀，把头从一条缝隙里伸出去。这条缝隙在墙头与屋檐之间，里面挂着一串一串辟邪的念珠。从那里，他可以望见堡的全景，一直望到啃骨魔的矮屋。

罗伯尔站在威尔逊的肩膀上向外看。

“他们在围着酋长开会……”他低声说，“他们挥动着胳臂……他们在叫骂……哨骨魔要说话啦……”

他沉默了几分钟，然后又说：

“哨骨魔说话了……那些野蛮人安静下来了……他们在听他说话……”

“很明显地，”少校说，“那酋长之所以要保护我们，是因为这和他有切身的利害关系。他要拿他的俘虏换回他的首领们呀！但是他的战士们是不是同意这样做呢？”

“同意！……他们听他的话……”罗伯尔又说，“现在他们散开了……有的回到自己的棚子里……有的离开城堡了……”

“真的吗？”少校叫起来。

“真的，麦克那布斯先生。”罗伯尔回答，“哨骨魔只和他艇子上的几个战士待在那里。啊，有一个战士到我们棚子这里来了！”

“快下来，罗伯尔。”格里那凡说。

这时，海伦夫人已经站起来了，抓住丈夫的胳臂。

“爱德华，”她用坚决的语气说，“玛丽·格兰特和我都不能活活落到这些土人的手里呀！”

她说完这句话就拿出一支装好了子弹的手枪递给格里那凡。

“还有武器！”格里那凡叫起来，眼睛里闪出一阵光亮。

“是啊，还有这支枪！毛利人是不搜女俘虏的。不过这支枪是为着打我们自己的，爱德华，不是打他们的！……”

“格里那凡，”麦克那布斯连忙说道，“快把这枪藏起来！还没有到时候呢……”

手枪藏在爵士的衣裳底下不见了。挡着棚门的那块草帘忽然翘起来，一个战士出现了。

他用手势叫俘虏们跟他去。格里那凡和他的旅伴们互相靠拢着，穿过那座堡寨，到了哨骨魔的面前。

那酋长的周围聚集着他的部落里的主要的战士。在波海文那河口驾着小艇和哨骨魔会合的那个酋长也在里面。他是个四十岁的人，体格健壮，相貌凶暴。他的名字叫卡拉特特，新西兰语就是“好发脾气”的意思。哨骨魔对他相当敷衍。看他脸上所刺的花纹那样细致，就知道他在部落里地位也很高。然而，一个善于观察的人一看就猜得出这两个首领之间存在着矛盾。少校觉得卡拉特特的势力很使啃骨魔疑忌。他们两人共同指挥着隈卡陀区的这许多大部落,彼此权力相当。所以在两个人的谈话中,啃骨魔的嘴上尽管微笑着,眼睛里却露出很深的敌意。

啃骨魔开始问格里那凡了。

“你是英国人吗?”他说。

“是英国人。”爵士毫不迟疑地回答,他深信这个国籍可以使俘虏交换工作更顺利地进行。

“你的旅伴呢?”啃骨魔又问。

“我的旅伴们也和我一样都是英国人。我们是旅行家,是沉了船的受难者。但是,如果你愿意知道的话,我愿意告诉你:我们并没有参加过这场战争。”

“管你参加没参加!”卡拉特特粗暴地回答说,“英国人都是我们的敌人。你们的人侵略我们的岛屿!你们的人烧掉我们的村落!”

“他们做得不对!”格里那凡用庄重的声音回答说,“我说这话,是因为我心里真是这样想的,并不是因为我落在你的手里才这样说。”

“听我说,”啃骨魔又说,“我们的‘脱洪伽’——奴衣·阿头[①]的大祭师,落到你的兄弟们的手里去了,他成了‘白皑卡’[②]的俘虏。我们的大神叫我们把他赎回来。我本想剜你的心,我本想把你的头和你的旅伴们的头永远挂在这栅栏的木桩上!无奈奴衣·阿头已经吩咐过了。”

啃骨魔原来一直是镇静的,现在说着这几句话的时候气得直抖,满脸是凶恶的恼怒。

接着,过了一会儿,他又比较冷静地说:

“你相信英国人肯拿我们的‘脱洪伽’换你吗?”

格里那凡迟疑了一下,他注意观察着那毛利酋长的脸色。“我不知道。”他沉默了一会儿说。

“你说呀,”啃骨魔又逼问,“你这条命可抵得上我们的‘脱洪伽’的命?”

“抵不上,”格里那凡回答,“我在我们这群人中间既不是首领,又不是祭师!”

---

① 新西兰人的大神。——原注

② 欧洲人。——原注

巴加内尔听了这个回答愣住了，用极惊讶的眼光望着格里那凡。

啃骨魔仿佛也同样地惊讶。

“那么，你是没有把握了？”他说。

“我不知道。”格里那凡又说。

“你的那班人不肯接受你，和我们的‘脱洪伽’调换吗？”

“拿我一个人去换吗？不成。”格里那凡又说，“拿我们这些人一齐去换也许可以。”

“我们毛利人是一个换一个。”啃骨魔说。

“你先拿这两位妇女去换你的祭师吧。”格里那凡说，指着海伦夫人和玛丽·格兰特。

海伦夫人正想奔到丈夫跟前，少校把她拉住了。

“这两位女人，”格里那凡又说，向海伦夫人和玛丽·格兰特两人很恭敬又很优雅地鞠着躬，“在她们的国家里有很高的地位。”

那酋长冷静地看着他面前的那个俘虏，嘴唇上泛起一个险恶的微笑，但是他几乎立刻就把这微笑忍下去，用怒不可遏的声音回答说：

“你这该死的欧洲人，你还想拿假话来骗我啃骨魔吗？你以为我啃骨魔的眼睛看不透人家的心思吗？”

说到这里，就指着海伦夫人：

“她就是你的老婆！”他说。

“不是他的，是我的。”卡拉特特叫起来。

接着那酋长就推开那些男俘虏，用手搭上海伦夫人的肩膀。海伦夫人一触到他的手，脸都变白了。

“爱德华啊！”那不幸的少妇慌得叫起来。

格里那凡一声不响，举起胳臂，砰的一声，卡拉特特倒地死了。

这枪声一响，土人像浪潮一般从各棚子里拥出来。门前广场立刻塞满了人。许多胳臂向着那几名不幸者举起来。格里那凡的手枪被人从他的手里夺去了。

啃骨魔用离奇的眼光向格里那凡看了一眼，接着，他一只手掩护着凶手的身体，另一只手挡住向俘虏奔来的人群。

最后，他的声音终于压下了那片叫嚣：

“神禁！神禁！”他叫着。

众人听到这句话，都在格里那凡和他的旅伴们面前停住不动了。

“神禁！神禁！”他叫着。

俘虏们总算在这种超人权威的保护下，没有吃到眼前亏。

不一会儿，他们又被押回临时牢狱。但是罗伯尔和巴加内尔不见了。

第十二章
—— 一个毛利酋长的葬礼 ——

啃骨魔是部落的酋长同时又是“阿理吉”，这种事例在新西兰本来是很多的。他有祭师的权威，他就根据这个权威可以对一些人或物用那种迷信的“神禁”来保护。

所谓“神禁”，是波利尼西亚[①]土人中通行的一种风俗，一个人或一件东西一被“神禁”，登时就不许任何人接触或使用。按照毛利族的教规，谁伸出亵渎神的手触到被“神禁”的人或物，就会干犯神怒，被神处死。而且，纵然神对这种亵渎行为迟迟不报复，祭师们也不会不很快执行的。

“神禁”，除掉在若干日常生活的场合有了固定的习惯而外，一般都由酋长根据政治的目的随时宣布。一个土人在许许多多的情况下都可以受到好几天的“神禁”，比方，在剪发的时候，在刺花的时候，在造独木舟的时候，在造房屋的时候，在他得重病的时候或死的时候。假使河里的鱼捕的人太多了，养不起来，或者地里种的甜芋刚长成时怕人践踏，为了经济上的目的，这些东西也可以用“神禁”来保护。一个酋长若是想防止闲人来搅乱他的住宅，他就把住宅“神禁”起来；如果他想垄断一只外来船舶的贸易，他还是用“神禁”来隔离这只船；一个欧洲商人招恼了他，他就“神禁”这个商人。在这些场合下，“神禁”的禁止作用就有些像欧洲古代帝王的“否决权”。

一个东西被“神禁”了，任何人也不能摸一下，否则必受惩罚。一个土人受了“神禁”的时候，在某一时期内有些食物是不准吃的。过

① 太平洋中部全部岛屿的名称，住的都是棕色人种，毛利人是其中的一支。

了这种严格的禁食期，他的手还不能摸食物，如果他是富人，他就叫奴隶帮忙，把食物送下他的喉咙；如果他是穷人，他就只好用嘴咬着吃——"神禁"使他变成一只牲畜了。

总之，这种奇异的风俗在约束着、操纵着新西兰人的最细小的行动。这也就是神对社会生活不断干涉的表现。它具有法律的力量，这种频繁的"神禁"简直可以说是土人全部法令的概括，它是无可辩驳而且也无人辩驳的。

至于关在"华勒阁"里的那几名俘虏，是那酋长临机应变地发出了一个"神禁"的命令，把他们从土人的狂怒中拯救出来了。当时有几名土人，啃骨魔的亲信，一听到他们的首领叫"神禁"就立刻住了手，反过来保护那几名囚徒。

然而，格里那凡并不因此而妄想免除他罪有应得的处罚。他只有一死才能抵偿一个酋长的性命。我们知道，在土人中间，一个人在被处死之前还要受到许许多多的苦刑的，绝不是痛快地一下就死。格里那凡自然也知道他这次激于义愤而杀人的行为，免不了要忍受最残酷的报复，他心里早就有了准备。不过他希望啃骨魔的愤怒只对他一个人发泄，不要牵累到别人。

他和他的旅伴们度过的这一夜是多么难过的一夜啊！谁能描写得出他们的焦急，谁能衡量得出他们的痛苦呢？那可怜的罗伯尔，那豪迈的巴加内尔都不见了。他们的遭遇怎样呢？他们是不是已经做了土人报复的第一批牺牲品呢？关于他们俩，谁也不再存着任何希望了，连那不轻易绝望的少校，也都死了心了。玛丽·格兰特没了弟弟，闷着一肚子的悲伤；约翰·孟格尔看到玛丽的那种样子，也急得发痴。格里那凡老是想着海伦夫人的那可怕的要求，她要求丈夫亲手把她打死以免将来受苦刑或做奴隶。他有没有这种骇人的勇气亲手打死自己的爱妻呢？

"还有玛丽呢？我又有什么权利亲手打死她呢？"约翰也这样想着，和万箭穿心一般。

至于想脱逃，很明显，根本不可能。十个战士，都是全副武装，在门口守着呢！

到了2月13日早晨，因为"神禁"的关系，土人与俘虏之间没有任何接触。棚子里虽有一些吃的东西,但是那些不幸者连摸也几乎没有摸。心里太悲伤,肚子也不觉得饿了。这一整天就这样地过去了,没有发生任何变化,也没有带来任何希望。无疑地,死者的葬仪和凶手的处刑是要同时举行的了。

格里那凡认为啃骨魔已经打消了交换俘虏的意图,然而,少校对于这一点却还怀着一线希望。

"谁又能断定呢?"他老是这样说着,叫格里那凡回想一下卡拉特特被打死时啃骨魔脸上表现的神情,"谁又能断定啃骨魔的内心里不在感谢你呢?"

但是,尽管少校这样解释,格里那凡并不抱任何希望。第二天,整个的一天又过去了,处刑的准备工作依然没有进行。

延迟的理由原来是这样:

毛利人相信,一个人在死后的三日内,灵魂还没有离开死者的身躯,因此要经过三个二十四小时尸体才能葬埋。这种风俗是要严格遵守的。直到2月15日,全堡都静悄悄地看不见一个人。约翰·孟格尔常常站到威尔逊的肩上看看外面的动静。外面一个土人也不露面。只有站岗的战士在"华勒阁"门口严密地监守着,轮流换班。

但是到了第三天,各棚子的门都开了,男男女女,老老少少,有好几百个毛利人聚集到堡里来,个个都是静悄悄的,不声不响。

啃骨魔从他的屋里出来了,后面跟着一些部落里主要的首领,走到城堡中央,上了一个几英尺高的土墩。土人群众在土墩后面几米的地方排成一个半圆形。全场保持着绝对的沉默。

啃骨魔做了个手势,一个战士就向着"华勒阁"走来了。

"莫忘记我的要求!"海伦夫人对她的丈夫说。

格里那凡把他的妻一把抱到胸前。这时,玛丽·格兰特也走近了约翰·孟格尔。

"格里那凡爵士和夫人会认为,"她说,"如果一个为妻的不愿忍辱偷生,可以要求她的丈夫亲手打死她。那么一个未婚妻为了同样的目的,一定也可以向她的未婚夫提出同样的要求。约翰,到现在这个生死关头我可以说了,在您的内心深处,我不早就是您的未婚妻了吗?我能不能,亲爱的约翰,我能不能指望着您,和海伦夫人指望着格里那凡爵士一样?"

"玛丽!"那青年船长兴奋欲狂地叫起来,"啊,亲爱的玛丽啊!……"

他还没说完这句话,草帘一翘,俘虏们就被押到哨骨魔那里去了。那两个女的已经认定了她们的死法,显得十分心安理得;男的心里却和刀剜了一样,但是表面还装出十分镇静,显得他们毅力非凡。

他们到了那新西兰酋长的面前了。这酋长立刻宣布他的判决:

"你杀了卡拉特特,是吧?"他对格里那凡说。

"是我杀了他。"那爵士回答。

"明天,太阳一升起,你就要死。"

"我一人死吗?"格里那凡问,心在猛烈地跳着。

"啊!如果不是我们的'脱洪伽'的性命比你们的性命还要宝贵些啊!"哨骨魔叫起来,眼睛里表现出一种恶毒的懊恨!

这时,土人中忽然骚动起来。格里那凡迅速地向四周看了一眼。不一会儿,人群分开了,一个战士跑出来,满头大汗,疲惫不堪。

哨骨魔一看到那战士就用英文对他说,显然是想让俘虏们听得懂:

"你是从'白皑卡'阵地里来的吗?"

"是的。"那毛利人回答。

"你看见了那个俘虏——我们的'脱洪伽'了吗?"

"看见了。"

"他还活着吗?"

"他死了!英国人把他枪毙了!"

"脱洪伽"被枪毙了,格里那凡和他的旅伴们的性命也就完了!

"都死!"哨骨魔叫着,"你们明天太阳升起的时候一个个都给我死!"

就这样判决了,所有这些不幸者都不分青红皂白地一起服刑。海伦夫人和玛丽·格兰特望着天空表示无上的感谢。

俘虏们没有再被押回"华勒阇"。他们这天也应该参加那酋长的葬仪和随着葬仪举行的血祭。一队土人把他们押到一棵大"苦棣"树的脚下,看守的人和他们待在一块儿,眼睛一直瞅着他们。那毛利部落的其余的人都沉浸在一种官式的哀悼中,仿佛把他们忘掉了。

自卡拉特特死的时候起，按规矩不能动尸的三天已经过去了。死者的灵魂想必离开了他的臭皮囊。丧礼开始了。

尸体停在堡中心的一个小土墩上，穿着华丽的服装，外面裹着一层漂亮的茀密翁草席。死者头上插着羽毛，戴着一圈绿叶，面孔、胳臂和胸脯都擦着油，一点儿看不出腐烂的样子。

亲友们都走到土墩脚下来了。忽然，仿佛有个乐队指挥打着丧歌的拍子一样，响起了一片哭泣声、号啕声和呜咽声的交响乐，铿铿锵锵地响彻了云霄。大家都以怨抑的韵调和沉重的节奏，哭着死者。死者的近亲捶着自己的头；远亲抓破自己的脸，表现出为死者流血更多于流泪。那些可怜的女人把这种野蛮的义务尽得格外认真。但是，就是这样的场面也还不够抚慰死者的灵魂，死者的怒气还要找到本部落的生人的头上来发泄。他的战士们觉得，他们既不能使死者复生，就要设法使死者在阴间也不缺乏人世的享乐。卡拉特特的妻子绝不能就把丈夫一人丢在坟墓里，而且那不幸的女人自己也不愿意独自一人活下去。这是风俗，同时也是职责，这种殉夫的事例在新西兰历史里是常见的。

卡拉特特的妻子出场了。她还很年轻。她的头发乱披在肩膀上，又号啕，又哽咽，哀声震天。她一面啼哭，一面声诉，模模糊糊的话音、缠缠绵绵的悼念、断断续续的语句都颂扬着死者的品德。哀痛到极点时，她躺到土墩脚下了，把头在地上直擂。

这时，啃骨魔走到了她的跟前。忽然那可怜的牺牲者又想爬起来；但是那酋长手里舞动"木擂"——一种可怕的大木槌——一下子又把她打倒下去。她气绝了。

立刻一片骇人的叫声又响起来。无数的拳头威胁着那几名看得心惊肉跳的俘虏。但是一个人也不走动，因为丧礼还没有完。

卡拉特特的老婆和她的丈夫黄泉相见了。两具尸体并排躺着。但是在那永恒的生活里，死者只有贤妻做伴还是不够的。如果他们的奴隶不也跟着一起死，他们俩住在奴衣·阿头那里，有谁来伺候呢？

六个可怜的人又被带到主子的尸首前面了。那都是根据残酷的战争法规沦为奴隶的几名贱俘。奴隶主在世的时候，他们挨尽了冻饿，受尽了虐待，从来没有吃饱过肚子，做的是畜牲的劳作，现在依毛利人的宗教习惯，他们还要到阴间继续这种没完没了的奴隶生活。

这几个可怜虫仿佛都安于他们的命运。他们早就料到要殉葬，所以并不感到惊骇。他们的手并没有缚住，证明他们是甘心情愿去死的。

好在这种死法很爽快，反倒给他们解除了长期的痛苦。毛利人的酷刑只是为着那几名欧洲“凶手”准备着的，那几名“凶手”在二十步远的地方挤成了一团，眼睛转过一边，不敢看这种层出不穷的惨象。

六名精壮的战士举着六个大“木擂”，一齐打下来，登时六个牺牲品都倒到血泊里了。这就等于是一声信号，开始了那骇人的吃人肉的一幕。

奴隶的尸体和主子的不一样，它们是没有受“神禁”的，因此它们属于全部落的人所有。这是赏给哭丧人的一种酒钱。所以祭礼一完，所有那些土人，首领、战士、老人、妇女、儿童，不分年龄，不论性别，都像发了人肉狂一般，扑到那六名牺牲者的尸体上来。

格里那凡和他的旅伴们害怕得喘不过气来，他们尽量遮住那两个可怜的妇女，不让她们看见这骇人的景象。他们这时也意识到明天太阳升起时有什么样的一个死法在等候着他们了，并且，在这样惨死之前不知道还要受到些什么酷刑呢！他们惊怖得连话也说不出来了。

接着，丧仪的舞蹈节目开始了。一种用“极品椒”酿成的烈性酒——真正是一种椒精——更加强了那些土人的狂醉。他们已经没有一点儿人性了。他们会不会忘掉酋长的“神禁”，来向那几名吓昏了的俘虏下手呢？幸而哨骨魔在众人狂醉的当中还保持着他的清醒。他给了一个钟头的时间，让大家吃喝个痛快，过足了人肉瘾以后，再依惯常的仪式继续进行丧礼的最后一幕。

卡拉特特夫妇的尸体被抬起来了，依着新西兰的风俗，手脚都弯过来，贴着肚子。现在要葬埋了，不是永远就这样埋着，却只是埋到土把皮肉烂完只剩下骨头的时候。

“乌斗巴”的地点，就是说墓地，是选在堡外的两英里远的一个小山顶上。这小山叫作蒙加那木山，在湖的右岸。

尸体就是要往那里抬。有人抬来两顶很原始的轿子——坦白说，是两个软兜——摆在土墩脚下了。尸体蜷曲着——因此与其说是躺着倒不如说是坐着——被藤箍支着，他们的衣服就放在软兜上。四个

尸体蜷曲着，被藤箍支着，他们的衣服就放在软兜上。

战士把轿子扛上肩，全部落的人又嚎着丧歌，排成行列，跟在轿子后面，直送到墓地。

俘虏们始终被监视着，看着送殡的队伍离开了堡的外城。然后，歌声和哭声就渐渐地低下去了。

有半个钟头的光景，送殡的人们钻进了山谷的深处，瞧不见了。接着又看见他们出来，在山径上蠕动着。远远望去，这条漫长的曲折的队伍，一起一伏地，活像一行鬼影。

全部落的人在八百英尺的高度上停住了，就是说停在蒙加那木山顶上预先为埋葬卡拉特特准备好了的地方。

一个普通毛利人的坟墓只是一个坑和一堆石头。但是一个有权有势的酋长将来一定是要成神的，本部落的人就为他造了一座和他生前的名誉地位相称的大墓。

这个"乌斗巴"外面围着一道栅栏，在墓穴旁边还立了许多桩子，上面刻着人物，用赭石涂得血红。死者的亲人们并没有忘记"韦斗阿"——死者的鬼魂——和他在生前一样，是要吃东西的，所以墓穴里放了许多食粮，和死者的武器、衣服摆在一块儿。

墓里一切享用的东西都布置齐全了，于是送殡的把两夫妇的尸体放下去，并排躺着；接着，又哭了一阵，就用土和草把尸体掩埋起来。

至此，送殡的行列沉默地下了山。从此以后任何人也不能再上到这蒙加那木山上了，谁上去就要死，因为它是受了"神禁"的，就和同加里罗山一样。那同加里罗山里也埋着一名酋长，是1846年地震时被压死的。

第十三章

—— 最后关头 ——

当太阳在道波湖边屠哈华山峰和普克塔普山峰后面下沉的时候，俘虏们又被押回到他们的牢狱里了。在华希提连山的各山顶燃起曙光之前，他们一定不会离开这所牢狱了。

他们还有一夜的时间去做临死的准备。虽然在悲痛的重压下，虽然恐怖还没有消失，但是他们仍然一同吃了一顿饭。

“我们在死亡面前不要垂头丧气，”格里那凡说，“我们要叫那些野人看看欧洲人是怎样地不怕死。”

饭吃完了，海伦夫人高声地唱着晚祷。她的全体旅伴都脱下帽子和她一同祷告。

有谁在死亡之前不想到上帝啊！

这晚课做完了，大家互相拥抱了一下。

玛丽·格兰特和海伦夫人退到棚子的一角，就在一张草席上躺下去了。那是忘忧止痛的睡眠，一会儿就合上了她们的眼睑。她们俩互相抱着入睡了，因为疲乏和连夜的失眠使她们实在不能再往下熬。这时格里那凡把他的旅伴们拉到一边，对他们说：

“亲爱的伙伴们，我们的生命和这两个可怜的妇女的生命都在上帝手里了。如果我们明天的死是出于天意，我相信我们都会不愧为基督徒，勇敢地去死，去受上帝的最后审判。上帝会看透人们的心灵的，他知道我们追求的是一个高尚的目的。如果结果不是成功，而只是一死，那也是上帝的安排。不论他的意旨是如何地严酷，我都不抱怨他。不过，到这地方来死，并不是一死就算了事，还有苦刑，也许还有奇耻大辱，而这两个妇女啊……”

格里那凡的声音一直是坚定的，说到这里却颤抖起来了。他停了停，以便抑制他的情感。他沉默了一下：

“约翰，”他对那青年船长说，“你答应了玛丽像我对待海伦夫人一样地去对待她，你究竟决定怎样做呢？”

“我答应她的事，”约翰·孟格尔回答，“我相信，在上帝的垂鉴之下，我是能够做到的。”

“是啊，约翰！但是我们没有武器怎么办呢？”

“这里还有一件武器。”约翰回答着，拿出一把短刀，“当卡拉特特倒在您脚下的时候，我把这把刀从那野蛮人的手里夺过来了。爵士，我们俩谁后死谁就履行海伦夫人和玛丽·格兰特的请求。”

在这段对话之后，棚子里是一阵深沉的寂静。最后，少校打破了这一阵沉寂，说：

“朋友们，非等到最后几分钟不要采取这最后的手段。我始终不相信已经毫无挽救的余地。”

“我不是就我们这方面说呀！”格里那凡回答，“不问是怎样死法，我们都会冒着死去干的！如果只是我们这几个男人，我早就会喊：朋友们，冲出去！杀死那班混蛋！但是还有她们俩呀！她们俩呀！……”

约翰在这时候掀开了门帘，数了数在“华勒阁”门前看守的土人，共有二十五个。那里烧着一团篝火，惨淡的红光射在堡里高高低低的建筑物上。那些土人，有的躺在火的周围，有的站着不动，在火帘的背景上清晰地映出他们的黑影。但是他们不管是躺着的、站着的，都常常转过眼睛来看着他们看守的这座棚子。

人们一般都说，在看牢的人与想脱逃的囚犯之间，还是囚犯成功的机会多些，因为一个是有心，一个是无意。看守的人可能忘记了他是在看守，而囚犯却不会忘记人家在看着他。囚犯时刻在想着脱逃而看守人并不时刻在想着防备。

正因为如此，所以常有囚犯脱逃的事情发生，并且逃得妙不可言。

但是，在我们所叙述的这种场合下，看守俘虏的人不是一个漠不关心的狱卒，却是一些充满仇恨心、报复心的土人。如果说俘虏们没有被捆起来的话，那是因为不需要捆绑。二十五个人看着“华勒阁”唯一的一道门，还要捆绑吗？

这座棚子，背靠着城寨尽头的一座石岩，前面只有一条狭长的小道通到堡中心的那片平地上。棚子的两边都是壁陡的悬岩，底下是一百英尺的深坑。因此，溜下去是办不到的。想挖通牢里的地面也没有办法，因为地面就是大石壳。唯一可通的出路就是通向堡中心的那条像一座吊桥似的小道，但是被毛利人守住了。因此，怎样脱逃都是不可能的，格里那凡在他那牢狱的墙壁上也不知试过了多少次，终于不能不承认没有任何逃的办法。

然而，这焦急万分的一夜，一点钟一点钟地过去了。沉沉的夜影笼罩了全山。既无月色，又无星光，来点破这一片深幽的黑暗。几阵狂风在堡的周围驰突着，吹得棚子的木桩呜呜发响。土人烧的那团篝火经这阵狂风一吹，忽然旺盛起来，火焰的红光直射到“华勒阁”里面来，闪了几闪。那群俘虏被照亮了一下。这班可怜的人都沉沦在他们最后的沉思中。棚子里是死一般的沉寂。

应该是早晨四点钟的光景了，这时一个轻微的声响唤起了少校的注意。这声响仿佛是从棚基的木桩后面发出来的，在靠着石岩的那边墙壁里。开始，麦克那布斯并没有留意这个声响，后来觉得它还在继续着，就细心听听，这声响老是不停，他心里奇怪起来了，就把耳朵贴到地上，仔细分辨分辨。他觉得是有人在扒土，在外面挖洞。

少校心里有了把握之后，就溜到格里那凡和约翰·孟格尔身边，打断他们的苦痛的沉思，引他们到了棚子的深处。

"你们听听。"他低声地说，用手势叫他们弯下身子。

扒土的声响渐渐听得清楚了，他们竟能听出小石子在一种尖的东西钻挖下咯吱咯吱地响，并且向外面掉下去。

"是个野兽在它的洞里动。"约翰·孟格尔说。

格里那凡拍拍自己的额头：

"谁敢断定啊！"他说，"要是一个人在扒呢？……"

"不管是人是兽，"少校回答，"我一会儿就知道究竟！"

威尔逊、奥比内也跑到他们的旅伴们身边来了，大家一起动手挖墙壁。约翰用他的短刀，其余的人用从地上拔起的石头或者就用手指甲。这时穆拉地趴在地上从门帘缝隙里注意着那群土人的动静。

这些土人都围在火边不动，一点儿也没想到在离开他们二十步远的地方发生了什么事。

那一块地面外层的硬土是矽质凝灰岩构成的，松动而易碎，所以虽然没有工具，洞却挖得很快。不一会儿大家就很明显地断定是有一个人或者几个人扒在堡的腰部，从棚壁的外面挖地道。这些挖地道的人目的何在呢？他们知道棚里有俘虏吗？还是他们别有企图，偶然碰到这里来做这件仿佛就要完成的工作呢？

俘虏们又加紧努力。他们的手指都扒破了，出血了，但是还不断地在扒。扒了半个钟头，扒出的洞达到一米深了。他们听见外面的声响渐渐高起来，就知道双方相距不过一层薄土，再把这层薄土扒掉，内外就通了。

又过了几分钟，忽然少校的手被一个刀尖刮破了，往回一缩。他几乎叫出声来，却又忍住了。

约翰·孟格尔就把他的短刀伸出去，挡住在外面钻动的那把刀，一摸就摸到拿刀的那只手。

是一只小手！女人的或者小孩的，是一只欧洲人的手！

双方都一言不发。很明显地，双方都不敢声张。

“难道是罗伯尔？”格里那凡自言自语地说。

但是，不管他这个名字叫得怎样低，玛丽·格兰特早被棚里的动静惊醒了，溜到格里那凡身边，抓住那只满糊着泥土的小手就吻。

“是你呀，是你呀！”那少女肯定地说，“是你呀，我的罗伯尔啊！”

“是我，姐姐！”罗伯尔回答，“我来了，来救你们大家！但是，不要声张！”

“好孩子啊！”格里那凡频频地嗟叹。

“看住外面的土人啊！”那孩子又说。

穆拉地听到那孩子出现，稍微离开了一下，现在又赶快回到监守的岗位上去了。

“外面没有什么，”他说，“现在只有四个人在看守。其余的都睡着了。”

“再加把劲儿！”威尔逊应声说。

一会儿洞就扒大了，罗伯尔从他姐姐的怀里又倒到海伦夫人的怀里。他身上还捆着一条弗密翁草的长绳子。

“我的孩子啊，我的孩子啊！”那少妇低声地说，“那些土人还没有把你杀掉呀！”

“没有，夫人。”罗伯尔回答，“我也不知道是怎么弄的，我乘那一阵纷乱就逃过那些野蛮人的眼睛了。我爬出了棚栏，在树丛后面躲了两天。夜里我就到处跑；我想找到你们。在全部落的人忙着给那酋长办丧事的时候，我跑到牢狱这边的寨脚下侦察了一下，我发现我可以爬得到你们这里来。我跑到一所无人的棚子里偷了这把刀和这根绳子。我就把峭壁上的草丛和树枝当作软梯，攀着往上爬，无意中又发现这棚子靠着的这座高岩中间有一个洞，从那个洞到这个棚子只隔着几尺厚的松土，我把土扒通就进来了。”

许多无声的热吻成为罗伯尔所能得到的唯一的回答。

“动身吧！”他用坚决的语气说。

“巴加内尔在底下吗?”格里那凡问。

“巴加内尔先生吗?”那孩子听到这一问,很惊讶。

“是呀,他在下面等着我们吗?”

“没有呀,爵士。怎么,巴加内尔先生不在这里?”

“他不在这里呀,罗伯尔。”玛丽·格兰特回答。

“什么话?你没有看见他吗?”格里那凡问,“在那阵纷乱的时候,你们俩没有碰到吗?你们不是一同逃的吗?”

“没有呀,爵士。”罗伯尔回答,听到他的朋友巴加内尔不见了,非常吃惊。

“我们就走吧,”少校说,“一分钟也不能耽搁了。不管巴加内尔是在哪里,他总比我们在这里好些。我们赶快走!”

是的,时间是宝贵的,现在非逃不可了。这次脱逃,如果不是洞外有一段几乎是垂直的峭壁,就可以说是没有多大困难,好在这段峭壁只有二十英尺左右高。下了这段峭壁,就是一个斜坡,一直到山脚下,并不太陡。从山脚下,俘虏们就可以很快地钻进山谷。到那时,如果毛利人发觉他们逃跑了,一定要绕个大弯儿才能赶到那里,因为他们不知道“华勒阇”与外面斜坡之间挖了一个地道。

脱逃开始了。为了保证脱逃成功,一切都先做了准备。俘虏们先一个一个地爬出了那窄狭的地道,到了山洞里。约翰·孟格尔在离棚之前,把扒出的土先弄掉,然后溜进地道口,再顺手把棚里的草席盖到口上。因此,地道就被完全掩藏起来了。

现在要从那段峭壁下到那条斜坡上去了。如果不是罗伯尔带来一条弗密翁绳子,那峭壁是无法下去的。

人们赶快解开那条绳子,把一端拴在岩石上,向外面拖着。

这绳子是用弗密翁叶筋绞成的,约翰·孟格尔在让他的旅伴们悬到这绳子上之前,先试了试,他觉得绳子不太结实。我们要知道,这个险是不能随便去冒的,因为一摔下来很可能就摔死了。

“这条绳子,”他说,“只能吊得住两个人,因此我们要量着绳子的力量去做。让格里那凡爵士和夫人先溜下去,他们到了坡上,就拉着绳子摇三下,招呼我们再接着下去。”

“我先下去,”罗伯尔应声说,“我在坡子下端看到一个深坑,先下去的人可以在里面躲着，等着后面的人。”

“好，你就下去吧，我的孩子。”格里那凡说着，握了握那小孩的手。

罗伯尔出了洞就不见了。一分钟后，绳子抖了三下，说明那孩子已经顺利地下到地面了。

立刻，格里那凡和海伦夫人也就冒险走到洞外。黑夜还是很深沉的，但是耸立在东边的山峰已经微露出一点儿淡灰的色彩了。

清晨刺人的寒气振奋了那个少妇。她感到精力增加了，于是开始她那危险的脱逃。

格里那凡先抓住绳子，海伦夫人也跟着抓住，两人沿绳子一溜，就到了峭壁脚下。然后，格里那凡走在妻子前面，抵着她，开始倒退着往下走。他找着草根和小树做她的搭脚点，他先试一试，然后把海伦夫人的脚放上去。有几只鸟被惊醒了，轻轻地叫着飞起来；还有一个小石头被踢出了土窝，哗啦啦地滚到山脚下。两个脱逃的人吓得胆战心惊。

他们在坡上走了一半，忽然听到洞口有人叫喊。

“停住！”约翰·孟格尔轻轻地喊。

格里那凡一手抓住一丛方茎草，一手拉住他的妻，等在那里，气都不敢出。

原来威尔逊发出一个警号。他听到“华勒阁”外面有点儿声响，赶快回到棚子里，托起门帘，看看那些毛利人。他招呼了一下，所以约翰叫住了格里那凡。

果然，看守的战士中有一个听到一点儿异样的声响，爬起来了，走近了“华勒阁”，在离棚两步远的地方站着，低着头，仔细听。他在那里待了一分钟——长得像一个钟头的一分钟，侧着耳朵，瞪着眼睛。然后，他觉得自己听错了，摇摇头，又回到他的伙伴们那里，抱上一抱枯柴，扔到半熄的火堆上。火焰又旺起来了，他的面孔被火照得澈亮，不再表现出任何不放心的神情了。他看了看天边上最初的一点儿晨光，又躺到火边烤着他那冷透了的手脚。

“外面没什么了。”威尔逊说。

约翰又发出信号，叫格里那凡继续往下走。

格里那凡顺势往坡下一驰，一忽儿海伦夫人和他都在罗伯尔候着

两人沿绳子一溜，就到了峭壁脚下。

他们的那条窄径上站住了。

绳子又摇了三下，接着就是约翰·孟格尔引着玛丽·格兰特走上了那条危险的途径。他们的冒险也成功了，他们到达了罗伯尔所说的那个深坑，跟格里那凡爵士和夫人会合在一起。五分钟后，全体俘虏都顺利地逃出了那座“华勒阁”，离开了那临时藏身的土坑了。他们避开有人住的那带湖岸，沿着许多狭窄的小路，钻进了最深的山谷里。

他们很快地走着，尽量防止人家望到他们。他们都不说话，在许多小树丛中间溜着，就和鬼影一般。他们到哪里去呢？不知道，只是乱跑，但是他们是自由了。

快到五点钟的时候，天开始发白了。云堆的高处，渐渐显出一片淡蓝色。朦胧的山峰开始从晨雾中露出头角。太阳不久就要上山了，而这片晨曦已经不是刑杀的信号，却相反地将要揭露囚犯的逃亡。

因此，在这必然到来的追捕之前，逃亡的人们必须逃出土人的圈子，跑得远远的，使他们不容易找到踪迹。但是他们走不快，因为那些小路都很陡。海伦夫人爬坡时由格里那凡扶着（如果不能说是托着）；玛丽·格兰特则由约翰·孟格尔搀着；罗伯尔满心是成功的喜悦，欣幸地、胜利地跑在前面开路；两个水手走在后面做殿军。

再过半点钟，旭日就要从天边的云雾中升起来了。

逃亡的人们又乱跑了半个钟头。巴加内尔已经不在那里给他们引路了。这巴加内尔，大家都在为他担忧，他的下落不明在大家成功的喜悦中构成了一片阴影。然而，大家尽可能地朝着东方跑，迎着辉煌的晨曦走去。一忽儿他们就达到了离道波湖湖面五百英尺的高度了。清晨的寒气在这样的高空中更冷得厉害，严酷地刺着他们的肌肤。许多高山和丘陵的模糊的影子一层层地叠在他们的面前，但是格里那凡此时正是入山唯恐不深：他想先钻进那片万山重叠的迷宫里，然后再慢慢地设法摸出去。最后，太阳出来了，它迎着逃亡者放射出它最初的光芒。

突然，一片骇人的咆哮声，是成百的呼叫声混合而成的，在空中爆发起来了。它是从堡寨里出来的，但是现在堡寨是在什么地方呢？格里那凡一时辨不清楚。而且一片浓雾，和帘幕一般展开在他的脚底下，不容许他看清下面的那些低谷。

但是，无可怀疑，他们的脱逃已经被发觉了。他们能不能逃避土人的追捕呢？他们是否已被土人看见了呢？他们沿途留下的踪迹会不会指明他们的去向呢？

这时，下面的雾气都升上来了，把他们包围在一片湿云里，他们看见了脚底下三百英尺远的地方那疯狂的人群。

他们看见了人家，人家也自然看见了他们。又是一片咆哮声爆发起来，还有犬吠声杂在里面。全部落的人都出来了，他们想先爬上"华勒阁"那座悬岩，爬不上去，就转过头来拥向栅栏外面，抄小路追赶着那班逃避报复的囚徒。

第十四章
—— 禁山 ——

距离山顶还有一百英尺左右。那群逃亡者要躲过毛利人的耳目，最好是爬上山顶，转到山那边去。他们希望到那边有个山脊能把他们渡到邻近的山峰上去。那些山峰是混杂在一个庞大的山系里面的，假使那可怜的巴加内尔还和他们在一起的话，一定会摸得清那一带繁复盘旋的山势的。

因此，他们赶紧往上爬。后面的叫骂声越来越近，那群追赶过来的土人已经到了山脚下了。

"打起精神来！朋友们，鼓起勇气来！"格里那凡不断地叫着，一面叫，一面用手势鼓励着他的旅伴们。

不到五分钟，他们到达山顶了。他们从那里回头看看，一面想判断一下当时的情势，一面想找出一个方向躲避那些毛利人。

从这个高度上，他们的眼光可以望到整个的那一片向西边展开的道波湖，湖的四周有许多山环抱着，风景十分优美。北边是比龙甲山的群峰，南边是同加里罗山的那个熊熊的喷火口。但是向东望去，视线就被那些和华希提连山相连的一大排层峦叠嶂挡住了。这条华希提连山是一条大山脉，一连串的峰岭起伏着，由库克海峡直到东角，斜贯北岛全境。因此逃的人必须从山那边再跑下去，钻到许多狭隘的山坳里，很可能钻来钻去都找不到出路。

格里那凡惊慌地向四周看了一眼。因为雾已经在太阳的照耀下消散了，他可以看清下面最小的一个山凹，毛利人的一举一动都逃不出他的视线。

那山头是个平顶，平顶上还托着一个孤立的圆锥形山尖。当他们到达那片平顶时，土人离他们不到五百英尺了。

这时候格里那凡当然是一步也不能停留。不管累不累，都得继续逃跑，否则就要被包围。

“我们赶快下去！”他叫着，“趁着路还没有被截断的时候！”

但是，当那两个可怜的妇女正以最后的努力爬着站起来时，麦克那布斯止住了她们，说：

“用不着跑了，格里那凡，你看。”

果然，大家都看到毛利人的行动起了一个不可理解的变化。

他们的追赶突然中止了。他们原来要攻到山顶上，现在又不攻了，仿佛接到了一道严厉的禁令。那群土人耐住他们的性子，一下就停住在那里，仿佛海浪碰到了一座不可逾越的岩石一般。

所有那些发了人肉瘾的土人，现在在山脚下一字儿排着，叫嚣咆哮，指手画脚，挥着枪，舞着斧头，但是一步也不敢向前。他们的狗也和他们一样停在那里，仿佛就地生了根，疯狂地叫着。

这究竟是怎么一回事呢？一种什么样的力量无形中制止了那些土人呢？那群逃亡者瞪着眼睛看着，莫名其妙，唯恐控制啃骨魔部落的那种魔力一旦失效了，他们又要追上来。

忽然，约翰·孟格尔叫了一声，同伴们都回过头来。他举手指着那圆锥形山尖上筑起的一座小碉堡给他们看。

“那是卡拉特特的坟墓呀！”罗伯尔叫起来。

“你说得不错吗，罗伯尔？”格里那凡问。

“不错，爵士，就是那坟墓！我认得！”

罗伯尔确实没有弄错。再上去五十英尺，在山尖的顶端上，有许多新涂色的木桩，围成了一道栅栏。格里那凡也认出那是新西兰酋长的坟墓了。原来在仓皇逃窜中，他们竟在无意中逃到了蒙加那木山的山顶上。

爵士在前，旅伴们在后，他们又爬上了通到圆锥形山尖上的那段斜坡，一直爬到那坟墓的脚下才停住。那坟墓前面有个大缺口，用草席盖着，从那里可以走进墓室。格里那凡正要往那“乌斗巴”里走，却忽然又往后一退：

“有个土人在里面！”他说。

“这墓室里会有土人？”少校问。

“是呀，麦克那布斯。”

“不管他！我们进去。”

格里那凡、少校、罗伯尔和约翰·孟格尔一起钻进了墓室。果然那里有个毛利人，披着一件弗密翁麻的外衣，“乌斗巴”里面阴暗，看不清他的面目。那毛利人仿佛很安静，他正在安闲自得地用早饭呢！格里那凡正待和他说话，那个土人却先开口了。他用和蔼可亲的口吻，操着很好的英语对他说：

“请坐，我亲爱的爵士，早饭在等着您呢！”

原来就是巴加内尔！大家一听见他的声音，都奔到“乌斗巴”里来了，个个都被那位绝妙的地理学家用长胳膊拥抱了一番。巴加内尔又找到了！有了他，大家就有了保障了！大家正要开口问他，大家都想知道他怎样并且为什么会跑到蒙加那木山的山尖上来，但是格里那凡一句话就把这些不合时宜的问题堵回去了。

“山下都围着土人呀！”他说。

“土人？”巴加内尔回答着，耸耸肩，“我一百二十四分不在乎那些家伙！”

“他们就不会……”

“他们！那班笨蛋！你们等着看好了！”

大家都跟着巴加内尔出了“乌斗巴”。那些新西兰人都还在原地，围着那座山峰，发着骇人的咆哮。

“你们叫吧！吼吧！喊破嗓子吧！愚蠢的人们！”巴加内尔说，“看你们敢不敢爬上这座山！”

“为什么不敢呢？”格里那凡问。

“因为那酋长在这里埋着呀，因为这坟墓保护着我们呀，因为这座

“请坐，我亲爱的爵士，早饭在等着您呢！”

山被‘神禁’了呀!”

“被‘神禁’了?”

“是呀,朋友们! 所以我才逃到这里来,就和欧洲中世纪不幸的人们逃到不可侵犯的圣地一样。”

“谢谢上帝保佑!”海伦夫人叫起来,举起双手向着天。

是啊,这山是一座禁山,由于它做了酋长的坟墓,所以它就避免了被那些迷信的土人侵袭。

逃亡的人们到了这里还不能算是脱了险,只能说是苟安一时,但是这种苟安一时的机会是大可以设法利用的。格里那凡心里说不出来地那么感动,他待在那里默默无言;少校也直是摇头,脸上带着十分庆幸的神色。

“现在,朋友们,”巴加内尔说,“如果那些蠢货想把我们老是这样围困起来,他们就是做梦。不出两天,我们就可以逃出他们的掌握了。”

“我们自然还要逃啊!”格里那凡说,“但是又怎样逃法呢?”

“我也还不知道,”巴加内尔回答,“但是我们总归是会逃掉的。”

这时,每个人都要知道那地理学家遭遇的经过了。但是怪极了,那么一个好说话的人现在却又离奇地沉默寡言起来了,简直要人家逼着他,他才说出句把话来。平时他一说起故事,总是那么兴高采烈的,现在,朋友们提出问题,他只支支吾吾地应付几句就完了。

“人家把我们的巴加内尔另换了一个人了。”麦克那布斯在想。

果然,那可敬的学者连仪表也跟以前不同了。他紧紧地用他那件弗密翁麻的罩衫裹住自己,仿佛避免人家太仔细地看他。谈话一谈到他本身,谁都看得出他那种尴尬的样子,不过人家总觉得不便追问,只好装着没有注意到他这一点。好在,只要话题不是谈到他自己,他依然是眉飞色舞的,和往常一样。

至于他的遭遇,当大家都到“乌斗巴”外的栅栏脚下围着他坐下的时候,他就选择着他认为可说的说给他的旅伴们听了。他报告的经过是这样:

在卡拉特特被刺之后,巴加内尔和罗伯尔一样,趁着土人们的那一阵纷乱,逃出了堡寨的外城。但是,他没有罗伯尔那么幸运,他一碰就碰到另一群毛利人的营地里去了。在那里,指挥毛利人的是一个身材高大的酋长,样子很聪明,让人一望就知道他的地位要比本部落的所有战士都高。这酋长说得一口好英语,他用鼻尖磨着那地理学家的鼻子,向他表示欢迎。

巴加内尔心里警惕着,他是不是就此又变成俘虏了呢?但是他一看他每走动一下就被那酋长殷勤地陪伴着,寸步不离,他很快地就知道他那时是什么身份了。

这酋长的名字叫作“希夷”,意思就是“太阳之光”,他倒不是一个恶人。地理学家的大眼镜子和大望远镜似乎使他对于巴加内尔有了很高的估价。他努力使那学者成为他自己身边的人,一面用小恩小惠笼络他,但另一面却用苇密翁麻的大绳子扣着他,特别是在夜里。

这种新的处境整整地继续了三天。在这三天里,巴加内尔受的是优待还是虐待呢?“又是优待,又是虐待。”他说,并不做详细的解释。总之,他成了俘虏了,除了没有那种死在眼前的恐怖而外,他的生活状况不比他那些不幸的同伴好多少。

幸而,一天夜里他居然咬断了绳子逃掉了。他曾远远地望见卡拉特特的葬礼,他知道那酋长是葬在蒙加那木山顶上,因此这座山必然是要被“神禁”的。他决计逃到这座禁山上来,因为他的旅伴们还被囚禁在这个地区里,他不愿意丢开他们独自逃跑。他这种冒险的尝试总算成功了。昨天夜里他就到达了卡拉特特的墓室里面。在这里,他一面“休养精神”,一面等着机会把他的朋友们解放出来。

以上就是巴加内尔叙述的经过。他是不是有意把他在土人家里过的那段生活抹杀掉若干细节呢?不止一次他那吞吞吐吐要说不说的态度使人感觉到他是有意这样做作。但是不论如何,他总算逃出来了,大家一致祝贺他。过去既已说明,大家又谈到现在了。

当前处境还是极端严重的。土人们虽然不敢往蒙加那木山上爬,却打算围困他们的俘虏,使俘虏们熬不过饿渴最后自动地跑下山来。那不过是时间问题,而土人有的是耐性。

当时处境的困窘格里那凡并没有估计错误,但是他决计等待机会,必要时,制造机会。

首先,格里那凡要仔细侦察一下蒙加那木山的地形,就是说他那座临时碉堡的地形。他的目的不在防卫这座碉堡,因为土人们是不会攻上来的,他的目的却在如何走出这座碉堡。少校、约翰、罗伯尔、巴加内尔和他自己都一同去踏看那座山,想要知道个究竟。他们观察着各条山路的方向、到达点和坡度。把蒙加那木山联接到华希提连山的那条山岭,有一英里路长,向着平原低下去。岭上的山脊又窄又任意地起伏着,如果可能脱逃的话,这是唯一可走的途径。若是脱逃的人们是趁着黑夜在山脊上跑,使人家看不见他们,他们也许就可以钻进那条连山的深谷里,使那些毛利战士无法追踪他们。但是这条路也有许多危险。在山脊降低的地方枪弹是打得到的。土人守在山腰上打枪,可以在那段山脊上构成一道火网,任何人也不能安全闯过。

格里那凡和他的朋友们冒险向前,竟走到那段危险的山脊上去了。迎面就是一阵弹丸,像冰雹一般地飞来,幸而没有打着他们。有几个包火药用的纸团子倒被风刮到他们跟前了。纸团子是印刷的字纸做成的,巴加内尔纯粹为了好奇心,拾起一个来看看。他好容易才认清了上面的字迹。

"好啊!"他说,"你们知道吗,朋友们,那班畜牲用什么东西做枪弹?"

"不知道,巴加内尔。"格里那凡回答。

"用从《圣经》上撕下来的纸呀!如果那些圣语神言是专作这种用途的话,我真要为那些传教士们叫屈,他们白费心血了!他们要想在毛利人这儿建立起几所图书馆该是多么困难啊!"

格里那凡和他的伴侣们又爬上那圆锥形山顶上的陡坡路了。他们走向那座墓室,想再检查一下墓室的内部。

他们正在走着的时候,突然感到地面似乎一阵紧接着一阵地在动弹,因此很是惊讶。那不是一种摇动,却是像锅边被沸水冲着一样,继续不断地在颤动。很明显,地下火烧起了,许多强烈的蒸气蕴蓄在这座山底下,被山封住了,不得出来。

他们都是从隈卡陀的沸泉中间钻过来的人,这种特殊现象当然不会使他们认为神奇莫测。他们知道这个依卡那马威岛的中部基本上是火山质的。那真正像是一个筛子,无数的筛孔让地下的蒸气以沸泉或硫气坑的形式泄漏出来。

巴加内尔早已观察到这一点了,因而他叫他的朋友们注意:他们所在的这座山就是火山质。它不过是林立在北岛中部的那许多圆锥形山顶之一，就是说它将来也是要变成一座火山的。这山的内壳都是淡白色的矽质凝灰岩，最轻微的一个震动就可以在这山壳上造成一个大喷火口。

“你说得倒是对，”格里那凡说，“但是我们在这里并不比靠在邓肯号锅炉旁边更危险呀！这里的地壳倒是一层坚固可靠的钢板！”

“我也同意你的话，”少校回答，“但是一个锅炉，哪怕再结实，用久了总归有一天要炸破的。”

“麦克那布斯，”巴加内尔又说，“我并不想老待在这个圆锥形的山顶上呀！只要天给我指出一条可走的路，我立刻就走开。”

“啊，为什么这座蒙加那木山不能载着我们走呢！”约翰·孟格尔接上去说，“它的肚子里装着这样多的气力呀！也许我们的脚底下就有几百万匹马力，可惜都无用，白费掉了！我们的邓肯号只要有这马力的千分之一，就可以把我们一直送到天的尽头啊！”

经约翰·孟格尔这样一提，邓肯号又引起了格里那凡的无限感触。因为这位爵士，不论他自己的处境是如何的危急，有时他竟忘我地只去为他的船员们的命运而嗟叹。

他还在沉思着，已经走上蒙加那木山尖，和他的那些难友在一起了。

海伦夫人一望见他就迎了上去。

“我亲爱的爱德华，”她说，“我们的位置你侦察好了吗？有希望呢？还是没有希望呢？”

“有希望，我亲爱的海伦。”格里那凡回答，“土人不敢越过这山界一步，我们不愁没有时间去计划脱逃。”

“现在，回到‘乌斗巴’里去吧！”巴加内尔兴致勃勃地叫着，“这是我们的堡垒，我们的府第，我们的饭厅，我们的研究室！谁也不会来打搅我们！女士们，请容许我在这座优美的住宅里招待诸位。”

大家都跟着那可爱的巴加内尔走去。那些土人看见那班逃犯再度要亵渎那个被“神禁”的墓室，立刻又爆发了一阵枪声和骇人的咆哮声。他们的咆哮声响得和枪声一样高。但是，很侥幸，枪弹不能打得和叫嚣声一样远，飞到山腰就落下去了，而辱骂声则一直冲到天空里才慢慢地消散掉。

海伦夫人、玛丽·格兰特和她们的旅伴们看见毛利人的迷信远超过他们的愤怒,因而都绝对放心了,一个个地都钻进了那“乌斗巴”。

这座新西兰酋长的“乌斗巴”是许多涂红的木桩排成的栅栏。许多象征的图形——简直可以说是木刻的刺花纹——表现着死者的高贵和功绩。还有许多成串的辟邪的物品,贝壳制的或石头雕的,在柱与柱之间悬挂着,摇摇摆摆的。内部的土面完全被一层绿树叶子像地毯一般盖起来了。正中心,土面稍微高起一点,显出是新挖成的一个坟墓。

酋长的武器都摆在那里:他的枪械——都装好了子弹和火药线,他的长矛,他那把漂亮的绿玉斧头,还有大量的弹药,足供死者在阴曹里打猎打上无限年。

“这是一所军械库呀!”巴加内尔说,“我们将来可以拿来派一番更好的用场。土人死了还要带武器到阴曹去,这正好给了我们,他们想得可真妙极了!”

“呃,怎么一回事呀?还都是英国造的枪呢!”少校说。

“当然啰,”格里那凡回答,“把枪当作礼物送给这班土人,真是其蠢无比!他们拿到这些枪就用来打击侵略者,我们不能不承认他们做得十分对。不论如何,这些枪将来对于我们是有用的!”

“但是,”巴加内尔说,“更有用的倒还是为卡拉特特备下的这些食粮和饮水呀!”

果然,死者的亲友为死者准备的确实太周到了。这说明了他们对死者品德的崇敬。这里堆的粮食足够十个人吃半个月,或者更正确地说,足够死者吃到无穷。这些粮食都是植物,有凤尾草根,有土人叫作“旋花芋”的甘薯,有很早就从欧洲移植过来的马铃薯。几口大缸装着新西兰人吃饭时惯喝的清水,还有十几个篮子,编得很巧妙,里面装着许多不知道做什么用的一种绿树胶做成的长方块。

因此,逃亡者们可以有好几天不愁吃不愁喝了。他们毫不客气地就揩着那酋长的油,先吃他一顿。

格里那凡拿出了足够旅伴们吃饱的一份原料,交给奥比内去加工。这位司务长一向是一个讲究形式的人,就是在严重的关头也还要把伙食做得像个样儿，因此他觉得这些吃的东西都不够格。而且他又不知道怎么才能把这些草根弄熟，他根本没有火呀！

还是巴加内尔有办法，他叫奥比内就把那些凤尾草根和甘薯塞到土里去，不必管它。

是啊，这里地壳外层的温度很高，如果有个温度表插到土里去，一定可以试出60℃到65℃高的温度。奥比内几乎把手都烫伤了，他在扒坑烤草根的时候，一股热气冒上来，嗤嗤地喷到两米高，把那司务长吓得摔了一个大斤斗。

“关起龙头呀！”少校叫着，那两个水手立刻跑来帮忙，用浮石的碎块把那坑堵起来了。这时巴加内尔却在呆呆看着这种现象，脸上显出惊奇的神色，自言自语地说：

“呃！嗨！嘻！嘻！怎么不可以呢？”

“你没有烫坏吧？”麦克那布斯问奥比内。

“没有，麦克那布斯先生。”那司务长回答，“我真没有料到……”

“没有料到老天待我们这样周到，是吧！”巴加内尔得意地叫起来，“有了卡拉特特的饮水和食粮，还有地火来烧！哈！这座山真是个天堂呀！我建议我们就在这里建立一个殖民地，在这里耕种，在这里住一辈子！我们就做蒙加那木山上的鲁滨逊好了！真的，在这座舒适的圆山尖上，我简直想不出还缺少什么东西！”

“倒真是什么都不缺，要是地壳坚实一点儿，那就好了。”约翰·孟格尔回答。

“你愁这地壳！它不是昨天才形成的呀！”巴加内尔说，“它抵抗地心的火力已经很长久了，在我们走开之前，它还是支持得住的。”

“早饭备好了。”奥比内先生报告，严肃得和他在玛考姆府伺候主人一样。

那些逃亡者立刻都坐到栅栏旁边，吃着他们近来常吃的那种绝处逢生的救命伙食。

吃的只有那两样东西，大家也就没有什么可挑精拣肥的了，但是关于凤尾草根的味道，各人意见不一致。有人觉得很甜，很好吃，有人觉得滑腻无味，硬撅撅的。至于热土里烤熟的甘薯，却真是呱呱叫。那地理学家发表他的感想说：卡拉特特有这样的好东西吃，葬在那里

一股热气冒上来，嗤嗤地喷到两米高。

实在是得其所哉。

接着，大家肚子吃饱了，格里那凡就建议立即商议脱逃的计划。

“就想走了吗？”巴加内尔说，带着真正舍不得的语气，“像这样好的乐土，你怎么就急着要离开了呢？”

“但是，巴加内尔先生，”海伦夫人回答，“就算我们此刻是在卡布吧，我们也不能学汉尼拔呀！”

“夫人”巴加内尔回答，“我怎么敢违抗尊命！既然您要商议，就商议吧。”

“首先，我觉得，”格里那凡说，“我们要赶紧逃，不要等到东西吃完了再逃。我们大家现在精力都很充足，我们要趁着精力充足的时候离开。今天夜里，我们要设法跑到东边山谷里去，借着黑暗穿过土人的包围圈。”

“这样办好极了，”巴加内尔回答，“如果毛利人让我们过去的话。”

“若是他们不让我们过去呢？”约翰·孟格尔问。

“那么，我们就拿出妙法来。”巴加内尔回答。

“原来你有妙法吗？”少校问。

“妙到使人莫名其妙！”巴加内尔答了一句，就不再解释下去了。

现在只有等着，等天黑偷过土人的阵线。

那些土人一直没有离开原地。人数仿佛还增加了些，大概是以后又来了不少人。山脚下烧着一堆一堆的篝火，形成一个火圈子。当夜影笼罩四周山谷的时候，蒙加那木山好像是从一个大火坑里冒出来的，而山顶却消失在深沉的黑暗里。人们可以听到六百英尺以下的敌人营幕里在骚动，在叫嚣，在喧哗。

九点钟，夜十分黑，格里那凡和约翰·孟格尔决定在领旅伴们从那条危险的路上逃跑之前，再去侦察一下。他们悄悄地跑了下去，走了约莫十分钟，到了那条窄山脊上。这山脊正穿过土人的包围圈，高出敌营五十英尺。

直到那时，一切都很顺利。毛利人躺在火旁边，仿佛没有看见那两个人在逃跑，因此他们又走了几步。突然，山脊的左右两边，枪声同时响起来了。

“往回跑！”格里那凡说，“那些匪徒的眼睛和猫一样，枪又打得像老枪兵!”

立刻,约翰·孟格尔和他又爬上山顶的陡坡了,赶快回来安慰那些被枪声惊扰的旅伴们。格里那凡的帽子中了两颗子弹。有了这次经验,就知道那条漫长的山脊,两边都是散兵线,是绝对不能上去冒险的了。

“明天再说吧。”巴加内尔说,“既然这些土人监守得很严,我们偷不过去,你们总可以让我跟他们来一手了!”

气候相当冷。幸而卡拉特特把他的最好的睡衣、很厚的苇密翁麻的被褥都带到墓地里来了,各人都毫不客气地拿了几件,裹在身上。不一会儿,那些逃亡者就在土人迷信的保护下安然地入睡了,外面有栅栏挡着,下面是温暖的地面,被地下滚热的蒸气冲得颤巍巍的。

第十五章

—— 巴加内尔的妙计 ——

第二天,2月17日,旭日用它的最初的光芒唤醒了蒙加那木山上的睡眠者。毛利人一直是在山脚下跑来跑去,始终不离开他们那条监视线。那几名欧洲人一从那被亵渎的圣地里走出来,山脚下就是一片疯狂的叫嚣声迎接他们。

他们大家向四周望了一眼,看看前后左右的山峰,看看还沉浸在晨雾中的深谷,看看被晨风吹起微波的道波湖。

大家急于要知道巴加内尔的新计划,都围到他的身边来,用眼光向他打探。

巴加内尔立刻满足了旅伴们惶恐不安的好奇心。

“朋友们,”他说,“我的计划有这么一个好处,就是:如果它不能产生我所预期的效果,纵然它完全失败了,我们的处境也不会变得更坏。不过我这计划应该成功,一定成功。”

“你那计划是……”麦克那布斯问。

“我的计划是这样:”巴加内尔回答,“土人的迷信使这座山成了我们避难的地方，我们就得再利用这种迷信逃出这座山。如果我能使啃骨魔相信我们因为亵渎圣山而受了惩罚，相信皇天的震怒落到了我们的头上，总之，相信我们遭到一场横祸死掉了，你们想想，他是不是就可以丢下这座蒙加那木山回到他的村子去呢？"

"那是无疑的。"格里那凡说。

"你是要我们怎样惨遭非命呢？"海伦夫人问。

"就像亵渎圣灵的人们那样被天火烧死呀，朋友们！"巴加内尔回答，"替天行道的烈火就在我们的脚底下，我们把这火放出来好了。"

"怎么，你想造出一座火山来吗？"约翰·孟格尔惊叫起来。

"是呀，造出一个人工的火山，一个临时的火山，我们可以控制火头的火山！这底下的蒸气和地火时刻想冒出来！我们用人工叫它们喷射出来，给我们帮个忙。"

"这个主意倒不错，"少校说，"想得好，巴加内尔！"

"你们懂得吧，"那地理学家又说，"我们假装着被新西兰的火神放火把我们烧死了，而实际上却巧妙地藏到卡拉特特的墓室里去……在那里待个三天、四天，必要时待个五天，就是说，待到那些土人深信我们是死了因而放弃围守计划为止。"

"但是，如果他们要证实一下我们受天罚的情形呢？"格兰特小姐说，"万一他们爬上山来看看呢？"

"不会呀，我亲爱的玛丽！"巴加内尔回答，"他们绝不会这样做。这山是受了'神禁'的，它既然自动烧死了犯'神禁'的人们，它的'神禁'自然就更加严格了！"

"这办法真正是想得好。"格里那凡说，"不过，就怕那些土人老盯在山脚下不走，而我们山上的粮食又吃光了。不过这个可能性很小，尤其如果我们做得真像的话，他们不会不走的。"

"我们这最后的一着，什么时候动手试试呢？"海伦夫人问。

"今天晚上就动手，"巴加内尔回答，"在夜影最深沉的时候。"

"就这样。"麦克那布斯接上去说，"巴加内尔，你是个大天才，我平素从不盲目乐观，这次我却保证你能成功。那班坏蛋！我们来给他们表演一幕奇迹，叫他们的迷信还要滞留一百年不能改奉基督教！这也是出于不得已，传教士们可不要怪罪我们啊！"

巴加内尔的计划就这样通过了。的确,以毛利人那样迷信,这计划是可以并且是应该成功的。剩下的就是怎样做的问题了。主意的确很好,做起来却很困难。这火山会不会把那些大胆扒开喷火口的人们都吞下去呢?蒸气、火焰、熔岩一冒出来,人还能不能够控制、操纵呢?这座圆锥形山顶会不会整个的都要沉到火海里去呢?喷射地火,本来是大自然所保有的一个绝对的特权,现在人居然伸手来捉摸这个现象了。

巴加内尔已经预料到了这些困难,但是他打算小心谨慎地去做,不要做得太过火。只要做出一个喷火的样子骗骗毛利人就够了,可不能真弄出火山爆发那可怕的事件来。

这一天等得多么着急啊!老是等不到夜晚!各人都在数着钟点,每一点钟都仿佛老是过不完。脱逃的一切准备工作都完成了。“乌斗巴”里的食粮都分成了份儿,打成不太笨重的小包裹。还有几张草席,还有那些武器,都是从墓室里拿出来的,足以构成他们的轻便的行装。当然,用不着说,这些准备工作都是躲在栅栏里做的,没有让那些野蛮人知道。

六点钟,司务长办好一顿充足的晚饭。在这个地区的那些深谷里逃亡,到什么地方、到什么时候才能再吃饭呢?谁也不能预料。因此,大家为了预防将来的饥饿,都尽量吃饱。中间的一盘大菜,是威尔逊捉到的几只大老鼠,隔水蒸熟了的。这是新西兰的名贵野味。海伦夫人和玛丽·格兰特却死也不肯吃,而男客们则和毛利人一样,大啖大嚼着。这肉的味道确实很好,甚至于可以说是美味。那几只小动物一下子就被吃光了,只剩下骨头了。

黄昏到了。太阳在一片乌云后面消失了。云势是要起风暴的样子,天边闪烁着闪电,云天的深处哼着隐隐的雷声。

巴加内尔非常欢迎这场暴风雨,它正好来协助他实现计划,帮助他导演这一幕好戏。土人对自然界的这种剧变是十分迷信和恐怖的。新西兰人认为雷是他们的大神奴衣·阿头愤怒的吼声,电是大神愤怒的眼光。因此,雷电交作就表示神要亲自来惩罚这些冒渎“神禁”的人们了。八点钟的时候,蒙加那木山尖已经埋没在阴惨惨的黑暗中了。天拉起了一层黑幕,准备映衬着巴加内尔将要放射出来的那片熊熊的火光。毛利人看不见他们的俘虏。这正好是动手的时候。

这事要做得快。格里那凡、巴加内尔、麦克那布斯、罗伯尔、司务长和两个水手一起干起来。

喷火口的地点选在离卡拉特特墓室三十步远的地方。是呀,这座"乌斗巴"一定不能让喷火烧起来。这是很重要的,因为"乌斗巴"一烧毁,这座山的"神禁"也就随着消灭了。巴加内尔在一个地方看到一块庞大的岩石,四周冒出相当浓厚的热气。这块大岩石一定是盖着这圆山顶上自然形成的一个小喷火口,只因为石头太重,压住地火喷不出来。如果能把这块大岩石搬起来,喷火口等于拔掉了塞子,蒸气和熔岩就会喷出来了。

那些开火山的劳动者就在"乌斗巴"里拔起几根桩来当杠杆,用力撬那块大石头。在他们的协同努力之下,岩石一会儿就活动了。他们又为这块岩石在山坡上挖出了一条小壕沟,以便它沿着这斜坡滚下去。他们把岩石撬得越活动,石下的土面也就颤动得越激烈。

隐隐的火焰奔腾声和热气嗤嗤声在那块变薄了的地壳底下,到处流窜着。那几个大胆的劳动者,真和神话里那些操纵地火的巨灵一般,不声不响地继续工作着。不一会儿,岩石下的几条裂缝以及冒出的几股热气就预告着他们那地方已经是很危险的了。他们拼命一下就把那岩石翻起来,在那斜坡上滚得不见影儿。

立刻,那层薄地壳迸裂了。一条炽热的气柱冲向天空,哗啦啦地响得骇人,同时沸泉和熔岩的奔流直向土人的露营和山下的各坑谷里滚去。

那座圆锥形的山尖整个都在颤抖,人们简直要以为它在向一个无底的深渊里陷落了。格里那凡和他的伙伴们险些儿没逃出喷射力所能波及的范围;他们赶紧躲到"乌斗巴"里,连奔带跑还免不了溅到几滴热到94℃的喷水。这股水,开始只有点蒸锅气,不一会儿就发出浓厚的硫黄味。

这时,泥土、熔岩和火山碎块混成了炽热的一团。许多火的奔流在蒙加那木山腰上划出了一条一条的火路。附近的山峰都被这片喷火照得澈亮,深的坑谷里也闪着强烈的回光。

所有的野蛮人都爬起来了,熔浆在他们的营地里沸腾着,溅到他

一条炽热的气柱冲向天空。

们身上，烫得他们鬼哭神号。没有被那火流烫到的都在拼命地逃，往四周的丘陵上飞奔，然后，魂飞魄散地回过头来望望，看着那骇人的现象，看着那张开大嘴的火山，看着他们的大神的愤怒把那些亵渎圣山的人们吞噬下去。有时，喷射的哗啦声偶然降低一下，人们就可以听到他们在吼着他们的咒语：

"神禁啊！神禁啊！神禁啊！"

这时大量的蒸气、烧红的石块和熔岩从蒙加那木山的喷火口里冒出来。那已经不是像冰岛赫克拉火山附近的沸泉那样的一股简单的沸泉，而是像赫克拉那座火山的本身了。直到那时为止，这大量蕴积的地火一向是控制在这圆锥形山壳底下的，因为同加里罗山的那些泄汽活塞足够供这些地火排泄出去；但是现在这里开了一条新的出路，地火都一下涌到这里来了，喷射得极端猛烈。根据物理学的平衡律来推算，这天夜里，岛上别的火山口的喷射一定没有平时那样紧张。

这火山出现后一个钟头，就有许多条白热的熔岩河在山腰上流着。人们可以看见大群的老鼠从它们的洞里跑出来，离开这片烧焦的土地。

整夜，高空刮着狂风，泻着暴雨，这座圆山顶一直在喷射着地火，越来越猛，这不免使格里那凡担忧起来。喷出的火头不断地啮蚀着喷火口的边缘。

俘虏们躲在栅栏后面注意地望着那火势的骇人的进展。

早晨到了。火山的狂怒还不见减低。大股浓厚的淡黄色蒸气跟火焰杂在一起；熔岩到处奔流着。

格里那凡不断地用眼睛瞟着，心头不断地跳着，扒在每一个栅栏缝看看，观察着土人的动静。

那些土人都已经逃到附近的高地上去了，离开了火山喷射的范围。有几具尸体躺在火山脚下，烧成了焦炭。更远一点儿，靠城堡那边，熔岩烧毁了二十来座棚子，现在还在冒烟。新西兰人东一群西一堆的，望着那烟火腾腾的蒙加那木山尖，表现出一种迷信的恐怖。

啃骨魔跑到战士们中间来了，格里那凡看清楚了是他。那酋长从无火的山那边一直进到山脚下来，但是不走上山坡一步。

在那里，他张着两只胳臂，和巫师念咒一样，对这座山做了几次鬼脸。他这样做鬼脸的意义，俘虏们是不难猜到的。果然不出巴加内尔的预料，啃骨魔对这座替天行道的神山又在增加一重更严厉的“神禁”了。

一会儿之后，土人就排成一行一行的，向那些曲折的小径走下去，回到他们的城堡里去了。

“他们都走了！”格里那凡叫起来，“他们放弃了他们的岗位了！感谢上帝！我们的计策成功了！我亲爱的海伦啊，我勇敢的旅伴们啊，我们算是死过了，埋过了！但是今天晚上在黑夜里，我们就要复活，我们就要离开我们的坟墓，我们就要逃出这野蛮的部落了！”

当时“乌斗巴”里弥漫着的喜悦情绪真是很难想象得到的。每个人的心里都恢复希望了。这班坚毅的旅行者忘掉了过去，忘掉了将来，完全沉醉在当时的成功里。事实上，要从这荒凉的地方走到欧洲人住的地方还不是一件很容易的事。但是他们一骗走了啃骨魔，就以为逃掉了所有的新西兰的土人了！

至于少校，他毫不隐瞒地流露出他对那班毛利人的极端鄙视，并且把他所有的骂人词汇都用来形容那班毛利人。巴加内尔在骂人的本领上也不比他差。他们俩大骂毛利人的不是。

还要等一整天才能真正离开这个险境。大家就利用这一天的时间来商议脱逃的计划。巴加内尔曾经把他的那张新西兰地图当作宝贝一般地保留下来，因而他此刻可以在地图上找出最安全的途径。

那些逃亡的人们经过讨论之后决定向东边的巴伦特湾走。那是要经过一些陌生的地区的，但是这些地区看来很像没有人居住。我们的这群旅行者对于应付自然界的困难，避免天然的障碍，都已经成了老手了，他们现在只怕遇到毛利人。所以他们一心只想避开毛利人，走到那东海岸。在东海岸，传教士们是曾经建有几个传教站的。而且，直到现在，北岛的那一部分还没有受过战争的蹂躏，土人的流动部队也不会到那里去搜索。

至于由道波湖到巴伦特湾的距离，估计有一百英里，每天走十英里要走十天。这程路是难免不吃苦的，但是这个勇敢的旅行队里，却没有一个人爱惜脚步。一走到传教站，旅客们就可以在那里好好地休息一下，再等着机会到奥克兰，因为他们始终是想到奥克兰的。

以上各点决定之后，大家还继续瞟着土人的动静，一直到了晚上。山脚下一个土人也没有了，当夜影侵入道波湖盆地的时候，没有任何营火显示着那座圆顶山下还有毛利人的踪迹。路，现在是通行无阻的了。

九点钟的时候，趁着黑夜，格里那凡发出启程的信号。他的旅伴们和他都拿了卡拉特特的东西，装备着武器和食粮，开始走下蒙加那木山那一重一重的山坡。约翰·孟格尔和威尔逊领头，一面走，一面听着、看着。一有细微的声响，他们就停下来；一有细微的亮光，他们也要侦察一下。每人都可以说是顺着山势往下溜，这样可以避免被人发现。

在距山顶二百英尺的地方，约翰·孟格尔和他的水手到达了土人坚守的那段最危险的山脊了。万一不幸，毛利人比逃亡者还要狡猾，假装着退却来引他们上圈套，万一不幸，毛利人没有被火山爆发那一幕欺骗过去，那么，他们就会在这里突然出现的。格里那凡尽管有信心，不管巴加内尔如何嘲笑，他总是不自主地浑身发抖。过这一段山脊需要十分钟，他那整个旅行队的安全完全要在这十分钟内决定啊！海伦夫人紧抓住他的胳臂，他感到她的心也在剧烈跳动。

可是他绝对没想到退缩。约翰也没有这个念头。这个青年船长领着全体人员，在黑夜的保护下，在那条窄狭的山脊上爬着，有时一个石头碰动了，直滚到山脚下，他就停下来。如果土人还是埋伏在山脚下的话，这些异样的声响一定会引起两面猛烈射击的。

这时，逃亡的人们在倾斜的窄狭山脊上和蛇一样地爬着，当然是走得不快的。当约翰·孟格尔走到山脊上最低点的时候，离昨晚土人盘踞的那个平山顶已不到二十五英尺了。过了这里，山脊就要高起来，坡子相当陡，向上走四分之一英里就是一带矮树林。

这最低的一段山脊总算走过去了，没有发生什么意外。旅客们开始悄悄地往上爬。那个小树林是看不见的，但知道是在那里，只要那里没有埋伏，格里那凡认为到了树林就算到了安全地带了。然而，他又注意到，从这时起，他们已经出了“神禁”的范围。上升的那段山脊不属于蒙加那木山，却属于耸立在道波湖东面的那个大山系。因此在这里不但要防土人枪击，还要防他们扑到身边来搏斗。

足有十分钟，那支小旅行队轻轻地向前面的平岭爬着。约翰还看不见那幽暗的矮树林，不过据估计，树林应该就在前面，不到二百英尺远了。忽然他停了下来，几乎是往后一退。他仿佛听到在前面的阴影里有什么声响。他这一迟疑使全体的旅伴都跟着停下来。

他待在那里一动也不动，叫后面的人们很是吃惊。大家都等着。那是在多么恐慌的情绪中等着啊！我们是无法用笔墨形容的。不会是又要往回跑，再回到蒙加那木山的山尖上去吧？

然而，约翰没听到声响再起来，又开始沿着那山脊的窄路往上爬了。

不一会儿，那片矮树林在黑暗中模糊地出现了。又走了几步，就到达了那片矮树林，所有的逃亡者都聚集到那树叶的浓荫下面蹲下来。

第十六章

前后夹攻

黑夜，是脱逃的有利条件。因此必须趁着黑夜离开道波湖的这一带凶险的地方。巴加内尔走在前头担负起向导的任务。在这次穿山越岭的艰苦的长征中，他又一次表现出他那奇妙的旅行家的本能。他在黑暗中间敏捷地钻过去，转过来，选择着几乎看不出的小路，经常保持着一个固定的方向，一点儿也不会弄错。我们应该说，他那天赋的夜视眼也帮了他很大的忙，他那双猫眼睛在那样深沉的黑暗中连最细微的东西都看得见。

大家在山东面那漫长的斜坡上一连走了三个钟头。巴加内尔稍微折向东南的方向，以便走到开马那瓦山脉与华希提连山之间的那条狭道。那狭道是奥克兰到霍克湾的大路所经过的。他打算过了那个山坳就离开大路，借着高山的掩护，穿过那无人居住的地区，向海岸走去。

到了早晨九点钟的时候，十二个钟头走了十二英里路。不能要求那两位坚毅的女客走得更快了。而且,这地方似乎很宜于宿营,因为逃亡者已经到达了那两大山脉之间的隘道。右边是向南奔去的奥伯兰大路。巴加内尔手里拿着地图,向东北拐了个弯,到了十点钟,这一行人走到一个峻峭的像一座尖角堡的山嘴子。干粮从袋里拿了出来,大家大吃了一顿。玛丽·格兰特和少校一直不很喜欢吃那凤尾草根,现在却也大啖大嚼了。这次一直休息到下午两点钟,之后,又向正东走去。晚上,旅客们就在离山八英里路的地方歇下了。他们自然是不待催请就会在露天下睡下去的。

第二天,路上碰到了相当严重的困难。他们要穿过展开在华希提连山东边的那片奇特的地区,这里到处是火山湖、沸泉和硫气坑。眼福倒是不浅,腿可有些吃不消。每隔四分之一英里路就有许多弯环,许多障碍,许多曲折,无疑地,走起来都很累人;然而风景又是多么奇伟啊!大自然的面貌又有着多么无穷的变化啊!

在这二十平方英里的广阔的空间,地下热力采取种种不同的形式喷泻出来。许多透明晶亮的咸水泉从一丛丛茶树中流出。泉上有无数的昆虫飞舞。泉源发出刺鼻的火药味,并在土面上留下一层沉淀,白得耀眼,和雪一般。它们的清水热到沸起来,而附近的许多其他的泉源却涌出冰冷彻骨的白练。高大的凤尾草在泉源的旁边,在适合古生代植物生长的条件下生长着。

四面八方都是从地下喷出来的水头,就和公园里的喷泉一样。水头的四周,缭绕着大团的蒸气。这些水头有的喷射不停,有的时起时落,仿佛有个任性的火神在随意地操纵着。水头一层层地从天然的平台上流下来,平台上像是装着现代化的承水盘。水头落下来在一团一团的白烟下慢慢混成一片,侵蚀着那平台的半透明的阶梯,像沸腾的瀑布似的注入洼地,形成大片的湖泊。更远处,在那些纷乱的喷泉的尽头,接着就是许多硫气坑。地面上仿佛起了许多大脓泡。那都是半着半熄的喷火口,留下许多大裂缝,冒出各种不同的气体。空气里充满了刺鼻的亚硫酸气。硫黄凝成了大片的硬壳或结晶块,铺满了地面。那里有无数的富源,千百年来就是这样地堆积着,没人理会。将来有一天西西里岛的硫黄矿采完了的时候,工业要找原料必然是要找到新西兰的这片不出名的区域里来的。

四面八方都是从地下喷出来的水头。

旅客们穿越这片障碍重重的地区，疲劳的程度当然是可想而知的了。在这里宿营是艰苦的，猎人的马枪也遇不到一只鸟值得叫奥比内先生亲手来炮制。所以在大部分时间里，大家都只好吃凤尾草根和甘薯。这种伙食实在是不够恢复那一行人的体力的，因此大家都赶着要走完这片空无所有的荒地。

然而，要迂回绕过这片不易通行的土地，至少要费四天的工夫。到了2月23日，离蒙加那木山已经五十英里了，格里那凡等人就在一个小山脚下宿了营。这座山巴加内尔的地图上有，但没有注上名字。眼前是一片灌木丛生的平原，天边却现出一片森林。

这是一个好兆头，但是有一个条件：这些适宜居住的地区可不要有太多的居民。直到此时为止，旅客们倒真是连一个土人的影子也不曾遇到过。

这天，麦克那布斯和罗伯尔打到了三只几维鸟。这三只鸟都光荣地被摆到餐桌上来了，但是老实说一句，摆得并不久，因为不消几分钟它们就从嘴壳到脚爪都被抢着吃光了。

后来，在用饭后果品——甜薯与马铃薯——的时候，巴加内尔提出一个临时动议，登时被热烈地鼓掌通过了。他建议把这座高入云霄三千英尺、还没有起名的山峰就叫作格里那凡峰，并且他很细心地在他那幅地图上把那位苏格兰爵士的名字填上去。

自此以后，旅途上许多单调而又枯燥的细节，我们都不去说它了。从这带湖泊区到太平洋海岸的这一段旅途里，只有两三件事稍微重要一点儿。

一行人整天在树林里和平原上走着。约翰根据太阳和星辰的部位测定方向。幸而老天帮忙，温度不太高，天又不下雨。不过这些历尽千辛万苦的旅行者却越走越觉得累，越累越走得慢，而他们又急于要赶到传教站。他们依然边走边说话，但已经不是大家聚在一块儿谈了。那支小旅行队已经分成几组。分组不是由于情感的特别亲密，而是由于个人思想的比较接近。

大部分时间，格里那凡独自一人走着，他越接近海岸，就越想起邓肯号和邓肯号上的那队船员。他在抵达奥克兰之前还可能会碰到许多危险，但是他把这些危险都丢到脑后去了，只想到船上那些被惨杀的水手们。这幅可怕的景象老是离不开他。

大家也不再谈哈利·格兰特了。现在既无法再去营救他,空谈又有什么用处呢?如果他的名字还有人在叫着,那只是在他的女儿和约翰·孟格尔两人的谈话中间。

约翰没有向玛丽重新提到过她在“华勒阁”的最后一夜里对他所说的那番话。由于他的笃实,他不愿把生死关头上所说的一句话就当作正式的诺言。

在谈到哈利·格兰特的时候,他仍然还提起关于今后寻访的计划。他向玛丽保证:格里那凡将来还会继续这次中途失败的事业的。他的论点是:文件的真实性绝对无可怀疑,因此,哈利·格兰特一定还在人间。因此,纵然要找遍全球,也必须把他找到。听到这些话,玛丽完全陶醉了。约翰和她两个人本被同样的思想联系着,现在又在同一的希望中融化在一起了。海伦夫人也常常参加他们的谈话,但是她绝不抱那么多的幻想,然而,她也不愿意对那一对天真的男女说什么扫兴的话,使他们失望。

同时,麦克那布斯、罗伯尔、威尔逊和穆拉地四个人在一块儿打着猎,但并不离开小旅行队太远;他们每人都打到了若干野味。巴加内尔呢,他老是用他那件茀密翁外衫裹着,独自走在一旁,闷声不响地好像在考虑什么。

然而——这句话需要交代明白——虽然根据自然规律,人在苦难中、危险中、疲乏中、困窘中,就是最温和的性格也会变得抑郁或烦躁起来,但是我们这班患难朋友却始终是团结的、热诚的,为着互相援助,是不惜牺牲性命的。

2月25日,有一条河挡住去路,那应该是巴加内尔地图上载着的限卡利河。大家找到了浅滩,徒步走过去了。

自此,两天之中,都是一片接着一片的灌木平原。道波湖和海岸之间的路程已经走了一半了,大家虽然走得很累,却没有遭到意外。

现在,开始出现了一望无边的大森林。这些森林很像澳洲的森林,不过这里不是桉树而是“高立”松。虽然四个月的旅行已经大大地消磨了他们的欣赏心情,但是他们一见到这些足与黎巴嫩雪松和加利福尼亚“巨树”相媲美的参天古松,依然是叹赏不已。这种“高立”

松——学名叫“脂胶松”——在分枝下面的树干有一百英尺高。它们都是一丛一丛地长着的，丛与丛之间不相连属，因此森林不是由单棵的树组成的，而是由无数的树丛组成的。树顶上撑起绿叶的大伞，伸到天空里有二百英尺高。

这些松树有几棵年龄还很轻，只不过百十来岁，很像欧洲某些地方的红松。它们都戴着深绿色圆锥形尖顶的王冠。它们的前辈正相反，都是些五六百岁的老树，顶上形成其大无比的绿色华盖，无数交错的枝丫在下面支撑着。那些新西兰森林的族长，有五十英尺粗，全体旅客张开胳臂也合抱不过来。

那支小旅行队就在这些又高又大的拱门下钻了三天，踏着从来没有人走过的黏土地面。这里没有人到过，那是可以看得出来的，因为有许多地方在“高立”松的脚下堆积着厚厚一层松脂。这些松脂假使当作土产输出的话，多少年也运不完。

那几个猎人遇到大群的几维鸟。这种怪鸟在毛利人常到的地区里很少见到，原来它们都被新西兰人的猎狗驱逐到这些人迹稀少的森林里来避难了。它们给旅客们提供了既丰富又营养的食料。

巴加内尔甚至还远远地望见了在茂密的树林里有一对极大的飞禽。他的博物学家的本能立刻警觉起来。他叫旅伴们赶快来。于是少校、罗伯尔和他自己，三个人早忘记了劳累，都跟着那对鸟的踪迹追上去。

人们不难理解为什么那地理学家忽然动了这样热烈的好奇心，那是因为他认出了，或者自以为认出了这两只鸟就是莫滑鸟，属于恐禽类，有些博物学家认为这种鸟早已绝迹了。只有郝支特脱先生和一些旅行家还肯定这种没有翅膀的鸟今天在新西兰还有。他们这次看到这种鸟，正好证实了郝支特脱先生和那些旅行家的见解。

巴加内尔追赶的那两只莫滑鸟是和大懒兽、翼手龙同时代的生物的后代。它们的身材足有十八英尺高。这是一种其大无比的鸵鸟，但是胆子很小，逃得极快。跑的时候，就是枪弹也不能使它们停下来！大家追击了几分钟后，那两只捉不到的莫滑鸟竟在许多大树的后面消失了，猎人们白费了许多弹药，白跑了许多路。

3月1日这天晚上，格里那凡一行人终于走出那片“高立”松的森林了，他们在那座高入云霄五千五百英尺的伊基兰吉山脚下宿了营。这时，从蒙加那木山到这里已经走了一百英里路了，还有三十英里就到海岸。约翰·孟格尔原希望这段路在十天内可以走完，他当时没料到会有这么许多困难啊！

可不是嘛，他们沿途走了许多弯路，遇到许多障碍，再加上测算得又不准确，这样，实际路程要比估计的路程多五分之一，并且不幸得很，旅客们走到伊基兰吉山脚下已经是精疲力竭了。

还要走两个整天才能到达海岸，而现在大家特别需要打起精神，提高警惕，因为又走到土人常到的地区了。

因此，大家也顾不得疲劳，第二天天一亮，那支小旅行队又上了路。

右边把伊基兰吉山抛在后头，左边又有三千七百英尺高的哈代山挺起在前头。在这两山之间，走路是十分艰苦的。那里有一片平原，绵延十来英里，上面满是熊柳。这种植物的枝条很柔软，人们把它叫作"窒息藤"，真是名副其实。每走一步路，两条膀子和两条腿都被缠住了。这些枝藤简直是些长蛇，弯弯曲曲地裹住你的身躯。两天之中，大家都在一边开路，一边前进，一面走，一面和那万头怪蛇做斗争。这种缠人的藤蔓十分坚韧，巴加内尔几乎要把它们列入"植虫科"。

在这片平原上，打猎是不可能的，所以，猎人们原先每日都有成绩，现在却没有用武之地了。携带的食粮快吃完了，又无法补充；水又缺乏，大家越累，嘴就越干得厉害，又找不到东西止渴。

这时，格里那凡一行人真正到了苦不堪言的地步了。自出发以来，他们还是第一次显得这样狼狈呢！

他们现在不是在走路，却是在一步一步地往前挨。他们仿佛没有了灵魂，只剩下了躯壳，他们已失掉了五官的感觉，就只靠着那仅有的求生本能来带领他们前进。最后，他们终于挨到了乐亭尖，总算到达太平洋的海岸了。

这地方有几个空着的草棚子，还看得出这是最近遭受战争破坏的一个村落，还有一些田地，也都荒了，到处是劫掠和焚烧的痕迹。就在这里，那不从人愿的命运还安排了一个新的可怕的考验等待着这些不幸的旅客们。

他们正在沿着海岸彷徨的时候，忽然，在离海岸一英里的地方出现了一队土人。他们挥舞着武器，向这一行人奔来。格里那凡等人已经是在海边上，没有地方可逃了，只好拿出最后的一点儿力量来和敌人拼一拼。这时候，约翰·孟格尔忽然叫起来：

“一只小艇！那里有只小艇！”

果然，相距二十步远的地方，有一只独木舟搁在沙滩上，船上还有六把桨。说时迟，那时快，旅客们立刻把那独木舟推到水里，跳上去，划着就逃。约翰·孟格尔、麦克那布斯、威尔逊、穆拉地划桨，格里那凡掌舵，两个女客、奥比内和罗伯尔都躺在他的身边。

只消十分钟，独木舟就在海面上走了四分之一海里了。海面是平静的。逃难的人们也都默默无言。

然而，约翰·孟格尔不愿离开海岸太远，他打算叫大家沿着海岸划去，但是正在这时候，他手里的桨却突然停了下来。

原来他看见三只独木舟从乐亭尖那里划出来了，很明显是来追赶他们的。

“往大海里划！往大海里划！”他叫着，“我们宁可沉在波浪里！”

四个桨手一齐努力，那只独木舟又转向海中心去了。有半个钟头光景，逃的船和追的船一直保持着原有的距离；但是，过了不久，那几个倒霉的人终于划得筋疲力尽，速度慢下来了，眼看着后面追来的三只独木舟比他们划得快。现在他们距离后面的船不到两海里了，因此逃避土人的攻击是绝对不可能的了，土人们都带着枪，他们就要开火了。

这时格里那凡在做什么呢？他在艇子尾部站着，向天边东张西望，他还妄想找到一点儿援助呢！他在期待着什么呢？他还想找到什么呢？他是不是有什么预感呢？

突然，他的眼睛闪出光来，他伸出手，指着那海天空阔中的一点。

“一只海船！”他叫着，“朋友们，那里有只海船！划呀！拼命划呀！”

四个桨手没有一个转头看那只意料之外的船，因为他们在紧张地划着，一下也不能放松。只有巴加内尔爬起来，拉开望远镜对准那个黑点看了看。

“果真是一只海船！”他说，“还是一只汽船呢！它开足马力在跑！它对着我们开来啦！拼命划呀，伙伴们！”

逃难的人们又加了一把劲，约莫有半小时，四只桨把艇子划得飞奔，和追来的小船保持着原有的距离。那只汽船渐渐可以看得见了。它那两根落了帆的桅杆和那大团的黑烟，清清楚楚地现出来。格里那凡把舵把丢给罗伯尔，抓起地理学家的远望镜，仔细地看着那只海船的动作。

突然，那爵士的神情紧张起来，面色苍白，大望远镜也从手里掉下来了。约翰·孟格尔和他的伙伴们看见了，都莫名其妙。他为什么又忽然这样地绝望了呢？一句话就解释明白了。

“是邓肯号！”格里那凡叫起来，“是邓肯号和那批流犯啊！”

“是邓肯号?!”约翰也叫着，丢下桨，立刻站起来。

“是啊！我们前后都是死路一条！”格里那凡自言自语地说着，焦急万分。

果然，就是那只游船，谁也不能看错，就是那只游船和那批盗匪！少校不自主地对着天空骂了一声。怎么倒霉就会倒到这步田地呢！

这时，谁也不划那独木舟，让它自己漂去了。还想往哪里划呢？还有什么地方可逃呢？前面是流犯，后面是土人，还能有所选择吗？

突然，砰的一枪，从追得最近的那只土人的独木舟上打来了。枪弹正打到威尔逊的那只桨上。立刻桨又划了几下，逃亡者的艇子更接近了邓肯号。

那游船开足了马力在走着，相距已经不过半海里之遥。约翰·孟格尔前后受敌，已经不知道怎样操纵那只艇子，也不知道该向哪个方向脱逃。那两个可怜的女客吓得魂不附体，跪在那里祷告。

土人的枪连珠般放着，枪弹像雨点一般落到艇子的周围。这时候轰的一声炮响，游船上的一个炮弹从逃亡者的头顶上飞了过去。他们被枪炮前后夹攻着，只好在邓肯号和土人的艇子之间束手待毙了。

约翰·孟格尔急得发狂，抓起他那把斧头。他正要把小艇砍个洞以便连人带艇一齐沉到海底下去，却被罗伯尔一声大叫阻止住了。

“汤姆·奥斯丁哪！是汤姆·奥斯丁！”那孩子不住地嚷着，“他在那船上！我看见他了！他知道是我们！他还挥着帽子打招呼呢！”

斧头就此在约翰的手里高举着。

第二颗炮弹又从他们头上飞过去了，把追的那三只独木舟中的头一只打成两段，同时邓肯号上响起了一片“乌啦！”的欢呼声。那些土

追的那三只独木舟中的头一只被打成两段。

人吓慌了，扭转头就逃，向海岸划去。

“快来救我们哪！快来救我们哪，汤姆！”约翰·孟格尔大声叫着。

接着，一眨眼的工夫，那十名逃亡者就这样莫名其妙地安然回到邓肯号上了。

第十七章
—— 邓肯号为何会到新西兰东海岸来 ——

古老的苏格兰的歌声，在格里那凡和他朋友们的耳边响起来了。他们这时心头的感触，我们是无法描绘的。他们一踏上邓肯号的甲板，那风笛手就吹起他的风笛，奏着玛考姆府传统的族歌，船员们以热烈的欢呼声迎接船主回船。

格里那凡、约翰·孟格尔、巴加内尔、罗伯尔，甚至连少校在内都激动得流出眼泪来，大家互相拥抱。首先是一番庆幸，一阵狂欢。那地理学家简直是乐疯了，他乱跳乱蹦，拿起他那寸步不离的大望远镜，当作枪，瞄准着，对着那向海岸逃去的两只独木舟。

但是，船上的人员，一看到格里那凡和他的旅伴们都是衣衫褴褛，面目黧黑，显然是受过难吃过苦，就立刻停止了欢呼。他们已经不是三个月前被希望引导着去寻找遇难船员的那班胆壮气豪的旅行者了，他们个个都像鬼一样，仿佛是死后的游魂跑回了游船。对这只游船，他们早已死了心，不打算再见到了，而现在居然又回到了这只游船上，这完全是偶然，完全是碰巧的幸事啊！而大家回船的时候又是多么狼狈，多么憔悴，真是一副九亡一生的样儿呀！

这时，疲劳和饥渴早就被丢到一边了，格里那凡首先要问问汤姆·奥斯丁，他怎么会跑到这一带海面上来。

邓肯号怎么竟出现在新西兰的东海岸外面呢？怎么它没有落到彭·觉斯的手里呢？老天爷又怎样把它指引到逃亡者的路途上来的呢？

为什么？怎样会？根据什么理由？大家都是用这几个字眼开头，

风笛手吹起风笛，船员们以热烈的欢呼声迎接船主回船。

纷纷向汤姆·奥斯丁提出问题。那位老海员也不知道先听谁说才好。因此,他决定只听格里那凡爵士一人的话,回答他一人的问题。

“那么,那些流犯呢?”格里那凡问,“你把那班流犯怎么对付过去了?”

“流犯吗? ……“汤姆·奥斯丁回答着,语调显得丝毫不懂对方提问题的意思。

“是呀! 劫游船的那些混蛋!”

“劫什么游船呀?”汤姆·奥斯丁又说,“劫阁下的游船吗?”

“自然啰,汤姆,就是这邓肯号呀! 到船上来的那个彭·觉斯呢?”

“我不知道什么彭·觉斯呀,我从来没有看见过他呀!”奥斯丁回答。

“从来没有?!”格里那凡叫起来,他被那老海员的回答越弄越糊涂了,“那么,汤姆,你告诉我吧,为什么邓肯号要到新西兰东海岸的外面来呢?”

那位老海员的惊诧的样子,已经把格里那凡、海伦夫人、格兰特小姐、巴加内尔、少校、罗伯尔、约翰·孟格尔、奥比内,穆拉地、威尔逊都弄得莫名其妙了,等到汤姆用安静的声音回答出下面的一句话时,大家更是惊愕万分。

“就是遵照阁下的命令,邓肯号才到这里来呀!”

“遵照我的命令?”格里那凡又叫起来。

“是呀,爵士。我只是遵照您1月14日的信里所嘱咐的一切去做的。”

“快把信拿来给我看! 快把信拿来给我看!”格里那凡叫着说。

这时,十个回船的旅行者都围住汤姆·奥斯丁,眼巴巴地望着他。原来从斯诺威河写的那封信是送到了邓肯号上了!

“怎么一回事呀?”格里那凡又说,“我们快点说个明白吧,我真以为在做梦呢! 你确是收到信了吗,汤姆?”

“是的,收到了阁下的一封信。”

“在墨尔本收到的?”

“在墨尔本收到的,正当我们把船修好了的时候。”

“那封信呢?”

“信不是您亲手写的,阁下,但是是您亲笔签的名。”

“正是，正是。我那封信是一个叫作彭·觉斯的流犯送给你的呀！”

“不是，是一个水手，叫作艾尔通，曾在不列颠尼亚号船上当过水手长，信是他送给我的。”

“对了！艾尔通，彭·觉斯，都是一个人。再说吧，我那封信里写了什么呢？”

“您那封信命令我立即离开墨尔本，并且把船开出来，在……”

“不是叫在澳大利亚东海岸吗？”格里那凡急躁地叫着，使那老海员有些吃惊。

“怎么是在澳大利亚东海岸啊！”汤姆说着，瞪着两个大眼睛，“不是呀！是在新西兰东海岸呀！”

“是说澳大利亚东海岸呀！汤姆，写的是澳大利亚东海岸呀！”格里那凡的旅伴们异口同声地这样回答着。

这时，奥斯丁眼睛一花，几乎昏过去了。格里那凡说得那么肯定，他倒怕是他自己看错了信了。他本是个忠实的、说一不二的老水手，怎么会犯出这样一个大错误呢？他脸红了，心里慌了。

“你不要着慌，汤姆，”海伦夫人说，“是天意要……”

“不对啊！夫人，请您原谅我，”那个老汤姆又说，“不对！绝对不可能！我没有看错信！艾尔通看见信上的话也和我看见的一样呀，是他，相反地，倒是他要把我领到澳大利亚东海岸去呀！”

“是艾尔通要去吗？”格里那凡叫起来。

“是他要去呀！他对我固执着说，信里是写错了的，他硬说您是要我到吐福湾去和你们会齐！”

“你那封信还在不在，汤姆？”少校问，他也被弄得十二分地糊里糊涂了。

“还在，麦克那布斯先生，”奥斯丁回答，“我就去拿来。”

奥斯丁立刻跑到前甲板上他的房间里去了。在他走开的那一分钟时间内，大家都你看着我，我看着你，默默无言。只有少校，眼睛盯住巴加内尔，把两只胳臂往胸前一叉，对他说：

“哼哼！巴加内尔，不能不承认，错儿可有点儿犯得太大了！”

“嗯？”那地理学家莫名其妙，他弯着腰，低着头，额上戴着大眼镜儿，活像一个又长又大的“问号”。

奥斯丁回来了。他手里拿着巴加内尔代笔、格里那凡署名的那封信。

“请阁下看。”那老水手说。

格里那凡接着那封信就读：

> 汤姆·奥斯丁：速即起航，将邓肯号开到南纬三十七度线横截新西兰东海岸的地方！……

“新西兰东海岸！”巴加内尔叫着跳起来。

他把那封信从格里那凡手里夺过来，揉了揉眼睛，又把他的眼镜拉到鼻梁上，要自己亲眼看一看。

“真写了新西兰！”他说，那种语调真是无法形容，同时，信也从他的手指缝里滑下去了。

这时，他感到有一只手搭到他的肩上。他猛地一抬头，正和那少校打了个照面。

“算了，我的好巴加内尔，”麦克那布斯带着庄重的神气说，“还算侥幸，你没有把邓肯号送到印度支那去！”

这个玩笑开得叫那可怜的地理学家受不住了。游船上的全体船员起了一阵哄笑，笑得前仰后合。巴加内尔就和疯了一样，走来走去，两手抱着头，抓着头发。他在做什么，他不知道；他想做什么，他也不知道！他机械地跑下楼舱梯子，大踏步地在中甲板上走着，摇摇晃晃地，一直向前走去，没有任何目标，接着又爬上前甲板。在前甲板上，他的脚绊在一捆缆索上，若不是两只手很快抓住一根绳子，他几乎就要跌倒了。

突然，轰的一声，震得吓坏人。前甲板上的那尊炮放响了，开花的霰弹打得那片平静的海面翻腾起来，和滚沸了一般。原来那倒霉的巴加内尔正抓住了炮上的绳子，炮是装了弹药的，绳子一动，扳机就触到火药引子了，所以才来了这样一个晴天霹雳。那地理学家一震就从前甲板的梯子上滚了下来，由中舱护板上直滚到水手间里，不见了。

那一声炮响惊起了一片骇叫声，大家都以为又出了什么事了。十名水手奔到了中甲板下面，把巴加内尔抬上来。他屁股朝下，头和脚并到一块儿,仿佛折成了两段。

那地理学家不说话了。

人们把那条长长的身躯扛到楼舱里摊着。那诚实的法国人,所有的伙伴们都为他着了慌。少校每逢严重关头就变成了医生,所以他立刻准备给那不幸的巴加内尔脱衣服,以便为他裹伤。但是他刚一伸手来解衣,那半死不活的人就和通了电流一样突然坐起来了。

“不能脱! 绝对不能脱!”他嚷道,接着就把他那套破衣又拉回到他瘦瘦的身体上,扣起来,急忙得有点儿出奇。

“衣裳是要脱的呀,巴加内尔!”少校说。

“我说不能脱!”

“我要检查一下……”

“不要你检查!”

“也许摔断了……”麦克那布斯又说。

“摔断了吗?”巴加内尔回答,他那两条长腿一蹦就站起来,“摔断了,叫木匠一修就好!”

“叫木匠修什么呀?”

“修中舱的支柱呀,我一摔把那支柱摔断了!”

大家一听这句话又哈哈大笑起来,笑得比刚才更厉害。这一个回答叫所有的朋友都放心了,原来那可敬的巴加内尔在触炮摔跤的那一幕里一点儿没有受伤。

“虽然如此,”少校心里想,“这地理学家也未免太害臊了,害臊得出奇!”

这时,巴加内尔心头上起的那场大风波平息下去了,他还有个闪避不了的问题是一定要解答的。

“现在,巴加内尔,”格里那凡对他说,“请你坦白地回答我。我承认你那种粗心大意都是老天在驱使着。毫无疑问地,要不是你,邓肯号一定落到那些流犯们的手里了;要不是你,我们一定又被毛利人掳了去了! 但是,看在上帝的面上,请你告诉我,你是由于什么样的一个离奇的联想,由于什么样的一种神差鬼使的精神错乱,竟把‘澳大利亚’写成了‘新西兰’?”

“呃,那还不是很简单嘛!”巴加内尔叫着,“那是……”

“不能脱！绝对不能脱！”

但是说到这里，他的眼睛看看罗伯尔，又看看玛丽·格兰特，突然停了一下子，接着，他又回答说：

“有什么办法呢，我亲爱的格里那凡？我本是个神魂颠倒的人呀，我是个糊涂虫，是个一辈子改不了的荒唐鬼，我死了脱下皮来还要留着那副粗心大意的面目啊……”

“要是把你那张皮剥掉就好了。”少校凑上一句。

“把我的皮剥掉？！”那地理学家忽然气汹汹地叫起来，“你这句话有所指吧？”

“有所指？指什么呀，巴加内尔？”麦克那布斯反问一句，语调老是那样平静。

插曲就这样没有了下文。

现在，邓肯号为什么到了新西兰东海岸，这哑谜总算是弄明白了。那几位仿佛遇到奇迹一般得救的旅客不再想到别的，只想到各回房间去舒服一下，并且要吃饭了。

这时，格里那凡和约翰·孟格尔在等海伦夫人、玛丽·格兰特、少校、巴加内尔、罗伯尔等进了楼舱之后，却把汤姆·奥斯丁单独留下来。他们还要问他。

“现在，我的老汤姆，”格里那凡说，“请你回答我，你接到命令，叫你到新西兰海岸附近来，你不觉得奇怪吗？”

“怎么不觉得奇怪呢，阁下？”奥斯丁回答，“我当时很诧异，但是我对接到的命令从来就没有评长论短的习惯，因而我就照命令办理了。我又怎么能不照命令办理呢？万一我自作主张，不照命令的明文行事，出了岔子，岂不是我的不是了吗？您假使处在我的地位，不也是这样做吗，船长？”

“当然了，汤姆。”约翰·孟格尔回答。

“那么，当时你心里是怎样猜想的呢？”格里那凡又问。

“我怎样猜想吗，阁下？我当时想，总是为了找哈利·格兰特，才要到您所指定的那地方去。我想您一定有了一种新的布置，另有海船把您载到新西兰去了，所以要我到新西兰的东海岸来等您。而且，在离开墨尔本时，我对游船要到达的目的地一直严守秘密，等到船开到大海里，澳洲陆地都望不见了，我才向全体船员宣布。那时船上还起了一场小风波呢，我一时很感到为难。”

“你说什么小风波呀，汤姆？”格里那凡问。

“我是说，”汤姆·奥斯丁回答，“开船的第二天，那艾尔通一知道了邓肯号的目的地……”

“艾尔通！”格里那凡叫起来，“他还在船上吗？”

“还在船上，阁下。”

“艾尔通还在这里！”格里那凡又说一遍，眼睛望着约翰·孟格尔。

“真是老天有眼！”那青年船长回答。

只消一会儿工夫，和闪电一般地迅速，艾尔通的所作所为、他长期准备的奸谋、格里那凡的受伤、穆拉地的被狙击、旅行队在斯诺威河那带沼泽地区里所受的困苦，总之，那坏蛋过去的这一切行为都呈现到爵士和船长两人的眼前了。现在，由于事态不可思议的演变，那流犯竟又落到了他们的手里！

“他现在在哪里？”格里那凡急着问。

“在前甲板下面的一个房间里，”汤姆·奥斯丁回答，“有人严密地监视着他。”

“为什么把他这样关起来了呢？”

“因为艾尔通一看见船是向新西兰航行，就大发脾气，他要逼我改变航行方向，他威吓我，最后，他还策动船员反叛。我知道他是个危险的家伙了，所以我不能不对他采取防备措施。”

“自此以后呢？”

“自此以后，他一直就待在他的房间里，自己也不想出来了。”

“好，汤姆。”

这时，格里那凡和约翰·孟格尔被请到楼舱里去了。他们迫切需要的早饭已经预备好了。他们俩坐上方厅的餐桌，一点儿不提艾尔通。

但是，饭一吃完，当大家肚子都吃饱了，恢复了精神，又聚集在甲板上的时候，格里那凡就把艾尔通还被扣在船上的消息告诉他们了。同时，他说他要把艾尔通唤到大家面前来审问。

“我可以免掉参加这次的审问吗？”海伦夫人问，“我坦白地对你说，我亲爱的爱德华，我看见那个坏蛋，心里就难过。”

“这是一场对质，海伦，”格里那凡爵士回答，“你还是留在这里吧，我要求你。我一定要彭·觉斯看到他自己又面对面地站在全体受害人的面前。”

海伦夫人接受了这个意见。玛丽·格兰特和她就坐在格里那凡爵士的身边。格里那凡的两旁就是少校、巴加内尔、约翰·孟格尔、罗伯尔、威尔逊、穆拉地、奥比内——所有被那流犯陷害得几乎送掉性命的人们。游船上的全体船员还不懂得这一幕的严重意义呢，他们都保持着深沉的静默。

“把艾尔通带来。”格里那凡说。

第十八章
——是艾尔通？还是彭·觉斯？——

艾尔通出来了。他稳步穿过了中甲板，爬上艉楼的梯子。他的眼睛暗淡无光，牙齿咬得紧紧的，痉挛地握着拳头，既没有高傲的神情，也没有屈辱的样子。他一到格里那凡爵士面前，就叉着胳臂，一声不响，显得安闲自在，等着人家问话。

“艾尔通，”格里那凡说，“我们又见面了，就在你想送到彭·觉斯那班流犯手里的这只邓肯号上，你和我们又见面了！”

那水手听到这句话，嘴唇稍微颤动了一下。他那没有表情的脸上起了一阵飞红。这阵飞红不是由于忏悔，却是由于劫船没有成功的耻辱。他原想做这条船的主人，现在却在这条船上做了囚犯了，而他的命运不久也就要在这条船上决定了。

然而，他不回答。格里那凡耐心地等待着。但是艾尔通却固执地一句话也不说。

“说话呀，艾尔通，你还有什么可说的？”格里那凡又问。

艾尔通迟疑了一下，额上的皱纹又深深地皱了一皱，然后，以安闲的声调回答说：

“我没有什么可说的，爵士。”他说，“我自己做得不周密，被人家抓了起来。您爱怎么办就怎么办好了。”

艾尔通痉挛地握着拳头。

那水手回答了这句话之后，就把眼睛转过去望着展开在西边的那带海岸，对他四周所发生的一切，装着漠不关心的样子。看他那副神情，仿佛他对那次事件完全是个局外人。但是格里那凡决心忍耐着。有一个极大的利害关系促使他要详细知道艾尔通的神秘历史，特别是有关哈利·格兰特和不列颠尼亚号的那一段。因此，他又继续审问下去，尽力压住心头的愤怒，极力温和地说着话。

"我想，艾尔通，"他又说，"我有几个问题要问你，你总不会拒绝回答我吧。首先，我应该叫你艾尔通呢，还是应该叫你彭·觉斯呢？你究竟是不是不列颠尼亚号上的水手？"

艾尔通依然是不动声色，望着海岸，对一切问题只当作没听见。

格里那凡还继续问那水手，眼睛渐渐发出光来。

"你肯告诉我，你怎样离开了不列颠尼亚号，为什么跑到澳洲来吗？"

对方依然是沉默，面部没有一点儿表情。

"你好好地听我说，艾尔通，"格里那凡又说，"你还是说的好。只有坦白，才是你唯一的出路。我最后再问你一次，你愿不愿回答我的问题？"

艾尔通转过头来对着格里那凡，眼睛盯着格里那凡的眼睛。

"爵士，"他说，"我没有什么可回答的。应该由法院来证明我有罪，我不能自己证明我有罪。"

"要证明你有罪，太容易了！"格里那凡回答。

"容易？爵士，"艾尔通带着讥嘲的口吻说，"我觉得阁下说得太早了。我吗，我敢断定，就是伦敦最精明的法官也拿我没有办法！既然格兰特船长已经不在这里做见证了，谁又能说出我为什么到澳洲来？既然警察当局从来没有抓到过我，而我的伙伴们也都还是自由的，谁又能证明我就是警察当局要缉拿的那个彭·觉斯？除掉您，谁又能指出，不用说一个罪案吧，就是一个可谴责的行为，谁又能指出是我做的？谁又能肯定地说我想劫取这只船，把它交给流犯？没有任何人啊，您听清楚吧，没有任何人！您对我怀疑，好，但是，定一个人的罪，是要有确实证据的呀，而您却又没有确实证据。因此，在提出反证之前，我始终是艾尔通，是不列颠尼亚号上的水手。"

艾尔通说话时很兴奋，一会儿他又恢复原来那个若无其事的样子了。他一定以为他那一番话就可以结束这场审问；但是格里那凡还是要问下去，他说：

“艾尔通，我不是负责调查你的罪证的法官，那不是我的事。我们双方的立场必须说个明白。我不想要你说出任何足以构成你的罪行的一句话。这，法庭将来会问你。但是，你也知道我是在找人，只要你说一句话，你就可以把我找错了的路线纠正过来。你愿意说吗？”

艾尔通摇着头，显出决心不说的样子。

“你愿意告诉我格兰特船长在哪里吗？”格里那凡问。

“不，爵士。”艾尔通回答。

“你愿意给我指出不列颠尼亚号失事的地点吗？”

“也不。”

“艾尔通，”格里那凡又说，几乎是用恳求的口吻，“如果你知道哈利·格兰特在哪里，至少你总肯告诉他那两个可怜的孩子一下吧？那两个孩子只等着你嘴里的一句话呀！”

艾尔通迟疑了一下，脸上抽动了一阵。他含含糊糊地低声说：

“我不能够啊，爵士。”

接着，他立刻又暴躁地补上一句，仿佛他在责备自己不该一时心软：

“不！我不说！你尽管叫人吊死我好了！”

“吊死！”格里那凡忽然怒不可遏地叫起来。

之后，他又控制住自己，用庄重的声音回答说：

“艾尔通，这里既没有法官，也没有刽子手。船到了前面的码头，我就把你交给英国官厅。”

“这正是我所要求的！”那水手说。

然后，他就安闲地走回到作为临时拘留所的那个房间。两名水手守在他的门外，负责监视着他的每一个最小的动作。所有参加这场审问的人都感到愤慨和失望。

格里那凡既没有办法软化艾尔通，还有什么事可做呢？很明显地，只有按照先前在艾登订的那个计划，回欧洲去了。这次弄得毫无成就的寻访工作，除非以后再继续去做了，因为，照此刻的情势看来，不列颠尼亚号的踪迹仿佛是永远消失了，文件不能再有任何其他的新解释了，甚至于三十七度线上再也没有任何其他的陆地了，因此邓肯号只有开回欧洲再说。

格里那凡和朋友们商量了一下之后，又特别和约翰·孟格尔谈一谈回航的问题。约翰去看了看煤舱：存煤至多还可以烧到半个月，因此，必须在最近的一个中途站补充燃料。

约翰向格里那凡建议把船开到塔卡瓦诺湾，上足了煤，再开始做环球旅行。由这里到塔卡瓦诺湾是直航，又正在三十七度线上。到了塔卡瓦诺湾，游船大量补充了必需品之后，就可以南行绕过合恩角，由大西洋的航路开回苏格兰。

这计划被采纳了，约翰立刻命令机械师加大气压。半小时后，船头就指向塔卡瓦诺湾。海面“太平”无事，恰符合太平洋的名称。晚上六点钟，新西兰最后的山峰已经在天边的热雾中消失了。

这也就是说归航开始了。对那些勇敢的寻访者来说，回到格拉斯哥港而没有把哈利·格兰特带回来，该是多么扫兴的一次航行啊！所以，全体船员，出发时都是那样地快乐，开始时都是那样地满怀信心，现在要重回欧洲，都觉得是打了败仗回来，一个个都垂头丧气。没有一个人想到重见故乡而感到兴奋，为了找回格兰特船长，谁都愿意再去冒一番海洋的风险，哪怕时间拖得再长些。

所以，在欢迎格里那凡回船的那一阵“乌啦!”声之后，接着就是一船垂头丧气的情绪。旅客之间不再是那样继续不断地往来了，以前在征途上充满乐趣的那些谈笑现在也没有了。各人都跑到一边去，孤零零地躲在自己的房间里，很难得有个把人走到邓肯号的甲板上来。

其中有一个人，通常反映着船上或忧或喜的情绪都要比别人夸大几分的，那就是巴加内尔，他平时在必要的场合，会从没有希望中找出一线希望，现在就连他也都是愁眉苦脸的，默默无言了。人们很少见到他，他那种生来好说话的习惯，那种法国人特有的活泼，现在也变成了沉默和沮丧。看起来，他甚至于比他的旅伴们还要灰心。格里那凡一谈到再去寻访，他就摇摇头，好像完全绝望了的样子，好像他已经把不列颠尼亚号上遇难船员们的命运算得清清楚楚。人们感觉到他深信那几名遇难船员都一定是完蛋了。

然而，船上还有一个人，他真能说出不列颠尼亚号失事的究竟，却又老是迟迟地不肯说，那就是艾尔通。无可怀疑，那个大坏蛋虽不一定知道格兰特船长目前的情况，但至少知道船只失事的地方。不过，很明显地，格兰特一找到了，他就多了一个见证人，这对他是不利的，所以他固执着不肯说话。因此，船上的人，特别是水手们，对他表示十分愤怒，恨不得要打死他。

好几次，格里那凡还想从那水手的嘴里套出几句话来，但是好说歹说都是无效。总之，艾尔通实在固执得太过了，固执得莫名其妙，以至于少校竟以为他真的一点儿也不知道不列颠尼亚号和格兰特船长遇难的情形。而且少校的这种看法，也正和巴加内尔的看法相同，因为这种看法正好印证着那地理学家个人对哈利·格兰特命运的悲观揣测。

然而，如果艾尔通真是一点儿也不知道，他为什么不坦白地承认他一点儿也不知道呢？他不知道，对他是并没有什么妨碍的呀！而他竟死也不肯开口，这就增加了制订新计划的困难了。由于艾尔通出现在澳洲，人们就能推断哈利·格兰特也在澳洲吗？关于这个问题，非要想尽一切办法促使艾尔通说明不可。

海伦夫人看见她丈夫失败了，就要求丈夫允许她去和那水手的固执做斗争。男子不能成功的事，也许女子用她温和的影响是可以成功的。当太阳和暴风竞赛，看谁能使一个行路人脱下大衣的时候，暴风越刮，那行路人把大衣裹得越紧，太阳稍微放出一点儿柔和的光芒，那人就立刻把大衣脱下来了，这不是古今流行的一个故事吗？格里那凡知道他的年轻的妻子十分聪慧，因而让她去自由行事。

这天，3月5日，艾尔通被带到海伦夫人的房间里来了。玛丽·格兰特也被请来参加会谈，因为这少女的影响可能是很大的，而海伦夫人不愿忽略掉任何能帮助成功的因素。

两位女客和那个不列颠尼亚号的水手关在房间里谈了一个钟头，但谈话情形一点儿没有透漏出来。她们说了些什么呢？她们用了些什么理由想从那流犯的嘴里套出一点儿秘密来呢？总之，这场盘问的详情始终没有人知道。但是到她们和艾尔通分手时，她们显不出是成功的样子，她们甚至表现出一种真正的沮丧的神色。

他们关在房间里谈了一个钟头。

所以，当那水手被带回他自己的房间的时候，水手们拦在路上给了他许多暴力的威胁。而他呢，只耸了耸肩，睬也不睬。这更增加了那些水手们对他的恼怒，直到约翰·孟格尔和格里那凡亲自出面干涉，才把那场公愤制止下来。

但是海伦夫人并不就此自认失败了，她要和那个毫无心肝的人斗争到底。第二天她亲自跑到艾尔通的房间里去，以免他从甲板上经过时又引起大家的愤慨。

那位仁慈而和婉的苏格兰妇女独自一人，面对面地和那个流犯头子谈判，整整谈了两个钟头。格里那凡如热锅上的蚂蚁一般，一直在那个房间旁边踱来踱去，有时下决心要把一切可以帮助成功的办法都尝试到底，有时又想叫他的妻子出来，不要白受那种谈判的痛苦。

但是，这一次海伦夫人出来时，脸上显得有点儿把握了。她是不是套出了那个秘密了呢？是不是感动了那坏蛋的最后的一点儿恻隐之心了呢？

麦克那布斯看到她出来，不自主地表示出一种很自然的不相信的态度。

然而消息立刻传播到全体船员，说那水手被海伦夫人说动了。这就和通了电流一般。所有的水手都聚到甲板上来，比汤姆·奥斯丁吹哨子召集他们来做工还要快。

格里那凡赶快迎上他的妻子：

“他说了吗？”他问。

“说是没有说，”海伦夫人回答，“但是，艾尔通对我的请求让步了，他想见见你。”

“啊，亲爱的海伦，你成功了！”

“我希望能有一点儿成就，爱德华。”

“你有没有许过他什么诺言，需要我再向他保证一下呢？”

“我只许了一个诺言，我的朋友，那就是我答应叫你尽你的一切可能减轻那坏蛋必不可免的处罚。”

“好得很，我亲爱的海伦。让艾尔通立刻来见我吧。”

海伦夫人由玛丽·格兰特陪着回到自己的房间里去了；那水手又被带到方厅里来，格里那凡在方厅里等着他。

艾尔通只耸了耸肩，睬也不睬。

第十九章
—— 交换条件 ——

那水手一到爵士的面前，押送的人就退出去了。

“你想跟我说话吗，艾尔通？”格里那凡说。

“是的，爵士。”那水手回答。

“跟我一人说吗？”

“是的，不过，我想，如麦克那布斯少校和巴加内尔先生都在场，也许更好点儿。”

“对于谁更好点儿呢？”

“对于我。”

艾尔通镇定地说着。格里那凡把眼睛盯住他看了一看，然后他就叫人通知麦克那布斯和巴加内尔。他们俩立刻应邀来到了。

“现在我们都听着你说。”格里那凡说，当他的两个朋友一到方厅就在餐桌旁坐下的时候。

艾尔通定了定神，开口说：

“爵士，一般惯例，双方订合同或谈条件，都有证人在契约上署名。我要求请巴加内尔和麦克那布斯二位先生来，道理就在这里。因为，严格地说，我来向您提出的是一个交换条件的谈判。”

格里那凡对艾尔通的那种不识高低的态度也忍受惯了，所以他连眉头也不皱一下，虽然心里觉得这样一个人居然来要和他谈判交换条件，实在有点儿离奇。

“什么交换条件呢？”他说。

“条件是这样。”艾尔通回答，“您想从我这里得到一些对您有用的事实，我想从您那里得到某些好处。我们一手交钱，一手交货，爵士，您究竟愿不愿意？”

“你能说些什么事实？”巴加内尔问。

“我不问什么事实，”格里那凡纠正着说，“我先问你想得到什么好处。”

艾尔通点了点头，表示他了解格里那凡纠正那句话所显出来的那点极微的差别。

“我想得到的好处是这样。”他说，“您不是想要把我交到英国官厅的手里吗，爵士？”

“是的，艾尔通，这是再公平没有的事了。”

“我并不是说不公平，”那水手安静地回答，“因此，如果我要求您把我就这样放掉，您是不肯的了？”

格里那凡对这样开门见山的一个问题，在回答之前迟疑了一下。哈利·格兰特的命运就靠他这次回答的一句话呀！然而他觉得他对法律应该负责，他这种责任感终于占了上风，因此他说：

“我是不肯的，艾尔通，我不能把你就这样放掉。”

“我也不要求您把我就这样放掉。”那水手很自豪地回答。

“那么，你想得到什么好处呢？”

“我想得到一个折中的办法，爵士。一边是吊架在等着我，要吊死我；另一边是恢复我的自由，而您又不肯。办法就在这二者之间。”

“什么办法呢？”

“把我放到太平洋上的一个荒岛上去，再给我最必要的一点儿东西。我将尽力在荒岛上对付着生活下去，如果时间容许，我将在那里忏悔我的行为！”

格里那凡猛不防来了这么一个建议，转眼望望他的两个朋友。两个朋友也都不作声。他想了一会儿，回答说：

“艾尔通，如果我答应了你的要求，你就把我所要知道的一切告诉我吗？”

“是的，爵士，也就是说，把我所知道的关于格兰特船长和不列颠尼亚号的一切都告诉您。”

“全部事实都说出来？”

“全部都说出来。”

“有谁能担保呢？”

“啊，我看您对我不放心，爵士！您应该相信我的人格呀，相信一个坏人的人格！但是有什么办法呢？事实上，我只有以人格担保。肯不肯在您。”

“我就相信你吧，艾尔通。”格里那凡直截了当地说。

“您这样是不会错的，爵士。而且，如果我骗了您，您总归是有办法报复我的呀！”

“有什么办法报复你呢？”

“我在荒岛上又逃不掉，您再来把我抓去好了。”

艾尔通对答如流。对方的困难，不用对方说，他先提出来，并且替对方设想对付他自己的办法，叫人无可反驳。我们看得见，他做出用绝对诚意来和人家“谈条件”的样子。对方还能不完全信任他吗？然而，他还有更进一步的办法获得对方的信任。

“爵士和二位先生听着，”他又说，“我要诸位衷心地相信这一个事实：就是说，我把一切都摊在桌面上来谈。我一点儿也不想欺骗诸位，并且在这次谈判中我要向诸位提供出一个新的证据来证明我的诚实。我说得坦白，因为我自己也需要诸位表示真诚。”

“你就说吧，艾尔通。”格里那凡回答。

“爵士，我还没有得着您的一句话表示同意我的建议呢！然而，我还可以毫不迟疑地预先告诉您，关于哈利·格兰特，我知道的事实并不多。”

“并不多呀！”格里那凡叫起来。

“是的，爵士，我可以供给您的一些细节是关于我自己方面的，都是关于我本身的情形，对于您寻找的线索是帮不了大忙的。”

一副十分失望的神情在格里那凡和少校的脸上露了出来。他们原以为那水手保有重大的秘密，而他却预先承认他所提供的材料将会是差不多无补于寻访的。至于巴加内尔，他始终是不动神色。

不论如何，艾尔通说的话尽管没有人保证，但是他这样坦白的态度已经使听的人十分感动了，尤其是那水手又这样补了一句作为总结：

“因此，我预先说明了，爵士，我们这次交换条件，于您有利的较少，于我有利的较多。”

“不管它，”格里那凡回答，“我接受你的建议，艾尔通。我答应把你放到太平洋的一个荒岛上去。”

“好，爵士。”那水手回答。

那个怪人对于这个决定是不是感到庆幸呢？很难说。因为他那毫

“把我放到太平洋上的一个荒岛上去……”

无表情的面孔并没漏出一点儿消息来，仿佛他是在替别人谈条件。

“我现在准备回答问题了。”他说。

“我们没有问题可提。”格里那凡说，“你把你所知道的告诉我们好了，艾尔通，先说你到底是什么人。”

“诸位先生，”艾尔通回答，“我确实是汤姆·艾尔通，不列颠尼亚号上的水手长。我是1861年3月12日乘哈利·格兰特的船离开格拉斯哥的。我们一同在太平洋上跑了十四个月，想找个有利的地点，建立一个苏格兰移民区。哈利·格兰特是个做大事业的人，但是我们俩之间常起激烈的争辩。他的性情跟我合不来，我又不肯迁就他。爵士，要知道，哈利·格兰特那个人，他一决定要做一件事，任何力量都阻挡不住他的。那个人简直是钢铁铸成的，对自己是钢铁，对别人也是钢铁。但是，虽然如此，我还敢叛变。我想拖着船员们和我一起叛变，夺取那只船。我该不该这么做，是另一个问题。我错也好，不错也好，哈利·格兰特毫不迟疑，1862年4月8日就在澳洲西海岸把我赶下船了。”

“是在澳洲，”少校打断艾尔通的话头说，“因此你在不列颠尼亚号到卡亚俄停泊之前就离开船了？它到了卡亚俄以后才没有消息的。”

“是的，”那水手回答，“因为我在船上的时期，不列颠尼亚号从来没有在卡亚俄停泊过。我在帕第·奥摩尔农庄里谈到卡亚俄是因为你们先告诉了我在卡亚俄停泊的事实。”

“你往下说吧。”格里那凡说。

“我说，我被丢到一个差不多荒漠无人的海岸上去了，但是离西澳省省会珀斯的流犯拘留地只有二十英里远。我在滨海一带彷徨的时候，遇到了一批流犯，刚从牢里逃出来，我就入了伙。爵士，我那两年半的生活请您不要追问了。我只要告诉您，我后来化名为彭·觉斯，做了流犯的头子。1864年9月，我到了那爱尔兰人的农庄里，我以艾尔通的真名字受雇为佣工。我就在那里等待时机，想劫到一只船。这是我的最大的目的。两个月后，邓肯号来了。当你们来到农庄时，您，爵士，您把格兰特船长的历史说得清清楚楚，因而我知道了我所不知道的许多事实：不列颠尼亚号在卡亚俄的停泊，它1862年6月——我离船两月后——发出的最后消息，怎样发现了那文件，船只是在三十七度线上失了事，以及您要穿过澳洲大陆去找哈利·格兰特的许多可靠的理由，等等。我当时毫不迟疑。我决计要把邓肯号弄到手里，这是只顶好的海船，连英国最快的兵舰也赶不上呀！但是船受了严重的损伤要修理。因此我就让它开到墨尔本去，我自己就以水手的真正的身份跟着您，引你们到澳洲东海岸我所假想的船舶失事地点。就这样，我引着您那支旅行队穿过维多利亚省，我那伙流犯有时远远地在后面盯着，有时抄到前面。我手下的人在康登桥做了一个案子，那真是不必要的，因为邓肯号一到了东海岸就逃不出我的手，我有了这只游船，就是海上大王，为什么还做那些小案子呢？我就这样勤勤恳恳地把你们引到了斯诺威河。牛马被我用胃豆草毒死得差不多了，我就把牛车陷到斯诺威沼泽区的泥淖里。由于我恳切的建议……但是以后的事您都知道，爵士，不用说了，您可以相信，要不是巴加内尔先生粗心大意写错了字，现在这邓肯号已在我的指挥之下了。以上就是我的历史，诸位先生。很可惜，我的陈述并不能使诸位找到哈利·格兰特的线索，诸位该可以看到，和我交换条件是你们吃亏了。”

那水手不说话了，习惯地交叉着膀子在那里等着。格里那凡和他的两个朋友都保持沉默。他们感觉到全部事实那坏蛋都已经讲了，而邓肯号之所以没有被他劫去只是由于他万想不到的一个原因。他的帮手都已经到过吐福湾的海边，格里那凡发现的那件囚衣就足以证明这一点。他们曾经忠实于头子的命令，在那里等候着那只游船，后来久等不到，一定又跑到新南威尔士省的乡区里干他们抢劫放火的勾当去了。少校第一个又继续盘问，以便确定有关不列颠尼亚号的一些日期。

“这样说来，”他问那水手说，“你在澳洲西海岸被赶下船，确实是在1862年4月8日了？”

“绝对确实。”艾尔通回答。

“那时候哈利·格兰特有什么计划，你知道吗？”

“只隐隐约约地知道一点儿。”

“你说说看，艾尔通，只要稍微有点儿迹象，也许就会使我们找到线索的。”

“我所能告诉您的是这样，爵士。”那水手回答，“格兰特船长想到新西兰去看看。他这部分计划在我在船上的时期并没有实行。因此，不列颠尼亚号在离开卡亚俄以后跑到新西兰附近的许多陆地来侦察侦察，并不是不可能的。这与文件上所说的那只三桅船失事的日子——1862年6月27日倒很符合。”

“当然符合呀!”巴加内尔说。

“不过，”格里那凡接着说，“文件上的字迹并没有一个像‘新西兰’的字样呀!”

“关于这一点，我是无法回答的。”那水手说。

“好了，艾尔通，”格里那凡说，“你实践了你的诺言，我也要实践我的诺言。我们要去商量一下把你丢到太平洋上哪一个岛屿上去。”

“啊，随便哪个岛好了，爵士!”艾尔通回答。

“你回到房间里去吧，”格里那凡说，“等我们的决定。”

艾尔通在两名水手的看守下退出去了。

“这个大坏蛋本来很可以做个人。”少校说。

“是呀，”格里那凡回答，“秉性又坚强，又聪明！怎么他这块好材料竟用到作恶上去了呢?”

“哈利·格兰特怎么样了?”

“我恐怕他是完了！可怜的是两个孩子，谁能告诉他们的父亲在什么地方啊?”

“我能告诉呀!”巴加内尔接着就答上去，“是的！我能告诉他们。”

读者一定已经注意到，这位地理学家平时那么好说话，那么没耐性，这次盘问艾尔通时，他却几乎是一言不发。他只听着，不开口，但是他这一句话却是一鸣惊人，首先就把格里那凡惊得跳起来。

“你!”他叫道，“你，巴加内尔，你知道格兰特船长在哪里?”

“是的，同别人知道的一样。”那地理学家回答。

“由谁那里知道的?”

“还是由那个老文件。”

“啊!”少校以绝对不相信的口吻这样表示了一下。

“你先听我说呀，麦克那布斯，”巴加内尔说，“然后你再耸你的肩膀好了。我早没有说出，正因为怕你不相信。而且，就是说出了，也毫无益处。今天我决心说出来，是因为艾尔通的意思正好证实了我的见解。”

“同样还有新西兰吧?”格里那凡问。

“你们先听我说,然后再判断。”巴加内尔回答,“我写错了一个名字救了我们大家的命,那个名字不是没有理由写错的,或者宁可说不是没有‘一个理由’。格里那凡口说着由我代笔写那封信的时候,‘西兰’这个名字正在搅着我的脑筋。原因是这样:你们还记得我们当时奔到牛车里躲开流犯的那一幕吧,麦克那布斯刚对海伦夫人说完流犯的那段事实,他把登载康登桥惨案的那份《澳大利亚新西兰日报》(Australian and New Zealand)递给了她。当我正在写信的时候,那份报掉在地上,折起一半,刚好把报名的后一半露出来。这后一半正是aland。我心里仿佛突然一亮! aland正是英文文件上写着的aland呀!我们一向认为这应该是‘上陆’,实际上应该是‘新西兰’(Zealand)一词的后半部分。”

“嗯!”格里那凡哼了一声。

“是呀,”巴加内尔又说,怀着坚定的信心,“这个解释我一直没有想到,你们知道为什么?是因为法文文件比较完整些,我自然就盯住法文文件找了,而这个重要的名字恰好在法文文件上又没有了。”

“呵! 呵!”少校说,“你太凭想象了,巴加内尔,你轻易地忘掉了你原先的两次解释了。”

“你驳吧,少校,我准备答辩。”

“你这样说来,那austral这个词作什么解释呢?”

“还是最初的解释呀。只是指‘南半球’(australes)的地区。”

“好吧。那indi呢?你先认为‘印第安人’(Indiens),后来又解释成为‘当地土人’(indigènes)?”

“这个吗,我第三次,也是最后一次,解释成为‘绝地之人’(indigence)!”巴加内尔回答。

“还有contin呢!”麦克那布斯叫起来,“总还是‘大陆’(continent)吧?”

“既然新西兰只是个岛,那就不是‘大陆’了。”

“那又是什么呢?”格里那凡问。

“我亲爱的爵士,”巴加内尔回答,“我把文件解释的全文念给你听听,然后你再判断好了。我只提请你们注意两点:第一,尽量忘记掉原先那两种解释,把你们的脑筋从一切先入为主的成见里解放出来;第二,有某些地方你们会觉得有点儿牵强,可能我没有解释得好,但是这些地方都是没有任何重要关系的,其中尤其是'gonie'这个词,我释为'风涛险恶',心里总是觉得不妥,但是又想不出其他的解释来。而且,我的解释是以法文文件为基础的,你们不要忘记写文件的是个英国人,他可能对法国语言运用得不很娴熟。这一点交代了之后,我就开始读我的解释了。"

接着,巴加内尔就慢腾腾地一字一音地读出了下列的几句:

"1862年6月27日,三桅船不列颠尼亚号,籍隶格拉斯哥港,沉没于风涛险恶的南半球海上,靠近新西兰——这就是英文文件上的'上陆'。两水手和船长格兰特即达于此岛。不幸长此变成为蛮荒绝地之人。兹特抛下此文件于经……及纬三十七度十一分处。请速予救援,否则必死于此。"

巴加内尔念完了。他这个解释是可能接受的。但是,正因为这次的解释和前两次的仿佛是同样地正确,因此也就很可能和前两次的是同样地错误了。所以,格里那凡和少校都不想拿来讨论。然而,既然不列颠尼亚号的踪迹在三十七度线截着巴塔哥尼亚海岸的地方和澳大利亚海岸的地方都没有找到,新西兰的成分当然就比较多了。巴加内尔提出了这一点,特别引起了他的两个朋友的注意。

"巴加内尔,"格里那凡说,"你为什么把这个新解释一直保守着秘密将近两个月呢?你现在总该可以把那原因告诉我了吧?"

"因为我不愿意再给你们一场空欢喜啊!而且我们那时正是要到奥克兰,正是文件上三十七度线所指的那一点呀!"

"但是后来我们被拖出到奥克兰的路线了,为什么你还不说呢?"

"那是因为文件尽管解释得正确,也无补于格兰特船长的安全啊!"

"那又为什么呢,巴加内尔?"

"因为,若是哈利·格兰特在新西兰沉船的假定成立了,两年没有消息,就说明他不是死于沉船就死于新西兰人的手里了。"

"因此,你的看法是……"格里那凡问。

"我的看法是:沉船的痕迹还可能找到一些,不列颠尼亚号上受难的人一定是完蛋了!"

"这一切都暂且不要说破,朋友们!"格里那凡说,"让我找个适当的机会来把这个惨痛的消息告诉格兰特船长的儿女吧!"

第二十章
——夜半呼声——

全船的人不久都知道艾尔通的招供没有能对格兰特船长的神秘处境有所说明。船上失望的空气是十分沉重的,因为大家原都等着那水手说出秘密来,而那水手却不知道丝毫可能使邓肯号找到不列颠尼亚号的事实!

因此游船依然保持着原定的路线。剩下来要做的就是选择一个荒岛把艾尔通丢下去了。

巴加内尔和约翰·孟格尔看看船上的地图。正好,在这条三十七度线上画着一个孤立的小岛,名字是玛丽亚-泰勒萨。那是一片巉岩,孤悬在太平洋中间,距美洲海岸三千五百海里,距新西兰一千五百海里。在北边,最近的陆地是法国的保护地帕摩图群岛。在南边,一直到南极冰区都空无所有。没有一只船跑到这荒僻的小岛上来侦察过。世界上任何声息也传不到这个小岛上来。只有喜爱风暴的鸟类在长距离的跨海飞行中跑到这岛上来歇一歇脚。有许多地图对这片被太平洋波涛冲击的岩石连名字也不肯载上去。

如果地面上真有绝对孤僻的地方,那只有在这个远离一切航路的小岛上来找了。人们就把这小岛的位置告诉了艾尔通。艾尔通同意就到那小岛上去过远离人群的生活,因而邓肯号的船头就指向玛丽亚-泰勒萨岛。这时,由邓肯号起,可以引一条绝对的直线,经过这小岛,直达卡塔瓦诺湾。

两天后,在下午两点钟,瞭望的水手报告在天边望见了陆地。那就是玛丽亚-泰勒萨,低低的,长长的,勉强浮出在波浪上面,仿佛一条大鲸鱼。它距游船还有三十海里,游船此时正以每小时十六海里的速度冲开着波涛。

小岛的侧影显出在水平面上，渐渐清楚了。太阳正向西低沉，把它那曲曲折折的侧影用强光映照出来。几座不高的山峰疏疏落落地耸立着，倒插在太阳的光海里。

五点钟的时候，约翰·孟格尔仿佛看出了一股轻烟向天上冲去。

“那是不是一座火山呢?”他向正拿着望远镜观察那片新陆地的巴加内尔问。

“这可说不好，”那地理学家回答，“人们对玛丽亚－泰勒萨岛还不很了解呢！然而，如果它是由于海底突起而形成的，就是说，如果它是个火山喷起的岛屿，我们也不必惊讶。”

“那么，”格里那凡说，“如果是火山一喷把它喷了出来，我们就不怕火山再一喷又把它喷了下去吗?”

“可能性很小。”巴加内尔回答，“人们知道这个岛的存在已经有好几百年了，这就是一个保证。以前，尤里亚岛从地中海里冒出来，在海面上待得并不久，几个月就没有了。”

“好吧。”格里那凡说，“你想我们可以在天黑以前着陆吗，约翰?”

“不成，阁下。我不能让邓肯号在黑暗里冒着险往一条陌生的海岸旁边开。我要减低马力，慢慢地荡着，明天，天一亮，我们放只小划子着陆。”

晚上八点钟，玛丽亚－泰勒萨岛虽然只在上风五海里的地方，已经只是一条长长的影子，几乎看不见了。邓肯号还是慢慢地向它那边荡。

九点钟的时候，一片相当强的红光，一团火，在黑暗中亮起来。它是不动的，并且是继续不断的。

“这就证实是火山了。”巴加内尔说，仔细地观察着。

“然而，”约翰·孟格尔回答，“火山喷射总是有声响的，在这样短的距离，我们应该听得出声响来，怎么东风正从那边吹来，却一点儿声息也传不到我们的耳朵里呢?”

“对呀，”巴加内尔说，“这火山只发光，不说话。而且，还似乎亮一亮又歇一歇，和间歇灯塔一般。”

“您说得对，”约翰·孟格尔回答，“然而我们不是在有灯塔的海岸附近呀！啊!”他忽然叫起来，“另外又有个火光出来了！在海滩上，这次！您看！火还在晃动呢！并且还在换地方！”

约翰没有看错。又是一把火出现了，有时仿佛灭掉，忽然又点了起来。

“这么说这岛上是有人住的了？”格里那凡说。

“住的都是土人，一定的。”巴加内尔回答。

“那么，我们就不能把那水手丢到这里了。”

“不能，”少校回答，“就是把他送给土人吃，也是个太坏的礼物。”

“我们另找一个没有人住的荒岛吧，”格里那凡说，一面不自主地微笑着，觉得麦克那布斯在替土人“讲究”胃口，“我已经答应给艾尔通以生命的安全，我说话不能不兑现。”

“不论如何，我们要小心提防才是。”巴加内尔又补充说，“新西兰人有那种野蛮的习惯，摇着火光，欺骗过往的船只，就和从前康瓦尔的居民一样。现在玛丽亚－泰勒萨岛上的土人很可能也是知道这种引诱船只的办法的。”

“转头横向。”约翰对掌舵的水手叫喊着，“明天，太阳一出来，我们就知道是怎么一回事了。”

十一点钟了。乘客和约翰·孟格尔都各回房间了。船头上只有值班的几个水手在甲板上散步，船尾上只有舵工在守着舵把。

这时，玛丽·格兰特和罗伯尔上到艉楼顶上来了。

格兰特船长的这两个孩子伏在扶栏上，凄然地望着闪光的海面和邓肯号后面发亮的浪槽。玛丽考虑着罗伯尔的前途；罗伯尔考虑着姐姐的出路。两人都想着他们的父亲。他，亲爱的父亲到底还在不在人世呢？就此放弃寻找他的工作了吗？不能够呀！没有父亲，怎么能活下去呢？没有父亲，他们怎么办呢？不用说没有父亲了，如果他们没有格里那凡爵士和海伦夫人，他们早已不知道变成怎样了。

那小男孩已经在患难中磨炼得成熟了，他猜到了他姐姐的心事。他抓住玛丽的手放在自己的手里。

“玛丽，”他对她说，“永远不要失望。记着父亲给我们的教训：‘在世界上勇气可以代替一切。’他那种百折不回的勇气，那种使他能战胜一切的勇气，我们也应该有。一直到现在，姐姐，你都是为我操劳，现在轮到我来为你操劳了。”

玛丽·格兰特和罗伯尔凄然地望着大海。

"亲爱的罗伯尔啊！"那少女回答。

"我有句话要告诉你，"罗伯尔又说，"你不会生气吧，玛丽？"

"我怎么会生气呢，我的小弟弟？"

"你肯让我去做吗？"

"你这话是什么意思呀？"玛丽问，心里不安起来。

"姐姐！我要做海员去……"

"你要离开我了吗？"那少女叫起来，紧握着弟弟的手。

"是的，姐姐！我将要和父亲一样，成为一个海员，要和约翰船长一样，成为一个海员！玛丽，我亲爱的玛丽！约翰船长并没有完全失望呀，他！他那么侠义，你一定和我一样，都信得过他！他答应过我，他将来要把我造就成一个优秀的、伟大的海员，他一面造就我，一面和我一起去找我们的父亲！姐姐，你开口，说你愿意！要是我们跑丢了，我们的父亲一定要走遍天涯去把我们找回来，现在他不见了，我们的责任，至少，我的责任也是要走遍天涯去把他找回来呀！我的生命有个目的，我应该拿全部的生命为这目的而奋斗：这目的就是寻找——永远寻找那永远不会抛弃我们的人！亲爱的玛丽，他太好了，我们的父亲！"

"又高贵，又慷慨！"玛丽说，"你可知道，罗伯尔，父亲早已是我们祖国的光荣了，若不是运气不好没有让他完成他的事业的话，他应该已经是我们祖国的伟人之一了！"

"我怎么会不知道啊！"罗伯尔说。

玛丽一把把弟弟搂到胸前；那小孩感到热泪往他的额上直滴。

"玛丽！玛丽！"他叫着，"他们尽管那么说，我们的朋友们，他们尽管有话不敢说，我还是抱着希望，并且我永远抱着希望！像我父亲那样一个人，在事业未成功之前是不会死去的！"

玛丽·格兰特只是抽抽噎噎地啼哭，回不出话。她一想到将来还会设法去找到她父亲，一想到青年船长那样侠义的心肠，便有千万种情怀在她的心里奔突着。

"约翰先生还在希望着吗？"她问。

"还在希望。"罗伯尔回答，"他是个大哥哥，永远不会抛弃我们的。

我也做海员去，好吧，姐姐？做海员，和他一同去找我们的父亲！你愿意吗？”

“有什么不愿意啊！”玛丽回答，“不过，我们俩得分开了！”那少女又自言自语地说。

“你也不会是孤零零的呀，玛丽！我知道，我的好朋友约翰对我说过了，海伦夫人不肯让你离开她。你是个女孩子呀，你，你可以，你应该接受她的这番好意。你不接受倒反而是对她忘恩负义了！但是，我是个男孩子呀！‘男儿当自强’，这句话父亲也不知道对我说过多少遍。”

“我们敦提的老家，我们那亲爱的、充满着回忆的老家怎么办呢？”

“我们还保留着它呀，小姐姐！这些，我们的朋友约翰，还有格里那凡爵士，都早有决定了，并且很周到地决定了。爵士要把你留在玛考姆府里，当作亲生女儿！爵士曾亲口告诉我的好朋友约翰，我的好朋友约翰又告诉我了！你在那里和在家里一样，有人和你谈我们的父亲，一面等着约翰和我总有一天把我们的父亲找回来和你相见！那一天该是多么快活呀！”罗伯尔说着，叫起来，额头上放着兴奋的光彩。

“我的小弟弟，我的孩子，”玛丽回答，“如果我们的父亲能听到你说的这番话，他该是多么高兴啊！你真像父亲，我亲爱的小罗伯尔，真像我们那可爱的父亲！将来你长大成人了，就和父亲一模一样！”

“但愿如此，玛丽。”罗伯尔说着，一种神圣而充满孝心的骄傲使他的面孔红起来。

“但是格里那凡爵士和夫人的恩情，我们怎么能报答呢？”玛丽·格兰特又说。

“啊，这个将来不难！”罗伯尔带着孩子气天真地叫道，“我们爱他们，尊敬他们，我们老是对他们这样说，多吻吻他们，有一天，机会到了，我就为他们死！”

“不要为他们死，要为他们活着呀！”那少女叫起来，狂吻着弟弟的额头，“他们宁愿你为他们活着——我也宁愿你这样！”

接着，那两个孩子又沉入无穷的梦想中了，他们在模糊的夜影中彼此对看着。然而，他们嘴里虽然不说话了，心里却还在谈，互相发问，互相回答。平静的海面轻轻地滚起长长的浪条，悠悠地一起一伏，螺旋桨在黑暗中搅动着闪光的回澜。就在这时候，却有一件奇事，一件真正神乎其神的奇事发生了。他们姐弟俩，就像有那么一种磁力神秘地联系着他们这两个心灵，他们同时并且一下子感到了一个同样的幻觉。从那些忽明忽暗的波浪中心，玛丽和罗伯尔都仿佛听到了一个人的呼声，声调沉郁凄惨，使两个人的心弦都整个地弹动起来。

“救我呀！救我呀！”那声音叫。

“玛丽，”罗伯尔说，“你可听见了？你听见了吧？”

两人疾速往栏杆上一扒，俯下身子，在夜色深沉中寻找着。

但是他们什么也没有看到，只有一片黑暗展开在他们的跟前。

“罗伯尔，”玛丽说，脸色激动得发白，“我仿佛……是呀，我和你一样仿佛听到的……我们俩都在发热做梦啊，我的罗伯尔！”

但是，又是一声呼救声传到他们的耳朵里来了，这次那种幻觉太真切了，以至两个人的心里同时迸出了一样的呼声：

“我父亲呀！我父亲呀！……”

玛丽·格兰特受不住了。她受刺激太过，晕倒在罗伯尔的怀里。

“救人啊！”罗伯尔喊，“我姐姐呀！我父亲呀！救人啊！”守舵把的人奔来把那少女扶起来了。值班的水手们也跑来了，接着，约翰·孟格尔、海伦夫人和格里那凡也都被突然惊醒，跑了来。

“我姐姐要死了，我父亲在那儿！”罗伯尔在叫，一面指着波浪。人们听着这句话都莫名其妙。

“是的呀，”他又叫，“我父亲在那儿呀！我听见我父亲的声音了！玛丽也和我一样，听到了！”

这时，玛丽·格兰特醒过来了，她瞪着眼睛，和疯了一般，也在叫：

“我父亲呀！我父亲在那儿呀！”

那可怜的少女往起一爬，扒上栏杆，把身子弯出去，要投到海里。

“爵士啊！海伦夫人啊！”她拱着手直叫，“我说我父亲是在那里呀！我向你们保证，我听见了他的声音，从波浪里传出来，就和哀号一样，就和临死时告别一样哪！”

这时，那可怜的孩子又浑身抽动起来。她颤动不休。大家不得已把她抬到她的房间里去了，海伦夫人也跟进了她的房间，去照顾她，而罗伯尔还是在那里叫：

“我父亲呀！我父亲在那儿呀！我说的一点儿不错，爵士！”

在这一幕凄惨的景象面前，人们都以为格兰特船长的两个孩子是被一种幻觉迷住了。但是迷到了这样的程度怎么能解释得开呢？

但是格里那凡却要尝试一下。他牵着罗伯尔的手，对他说：

"你是听到你父亲的声音吗，我的孩子？"

"是呀，爵士。在那儿，波浪中间！他喊：救我呀！救我呀！"

"你听清了是你父亲的声音吗？"

"怎么没有听清呢，爵士！啊！我听得清清楚楚，我可以发誓！我姐姐也听见了，她也和我一样听清了是父亲的声音！您想想，我们怎么能同时都弄错了呢？爵士啊，我们救我父亲去吧！放只划子！放只划子下来！"

格里那凡知道那孩子迷得太厉害，一时解释不过来了。然而他还想做一次最后的努力，他把那掌舵把的水手叫来。

"霍金斯，"他问他，"玛丽小姐突然晕倒时，你是在那里掌着舵吗？"

"是的，阁下。"霍金斯回答。

"你没有看见什么、听见什么吗？"

"什么也没有。"

"你看，罗伯尔，是吧？"

"如果是霍金斯的父亲在叫，"那小孩以不可抑制的坚毅，回答着说，"霍金斯就不会说他什么也没有听到了。那是我的父亲呀，爵士！我父亲啊！我父亲啊！……"

罗伯尔的喉咙被哭声梗住了。他面色惨白，一声不响，继他姐姐之后，也昏了过去。格里那凡叫人把他抬到他的床上。那孩子受了过度的刺激，进入深沉的昏睡状态中了。

"两个可怜的孤儿啊！"约翰·孟格尔说，"上帝对待他们也太严酷了！"

"是呀，"格里那凡回答，"他们伤心过度，所以两人同时产生了同样的幻觉。"

"两人同时！"巴加内尔自言自语地说，"太奇怪了！从科学上说不可能有这种事！"

然后，巴加内尔自己也俯下身子对着海面，侧着耳朵，摇摇手叫人家别作声，仔细地听着。处处是深沉的静默。巴加内尔又大声地喊了喊，也没有任何回声。

“真怪极了！”那地理学家老是这样地说着，一面走回房间，“想念与苦痛的内心交感不够解释一个客观的现象呀！”

第二天，3月8日，早晨五点钟，天刚亮，船上的乘客，罗伯尔和玛丽也在内——因为谁也没有法子把他们留在房里——都聚到邓肯号的甲板上来了。一个个都要看看昨晚只勉强望到的那片陆地。

所有的望远镜都贪婪地对着那岛上的主要各点照来照去。游船离岛一海里，沿着岛岸慢慢开行。人们的视力可以看清岸上的最细微的情况了。忽然罗伯尔又一声大叫。那孩子说他看见了两个人在岛上跑着，挥着胳臂，同时还有一个人在摇着一面旗子。

“是英国国旗。”约翰·孟格尔把他的望远镜抓过来后也叫起来。

“是真的！”巴加内尔也叫起来，立刻回头对着罗伯尔。

“爵士啊！”罗伯尔说，声音感动得发抖，“爵士，如果您不愿意我游水游到岛上去，就请您放下一只小艇。爵士！我求您，让我第一个上陆！”

船上谁也不敢说话。怎么一回事呀！在三十七度线穿过的这个小岛上，居然有三个人，三个遇难的人，三个英国人！于是每个人都回想到昨夜那一幕了，想到昨夜罗伯尔和玛丽听到的那个呼声……那两个孩子也许只有一点弄错了：可能是有个呼声传到他们的耳朵里来，但是那呼声怎么能就是他们父亲的呢？不可能呀！唉，无论如何不可能呀！于是每个人都想到又会有个大失望在等候着那两个孩子，都生怕他们的体力禁不起这再度的打击了。但是又有什么法子能阻止那两个孩子上岸呢？格里那凡是没有勇气阻止他们的。

“放艇子下去！”他叫。

只消一分钟，艇子放到海上了。格兰特船长的两个儿女、格里那凡、约翰·孟格尔、巴加内尔都拥了上去。艇子由六名水手拼命地划着，很快地离开了大船。

离岸还有十托瓦兹远的光景，玛丽惨叫了一声：

“我父亲啊！”

真是有一个人，站在岸上，夹在另外两个人中间。他那高大而强

真是有一个人，站在岸上。

壮的身材，他那又温和又大胆的面容，十足地显出是把玛丽和罗伯尔两人的体貌糅合在一起。那正是两个孩子不断描述的那个人呀！他们的心灵并没有欺骗他们：那果然是他们的父亲，是格兰特船长！

船长听见了玛丽的呼唤，张开两臂，像被雷打了一般地倒在沙滩上了。

第二十一章
—— 达抱岛 ——

人是从来不会因快活而死掉的。那父子三人在人家还没有把他们载回游船之前就回转气来了。这一幕，我们怎么能描写得出来啊？我们的文笔太不够了。全体船员看见他们父子三人默默无言地紧抱在一起，没有一个不流泪的。

格兰特船长一登上游船的甲板，就回转头向着海伦夫人、格里那凡爵士和他的伙伴们，以感动得忽断忽续的声音感谢他们的援助。原来他的两个孩子在由孤岛回到游船的当儿，已经简单地把邓肯号环球追寻的全部经过都告诉他了。

他对于那位豪迈的妇人，对于她所有的伙伴负下了多么大的一个人情债啊！从格里那凡起，直到最起码的一名水手止，不都是为了他做了多少努力，吃了多少苦头吗？哈利·格兰特把他心头泛滥着的感激之情表现得又简单诚挚，又高尚豪爽，他那英气勃勃的面容反映出一种又真诚又温柔的情绪，以至全体船员都觉得已经得到了报酬，并且这报酬远超过他们所吃过的千辛万苦了。就是那生性冷淡的少校也没有法子不满眶热泪。至于巴加内尔，他像一个小孩子一样，流着眼泪，放声大哭。

哈利·格兰特看不厌他的女儿。他觉得她是多么漂亮，多么妩媚呀！他直接就把他的感觉对她说着，并且还高声地一再说，并且还请海伦夫人评评，仿佛要证实一下他并不是被疼爱子女的心情蒙蔽了他的眼睛。然后，他又转头向着他的儿子：

“他长得多高啊？简直是个大人了！”他乐不可支地叫着说。

然后他又抱起他那么喜爱的两个小人儿，把两年离别中心头积蓄的万千热吻都一下子给了他们。

罗伯尔给父亲一一介绍了他所有的好朋友，那孩子居然能找到不同的辞令来介绍不同的人，虽然他对于每一个人都只有同样的一件事可说！这就是说：他们大家，每一个人，对于两个孤儿都太好了。介绍到约翰·孟格尔的时候，那青年船长反而红着脸就像女孩子一样，他给玛丽的父亲回话时声音都在颤抖。

到这时候，海伦夫人就把他们旅行的经过情形说给格兰特船长听了。船长为他有这样的儿子和这样的女儿而感到自豪。

哈利·格兰特知道了那小英雄历次建立的奇功，知道了那孩子怎样已经为父亲向格里那凡爵士偿了一部分人情债。然后，又轮到约翰·孟格尔来谈玛丽，他谈得太好了，以至于哈利·格兰特听到海伦夫人插进的几句话之后，就把他女儿的手拉着放到那英俊的青年船长的手里，并回头向着格里那凡爵士和夫人：

“爵士和您，夫人，”他说，“我们为我们的孩子祝福吧！”

当那一切的一切说了又说，说了千千万遍之后，格里那凡把艾尔通的事也告诉哈利·格兰特了。格兰特证实了他的供词，那水手确是在澳洲海岸被赶下船的。

“这人又聪明，又敢作敢为，”他又补充着说，“是贪欲把他拖向罪恶方面去了。但愿他能反省、忏悔，回头做个好人吧！”

但是在未把艾尔通送到达抱岛上之前，哈利·格兰特要在他的荒居里招待一次他的这些新朋友。他请他们去参观一下他的板屋，坐到他海上鲁滨逊的桌子上吃一顿饭。格里那凡和他的旅伴们都欣然地领受了。罗伯尔和玛丽·格兰特就像热锅上的蚂蚁一般，急着要看看父亲过去住的地方。在这地方，格兰特船长因为想念他的儿女不知流过多少眼泪啊！

又是一只艇子入海了，他们父子三人、格里那凡夫妇、少校、约翰·孟格尔和巴加内尔等一会儿就在岛上登岸了。

不消几个钟头，大家就走遍了哈利·格兰特的领土。真正说来，那小岛只是海底一座大山的山顶，只是山顶上的一小片平地，充满着雪花岩的岩石和火山的残余。在地壳形成时代，这个山峰在地下火燃烧的影响下，自太平洋的深处逐渐挺起来了。然后形成了物化土；植物类就占领了这个新地盘；过往的捕鲸船又把若干牲畜如山羊、猪等载到这岛上，猪羊就在野生状态下繁殖着——由此，大自然就在这太平洋中心孤悬的小岛上表现出了动、植、矿三界。

当不列颠尼亚号的遇难人一逃到这里来以后，有了人类的劳动，那片大自然的活力就规则化了。两年半之中，哈利·格兰特和他的两名水手使他们的小岛完全改观了。好几亩地被仔细地耕种着，长出了极好的蔬菜。

参观的人走到住宅了，就在绿油油的胶树荫下。窗子前面就是那片大海，太阳照着闪闪发光。哈利·格兰特叫人把桌子摆到那些茂树的阴影下，大家都就了坐。一只山羊腿、一些纳儿豆粉的面包、几碗奶、两三棵野菊苣、一些清凉的水，这些就构成了这一桌简单的筵席，真不愧世外桃源的风味。

巴加内尔开心极了，他的鲁滨逊的老思想又涌上心头了。

“艾尔通那个坏蛋丢到这里来倒真得其所哉！”他在兴致勃发时这样嚷着，“这小岛简直是天堂呀！”

“倒真是个天堂，”哈利·格兰特回答说，“三个可怜的受难人被老天救到这里来，真够是天堂了！不过我恨这玛丽亚－泰勒萨岛太小了一点儿，不是个广大肥沃的岛屿，它只有一条小溪，不是一条大河，只有一个海浪冲击的小缺口，不是一个大港湾。”

“又为什么恨呢，船长？”格里那凡问。

“因为如果是个大岛，我就可以建立一些基础，让苏格兰在太平洋上有块移民区呀！”

“啊，船长！”格里那凡说，“您还没有放弃您那个念头吗？您那个念头使您在我们的祖国人人皆知了！”

“我没有放弃它，爵士。上帝假您的手把我救出来，就是要我完成这个事业的。我们古老的喀里多尼亚的可怜的同胞们，所有苦难的人们，都必须有一片新的陆地，好让他们逃避穷困！我们亲爱的祖国必须在这带海洋上有自己的一块移民区，完全属于自己，让它享受它在欧洲所享受不到的独立和幸福！”

“这小岛简直是天堂呀！”

“啊，您说得真好，格兰特船长！”海伦夫人说，“这真是个好计划呀，没有伟大的思想是想不出来的！但是这个岛就……”

“这个岛不成，夫人，这只是一片岩石，至多只能养活几个移民，而我们所需要的却是一大片富有各种原始资源的陆地呀！”

“那么，好，船长，”格里那凡叫起来，“前途是属于我们的，您说的那大片的陆地，我们一同去找！”

哈利·格兰特和格里那凡的手热烈地紧握起来了，仿佛是为了肯定这一个诺言。

然后，就在这个小岛上，就在这座小屋子里，大家都想听听不列颠尼亚号的那三名遇难人在这漫长的两年中是怎样生活的。哈利·格兰特立刻就满足了他的新朋友们的这一个愿望。

“我的故事，”他说，“也就是所有被打到荒岛上来的鲁滨逊的故事。他们到了这里，没有人可以依靠，只有依靠上帝，依靠自己，他们感到他们只有去向自然界斗争，去争取生存！

“那是1862年6月26到27日的夜里，不列颠尼亚号被六天的大风暴打坏了，触毁在玛丽亚－泰勒萨岛的岩石上。海浪汹涌得厉害，援救是不可能的，我那队不幸的船员几乎全都遇难了。只有我的两名水手鲍伯、乔伊和我自己，经过了多少次的尝试和失败，才爬到海岸上来。

“我们爬上的这片陆地只是个没有人住的小岛，两英里宽，五英里长，内部大约有三十棵树，还有几块草场和一个清水泉源。这泉源幸而是四季不涸的。我一个人带着我的两名水手，在这种天涯地角里，并不失望。我的两个患难朋友鲍伯和乔伊都发挥着最大的毅力来帮助我。

“我们一开始，就和我们的榜样——笛福理想中的鲁滨逊一样，把船上的残物收集起来：一些工具、一点儿火药、一些枪械、一袋宝贵的种子。头几天是很困苦的，但是不久，打猎和打鱼就可以供给我们稳定的食粮了，因为在岛的内部野羊极多，沿岸又充满了水生动物。渐渐地，我们的生活就规则起来了。

“我从船上曾抢救出我的测量工具，因此我可以正确地知道这个小岛的方位。我一测量，就发现我们是在任何航路以外，不会有任何船来搭救我们了,除非遇到意外的机会。我一面想着我亲爱的人们,不敢希望能再见他们的面,一面却还勇敢地接受着这个考验。

“这时我们坚决地从事劳动。不久,几亩熟地就播上了不列颠尼亚号上的菜种,马铃薯、菊苣、酸模等开始调剂我们日常的食物了,后来还有许多其他的蔬菜。我们又捕得了几只野羊,它们很容易地就养驯了。我们又有了羊奶、奶油。干河沟里长出的纳儿豆又供给我们一种很够营养的面包,因而在物质生活上,我们从此丝毫不要担忧了。

“我们又利用不列颠尼亚号的旧料建筑了一座小屋。屋顶是帆布盖成的,并且仔细地涂上了柏油,在这样结实的掩蔽下,雨季很幸运地度过了。我们在这小屋里讨论过许多计划、许多梦想,最好的梦想还是此刻实现的这一个。

“我原想用破船板造一只小艇到海上去冒险,但是最近的陆地,就是说帕摩图群岛离这里也有一千五百海里。这样长的一个航程,任何小艇也是禁不起的。所以我放弃了这个计划,只有等着机会来求得我的安全了。

“啊,我可怜的孩子啊!我不知有多少次站在岸边的岩顶上守候着过往的船只!在我们沦落的整个的这段长时间里,只有两三只帆船在天边出现过,但是显了一下立刻又没有了!两年半就是这样地过去了。我们已经没有希望了,然而我们还不失望。

“最后,就是昨天,我正攀到岛的最高峰上,忽然望到一缕轻烟在岛的西面。烟渐渐大起来。一会儿,一只船到了我的视野里,看得见了,仿佛正向我们这边驶来。

“但是这小岛没有停泊的地方,它可不又要避开这小岛吧?

“唉!那是多么焦急的一天啊!我的心差一点儿没有把我的胸膛胀破啊!我的两个难友在玛丽亚-泰勒萨岛的另一座山峰上点起了一把火。夜到了,但是这游船却没有发出任何回答的信号!然而,生路就在眼前哪!难道我们就眼看着它错过吗?

“我不再迟疑了。夜影逐渐加深。船可能在夜里绕过这个岛。我就扑下海,往船那边游泳。满怀的希望助长着我的精力。我以超人的力量冲开着又长又大的浪条。我渐渐接近游船了,哪知道相距不到三十英寻的时候,船偏偏掉过头去!

“于是我发出了失望的呼声，只有我这两个孩子听到了，那并不是他们的幻觉。

“后来，我只好又回到海岸了，浑身都瘫软了，焦急的情绪和游泳的劳累弄得我精疲力竭。我的两个水手把我拉了起来，我已经是半死了。我们在岛上过的这最后的一夜又是多么难过的一夜啊！我们以为永远被抛弃了，幸而天一亮我就看见游船减低了马力，沿着岛，两头荡。你们的艇子下海了……我们得救了！而且，老天啊！我的两个孩子，我的两个亲爱的孩子就在眼前，还向我伸着胳臂呢！”

哈利·格兰特的叙述在玛丽和罗伯尔的狂吻与抚摸中结束了。到了这时，那船长才知道他这次之所以得救，还是亏了他遇难后八天装到瓶里任海浪漂流的像楔形文字一般的那个文件。但是，当格兰特船长在叙述他的经过时，巴加内尔在想什么呢？那可敬的地理学家在脑子里把那文件上的字迹翻来覆去地想了千百遍！他把原有的三种解释都想了又想，全解释错了！这玛丽亚－泰勒萨岛在那海水腐蚀的几张纸上是怎样写着的呢？巴加内尔按捺不住了，他抓住哈利·格兰特的手，叫起来：

“船长，您现在可不可以告诉我，您那模糊不清的文件里写的是什么话？”

那地理学家一提出这个问题，个个人的好奇心都紧张起来了，因为九个月来猜不出的哑谜就要揭开谜底了！

“怎么样，船长，”巴加内尔问，“您那文件上的字句您还正确地记得吗？”

“正确地记得呀！”哈利·格兰特回答，“我没有一天不想到我们寄托着唯一希望的那几句话。”

“那几句话是什么，船长？”格里那凡也问，“请您说说看，因为我们猜来猜去猜不到，实在太不服气了。”

“我就来满足各位的要求，”哈利·格兰特回答，“但是诸位知道，为了增加求得援救的机会，我在瓶子里装了三个文件，是用三国文字写成的。诸位要知道哪一个文件呢？”

“原来三个文件不是一样的吗？”巴加内尔叫起来。

“是一样的呀，只有一个地名不同。”

“那么，好吧，请读一读法文文件。”格里那凡又说，“那法文文件是腐蚀得最少的；我们历次解释都拿它做基础。”

“爵士，法文文件的字句是这样。”哈利·格兰特回答：

“1862年6月27日，三桅船不列颠尼亚号，籍隶格拉斯哥港，沉没在离巴塔哥尼亚一千五百海里的南半球海面。因急求上陆，两水手和船长格兰特爬到了达抱岛上。”

“嗯！”巴加内尔哼了一声。

“不幸，”哈利·格兰特接着读，“长远变成为蛮荒绝地之人。兹特抛下此文件于经一百五十三度纬三十七度十一分处。务乞速予救援，否则必死于此！”

巴加内尔听到“达抱岛”这个名字就突然站起来，然后，真忍不住了，大叫道：“怎么是达抱岛呀！不是玛丽亚－泰勒萨岛吗？”

“是呀，巴加内尔先生。”哈利·格兰特回答，“英国和德国的地图上都写着玛丽亚－泰勒萨岛，但是法国地图上却写着达抱岛呀！”

这时，忽然狠狠的一拳头打到巴加内尔的肩膀上，打得他的背往下一弓。原来是少校敬了他这一下，少校生平的习惯老是那样庄重的、拘礼的，这次可破例了。

“好个地理学家啊！”麦克那布斯以轻蔑的语调说。

但是巴加内尔连少校的那一拳也没有感觉到。他在地理学上受到的打击正使他头都抬不起来呢，那一拳算什么！

原来他对那个文件，正如他对格兰特船长所说的那样，已经一步近似一步地快猜到原文了！那一些残缺模糊的字迹，他已经差不多完全摸清楚了！巴塔哥尼亚、澳大利亚、新西兰，这些名字曾先后一个一个地钻到他的脑子里来，都仿佛是确切不移的。contin，先被误释为“大陆”(continent)，渐渐被揣摩到了原义，是“长远”(continuelle)的意思。indi先后被释为“印第安人”、“当地土人”，终于找到了原义：“绝地之人”。只有那被腐蚀的abor一词，把那地理学家弄糊涂了！巴加内尔死盯着把它释为“达于”(aborder)，而实际上却是法文地名“达抱岛”(Tabor)，正是不列颠尼亚号受难人逃难的所在呀！这个错误实在也是很难避免的，因为邓肯号上的地图都载称“玛丽亚-泰勒萨岛”。

“虽然如此，”巴加内尔抓着自己的头发叫着，“我也不应该忘记这个一岛两名的事实呀！这是一个不可原谅的过失，是一个不配称地理学会的秘书的人才会犯出的错误呀！我的面子丢尽了！”

“但是，巴加内尔先生，”海伦夫人说，“您也不必这么难过啊！”

“不成！夫人，不成！我简直是个蠢驴了！”

“并且还抵不上一匹玩把戏的艺驴呢！”少校接上去替他再骂一句，作为给他的安慰。

饭吃完了，哈利·格兰特又把那小屋里的东西布置好了。他什么也不带走，因为他要让那个恶人能承受到善人所创造的财富。

大家又回船了。格里那凡打算当天就开船，因而发命令叫人把那水手送下去。艾尔通被带到艉楼上来了，就站在哈利·格兰特的面前。

“是我，艾尔通。”格兰特说。

“是您呀，船长。”艾尔通回答，并不因为又见到哈利·格兰特而表示出丝毫的惊讶，“很好，我看见您安然无恙，我也很高兴。”

“艾尔通，我把你赶到一个有人住的陆地上去，倒似乎反而害了你了。”

“似乎是的，船长。”

“你要去替我住这个没人住的荒岛了。愿老天叫你忏悔吧！”

“但愿如此！”艾尔通回答，语调十分安闲。

之后，格里那凡又看着那水手，对他说：

“你还坚持丢到荒岛上的那个决定吗，艾尔通？”

“我还坚持，爵士。”

“你觉得达抱岛合你的意吗？”

“十分合意。”

“现在，艾尔通，听我最后的一句话吧。你在这里离任何陆地都很远，你想和你那批手下的人有任何联系都是不可能的。奇迹究竟很少，邓肯号把你放到这孤岛上，你是逃不掉的。但是你将来不会和格兰特船长的过去两年一样，不会既没有人救援，又没有人知道的。虽然你不配叫人家纪念你，人家却还会纪念你的。我知道你在什么地方，艾尔通,我知道到什么地方去找你,我永远不会忘记的。”

“上帝保佑阁下!”艾尔通简单地回答。

这就是格里那凡和艾尔通最后交谈的几句话。小艇已经准备好了,艾尔通就下了船。

约翰·孟格尔在事先就已经派人送了几箱干粮、一些工具、一些武器和若干弹药到了那岛上了。

因此那水手是可以用劳动来改造自己的;他什么也不缺乏,连书籍都有。

分别的时候到了。全体船员和全体乘客都站到甲板上来,不止一个人心里感到难过。玛丽·格兰特和海伦夫人都抑制不住她们的情绪。

“一定要这样做吗?”那少妇问她的丈夫,“一定要把那坏蛋丢掉吗?”

“一定要这样,海伦。”格里那凡爵士回答说,“这是叫他改过自新呀!”

这时,小艇在约翰·孟格尔的指挥下离开大船了。艾尔通在艇子上站着,始终不动声色,脱下帽子,庄重地行了个礼。

格里那凡也脱下帽子,全体船员也跟着他脱了帽,和通常对一个临死的人一般。这时候,小艇在一片沉默之中开走了。

艾尔通一见陆地,就跳上沙滩,小艇就划回了大船。

这时是下午四点钟,乘客们在艉楼顶上还可以望见那水手,他交叉着膀子,一动也不动,仿佛一座石像站立在岩石上,看着那只游船。

“我们走吧,爵士?”约翰·孟格尔问。

“走吧,约翰。”格里那凡急促地回答,脸上不愿有所表现而心里却十分感动。

“开船!”约翰对机械师喊叫。

蒸气在汽管里嗤嗤地响起来,螺旋桨打着波浪。到了晚上八点钟,达抱岛上的最后几个山峰都在幢幢夜影中消失了。

他交叉着膀子，一动也不动，仿佛一座石像站立在岩石上。

第二十二章
—— 巴加内尔最后一次的粗心大意 ——

邓肯号离岛十一天后，也就是3月18日，就望见美洲海岸了。第二天，它停泊在塔卡瓦诺湾里。

它航行了五个月又回来了。在这五个月当中，它严格地循着南纬三十七度线，环绕了地球一周。这次值得纪念的旅行，在英国旅行社的编年史上还是空前的一次。船上的乘客穿过了智利、潘帕斯、阿根廷共和国，经过了大西洋、透利斯探达昆雅群岛，经过了印度洋、阿姆斯特丹群岛、澳大利亚、达抱岛，还穿过了太平洋。他们的努力绝对不曾白费，他们把不列颠尼亚号的遇难船员载回祖国了。

一点查人数，凡是响应爵士号召的那些诚笃的苏格兰人，一个也不缺，全体都回到他们古老的苏格兰来了。这次远征正好像古代史上所说的那种“无泪”的战争。

邓肯号一把给养和燃料补充完毕，就沿着巴塔哥尼亚的海岸，绕过合恩角，驶进大西洋，全速前进。

没有比这一段航程更顺利的了。游船满载着幸福。船上不再有什么秘密了，就连约翰·孟格尔对玛丽·格兰特的爱慕心情也成了公开的事了。

然而，还有一件神秘的事叫麦克那布斯大动其脑筋。为什么巴加内尔老是把衣服裹得那么紧紧的，领带打得那么严严的，围巾直围到耳根呢？那少校心里一直是痒痒的，想要知道这种怪癖的原因。但是，不论麦克那布斯怎样盘问，怎样旁敲侧击，怎样猜测怀疑，巴加内尔正如俗语所说，总是还他一个不肯“开怀”。

他真是死也不肯“开怀”，就连邓肯号穿过赤道线，甲板在50℃的高温下晒得火热时，他也不解开一个扣子。

“他真是太粗心大意了，他还以为他是在严寒的圣彼得堡呢！”少校看那地理学家裹着一件大氅，仿佛水银在温度表里冻结了一般，就这样说了一句。

最后，5月9日，在离开塔卡瓦诺湾的五十天后，约翰·孟格尔瞭望到克利尔角的灯火了。游船驶进了圣乔治海峡，穿过爱尔兰海，转入克莱德湾。十一点钟它就停泊在丹巴顿。下午两点钟，船上的乘客就在高地人的欢呼声中进入玛考姆府了。

读者读到这里，一定会感觉到：哈利·格兰特和他的两名难友之终于得救，是早就注定了的！约翰·孟格尔之和玛丽·格兰特在那古老的圣孟哥教堂里结婚，由九个月前曾为哈利·格兰特祈祷的那位摩尔顿牧师，现在再来给他的女儿和他的救命恩人祝福，也是早就注定了的！将来罗伯尔会和哈利一样做海员，和约翰·孟格尔一样做海员，并且在格里那凡爵士的大力支持下，继续着格兰特船长的伟大的事业计划，也是早就注定了的！

但是，雅克·巴加内尔将来不能一辈子打光棍儿呀，这是否也是早就注定了的呢？也很可能早就注定了。

果然，这位渊博的地理学家，干了这番英雄的事业，免不了要轰动一时。他那些粗心大意的笑话在苏格兰的社交场中到处传为美谈。谁都想见见他，你邀请，我招待，种种应酬把他忙得不可开交。

就在这时候，恰巧有一位三十岁的可爱的小姐，就是麦克那布斯的表妹，也有点怪里怪气的，但是性情和善，面目秀丽，她竟爱上了这位地理学家的古怪脾气，愿意和他结婚。她还有一百万法郎的陪奁呢，但是女方却避开不谈这一点。

巴加内尔对于阿若贝拉小姐的垂爱，并不是无动于衷，但是他不敢有所表示。

于是少校出面，在这天生一对的两颗心之间尽力撮合。他甚至于正告巴加内尔：他所能做的"最后一次的粗心大意"就是结婚了。

这使巴加内尔万分为难。说来真够奇怪，他老是迟疑不决，说不出一个"肯"字。

"是不是你看不上阿若贝拉小姐呢？"少校问他。

"啊，少校，她实在是可爱呀！"巴加内尔叫起来，"她是太可爱了，如果要我说真话嘛，我倒宁愿她不是这样可爱！我倒希望她有点儿缺陷。"

"这个，你尽管放心，"少校回答，"她是有缺陷的，并且还不止一个。哪怕再完美的女人，都是有一份缺陷的呀！因此，巴加内尔，你算

格里那凡一行在欢呼声中进入玛考姆府。

决定了吗?"

"我不敢。"巴加内尔又说。

"怎么一回事呀,我博学的朋友!为什么你老是这样迟疑呢?"

"我配不上阿若贝拉小姐啊!"那地理学家回答,并且屡次都是这样回答。

但是为什么配不上呢,他就不说下去了。

有一天,巴加内尔被那个死命盯住不放的少校逼得走投无路,终于在绝对严守秘密的保证下,把他身体上的一个特点告诉了少校。这个特点真是"特"得厉害,如果警察局要捉拿他的话,根据这特点一找就找到了。

"原来就为了这个原因吗?"少校叫起来。

"确是为了这个原因呀!"巴加内尔又肯定一句。

"这有什么关系呢,我可敬的朋友?"

"你倒觉得没有关系吗?"

"不但没有关系,相反地,你有了这个特点更是妙不可言了呀!这反而给你增加了一个优点呀!这样一来,你倒真成了阿若贝拉小姐所梦想的那个盖世无双的妙人了!"

少校老是那么一本正经地说着,一点儿不笑,而巴加内尔心里却是七上八下,忐忑不安。

麦克那布斯跑去和阿若贝拉小姐见面了,只谈了一会儿工夫。

十五天后,玛考姆府的小教堂里轰轰烈烈地举行了一场结婚典礼。新郎巴加内尔装扮得英姿挺俊,但是衣裳上的纽扣却扣得严严实实;新娘阿若贝拉小姐打扮得和天仙一般。

我们的地理学家的秘密本当是一辈子也不会有人知道的,却不料,少校告诉了格里那凡,格里那凡是不会瞒海伦夫人的,海伦夫人又在孟格尔太太面前露了一句。最后,这秘密一传到奥比内太太的耳朵里就张扬开来了。

原来,雅克·巴加内尔在毛利人家里做了三天俘虏,被毛利人刺过花了,还不是刺了一点点花纹,是从脚跟直刺到肩膀。他胸前被刺了一只大几维鸟,张着两个翅膀,在啄他的心。

这是巴加内尔在他那次伟大的旅行中遇到的唯一的伤心事,他永远无法释怀，永远不能原谅新西兰；也正是因为这个，虽然人家屡次劝他，虽然他自己也怀念祖国，他却不肯再回法兰西了。他生怕地理学会回来了一个被刺过花的秘书，马上就成为漫画家和小报揶揄的对象，连学会都受他连累变成笑柄了。

至于格兰特船长之重回祖国，全苏格兰人都庆祝他，仿佛是全民族的一件大喜事，哈利变成那古老的喀里多尼亚的无人不知的人物了。他的儿子罗伯尔后来果真和他一样，也和约翰船长一样，做了海员，并且在格里那凡爵士的支持下，为实现在太平洋上建立一个苏格兰移民区的计划而努力。

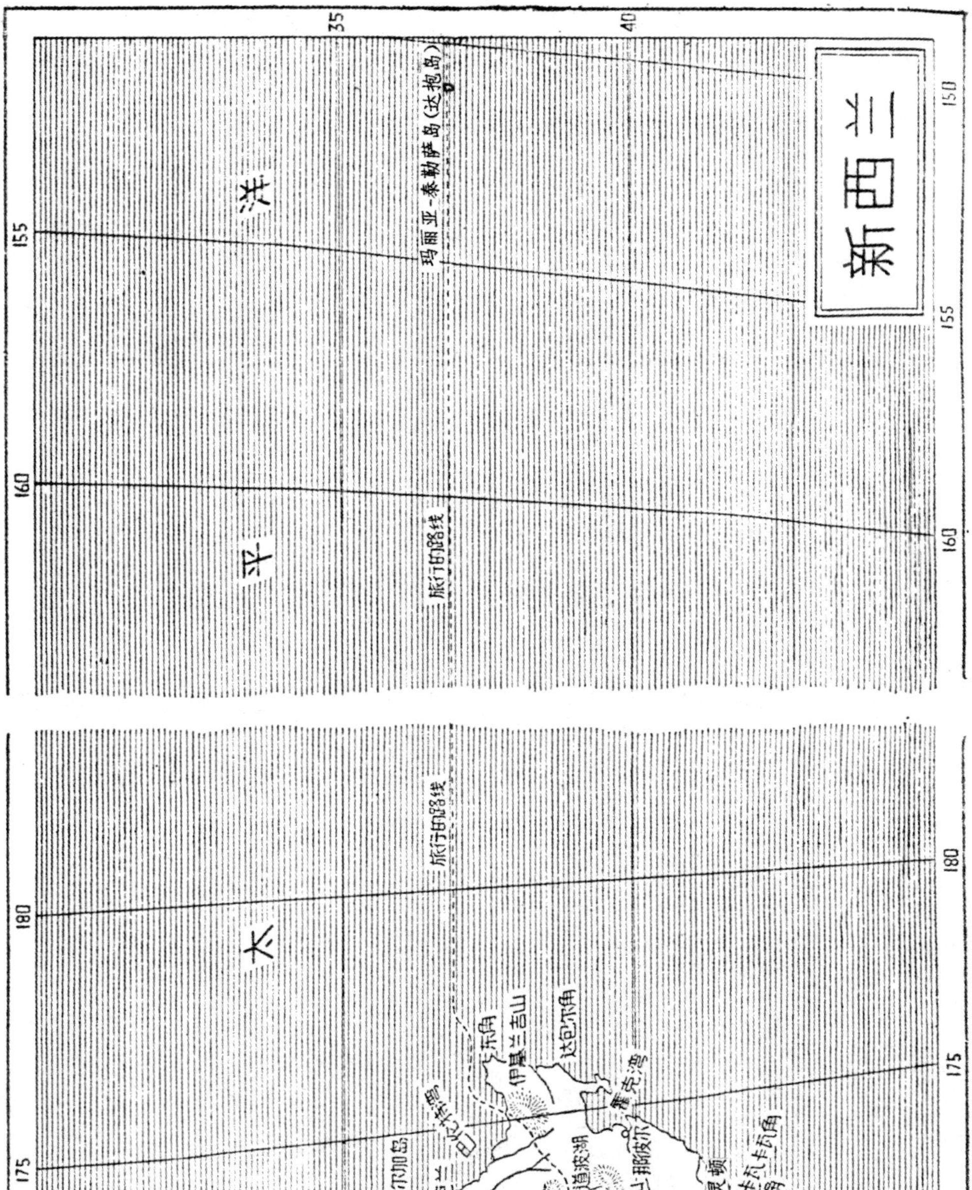
新西兰
太
平
洋
玛丽亚-泰勒萨岛(达抱岛)
旅行的路线
旅行的路线
北岛
南岛
库克海峡
惠灵顿
东角
达包尔角
霍克湾
道波湖
150
155
160
170
175
180
35
37
40

（京）新登字083号

图书在版编目（CIP）数据

格兰特船长的儿女／（法）儒勒·凡尔纳著；范希衡译. —3版.
—北京：中国青年出版社，2017.10
ISBN 978-7-5153-4964-0

Ⅰ.①格… Ⅱ.①儒…②范… Ⅲ.①科学幻想小说
—法国—近代 Ⅳ.①I565.44

中国版本图书馆CIP数据核字（2017）第260370号

责任编辑：李文华
封面设计：瞿中华
封面插图：朱丽思

出版发行：中国青年出版社
社址：北京东四12条21号
邮政编码：100708
网址：www.cyp.com.cn
编辑部电话：（010）57350504
门市部电话：（010）57350370
印刷：北京科信印刷有限公司
经销：新华书店

开本：700×1000　1/16
印张：41　插页：2
字数：500千字
版次：1956年7月北京第1版
　　　2014年6月北京第2版
　　　2018年1月北京第3版
印次：2021年1月北京第26次印刷
印数：728501–733500
定价：58.00元

本图书如有印装质量问题，请凭购书发票与质检部联系调换
联系电话：（010）57350337